「時」から読み解く
世界児童文学事典

水間千恵・奥山恵・西山利佳・大島丈志・川端有子　編著

原書房

目　次

はじめに　12

凡　例　15

1　時を見つめる　17

愛着対象との別れの時　赤ちゃんもうふにさようなら　18
『ジェインのもうふ』

いつか　厳しい現実に埋没せずに　20
『「うそじゃないよ」と谷川くんはいった』

一生　閉塞状況をつくりだした時代の「雰囲気」　22
『マヤの一生　椋鳩十の本』第十二巻　児童文学

異文化体験の1か月　訪問先で発見した我が家の価値観　24
『昔気質の一少女』

幼いころ　むかしもいまも、末っ子はお得　26
『きかんぼのちいちゃい いもうと』

終わりと始まり　さかのぼる時の国「ドコカ」　28
『天国からはじまる物語』

クリスマス・イブ　世界の神秘を学ぶ夜　30
『青い鳥』

建国200年と100年周期が重なる時間　精霊の卵が生まれる年に　32
『精霊の守り人』

時間意識　17世紀、19世紀、そしていま　34
『トーマス・ケンプの幽霊』

時間差　人類を見つめる冷徹な眼　36
『ボッコちゃん』

四季　共存する人間の時間・動物の時間　38
『てつがくのライオン　工藤直子少年詩集』詩の散歩道

10か月　親になるための準備期間　40
『ディアノーバディ　あなたへの手紙』

自分史　過去をふり返る勇気　42
『ズッコケ三人組のバック・トゥ・ザ・フューチャー』

終戦　第二次世界戦後の日本をめぐる一表現　44
『ビルマの竪琴』

12歳　一度きりの夏のエッセンス　46
『たんぽぽのお酒』文学のおくりもの1

授業中　継父候補者とのつきあい方を学ぶ時間　48
『ぎょろ目のジェラルド』

昭和44年4月4日　10歳のお父さんに出会った日　50
『タイムチケット』

青年と老人の時　夢のなかでの厳粛な別れ　52
「野ばら」(『野ばら　小川未明童話集』所収)

世代　時を超えての子どもへの期待　54
『どきん　谷川俊太郎少年詩集』詩の散歩道

1202年　日本最古のダム式人造池の改修　56
『水底の棺』

タイムアウト　人生の作戦を立てなおす　58
『ペーターという名のオオカミ』

続きの時間　子どもも大人も不条理をかかえて　60
『つづきの図書館』

夏の終わり　大人の物語が始まる時　62
『幽霊の恋人たち　サマーズ・エンド』

2605年　直樹が出会ったヒロシマ　64
『ふたりのイーダ』

バイキングの時代　1000年まえの北欧　66
『小さなバイキング ビッケ』

8歳の誕生日　猟の本当の意味を知るまで　68
『銀色ラッコのなみだ　北の海の物語』

文化3年　植木屋奉公のはじまり覚え　70
『花咲か　江戸の植木職人』

冒険の始まりと終わり　運動場が戦場につながる時　72
『戦争ゲーム』

夜のあいだ　その時だけの父娘関係　74
『夜のパパ』

2　時とあそぶ　77

朝も、ひるも、夜も　いまだけを歌うように楽しんで　78
『ぼくは王さま』ぼくは王さま全集1

1日　夕暮れまでの魔法　80
『砂の妖精』

親の居ぬ間　子どもたちだけの秘密の夕食　82
「子供たちの晩餐」(『温かなお皿』所収)

開拓の3年間　猫と暮らす山の生活　84
「山のトムさん」(『山のトムさん ほか一篇』所収)

過去への旅　本当は「飛んだ」船　86
『とぶ船』上・下

学校時間　学校へ行くことなしには休暇なし　88
『長くつ下のピッピ』

9月0日 プレゼントされた1日は恐竜たちの世界だった　90
『9月0日大冒険』

5年生 あわいの人間関係を学ぶ時　92
『ハンサム・ガール』

5分 ときとして決定的な　94
『5分間だけの彼氏』

最後 弱音を吐かずに生きること　96
『最後の七月』

15年めの休暇 日常に非日常を見つけるためのガイドブック　98
「三人の旅人たち」(『しずくの首飾り』所収)

12日 騎士道精神と友情が生んだ珍道中　100
『三銃士』上・下

すてきな非日常 おばあさんと過ごす時間　102
『リンゴの木の上のおばあさん』

誕生日 同じ日に生まれた子　104
『ふたりのロッテ』

夏休み 古き良き時代の子どもの本よ、もう一度！　106
『夏の魔法　ペンダーウィックの四姉妹』

2月1日 謎多きチョコレート工場招待の日　108
『チョコレート工場の秘密』ロアルド・ダール コレクション2

二十四節気 虫とともにめぐる季節を生きる　110
〈二十四節気 虫のお話〉全3巻

日ようび 1週間の始まりのような、終わりのような　112
『らいおんみどりの日ようび』

日曜日 ふつうとちがう小学校が、とくにふつうじゃない日　114
〈日曜日〉全10巻

日記 正直に日記を書きますか？　116
『はれときどきぶた』

晩ごはんのあとで 世界をめぐるほら話ファンタジー　118
『お父さんのラッパばなし』

まいにち おさるの時間はゆるくゆるく流れる　120
『おさるのまいにち』

満月の夜 カッパドキアに時をつなぐ道が開く　122
『月夜のチャトラパトラ』

幼少期 「たがも」と「しょっぴる」で遊ぶ時間　124
『もりのへなそうる』

幼年時代 わたしの中に生きつづける11歳のままの兄　126
『わたしが妹だったとき』

3　時をだきしめる　　　129

あと４日　庭の再生を語る多彩なことば　130
『幸子の庭』

１月６日　魔女がおもちゃを配る日　132
『青矢号　おもちゃの夜行列車』

１年　2500頭の羊と少年の１年間　134
『荒野の羊飼い』心の児童文学館シリーズ8

１年しか？　１年も？　いま、ここ、はいつも本番　136
『ユウキ』

一生涯　寄り添いつづける架空の友だち　138
「ルーシー」(『九つの銅貨』所収)

おもちゃが捨てられる時　大量消費時代の子どもと大人　140
『木馬のぼうけん旅行』

家族になる時　多様性をことほぐ新しい子どもの本　142
『アラスカの小さな家族　バラードクリークのボー』

近未来　ディストピアの少年　144
『ギヴァー　記憶を注ぐ者』

50年　大人の真価をはかる年月　146
『シェパートン大佐の時計』

午前６時　死刑執行の時間　148
『兵士ピースフル』

散歩びより　人の手を借りて堂々と生きる　150
『口で歩く』

自分でいられる時間　シロクマみたいに不器用に　152
『シロクマたちのダンス』

11月　もう一度、前向きになれるひと月　154
『十一月の扉』

10年ごし　非日常の優しい時間　156
『10年まえのゆきだるま』くもんの幼年童話シリーズ3

18年　鳥獣を友として暮らした日々　158
『青いイルカの島』

出産予定日と命日と　期待と不安の半年間　160
『満月のさじかげん』

世界が変わる時　同じものを愛する人と出会うことの幸福　162
『クレージー・バニラ』

1910年８月の２週間　田舎の農場で過ごした忘れがたい夏休み　164
『ジェリコの夏』

1000年　王さまの黄金と麦畑の麦の寿命　166
「ムギと王さま」(『ムギと王さま　本の小べや1』所収)

7歳の誕生日に　自分を受け止める4週間の旅　168
『火のくつと風のサンダル』

始まりの夏　丁寧に生きた日々が人生を支えつづける　170
『しずかな日々』

春　すべてを忘れる幸福な時間　172
『おばあさんのひこうき』

ひとりでいる時　古老の教え　174
『バンビ　森の、ある一生の物語』

前とあと　ナチス侵攻前と戦後、オランダの一家の暮らし　176
『あらしの前』『あらしのあと』

待つ　ゆっくりと、着実に成長する　178
『嵐にいななく』

満ち足りた時間　きいろいばけつとの1週間　180
『きいろいばけつ』

命日、いや誕生日　つどいつづける仲間たち　182
『天使たちのたんじょう会』

4日たって　時間にしばられないゆるさ　184
『ふたりはともだち』

6年　7歳の少女が母語を忘れるほどの時間　186
〈ステフィとネッリの物語〉全4巻

別れの時　父と息子の夢の終わり　188
『子鹿物語』上・中・下

4　時をつなぐ　191

あれから25年　落書きの怪獣が語る学童疎開　192
『ゲンのいた谷』

1万年まえ　東京を飲みこむ原始の森　194
『東京石器人戦争』

失われつつあるものとの時　父から子に受け継がれる写真機　196
『はまゆり写真機店』

家族の歴史　時の流れをさかのぼる　198
『ミシシッピがくれたもの』

起工式の日　フクロウがつなぐ時間　200
『HOOT（ホー）』

91歳　男の子だったらよかったのにと思っている女の子へ　202
「刈り込み庭園」（『はしけのアナグマ』所収）

教会暦　聖ヨハネの日から聖マタイの日までのタイムトラベル　204
『ジーンズの少年十字軍』上・下

極楽と地獄の時間　エゴイズムにまみれた人間世界　206
「蜘蛛の糸」(『蜘蛛の糸・杜子春』所収)

古代　壮大な時の流れのなかでの人間ドラマ　208
〈ユルン・サーガ〉全5巻

古代エジプト　3000年を経て生まれ変わる　210
『鏡のなかのねこ』

300歳　ひとり立ちのお年頃　212
〈小さなスズナ姫〉全4巻

時間のとり替えっこ　入れ替わったふたりのアンドルー　214
『時間だよ、アンドルー』

石器時代から現代まで　小さな石がつなぐ庶民の歴史　216
『少年の石』

前近代から近代　埋められた時代性　218
「ごん狐」(『ごん狐』新美南吉童話傑作選 所収)

第一次世界大戦　ベッドがつなぐふたつの時代　220
『ある朝、シャーロットは…』

第二次世界大戦　フェンスの内と外　222
『縞模様のパジャマの少年』

何もない故郷の7日間　七不思議を見つけられたら　224
『ササフラス・スプリングスの七不思議』

25年めの8月6日　あの日をかかえる「いま」　226
『光のうつしえ　廣島　ヒロシマ　広島』

200年　伝説の眠りを目覚めさせたろうそく　228
『地に消える少年鼓手』

半年間　おじいちゃんとの同居の試験期間　230
『ヨーンじいちゃん』

100年まえ　「人形の家」を出たお人形　232
『アナベル・ドールの冒険』

182、3歳　世界一有名な獣医を育てたオウム　234
『ドリトル先生アフリカゆき』

むかしも、いまも　ずっと楽しいチュウチュウ通り　236
『チャイブとしあわせのおかし』〈チュウチュウ通りのゆかいななかまたち〉5

夜　「夜間外出禁止条例」のある町で　238
『夜の子どもたち』

5　時におどろく　241

大叔父さんが死んだ日　家族の秘密が明かされる時　242
『足音がやってくる』

かえるをひいた日　原発事故の夜をこえて　244
『夜の神話』

99年　時間感覚のちがうもの　246
『カッパのぬけがら』

クリスマスを待つあいだ　すべての謎が解けるまで　248
『ウルフ谷の兄弟』

31日間　喪に服するための沈黙　250
『一年後のおくりもの』

霜月二十日の丑三つ　おくびょうに勇気が生まれる時間　252
「モチモチの木」(『ベロ出しチョンマ』所収)

17歳　命みじかし恋せよ乙女　254
「古い小屋」(『星のひとみ』所収)

小学6年生　少女探偵のふれた闇　256
『少女探偵事件ファイル』現代の創作児童文学46

数時間　非日常のおぼろな時間　258
「高瀬舟」(『山椒大夫・高瀬舟・阿部一族』所収)

1986年　原発事故の暴力と絶望と　260
『みえない雲』

1990年8月2日　湾岸戦争、同じ時・同じ地球上で　262
『弟の戦争』

チャールズ2世の時代　魔女の恋は時を超えて　264
『空とぶベッドと魔法のほうき』

早くきすぎた冬　「冒険」とは何か　266
『オオカミに冬なし』

ハロウィーン　仮装することで見つかる本当の「わたし」　268
『魔女ジェニファとわたし』

不死　流れも終わりもない「異形」の時間　270
『空色勾玉』

放課後　高度経済成長期が生んだすきまの時間　272
『ふしぎなかぎばあさん』あたらしい創作童話6

6000年まえ　苛酷な自然と生活の手触り　274
『オオカミ族の少年』〈クロニクル千古の闇〉1

6　時をさまよう　277

思い出　すでに喪われている少女へ　278
『ジェニーの肖像』

隔週　わたしのおうちはどこ　280
『バイバイわたしのおうち』

崖っぷちの日々　小学6年生男子の日常は危機的状況に陥りやすい　282
『銀色の日々』

異なる時の流れ　妖精界と人間界　284
『妖精王の月』

再生の時　あやまちをつぐなうために歩んだ長い道のり　286
『漂泊の王の伝説』

サマータイム　時の環っかを壊せるか　288
『バイバイ、サマータイム』

3週間　夢と現のあわいで、むかしといまが重なる旅　290
『犬のバルボッシュ　バスカレ少年の物語』

300年　約束された幸せの待機時間　292
「人魚姫」(『アンデルセン童話集2』所収)

思春期　世界が雑然とばらばらにしか見えなくて不安な時期　294
『麦ふみクーツェ』

少年期　少年の恍惚感と罪悪感　296
「少年の日の思い出」(『少年の日の思い出　ヘッセ青春小説集』所収)

戦国時代　もしも歴史が変えられたなら　298
『時空の旅人　とらえられたスクールバス』前編・中編・後編

タイムマシン　80万年後、人類の「進化」と「末路」　300
『タイムマシン』

天正10(1582)年6月2日　地球を舞台に交錯する歴史　302
『けむり馬に乗って　少年シェイクスピアの冒険』

天上と地上の時間　カムパネルラとの「幻想第四次」の旅　304
『銀河鉄道の夜』(『新 校本 宮澤賢治全集』第十一巻 童話Ⅳ 所収)

時の層　折り重なる時と場所　306
『トーキョー・クロスロード』

2か月　母をたずねる13歳のひとり旅　308
「アペニン山脈からアンデス山脈まで(毎月のお話)」(『クオレ』所収)

二重の時　桔梗の見せる、とりもどせない過去　310
「きつねの窓」(『南の島の魔法の話』所収)

ふたつの未来　冷凍睡眠の後の世界へようこそ　312
『夏への扉』

別の時空間　歴史を見下ろす「時の町」が迎える終末期　314
『時の町の伝説』

3つの時から　「家族」を探しつづけて　316
『ガラスの家族』

夕方　はじめてのホーム・ルーム　318
『昼と夜のあいだ　夜間高校生』

4445、4446……　心がだるい少年は生後日数を数える　320
『花をくわえてどこへゆく』

7　時にいどむ　　323

あやかしの時　現実世界と異世界が重なる瞬間　324
『光車よ、まわれ！』

1年と1日　これ以上はもうない、限界の日にち　326
「郵便屋さんの話」(『長い長いお医者さんの話』所収)

1回かぎりの「ひよっこじだい」　いのちを育む「時」　328
『ながいながいペンギンの話』

1.4秒　過程を描くことで「一瞬」を伝える　330
〈DIVE!!（ダイブ）〉全4巻

ヴィクトリア朝　型破りなヒロインの活劇　332
『マハラジャのルビー　サリー・ロックハートの冒険1』

数えで15　広い世界に漕ぎだす時　334
「ジョン万次郎漂流記」(『ジョン万次郎漂流記』所収)

高学年への橋わたしの時期　4年生の「いま」を生きる　336
『ふりむいた友だち』

高麗時代　青磁に魅せられた少年　338
『モギ　ちいさな焼きもの師』

「子ども」という概念のない時代　名もない子どもがアリスになるまで　340
『アリスの見習い物語』

死と永遠　不死の呪縛　342
『銀のキス』

11月31日　にせサンタから12月1日をとりもどせ！　344
『まちがいカレンダー』

13年。さらに41年　突然の連行から、真実が明るみに出るまで　346
『灰色の地平線のかなたに』

12か月　悪い癖を自覚し、克服する期間　348
『クレヨン王国の十二か月』

女子中学生が死にたいと思う時　そして死ぬ気が失せる時　350
『スリースターズ』

女性が強くなる時　戦時下の青春　352
『イングリッシュローズの庭で』

成長　オオカミに育てられた子どもの「時」　354
『ジャングル・ブック』『ジャングル・ブック2』

1850年　終着駅は自由！「地下鉄道」の物語　356
『秘密の道をぬけて』

1854年　コレラからロンドンを救うために　358
『ブロード街の12日間』

第二次世界大戦　日本と中国を結ぶ物語　360
『二つの国の物語　第1部＝柳のわたとぶ国』

第二次世界大戦　あらがえぬものにあらがい、生きること　362
『石切り山の人びと』

タイムリミット　タイムリミットまでに謎は解けるのか?!　364
『あやうしマガーク探偵団』〈マガーク少年探偵団!〉4

登校時間　学年、性別、性格ばらばらでも、子どもたちは結束する　366
『かさねちゃんにきいてみな』

7日間　父親おためし期間中　368
『ぼくとテスの秘密の七日間』

2年　規律に支えられた長い課外授業　370
『二年間の休暇』上・下

2分間　人生の意味を悟る大冒険ができるほどの時間　372
『二分間の冒険』

盗まれた時間　若さを盗られた少女たち　374
『13ヵ月と13週と13日と満月の夜』

帆船の時代　誇り高き船乗りの世界　376
『ニワトリ号一番のり』

フィリップがやってきた時　詩に秘められた宝のありか　378
『ハヤ号セイ川をいく』

魔女狩りの時代　人の心の狭量さが生むもの　380
『魔女の血をひく娘』

まる3年　母さんが家を出てからの静かな闘い　382
『風の音をきかせてよ』

明治維新　時代の変わり目に、子どもから大人へ変わる少年たち　384
『なまくら』

ワルプルギスの夜　「よい魔女」たちが踊りあかす祭りの日　386
『小さい魔女』

8　時を動かす　389

暗黒時代　無知と迷信と残虐と悪意がはびこる時　390
『銀のうでのオットー』

エリザベス朝　名も知られぬ人びとの小さな歴史たち　392
『エリザベス女王のお針子　裏切りの麗しきマント』

嘉永6年5月18日　幕末、東北の民百姓はついに立ちあがった　394
『白赤だすき小○の旗風　幕末・南部藩大一揆』

神さまの声を聞いた日　血縁や力へのこだわりを超えて　396
『祈祷師の娘』

決断の時　「ゆっくりと、ときに速く、そして自由に」歩きだす　398
『ミアの選択』

産業革命　「はぐるま」がもたらした町の盛衰　400
『ナシスの塔の物語』

7年　自分らしく生きるために　402
『超・ハーモニー』

10歳になったら　きてほしくない誕生日　404
『ひねり屋』

終戦　過去の記憶との対話　406
『八月のサンタクロース』

10年間　呪縛の10年と奇跡の半年　408
『秘密の花園』上・下

1498年　錬金術への情熱がたぎる一夜　410
『アドリア海の奇跡』

1620年　少女の日記に綴られたアメリカ史のひとこま　412
『メイフラワー号の少女　リメンバー・ペイシェンス・フイップルの日記』

大航海時代　少女の視点で描いた時代の息吹　414
『イルカの家』

時を超える　扉の向こうの明日へ　416
『扉を開けて』

始まりの朝　迷いを包みこむ時間　418
『五月のはじめ、日曜日の朝』日本の名作童話29

ひとり立ちの時　13歳の職業選択　420
『魔女の宅急便』

文政8年12月14日　「赤蓑騒動」決起す　422
『荷抜け』

真夜中　魔法に気づかず過ごした200年　424
『真夜中のまほう』

6日め＝238日め　人類の終わりが始まる時　426
『エヴァが目ざめるとき』

ラッキーデイ　アンラッキーからの反転　428
『天のシーソー』

670年　「英雄」をつくる歳月　430
『ちびっこカムのほうけん』新・名作の愛蔵版

索　引（タイトル索引／人名索引／時索引）　432

参考文献　448

あとがき　452

はじめに

　文学作品には、時を超えて読み継がれていくものとそうでないものがある。長きにわたって多くの批判にさらされながらも生き延びた作品は、名作あるいは古典と呼ばれ、高い文化的価値を付与される。一方、ある時期に爆発的な人気を得ていても、一世代のちにはすっかり忘れさられてしまう作品もある。数からいえば、後者が大部分を占めることはいうまでもない。子どもの本の世界でも、ことは同様である。近代児童文学の歴史は欧米でもわずか300年あまり、日本ではその半分ほどにすぎないが、そのなかで数えきれないほどの作品が忘れられ、少数の作品が生き延びてきた。

　本書『「時」から読み解く世界児童文学事典』が紹介するのも、主として、児童文学史にその名が刻まれている古典的名作である。同時に、今後その列に加わるであろう質の高い新しい作品も積極的にとりあげている。この編集方針は、前2作『「もの」から読み解く世界児童文学事典』と『「場所」から読み解く世界児童文学事典』を踏襲したものである。さらに、いまの時代だからこそ読んでほしい、というわたしたち執筆者の強い思いを反映して加えた作品もある。「児童文学」というジャンルの多様性を実感してもらえるように、翻訳作品をふくめて幼年文学からＹＡ小説まで幅広くとりあげる一方で、いわゆる「読み物」にまとを絞り、絵本とノンフィクションを除外しているのも前2作と同様であるが、詩の本を加えた点は本作での新趣向である。

　わたしたちがめざしてきたのは、もちろん、単なる名作紹介のブックガイドではない。新しい作品はいうまでもなく、すでに一定の評価を受けている作品であっても、特定の視点から読みなおすことによって、物語の魅力を掘りさげることや新しい魅力を引きだすことができるはずだとの信念をもってとり組んできたつもりである。今回は「時」をテーマに、あしかけ4年にわたって、1人40冊ずつ計200冊と向きあってきた。それは、子どもの本の専門家として、作品を世に送りだした著者、画家、編集者など、本の作り手や送り手の思いを誠実に受け止めたうえで、自由な一読者として、まっさらな気持ちになって各作品を一から読みなおす作業であった。子どもの心をとりもどして物語世界を旅しながら、大人の目線でその世界を眺め、喜び、おどろき、感動、憤りなど新たな感情を掘りおこす——それがどこまで実現できたかについては、読者諸氏のご批判を待ちた

いと思う。

　本書であつかう「時」は多様である。タイムトラベルものや近未来小説、歴史小説のように、ストーリーの根幹をなす「時間」や「時代」もあれば、登場人物の「年齢」や重要な出来事の起きた「日時」もある。目次を見れば、人生のある時期を指す語から、ハロウィーンやクリスマスのような季節行事の名前、歴史上の出来事の名称、はては抽象概念まで、さまざまな角度からとらえた物語の「時」が並んでいることがわかるだろう。わたしたちはそれらを8つのカテゴリーに分類した。「時を見つめる」「時とあそぶ」「時をだきしめる」「時をつなぐ」「時におどろく」「時をさまよう」「時にいどむ」「時を動かす」という各章タイトルの主語は、物語の主人公たち、あるいは、読者自身だと考えていただきたい。「時」を見つめることで新しいことを知り、楽しくリラックスした「時」を過ごし、大切な「時」をいとおしみ、異世代や異なる時代とのつなぎ手としての役割を自覚し、新しい出会いや発見に感動し、迷いとまどいながらも、「時」に流されることなく、「時」を動かしてくれますように──雑多な「時」の配置には、いま、そして未来を生きる子どもたちに対する、そんな願いをこめている。

　選書から執筆まで、「時」を意識して数多くの作品を読みなおすなかで、わたし自身は、たびたび、自分に流れた「時」についても意識させられた。かつて大事な宝物だった作品と再会したときに、胸に去来するのは、必ずしも懐かしい甘美な思い出だけではない。子ども時代には見えなかったものが見え、聞こえなかった声が聞こえれば、ほろ苦い気持ちを味わうこともある。かつては庇護され愛情を注がれる存在であった自分が、庇護し愛情を注ぐ側になったいま、はたして「大人」としての責任を果たしているだろうかと自問することもしばしばだった。

　子どもは、往々にして、自らをとりまく環境を主体的に変える力をもたない。だからこそ、豊かな経験や幸福感をあたえてくれる物語は、現実世界でそれらを得られない子どもにとって、何物にも代えがたい味方となる。物語が教えてくれる知恵や知識や勇気も、いま目の前にある困難に打ち勝つための強力な武器となるだろう。どんな環境にあろうとも、子どもたちが希望と目標を失わずに生きていけるように、他者への信頼を失うことなく未来を築いていけるように、せめて、

幸福な子ども時代の糧となる本を手渡すことによって、かつての大人たちが果たしてくれた責任を、その一部でも引き継いでいきたいものである。そういった意味で、本書がいくばくかでもお役に立てばこれ以上幸せなことはない。

　クロスリファレンス（☞）について、本作ではとくに、作家・作品・項目だけでなく、内容上関連性が認められる場合には積極的に記号をつけた。それをたどることで、物語の背景をより深く理解できると同時に、複雑な「時」の位相に気づいていただけることと思う。また、クロスリファレンスの対象外であり、注記することもかなわなかったが、前２作でとりあげた作品との関連性が強い項目も多数ある。『ウォー・ボーイ』に登場する「ガスマスク」について、我が国ではもはや過去の遺物だと得々と語り能天気に喜んでいたのは、わずか８年まえのことである（『「もの」から読み解く世界児童文学事典』p92-93）。今回、現実的な危機感をもって続編『戦争ゲーム』をとりあげ「冒険の始まりと終わり」について語ることになるとは、当時はみじんも予想していなかった。シリーズを通読していただくことで、わたしたち、そして読者のみなさまのうえに流れた「時」の重みについても感じていただけるのではないかと思う。

　出版不況がいわれるようになって久しいが、児童書もその例外ではない。絵本や、事典をはじめとするノンフィクション作品以外の、いわゆる「読み物」の出版点数は大きく落ちこんでいる。そのようななかで、あえて「読み物」だけを取りあげたにもかかわらず、シリーズ化し、第３巻まで刊行できたのは、読者のみなさまの温かいお言葉とご支援、そして株式会社原書房の成瀬雅人社長のご理解とご支援があったからにほかならない。本企画に第１巻からかかわらせていただいている者の一人として、心からの感謝を捧げたい。

2017年５月

水間千恵

〈凡例〉

・タイトル下の書誌事項は、原則、書影の表記に拠った。文庫の場合は、原則、出版社名のかわりに文庫名を採った。
（　）内は原綴および原書出版年。

・引用文中のルビ・傍点は、本読者対象にあわせて取捨選択した。

・現在入手できる本もあれば、場合によっては品切れ重版未定の本もとりあげた。

・イラスト・写真は、とりあげた作品を「読み解く」うえで、イメージを広げるために掲載したもので、原則、作品に掲載されているものではない。

・執筆分担は、項目末に略称で示した。
　（大）大島丈志
　（奥）奥山　恵
　（西）西山利佳
　（川）川端有子
　（水）水間千恵

・関連する作品・作家・事柄が別の場所に出てくるときには、必要に応じて欄外にクロスリファレンス（☞）で示した。

・「18年」「数えで15」「2年」の項目については
　JSPS科研費 16K02431の助成を受けた研究成果を反映している。

1

時を見つめる

うれしい出会い、悲しい別れ、楽しい訪問、つらい修行、恐ろしい冒険など、さまざまな経験をとおして、子どもたちは成長していく。それを見つめることによって、新たな知識や深い学びを得られ、豊かな感情が育まれ、そしてよりよい生を手にできる……ここにはそんな「時」がつまっている。

愛着対象との別れの時　赤ちゃんもうふにさようなら

『ジェインのもうふ』
アーサー・ミラー
アル・パーカー 絵
厨川圭子 訳
偕成社　1971年
（Arthur Miller, *Jane's Blancket*, 1963）

　幼児が特定の人物やものに対して強い執着をいだき、それを安全基地とするという現象は、よく観察される。その対象を愛着対象と呼ぶが、それは養育者であったり、養育者の身代わりとして見なすことのできるぬいぐるみであったり、毛布であったりする。

　スヌーピーのマンガに出てくるライナスという少年が、いつも汚れた毛布を手放さず持ち歩いている図は有名であるが、この毛布こそ、ライナスの愛着対象である。夜は子どもひとりで子ども部屋のベッドに寝かせるというのが、むかしから英米の慣習であるが、そうすると幼児はしがみついて眠りに入る時の毛布と、しばしば愛着関係に入ることがある。

　多くの場合、幼児期を脱すると、自然に子どもたちは「赤ちゃんもうふ」を手放したり、それをまだ持っていることを「赤ちゃんのしるし」として恥ずかしく思ったりするものだが、それでもひそかに「赤ちゃんもうふ」から離れられない思いをいだきつづけることもある。

　昼間は立派に「子ども」としての振舞いができても、寝る時になるとひとりぼっちの不安から、愛着対象に頼りたくなるのも、また自然な成り行きといえよう。

　　　　＊　　＊

　この物語の主人公のジェインも、生まれた時からずっと包まれていた優しい手触りのピンクの毛布が、安全地帯でありつづけた。ご機嫌ななめの時でも、くたびれて泣きだしたい時も、「もーも」と呼ぶこの毛布にさえ触っていれば、ジェインはすやすやと安心して眠りにつくことができた。

　ジェインは成長し、体は大きくなり、どんどんできることが増えていく。ことばも覚え、背も高くなり、大きなベッドで寝るようになり、……そしてある日、ジェインはいつの間にか、身近にあのピンクの「もーも」がなくなっていることに気がついた。

　突然「もーも」をもとめて泣きだしたジェインに、お母さんはとまどう。ピンクの毛布はぼろになり、ぼろきれ袋に払いさげになって久しかった。ジェインはもうすでに新しい黄色の毛布で寝ていたのだ。

　ぼろぼろの切れ端になってしまった

愛着対象との別れの時

ピンクの毛布をとりもどし、またそれを抱きしめて眠るジェインの心には、あれほど大好きだった「もーも」を、忘れてしまっていた自分へのいらだちとともに、成長の過程ですこしだけ、また赤ちゃん返りする子どもの葛藤が見てとれる。小さくなってしまった「もーも」に比べて、自分のほうは明らかに大きくなっているのだから。

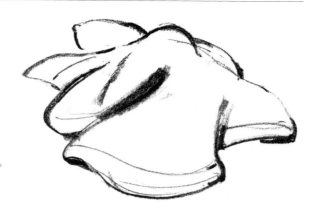

ピンク色もやわらかな毛布も、幼年時代の思い出につながる。

その後、ジェインの世界が広がっていくにつれ、小さな切れ端となってしまった「もーも」は、ジェインの心の中から消えてゆき、やがてそれをしまいこんだままであることすら忘れてゆく。彼女の愛着の対象は、戸棚にしまってあって、家の中に存在していることさえわかればいいものとなり、忘れていた自分にいらだって、小さいころのように泣くこともなくなる。

生まれた時から小学生になるまでかかって、だんだんに、自然に、しかしくり返し、くり返しふり返る過程を経ることで、こうして「もーも」とのお別れの儀式が完成すると、ジェインもその毛布を、必要としている他人に譲り、役に立ててほしいと望むようになる。覚えてさえいれば、あの大事だった「もーも」は、記憶のなかで永遠に自分のものだと納得しえた時、ジェインは本当に赤ちゃんもうふとさよならすることを肯定的に受け止められたのである。

ピンクの「もーも」は、今度は小鳥の巣として編みあげられ、小鳥のひなを育てる巣になるのだが、このことは、赤ちゃんもうふが、形を変えても子どもを育む役割を担っていることを語っているといえよう。

この本は、「るつぼ」（1953年）や、「セールスマンの死」（1949年）などの戯曲で有名なアメリカの劇作家、アーサー・ミラーが、娘レベッカの誕生した年に書いた唯一の児童文学作品である。1971年に翻訳出版されてから、2008年までに98版を重ね、いまにいたるまで幼年文学のロングセラーとして読み継がれているのは、ここに語られている少女の、愛着対象からの卒業の過程が、世代や国境を超えても普遍的に訴えかけるものがあるということを示しているからである。

（川）

☞幼少期（124p）

いつか　厳しい現実に埋没せずに

『「うそじゃないよ」と谷川くんはいった』
岩瀬成子
味戸ケイコ 絵
ＰＨＰ研究所　1991年

　子どものころ、困ったことに直面すると、よく10年後のことを思った。10年後には、いま、自分が困っていることなど、ちっぽけなことになっているにちがいない……。そんな想像が、現実の不安や苦痛をやわらげてくれた。日々、刻々と過ぎていく現実の時間のほかに、目の前には見えないけれど、いまとは別の、はるかな時間も流れていると思えることは、人を救う気がする。この作品の主人公るいも、そんな遥々とした時間に救われているひとりではないだろうか。

　　　　　　　＊　　＊

　5年生のるいは、小学校に入って以来、学校ではめったにしゃべらない。小柄なるいは、幼稚園のころからなんとなく「みんな」と対等に接することができず、そんなるいに対してまわりも、保護したり、からかったりとさまざまな反応を示す。両親も「普通に」しゃべれないるいに、さりげなさを装いつつも心配している。誰だって「普通じゃないところ」をもっているが、そういうところを直して「おとなになる」のだ、と。

　しかしるいには、まわりに合わせて「普通」になることを考えるより、望遠鏡で空を見て「いつか宇宙へでていこう」と想像するほうが、ずっと自然なのだ。学校や家族が示そうとする具体的な大人とはちがう、「名前も知らない星のあいだを通りぬけていく自分の姿」を想像するほうが、るいにとってはずっと親しい。

　そんなるいの前に、谷川くんというひとりの転校生が現れる。星を見るのが趣味で、動物の生態を研究している父親と外国のあちこちを旅したという谷川くん。

　谷川くんもまた、日常とはちがうスケールで時間を感じている少年だ。たとえば、ときどきるいにくれる絶滅した動物たちの切手。谷川くんは絶滅の現実を嘆くのではなく「きっとどこかで生きている」と考える。るいに対しても、「ぼくとは話せよ」と自然に語りかけてくる。そんな谷川くんに、るいはしだいにひきつけられていく。

　しかし、一方で谷川くんは、厳しい現実をかかえてもいた。ときどきお金を貸してほしいと頼まれるようになったるいは、じつは、谷川くんが幼い妹とふたり

だけで、貧しいアパートに隠れるように暮らしていることを知る。その貧困の現実は、しだいに谷川くんを追いつめ、学校でも、スケールの大きすぎる谷川くんの外国暮らしの話は「うそ」だと疎まれ、孤立していく。それでもなお、るいは、谷川くんがしゃべっていることは「谷川くんの心」だ、「ほんとうのことだ」と思いつづけるのだ。

思えば、まわりに合わせて成長していけない、いや、いきたくないるいに対して、谷川くんは、親に捨てられるという厳しい現実のなかでまわりより先に大人にさせられてしまった子どもといえる。いずれにせよ「普通」からはじかれてしまった子どもたち。彼らのかかえる現実を、「場面緘黙」や「貧困」「置き去り」といった問題としてとらえ、現実的な解決を描いていくという方向もあるだろう。実際、谷川くんは、自分で市役所に行き、新しい生活を模索する。しかし、そうした現実的な解決とは別の次元で、多層的な時間があると思えることで、彼らは厳しい現実に埋没せず、生き延びているのではないだろうか。るいは、遠い砂漠を旅している谷川くんを思い浮かべて、サン＝テグジュペリの「星の王子さま」に似ていると思う。遠い星から来て、また帰っていく「星の王子さま」。大切なことは「目に見えない」と語る彼もまた、たしかに、目の前の砂漠

絶滅危惧の動物の切手。

とはちがう時空を思い描くことのできる子どものひとりだった。

10月に転校してきた谷川くんは、クリスマスの日に去っていく。一緒に過ごしたのは、たったの3か月。しかし、「いつか」、モンゴル、オーストラリア、パタゴニア……といった広い世界で「ヒツジや馬や犬と暮らしたいんだ」と語り、「いつか」、また遊びにいくよと手紙に書いてくれる谷川くんの「いつか」の時間。それは、「いつか」「ここじゃないどこかへ」行けると思うるいの心と、しっかりと共鳴し、記憶に刻まれる。ふたりが思う「いつか」の時間は、「うそ」の時間ではけっしてないのだ。　　　　（奥）

一生 閉塞状況をつくりだした時代の「雰囲気」

『マヤの一生 椋鳩十の本』第十二巻 児童文学
椋鳩十
理論社　1983年

　中型の日本犬のマヤと「わたくし」の5人の家族、3人の息子のうちで、とくに次男との交流を描く。第二次世界大戦中の時代の「雰囲気」を犬のマヤの生涯を軸としながら語っていくという視点は、「動物文学」を描く椋鳩十の特徴のよく表れた作品といえる。のちに虫プロダクションによってアニメ映画「マヤの一生」(神山征二郎監督、1996年) が制作された。

　熊野の狩人たちが狩りにつかった熊野犬の子犬のマヤは、熊野から鹿児島に送られて、語り手のわたくしの一家にやってくる。手に乗るほどの大きさのメスのマヤがふるえながら家にきた時に、さっと懐に入れた当時6歳だった次男によくなついている。その証拠にマヤはいつも次男に寄り添って眠るのであった。寂しがり屋のマヤは食いしん坊のニワトリのピピや、いねむりの好きな猫のペルとも仲良く遊びながら成長していく。わたくしの一家は、心からマヤをいとおしく思っていた。

　しかし、昭和6年に満州事変が起こり、それから続く戦火の拡大、そして敗戦の色が濃くなる第二次世界大戦の後半、食糧が手に入らなくなり「勝つまでは、欲しがりません」という標語が政府によってつくられるようになる。犬を飼うことは贅沢だとされ、軍用犬以外は殺すようにとの政府の命令で、マヤも殺されそうになる。

　わたくしはなんとかマヤが殺されるのを防ごうと、物語を創るための研究材料に使うから殺さないでほしいという旨の嘆願を警察署長に提出したが受け入れられず、マヤは撲殺されてしまう。マヤが棒で撲殺される時、縄を握っていた次男と三男はショックのあまり40度の高熱を出して寝こんでしまう。だが、奇跡的に息を吹き返したマヤは、瀕死の状態で帰宅。靴のぬぎ石のところで、愛する次男の下駄にあごを乗せ、次男の匂いをかいで死んだのであった。

　マヤが一家にもらわれてくるところから始まり、次男との交流、マヤの成長と生態をたいへん丁寧に描いていく物語である。マヤの成長にともなって、ともに成長していく次男のようすも無理なく描かれている点に、動物をあつかった児童

一生

借りた大きな農家で、マヤは成長していく。

文学の有用性が示されている。

＊　＊

　家族に心から愛されているマヤの死は悲劇である。しかし、この作品は単なるマヤの「悲劇」を語る以上のものを提供していよう。

　恐ろしいのは政府や軍の命令だけではない。貧しさに耐えることのできない人間は非協力者だと町で演説をする偉い人、非常時だからといって、犬を出さないわたくしを大声で怒鳴る者などの周囲の人びと。飼い犬は贅沢だという言説、贅沢は排除されて当たり前という「雰囲気」が政府や軍部からつくりだされ、それが日常になり、人びとがしたがっていくさま、最後の１匹となったマヤとわたくしを町の人びとが憎むようになる時代の雰囲気を、極力怒りを抑えながら描く。ただし、周囲の人たちがもともと暴力的だったわけではない。恐ろしいのは戦時下の人びとの、食糧難や空襲の恐怖、不安からくる、他者へと向かういらだちや憎しみの増幅なのである。周囲の人びとだけではなく、わたくしの中にも憎しみはあり、マヤをなぐってしまうことも語る。

　マヤの生涯を中心にすえることで、第二次世界大戦中の人びとの心が徐々に、しかし確実に憎しみに染められていくさまを冷徹な視線で描いているのである。

　本作品は、まず、マヤや子どもたちの成長の物語、食糧難や空襲などの戦争の悲惨さを伝える。加えて、時代の「雰囲気」なるものが人びとのなかで時間をかけてじりっ、じりっと醸成され、気がついた時には個人ではとうてい抵抗は不可能となること。不安や恐怖から人びとは荒々しい心をもち、ちがいのあるものや弱者をつぶそうとするという、閉塞状況がつくられる時の実例をマヤの一生をつうじて描く作品なのである。

　初出は『マヤの一生』大日本図書、1970年。　　　　　　　　　　（大）

☞第二次世界大戦（360p）

異文化体験の1か月　訪問先で発見した我が家の価値観

『昔気質の一少女』
オルコット
吉田勝江 訳
株式会社KADOKAWA　1968年
(Louisa May Alcott, *An Old-Fashioned Girl*, 1870)

　幼いころ、人はえてして自分の家がふつうであり標準であり、ほかの人たちもみな、同じ生活をしているものと思いこんでいるものだ。だから時に他家で生活をともにすることになると、たとえそれが1日、いや一度食事をともにするだけでも、大きなカルチャーショックを受けることになる。ましてやそれが1週間以上にわたる滞在ともなると。また、訪問先が我が家とはまるで経済的水準も、文化的背景もちがうところであるならば。

　むかしは、「訪問」といえば、1週間から1か月くらいの滞在を意味していてもおかしくはなかった。「客間」(スペア・ルーム)という余分の部屋があり、そこで寝泊まりできるようにしつらえてあったのである。長逗留をしてなかなか帰ってくれないうるさい親戚のおばや、厄介な客の話などが、英米の児童文学にはよく出てくる。オールコットの『若草物語』では、長女メグが、1週間、裕福な友だちサリーの家に遊びにいき、「虚栄の市」の裏面をつくづくと思い知るという章がある。

　この物語の主人公、ポリーもまたメグと同様、貧しい家庭の田舎の娘であり、招かれて滞在したのは、裕福な友人ファニーの家であった。貧しくとも助けあい、愛しあってともに暮らしていた実家とはちがい、ファニーの家庭はお金持ちとはいえ、それぞれがばらばらで、心の通いあいというものがほとんど見られないところだった。仕事に夢中で家族を顧みない父親、自分勝手で贅沢な社交に夢中の母親、放蕩息子の弟トム、甘えん坊で駄々っ子の妹モード、家族から無視されてひとりきりのおばあ様。家族が全員すれ違いながら暮らすファニーの豪華な邸宅は、質素清貧で、子どもらしい生活をおくってきた純朴なポリーにとって、おどろきの連続でしかなかった。

　ファニーの友人やつきあいもおどろきの連続である。毎日流行のドレスを着てそぞろ歩き、適当に授業はこなして、噂話やスキャンダルにうつつを抜かし、読む本は扇情的なミステリーやロマンス、田舎育ちのポリーが恥ずかしくなるような劇やレビューを見たり、買いものをしたり。まだ16歳なのに、父や母には隠れて男性といちゃついてみたり、プレゼントのやりとりをしたり。

招いてくれたファニー自身が、ポリーのあか抜けない格好を恥ずかしく思うくらい、ポリーは場違いで、昔風で、流行遅れで、質素で、子どもらしく、しかしごく健全であった。

最初は、思い出に囲まれて寂しく過ごしていたおばあ様がポリーをたいそう気に入った。そのうち、楽しく遊んでくれるお姉さんとして、モードがポリーを慕いはじめる。そり遊びや、駆けっこなど体をつかう遊びが大好きなポリーは、トムとも気が合って、雪の坂で一緒にそり滑りをしてすっかり意気投合する。

そのようすを見ていた多忙な父のショー氏すら、少女の健全さという、当たり前の、しかし自分の娘たちには欠けている美点をポリーに見いだし、この娘にひきつけられるのであった。

トムはつねに父から蹴まれている、というコンプレックスに悩まされていたが、ポリーに励まされて暗唱を頑張って練習し、ついに父にその努力を認められる。しかしご褒美の自転車を暴走させて、大けがをしてしまったトムは、ポリーに看病され、けがをして死んだというポリーの兄の話に、自分がどれほどきょうだいに恵まれているかに気づくのだった。

このように、訪問先の解体しかけた今風のファニーの家族を結びあわせたのは、昔気質な、けれども健全な家族が培ったポリーだった。しかし、ポリー自身は、この訪問の1か月がいささか煩わしくなってきていた。

旅をして、その結果、さまざまなこと

19世紀当時、最新のファッション情報は女性雑誌によって広められた。カラー刷りのファッション・プレートやモノクロのイラスト画で人びとは流行の先端を知った。(*The Girl's Own Paper* 挿絵より)

を知り、経験を積んで大人になって家に帰る、というのは児童文学の王道の、「いきて帰りし」物語だが、1か月の都会のよその家の異文化にふれて、ポリーが得たものは、我が家こそ、どんな宮殿よりも美しく懐かしいものであるということの再確認だった。

この1か月の物語は『昔気質の一少女』の前半であり、後半では、20歳になったポリーが、ピアノを教えて身を立てはじめ、財産をなくして途方に暮れるファニーの家族に助けの手を差し伸べるようすが描かれる。貧乏生活の経験を生かしてファニーを助けるポリー。昔気質といわれたポリーのほうが、よっぽど自立した職業婦人になっており、経済的裏づけを失ったモダンガールは、彼女に教えを乞うしかない。大人になったふたりの意外な恋のゆくえも興味深い。　　(川)

幼いころ　むかしもいまも、末っ子はお得

『きかんぼのちいちゃい いもうと』
ドロシー・エドワーズ
渡辺茂男 訳
堀内誠一 絵
福音館書店　1978年
（Dorothy Edwards, *My Naughty Little Sister*, 1952）

「ずっとまえ、わたしが小さかったとき、わたしよりもっと小さい　いもうとがいました」。この、出だしで始まる15の短い物語は、おねえちゃんが語るきかんぼで、いたずらで、やんちゃで、わがままないもうとの物語である。

出版されたのがもう半世紀以上まえだというのに、その物語ひとつひとつがなんと臨場感にとんでいることか。

幼年文学でありながら、すでに大人になった姉が思い出を語るという形式が、つねにくり返され、幼いながらに自分より小さないもうとをなんとか保護し、母のいいつけどおり危ない目にあわせないようにと苦労する、まだ小さかったおねえちゃんのいじらしさと、そんな思いもまったく知らずに、天真爛漫にやんちゃをやってのけるいもうととの双方を見事に描きだしている。

魚を捕まえようとして川に入りこんでしまったきかんぼのいもうと。びしょびしょになって泣きわめくいもうとの洋服を脱がせ、日のあたるところにおいて干そうと走りまわる年長の子どもたち。

ぬれて機嫌を悪くしたいもうとは、ほかの子たちのお弁当のサンドイッチもお菓子も、全部平らげてしまい、おねえちゃんもほかの子もお腹はぺこぺこだ。

それなのに、せっかく乾いた服がしわしわになっていたため、川に落ちたことがお母さんにばれてしまい、おねえちゃんの晩ごはんはバタつきパンだけで、お砂糖つきのビスケットはもらえなかった。

いもうとはというと、晩ごはんはミルクしかもらわなかったが、（でもどうせ何人分もの昼ごはんをひとり占めにしているのだ）その帽子には、ちゃっかりと小魚が入っていた。

そう、誰も捕まえることのできなかった魚を、きかんぼのいもうとは、偶然とはいえけっきょく捕まえていたのだ。

何もしなくても末っ子は得をする。これは昔話の時代からの、避けがたい取り決めなのかもしれない。

誰もがおちびのいもうとを愛している。具合を悪くしたいもうとは、湯たんぽを入れてベッドに寝かせられるが、お医者さんはいやだと頑固にいい張りつづける。しかし、御用聞きのパン屋さんも石炭を

幼いころ

きょうだいは生まれてはじめてあたえられた遊び仲間であり、小さいころほど歳の差が大きくものをいう関係である。(*The Girl's Own Paper* 挿絵より)

届けてくれるおじさんも、窓ふきのお兄さんも、みんながいもうとの容態を心配して、プレゼントをくれたり、優しいことばをかけてくる。こんな物語も、黙って見ているおねえちゃんの視点で語られているので、おねえちゃんの気持ちを考えると、いささか同情を禁じえない。

どんなに甘えっ子でも、きかんぼでも、年下の子は愛される。いくら年上であるとはいえ、おねえちゃん自身も、「小さかったとき」の思い出なのである。きっと口惜しい思いもしただろうに。

いけないとわかっていてもやってしまう、おもしろいことなら夢中になって後先も顧みない、自分が悪い子だとわかっていても、やってしまう。サンタクロースを「へんなおじさん」と呼んで、かみついたり、劇場の舞台にあがって袖に入ってしまったり、好奇心に負けて道路工事のおじさんたちのお弁当を開けて散らかしてしまったり……。

きかんぼのちいちゃいいもうとは、幼児の好奇心と衝動性と破壊性の象徴のような存在だ。しかし、おとなしくて静かでお行儀のいい大人のような少女より、絶対に「子どもらしい」。

「子どもらしさ」は、大人が定義づけるものだ。そしてこのような破壊的、衝動的子ども性は、子どもが本当に幼い時代にのみ、「かわいい」として許されるものなのだ。

末っ子はその子どもらしさを長く続けて保てるお得な存在だ。それをうらやみつつも、おねえちゃんもきっとちいちゃいいもうとの行動に、ひそかに拍手喝采しているのかもしれない。すでに自分には許されなくなった子どもの特権をもちつづけるいもうとに。

本作品は2005年より、酒井駒子の挿絵による全3巻の改訂版が出され、未訳のエピソードも加えられた。　　（川）

終わりと始まり　さかのぼる時の国「ドコカ」

『天国からはじまる物語』
ガブリエル・ゼヴィン
堀川志野舞 訳
理論社　2005年
（Gabrielle Zevin, *Elsewhere*, 2005）

　15の歳で、自転車事故で死んでしまったリズ。気がつけば見知らぬ船に乗って海を渡り、「ドコカ」と呼ばれる彼岸の国へ到着していた。港に迎えに出てきてくれたのは、亡くなったベティおばあちゃん。けれども彼女はまるでリズの母親くらいの歳に見えた。

　リズがたどりついたのは、死んだ人がやってくる国である「ドコカ」であった。ここでは、亡くなった人はその年からだんだんさかのぼって若返り、やがてゼロ歳になると、赤ちゃんにもどって地上に生まれ変わるのである。死後の世界としては、例を見ないオリジナルな設定であり、だんだん若くなっていくことで、新たにこの世に生まれなおし、また人生を始めるという発想は、輪廻転生とはまた異なるかたちで、あの世と復活・再生のプロセスを書き直している。

　だが、人生を逆向きに生きるということは、ようやく大人扱いされようという歳に死んだリズには、耐えがたい話だった。これから人生を始めようというその時に、まだ恋も知らず、生きることの意味も知らずに死んでしまったうえ、またどんどん幼くなって、泣くよりほか能のない赤ん坊にもどされてしまうなんて、つらすぎる。

　15歳まで生きてきたその意味は、どうなるのだろうか。自分が死んだとは受け入れられないリズはとり乱し、「ドコカ」に順応することを拒む。

　当然ながら、そういう人はたくさんいる。だから「ドコカ」には「順応相談課」がカウンセリングを引き受けている。また、15歳までで死んだ人は、特別の計らいで、15年さかのぼるまでもなく、1年以内であれば本人の希望により、すぐに赤ん坊にもどしてもらえるという「スニーカー条項」という取り決めもあった。

　「ドコカ」では、人は職業ではなく、「副業」をもつ。経済のためではなく、精神を豊かにするためであるから、副業なのだ。マリリン・モンローは精神科医に、ジョン・レノンは庭師に、リズと一緒に船に乗ってきた麻薬中毒のロッカーは、漁師を選んだ。

終わりと始まり

「ドコカ」の人びとは、「見晴らし台」からコイン式の望遠鏡で海のかなたにある「現実」を見ることができる。死んだことを受け入れられない人は、「見晴らし台」に通いつめ、耽溺症になってしまう。リズもそうなりかけていた。おまけに自分がただの事故ではなく、ひき逃げされ、その犯人が生きていることを知ったからなおさらであった。

見晴らし台から遠く海のかなたの「現実」を見つめつづけたリズだったが……

望遠鏡にとりつかれていた彼女を救ったのは、彼女が自然と犬のことばを解することがわかり、死んだペット専門のカウンセラーを副業としたことからであった。そして、セイディという犬を飼うことを始め、しだいしだいではあったが「ドコカ」に順応しはじめる。

しかしリズはどうしてもやり残したことがあきらめきれない。お父さんにプレゼントのセーターを渡すことをあきらめきれなかったのだ。リズは禁じられている「接触(コンタクト)」という手口で、両親にメッセージを届けようとした。「接触」を管理する監視官のオーウェンに捕まってしまったリズだったが、同情してくれた彼の助けで、なんとか思いを達することができた。

このことをきっかけに、オーウェンとリズは急接近する。死んでからもう10年以上たっているオーウェンは17歳になっていた。それでも、30代になっている妻のエミリーを週1回「見晴らし台」から見ており、いまでも妻を愛していた。しかし、リズに自動車の運転を教えたり、犬を飼うことを覚えたりするうちに、ふたりはだんだん愛しあうようになる。

逆向きに過ごす人生に、生きがい（？）を見いだしかけたリズだったが、オーウェンの妻エミリーが死んで、「ドコカ」に現れた時、混乱が生じる。

リズを愛する17歳でありながら、死んでやってきた34歳のエミリーに義理立てしようとするオーウェン。しかし彼もいまとなってはリズを相手に恋をしていることも認めざるを得ない。リズは傷つき、エミリーも悩む。

やがて、自分の気持ちを明確にしたリズは、逆向きにたどる人生の意味を悟り、受け入れることになるのだが、それには長い葛藤が必要であった。

死は生の始まり、人生はめぐりめぐる円環で、流れる水がそれを回している——そんな死生観が描かれる「ドコカ」の物語である。　　　　（川）

クリスマス・イブ　世界の神秘を学ぶ夜

『青い鳥』
メーテルリンク
末松氷海子 訳
岩波少年文庫　2004年
（Maurice Maeterlinck, *L'oiseau bleu*, 1909）

　チルチルとミチルの不思議な旅を描いた『青い鳥』といえば、児童劇の傑作として名高い。日本初演は1920（大正9）年だから、上演歴の古さでいえば、1927（昭和2）年初演の『ピーター・パン』（J・M・バリ）より先輩格だ。しかも、戯曲がなかなか出版されなかったバリの作品とは異なり、メーテルリンクの作品は、当初から戯曲として日本に紹介された。舞台上演に先立つ1911（明治44）年に出版されたその初訳で、訳者のひとり東草水（ひがしそうすい）は子どもの読者に向けた思いを序文に綴っている。以後100年以上にわたって、途切れることなく戯曲が児童書の棚に並びつづけてきたことを思えば、『青い鳥』こそは、まさしく児童劇の王さまと呼ぶにふさわしい作品だといえるだろう。

　舞台は、クリスマスのまえの晩、木こりの小屋の居間兼台所で幕を開ける。今年は自分たちのところにサンタクロースが来ないことを知っているチルチルとミチルが、近所の裕福な一家のパーティのようすを窓越しに眺めて楽しんでいるところへ、魔法使いのおばあさんがやってくる。病気の娘を幸福にするために青い鳥を探しているのだという彼女にいいくるめられて、兄妹は、どこにいるともわからない鳥を探す旅に出かけることになるのである。魔法使いから渡された帽子の魔力で、人のことばを話せるようになった忠実な犬のチロと、腹に一物かかえている猫のチレットがふたりにつきしたがう。ほかにも、魔法使いの信頼が篤く、杖をあずけられてリーダーに指名された光の精を筆頭に、火、水、パン、砂糖、牛乳などの精たちも同行する。

　兄妹は、「思い出の国」で死んだ祖父母や弟妹たちとつかの間の再会を果たし、「夜の御殿」で、幽霊、病気、戦争、闇、恐怖などをかいまみる。また、チレットの策略で連れこまれた「森」のなかで、人間に対して激しい憎悪をいだく樹木や動物たちにとり囲まれ、危うく殺されそうになったりもする。冷たい死者たちとの邂逅を覚悟して入った真夜中の「墓地」では、清浄な庭園に満ちあふれる清々しい生命力を目の当たりにしておおいにおどろく。

さらに、「幸福の楽園」では、ルネサンス絵画を思わせるような宮殿で豪華な宴会に興じていた〈この世でいちばん太った幸福たち〉のみじめであさましい実体を目の当たりにする一方で、兄妹の家に住んでいるという〈慎ましやかで小さな幸福たち〉や、天国の門の近くに住む〈美しい大きなよろこびたち〉とも触れあい、〈比べるもののない母の愛のよろこび〉に抱きしめられる。そして、最後に訪れた「未来の国」では、これから生まれてくる子どもたちと彼らが現世にもたらすものを目にし、未来の弟ともことばを交わす。

兄妹はこの間、何度も青い鳥を手にするが、毎回色が変わったり、死んだりして、結局、鳥籠はからっぽのままで家に帰る羽目になる。しかし、旅の仲間たちから別れを告げられ、失意のうちに懐かしい我が家へともどったふたりを待ち受けていたのは、青い色に変化したチルチルの飼い鳩だった。

＊　＊

青い鳥は幸せの象徴であり、身近なところにある幸せに気づくことこそが大切、たとえ貧しくても我が家こそがいちばん……100年を超える日本での出版史をひもとくと、子どもたちはいつも、そんな説教じみた解説つきでこの作品を読まされてきたことがわかる。

だが、クリスマス・イブに始まる兄妹の長い旅を子細にたどれば、そんな単純なことばで物語のテーマをまとめてしまうのがもったいなくなること請け合いだ。

貧困にあえいでいると思われがちな兄妹の境遇だが、ト書きには、「それほど貧しくは見えない木こりの小屋の中」とある。戯曲ならではのト書きもじっくり読めば、きっとほかにも新たな発見があるだろう。写真は、初期の舞台のようす。（『演芸画報』より）

チルチルとミチルが見聞きしたのは、日常をはるかに超える、この世界自体の神秘。死者やいまだ生まれぬ者たちの姿から我が身の生を問いなおし、動物や植物たちの声によって人間という種のおごりに気づかされる読者だっているだろう。1年にもおよんだはずの旅がじつは一夜の出来事だったというのも、単なる夢オチですますなかれ。クリスマスの朝に兄妹が得たのは、世界をそれまでとは異なる目で眺めることのできる力。ふたりの旅は、その源にあるのが知識と経験であることを明らかにしてくれるだろう。クリスマス・イブにサンタクロースが来なくても、手に入るこのうえないプレゼント──『青い鳥』はそれを描いた物語なのである。

（水）

建国200年と100年周期が重なる時間　精霊の卵が生まれる年に

『精霊の守り人』
上橋菜穂子
二木真希子 絵
偕成社　1996年

のちに、外伝もふくめ壮大なファンタジーシリーズへと続いていくことになる本作は、次の一文から始まっている。「バルサが鳥影橋をわたっていたとき、皇族の行列が、ちょうど一本上流の山影橋にさしかかっていたことが、バルサの運命をかえた」。用心棒稼業で身を立てている短槍使いのバルサ。30歳も間近の彼女が、隣の橋の上で暴走した牛車から川へふり落とされた皇太子チャグムを助けたことが、バルサのみならず、多くの人びとの運命を変えていく物語の発端となる。

新ヨゴ皇国の第2皇子チャグムは、この時11歳。すこしまえから奇異なモノに宿られ、神聖な皇族を穢すとして、帝である父から命をねらわれていた。バルサは妃に頼まれ、チャグムを連れて逃亡の旅に出る。皇族の暗殺集団「狩人」たちに追われ危険な目にもあうが、幼なじみの薬草師タンダや呪術師トロガイなどの助けを借りつつ、バルサはチャグムの身に宿ったモノの正体を解こうとする。やがてそのモノは、国の歴史や自然界の周期といった大きな時間に関わる存在であることがわかってくる。

新ヨゴ皇国は、200年まえ、海の向こうの大国「ヨゴ皇国」の第3皇子トルガルが、ナナイという星読博士に導かれて半島に興した国である。その「建国正史」によれば、トルガルは先住民ヤクーたちの恐れる水の魔物を倒して豊作を導き、聖祖となったという。奇しくも、チャグムがモノを宿したこの年は、その建国から200年めにあたっていた。

しかし、呪術師トロガイやタンダが血をひく先住民のヤクーには、また別のいい伝えがあった。ヤクーたちは、目に見えるふつうの世〈サグ〉のほかに、〈ナユグ〉と呼ばれるもうひとつ別の世があると信じている。そして、その〈ナユグ〉の精霊「ニュンガ・ロ・イム〈水の守り手〉」が、100年に一度〈サグ〉に卵を産み落とす。その卵を産みつけられた者は「ニュンガ・ロ・チャガ〈精霊の守り人〉」として大事にされた。卵が無事生まれることで、この世に水の恵みがあたえられるからである。しかし、その卵を好むラルンガという異世界の生物もまた、その卵をねらって現れる。この年

建国200年と100年周期が重なる時間

は、その100年ごとの精霊の卵の誕生の年でもあったのだ。

皇族の歴史を飾る「正史」に対して、人びとが信じている先住民たちの伝説。並行するふたつの時間認識は、時に応じて利用され変えられていく、一筋縄ではいかない国家や歴史というもののありようを、あらためて考えさせる。と同時に、この100年という時間が、人間が何かを忘れてしまうのに充分な長さであると示されていることも、なんとも鋭いことではないだろうか。

たとえば、建国以来、星を読み未来を知る役割を担ってきた星読博士たち。彼らの最高位である聖導師(せいどうし)は、国の政治にも深く関わり、動かしてきた。しかし、「ときがたつうちに、さまざまなことをわすれ」、「政(まつりごと)をあやつる」ことにかまけて、自然の理をありのままに見ることができなくなっていたと語る。そして、チャグムに宿ったモノの意味をあらためて知るために、若き星読博士のシュガに、200年まえにナナイが残した極秘の「石板」の読み解きを託す。

一方の老呪術師トロガイにしても、どうすれば卵を食うラルンガから、精霊の卵とその守り手を救うことができるのか、知らないことはたくさんあり、「くそっ!」「こんなことに、いままで気づかずに、なにが呪術師だ!」としばしば嘆く。それほどに、人間は過去を忘れ、過去を歪め、事実を事実として伝えていくことは、難しいことなのだ。トロガイやタンダは、ヤクーの村の物語や祭りの歌といったか

石板に刻まれた記録。

すかな手掛かりから、100年まえの出来事を探っていくほかはない。

こうして、最初は自分がまきこまれている運命を呪っていたチャグムは、多くの人びととの探究や、バルサの圧倒的な武術の技、そして、庶民の素朴であたたかい暮らしのなかで、異世界との交わりを知る稀有な皇太子へと変わっていく。一方バルサも、チャグムを守ることで、殺された父のかわりに自分を守りつづけてくれた養い親のジグロの気持ちを理解し、命を守る喜びを知る。そして、100年周期をさかのぼり、世界の不思議を探ったトロガイやタンダやシュガは、時間を超えて「真実を語りつたえる方法」を考えだしていこうと誓いあう。建国と精霊の産卵という重なる時間に導かれた出会いは、それぞれの運命を動かし、こののちも多様な価値観が交錯する、国家をまたぐ壮大なシリーズを作りあげていくのである。

作者上橋菜穂子は、これら〈守り人〉シリーズを中心とするアジア的ファンタジーの作家として、物語の社会性や、重層的な世界観、豊かな自然観などが評価され、2014年国際アンデルセン賞を受賞している。 　　　　　　　　　(奥)

時間意識　17世紀、19世紀、そしていま

『トーマス・ケンプの幽霊』
ペネロピ・ライヴリィ
田中明子 訳
評論社　1976年
(Penelope Lively, *The Ghost of Thomas Kempe*, 1973)

　レドシャムのイーストエンド荘は、築300年にもなろうという古い家だ。新しい入居人のために屋根裏を工事していた大工たちが、壁に塗りこめられていた古い瓶を落として割ってしまったことから、ことは起こったのだった。

　じつはその瓶の中には、17世紀に生きていた魔術師、トーマス・ケンプの幽霊が封じこめられていた。解放された幽霊は暴れはじめ、この家に引っ越してきたハリソン一家は、一連のポルターガイスト現象に悩まされることになる。

　もっとも直接に被害を受けたのは、その屋根裏部屋を改装して寝室に使っているジェームズだった。しかもジェームズがいくら幽霊のしわざだといい張っても、家族は信じてくれない。

　それだけではない、トーマス・ケンプの幽霊は、次々に伝言をよこし、ジェームズを弟子扱いするのである。

　そしてその独特の古いつづり字、古い文体で、警察、薬局、病院などに落書きを出現させ、自分のそもそもの仕事を横取りしたことを怒りまくる。テレビが天気予報を流すと、必ず電波障害が起こるのも、トーマス・ケンプの嫉妬のせいだった。また、ハリソン家の隣に住むおせっかいでおしゃべりのヴェリティさんを、魔女だと決めつけ、ハリソン夫人の枯れ草熱（花粉症のこと）は、魔女のせいだなどと書き散らすことまでする。おまけにその落書きに、イーストエンド荘の自分の弟子（つまりジェームズ）に伝言するようにいってくるので、ますますジェームズは疑われてしまうのだった。

　考えあぐねたジェームズは、ヴェリティさんから、幽霊退治のエクソシストを紹介してもらい、建築業を営むバート・エリソンという人を教えてもらった。バートさんは、ジェームズのいうことを信じてくれ、寝室に棚を作るという名目で、一緒に幽霊を瓶に封じこめる儀式をおこなってくれた。しかし、トーマス・ケンプは捕まらず、二度同じ手に乗ると思うか、と捨て台詞を吐いて逃げてしまう。

　その後、イーストエンド荘の裏のゴミ捨て場で、ジェームズは、120年まえの日記を偶然見つけ、そこに記された、やはりこの家で、ヴィクトリア朝に起こっ

た幽霊さわぎのことを知る。

その家に住んでいたのは独身のファニーおばさんと呼ばれる人で、甥のアーノルドをひと夏、あずかることになったのだが、アーノルドはジェームズが経験したのと同じように、トーマス・ケンプを呼びだしてしまい、同じように悩まされたらしい。しかし、ちがっていたのは、ファニーおばさんが信じてくれたこと、そして教会の牧師さんがエクソサイズの儀式に成功し、トーマス・ケンプを瓶に閉じこめてくれたことだった。バートさんが儀式に失敗した時、トーマス・ケンプが同じ手には引っかからないといったのは、このためであった。

この日記から、ジェームズはファニーおばさんとアーノルドに限りない親しみを覚え、時を超えて同じ境遇を経験した仲間として、強い共感を覚える。

そのうえ、ジェームズの学校が創立100年を迎え、掘りおこした古い資料のなかに、なんとファニーおばさんの名前が見つかったのだ。そしてアーノルドが大人になってから、学校の後援者となり、多くの財産を寄贈したことも明らかになる。いろいろな点で、この先祖のふたりに恩恵を被ってこそ、自分があるのだとジェームズはしだいに気づいていく。

一方、魔術をみなが信じ、魔法使いを重用していた17世紀とはちがい、現代人が自分の存在を信じず、呪文や薬草や魔術を使わずして捜査、治療、予報をやってのけることに絶望したトーマス・ケンプは、ついにこの町にはうんざりした

200〜300年は変わらぬたたずまいの古い家は、住んできた人びとの人生が刻みこまれ、重ね書き（パリンセプト）をつくりだしている。（*The Girl's Own Paper* 挿絵より）

と、大さわぎのうちに去っていった。

* *

散々な目にあったうえ、最後まで家族にも友人にも信じてもらえなかったジェームズだが、この出来事から学んだのは、過去があってこそいまがあり、そして未来があるという一筋の流れとしての時間意識であった。

時の流れはさかのぼればトーマス・ケンプや、ファニーおばさんの時代につながり、前方にはまた、同じ場所に住み同じ場所を眺める別の人たちのところへ行きつく、その途中にいるのが自分なのだ。

みんなが魔法を信じていた17世紀、エクソシストがふつうに存在した19世紀、誰も魔法など信じない20世紀。各時代が、すべて自分とどう関わるかを知って、いたずら盛りのジェームズも、人間に対する理解力を深めたのである。

（川）

☞時の層（306p）

時間差　人類を見つめる冷徹な眼

『ボッコちゃん』
星新一
新潮文庫　1971年

『ボッコちゃん』は、星新一の初期の自選短編集である。『人造美人』、『ようこそ地球さん』（いずれも新潮社、1961年）収録のものを中心に集めたもの。50編のショートショートが収録されている。表題作の機械の人形とそれにまどわされてしまう人間の愚かさを描いた「ボッコちゃん」。そのような個人の愚かさのみではなく、社会問題をもあつかった「おーい でてこーい」は、国語の教科書（学校図書、1981年）に、さらには翻訳されたものが英語の教科書に採択されている。

表題作の「ボッコちゃん」の初出は同人誌『宇宙塵』（1958年2月）である。その後、江戸川乱歩編、雑誌『宝石』にも再録された。原題は「人造美人」である。星作品のなかでももっとも有名な作品だといえよう。

ボッコちゃんというロボットをバーのマスターが発明する。簡単な話をする機能と、飲んだ酒をタンクにためておく機能をもっている。ボッコちゃんに惚れてしまった男が、実らない恋に我慢できず、ボッコちゃんの酒に毒を入れる。じつはその酒屋ではボッコちゃんのタンクにたまった酒を再度客に提供しており……といったストーリーである。

ロボットが接客する近未来のバーのようすを描くとともに、時代が移り変わっても変わらない人間の愛憎を描いている。とくに、星の晩年の作品まで貫かれていく人間の欲望の果てしなさを皮肉をこめて描いているのである。

「おーい でてこーい」は、台風のあと、村外れの社の跡に出現した直径1メートルくらいの穴をめぐる物語である。若者が「おーい、でてこーい」と叫ぶものの、底からはなんの反応もない。石を投げこんでも無反応である。穴が底なしだとわかって、利権屋がその穴を買いとる。人間は原子炉の核廃棄物、機密書類、死体、はてはむかしの恋人と撮った写真まで捨てる。そんなある日、空から「おーい、でてこーい」という声が聞こえ、石が落ちてくる。

穴は無尽蔵にものを受け入れる穴ではなく、時空間がねじれ、時間差でものが

落ちてくるのである。

　舞台設定が明確になされているわけではないが、この作品は、現実の社会問題の反映が見られ、風刺が効いている。高度経済成長前半に、その負の問題にふれている点は鋭い。ただし、星のショートショートの特徴として、明確に社会問題と一致させることを避ける傾向がある。この作品も、あまり現実に結びつけ、または未来を予見していた、とするのではなく、後始末をしない、目先のことだけにとらわれるという、いつの時代も変わらぬ人間の業に対しての冷徹な眼からの批評と受け止めるのがいいだろう。

　本書の最後の作品、「最後の地球人」では、人口が地球の許容範囲を超えるまで増加した未来の社会を描く。増えつづける人口に対処するには、科学に頼らなくてはならい。しかしそれでも人口増加を止めることができず限界にきた時、逆に一組の夫婦にはひとりの子どもしか生まれないようになり、人間は熱心に対策をとる必要がなくなる。人類の滅亡がせまるが、天寿をまっとうする老人の考える死は、青年のころ考えた死とはちがうとされ、語り手は人類のその黄昏を明るい楽しげな時代とする。そのなかでは発展に邁進した時代、働きつづけの時代は未来のための奴隷の時代であったとされ、人類は創世記とは逆の方向に進んでいく。やがて最後の夫婦が子どもを授かり……。

　人類の人口増加という問題について、長大な時代の流れのなかで最後のひとり

☞近未来（144p）

実らない恋に我慢できなかった青年はお酒に……。

になるまでを観察した作品である。

＊　＊

　星作品の人間の欲望について、科学の限界についての視点のとり方には「観察」という表現が似合う。この冷徹ともいえる人類に対する視点は、星作品の時間の感覚が人類を俯瞰しうるものであったためといえよう。このことは、星が作品と時代性をあからさまに一致させることを避けた結果でもあろう。

　本書には、人間の業ともいえる欲望、人間の愚かさ、科学的視点から人類の誕生から滅亡までの時間を描いてみせる冷徹な目、といった星のショートショートのその後につながる特徴が表れているのである。　　　　　　　　　　（大）

37

四季　共存する人間の時間・動物の時間

『てつがくのライオン　工藤直子少年詩集』詩の散歩道
工藤直子
佐野洋子 絵
理論社　1982年

　詩人・工藤直子の少年詩集である『てつがくのライオン』は、少年詩集と銘打たれているが、読者は児童から大人までをふくむと考えられる。おもに少年期の者へ向けた詩集といったところだろうか。

　この詩集は、動植物をあつかった詩が中心であり、形式は多様で、自由詩から散文詩まで幅広い詩が収められている。

　たとえば「動物園」というタイトルの自由詩を挙げてみよう。「動物園」は短い詩である。「その日／動物園は　暑く暑く暑く／ハンカチほどの日かげで／ライオンは涙ぐんでいた」と動物園のライオンのようすが表現されている。百獣の王が故郷の草原から遠く離れ、動物園という人工の環境で、3回もくり返されるほどの夏の暑さのなかで、おりの隅に追いやられている。涙は悲しみからだろうか？　それとも倦怠からだろうか？　なぜこんな場所に来てしまったのか、来なくてはならなかったのか。夏の暑さのなかで、ライオンが動物園のおりの隅にいるというよく見る光景をめぐる違和感とわびしさが表現されているといえよう。

　ただ、だからといってライオンに対する安易な同情や感傷は感じられないのではないだろうか。そうではなくて、ただ涙ぐむライオンを描写し、読みは読者に任せるところに工藤直子の詩の一歩引いた視座があろう。

　散文詩「パリにいきたいくじら」では、陸を泳ぎたい、パリに行ってみたいと思いたったくじらと海豚との会話が書かれている。散文詩のラストの「海豚は、すこし寂しい気もしたので、いつもより長く握手をした」という表現からは、擬人化された海豚とくじらの、友情とも愛情ともいいきれない、それでいてあたたかさのある交流に安心をあたえてもらえるようである。

　佐野洋子による挿絵も、お調子者で、行動力のあるくじらのようすをよく描いている。詩集全体をつうじ、挿絵と一緒に読むことで、詩の味わいがより広がる。

　後半では、一転して、人間が中心となる詩が掲載される。ただし、自由詩「朝」に見られるように、動物と人間は切り離されたわけではない。「虫も息子も　なつかしく／なっぱも涙も　ありがたいなあ」とあるように、動物や植物が、

四季

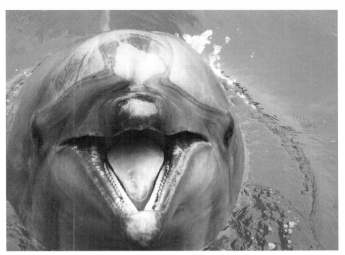

くじらと海豚の別れの時は、すこし寂しい。（撮影：小竹聡氏）

時間や季節の移り変わりとともに、多く登場する。

そして「春・夏・秋・冬そして春」では、春の森のようすから始まり、「光が」に描かれる「光が／五月の風にのって／地球に／あそびにきた」というさわやかな初夏のようす、そしてみどりのあふれる夏のようすが描かれる。この初夏のようすは、「光が」「地球に」「あそびにきた」というように、時も場所も超越した視野で描かれており、ここに工藤の詩の特徴を読むことができるだろう。「とんぼのみる夢は」では、秋の稲穂のなかを飛ぶとんぼの涼しげなようすが描かれる。秋については「秋になると」というよく知られた詩が収録されており、「秋になると／木の実は　うれしくなる」から始まる豊かな秋の情景が印象的である。そしておしまいには「雪が」において雪が描かれる。このように本書では四季の移り変わりを、木々や昆虫のようすを描くことで豊かに、そして人間世界から離れて自然と一体化したような表現で歌っていくのである。

本詩集では、動植物と人間が描かれる。その描かれ方は、動植物の生態、動植物の擬人化、そして人間と等価の動植物など多様である。動植物と人間の両方に視線が注がれ、両者が共存している世界をも描きだしている点にこの詩集の特徴があるだろう。それは、詩集の後半の四季の豊かな情景においてもいえるだろう。

このような表現を可能にしている詩人の一歩引いた、動植物も人間も、そして四季の移り変わりをもよく観察する視点を味わうことのできる一冊である。

1983年日本児童文学者協会新人賞受賞作。　　　　　　　　　　（大）

10か月　親になるための準備期間

『ディアノーバディ　あなたへの手紙』
バーリー・ドハティ
中川千尋 訳
小学館　2007年
(Berlie Doherty, *Dear Nobody*, 1991)

　政府統計によれば、この数年、日本の中絶件数は減少傾向にあるという。それでも年間18万件を超え、そのうち約1割を20歳未満の事例が占める（厚生労働省、2015年10月発表）。つまり、毎年2万人ちかい少女たちが「産まない」という決断を下していることになる。10代で妊娠した場合、約6割が中絶を選ぶとの調査結果もある。ティーンエイジャーの妊娠率では日本をはるかに上回るイギリスでも、中絶率は5割を超えるという（英国国家統計局、2015年2月発表）。

　近年では、児童文学でも「性」を主題にした作品は珍しくない。とりわけヤングアダルト小説では、妊娠や中絶がセンセーショナルなかたちで描かれることもしばしばだ。だが、『ディアノーバディ　あなたへの手紙』は、それらとは一線を画するまじめな物語だ。思いがけず新しい命を授かってしまった高校生カップルが、悩み、苦しみながらも、周囲の大人たちに支えられてそれぞれの道を選び、新たな一歩を踏みだしていくまでのようすを細やかに描いた作品である。

＊　＊

　イングランド中部の工業都市シェフィールドの高校3年生ヘレンは、ある日、感情に流されるままに、別の高校に通う同い年の恋人クリスと結ばれる。それからひと月、彼女は体調に異変を感じ、誰にも明かせない不安な気持ちを吐きだすために、お腹の中の「誰でもない者（ノーバディ）」に向けて手紙を書きはじめる。おののきながら妊娠検査薬を使い、流産を願ってわざと落馬事故を起こし、厳格な母親に責められて涙をこぼし、ついには中絶手術を受けるために病院に向かうヘレン。ひとつひとつの出来事を詳細に記した手紙には、混乱と動揺のなかで、しだいに追いつめられていく少女の気持ちが克明に綴られている。

　対照的に、クリスの心中はそれほど切迫していない。回想記のかたちで語られる少年の思いは、ヘレンに対する陰りのない愛情に満ちてはいるものの、彼女のお腹に芽生えた命に対する意識はどうしようもなく希薄だ。妊娠の可能性を告げられれば、進学をあきらめて一緒に暮らそうと考えたりもするが、その将来設計

は現実感に乏しい。一家を養うために働くことを、夏休みのアルバイトと同じように考えている18歳の少年は、誠実ではあってもあまりにも幼い。赤ん坊を産もうと決意した時、ヘレンはそのことに気づく。

ダンスが得意で音楽大学に進学する予定だったヘレンと、英文科志望のクリス。平凡でまじめな18歳の高校生カップルは、こうしてすこしずつ別の道を歩きはじめることになる。

物語は、クリスの回想記にヘレンの手紙が挟みこまれるかたちで展開する。つまり、ふたりの心のうちが、代わる代わる明かされるのだ。その結果、際立つのが、ヘレンとクリスの成長スピードのちがいである。身の内に宿った命に向き合いつづけるヘレンが、地に足をつけて子どもとともに歩む未来を設計するのに対して、新たな命の存在を忘れていられるクリスは、自分自身の過去を探り、未来を夢見ることに余念がない。

ヘレンに現実的な支援と慰めをあたえたのは、周囲の女性たちだ——私生児として生まれたことに負い目を感じている母、望まれぬ子どもとして生まれ、傷ついて育ち、自ら婚外子を産んだ祖母、中絶経験をもつクリスの叔母、子どもを捨てて恋人との暮らしを選んだクリスの母など、さまざまな先輩女性たちの打ち明け話が、ヘレンに母となるための勇気と

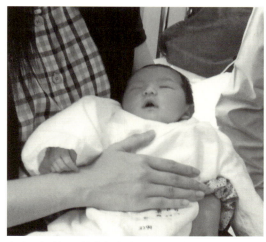

多くの人びとの愛と祝福を受けて誕生した生後1週間の赤ちゃん。（写真提供：加藤邦子氏）

力をあたえる。そして娘エイミーを得たヘレンは、彼女たちとの絆をさらに強いものにしていくことになる。

物語は、1月から11月までの約10か月間を描く。ヘレンにとってそれは、親になるための準備期間そのものだ。だがクリスは、生まれたての我が子と対面した時に、赤ん坊も、そして赤ん坊のいる未来も、いまだ受け止めきれていない自分に気づく。

お腹に子どもを宿すことのない哺乳類のオスは、そもそも親になるうえで大きなハンデを負っている。そのハンデを埋めるために「ヒト」のオスにできるのは、ただひたすらイクメンをめざすことぐらいなのかもしれない。

クリスが親になれるかどうかも、これからにかかっているのだと思いたい。

（水）

自分史　過去をふり返る勇気

『ズッコケ三人組のバック・トゥ・ザ・フューチャー』
那須正幹
前川かずお 原画
高橋信也 作画
ポプラ社　1999年

　1978年から2004年まで、30年ちかく書きつづけられた、ハチベエ、ハカセ、モーちゃんの3人組が活躍する〈ズッコケ三人組〉シリーズは全50巻。そのすべてが、「稲穂県ミドリ市花山町」の「花山第二小学校六年一組」に通っている3人組を主人公にしている。つまり、どの話でも小学6年生の「現在」がくり返されているのだが、といって、3人は、ひたすら「現在」の時間だけに、閉じこめられているわけではない。

　なかには、20年後の自分たちの姿を夢に見る『ズッコケ三人組の未来報告』や、未来が映るテレビができてしまう『ズッコケ発明狂時代』といった、先の時間が描かれる作品もある。さらには、50巻完結後にスタートした〈ズッコケ中年三人組〉シリーズ全10巻と完結編『ズッコケ熟年三人組』では、40歳から50歳までの姿が描かれているので、3人組の「未来」の物語は、結構、充実している。

　一方、江戸時代にタイムスリップする『ズッコケ時間漂流記』や、関ヶ原の戦いにまきこまれる『驚異のズッコケ大時震』、縄文人の生活を体験する『ズッコケ魔の異郷伝説』など、「過去」の時間を背景とする作品もある。このように、わりと自由に時間を行き来している3人組だが、本書に描かれているのも、タイトルから連想される有名な映画同様、「過去」の時間が描かれている作品である。しかし、本書では、縄文だ江戸だと遠い「過去」ではなく、すこしだけ「過去」。ほんの数年まえの3人が小学1年生のころが中心となっている。

＊　＊

　きっかけは、12月1日、12歳の誕生日を迎えたハチベエこと八谷良平が、幼い日のアルバムを眺めつつ、当時の記憶が案外、あいまいであると気づいたことだ。同じように、モーちゃんこと奥田三吉も、ハカセこと山中正太郎も、保育園から小学校入学あたりの記憶がいまひとつはっきりしない。3人はいったいつから友だちになったのか、「ハチベエ、ハカセ、モーちゃん」なるあだ名は、いつついたのか、それぞれの記憶も微妙にくい違っている。

　そこで、研究熱心なハカセは、江戸時

自分史

代の年表を作るという宿題にヒントを得て、小学校を卒業するまえに「自分の年表」も作成しておこうと、モーちゃんに呼びかける。ハチベエも、小さなころに遊んでいた幻の「かわい子ちゃん」に会ってみたいという動機から、「自分史」作りに加わり、かくして、3人は自分たちの「過去」を追っていくことになるのである。

しかし、実際に写真を探したり、人に聞いたりして当時の出来事をたどってみると、とくに小学1年生のころの記憶が、

幼い日のアルバムを眺めていると……。

ところどころ抜けている。しかもちょうどそのころ、ハカセのお母さんが交通事故にあったり、それがひき逃げ事件であったり、その犯人をハチベエが目撃していたり、同時に強盗事件も起こっていたりと、さまざまな不穏な出来事が3人の周囲に起こっていたことがわかってくる。ハカセは、そのお母さんの事故のために、母親の実家にあずけられていたが、その記憶もほとんどない。犯人の証言をしたというハチベエも、そのことをすっかり忘れていた。しかし、しだいにひき逃げ犯と、ハチベエが探していた女の子との関係が明らかになり、強盗事件の意外な真相も解き明かされていく。

記憶とは、じつに不思議なものだ。「人間は、いやなことはできるだけわすれようとするんだよ」とハカセがいうように、小学1年当時の彼らも、おそらく、

さまざまな悲しさ、寂しさを、忘れることでのりきってきたのだろう。しかし、ちょっとしたきっかけで、忘れていた過去がよみがえってくることもある。「自分史」を作るということも、ときにはそうした忘れたかった過去に向きあうきっかけになる。

しかし、そんな時こそ、ひとりではなく3人組であることが、大きな力になる。3人は、行動力と知恵と思いやりを結集して、過去の不穏な事件の真実をつきとめ、「いやな思い出」を「良い思い出」に変えていこうとするのである。つらい過去でも、「ふりかえる勇気」がないと未来はやってこないとハカセはいう。再会した女の子との大人の恋を、さっそく夢想しはじめるハチベエもふくめ、3人組の「自分史」作りが未来へとつながっていったことは、確かなようだ。　（奥）

☞12歳（46p）

終戦 第二次世界戦後の日本をめぐる一表現

『ビルマの竪琴』
竹山道雄
新潮文庫　1988年

「ビルマの竪琴」は第二次世界大戦直後の1947年から1948年、児童文学雑誌『赤とんぼ』（実業之日本社）に連載され、1948年10月に中央公論社より単行本化された。同年毎日出版文化賞、1950年には文部大臣賞を受賞、国語の教科書にも掲載された。1956年には市川崑監督により映画化された。

作者の竹山道雄はドイツ文学者であり、のちには評論家として活躍した。この作品は子どもから大人まで広範な読者を獲得しており、児童文学として発表されたことは、表現上の実験として、フィクションの度合いの強いこと、子どもにこそ訴えたい作品であったこと等が考えられよう。

　　　　　＊　　＊

本作品はビルマ（現在のミャンマー）に出兵し、合唱歌のおかげで第二次世界大戦中にもかかわらず元気の出ていたある日本軍の部隊をめぐる物語である。みながそれぞれ手製の楽器を作り、合唱することで終戦間近の困難のなかでも元気を出し、部隊の規律を守っていた。

停戦後、それと知らずイギリス軍に包囲され、危機を迎えた際も、部隊は「はにゅうの宿」を歌うことでイギリス軍と交流ができ、救われる。

捕虜収容所に入った部隊の兵隊たちだが、ビルマの伝統的な楽器である竪琴の名人である水島上等兵は、孤立し、敗戦後も抵抗を続けている小部隊を説得するために単身、危険を顧みず山に入っていき、帰らなくなる。部隊の兵隊たちは、水島の身を案じながらも、帰国する。帰国の直前、水島にそっくりの袈裟を着た僧侶が捕虜収容所に現れる。日本へ帰ろう、と訴えるものの、僧侶は頭を下げて去ってしまう。日本への船の中で隊長は僧侶姿の水島から受けとった手紙を読む。そこには帰国しないことを決めた水島上等兵の心情が綴られているのであった。

この作品には、水島上等兵が孤立した部隊を救いに行くものの説得に失敗し、失意のなかをさまよう終戦後の一兵士の生き方が語られている。

水島は、敵に包囲された部隊から離れ、収容所にいる原隊へもどる途中、日本兵の多くの戦死者を見て、その後の生き方

終戦

手製の楽器は部隊を救ったが……。

　を変える。水島は山河を巡礼してその霊の弔いをしようと決め、僧侶となるのであった。
　この、水島が考えた戦後の身の振り方は、作家論的観点から述べるならば、第二次世界大戦後の日本における、戦場へ行った者を悪とするような戦後の日本の時代状況への批判と読みとれよう。戦争自体の原因の解明やそれ自体への糾弾とは別に、戦死者への弔いの時が必要なのではないかとする竹山道雄の想い（「ビルマの竪琴ができるまで」1953年執筆）を体現しているといえるだろう。
　水島の僧侶像が上座仏教の僧とは異なるものであること、ビルマの風景に関しては、想像の度合いが非常に強く、ビルマの人びととの同時代の現実からは大きく離れる描写も多くある。また、日本兵とイギリス兵の被害に関しては多くの記述を割くが、日本が侵略したビルマの土地の人びとについては記述が少ないなど、結果として、ビルマに対して日本の優位性を伝えてしまう、といったように限界点も多くふくんだ作品である。この点は1958年にすでに竹内好によって指摘されている（「二つのアジア史観」『東京新聞』）。
　さまざまな問題点をふくむ本作品だが、音楽の尊さはこの作品を読んだ多くの読者に理解されるものであろう。加えて旧日本軍の兵士への弔いと、平和への願いという作品のメッセージは、象徴的なものとして、現在まで響いてくる。むしろ読者のわれわれが、それをどうとらえるのか、批判的な読みもふくめ、この作品の提示した戦没者の鎮魂、ビルマのイメージのあり方等、今後も検討が必要とされる作品である。　　　　　　　　（大）

☞終戦（406p）

12歳　一度きりの夏のエッセンス

『**たんぽぽのお酒**』文学のおくりもの1
レイ・ブラッドベリ
北山克彦 訳
晶文社　1977年
（Ray Bradbury, *Dandelion Wine*, 1957）

1928年、アメリカのイリノイ州、グリーン・タウンに夏がきた。ダグラス・スポールディングは12歳。

12歳といえば、ティーンエイジャーになる一歩手前の年齢である。だからこの夏が、ダグラスにとってひとつの区切りとなる時期だということは、それだけでも確かである。

そしてそのとおり、今年の夏は特別な夏になりそうだ——そんな予感をいだいた彼は、夏の初めに父と弟のトムと、森へサンドイッチを持って山ぶどうを摘みにいく。その時、ダグラスは捕まえられそうで捕まえられない、何か特別なものの存在に気がつく。この気持ちはなんだろう、これはいったいなんの感覚なのだろう。耳をすまし、感覚を研ぎすませ、ダグラスは気がつく。

ぼくは生きているんだ、これが生きるっていうことなんだ。

少年はある日突然、こんな当たり前のことを、当たり前すぎてふつう考えもしないことを、神の啓示のように受けとり、それに気づいた夏のことを、思い出のなかにとどめようとする。この夏は彼にとって最初の、生と死、光と影、昼と夜が必ずや結びついて存在することに気づいた時だったのだ。

ダグラスの家では、毎年、夏の初めにたんぽぽの花をお酒につけて、瓶詰めにして地下室に貯蔵するのが習慣だった。たんぽぽのお酒は、だから、夏の象徴である。夏の思い出を、いつでも思いだし、味わいなおすために、お酒にして永遠化し、閉じこめておくのだ。やがてそれは寒い冬や耐えがたい時、闇の時代を生きねばならなくなった際に、力と勇気をくれる夏のエッセンスになるのだろう。

だからこの物語は、ダグラスがひと夏でためこんだ人生についての洞察、その輝き、陽光、躍動感、そして苦みをも、すべてを瓶に詰め、思い出という美化を経て語られる、年月を隔てて熟成した「たんぽぽのお酒」そのものなのである。

夏の半分はいつものとおりのことが起こり、いつものとおりのことがおこなわれる、とダグラスはトムに語る。たとえば、たんぽぽのお酒を作ること、新しいテニス靴を買うこと、爆竹を鳴らし、レ

モネードを作り、足にけがをし、山ぶどうを摘みにいく。でも、あとの半分は新しいことだ。すごいことを発見したり、啓示を受けたりする。

夏は生のみにあふれているわけではない。夜になってもダグラスが帰ってこなかったある日、10歳のトムは、死のことを考える。棺の中のひいおじいさん、3年まえ死んでしまった妹の思い出。自分より大きくて強くて利口なお母さんですら恐れをいだく暗黒と孤独だ。トムは誰もがひとりで体験しなければならない人生の孤独の本質的な衝動におののきを覚える。それは、いくら町の発明家のアウフマンさんが〈幸福マシン〉を作っても、その範囲外にある畏怖なのである。

アウフマンさんは幸福を機械で作りだそうとして苦労していた。しかし妻のリーナは、幸福は機械なんかでは作りだせないと思っている。〈幸福マシン〉は完成するが、それはリーナを泣かせるだけだった。機械は燃えてなくなってしまうが、アウフマンさんの家から当たり前の幸せはなくならない。

そのほかにも、どこにでもいそうでどこか変わったグリーン・タウンの町の人びとの生活をつうじ、ダグラスは人生のさまざまな模様を、老いや喪失、若さと残酷さ、目の前にある幸せのいとしさを、体中で感じとっていく。

たんぽぽはキク科の一年草。太陽のような黄色の花のあとには、白い綿毛ができて、風が吹くと種子をとばす。

こうしてひと夏の町の日常を、脈絡もなく描きだしながら、この作品は、太陽の輝く生と、峡谷の暗闇にひそむ死——〈孤独の人〉のあいだで、夏の有限性を、人の命の有限性をかいま見せ、そのなかに、人生の真実を描きだしている。

そのうち、夏の最後の日がくる。ひと夏の出来事をエッセンスとして凝縮し、瓶に詰められたたんぽぽのお酒は、貯蔵庫にしまわれ、この特別な夏のよすがに、と並べられるのであった。

とりたてて筋もないこの物語には、少年の日の躍動する光が、暗く孤独な峡谷の闇を背景に浮かびあがり、一度きりのダグラスの12歳の夏を構成するすべての断片が、たんぽぽのお酒に溶けこんで保存される、そんなイメージにあふれている。　　　　　　　　（川）

☞夏の終わり（62p）

授業中　継父候補者とのつきあい方を学ぶ時間

『ぎょろ目のジェラルド』
アン＝ファイン
岡本浜江 訳
浜田洋子 絵
講談社　1991年
(Anne Fine, *Goggle-Eyes*, 1989)

　その日は、いつもまじめでいい子のヘレンのようすがおかしかった。目は真っ赤に腫れあがって、いちばんの仲良しとも口をきかず、始業ベルが鳴っても机の上につっぷしたまま顔をあげようともしない。ついには、出席確認の最中に教室をとびだして、コート置き場に閉じこもってしまった。

　そのとばっちりを受けたのが、ほかならぬキティである。変わり者の担任教師リューペイ先生から、「慰め役」兼「監視役」に指名されたからだ。大好きな2次限つづきの美術の授業をあきらめて、落とし物や忘れ物が積みあげられている汚い小部屋で、ぐじゅぐじゅ泣いているクラスメートのそばにつき添うなんて、運が悪いったらありゃしない。

　思いやり深いほうではないし、ヘレンとそれほど親しいわけでもないのに、なんでよりにもよってわたしが……と、はじめは不満たらたらのキティだったが、ヘレンの悩みを知ると、それについては自分こそが世界最高の専門家だと納得する。ヘレンの悩みとは、母親がとびきりいやな奴と結婚しようとしている、とい

うことだったのだ。こうして、キティは、過去1年にわたって経験した、母親の恋人をめぐる涙と笑いに満ちた出来事の数々を、傷心のクラスメートに語り聞かせることになる。

　キティは看護師をしているママと幼い妹ジュードとの3人暮らし。そこに闖入してきたのが、「政治的ネアンデルタール人」ジェラルドだ。ママよりずっと年上だという点だけでも気に入らないのに、初対面の時から、反核運動の熱烈な支持者であるキティに正面から反論し、核兵器は最上の防備だとまで主張したのだから、好きになれるはずがない。普段は人見知りの激しいジュードがすぐになついて気を許したのも業腹だが、なにより、ママが娘たちとの約束をほごにしてまでデートの準備にいそしむようすを見ていると怒りが募った。

　ママの外出を非難すると、今度は、向こうが毎日のように家を訪ねてくる。居間でくつろぎ、気難しい猫まであっという間に手なずけたかと思えば、わがもの顔に家中の電気を消しまわったりして、

まるで家族気どり。ついには、ママの子育て法にまで口を出すようになる。おかげで、キティは、散らかし放題だった自室を片づけさせられるわ、家の手伝いをいいつけられるわ、あげくのはてに、家庭菜園で収穫した野菜をママに買いとってもらうという小遣い稼ぎもできなくなってしまう。

それでもまだキティには勝算があった。なんといっても、ママは暇さえあれば集会やデモや募金に走りまわっているバリバリの反核活動家で、ジェラルドはジュードを寝かしつけるのに経済新聞の株式欄を読みあげるようなガチガチの保守派なのだから……。そしてついにことは起きた。潜水艦基地での抗議運動中に、その場のなりゆきで器物損壊に手を染めたママが逮捕されたことをきっかけに、にっくき「ぎょろ目」ことジェラルドとのあいだで大喧嘩が勃発、彼はぷっつり姿を見せなくなったのだ。

だがおかしなことに、そうなってみると、ジュードばかりかキティまでもが、ジェラルドを恋しく感じるようになる。皮肉っぽいユーモア感覚と効率重視のビジネスマン的思考方法の持ち主で、堅実で頼りがいがあって、いつまでも変わらない古めかしい「ぎょろ目」を、いつの間にか信頼していた自分に、キティは気づかされることになったのだ。

課外授業が価値あるものになるかどうかは、じつは正課授業の充実度しだい。教室は重要な学びの場だ。

結局キティとヘレンは、授業中にもかかわらず、3時間以上もコート置き場に居座る。おかげでヘレンは、キティの家庭に起きた騒動の顚末から、自分の悩みを見つめなおすヒントをつかみ、キティもまた、他人に話すことによって自分の経験を客観的にふり返ることができた。コート置き場で過ごした時間はふたりにとって、「継父候補者とのただしいつきあいかた」を学ぶ有益な課外授業となったわけだ。

ときには、学校の授業よりも優先して学ぶべきことがある──それは誰もが思うこと。けれども、適切な時に適切な講師を派遣して、適切な課外授業を設定するとなると案外難しい。そう考えると、じつは、リューペイ先生の卓越した教師力こそが、この作品の重要な隠し味なのだということがよくわかる。　　　　（水）

昭和44年4月4日　10歳のお父さんに出会った日

『タイムチケット』
藤江じゅん
上出慎也 絵
福音館書店　2009年

「ぼく」こと城戸マサオは、2006年の小学4年生10歳。電車の切符集めが趣味である。むかしの切符、おもしろい駅名の切符、珍しい日付の切符などをコレクションファイルに収めている。なかでも力をいれて探しているのは、自分の誕生日の日付である4月4日、しかも、年月日そろって4が並ぶ、昭和44年4月4日の切符なのだが、いまだ影も形も見当たらない。

さて、そんなマサオがとくにやることもなく時間をもてあましていた夏休みの1日、道で出会った猫に誘われるようについて行った先の袋小路で、茶色の紙切れを拾う。それには「タイムチケット　時間旅行への招待状」とある。信じたわけでもないけれど、もしも本当なら昭和44年4月4日に行けば、その日付の切符が手に入ると思いつき、「希望年月日」を書きこむ。すると次の瞬間、ドッスンと椅子から落ちてひっくり返ったマサオの目の前には、黒縁メガネの同い年ぐらいの少年が目を真ん丸にしていた。少年はマサオに向かって宇宙人？　超能力者？　悪いやつからテレポーテーションで逃げてきた？　と興奮してまくしたてている。そして、マサオがもしやと思い「いま、何年、なの？」と尋ねると、少年は「わあっ」と叫んで、手を握り「きみさ、タイムトラベラーなんでしょ？タイムスリップもののＳＦだと、タイムトラベラーは必ず、行った先の年代を聞くもの」と相当なＳＦ好きらしく、おかげで話が早い。部屋のようすから、もしやと思いつき名前を聞くと、はたして、少年は10歳の時の父、城戸正一なのだった。ここから、マサオが子ども時代の父・正一と一緒に町へ出て、むかしのようす、お父さんの子ども時代を知ることになる。

さて、この物語がおもしろいのは、マサオが行った先の昭和の匂いである。タイムスリップしてまず目にとびこんできたのが、ドアの上のペナント、作りかけのプラモデルは〈サンダーバード〉、棚の上にはゴモラ、カネゴン、ガラモン、ブースカ等々の怪獣ソフビ人形だ。「これらの人形を作っていた玩具メーカーが昭和四四年に倒産したため、この型は入手するのがむずかしいという話だ」と、

昭和44年4月4日

なかなか詳しいマサオである。マサオが未来から来たと知った時、感激した正一が「インド人もびっくり！」といえば、「なんでインド人が出てきたのかはわからなかったけれど」ととぼけた地の文がうける。新宿に建っている都庁がたしか240メートルぐらいと話すと、正一は「シェー」と「奇声をあげながら、妙きりんなポーズ」をとる。昭和の風俗と、昭和のSF好き少年がいだいていた未来イメージとが、のんびりとしたユーモアをかもしだしている。「いろんなことが変化していくんだね、未来は」と素直に感心しあうふたりは、まったく湿っぽくない。

さて、この時間旅行には「有効時間」があった。タイムチケットの「有効旅行期間」欄に、まちがえて「希望年月日」を書きはじめてしまったのだが訂正がきかず、「有効時間」を4時間と指定したことになっていたのだ。たった4時間しかないというのに、ひょんなことからマサオと正一は、剣道体験に参加させられる。限られた時間に、そんなことやっている場合か？ と読み手をはらはらさせる寄り道なのだが、のちに、いちずな生き方のすごさを実感させられることとなる大事な出会いがあるのだった。

4時間の時間旅行は、もとの世界の一瞬だった。過去へ行った証拠は何もなく暑さで幻覚でも見たかと疑うが、いや、あれは夢や幻ではないと確信するマサオである。過去で子ども時代のお父さんと会って知ったことはマサオから消えてい

ない。時間旅行を経て、人に歴史があることを知って、懐かしいようないとしさを感じるようになった。時間旅行がもたらした確かな変化だ。

昭和の匂いが満ちているが、ノスタルジーに浸ることなく、人間への信頼に満ちた気持ちのいい未来志向の物語となっている。

さて、この作者のデビュー作『冬の龍』（福音館書店、2006年）は、『タイムチケット』とはかなり趣のちがう作品だが、やはり昭和の匂いに満ちている。早稲田界隈を舞台に、昭和の初めに建てられた下宿屋に住む小学6年生の少年が欅の化身とともに龍の卵や玉のゆくえを追って、町と本と人をたどり歩く。寺の名、町の名、銭湯でペンキ絵を前に聞く老人の話……。東京もひと筋入れば、まだ昭和の匂いが残っていると、懐かしい気分にさせるファンタジーだ。　（西）

ジーコッ、ジーコッとダイヤルを回す時の手応えも昭和の匂いといえるだろう。

時を見つめる

青年と老人の時　夢のなかでの厳粛な別れ

「野ばら」（『野ばら　小川未明童話集』所収）
小川未明
茂田井武 絵
童心社　1982年

　「野ばら」は「赤い蝋燭と人魚」と並ぶ小川未明の代表作品である。1920年に『大正日日新聞』に掲載され（タイトルは「野薔薇」）、1922年童話集『小さな草と太陽』に収録された。
　「野ばら」は、戦争をあつかっている点でも特徴的な作品である。戦争をあつかう作品が生まれる背景のひとつとして、第一次世界大戦（1914～18年）があげられよう。小川未明は「戦争」（1918年）において、距離の離れたところで起こる戦争で1日に何万人もの命が失われること、それに日本人は関心が薄いこと、子どもをも殺す戦争の残虐性を描いている。そして「野ばら」も戦後すぐに書かれた作品である。
　戦争に焦点をあてられがちな本作品であるが、青年と老人の心を通わす時、また、夢のなかで過ごした時という観点から読み解いてみたい。

　　　　　　　＊　＊
　この物語は大国と小国が隣りあった場所で、国境を定めた石碑を守る大国の老人と小国の青年というふたりの兵隊の出会いで始まる。ふたりの孤独な兵隊はしだいに親しくなり、老人は青年に将棋を教える。最初、老人は駒を落としていたものの、青年は腕をあげ、老人を負かすようにもなる。そこには、老人と青年のあいだに親密な時が流れていたのである。
　短編ということもあり、老人と青年の心情が丁寧に描写されているわけではない。ただ、たとえばふたりが将棋をさしている際の「小鳥はこずえの上で、おもしろそうに唄っていました。白いばらの花からは、よい香りを送ってきました」という背景描写はふたりのあいだの親密な時間を物語っている。
　また、老人が青年を、青年が老人をどう思っていたかは、戦争が始まった際の老人の「私の首を持ってゆけば、あなたは出世ができる。だから殺してください」という発言、それに対して青年の「なにをいわれますか。どうして私とあなたとが敵どうしでしょう」という発言に表れている。ふたりの兵隊のあいだに流れた親密な時が友情を生みだしたことがわかる。
　その後、青年は北の戦場へ向かう。国境にひとり残された老人は、茫然としな

青年と老人の時

がら青年の身の上を案じていた。ある日、老人が旅人に話を聞くと、小さな国は負け、兵士はみな殺しになったと聞く。青年の死を考えながらいねむりをした老人は、青年が指揮する軍隊が行軍してきて、老人に黙礼をして、野ばらの匂いを嗅ぐ夢を見る。

老人にとっては、この夢のなかで過ごした時が青年との最後の別れの時間であり、救いとなったことは想像に難くない。

物語は、開戦時には「殺してください」といった老人が息子や孫のいる南のほうへ暇をもらって帰ったという記述で終わっている。老人は、夢のなかで青年に会えたからこそ、戦争から離れ、家族と生きるために暇をもらうという行為にいたったのであろう。そうすると、夢のなかで過ごした時は、老人にとって運命を変える時間であったのだ。

そして、このような人間の行いとは対照的に、国境に咲いていた野ばらは、老人が夢を見たひと月ばかりののちに枯れてしまう。野ばらは、青年が死に、ふたりの親密な時が破れたのを悲しんで枯れてしまった、というとロマンチックすぎる解釈であろうか。

この物語の後半には、未明童話のしばしば批判される点、世界観の暗さとテー

野ばらはふたりに、よい香りをおくる。

マのネガティブさがある。また、具体的な戦争が描ききれず、青年の死も象徴的な夢のなかでのみ語られる点も批判することが可能だろう。

ただ、南の家族のもとへ帰った老人が任を辞し、故郷へ帰ったことは、消極的ながら厭戦の思想を表明している。さらに重要なことは、老人の中では、青年と過ごした時間は、のちの悲劇を予感させながらもまさに幸福な時間であったことであろう。そして夢のなかの厳粛な別れの時間が、老人の心の中で死ぬまで残りつづける貴重な時間であったということである。

（大）

世代　時を超えての子どもへの期待

『どきん　谷川俊太郎少年詩集』詩の散歩道
谷川俊太郎
和田誠 絵
理論社　1983年

『どきん　谷川俊太郎少年詩集』は、タイトルに少年詩集と名づけられている詩集である。

ただし、以下に解説していくが読者対象は幼年者から大人まで広く広がっている詩集である。この詩集はⅠ～Ⅲに分かれている。

Ⅰ「いしっころ」に収められている20の平仮名詩のうち、冒頭では「らいおん」「おおかみ」などの動物についてあつかわれている。続く「みち　1」から「みち　12」は連作となっており、ありの歩く道、子どもの歩く道など、さまざまな「みち」をテーマとしている。「みち　7」では、「こどもらががっこうへと／まいあさあるいたくだりざか／あさごとのそのこころのはずみ…」とあるように、人びとが行き交いにぎやかだった過去のみちが回想されている。しかし、最終連では「いまはおもいでにしかつうじていない」として、長い時間の経過により子どもの声のあった道はさびれ、忘れられてしまったようすが描かれている。

Ⅱ「海の駅」に収められている16の詩は漢字交じりである。

「あくび」は、40歳のぼくが10歳のきみに話しかけるという詩である。ぼくときみはおんなじ時代に生きている。とはいえ、教科書はすこしちがうし30歳の年齢差もある。でも大臣が何度変わろうが、地球が何度回ろうが、それでも同じ時代のなかに生きていて、同じ時間のなかにいることには変わりない。子犬はかわいいし、うそつきはやっぱりいやだ。やがて、きみが40になった時、ぼくは70、「その時も空が青いといいんだが」「いっしょにあくびができるように」とこの作品は結ばれている。

ここには、ぼくときみがともに同じ時代を生きていくということ、さらに世代を超えた感覚のつながりが見られるだろう。このつながりは、地球が回る、空が青い、ということだけではなく、子犬のかわいらしさや、うそつきをいやがる気持ちを子どもたちに共通してもっていてほしいという未来への期待に表れている。

このような時を超えての子どもへの期待は、谷川俊太郎の詩の底流に流れる、

詩の根源を人間の誕生したもともとの場所、宇宙にもとめることとつながっている。

谷川は『朝日新聞』のインタビュー「詩はどこへ行ったのか」のなかで、現在、人間社会内で生きるわれわれ大人はもともとはもっと根源的な宇宙内で生まれた存在であった。詩のことばは、詩は宇宙内存在へいたろうとするものであると述べる。大人と比較して、より生まれる時にちかい、いまだに宇宙にちかいところにいる子どもは、われわれ大人の原点であり、揺るがない価値をもち、それを継承していくはずだという未来への期待に満ちているのである。

朝、道を行く子どもの姿を心に刻みつける。

この想いは、次の詩「ぼくは言う」にも表現されている。ぼくがいえることは多くなく、水のおいしさ、空気のおいしさ、鯨のすばらしさを歌ったのち、人間についてどういえばいいのかとし、朝の道を行く人間の子どもの姿を心に刻みつけるためにぼくはただ黙っているという。

詩人であるぼくにとって、子どもとは、ことばを発するよりも、貴重なもの、ことばを発する以上の原点としての存在であるといえよう。

Ⅱの最後に配置される「そのひとがうたうとき」は合唱曲になっている。この曲も「おおむかし」から「みらい」へと時の流れを無尽にうたごえがかけぬけていくことを歌っている。空間だけではなく世代を超えた、時間の跳躍に谷川俊太郎の詩の特徴のひとつがあるといえるだろう。

Ⅲ「どきん」に収められている17の詩は再び平仮名詩になる。ここではことばの実験場のようにさまざまなオノマトペが並んでいる。

タイトルともなっている「どきん」では「つるつる」「みしみし」「ひたひた」といったオノマトペが多用され、日本語の平仮名のもつ豊かさが表現されているのである。 （大）

1202年　日本最古のダム式人造池の改修

『水底の棺(みなそこのひつぎ)』
中川なをみ 著
村上豊 絵
くもん出版　2002年

　大阪府狭山市に、飛鳥時代（616年ごろ）つくられたという、日本最古のダム式ため池・狭山池がある。その「平成の大改修」の時、底から巨大な石棺が大量に発見された。古代の貴人の墓所から石棺を掘りだして、それを池の土木工事に使ったのか？　しかも、その工事の責任者は高名な僧侶だという。その事実に身震いした作者が、資料を調べ、平安から鎌倉にかけて大きく変化した時代に思いをはせ、フィクションとして書きあげたのがこの物語である。

　　　　　　　＊　＊

　物語は、平安末期（換算すると1180年）、村人の生活を支える貯水池である狭山池の改修現場から始まる。奈良時代に行基(ぎょうき)が陣頭指揮をした大改修はすでに遠く、時を経て崩れてしまった池は手つかずだったのだが、飢饉も重なり、食糧確保のためにも池をなんとかしようと、村人たちは改修にとりかかっていた。主人公は焼太(しょうた)。この時8歳。母親は産後の肥立ちが悪く亡くなっており、父親は、生まれてまもない焼太を幼友だちの松にあずけて、京へ行ったままである。本当の親子のように松に育てられ、焼太は小松と呼ばれるようになっている。その、親代わりの松がこの日、工事中の事故で亡くなってしまう。身寄りを失った小松は、村の家を渡り歩いて頼まれ仕事をしながら食いつないでいたのだが、いつも自分をかばい、気にかけてくれる1つ年上の少女ゆうの父親が、水争いから命を落とすという不幸も手伝って、わずかな食料とひきかえに売られ、都に出ることになる。その時、小松10歳である。

　京も、大通りこそにぎやかだが、すこし裏に入ると、積みあげられた死体が腐臭を放っているようなすさみぶりだった。芥川龍之介の「羅生門」の背景がちょうどこのあたりの時代だろう。鴨長明が「方丈記」で書いているように、辻風（いまでいう竜巻だろう）、干ばつ、洪水、大地震とあい次ぐ天変地異に見舞われ畿内一円が飢饉に苦しんでいた時代だ。加えて勢力を伸ばす源氏とそれをつぶそうと平家は各地で戦に明け暮れていた。そんな時代に身寄りのない子どもであるということは、生きぬく手段を選ばせてくれない。小松は人買いからも捨ておかれ、

1202年

石棺をこのように使っているところもあった。大阪府立狭山池博物館の発掘石棺実物による再現展示より。(撮影:中川なをみ氏)

ひょんなことから出会った盗人のサスケと行動をともにするようになる。盗人なりに、富める者から分けてもらうだけという義をとおしていたサスケが無情に変わってしまってからも、離れることができない小松だったが、東大寺二月堂のお水取りの儀式の激しいたいまつの火に心をうたれ、サスケのもとを去る決意をする。

作品冒頭にも火があった。体をあたためるためのたき火である。小松は、背中にまだ温もりを感じながら、たき火のもとを去って小屋に帰ったのだが、これが、松との永遠の別れになったのだった。そして、松の亡骸を焼く炎に「おれは死にとうない。焼かれとうない」とくり返した小松だった。そしてもうひとつ、小松の生き方を方向づけるような火があった。山の斜面を利用した焼き窯の火だ。赤くなく、光る火に、土器がいい器になるように、人も新しい命を得られるだろうかと思う小松だった。

京に連れてこられ、捨ておかれた時に偶然行き会いことばを交わした重源上人とその弟子のひとり蓮空。蓮空が引きあわせた2つ年上の宋人恵海。

人に恵まれ、小松はのびやかに成長する。小松は東大寺の大勧進をすすめた重源の、目的のために手段を選ばないような非情さ、狡猾さに反発を覚える。しかし、紆余曲折を経て土木工事の知識や技術を身につけて狭山池の改修に着手した小松を援助したのは、この重源だった。そして、墓から石棺を掘りだし池の樋に使うという「罰当たり」な方法を指示したのもこの重源だった。改修が完成したのが、1202年。親代わりの松を失った改修工事から22年。小松は30歳になっていた。

日本史の教科書に出てくるような、固有名詞や年代が登場する物語である。しかし、僧侶でありながら、「罰当たり」のそしりをものともせず、実利をとった重源の魅力は、800年以上の時の隔たりを忘れさせてくれる。　　　(西)

タイムアウト　人生の作戦を立てなおす

『ペーターという名のオオカミ』
那須田淳
小峰書店　2003年

　バスケットやバレーボールの試合中に、時間を止めて、選手と監督などが作戦を立てなおすことを、「タイムアウト」という。遊びの場面などでも、とりあえず「タイム！」といえば、進行中の何かがいったん止められて、やり直したり、変更したり、うまく逃げたりできるような、ちょっと不思議な時間が生まれる。本書の主人公14歳のリオこと山本亮が経験した、4月26日から5月1日までの1週間は、まさにその「タイムアウト」の時間だった。

　作品の舞台はドイツ、ベルリン。4月26日、リオは父親と喧嘩をして家出をする。新聞記者の父とともに一家でベルリンに暮らして6年、ドイツの学校生活にも慣れて楽しんでいたやさき、突然の転勤で日本に帰ることになった。親の都合でふりまわされることに反発し、家をとびだしたリオは、日本語補習授業校の元担任で音楽家の小林先生の下宿「冬の庭荘」に居候させてもらうことになる。そこで、チェロのレッスンに来ていた同じ14歳のアキラと出会うが、アキラのほうは、両親が離婚し、ドイツ人の母と一緒に日本からドイツにもどってきたばかり。学校をやめたばかりのリオと、入学先がまだ決まらないアキラ。「ふたりともタイムアウトしている」と小林先生にいわれ、リオはなるほどと思う。勝手な親に反発し、家庭からも、学校からも離れ、どこにも属さないぽっかり空いた時間。偶然にも、そんな時間を共有したふたりは、同じころに発生したオオカミ騒動に、一緒に関わっていくことになる。

　物語には、人間たちのストーリーと並行するように、ボリスというボスを中心としたあるオオカミの群れの逃避行が描かれている。ベルリン郊外の野生動物研究所の展示施設オオカミセンターに収容されるために捕らえられた群れは、輸送トラックが横転した事故に乗じてベルリンの広大な公園ティーアガルテンに逃げこむ。警察や猟友会、マスコミは、そのオオカミたちを探して大さわぎになっていた。ボリスたちオオカミの群れは、ベルリンからふるさとのチェコの森をめざして走りはじめる。その時、群れからはぐれた子オオカミを、ひそかに拾ったのが、「冬の庭荘」に住む大叔父マックス

だった。

逃げたオオカミには懸賞金がかけられていると聞いて、リオとアキラはマックスが拾ったといっている「子犬のペーター」が子オオカミではないかと思い、オオカミセンターへ調べに行く。しかし、人工的なその施設に疑問をいだいたふたりは、逆にペーターを群れに合流させて、逃がしてやろうと思いはじめる。最初からオオカミだと気づいていたマックスも加わり、3人と1匹は車で群れを追う旅に出る。4月28日、彼らが出会ってわずか3日めのことだ。ここから舞台は、ブランデンブルク州の国防軍演習場、シュプレーヴァルトの森、ドレスデン、そしてチェコとの国境まで、300キロにわたるドイツ南下の行程をたどっていく。その旅のなかで、ふたりの少年は、東西に分断されていた不幸な国の歴史、そんな時代に翻弄されたマックスの過去の愛や裏切り、人間とオオカミの関係などを胸に刻んでいくのである。

さまざまな偶然が重なったとはいえ、ほとんど知らない者どうしがこれだけの旅にとびだすことができたのは、孤独な老年をおくっていたマックスもふくめて、それぞれが家族や社会に対して、どこか不自由な人生を感じていたからだろう。その窮屈さは、捕らえられたオオカミたちと重なり、やがては自由に駆けてゆく

北半球に生息するハイイロオオカミ。

彼らへのあこがれとなっていく。国境を越えてオオカミを放すことは、それぞれがかかえている壁を解放していくことなのである。

国境までの旅の果てに、子オオカミは無事に群れへと帰っていくことができるのか……。いずれにせよ、子オオカミがふたりのもとを去る時、「ぼく」は思う。ペーターという名のオオカミは、「何かとても大切なもの」を自分たちの心に残していった、と。そう、家庭にも学校にも属さないこの「タイムアウト」の時間に、リオとアキラが出会ったさまざまなものは、14歳という年齢がふれるべき「大切なもの」を豊かに示している。親でも教師でもなく、人生をさらけだして接してくれる大人。悲しい出来事もふくめて知っておくべき国の歴史。オオカミたちに代表される自然の気高さと自由。そして、共感しあえる友だち……。人生の作戦を立てなおす力になるものは、ひとつではない。

（奥）

続きの時間　子どもも大人も不条理をかかえて

『つづきの図書館』
柏葉幸子
山本容子 絵
講談社　2010年

　読んでいる「本」の続き、登場人物のその後が気になるというのはよくある。しかし、この作品では、逆に、本の登場人物たちが、読んでいた「人」の続きが気になってしかたがないといって、とびだしてくる。たとえば、はだかの王さまが、『はだかの王様』の本を読んでいた病気の女の子「青田早苗ちゃんのつづきが知りたいんじゃ」といって、パンツ姿でうろうろ。ほかにも、オオカミやあまのじゃく、幽霊など、昔話や絵本でおなじみの登場人物たちが、やはりお話を読んでいた子どもたちのその後が気掛かりで、次々、本から出てくる。

　その登場人物たちの相手をするのは、図書館の司書の山神桃さん。小学校以来、ふるさとの四方山市を離れ、都会で就職し、離婚し、さらに職場が倒産して仕事も失い、途方に暮れていた時に、四方山市にひとり住む杏おばさんが入院したと聞いて、帰ってくることになったのだ。そして、四方山市立図書館の古めかしい下町別館で、試用期間として働くことになったその初仕事の日に、いきなりはだかの王さまに遭遇してしまうのである。

　この桃さんの姿は、作者柏葉幸子の、デビュー作『霧のむこうのふしぎな町』の主人公、6年生のリナを思いださせる。自分に自信がなく、思いがけず不思議な町に入りこんで、とまどうばかりのリナ。下宿させてもらうことになる屋敷のピコットばあさんは「働かざる者食うべからず」がモットーで、めそめそするリナに容赦ない。このピコットばあさんは、ひさしぶりに会ったとたん、「不器用そうな子だね」と桃さんにきついことばを投げつける杏おばさんと重なる。

　ただし、『霧のむこう…』は、主人公が異世界へ入っていくタイプのファンタジーだが、こちらは非日常的な存在がこちらに次々やってくるファンタジー。はだかの王さまやあまのじゃくなど不思議な登場人物たちに、なんとしても続きが知りたいとせがまれ、桃さんはしかたなく、読んでいた「人」探しを始めるのである。

　「本」の続きでなく、読んでいた「人」の続きの時間を探すという、この逆転の発想はまず斬新だが、しかし、ただ新奇なだけではない。じつは、なにより優し

続きの時間

いのだ。桃さんが続きを調べていくと、それら気掛かりな子どもたちは、必ずしも幸せな状況で、本を読んでいたわけではなかったことが、わかってくる。たとえば、『はだかの王様』を読んでいた青田早苗ちゃんは、父が再婚した女性が、病気の自分に献身的に看病してくれればくれるほど、偽善に思えてつらくあたってしまったという。父が、はだかの王さまのように騙されているとしか思えず、絵本を読んでは、たたきつけていた。結局その女性は、家を出ていき、その時の記憶が心の中でずっとくすぶっていたのである。同様に、ほかの子どもたちも、やはり、実の親と育ての親との関係、両親の不仲、養子など、子どもにとっては不条理ともいえる状況のなかで、それらの本を読んでいたのである。

とはいえ、けっして子どもたちは見捨てられていたわけではない。登場人物と桃さんたちの「人」探しによって、あらためて、続きの時間を追ってみると、じつは、子どもたちの不条理の原因になっていた大人たちもまた、それぞれの事情をかかえながら、子どもたちを気にかけ、悩み、生きていたのがわかってくる。

そんな不条理をかかえた不器用な人びとの、ことばにならない切ない思いが、きっと、はだかの王さまやオオカミやあまのじゃくや幽霊となって、この世界に出てきてしまったのだ。そんなふうに不思議を納得させてくれる優しさが、このファンタジーの底には流れている。そして、続きの時間を探すなかで、子どもた

図書館の古い本たち。

ち――なかには、すでに大人になっている人たちも――は、本を読んでいたころに、ぶつかったり、別れたりしてしまった人と、新しい関係、新しい時間を紡ぎはじめもする。家族のかたちがどのように変わろうと、それですべての関係が壊れてしまうわけではない。気にかけてくれる人、心配してくれる人は、きっといる。

離婚し、失業して、しかたなくふるさとにもどり働きはじめた桃さん自身も、やがてそのことに気づいていく。杏おばさん、父、そして……。不器用にしか生きられなかった桃さんが、さまざまな関係を優しく紡ぎなおしていく時、本の登場人物たちが、なぜ桃さんのところに出てきたのか、すべてが胸に落ちていく。

山本容子のやわらかく洒落たイラストも魅力的な、大人になってもずっとずっと持っていたくなる一冊だ。　　（奥）

夏の終わり　大人の物語が始まる時

『幽霊の恋人たち　サマーズ・エンド』
アン・ローレンス
金原瑞人 訳
佐竹美保 絵
偕成社　1995年
（Ann Lawrence, *Summer's End: Stories of Ghostly Lovers*, 1987）

　まだ女性に参政権が認められていなかったころの南イングランドの農村。夏が終わり、3人姉妹の長女ベッキーは、憂鬱な思いにかられていた。今年はもう9月になっても学校には通わなくてよい。エプロンドレスを着て日よけ帽をかぶった妹たちが学校に出かけているあいだ、宿屋を営む家の手伝いをして過ごすことになる。それは、子ども時代が終わったと宣告されたようなもの。でも、まだ将来のことははっきりしない。中途半端で落ち着かない立場になったのだ。

　そんなある日、村外からひとりの男性がふらりとやってきて、ベッキーの家に季節奉公人として雇われることになる。姉妹が遊び場にしていた離れの2階に住むことになったその男性「レノルズさん」は、年齢も生地も経歴もわからないけれど、たいしたストーリーテラーで、姉妹にさまざまな物語を聞かせてくれる。どれもこれも「この世のものではないもの」にまつわる話、しかも、恋物語ばかりだ。

　各話を彩るのは、個性豊かな年若い女性たち。死後も家政をとりしきろうとする母親の幽霊から、気弱な青年を解放してやるプリス（「こわいもの知らずの少女」）、恐ろしい目くらましの数々に耐え、妖精にとらわれていた恋人を救いだすジャネット（「タム・リン」）、彫像が歩きだす不思議な屋敷に奉公し、館の主に淡い恋心をいだく少女チェリー（「チェリー」）、死んだ恋人を現世につなぎとめ、墓場でデートをくり返す少女マーガレット（「ウィリアムの幽霊」）、不思議な力をもつ森番と結婚して、魔物への畏怖の念をもつようになるわがまま娘ルーシー（「野ウサギと森の番人」「泉をまもるもの」）、よこしまな兄によって魔法をかけられ、それを解いてくれる誠実な若者をもとめて、立派な城が廃墟になるまでの年月をさまよっていたセアラ（「ジェムと白い服の娘」）、行方不明になってしまった夫を探しだし、我が手にとりもどすケイト（「最後の物語」）。

　レノルズさんの物語に登場する女性たちは、例外なく、強い意志と独立心をもつ。必ずしも恋が成就するとは限らないし、ときには痛い目にあったり、反省をうながされたりすることもある。けれど

も、ただ待っていることをよしとせず、転んでもへこたれない。困難な状況におかれても泣き暮らすのではなく、自ら動くことで自分自身の人生を切り開き、運命を変えていく女丈夫ばかりだ。

そんな物語を次々と聞くうちに、ベッキーの心にもある決意が生まれる。夏の終わりに「なにもかもいままでとは変わってしまう」と嘆いていた少女は、春を迎えて「いつまでもおなじでいたい」とは思っていない自分に気づくことになる。千と一夜にわたってシェヘラザードの物語を聞いたことで、心に巣食っていた猜疑心をとかし、寛容と慈悲をとりもどしたシャフリヤール王のように、レノルズさんというストーリーテラーと出会ったベッキーも、ひと冬すぎるころには、変身を遂げたのだ。

アラビア風香辛料のかわりにケルト風薬味を効かせた数々の恋物語を糧として、少女は大人への一歩を踏みだす。『アラビアン・ナイト』と趣向は異なるが、『幽霊の恋人たち』が示しているのも、「物語」がもつ力の神秘だといえるだろう。

木々が褐色や黄金色に色づきざわめく季節にやってきた正体不明のストーリーテラーは、黄色いキンポウゲが牧草地を彩る季節に去っていく。ハロウィーンの夜に、カブ（カボチャではない！）のランタンを作り、リンゴの皮で恋占いをし

春の果樹園の先には何があるのか。少女は未来に向かって歩んでいく。

て楽しむベッキーたちに、彼は、古代ケルトの祭礼日について説明する。ハロウィーンはもちろん、火祭りインボルク（2月2日）、五月祭前夜（ワルプルギスの夜）、収穫祭ルーナサ（8月1日）など、はるかむかしに定められた季節の変わり目は、時の流れにできる裂け目のようなもので、ありとあらゆる奇妙なものがやってくるのだと。

季節の変わり目にやってきて、少女に魔法をかけて去っていった男、レノルズさん自身の正体も気になるところである。

（水）

☞世界が変わる時（162p）　☞ハロウィーン（268p）

2605年　直樹が出会ったヒロシマ

『ふたりのイーダ』
松谷みよ子
司修 絵
講談社　2006年

　もしもカレンダーに、2605年という数字が記されていたら、「27世紀？」「未来のカレンダー？」とＳＦの世界に迷いこんだような気持ちになるだろう。この作品の主人公４年生の直樹が、古い屋敷にかけられたままになっていた日めくりを見つけ、そこにかすれかかった「二六〇五」という数字を見つけた時も、この家だけ「二十七世紀の世界」なのかと不可解な気持ちになる。

　そもそもこの夏休み、直樹が出会った謎は、この不可解なカレンダーだけではない。直樹は妹の２歳のゆう子と、新大阪からさらに５時間の電車を乗り継いで、花浦のおじいちゃんの家にやってきた。お母さんは、そこから九州へ仕事で出かけてしまうため、しばらくふたりだけが、おじいちゃんの家にあずけられることになったのだ。さっそく、町の探検に出かけた直樹は、まず「イナイ、イナイ、ドコニモ……イナイ……」としわがれた声でつぶやきながら歩く子ども用の小さな椅子に出会う。まるで小人のように見えるその不思議な椅子を追って、直樹は雑木林の奥に荒れ果てた洋館を見つける。歩く小さな椅子は、ほこりをかぶったその家で、「キノウ」からいなくなってしまった「イーダ」という女の子を待っているのだと語る。

　妹のゆう子も、すぐに「イーダ」というにくたらしい顔をするので、「イーダちゃん」と呼ばれていたが、その呼び名が同じだけでなく、「ただいまあ」と駆けこんできて洋館で遊ぶゆう子に、椅子は「チイサナイーダガ、マタカエッテキタ」と喜ぶ。直樹は必死に否定するが、まるで生まれ変わりのように、ためらいもなく洋館で過ごすゆう子にも、とまどうばかり。イーダとはいったい誰なのか。どこへ行ってしまったのか。さまざまな謎が重なっていく。

　そこで真相究明の糸口になるのが、「2605年」という不思議な年が記された日めくりなのである。日めくりの数字は「6」。椅子が「キノウ」だと思っている、イーダという女の子がいなくなったその日、いったい何があったのか。近所に住む「おねえさん」のりつ子も、真相究明に協力してくれたことで、直樹は、思いがけない事実に向きあうことになる。

りつ子は、「二六〇五」という数字が、「紀元二六〇五年」のことで、それはキリストの生誕をはじめとする西暦ではなく、日本書紀をもとに明治政府が定めた、神武天皇の即位を出発点とする日本独自の紀年法だと気づく。キリスト生誕よりもさらに660年まえを紀元とし、西洋よりも古い歴史をもつ日本民族を印象づけ、「皇紀」といわれ戦意高揚のためにも使われていた。そして、「紀元2605年」は西暦に直すと「1945年」、つまり、日めくりが示していた数字は、1945年8月6日だったとわかる。いうまでもなく、その日は、広島に原爆が投下された日。思えば、花浦は、広島の近くの町である。原爆による恐ろしい破壊を聞けば聞くほど、直樹には、椅子が待ちつづけているイーダは、その日、広島に行って死んでしまったのではないかと思われてくるのだ。

この作品が書かれたのは、1969年。太平洋戦争が終わって、すでに20年以上の歳月が流れていたころである。「皇紀」ということばはもちろん、戦争の史実さえ、子ども読者にはすでに遠い出来事になっていたこの時期、平和に見える生活のすぐかたわらには、心身ともに原爆や放射能の後遺症に傷つく人びともまだたくさんいた。物語は、ひとりの男の子の、ひと夏のファンタジーのような味わいですすんでいきながら、そうした原爆の傷跡に、自然とゆきつく構成になっている。

小人のような不思議な椅子との出会い。

謎を解く鍵となる古い日めくり。

生まれ変わりのようなゆう子とイーダ。推理小説のような直樹とりつ子の真相究明。椅子の哀しみをかかえて、東京に帰った直樹には、やがて、りつ子からさらなるおどろきの真実を伝える手紙が届く。その時すでに直樹にとって原爆は、過去の遠い出来事ではなくなっている。「皇紀2605年」の戦争は、直樹をとおして、21世紀にたしかに伝えられているのだ。

＊　＊

作者松谷みよ子は、本書をスタートに、公害問題を描いた『死の国からのバトン』（1976年）、ナチスドイツのアウシュビッツに取材した『私のアンネ＝フランク』（1979年）、731部隊の罪を追った『屋根裏部屋の秘密』（1988年）、朝鮮からの引き揚げを描く『あの世からの火』（1993年）と、直樹とゆう子の成長と重ねて、さまざまな重いテーマにとり組んだ、〈直樹とゆう子の物語〉5部作を書きつづけた。

（奥）

☞ 25年めの8月6日（226p）

バイキングの時代　1000年まえの北欧

『小さなバイキング ビッケ』
ルーネル・ヨンソン
エーヴェット・カールソン 絵
石渡利康 訳
評論社　2011年
（Runer Jonsson, *Vicke Viking*, 1963）

　バイキング族というのは、西暦800年から1050年くらいに西ヨーロッパを侵攻した海賊をさしていたが、最近ではスカンジナビアやバルト海沿岸を拠点とし、漁業・交易を主としておこなっていたノルマン人のこととされている。

　彼らの活発な貿易・交易活動は、中世ヨーロッパの文化に大きな影響があったと考えられる。

　ルーネル・ヨンソンが6冊シリーズで書いたバイキング族の少年、ビッケを主人公とする物語は、本書を第1冊めとして人気を誇り、アニメや映画にもなって、バイキングといえば角兜と毛皮のベストという視覚的なイメージを全世界に定着させた。しかし、このステレオタイプは誤りで、じつは本当のバイキングはこのような服装や武装をしていたわけではなかった。しかも彼らは自分たちのことをバイキングと呼んではいなかった。

　こうして史実とは異なる点があるとはいうものの、頭がよくて知恵がまわる小さなビッケが活躍する物語は、大きな強者に小さな利口者が勝利するという、昔話の一パターンを踏襲して子どもたちの人気を集め、世界中に「バイキング」ということばを知らしめたスウェーデン児童文学の古典である。

　ビッケのお父さん、ハルバルはフラーケ地方の族長で、アースガルトの神々を崇め、力自慢で勇壮無敵の偉丈夫である。お母さんのイルバは、小さくて力はないけれど、知恵のまわるビッケの最大の理解者で、力持ちだが単純な夫を、頑固者の大バカと呼んではばかるところもない。

　ビッケは力でオオカミをやっつけることはできないけれど、とんちで攻撃をかわして逃げる工夫を生みだすことのできる知能派である。体育会系のお父さんとは、ときどき喧嘩になるものの、お父さんの身体能力とビッケの工夫の才はほぼ同等、もしくはビッケのほうがやや上回る。しかし、息子の知恵にしてやられても、ハルバルはそれを実直に認めるし、ビッケもビッケで、お父さんへの尊敬の念は揺るがない。

　人殺しや暴力をきらい、理知的な理性をもって問題を解決してゆく小さな少年、というような存在が、はたして本当のバイキングの文化のなかに賞賛の的として

ありえたかどうかは疑問ではある。

しかし、遠征に行った国で捕虜になった味方を、ノコギリエイのくちばしを使って助けだしたり、フリース人のバイキング船に追いかけられた時には、相手の船の帆に火矢をはなって危機を脱したり。力の強い大人の男には思いもつかない方法で、無益な殺人をせずに勝利を得る、肉体的には力のない子どもの活躍の、ユーモラスな描写には、喝采せずにはいられないだろう。

吊り橋、牢獄、城、バイキング船、フリース人の竜頭船、略奪活動、オオカミの脅威、特徴的な兜や長く伸ばした髪とひげ、北欧の神に捧げる犠牲の儀式など、われわれ日本人がもつバイキングのイメージは、すべてこの物語が確立して広めたものといってもいい。

しかし、先にも述べたように、こういったイメージが歴史的に正しいかどうかについてはいろいろと疑義がある。バイキングが海における略奪活動を主とする海賊であるという説は、つとにしりぞけられているからである。

また、物語を彩るビッケの家の食卓を見てみよう。たとえば、ある日の夕ごはんは、ハチミツを塗ったパン、燻製ウナギをのせたパン、ソーセージをのせたパンをそれぞれ1枚ずつ、最後にチーズをのせたパンで締めくくり。これは、スメルゴスと呼ばれるスウェーデンのオープン・サンドイッチにあたる。朝ごはんはオートミールのおかゆ、ヤギのミルクとサンドイッチが昼ごはん。バイキング

特徴的な兜と長く伸ばした髪とひげ、バイキングのイメージはいろいろなところで見いだせる。(The Girl's Own Paper 挿絵より)

族の食事というよりは、現代スウェーデン人の食事のようだ。

力は強くとも、ちょっと間抜けな族長ハルバルは、息子に向かって空威張りする現代のお父さんにも十分つうじる性格をもっている。そのハルバルを、じつは尻にしいているイルバ・ママもしかりである。

この物語シリーズの適度な距離感、適度な親近感が、遠いむかしの荒くれたバイキング族へのあこがれをかきたてるとともに、ビッケという少年への共感を高め、親しみを増しているともいえる。

なによりも、頭をつかう小さな弱い存在の痛快な冒険と勝利は、巨人に打ち勝つジャックの昔話や、鬼に勝利する一寸法師の物語と同様の爽快感を子どもの読者にあたえてくれる。きりもなく続けることのできるとんち話のひとつとしてとらえることができるであろう。　　　（川）

8歳の誕生日　猟の本当の意味を知るまで

『銀色ラッコのなみだ　北の海の物語』
岡野薫子 作・絵
理論社（フォア文庫）　1996年

　むかしから人間は、誕生から死にいたる人生の変化の時をとらえ、儀式や贈り物や交換などをおこなってきた。古典的研究書『通過儀礼』（ファン・ヘネップ）には、さまざまな社会集団の節目の行為が記録されている。それらは、ある変化の時、過渡期をできるだけ混乱なく受け止めていく工夫であったといえる。

＊　＊

　たとえば、1800年代の「遠い北の海」。エスキモーの少年ピラーラを主人公にしたこの作品では、8歳の誕生日が、ひとつの成長の節目として描かれている。ある冬の終わり、父のパニアックは、「八つ」になったピラーラに、精巧な新しい銃を渡しながらいう。「エスキモーのあいだじゃ、猟の勉強を始めるのに、ちょうどいい年ごろ」になった、と。それを聞いたピラーラは、胸を躍らせながら銃を持ち、「いっぺんにおとなになったよう」に思う。

　しかし、自然のサイクルに人間の生活を合わせていた時代から、自然と人間の関係が複雑になっていく時代――すなわち1800年代という近代化にさしかかる本書の時代においては、ある年齢に達しただけで、少年が「おとな」になれるわけではない。この物語でも、ピラーラが、猟の技術だけでなく、猟をして生きることの本当の意味を理解するには、8歳の誕生日に続く、より深い経験が必要だった。この作品では、それが、銀色の美しい毛皮をもつラッコとの出会いと別れとして描かれている。

　ピラーラと銀色ラッコは、物語のなかで、4回出会う。1回めは、8歳になったピラーラが猟の準備を始めたころ。銀色ラッコもまだ生まれたばかりで、群れのねぐらからはぐれ、冷たい海に凍えていたところを、ピラーラが助ける。猟についてまだほとんど知らないピラーラと銀色ラッコは、この時、お互い「変てこ」だが「かわいくて」「危険なにおい」のない者どうし、ひかれあう。

　しかし、2回めの出会いはまったくちがった意味をもってくる。そのまえに、はじめてのアザラシ猟を体験し、「血がわきたつ」興奮を覚えたピラーラに、ラッコは猟の対象に見えはじめるのだ。ひときわつややかな毛並みに成長し、外海

8歳の誕生日

に流れされてきたラッコを、「ぼくにつかまえられるかな」と思いながら見つめるピラーラ。銀色ラッコもはじめて人間に危険なにおいを察知する。

この時、ラッコの群れの存在は、ピラーラの父も知ることになるが、しばらくそっとしておこうと語る父に対して、ピラーラの猟への執着は募る。父との約束を破り、こっそり友だちとラッコを見にいったところで、両者は3回めの出会いをする。ところが、この時ピラーラは、その銀色ラッコが、「いつかのやつ」だと気づき、懐かしさがあふれ、相手を獲物として見ていたことに、うしろめたさを覚えるのだ。しかし、結果的にラッコの群れの存在は集落の大人たちにも知れ渡り、ピラーラの父の反対を押しきって、大規模なラッコ猟が決行されてしまう。

じつは、このラッコ猟のまえに、大人たちは内陸への訪問旅行で、猟銃を手に入れていた。この新しい武器は、人間の抑制心や、自然とのバランス感覚を簡単に狂わせてしまう。撃たれても沈まないラッコは、銃による狩りの格好の獲物となり、捕まえられたたくさんのラッコの毛皮を見ながら、ピラーラは、「いつかのラッコも、このなかにいるんだろうか」と思う。そして、ようやくラッコが自分たちと同じ命をもつ存在であること、だからこそ、父がいつも語っていたように、人間が「生きていくのに、ぎりぎりのところ」だけ猟をするのだということ

北方の冷たい海に生息するラッコ。乱獲で激減し国際保護動物となっている。

ばの意味を知るのである。

ピラーラは、ラッコたちを逃がすために、再度銀色ラッコに会いにいく。この4回めの出会いで、銀色ラッコは、エスキモーの子どもが、涙を浮かべて自分を見つめているのに気づく。この時、両者は、相手が何者であるかも、そのあいだに横たわる猟の意味も知っている。そのうえで、お互いの命を尊重し、お互いの距離を知り、お互いの思いを感じとる。

新しい機器の発明、生活の変化、豊かさへの欲望……。自然と人間の関係はどんどん変わり、ある年齢になれば、素朴に人生の節目を理解できる時代ではない。

そんななか、銀色ラッコとの出会いと別れは、ピラーラにとっての貴重な「通過儀礼」となった。いまや人間は、わずかな出会いや知から想像をめぐらして、あらためて自然の営みを感知し、人生の過渡期をのりこえていくほかはないのだ、とこの物語は伝えている。

初版は1964年、実業之日本社より。

（奥）

☞別れの時（188p）

文化3年　植木屋奉公のはじまり覚え

『花咲か　江戸の植木職人』
岩崎京子
石風社　2009年

「ぶんか三　ひのえとらのとし　ながつき十七にち、はるる。／うゑげんにほうこう」。

これは、江戸時代に、常七という少年が書いた覚え書きの一節である。「ぶんか三」は文化3年＝1806年、「うゑげん」は江戸駒込にあった植木屋で、つまり、この晴れた9月17日、常七は、植木屋に奉公にあがったということだ。本書は、ところどころに、こうした常七の覚え書きが囲みで記され、続けて「わたし」なる人物による覚え書きについての解説や調査報告、そしてその内容をもとにしたドラマという、3種類の文章からなる。味わいの異なる文章が重なり、常七の人生が立体的に見えてくる歴史物語だ。

覚え書きの部分は、もちろん、古語、旧かなづかいで記されている。横に小さく意味や新かなが補われているとはいえ、読みやすいものではない。しかし、それがかえって、古い時代への興味をかきたてる。親方からふるまわれた「あづきあん」について「大きさ　このくらゐ」と丸が描かれていたり、台風から植木を守った喜びが、「きくぶじ」とひと言記されていたり、子どもらしい書きぶりも、ほほえましい。

この興味深い覚え書きに続く、「わたし」の解説は、じつに綿密だ。たとえば、「うゑげん」と出てくれば、江戸の絵地図で植源の場所を調べ、さらに「わたしは本郷通りを歩いてみた」と現地調査にも出かける。そうして得られた江戸時代の地理や事件、庶民の流行りすたりなどの知見が、拙さの残る常七の覚え書きを、わかりやすく補ってくれる。「文化五年」にモンシロチョウの異常発生があったとか、さまざまな桜の木を集めて「五色のサクラ」園をつくった植木屋があったとか、常七が遭遇したらしいどこか幻想的な場面も、史実の裏づけによって納得できる。古き時代についての豆知識をつまんでいくような楽しさも加えてくれる。こうした、覚え書きと、リアルな歴史解説に支えられて、常七をめぐるドラマは豊かに展開していく。

ある日、ほそぼそと手づくりの「秋の七草」の鉢を売っていた常七は、その「ものをそだてる指」を植源の源吉に見

文化3年

込まれる。その時13歳。植源には、親方の源吉のほかに、おかみさんと娘のお千花、弟の源治・茂治、そして何人かの通いの職人と、守っ子のさよがいた。当初は、住みこみ先の水汲みや掃除、庭はきなどの雑用に追われ、要領の悪い常七は、しばしば「ぐず」「まぬけ」と怒鳴られるが、自分以上につらい境遇にいる子守のさよに心を痛めたり、兄貴分の喜三次がお千花をちやほやするのにおどろいたり、常七の素朴な人柄が浮きあがってくる。源吉は、職人には「一級品」を見せて勉強させるのがポリシー。そのおかげで常七は、江戸の名庭園の見事な木々にふれ、とりわけサクラの花に心をひかれていく。

いまや日本じゅうに広まったソメイヨシノ。

しかし、奉公に出て4、5年もたったころ、江戸には菊ブームがやってくる。植源でも、珍しい菊をつくり、趣向を凝らした見せ方で客を呼ぶことにやっきになる。常七も、黙々と菊づくりを手伝うが、「ツルカメ」の作りギクや、芝居仕立てのキク人形といった技巧に走り、あっといわせることばかり競いあう風潮に疑問を感じる。ひそかに、「生命を育むよろこび」を胸に刻みながら、腕をあげていくのである。

やがて独立し、結婚。そして、晩年は「江戸じゅうをサクラでうずめたら」という夢の実現に向けて、せっせと種を拾い、山桜の枝を増やし、苗をつくっていく。そのなかに「〈よしの〉となをつけそろ」と覚え書に残る新種のサクラが生まれる。そのサクラこそ、現在、木全体が花でうまり日本中の人びとを喜ばせているソメイヨシノなのだ……とは、「わたし」の解説だが、それがひとつの推理にすぎないとしても、なんとも心躍るような結末である。

ところで、本書の根幹ともいえる常七の素朴な覚え書きは、いったいどこにあったものなのか……。巻末の「解説」（鳥越信）には、その正体も明かされているので一読をお勧めする。重層的な物語作りの秘密が感じられるにちがいない。

初版は1973年、偕成社より、斎藤博之 絵。　　　　　　　　　　（奥）

冒険の始まりと終わり　　運動場が戦場につながる時

『戦争ゲーム』
マイケル・フォアマン
ゆあさふみえ 訳
あすなろ書房　1995年
（Michael Foreman, *War Game*, 1993）

　イギリスの農村地帯で生まれ育ち、村の学校を卒業したら農作業に明け暮れるばかりの平凡な若者たちにとって、週末のサッカーはなによりの楽しみだ。隣村チームとの試合ともなれば、村の威信をかけた大勝負。無心にボールを追いかけてシュートを放てば、ナショナル・チームでプレイしているような気分になる。

　だが、海の向こうで起きた戦争は、そんな彼らの日常をすっかり変えてしまう。1914年の夏、サラエボでオーストリア皇太子が暗殺されたのをきっかけに始まった戦争は、またたく間にヨーロッパ全土に広がり、多くの若者たちを運動場からひきはなし戦場へと向かわせた。彼らはちょっとした冒険に出かけるつもりで軍隊に入り、故郷をあとにしたのである。二度と帰ってこられなくなるとは思いもせずに。

　『戦争ゲーム』は、そんな若者たちの姿を、簡潔な文章と繊細なイラストレーションで綴った短い絵物語である。主人公のウィルは、親友のフレディ、レイシーとその弟ビリーと一緒に志願した。熱狂的な好戦ムードが国全体を支配するなかで、隣村の対戦相手たちが入隊を決め、教会でも牧師が説教壇から志願をうながし、クリスマスまでには終結するだろうという楽観論がただよえば、村を一歩も出たことのない若者たちが、戦争にいくことを冒険のように考えたとしてもしかたがない。入隊しないのは、冒険のチャンスを永遠に逃すようなものだとさえ思えてくる。

　ウィルも、ようすを見にいくだけのつもりで出向いた兵役志願者の受付会場で、熱気に満ちた雰囲気にあおられた友人たちが立てつづけに志願したため、ついあとを追ってしまったのだ。こうして、幼ななじみの4人はそろって新兵となり、わずか数週間の訓練を受けただけで、軍服に身を包んで海を渡ることになったのである。これが冒険の始まり。

　はじめて祖国を離れて海を渡った4人が行きついた先は、西部戦線の塹壕だった。歩哨として発砲台に立てば、有刺鉄線の向こうがわの中間地帯（ノーマンズランド）には、故郷の草原とそっくりな景色が広がる。ちがうのは、そこには死体が散乱し、反対側にはドイツ軍の塹壕があるということだ。

冒険の始まりと終わり

ネズミやナメクジや虫が出没するぬかるんだ塹壕に身をひそめて敵と撃ちあい、突撃命令が下されればとびだして敵地をめざす。そして、照明弾や銃弾におびえながら、有刺鉄線を修理したり、味方の死体を回収したり。

そうして迎えたクリスマス・イブ。凍てつく塹壕でしょぼくれたモグラのようになっていたウィルたちの耳に、「きよしこの夜」の旋律が聞こえてくる。それは、対峙するドイツ軍の塹壕から流れてきた歌声だった。これに応じてイギリス軍の塹壕からも歌声があがり、月明かりに照らされた戦場に、クリスマス・キャロルが響きわたる。夜が明けると、中間地帯にクリスマスツリーがたてられ、両軍合同で死者の埋葬式もおこなわれた。自然発生的に始まった両軍兵士たちの交流は、やがてサッカーの試合へと発展し、ウィルたちも穴の中のモグラのような暮らしから、つかのま解放される。文字どおりナショナル・チームの一員として、ボールを追い、凍りついた野原を駆けめぐったのである。冒険の終わりは、その後まもなくおとずれることになる。

著者マイケル・フォアマンは1938年生まれ。自らの経験をもとにした前作『ウォー・ボーイ』では、幼児の目線で第二次世界大戦中の銃後の暮らしを描いたが、ここでは、若者の目をとおして第一次世界大戦中の実際の戦場を描いている。とはいえ、けっして凄惨な物語ではない。幻想性をおびた美しい水彩画で全

当時は若者に入隊をうながすこのようなポスターが次々と作られた。

編を彩り、のちに「クリスマス休戦」と呼ばれることになる心あたたまるエピソードをクライマックスにすえることで彼が表現しているのは、「第一次世界大戦で若くして戦死したぼくの四人のおじさんたち」に対する思い、静謐な哀しみに満ちた感情である。

新兵募集の広告や戦意高揚のためのポスターなど、当時の世相がわかるヴィジュアル資料をふんだんに盛りこみ、データや事実を注記することで、物語にはドキュメンタリー色も加味されている。そのおかげで、ウィルたちがおかれていた状況が現代の読者にも鮮明に伝わってくるだろう。運動場とつながった戦場では、冒険もどこか陽気で、現実感が薄い――そんな冒険への夢がいかにして紡がれるか、その恐ろしさを教えてくれる美しくも切ない物語である。　　　　　（水）

☞午前6時（148p）

夜のあいだ　その時だけの父娘関係

『夜のパパ』
マリア・グリーペ
大久保貞子 訳
ブッキング　2004年
（Maria Gripe, *Nattpappan*, 1968）

石についての本を書いている「ぼく」は部屋が狭すぎて寝る場所もない。困っていたところ、うってつけの仕事が見つかった。夜だけ来て子守をすれば、寝椅子で寝てもOKという「夜のパパ」募集が新聞に載っていたのだ。昼間だけ子どもの面倒をみる保育士を、スウェーデンでは「昼のママ」と呼ぶのだから、「夜のパパ」がいても不思議はあるまい。

「ぼく」が面倒をみることを任せられたのは、お母さんが看護師をしている少女だった。毎晩少女の家に通い、留守番をするのが「夜のパパ」の仕事である。

本当は、夜のパパは少女が寝てからやってきて、留守番をして、ママが夜勤から帰ってくるまえに引きあげる取り決めになっていた。

最初に会った時、少女は機嫌が悪く、自分の部屋には立ち入るなという張り紙をして反抗する。だが、フクロウのスムッゲルを連れてやってきた「夜のパパ」につい興味をひかれ、スムッゲルを媒体に「ぼく」と話をするようになる。

名前を名乗らないことに決めた少女に、「ぼく」は彼女が七月生まれであることにちなみ、またクリスマスにも音が似ているから「ユリア」と呼び名をつけ、それからふたりは徐々に心を通わせていくことになる。

「ぼく」の石の本がなかなか書きすすめられない時のイライラ感、友だち関係に悩むユリアの悲しい思い、それぞれが体験する物語が、夜のパパが来て、ユリアが寝るまえのすれ違いの夜のあいだに共有されるのだ。

ある時は菓子パンをめぐって、ふたりの思いが行き違いをくり返す。ユリアはママがおいていったおいしい菓子パンを、夜のパパが食べてくれればいい、一緒に食べたい、と思って、わざと歯を磨かずに、ベッドのなかで「ぼく」を心待ちにしていたのだ。だが、到着した「ぼく」は、ユリアがもう寝ているのにちょっとがっかりする。

しばらくのあいだ、ふたりの思いは錯綜してこのようにすれ違いつづけるが、最後に一致する。

ついに心をつうじあわせたふたりは、夜景を見ながら、ともに菓子パンを一緒に食べる時間を共有するにいたる。夜景

を見ながらバルコニーでパンを食べるふたり。

いくども、いくども回り道を経なければ、ユリアの気持ちは「ぼく」に届かなかったし、逆もまたしかりだった。

ふたりに大きな転機をもたらしたのは、スムッゲルが開いた窓から逃げだし、ふたりが一生懸命になって協力し、フクロウを捕まえて部屋にもどした時のことだった。「ぼく」はスムッゲルが人間に飼われなくとも、自分でやっていけることがわかり、この大事な友だちを手放し、自由にしてやる一大決心をしたのだ。なぜなら、「ぼく」にはもう大事な夜のむすめがいる、ということがわかったからだ。

一方、ユリアには、ほかのいろいろな種類のパパはもういらない、夜のパパがいれば、という気持ちが芽生える。そしてふたりはそれを証明するために、青と黄色のページに、それぞれの側からそれぞれにとっての存在価値を文字にすることに決めたのだ。

だからこの本は、「ぼく」の書いた章と、ユリアが書いた章が交互におかれて構成されているのである。

石をめぐる思い出をそれぞれに語る章、夜に咲く珍しい花「夜の女王」が咲いたことに、それぞれが気づく章、夜のパパ

夜だけ姿を見せる鳥のように、夜のパパはユリアのところにやってくる。

を信じてくれない友だちに、その存在を知らしめようと電話をかけ、そのことを深く後悔するユリア。そのことで自分を罰しようとしているユリアを不思議に思って眺める「ぼく」の章。

交互に書いた章を、ふたりはお互いに読まない取り決めだが、両方を読むことを許されている読者の特権は、夜のパパと夜のむすめの両側から、ふたりの気持ちが寄り添っていくのを読みとっていくことができることだ。

夜のあいだ、すれ違いの父と娘。つかの間のふれあいでありながら、すり寄っていくふたりの心は、静かに絆を深めていくのである。

（川）

2
時とあそぶ

なんの不安も恐れもなしに、目の前にある楽しい時間を享受できるのは、子ども時代の特権だ。だが大人だって、ときにはただ無心に幸福な時間を楽しむ余裕をもちたい。現実世界であれ空想世界であれ、心を解放できる「時」をもってこそ、先に進む力も生まれるのだから。

朝も、ひるも、夜も　いまだけを歌うように楽しんで

『ぼくは王さま』ぼくは王さま全集1
寺村輝夫
和歌山静子 絵
理論社（フォア文庫）　1979年

　世界中の物語で、王さまが出てくる話といえば、なんといってもアンデルセンの「はだかの王さま」だろう。西欧民話の流れをくむアンデルセンのこの童話で、王さまは虚栄心のために騙され、はだかで人びとの前を歩く羽目に陥る。では、日本の物語で王さまはと問えば、いまならやはり、寺村輝夫の「王さま」が挙がるのではないだろうか。ぞうのたまごでたまごやきを作れといったり、「つぶれないしゃぼんだま」を欲しがったり、うそばかりついたり、こちらもちょっと困った王さまである。

　この「王さま」を主人公とする「ぞうのたまごのたまごやき」という短編が、『幼児のための童話集 第二集』（福音館書店、1956年）に収められたのが1956年。この作品に、「しゃぼんだまのくびかざり」「ウソとホントの宝石ばこ」「サーカスにはいった王さま」の3つの作品が加わって、『ぼくは王さま』という1冊となって出版されたのは、1961年。それから、『王さまばんざい』『王さまロボット』『王さまめいたんてい』『王さまレストラン』など続編は続き、より幼い子向けの〈ちいさな王さま〉シリーズや、〈ぼくは王さま〉Ⅱ（全10巻）を経て、〈ぼくは王さま〉Ⅲ（全4巻）が出たのは1996年。40年にわたって、「王さま」は主人公でありつづけたのだ。図書館や書店で、誰しも一度は、和歌山静子の描く「王さま」（あるいは初期の和田誠の描く「王さま」）に出会っているだろう。

　こうした長く続くシリーズの場合、主人公が歳を重ね、成長していくところにおもしろみがある場合もある。しかし、〈王さま〉シリーズの「王さま」は40年ほとんど変わらない。そのような場合には、逆に時間が流れないことがおもしろみにならなければならない。

　長い時間が流れず、主人公が成長しないといえば、なんといっても昔話がある。作者寺村輝夫も、この「王さま」の話を描きはじめたころ、子どもがおもしろがるストーリーを模索して、「西欧民話」を参考にしたという（『寺村輝夫のぼくは王さまはじめの全1冊』）。ただし、時間が流れないとはいえ、〈王さま〉シリーズに描かれているのは、「むかし」のことでもない。昔話において、過去の

朝も、ひるも、夜も

話を伝えることは、世の中の成り立ちや必然を示して、ときには教訓を引きだすという効用もある。しかし、〈王さま〉シリーズの時間は、もっと無限定である。

＊　＊

たとえば、「王さま」は、「たまごやきが一ばんうまいよ。あまくってふーわりした、あったかいのがいい」と思えば、「朝も、ひるも、夜も」、たまごやきを食べつづける。あるいはまた、「あそぶのが、大すき」となれば、「あそんで、おかしを食べて、あそんで、べんきょうして、あそんで、ひるねして、あそんで、ごはんを食べて……」といった具合に、「まい日、まい日、」遊んでいる。つまり、この「王さま」にとっては、むかしのことや、先のことより、いま、好きなこと、楽しいことが、ひたすら続いてくれればいい。そのことを願うあまり、「ぞうのたまご」や「つぶれないしゃぼんだま」をもとめたり、うそを宝石ばこに隠したり、注射がいやでお城から逃げたりしてしまうのだ。

まわりの人びとは右往左往し、面倒なことも起きるが、その場その場の思いつきでなんとか切りぬけ、最後はなぜかしらうまく収まる。とはいえ、その展開には、偶然や不思議が多いので、そこから教訓などは、引きだせない。それでも、好きなこと、楽しいことだけを「朝も、ひるも、夜も」続けようとする、その素

あまくて、ふーわり、あったかいたまごやき。

朴なエネルギーには、やはり感服してしまう。「どこの　おうちにも　こんな王さまが　ひとり　いるんですって」というまえがきのとおり、これぞ子どものエネルギーといわんばかりの肯定感が魅力なのだ。

ところで、では作者が世界観や教訓などではなく、「西欧民話」から何を受け継いだのかといえば、それは「民話の音楽性」「語りのリズム感」（『寺村輝夫のぼくは王さまつづきの全1冊』）だという。たしかに、〈王さま〉シリーズには、「プルルップ　トロロット」「タララップ　タ——ア」や、「ありとび　ピョン」「とびとび　クルッ」「えっほ　えっほほ」「ありおどり」などなど、くり返される歌のようなことばが、あちこちに散りばめられている。大臣の「ワン」「ツウ」「ホウ」といった名前のつけ方も軽妙だ。まさに、いま、この時だけを歌うように楽しんで、「王さま」の日々は続くのである。

（奥）

📖 まいにち（120p）

1日　夕暮れまでの魔法

『砂の妖精』
E・ネズビット
H・R・ミラー 絵
石井桃子 訳
福音館文庫　2002年
（E.Nesbit, *Five Children and It*, 1902）

　ロンドンから田舎の一軒家に引っ越したシリルとロバート、アンシアとジェイン、そして赤ちゃんの5人きょうだい。両親が留守のあいだ子どもたちは、自分たちだけで遊べる楽しい日々を過ごすことになる。

　大むかしは海だったという砂利ほり場に出かけていった子どもたちが、そこで掘りだしてしまったのは、なんと砂利の奥で何千年も眠っていた「サミアド」、すなわち、砂の妖精であった。

　そのむかしから、砂の妖精とは、1日にひとつ、人間のお願いを叶えるために存在したのだとサミアドはいう。たとえば人間たちは魔法でその日に食べる恐竜の肉を「切り分けた状態で」出してもらっていたという。そのあまった残りは日が沈むと石になったので、このあたりではいまにいたるまで、それが化石としてあちこちで出土しているのだ、と。

　さて、こうしてきょうだいが見つけた以上、サミアドは彼らのお願いを1日にひとつ、叶えてくれることとなる。しかし、魔法を叶えてもらえることになった人間の話で、うまくいった話はまずないといっていい。はたして、子どもたちも、自らが願ったお願いのために、散々な目にあうことになる。

　むかしは魔法で得たものは、日が暮れると石になってしまったが、ここで子どもたちが願うのは、日々の糧ではなく、美しさとか愛されることとか、大人になることとか、抽象的である。だから、とサミアドは説明するのだが、魔法で叶ったお願いは、夕暮れと同時に消え失せることになった。

　それからというもの、子どもたちは1日ひとつのお願いが叶えられるたびに、引きおこされる大騒動にまきこまれ、それを、なんとか自分たちで協力し、解決しなければならない。とりあえず、魔法の持続する1日のあいだ、無事に生きぬくことができるように、と。

　しかし、わたしたちの願いというのはこれほどに、叶うと厄介なものだったのか。美しくなりたいと願えば、誰にも本人と認めてもらえず、お昼ごはんを食べそこなう、お金が欲しいのに古代の貨幣ばかり手に入れて、買いものができない

ばかりか、贋金作りを疑われる。赤ちゃんを連れさらわれそうになったり、ロバートが突然巨人になってしまったり、「お願い」をすると意識していない時に口に出したことまで、願ったことになってしまうのだからたいへんだ。

読んだ本にあこがれて、武装した軍勢に包囲された城に住んでみたいとか、インディアンと戦ってみたいなどといったらもう、窓の外には本物の軍勢やインディアンが現れる始末だ。

しかし、この子どもたちがどんな困難な状況に陥っても、読者はある程度の安心感をともなったスリルを楽しみつつ、子どもたちの活躍を見守ることになる。なにせ、日が沈めば、状況はおのずと解消することが約束されているのだから。

こうして『砂の妖精』は、1章につき、1回の魔法、1日だけの冒険がくり返され、安全が約束されたジェットコースターのような、いっときのめまいのわくわく感覚を味わわせてくれる。

少々例外的なのは、2章にわたって語られる「つばさ」「つばさをなくして」のエピソードだけで、ここではスリルが2章分引き延ばされて語られている。

魔法に支配された1日と、それが日暮れと同時に消えてなくなる、というくり返しを体験するうちに、子どもたちにはわかってくることがある。たとえば、日が暮れたあとも赤ちゃんを追っかけてきた親切なジプシーのおばさんは、魔法にかかっていなくても赤ちゃんが好きだ

翼を願った子どもたちは、天使にまちがえられる。
（絵：H・R・ミラー）

ったろうとか、きょうだいである自分たちの赤ちゃんへの愛情も、魔法に左右されないこと、レディ・チッチンデンの宝石がなくても、家に帰ってきたお母さんは幸せなのだといったことだ。

また、はじめは明らかでなかった子どもたちの個性、アンシアのお姉さんらしさ、シリルのリーダーシップ、ロバートのわんぱく、ジェインのおちゃめ、赤ちゃんの無邪気さなどもクリアになっていく。ネズビットは、普段着の子どもたちの遊びの楽しさをリアルに描きえた最初の児童文学作家のひとりである。この子たちが家族であるということは、1日では終わらず、ずっと続く絆なのだ。

そして、子どもたちの魔法騒動で知り合った猟場番人のビールとマーサは結婚することになり、これも1日だけ続く魔法がもたらした、おそらく永遠に続く幸せだったといえるだろう。

（川）

☞過去への旅（86p）　☞チャールズ2世の時代（264p）

親の居ぬ間　子どもたちだけの秘密の夕食

「子供たちの晩餐」（『温かなお皿』所収）
江國香織
理論社 1993年

「私たちは玄関で、もうどうしようもなくどきどきしていた」と始まるこの短編には、冒頭からこちらまでどきどきさせられる。「とうとうこの日がきた」「何日も前からこっそり楽しみにしていた日」「お小遣いをだしあって、四人で準備しておいた計画の実行日」。いったい何をするというのだ？　そもそも、この4人とは？

長女「理穂おねえちゃん」を、語り手の「私」はあこがれのまなざしで語る。「私も九歳になれば、あんな風に大人っぽく振る舞えるだろうか」と。「豊（ゆたか）お兄ちゃん」は「八歳にもなって、お兄ちゃんは本当に演技力がない」といわれてしまうが、いったいこの語り手はいくつなのだと思っていると、「私」はパパに抱きあげられ、ママにほっぺたをつつかれる。ママはいう「詩穂ちゃんを泣かせちゃだめよ」と。エヘヘとご満悦な語り手は「いつだって私は特別扱いだ。まだたったの四歳だし、何といっても末っ子なのだ」と語る。4歳！　あと、久お兄ちゃんが5歳か、6歳か明記はないが、ともかく、理穂お姉ちゃんの指揮のもと、4歳の末っ子の「私」まで4人兄弟姉妹が、何か企んでいる。

パパとママを「いってらっしゃい」と送りだし、台所へ駆けこむと夕食の準備が整っている。サラダ、レモンジュース、パン、りんご、チキンソテー（それぞれに合わせて肉の大きさや、つけあわせの量が加減されている）。行動開始の6時。子どもたちは庭に出て穴を掘り、バケツほどの穴が掘りあがるとその中に、ママが用意していった夕食を投げこみ埋めてしまう。土の穴に向かって「からだにいいものばかりだから大丈夫よ」「これで成人病にならずにすむよ」といいながら。

そして、いよいよ「食事」である。子どもたちはまず手を洗い、うがいをして（これはもう逆らいようもなく身についているらしい）、「ベッドの下に隠しておいたあこがれの食べ物——カップラーメン、派手なオレンジ色のソーセージ、ふわふわのミルクせんべいと梅ジャム、コンビニエンスストアの、正三角形の大きなおむすび、生クリームがいっぱいの、百円で売っているジャンボシュークリーム——を思いきり」食べるのだった。

親の居ぬ間

あこがれの食べもの。

ベッドの中や、お風呂場で、歩きながら、歌いながら。禁止事項は全部やってみる。そして、長女がときどきうっとりとつぶやく――「ああ、身体に悪そう」。そう、この家は、健康を考えたママの完璧な料理と生活管理（間食は3歳までしか認められていない！）で、子どもたちには虫歯ひとつなく、ママは10年間47.5キロをキープし、パパは成人病にかからない。「完璧な」管理があるからこそ、子どもたちはこんな晩餐を企んだわけだ。そもそも、普段から、インスタント食品や合成着色料にまみれたおやつも食べ放題という家だったら、この晩餐は企てられる必要もないわけだ。

親の居ぬ間の「大騒ぎの夜ごはん」。10歳にも満たない子どもたちの背徳の饗宴は、親の帰宅までにきれいに痕跡を消さねばならない。片づけがすんだのは9時ごろ。ちゃんと片づけをして、歯も磨いてベッドに入って、素知らぬ顔で眠りにつこうとするわけだが、「私」はさっきまでの馬鹿さわぎを思いだして笑いつづけてしまう。お姉ちゃんが、こわい顔でひと言。「早く寝なさい」。親には内緒だ。興奮に満ちたあの時間をけっして勘づかれてはならない。

子どもたちは、親の知らない時間を生きる共犯者だ。きっとこのあと、ママの完璧な料理を行儀よく食べながら、4人は意味深な目配せをするのだろう。子どもだけの秘密をもっているということが、きっとこれからも彼らをぞくぞくさせる。

作者は月の描写をさりげなく挿入しては、時間の経過を物語っている。月だけが見ていた、子どもだけの時間。それをこっそり覗き見させてくれるのが、この短編である。　　　　　　　　　　（西）

開拓の3年間　猫と暮らす山の生活

「山のトムさん」（『山のトムさん ほか一篇』所収）
石井桃子
深沢紅子 ほか絵
福音館文庫　2011年

　小学4年生のトシちゃん、トシちゃんのお母さん、お母さんの友人のハナおばさん、おばさんの甥のアキラさんは、第二次世界大戦後、北国の山の開墾者（山の家の人びと）として過ごす。山に引っ越して1年、そこらじゅうに出てきて、食料や衣服を食い荒らすネズミを捕るために、彼らは生まれたばかりの子猫をもらう。その子猫はトム（英語のオス猫：トム・キャットから）と名づけられ、とくにハナおばさんになつき、可愛がられて育っていく。これは、トムとの約3年間の山の家での生活を描いた作品である。作品の成立背景には、作者の石井桃子自身が、戦後の食糧難のなかで宮城県で開墾・酪農をおこなったことが挙げられる。

　トムと名づけられた子猫は、開墾などで忙しいおばさんや山の家の人びとに可愛がられながら、成長していく。トムはしばらくはネズミを捕ることもできず、おばさんが母猫代わりになって、カエルを練習用にあたえ訓練をする。

　おばさんに教えられ、トムは、ネズミを捕るのはもちろん、ウサギやリス、蛇なども捕るようになり、山のなかを冒険するようになっていく。そして、山の家の周辺ではネズミがあまり出ないようになっていったのであった。

　本作品では、おばさんとトムの交流、トムの冒険など、トムのことがよく観察されている。

　その描写はとても具体的である。トムが1日をどのように過ごすのか、そのいくつかの時間のパターンや、帰ってくる時のさまざまな鳴き声「イヤーオ、イヤーオ」「ニーイ、ニーイ」「ム……ニ……イ……ム……」など、克明に記録されている。猫のさまざまな習性や鳴き声が観察日記を読むようにしっかりと伝わることで、読者もトムと山の家にいるような錯覚すら覚える、描写の力の豊かな作品である。

　とくに、トムが見事にネズミを捕らえるようすは、これも「駒」という猫が見事にネズミを捕らえる描写を丁寧に描く泉鏡花の「駒の話」に勝るとも劣らない丁寧さで描かれている。

　トムが体調を悪くした時、山の家の人はもちろんだが、とくにおばさんの心配

開拓の3年間

トムは山の家の人たちとともに、開拓生活をおくる。

　は、我が子を思う気持ちと同じであったろう。運よくお医者様から薬をもらい、トムはなんとか回復していく。

　山の家の人はトムに悩まされながらも、トムの心配をし、またトムに感謝し、そしてなによりもさまざまな失敗やトラブルも起こすトムに笑いをもらいながら山の生活をのりこえていく。

　そして、このトムと過ごした3年間の記録は、第二次世界大戦後、北国を開拓した山の家の人びとの生活の記録でもあった。子猫から大人になるトムの成長と比例して、山の家の人びとの農作物も増え、綿羊のモーを飼うようになる。トムの成長は、山の家の成長である。そこには、開拓者の開墾や酪農、田の仕事を忙しく、必死にこなす、山の家の人びとの心情が仮託されているのである。

　本作品には、第二次世界大戦後の食糧事情や、生きていくことで精一杯の時代性も描かれていく。日本じゅうどこの家とも同じように、ごはんがない状況などである。

　またトムの名前を決める時、おばさんが鼻のブチにちなんで「千島」と名づけようとするも、「千島、もう日本じゃないよ」とトシちゃんにいわれ、ふたりがしぶく笑うシーンがある。戦後の日本のおかれた時代性が細部において描かれている。

　この背景に注目して読むことで、開拓者たちから見た戦後北国のようすを、その苦難を、知ることができるのはこの作品の魅力である。

　ただ、山の家の人びととの生活は悲壮感に満ちたものではなく、力強く、笑いに満ちたものであった。その笑いにトムは大きく貢献しているのである。

　戦後の北国において、トムもふくめて、山の家の人びとがいかにたくましく生きていたか。それは、石井桃子の福音館文庫のあとがき「あのころ、一生懸命、毎日を生きていたことよ」ということばにぎっしり凝縮されているといえよう。

　初版は1957年、光文社より。　（大）

過去への旅　本当は「飛んだ」船

『とぶ船』上・下
ヒルダ・ルイス
石井桃子 訳
岩波少年文庫　2006年
（Hilda Lewis, *The Ship That Flew*, 1939）

　歯医者に行くため、海岸町のラディクリフに出かけたピーターは、古ぼけた通りの薄暗い店で小さな木彫りの船を見つけ、不思議なおじいさんからこれを買うが、じつはこれは自在に大きさを変え、望みの場所に連れていってくれる魔法の船だった。船首についている金の猪に願いをかければ、どんな場所でもどんな時代でも望みのまま。

　ピーターがいちばん年上で、シーラ、ハンフリ、サンディと続く、男の子2人、女の子2人のきょうだい構成、父親は医者で母親が病気で不在、世話をしてくれるのはばあやと女中のガートルード、という設定は、ネズビット以来、イギリス児童文学の伝統的なお膳立てである。

　こうした冒険物語にありがちなパターンだが、エジプトにとんでいった子どもたちはバザールでおいしいお菓子を堪能するものの、お金を持っていないのでいざこざにまきこまれる。親切なプリンスに窮地を救われるが、魔法の船の存在を信じてもらえず、頭がおかしくなったとまちがわれたあげく、ギリギリのところで逃げ帰る羽目に陥る。日常に魔法がもたらすトラブルを、きょうだいがどうやって解決していくかというところが読みどころなのである。

　北欧神話の本を読んでいたピーターは、その記述から、とぶ船が、北欧神話の最高の神・オーディンから息子のフレイに贈られた結婚祝い「スキードブラドニール」であったことを知り、子どもたちは時を超えて神話時代の地・アースガルドを訪ねる。そこで、船を売ってくれた不思議な老人が片目の神オーディンであったことが判明する。しかし、フレイはとぶ船の所有権を主張して譲らない。危うく争いが起ころうとしたところへ、オーディンが仲裁に入り、フレイを諭してくれた。ここで、フレイは船首の猪の頭をこすれば、到着した国の人の格好をし、そのことばを解することができると教えてくれる。

　次に4人が選んだのはウィリアム征服王時代のイングランドである。ノルマン人とサクソン人が争うこの時代で、子どもたちはマチルダというノルマン人の孤独な娘と知り合い、閉じこめられたところを救いだしてもらう。

さらにエジプトのファラオの墓に飛んだ4人は、考古学者のジョン・ニコールズと出くわし、石棺のふたにくり返しくり返し、とぶ船のことが書かれていると聞かされておどろく。とぶ船に乗った4人の神々が、とらわれの王子ウスレト・センを救った物語なのだという。
　ということは、子どもたちは、古代エジプトへ行って王子を救わねばならないということなのだろうか。はたして、古代エジプトに飛んだ4人は、王子を助けて戦い、歴史にその姿を神々として刻んだのであった。
　子どもたちは過去へ出かけていっただけではない、ウィリアム征服王時代の少女マチルダを現代に呼びよせたり、ロビン・フッドの時代の男を救いだして、自分たちの家の庭師に迎えたりもする。

　5年の月日がたち、そのあいだ子どもたちはさらにいろいろな時代や場所へ旅をしたが、だんだんにそのことは頭の中でごっちゃになり、記憶は薄れていくようになった。魔法の旅はピーター以外の子どもたちにとって、ただのお話になってきてしまう。
　あんなにすばらしい冒険をくり返し、過去との行き来をくり返したにもかかわらず、子どもたちはその5年のあいだ成長し、冒険はただの空想ごっこだったとか、夢を見ただけだったとか、合理的に説明をつけて、封印してしまったのである。
　いちばん年上であるにもかかわらず、

児童文学史上最初のタイムマシンは帆船のイメージ、北欧神話のフレイの船だった。(*The Girl's Own Paper* 挿絵より)

もっとも想像力にとむピーターだけが、子ども時代の冒険を忘れなかった。魔法の船の冒険は遠く薄れた記憶となり、小説家となったピーターの書く物語になった。ほかの子どもたちもみんな幸せな大人になる。

　魔法の船は「飛んだ」のだ。願いを叶えてくれるアイテムと別れる方法としては最高のやり方で、物語は幕を閉じる。
　時を超える旅を重ねて子どもたちが体感したのは、歴史が生きたものであること、生きられたものであること、そしていま現在の自分に連なっていることである。教科書ではけっして学びえない体得が、その後の子どもたちの未来を豊かにしてくれた魔法であったことにまちがいはない。　　　　　　　　　　　　　（川）

☞ 1日（80p）　☞ 古代エジプト（210p）

学校時間　学校へ行くことなしには休暇なし

『長くつ下のピッピ』
アストリッド・リンドグレーン
大塚勇三 訳
岩波少年文庫　2000年
(Astrid Lindgren, *Pippi Långstrump*, 1945)

　当たり前のことだが、ピッピの友だちのトミーとアンニカは小学校に通っている。ふたりはごく常識的な、スウェーデンの一般家庭の子どもであり、読者代表としてのふつうの子どもだからだ。

　しかし、ふたりの隣の家、ごたごた荘に引っ越してきたのは、天涯孤独、自立自援のとてつもなく変わった女の子だった。トミーやアンニカと同じくらいの歳であるにもかかわらず、親も保護者もなく、施設も拒否してひとりで暮らすピッピは、子どもたちが学校へ行っているあいだ、馬にブラシをかけたり、サルのニルソン氏に服を着せたり、朝の体操をしたりして過ごしていた。それからゆったりとコーヒーとチーズ・サンドイッチの朝ごはんを平らげる。

　学校から帰らないとピッピと遊べないのが不満のトミーとアンニカは、ピッピに一緒に学校へ行こうと、ことばを尽くして誘いをかける。

　3人で一緒ならどんなに楽しいか、担任の女の先生はどんなにすてきな人か、等々。アンニカにいたっては、学校に行けなかったら、気が変になるくらいだとまでいって、ピッピをその気にさせようとする。トミーは、たった2時までだよ、すぐ帰れるよ、といいつのり、ふたりはクリスマス休みも、復活祭休みも、夏休みもあるから、そんなに長いあいだじゃないし、とピッピを口説いたつもりだったのだが……。

　ピッピが学校へ行く気になったのは、彼女が断固として不公平がきらいだからである。そして、学校に行っているトミーとアンニカは、あと3か月すればクリスマス休みがもらえるのに、自分はなんにももらえない、こんな不公平があってたまるか、という理由であった。それはそうだ。学校へ行っていなければ、休暇はない。毎日が休暇であるのに、わざわざ「クリスマス休暇」という名前がついた休暇がほしくて、ピッピは学校へ行く決心をする。いかにもピッピらしい。

　それでも朝の8時なんて早すぎる、ピッピは、10時きっかりに、馬を持ちあげてベランダからおろし、いっさんに走らせて学校へと乗りつけた。しかし、規則ときまりと命令と、秩序と慣習と常識の学校時間にピッピがなじめるはずも

学校時間

ない。1日でここは性に合わないとやめてしまう。クリスマス休みとひきかえにしても、授業なんてまっぴら、というわけだ。

見送る子どもたちに向かって、ピッピはアルゼンチンの学校はね、といつものほら話を披露する。アルゼンチンでは、クリスマス休みの3日後に復活祭休み、それから3日で夏休み、夏休みが終わるのは11月1日。10日がまんすればまたクリスマス休みなのだと。しかも勉強は法律で禁止されていて、学校ではキャンディを食べる。先生はキャンディの包み紙をむいてやる役。いやいや、そんなことをする先生などいやしないから、先生は学校へは来ないのだ、と。「みんな、さよなら!」、ほら話と笑いとをふりまいて、ピッピはすごい勢いで帰っていく。毎日が休暇の自由を満喫するピッピにとって、いくら「クリスマス休暇」があたえられようと、毎日の自由を犠牲にするほどではないと思い知ったようである。

当たり前の子どもたちが学校へ行って、大人のつくった規則にしたがって型にはめられることに甘んじているあいだ、髪の毛はニンジンのように真っ赤で、それを2本のきついおさげに編み、そばかすだらけの顔をして、かたっぽが黒、かたっぽが茶色の長くつ下、足の倍も大きな靴を履いた、世界一つよい女の子、ピッピ・ナガクツシタが、どれほど日常社会の転覆をやってのけてくれることか、そしてそれがトミーやアンニカのような常識的ないい子にとって、そして読者た

馬がベランダにいて、サルがペット。子どもたちのあこがれは、そんな自由な暮らし。

ちにとって、どれほど喝采を叫べるようなものであるか……。

ピッピの活躍する3冊の本は、常識を心得ない型破りな自由さで、子どもたちの窮屈な日常生活を打ちこわし、夢を見させてくれる。

お父さんは船長さんで、行方不明になっているけれど、いまごろはどこかの島の王さまになっている。お母さんは死んでしまったけれど、白い服の天使になって自分を見守ってくれている、と主張する。まったく大人の拘束を受けず、自由そのもののピッピの行動は、彼女が持っている金貨の詰まったスーツケースと、この世のものとは思われない怪力というありえないものに保証されねば不可能だ。

休暇が学校へ行かなければ手に入らないように、ピッピの存在も逆説的に、ありえないものとして設定されており、だからこそ、毎日学校へ通い、窮屈な規則でしばられている子どもたちの、叶わぬ夢を代弁しているのである。　　　(川)

9月0日　プレゼントされた1日は恐竜たちの世界だった

『9月0日大冒険』
さとうまきこ
田中槇子 絵
偕成社文庫　2012年

　4年生の純が夜中に日めくりカレンダーをめくると、8月31日の次に表れたのは9月0日だった。下のほうには「きみだけの特別な一日　さあ、冒険に出かけよう！」と書いてある。きっと誰かのいたずらだろうと思いつつ、でも、本当だったらいいのにと思う純は、ぜんそくの発作を起こしたり、楽しみにしていた家族旅行が父親の仕事の都合でとりやめになったり、おまけに、風邪をひいてぜんそくを恐れる母親からプールも禁じられてしまったりと、まったくついてない、つまらない退屈な夏休みだったのだ。

　窓をたたくような音に誘われて窓を開けると――マンション3階のベランダから眼下に広がっていたのは、ジャングルと広い砂漠そして白煙をあげるけわしい火山だった。さあ、どうする？　しばし逡巡するが、「シラミ」というあだ名を返上すべく日焼けしたかったのに、その機会もなくつまらない夏休みの最後の日の夜を迎えてしまった純は、「冒険」を選ぶ。こんな不思議なことが実際に起こることを夢見ていたんじゃないかと自問の末である。冒険に出かけると決めた

純はデイパックに望遠鏡や食料などあれこれ詰める。ちなみに、カレンダーをもう1枚めくってみると9月1日のところには、「そなえあれば　うれいなし」ということわざが記されていたのだった。

　ジャックと豆の木のようなつるを伝ってジャングルのなかへ降り立つと、後悔先に立たず、帰り道は失われ、純は恐怖に襲われぜんそくの発作を起こしそうになる。ぜんそくの薬を持参するのは忘れていたのだ。備えが足りなかったともいえるが、ぜんそくのことを忘れているぐらいでないと、冒険にはとびだすことができないともいえるだろう。

　そんなところへ、クラスみんなのあこがれの的リコちゃんが現れ、さらには、「キョーボー」でなるべく近寄らないことにしていた「アギラ」まで現れ、結局3人で行動をともにすることになる。純はすぐに気づくのだが、リコちゃんもアギラも純に負けず劣らず、ちっとも日焼けしていない。まったくタイプのちがう3人だが、それぞれにつまらない夏休みだったのだ。ときに喧嘩になったりしながらも、助けあい、教室では見ることが

9月0日

平和な恐竜たちの楽園。

できなかった欠点や美点をさらしあいつつ3人は仲良くなっていく。

3人が迷いこんだ9月0日の世界は、どうも白亜紀の北米あたりらしく、恐竜好きの純にとって、夢のような世界なのだが、当然ながら凶暴な肉食恐竜ティラノサウルスもいて、3人は協力してサバイバルしていくのだった。

さて、人類誕生のはるか以前でありながら、誰か先に来た人がいることが徐々に明らかになる。いつ、誰が？

冒険をとおしてすっかり打ち解けた3人は洞穴で交代でたき火の番をしながら穏やかな時間を過ごす。ぼくは、考える。人は、大人になるにつれて、大切なものも忘れてしまうものなのか。でも、そんな大人にはならない、この9月0日の冒険もけっして忘れないぞと心に誓いつつ、だんだんぼうっとしてきて……。

はっと目を覚ますと、純は自分のベッドでパジャマで寝ていた。ジャングルで手に入れたものは見当たらず、失ったはずのものはなくなっていない……いわば、物証は何も残っていない。では、9月0日は、夢だったのか？ 否。作者は、なんとも粋な方法で9月0日を証明してみせるのである。

＊　＊

9月1日、ひさしぶりの学校に集まる日焼けした顔は、子どもたちがちゃんと夏休みを子どもの時間として楽しめた証かもしれない。この作品が最初に偕成社から出た1989年から、早30年ちかく時は流れた。内閣府によると、18歳以下の自殺率は、1年のうち9月1日が最多という（平成27年版自殺対策白書）。9月0日をもとめる子どもの内面はいっそう複雑になっている。　　　（西）

☞夏休み（106p）

5年生　あわいの人間関係を学ぶ時

『ハンサム・ガール』
佐藤多佳子
伊藤重夫 絵
理論社（フォア文庫）　1998年

　本作は、小学5年生の女の子、柳二葉（やなぎふたば）が同級生の男の子、塩見守の所属する野球チームに入る出来事から始まる。

　本作では、二葉が小学5年生であり、小学5年生という時間とはどのようなものか、二葉自身からのみではなく周囲からどのように見られているのか、5年生という時とそのありようが明確に描かれている。

　女の子が野球チーム・アリゲーターズに加わる、監督からそう紹介された際の、チームメートの男の子たちの反応は学年によって異なっており興味深い。男の子たちはざわざわし、5年生は「塩見クンを見てひやかすようにニタニタ」し、6年生は「もっとイヤな目つきでニタニタ」し、4年生は「なんだかムッと」し、低学年は「ポカンと」している。

　この後、二葉は、10個の四球を出した塩見にかわって投手として出場する機会を得る。そこでいいピッチングをした二葉はガッツポーズをし、逆に塩見はひねくれてしまう。この状況を二葉は「アリゲーターズの高学年の男の子たちは、みんな、わたしのこと、カンペキ、きらいになっちゃったの」と解説する。このような男女の差異、小学5年生の男女間の嫉妬を描いている点もこの作品の特徴といえよう。

　それ以外にも、この作品では従来の固定観念からは外れた家族のようすが描かれている。父親は元プロ野球選手ながら、現在は専業主夫、時にアルバイトでシッターの仕事をする。母親は大阪で単身赴任する会社員である。家族の役割分担は、自分の得意なこと・好きなことをする、という肩肘を張らないものである。二葉自身はそんな家族を「えらくヘンテコリン」という。

　しかし、これは単に男女の役割を逆転させたのみではなく、パパがいうように「事実はきちんと見つめないと」という姿勢で、それぞれの好みや向き・不向きに向かっている点が新鮮なのである。

　そんな二葉の家にもママの仕事の失敗、二葉の不調など、困難が襲う。会社で女ゆえにきらわれ、左遷されたママの「まわりとうまくやるところまでが、本当のチカラなのよ」という台詞が印象的である。野球も人間関係もうまくいかず、不

調に陥った際、ママの発言を受けて二葉が出した結論「男でも女でも素敵な子。男にも女にも好かれる子。わたし、ハンサム・ガールになろうと思うの」という発言は、排除する側に「好かれる」存在になることであった。

この内容について、渡邊美香「枠組みを問い直す　佐藤多佳子『ハンサム・ガール』を中心に」(『日本児童文学』1995年11月)では、「この結論は、あまりにやりきれない」とし「二葉がアリゲーターズのチームメイトと「和解」する場面をどこか不自然に感じる」とし、さらに「二葉には、一度は彼らとケンカしてほしかった」とする。

渡邊の主張もわからなくはない。しかし、おそらくこの作品では、正面から喧嘩をして仲直り、というような人間関係は描かれていない。むしろ、はっきりとはことばに出さず、しかしお互い気遣って調整する、という人間関係が描かれる。パパとママの関係しかり、そして二葉と塩見守の関係もそうである。このあわいの人間関係を描く点、母親が仕事の失敗で学んだ「まわりとうまくやるところまでが、本当のチカラなのよ」という、より高度な人間関係を描いているのである。

佐藤多佳子はエッセイ「甘口のすすめ」(『日本児童文学』1998年11・12月)において、作家として、児童文学においてタブーが崩壊しつつある状況(死や家庭の問題などがとりあげられる)にふれながら「大人の本の世界を子供の本に持ち込むより、子供の本の世界を大人

作中では、アリゲーター(ワニ)がボーッボーッと鳴くことから、「ボーッ!」とチームメートは叫ぶ。

の世界に持ち込むほうが面白いように思う」と述べている。

佐藤は、「タブー」を超えるのは当たり前であり、それを破ることが出発点になるスタンスはつまらないとする。

この作品が正面から「タブーの崩壊」をあつかっているわけではないが、うまくいかない母親の大人どうしの人間関係が描かれるなど、大人の世界の人間関係を無理のないかたちで子どもの世界へ入れることを試みているといえよう。

初出の1993年当時から見ても、現在から見ても、二葉の家族はすこしだけズレている。しかし、ズレていることを認めつつ、現実に向かっていこうとする、現実への向きあい方が強い感動を呼びこむ作品である。　　　　　　(大)

5分　ときとして決定的な

『5分間だけの彼氏』
日本児童文学者協会 編
タムラフキコ 絵
偕成社　2016年

　アンソロジー〈タイムストーリー〉シリーズの1冊。5分間をめぐる5つの物語が収められている。
　表題作「五分間だけの彼氏」（福井智）は、小学6年生の「僕」があこがれのケイコさんに、5分間だけ彼になることを頼まれる話。東京から大阪に転校してきたケイコさんが、東京の友人と駅の乗り換え時間に会えることになった。以前電話で彼氏ができたといってしまったから、その5分間だけ彼氏のふりをしてほしい、インスタントでいいからというのだ。友だちのアドバイスで、インスタントから本物の彼氏になるべくその5分間にかけようとするのだが……。
「五分間の永遠」（乙一）も、主人公が5分間だけ「ふり」を頼まれる話だが、こちらは、クラスメートにきらわれ、いじめられている村田ツトムから500円の報酬で5分間友だちのふりを依頼される。大人になったら偉くなっていじめた連中に「合法的に復讐してやるからな」と呪いのことばを吐くようなツトムだが、友だちのふりの依頼には彼なりの理由があったのだった。
「ハッピーバースデー」（瀧羽麻子）の5分は、双子の誕生時間差。たった5分遅れて生まれたばっかりに、決定的に差がついたと理不尽に思っている9歳の少女の物語。
「幸福のバランス」（安東みきえ）は、親が経営しているコンビニでバイト中の高校1年男子が主人公。彼は、頭も、見かけも家も恵まれている。と、バイトの先輩はいう。そして、『幸福のバランス』という本を、きみのために書かれた本だと紹介する。それは、1日に5分でいいから自分がいやだと思う人に幸せのおすそ分けをして幸福のバランスをとらないと「やばいことになる」という、啓発本の類らしい。最初は、鼻にもかけなかったぼくだが、やがて「至福と奈落の五分」を経験することになる。
　このショートストーリーの5分はそれだけではない。多い時には日に三度もやってきて毎度小言を浴びせる「ハイキング」（王さまみたいな態度で食品の廃棄にやたらうるさいので主人公がひそかにつけたあだ名）が珍しく穏やかに語りけてきた内容は、5分ごとに約50人の

子どもが飢餓で死ぬという世界の現実だった（ちなみに「幸福のバランス」というタイトルを聞いて、主人公はすかさず「うさんくさいタイトルですね」と返す。このクールなシニカルさは、作者 安東みきえのものでもあるようだ。人を食ったようなユーモアで、昔話に二重三重のひねりを加えた『ワンス・アホな・タイム』理論社、2011年も楽しい）。

本書で、「時間とは何か」がもっともストレートにテーマとなっているのは「白い貯金箱」（松田青子）だろう。100円ショップで「ぼく」が見つけた貯金箱には「五分貯金」と書いてあった。説明によると、その日のいちばん大事な時間から5分間を貯めると、極上の時間を約束するという。時間をどうやって貯めるのか。時間を「切り取る」ということばがあるように、ここぞという瞬間、同封されたハサミを空にいれると、次の瞬間は5分後になっている。たとえば、飼育小屋の掃除を大急ぎで終えてウサギやニワトリと遊ぼうという時間、新しい自転車を買ってもらってはじめて乗るうれしい気持ちいっぱいの時、好きなメニューの給食の時間などなど。毎日コツコツ5分貯金を続け2か月たった時、いきなりやってきた極上の時間とは……。

＊　＊

この〈タイムストーリー〉シリーズは、2015年に刊行された第1期5巻（『5分間の物語』『1時間の物語』『1日の物語』『3日間の物語』『1週間の物語』）と、2016年刊行の本書をふくむ第2期5巻（『おいしい1時間』『消えた1日をさがして』『3日で咲く花』『1週間後にオレをふってください』）からなる。競作の趣もあるこのアンソロジーで気になる作家に出会うこともできるだろうし、なにより、時間の生む多彩なドラマに「時間とは何か……」と思索にふけるのもいいだろう。

（西）

1日のうちの5分間というのは、気軽に切りとれる絶妙な設定だと「ぼく」は感心する。さて、あなたも始めますか？　時間貯金……。

☞ラッキーデイ（428p）

最後 弱音を吐かずに生きること

『最後の七月』
長薗安浩
理論社　2010年

　7月、僕、永坂安治と友人の田上和彦（カズ）が九州から神奈川と愛知へ転校することになる。4月に36人いたクラスメートは毎月減っていき、いまでは27人となっていた。3月に町にある大きな自動車部品工場の閉鎖が決まってから閑散としていく社宅で、僕とカズの家族は引っ越しの準備を始める。

　僕とカズの心残りは、1年生から4年生まで毎日小学校へともに通った松浦勇樹を残していくことだった。松浦医院の長男の松浦は脳性マヒを過去に患い、左半身が不自由である。歩くとどうしても体が左右に揺れてしまう松浦を守るため、僕とカズは親と先生に決められて登下校をともにしていた。僕は、松浦がつかまることでできた右肩のこぶの痛みに耐えながら、カズとともに松浦の登下校の支えになっていたのだった。

　そんな僕らは、九州に残していく松浦の10歳の誕生日に、今年は昆虫採集をしないであろう松浦に、カブトムシ10匹クワガタ10匹をあげ、松浦がけっしていわない「ありがとう」をいわせようと毎朝タヌキ山へ行く。しかし仕掛けも工夫するものの、思うように捕れないのであった。タヌキ山では目標の数のカブトムシ・クワガタが捕れなかった僕とカズは、親から近づいたら死ぬといわれている笹川の奥にある笹山の山頂、立入禁止の看板とフェンスのあるひょうたん池へと向かう。笹山の山頂には結核の療養所があり、親たちは子どもに行かせないようにしていたのであった。

　僕たちはそこでカブトムシやクワガタを大量に捕ることに成功するものの、鳥の格好をした奇妙な男、鳥男と遭遇することになる。鳥男は東京から来た療養所の医師で、運動を楽しくするために鳥の格好をしているのだった。

　ふたりは再度、鳥男と遭遇、鳥男のヒントもあってなんとか20匹集めることに成功する。僕とカズは引っ越しをこわがり、地元に残れる松浦をうらやましがりつつ、でも松浦のような体にはなりたくない、という想いをかかえながら松浦の誕生日を迎える。

　松浦の誕生日、僕とカズは松浦の家のパーティに呼ばれる。そこでは、むしろ、神奈川と愛知に行くこと、とくに方言で

いじめられるのじゃないかとこわがってもいる僕とカズの送別会がなされ、松浦は僕たちの誕生日プレゼントのカブトムシとクワガタを見ても、なぜ虫捕りに誘わないかといって喜ばない。その後、僕は、松浦に鳥男の話をし、松浦とカズと僕は引っ越しの日の早朝、鳥男に会いに行くことになる。

松浦はひとりで歩くのも不格好で困難である。しかし、自分なりのやり方をあきらめずに習得していこうと柔道にもとり組む。

本作品は、松浦から中途半端と批判的にいわれる「僕」の語りで進行する。僕はたしかにカズや松浦に比べると勇気がない。松浦は最後まで僕やカズの中途半端さや甘えや臆病さを叱咤するのだった。

僕やカズ、松浦の姿から、10歳前後の男子の遊びや、仲間との交流のようすを読みとることのできる作品である。それだけではなく、松浦の姿からは、他人にも自分にも甘えず自分のできることをしていく、自分自身の可能性を広げていくという姿勢を受けとることができるだろう。自分の境遇をいいわけにしない松浦に、同情やあわれみをこえて生きる生命力の強さを感じる。

僕とカズが出会った笹山の結核療養所の鳥男も、鎖骨を折ってまで僕とカズの

誕生日プレゼントになったクワガタ。

クワガタ捕りに参加してくれる。そしてその姿はいかにも楽しそうである。

こわがらずに、現実に、自分自身の姿と可能性に向きあうこと、友人3人の交流のなかからそんなメッセージを受けとることができよう。

引っ越しの朝、最後の最後の「時」に表われる3人の想いに注目したい。それぞれ違う道を歩みはじめる3人がともに過ごすことは、もう二度とないだろう。別れはさらりと描かれているが、行間からにじみ出ることばにならない想いは深い。小学4年男子の最後の7月は始まりの覚悟に満ちて爽やかだ。　(大)

☞散歩びより（150p）

15年めの休暇　日常に非日常を見つけるためのガイドブック

「三人の旅人たち」(『しずくの首飾り』所収)
ジョーン・エイキン
猪熊葉子 訳
岩波書店　1975年
(Joan Aiken, "The Three Travellers" from *A Necklace of Raindrops and Other Stories*, 1968)

　ゴールデンウィークやお盆休みやお正月休みになると、テレビ画面はきまって、帰省客で混雑する新幹線のホームとともに、大きなスーツケースをひきずる人びととでごった返す国際空港のようすを映しだす。彼らの荷物をのぞけば、真夏にダウンジャケットが詰めこまれ、真冬に水着が入っていることもしばしばだろう。1週間あれば、行く先は、極圏から地球の裏側まで思いのまま。常夏の島でのんびりすることも、摩天楼そびえる大都会で買いものに明け暮れることも、いくつもの古城や遺跡をめぐることだってできる。退屈な日常を抜けだし、遠く離れた場所で、心ときめく時間を過ごす――これぞ休暇の醍醐味！

　ジョーン・エイキンの短編集『しずくの首飾り』にも、そんな貴重な休暇をめぐる物語が収められている。けれども、勤続15年めにしてはじめて休暇をとった3人の旅人たちの事情は、ちょっぴり複雑だ。

　「さばく」駅は、とほうもなく大きな砂漠の真ん中にぽつんとおかれた小さな駅。毎日巨大な汽車が、雷のような音を立ててやってくるのに、この15年間というもの、一度も停車したことがない。誰も「さばく」駅で降りたいと思う人がいなかったからだ。そして、まさしくこれこそが、駅員たちの不満の種だった。

　3人の駅員はとても仕事熱心。信号係のスミスさんは毎日信号に油をさして磨きあげ、荷物係のジョーンズさんは重い荷物を運べるように体操を欠かしたことがない。改札係のブラウンさんのハサミだってピカピカだ。それでもお客がいないのだから、このままでは宝の持ち腐れだと、3人は嘆いていたのだ。

　おまけに「さばく」駅には、もうひとつ問題があった。西も東も、隣の駅までとっても遠いために、土曜の最終列車に乗っても、月曜の朝までに帰ってくることができないのだ。もちろん、旅費だってたっぷりかかる。おかげで、3人とも、汽車が通らない日曜日はいつも、どこに行くでもなくプラットフォームに座ってあくびをして過ごしていたのだ。

　そんなある日、ジョーンズさんが旅に出ると宣言する。1週間の休暇をとれる

15年めの休暇

だけのお金が貯まったというのだ。同僚ふたりも大さわぎ。ついに念願叶って、スミスさんは信号で汽車を止め、ブラウンさんは分厚い切符にハサミをいれて、「さばく」駅初の乗客を送りだす。

そして1週間後、世界の広さを実感し、大感激して帰ってきたジョーンズさんの土産話と土産の品に、残ったふたりも大興奮、おおいに旅情をそそられる。

成田空港はいつも大混雑。(写真提供：森菜穂美氏)

その結果、翌週には、スミスさんが貯金をはたいて1週間の休暇をとり、汽車に乗って広い世界を見るために出かけていく。そしてやはりきっちり1週間後に、もりだくさんの土産話と珍しい土産の品を持ち帰って、仲間たちを喜ばせる。

東へ行って大都会を見てきたジョーンズさんと、西へ行って山や海を見てきたスミスさんは、ブラウンさんにも休暇をとって旅に出るようにと勧めるが、思慮深いブラウンさんが選んだのは、日曜日に、小さなかばんにパンとチーズとビールを詰めて、北へ向かって歩きだすことだった……汽車を使わず、自分の足で。そしてその日の夕方には、たいそうすてきな土産話と土産の品をたずさえて、幸福に目を輝かせながら、仲間のもとへともどってくるのだった。しかも、ブラウンさんの旅は、3人の日常をも豊かにするというおまけがついていた。

出国ラッシュを報じるニュース映像を見て、旅行パンフレットやガイドブックを集めるのもいいけれど、世界の果てをめざすばかりがすてきな休暇の使い道とは限らない。お弁当と水筒をもって探検すれば、身近なところで思わぬ発見があるかもしれない。ただし、見つかるかどうかは旅人しだい。見慣れた景色にどきどきし、退屈な日常にわくわくするためには、ちょっとしたコツが必要なのだ。自信のない人にお勧めの指南書が、まさにこの短編集。表題作と「三人の旅人たち」をふくむ8編は、読み終わった時に世界がすこしちがって見えるようになる、そんな不思議な力をもつ珠玉の物語ばかり。ヤン・ピアンコフスキーの幻想的な影絵がふんだんに使われて、1篇に1枚カラー挿絵までついている。こんなに贅沢な児童書が出版された時代もあったのだとため息が出る。　　　　　（水）

12日　騎士道精神と友情が生んだ珍道中

『三銃士』上・下
アレクサンドル・デュマ
生島遼一 訳
岩波少年文庫　2002年
（Alexandre Dumas, *Les trois mousquetaires*, 1844）

　1625年春、僻地ガスコーニュからパリへとやってきた貧乏貴族のせがれダルタニャン。国王直属の近衛銃士になることを夢見て、父親の幼なじみで同郷人のトレヴィル隊長を訪ねるが、入隊には従軍経験と戦場での武功、もしくは、他部隊での2年間の修行期間が必要だと聞かされる。あきらめるどころか、おのれの腕と才覚を頼りに入隊資格を得ようと奮いたつものの、これといった方策はない。それどころか、ひょんなことから、3人もの立派な騎士と次々に決闘の約束を交わす羽目になる。その相手こそが、トレヴィル殿の腹心の部下にして「三銃士」の名で世に知られる、花形銃士アトス、ポルトス、アラミスだった。

　だが、決闘の場にリシュリー枢機卿の護衛士たちが姿を見せたことで事態は一変する。枢機卿といえば、時の宰相にして内政外交両面に辣腕をふるう当代随一の実力者。国王ルイ13世をもしのぐ権力者の私的護衛部隊と、国王に忠誠を捧げる銃士隊は、ことあるごとに角突きあわせる宿命のライバルだったのだ。たちまち始まった大乱闘のなかで、ダルタニャンは、義侠心から元決闘相手に味方して八面六臂の大活躍をみせる。そして、これをきっかけに、三銃士と深い友情で結ばれ、行動をともにするようになる。

　19世紀フランスを代表する小説家「大（父）デュマ」こと、アレクサンドル・デュマの歴史活劇3部作〈ダルタニャン物語〉は、恋と陰謀うずまくブルボン朝フランスを舞台にした大長編。その第1部にあたる『三銃士』は、主人公の青年時代に焦点をあてた物語である。田舎者ゆえの無知と若さゆえの情熱から、騒動ばかり引きおこしていた20歳そこそこの若者は、奮闘努力のすえに念願叶って銃士となり、やがては、銃士隊副隊長にまで出世することになる。

　そんなダルタニャンの最初の大手柄が、王妃アンヌ・ドートリッシュのダイヤの胸飾りをめぐる事件だ。王妃がそれをイギリス人の恋人バッキンガム侯爵にあたえたことを知った枢機卿は、国王をそそのかして舞踏会を開催させ、王妃にその胸飾りをつけて出席することを約束させる。王妃の小間使いコンスタンスに岡惚

れしていたダルタニャンは、彼女からの依頼を受けて、バッキンガム公から胸飾りをとりもどすため、王妃の直筆の手紙をたずさえてロンドンに向かうことになる。

出立から舞踏会の開催まではわずか12日。枢機卿の介入を危惧したトレヴィル殿の配慮で、休暇をあたえられた三銃士が同行し、世慣れぬ青年の極秘任務遂行を支援する……はずだったのだが、この年長の友人たちは出発から2日とたたずに次々と脱落。結局ダルタニャンは、忠実な従者プランシェだけをお供に、枢機卿が派遣した剣豪を打ち倒し、美しき悪女ミレディーを出しぬいて、パリ・ロンドン間を往復する。それもこれも、王妃の名誉を守り、愛するコンスタンスへの思いを遂げるためだ。

スリルに満ちた12日間の旅は、主人公が剣の腕と機知と男気をいかんなく発揮する見せ場だが、さらにおもしろいのが、三銃士たちの12日間、とりわけ戦線離脱後のようすである。ここで描かれているのが彼らのダメ男ぶりだからだ。仲間を追うでもパリにもどるでもなく、そろいもそろって離脱した場所で旅籠に居座る気ままぶり。迎えにやってきたダルタニャンを前にして、見栄っ張りのポルトスは剣技で敵に後れをとったことをひた隠しにして大言壮語。アラミスは僧籍に入るための準備に専心していたくせに恋人からの便りを手にするや簡単に翻

パリ市内にあるギュスターヴ・ドレ制作のダルタニャン像。（写真提供：石橋正孝氏）

意。そして酒蔵を空にするほど痛飲していたアトスは、過去の恋愛のトラウマを告白する。とうてい謹厳実直とはいえないヒーローたちの、人間味あふれる姿を描いたこのエピソードには、元祖「キャラクター小説」ともいうべき本作の魅力が凝縮されている。

複雑な歴史的背景に加えて濃密な（しかも既婚者との）恋愛描写満載にもかかわらず、長らく少年少女向けに紹介されつづけてきたのも、ひとえにそういう魅力があるからこそ。岩波少年文庫版は、冒険小説としての特徴を前面に打ちだした訳文と、スタイリッシュな長沢節の挿絵が、どろどろ感のない、おしゃれな物語世界を印象づける。これ以外にも、ダイジェスト版から完訳にちかいものまで、複数の翻訳書が児童書の棚に並んでいるので、成長するにしたがって手にとる訳書を変えれば何度でも楽しめる。ぜひともそんな贅沢を味わってほしい作品である。　　　　　　　　　　　　（水）

すてきな非日常　おばあさんと過ごす時間

『リンゴの木の上のおばあさん』
ミラ・ローベ
塩谷太郎 訳
岩波少年文庫　2013年
(Mira Lobe, *Die Omama Im Apfelbaum*, 1965)

　両親ではなくて、すこし離れたところに住んでいる、歳のうんと離れた肉親であるおじいちゃん・おばあちゃんというのは、子どもにとって特別な存在だ。親よりも優しくて、お金持ちで、太っ腹で、甘えさせてくれる、遠くからすごいお土産を持ってきてくれる、楽しい遠出に連れていってくれる、忙しい親とはちょっとちがった濃密な関係をもってくれる存在……、そんなふうに夢想する子どもたちは多いのではないだろうか。自分におばあちゃんがいないのが悔しくてならないアンディ少年も、そうだった。

　兄と姉、両親とペットの犬と暮らしているアンディは、庭のリンゴの木の上にテントを張って遊ぶのが好きだった。ある日、友だちを誘ってリンゴの木の上で遊ぼうといってみたのだが、ゲーハルトもローベルトにも、おばあちゃんと一緒にお楽しみがあって断られてしまう。

　ひとりぼっちでリンゴの木に登ったアンディは、寂しくて、うらやましくて、メリーゴーラウンドやお化け汽車に乗せてくれてクリスマスに三角帽子を編んでくれるようなおばあちゃんがほしい、とお母さんに訴えた。

　お母さんはアンディをなだめ、死んでしまったアンディのおばあちゃんの写真を出して、ピアノの上に飾ってくれる。白い巻き毛に羽飾りの帽子をかぶり、花の刺繍のついた手さげを持ち、流行遅れの長い服のすそからは、レースの下ばきがのぞいている写真だ。おばあちゃんのいたずらっぽい笑顔を思い浮かべながら、いつものリンゴの木の場所にもどったアンディが出会ったのは、誰あろう、まさにその写真から抜けでてきたような、アンディのおばあちゃんだったのだ。

　それからアンディとおばあちゃんは遊園地へ出かけ、メリーゴーラウンドにお化け汽車、回転ブランコにルーレットを楽しみ、からしをつけたソーセージと、うすももいろのわたがしを交互に平らげ、ありとあらゆる冒険をして遊園地を堪能した。しかも、メリーゴーラウンドに乗りながら、おばあちゃんは毛糸の帽子を編んでくれていたのだ。

　そろそろ夕飯の時間で、アンディが家に帰らなくちゃ、と思った時、おばあち

ゃんは来た時と同様、謎のように消えてしまっていた。

家族は、アンディがおばあちゃんと遊んでいたという話を、アンディの空想ごっこだと思い、信じない。怒ったアンディは、もうおばあちゃんの話を家族にはするまい、と決心する。

それからもアンディは、おばあちゃんと自動車に乗り、馬を捕まえに草原へ出かけたり、海賊船と戦いながら、インドへ虎狩りに出かけたり、アンディの夢見ていた冒険を実行していく。

その時間が突然破られたのは、隣の家に引っ越してきたひとりのおばあさんに声をかけられたせいだった。

そのおばあさんは、ボタンインコと金魚を連れて、隣に引っ越してきたのだ。アンディは、鍵を借りてきたり、引っ越し荷物の整理を手伝ってあげたりして、結局、夕飯の時間まで、隣のおばあさんのところで過ごす。

フィンクさんというそのおばあさんは、何かとアンディを頼りにしているし、アンディもまんざらではなくて、ふたりはともに過ごす時間が長くなる。同時に、アンディもリンゴの木のおばあちゃんのところへ行く時間が少なくなってくる。

アンディは、フィンクおばあさんに、リンゴの木の上のおばあちゃんのことを打ち明けた。ぼくには、「じぶんでかんがえだしたおばあちゃんがいて、なんでもすきなことをさせてくれるんだ」と。

リンゴの木は、花は美しいし実がなるし、木登りにも最適で、おばあさんとの空想の時間にふさわしい。(*The Girl's Own Paper*, 挿絵より)

物語の前半では、本当のこととして描かれていたアンディのおばあちゃんは、アンディの空想だったということを、アンディ自身が認めるのである。

しかし、よくあるように、その時点で空想のおばあちゃんが消え失せるわけではない。アンディにとっては、あの理想的なおばあちゃんは、日曜日のおばあちゃん、隣に住んでいるフィンクおばあさんは普段の日のおばあちゃん、と棲み分けを考えだす。

こうしてアンディはふたりのおばあさんを手に入れ、空想を捨てて現実をとるのではなく、ちがうふたりのおばあさんと過ごす時間を得る。空想のおばあさんと隣のおばあさん。だってみんなおばあさんはふたりもってるじゃないか。

空想と現実と、その両方を大切にしてアンディがおばあさんと過ごす時間は、より豊かなものとなったにちがいない。
(川)

☞ 一生涯 (138p)

誕生日　同じ日に生まれた子

『ふたりのロッテ』
エーリヒ・ケストナー
池田香代子 訳
岩波少年文庫　2006年
（Erich Kästner, *Das Doppelte Lottchen*, 1949）

　誕生日が一緒の人は、星座も一緒なら誕生石も一緒、その他、誕生日占いに関わることならなんでも運命は一緒、性格も一緒ということになってしまうが、じつのところ、そんなことはありえない。それでも、なぜか、われわれは、同じ日に生まれた人とはなぜか運命共同体であるかのような、親しみを感じてしまうものである。

　だから、いままであったことがなかった他人が、誕生日を教えあった時、それが同じ年の同じ日だとわかったら、やはりそれはかなりのおどろきになるにちがいない。しかも、そのふたりがおさげと巻き毛という髪型のちがいはあっても、双子のようにそっくりな顔かたちをしていたとしたら……。

＊　＊

　ドイツ各地から女の子たちが集まって過ごすゼービュールの夏の宿泊施設で、偶然出会ったルイーゼとロッテの場合がまさにそれだった。ウィーン育ちのルイーゼ・パルフィー、ミュンヘンから来たロッテ・ケルナー。ふたりはいままでお互いに会ったこともない。

　ふたりの存在は当然、生徒や先生たちのあいだでセンセーションをまきおこす。

　最初はおとなしいロッテにあたりちらしていたルイーゼだったが、そのうちに打ち解けてきたふたりは、お互いが同じ時に同じ場所で生まれていることを知って、仰天し、自分たちがまさに血のつながった双子であったことを発見する。

　離婚した両親は、ふたりを1人ずつひきとり、父はルイーゼと、母はロッテと、別々の場所で、いままでなんの縁もなく暮らしていたのであった。

　ふたりは、ひそかに計画を立て、夏の学校が終わったあと、髪型をとり替えて、まだ見ぬ親のもとへ、入れ替わりに帰っていくことに決める。なんとかして別れたふたりを、もとのさやに収めようと。わたしたちの意見も聞かずに、ふたつに引き裂いてしまうなんて、ひどいじゃないの、と。

　ロッテはしっかり者で、おとなしく、働き者。ルイーゼは明るく陽気でお転婆タイプ。容姿以外、性格はまったく正反対のふたりだ。髪型を変えたとはいえ、いくらお互いに教えあって準備していた

誕生日

とはいえ、入れ替わってからの生活に変化が起きないわけはない。周囲の人たちが首をかしげるなか、ふたりの陰謀は、若かりしころ、早まって別れてしまった両親のあいだをとりもつこととなるのだが、紆余曲折、てんやわんやの大さわぎを引きおこすこととなる。

そもそも同じ遺伝子をもつ一卵性の双子が、これほどちがう性格になったわけといえば、同じ日に生まれながらも、裕福な父親のもとで育てられるか、キャリアウーマンの母親に育てられるかという後天的な要素が強く影響したわけだ。ふたりは単に立場を入れ替わっただけではない。いわば、その後天的要素を入れ替えてみたわけだ。かくして、極端に正反対の性格のふたりは、お互いを演じることで、しだいしだいにお互いの長所をとり入れるかたちで、成長してゆくし、それを目にしたそれぞれの親も、いままでの自分のあり方を反省する。

やがてロッテとルイーゼが、そろって誕生日を両親に祝ってもらえる日がやってくる。

誕生日が同じ日なら、お祝いはダブルだ。2倍、盛大に祝ってもらえるはず。

おさげか巻き毛か、ロッテとルイーゼのちがいはそこだけだったのだろうか。（絵：ヴァルター・トリアー）

ふたりが願ったものは、ふたりが同時に、なによりも心から願う、形のないプレゼントだった。

そもそも誕生日を祝うというのは、1つ歳をとることを祝うだけではない。その人がこの世に生まれてきたことを、そしてこの世にあることを、祝い、感謝する日なのだ。だからこの一緒の誕生日は、双子にとってもその両親にとっても、それは大きな人生の再出発点となったことであろう。

両親の離婚をあつかった最初の児童文学といわれるこの作品だが、まだこの時代には、「子はかすがい」だったのである。　　　　　　　　　　　（川）

☞時間のとり替えっこ（214p）

夏休み　古き良き時代の子どもの本よ、もう一度！

『夏の魔法　ペンダーウィックの四姉妹』
ジーン・バーズオール
代田亜香子 訳
小峰書店　2014年
（Jeanne Birdsall, *The Penderwicks*, 2005）

　まずは、児童文学マニアの喜びそうなクイズをひとつ。

　　E・ネズビットの『宝さがしの子どもたち』は6、アーサー・ランサムの『ツバメ号とアマゾン号』は5、C・S・ルイスの『ライオンと魔女』は4、といえばなんのこと？

　答えは、主役を務めるきょうだいの人数。バスタブル家6人、ウォーカー家5人、ペベンシー家4人、いずれも児童文学ファンのあいだではよく知られた子どもたちだ。

　ほかにも『とぶ船』のグラントきょうだいや＜メアリ・ポピンズ＞シリーズのバンクスきょうだい、名前がそのままシリーズ名になっているボックスカーきょうだいやモファットきょうだいなど、かつて子どもの本には4人以上の兄弟姉妹が珍しくなかった。ところが昨今、現実社会での少子化傾向を反映してか、物語のなかでもひとりっ子がずいぶんと幅をきかせるようになった。

　そんな流れに棹差すのが本作『夏の魔法』だ。主役は個性豊かな4人姉妹、しかも、孤独な少年が登場して姉妹と交流するとなれば、いやがおうでも『若草物語』を連想する。ただし、マーチ家の姉妹が12歳から16歳だったのに対して、ペンダーウィック家の姉妹は4歳から12歳と少々幼い。

　彼女たちは、アメリカ・マサチューセッツ州で、ちょっぴり浮世離れしたところのある植物学者の父親と暮らしている。母親は四女出産直後に世を去ってしまった。以来、美人でしっかり者の長女ロザリンドが母親代わりとなり、とくに末っ子バティの世話は一手に引き受けてきた。亡き母から金髪碧眼をただひとり受け継いだ11歳のスカイは、激しい気性のトラブルメーカーで、女の子らしく振舞うなんてまっぴらごめん、将来は天文学者か数学者になりたいと考えているお転婆娘だ。10歳の三女ジェーンは、サッカーチームの名ストライカーだが作家志望。目下のところ、自作のヒロイン「サブリナ・スター」の冒険談で頭がいっぱいだ。母親の顔を知らない末っ子バティは、とんでもなくシャイで、知らない人と出会

った時は口をきくどころか、隠れてしまう。どこに行くにも蝶の羽を背中につけて、夜はお気に入りのぬいぐるみを手放せない。そして、バティの守護神ともいうべき、忠実な大型犬ハウンドも大事な家族の一員だ。

そんなペンダーウィック姉妹の、特別な夏休みを描いたのが本作である。ことの起こりは、一家が毎年利用していた貸別荘が使えなくなるという不運だった。かわりに、父親が大あわてで手配したのが、州北部の避暑地に建つ大邸宅アランデルの客用コテージ。そこで4人は、屋敷に住む心優しい孤独な少年ジェフリーと出会う。母親の再婚話に心を傷つけられ、望まぬ進路を強制され、気の合う遊び相手もいない彼の暮らしは、裕福ではあってもまったく幸福ではなかった。姉妹は、高慢ちきでわがままなアランデルの女主人ミセス・ティフトンとその婚約者の目をかいくぐって、ひとりっ子のジェフリーを遊びに連れだし、一緒に夏休みを謳歌する。そして、のびやかな姉妹とともに過ごすうちに、気弱だった少年も、本当の気持ちを母親に伝える勇気をもつ。

大人になると無心に遊べた夏休みが懐かしい。

*　　*

日本とは異なり、学事暦が秋に始まるアメリカでは、夏休みはちょうど学年の変わり目で、子どもたちが大量の宿題に悩まされることはない。ペンダーウィック姉妹がなんの憂いもなくインディアンごっこに興じたり、小説執筆に打ちこんだりできるのはそういうわけだ。夏休みならではの初恋＆失恋に家出未遂事件など、失敗や挫折も成長の糧となり、夏が終われば笑ってふり返ることができる。思うぞんぶん自由を満喫した子どもたちは、それぞれちょっぴり成長して日常へもどる——それが「夏休み」のもつ魔法の力だ。その恩恵を享受する幸福な子どもを描くことは、かつて児童文学がもっとも得意とするところだった。ペンダーウィック家の物語は、そんな伝統の復権を感じさせる作品である。

きょうだいを主人公にした古典作品には続編がつきものだが、本作はこのうれしい伝統も継いでいる。5巻完結予定で書きすすめられている続編では、姉妹の物語が、きょうだいの物語へと発展していくことも見どころのひとつだ。最終巻を日本語で読める日が待ち遠しい。（水）

☞過去への旅（86p）

2月1日　謎多きチョコレート工場招待の日

『チョコレート工場の秘密』ロアルド・ダール コレクション2
ロアルド・ダール
クェンティン・ブレイク 絵
柳瀬尚紀 訳
評論社　2005年
(Roald Dahl, *Charlie And The Chocolate Factory*, 1964)

　チャーリーはたいへんな年寄りの2人のおじいちゃんと、2人のおばあちゃん、そして両親と、7人で部屋が2つしかない家に暮らしている。1つしかないベッドには、4人の年寄りが寝たきり。床にマットを敷いて寝るチャーリーと両親には、冬、床を吹きぬける冷たい風はこたえる。当然、食べるものもまったく足りていない。いつもいつもひもじいお腹をかかえているチャーリーは年に一度、誕生日にだけ、自分だけで食べてもいい小さな板チョコをプレゼントされる。チョコレートが大好きなチャーリーを苦しめるのが、世界一広大で世界一有名なウィリー・ワンカのチョコレート工場が家から見えるほど近くにあることだった。学校の行き帰りにひもじいチャーリーの鼻をくすぐり、好奇心をひきつけてやまないワンカのチョコレート工場。そこには秘密があった。

　ある夜、おじいちゃんがワンカの工場には工員がいないという。いったいどういうことなのか、そんな話をしている時に、お父さんが新聞に見つけた記事は衝撃的なものだった。なんと、子ども5名に限って、工場見学に招待し、ワンカ自ら案内するというのだ。しかも、一生分のチョコレートとキャンディを進呈するという。その5人の選出のしかたがまたセンセーショナルだった。ワンカの板チョコに黄金のチケットが5枚だけしのばせてあるというのである。

　それから世界中が大さわぎ。翌日さっそく黄金チケットを手に入れたのは、1日に何枚もチョコレートを食べるものすごくデブのオーガスタス・ブクブトリー。チャーリーの誕生日の前日、父親にせがんで数十万枚もワンカの板チョコを買い占めさせ、切符を手に入れたイボダラーケ・ショッパーが2枚めを手に入れる。

　そしてチャーリーの誕生日。ワンカの板チョコをみんなが見守るなか開封する。はたして、誕生プレゼントのチョコレートには黄金チケットは入っていなかった。その夜、3枚めと4枚めの発見が新聞の大きな見出しとなる。3枚めを手に入れたのはチューインガムをかみつづけているバイオレット・アゴストロング。4枚めは体中におもちゃのピストルをぶらさげたテレビが大好きな、マイク・テレヴ

2月1日

ィズキー。

　1年に唯一もらえる板チョコが外れだったチャーリーが最終的にどうやってチケットを手に入れたか、その偶然の物語はぜひ読んで一緒にどきどきしていただきたい。

　ともかく、チャーリーが黄金切符を手に入れたのは、そこに書いてある工場訪問の日2月1日の前日のことだった。ぎりぎり間に合ったチャーリーは96歳半のジョウじいちゃん（96歳半！　チャーリーの実の祖父としては高齢すぎないか？　何もかも、過剰な世界だ）と一緒に、ワンカの工場へ。そこは、チョコレートの川、おいしい葉っぱ、大人の膝ぐらいしかない小さな人ウンパッパ・ルンパッパ人、クルミを選別するリスたちなど、おもちゃ箱をひっくり返したような奇天烈で魅力的な世界だった。そこで、チャーリー以外の子どもたちはワンカ氏や親が止めるのもかまわず欲望のままに行動して、そのせいでとんでもない目にあい、ワンカ氏のもとに残るのはチャーリーとおじいちゃんだけになるのだった。

　　　　　　＊　＊

　物語の中心となる工場内の場面は、ティム・バートン監督、ジョニー・デップ主演で2005年製作のアメリカ映画「チャーリーとチョコレート工場」の工場内の狂乱イメージどおりだ。原作より映像作品のほうが騒々しくなりがちだが、これは、ことばだけで大さわぎをやっての

黄金のチケットは入っていなかった。

けている。1972年刊の田村隆一訳とちがい、登場人物の名前にこめられた意味や、ウンパッパ・ルンパッパの歌の韻にいたるまで、ことば遊びを日本語におきかえ生かした柳瀬訳で、ますますブラックユーモアに拍車がかかっている。なお、続編『ガラスの大エレベーター』もあるぐらい強烈に存在感があり、エレベーターを気になる存在にしている「上と外」のボタン。そのままズバリ『上と外』というタイトルの恩田陸の小説がある。当人が明言しているわけではないようだが、由来はやはりここだろう。

　寒い寒い2月の夜、暖かい部屋にこもってすみずみに仕込まれた毒と笑いにくすくすしながら楽しみたい作品である。

（西）

時とあそぶ

二十四節気　虫とともにめぐる季節を生きる

〈二十四節気 虫のお話〉全3巻（『虫のいどころ 人のいどころ』『虫のお知らせ』『虫愛づる姫もどき』、書影は『虫のいどころ 人のいどころ』）
おのりえん
秋山あゆ子 絵
理論社 2013〜2015年

　1年を24等分して季節を表す節気。さすがに立春や冬至などは、いまも意識する場面は多い。また、たとえばテレビで「今日は啓蟄。暦のうえでは冬ごもりしていた虫が地上に這いでてくるとされていますが云々」とお天気キャスターが教えてくれたりもする。この3部作はそんな二十四節気がまるごと章のタイトルとなっている。1巻めは、「啓蟄」から、すべてのものがしだいに伸びて天地に満ちはじめるという「小満」まで。いまの暦でいうと3月6日ごろから5月21日ごろまで。2巻めは稲や麦などの穀物を植える「芒種」（6月6日ごろ）から「白露」（9月8日ごろ）。3巻めは、「秋分」から雪が雨に変わる「雨水」（2月19日ごろ）まで、とぐるりと1年をめぐる物語である（ちなみに、各日付は国立天文台発表の2017年のもの）。

　主人公は4人の男の子の母親「よりさん」。都心から西へ飛行機で2時間、さらに車で1時間行った「まるで様子の違う土地に」引っ越して2か月というところから話は始まる。それも「むんぎゅ……」の描写から。立ち話していた近所の奥さん「すーさま」が「あら、毛虫」とこともなげに踏みつぶしたのだ。読んでいるこちらもびっくりするが、ショックを受けたよりさんが、その虫の名前を聞いても、気にも留めない地元の人間「ジモッティ」のすーさまは、「ただのケ・ム・シ」ですませるが、虫は大っきらいでこわくて、気になってしかたがないよりさんは、聞いても教えてもらえないならと図鑑で調べはじめる。

　さてその時、よりさんのもとにかすかな気配が現れる。それが何者か、よりさんは不意に思いだす。よりさんが、小学校にいくころまで、よりさんにだけわかる「小さいもの」が現れて一緒に遊んでいたのだった。じっと見てはいけない、正体をあれこれ詮索してもいけない。そういう「見ざーる、言わざーる、聞かざーる」の「お約束」のもと、よりさんを「ヨーリーン」と呼ぶ「小さいものたち」。いつの間にかすっかり忘れていたよりさんだったが、小さいものが友だちとして現れる幸運を再び手にしたのだ。ちなみに、この「小さいもの」は、人間ぐらいの大きさのものもいれば、風のようなも

のもいて、実体（風情？）はじつにさまざまである。

かくして、よりさんの日常には、ひょうもん蝶、ナミアゲハ、蛭、家を守る巨大なアシダカグモ（地元ではコブと呼ばれる）などなどさまざまな虫たちと、不意に現れるこれまたさまざまな「小さなもの」が見せる時間が交錯していく。子細で詩的な虫の描写と、小さいものと交わす、ときにはいとしさで胸がいっぱいになるような、ときには禅問答のような会話が、詩とも哲学ともかけ離れたような俗っぽい日常のなかに現れるのが、この作品の奇妙な魅力をつくっている。俗っぽい日常というのは、たとえば、ジモッティで近所の母親たちのリーダー的存在「すーさま」「いーさま」がちょっと苦手とか、保育園の連絡帳に書いた食事——朝からカップ麺とか、続けてハンバーグとか、それぞれにすてきな理由があるのだが——を栄養士さんに叱られるとか、小学校の「旗当番」で、次の人と連絡がとれなくてトラブルになるとか……。また、身体の小さな末っ子みなが ずっと見守ってきたナミアゲハの幼虫の死を受け止めるよう、靴に砂を入れられつづけた次男あさひが、被害者なの

二十四節気。

にそれを恥ずかしく思って誰にも打ち明けられないようすなど、子育てで出会う出来事や感情をあらためて丁寧に追体験させてくれる場面も多い。

＊　＊

人は子育てをとおして、再び子ども時代を生きることができるのかもしれない。それは、もちろんまったく同じ時間ではないけれど、季節がめぐるように再会はやってくる。ただ、再会のためには、立ちどまって微細な世界に目を凝らすような丁寧な生き方が必要なのではないか。

細密でリアルでありながら、擬人的でユーモアをたたえた絵がこの作品のテイストをよく表す。二十四節気に合わせて1章ずつ読みあう風雅な読書会をやってみるのもいいかもしれない。　　　　（西）

日ようび　1週間の始まりのような、終わりのような

『らいおんみどりの日ようび』
中川李枝子
山脇百合子　絵
福音館書店　1969年

　新しい手帳を買おうとする時迷うのが、日曜日を1週間の始まりにおいているものにするか、終わりにおいているものにするか、ということだ。一般にカレンダーは、おおむね1週間の最初に日曜日がおかれているが、実際の生活習慣によって、日曜日が週の始まりと感じる人もいれば、週の終わりと感じる人もいるだろう。本書の主人公、全身緑色のライオン、「らいおんみどり」にとっても、「日ようび」は、始まりの日でもあるようだし、締めくくりの日でもあるようだ。しかし、いずれにしても、ちょっと特別な日であることはまちがいない。

　らいおんみどりは、同じ作者によって本作よりまえに書かれた幼年童話『かえるのエルタ』にも登場する。『かえるのエルタ』は、男の子のかんたが、出会ったエルタに連れられて「うたえみどりのしま」のかえるの城に行く話だが、その途中で、かんたを引きとめトランプをしようと誘うのがらいおんみどりだ。彼は、かんたが「きれいなおうち！」とびっくりするくらいのすてきな家に住んでいる。赤いじゅうたん、すみれいろの壁、食器がきちんと並び、絵や草花が飾られている。テーブルの上には彼の好きなキャベツがまるごと山もりになっていて、ふかふかの立派な椅子もある。「たべちゃうぞ！」が口癖で、その魔法のようなことばでなんでも思いどおりにし、なによりトランプが大好きで、「ばばぬきは　たのし／トランプに　さわると／手がふるえ　むねがなる」がテーマソング。つまり、整った豊かな日常を、思いのままに楽しく過ごしているというのが、らいおんみどりのらいおんみどりらしさなのである。

　その『かえるのエルタ』から派生した本作でも、らいおんみどりは、やはり「うたえみどりのしま」の同じきれいな家で5時に目覚める。同じようにまるごとキャベツを食べ、歯を磨き、顔を洗って……と普段どおりの日常が続いていくかと思うと、じつはこの「日ようび」の朝だけにやらなくてはならない大仕事がある。それが、せっけんでたてがみを洗うことで、この「あたまあらい」が終わると、カレンダーに赤い丸をつけておく。そうすれば、明日もあさってもまた

日ようび

「あたまあらい」をしてしまうことはないというわけだ。習慣どおりの日常を続けている彼にとって、この仕事があるがゆえに、「日ようび」は特別な日である。そして、このきれいになったたてがみが呼びこむように、物語が動きだすのだ。

まず最初に、猫のトランペが、サーカスのトランペットを習いにいく途中でまちがえて訪ねてくる。はたして、らいおんみどりは「ばばぬき」をやろうと誘うが、慌ただしく逃げられてしまう。

しかたなく散歩に出た彼が、次に出会うのがトランペの姉、サーカスのトロ団長。彼女は、拾ってきたものや、布きれで、サーカスの道具をどんどん作りだし、10時には、山もりのサンドイッチとジュースののったおぼんを頭にのせて軽やかに行進し、らいおんみどりをドキドキさせる。そんなトロ団長の勢いに押されて、らいおんみどりもサーカスの団員になってしまうのだ。

そこにさらに加わったのが、「雲とりぐま」のムクムク。なんでも雲とり網でとりこんでは自分のものにしてしまう内向的な彼も、トロ団長のエネルギーに押し切られ、サーカスに参加する。

そして3時。サーカスの噂は島じゅうに広まり、たくさんの動物たちが集ま

トランプゲームの代表「ばばぬき」。もとは「クイーン」を抜いていたとか。

るなかで興行はスタート。トランペットの演奏、派手な団長挨拶、トランプ手品に、雲パフォーマンス……。「トロ・トランペ・らいおんみどり・ムクムク・大サーカス」は大喝采のうちに夕暮れていくのである。こうして、らいおんみどりにとって、この日ようびは、新しい出会いとドキドキする経験がつまった、新鮮な1日となった。その意味では、ここから1週間が始まるようにも思える。

しかし、サーカスが終わったあとで、らいおんみどりはいう。「ぼくのところで、おちゃをいっぱいのんでいかないか」。喜んで集まった団員たちは、夜がふけるまで、トランプを楽しむ。「ババぬきは　たのし」……結局、この結論に達したという意味では、この日ようびが、らいおんみどりらしい日常の締めくくりであったようにも思える。

始まりなのか、終わりなのか、やっぱり日曜日は不思議だ。　　　　（奥）

☞日曜日（114p）

日曜日　ふつうとちがう小学校が、とくにふつうじゃない日

〈日曜日〉全10巻（書影は『音楽室の日曜日』）
村上しいこ
田中六大 絵
講談社 2010〜2015年

「ここは、せんねん町の、まんねん小学校。／どこにでもある小学校だと思うでしょ。／でも、ちょっとちがうんですよね。／とくに、日曜日は……。」

こう始まる〈日曜日〉シリーズ全10巻。小学生にはおなじみの場所で、おなじみの「もの」たち（落とし物パンツとか!）が、日曜日には全然なじみじゃない姿を見せるというナンセンスシリーズ。

たとえば、音楽室ではカスタネットとけんばんハーモニカがいいあいをしている（なぜか関西弁で）。子どもたちの合唱練習を見ていて、カスタネットはみんなで一緒に歌いたくなったのだという。対して、けんばんハーモニカは、自分たちは使ってもらってなんぼの存在なのだから、自分から歌うなど、「がっきとしての道を、ふみはずしてんのとちゃうか?」と頑固に反対。ほかの楽器たちがやってみようかとなっても「だれにきいてもらうんや?」と水をさす。カスタネットがしゅんとしてしまったその時、ピアノが低い声で「木のえだで鳴く鳥は、だれかにきかせようと思って、鳴いてるのかな？　野山にさいてる花は、だれかにほめてもらいたくて、さいてるのかな？　自分らしく、のびのび歌うことが、だいじなんやで」といいことをいうのだが、すかさず「それって、先生がいうてたまんまやん」とツッコミが入る。このパターンがシリーズのなかではほぼ毎回くり返される。説教くささを絶妙に回避する見事なツッコミだ。しかも、ただ揚げ足をとるのではなく「じゃあ、自分らしく歌うのがいやな子は、どうするんや」と続くので、結構、鋭い批評でもある。教室では、「やめて、こうかいするんなら、やって、こうかいするほうがいいやん」というよく聞くポジティブフレーズを給食エプロンがいうと、「どっちにしても、こうかいしてるやん」と、ぶんどきがばっさり。図工室では画板が「あきらめず、思いつづけることも、だいじなことやないかな」といえば、「そんなこというてるから、立ちどまったまま、一歩もすすめんのや」と、とんかちがこれまたバッサリ。結構まじめにいいことも、それが偉そうな顔でめざすべき徳目になるととたんに、うさんくさい道徳教育のようになるものだ。このシリー

ズはそれを回避しつつ、すてきな人生訓も伝える。なかなか高度なツッコミ技である。

さて、伴奏者として額縁の中から引っぱりだされたベートーベンと一緒に、楽器たちは、音楽室を出てスーパー銭湯「かっぱおんせん」に行くことになる……。小学校の「もの」たちは毎回、学校の外へとお出かけする。『理科室の日曜日』では、顕微鏡の友だちの天体望遠鏡に会いにプラネタリウムがあるこどもの城へ。『図書室の日曜日』では、表にアニメ顔、裏にうんこマークを書かれたのっぺらぼうの落書きを消すためにクリーニング屋、そこから、お寺へ。『給食室の日曜日』では「スーパーまいど」へ、『保健室の日曜日』では病院へ、『体育館の日曜日』では釣り堀、『図工室の日曜日』では移動動物園、『職員室の日曜日』では交番、『家庭科室の日曜日』ではレストラン、『教室の日曜日』ではお祭りへと、脈絡のあるようなないような行き先だが、ともかく「もの」たちは町へ出る。各巻見返しのせんねん町の絵地図もまた楽しい。

なぜだか町の人は彼らにおどろいたりさわいだりしない。たとえば温泉の番台で「ひとり、480円」と手を出されて、「げげーっ！　お金いるんやあ！」とカスタネットがおどろくと、番台のおばちゃんが「げげーっ！　ただやと思ってたんかあ！」とおどろき返す。カスタネットが風呂に入りにこようと、しゃべろう

おなじみのベートーベン。

と、おどろくポイントはそこではない。恐るべし、日曜日。

さて田中六大の絵は、すでに出てきた登場人物（？）を描きこんだり、図書室では、夢水清志郎や三毛猫ホームズが出てきたり、信長が愛知方言で話したり、読者へのサービスに抜かりはない。パソコンが考えるのが苦手だったりと、結構、毒もある。これでもかこれでもかとあの手この手を惜しみなくくりだす〈日曜日〉シリーズである。新シリーズ第2弾も出ている。

子どもたちが通う、平日の学校の時間は良識や常識でできている。そこへツッコミを入れて、頭をほぐしてくれるのが日曜日ということだろうか。大事だな、日曜日。　　　　　　　　　　　（西）

日記　正直に日記を書きますか？

『はれときどきぶた』
矢玉四郎 作・絵
岩崎書店　1980年

『はれときどきぶた』は、1980年から2013年まで続いた〈はれぶた〉シリーズの第1巻である。

ぼく、畠山則安は、小学3年生。2年生の夏休みから担任の和子先生に勧められて毎日日記をつけている。失敗したこともまちがったことも本当のことを書くのがよいといわれて、そのとおり実行している。もちろん誰にも見せない。ところが母さんは日記の内容を知っていた。ぼくの日記を盗み見ていたのだった。ぼくはなんとか母さんを見返してやろうと、とんでもなく変なことを書きこんだ「あしたの日記」をつけることにした。「あしたの日記」ならば、何を書いてもうそじゃないと、夜寝るまえに「トイレのとをあけたらだいじゃがいました」と書いた。すると次の朝、本当にトイレに蛇が登場する。

その日の夜の日記には、「おかあさんがえんぴつをてんぷらにしました」と書く。すると、次の日に晩ごはんのしたくをしている母さんが新しいえんぴつで天ぷらをつくりはじめ、父さんがうまいうまいと食べてしまう。

ぼくは頭をかかえるが、これはきっと、母さんと父さんのお芝居に負けてしまったのだと思い、お芝居では絶対にできない無茶苦茶を書くことにする。2時間かけて書いた日記には、団子を詰まらせた母さんの首を父さんが引っぱったら伸びたこと、午前中は晴れだったが午後からぶたが降るという内容を書いた。すると次の日になって……。

本書の基本はナンセンスである。蛇が出たり、空からぶたが降ってきたりとドタバタ劇が続く。主人公の成長が主ではなく、ナンセンスのなかで遊ぼうとする意気込みのある作品である。

時という視点からとらえてみるとどうだろうか。ぼくは、学校の成績はよくないものの毎日日記をつけている。そして、そこにはぼくの1日1日の記録が積み重ねられている。ちなみにこの日記は刊行の次の年、1981年のカレンダーと一致する。

そのまま日記をつけつづけると、それは小学3年生のぼくの1年を描いた成長の記録になるだろう。

いうまでもなく、日記は時間をありの

日記

空からぶたが降ってきたら……。

ままに切りとるものではなく、ひとつのフィクションとして切りとるものである。ぼくの日記にはその時のぼくの感情が、日記というフィクションのかたちで固定化されている。ただし、お母さんが日記を盗み見ることで、2年生の夏から「本当のこと」を日記につけつづけてきたぼくの時間の流れが一時的に切れてしまった物語ともいえよう。

いままで「本当のこと」としてつけてきたある程度抑えの効いたフィクションが「あしたの日記」となって暴走するとどうなるか。ぼくの「あしたの日記」は最初は大蛇が現れる程度から、ぶたが降ってくるまでに暴走していく。一見、ナンセンスでおもしろいことらえられる物語ではあるが、時間という観点からするならば、短時間のうちにぼくの「あしたの日記」がごく個人的なものから、世界をまきこむものへと変化していく。時の経過にしたがい、いたずらの欲望の暴走

していくさまを描いた作品ともいえるだろう。

最後にまた、ぼくは、和子先生にいわれたように「きょうの日記」をつけることになる。日常から非日常へ、非日常にての暴走、そして日常へ。欲望の暴走はぼくを解放し、遊ばせ、そして再びぼくは日常へともどっていくのである。その意味で「あしたの日記」はぼくの世界に非日常をもたらし「本当のこと」というまじめさを逆転し、ガス抜きをしたともいえよう。

最後にぼくは、日記には本当のことを書きなさい、という和子先生のことばを思いだし、「でもやっぱり、ひとに見られたら、はずかしいよ」と述べて本作品は終わる。そこに大きな成長を読む必要はないが、2年生から3年生へぼくの日記に対する心情の変化は読みとれるのではないだろうか。

（大）

晩ごはんのあとで　世界をめぐるほら話ファンタジー

『お父さんのラッパばなし』
瀬田貞二
堀内誠一 絵
福音館文庫　2009年

「晩ごはんのあとで」、お父さんが子どもたち——幼稚園のもとちゃん、5年生の兄ちゃん、中学1年の姉ちゃん——に話してくれる14のおはなし集、といえば、「ああ、昔話か」と思われるかもしれない。しかし、「ほらふき」ならぬ「ラッパふき」から、「ラッパばなし」と呼ばれているそのお父さんの話は、まず、「むかしむかし」「あるところに」というような、あいまいな言い伝えではない。「お父さんが小さいころ」、「十八のとき」、「きこりになった」ころ、「ガウチョというカウボーイ」の仲間になったころ、「くつ屋の弟子」だったころ……という具合に、いつの話か明確に語られている。舞台となる場所も、「富士のすそ野」から「ハワイ」「カナダ」「ニューヨーク」「アルゼンチン」「イギリス」「スイス」「ドイツ」「アフリカ」「バグダット」「インド」「オーストラリア」……と、はっきりと示される。各地域の実際の風土もちゃんと生かされていて、1話ごとにがらっと雰囲気が変わるのもおもしろい。表紙を開くと世界地図があって、それぞれのお話をたどると、ぐるっと世界をめぐっているのがわかる。

また、何か困難に直面した時でも、魔法や呪術めいた非現実的な力などは出てこない。お父さんはもちろん、人びとのもつ技術や、工夫、知恵を駆使し、協力しあって状況を切り開いていく。そして、どの話にも、最後は「なるほど」と納得させる「オチ」がつく。

そうした、きっちりと構築されている話でありながら、よく考えてみると「うそー！」と思ってしまうような不思議やおどろきがある。「昔話」の流れをくむ日常と地続きの「メルヘン」的な驚異ではなく、近代合理精神を背景にした壮大な「ファンタジー」といえるようなおどろきの数々。さすがに、〈ナルニア国ものがたり〉（C・S・ルイス）や『ホビットの冒険』『指輪物語』（トールキン）といったファンタジーを、いちはやく日本に紹介した翻訳者・瀬田貞二ならではの、ほら話ファンタジーとでも呼びたいユニークなおはなし集なのだ。

お父さん自身が語る、物語のなかのお父さんは、とにかくかっこいい。「鳥よせ」の鳴きまねから始まって、きこり、

晩ごはんのあとで

カウボーイの馬乗り、サーカス、くつ屋、かじ屋、アフリカの太鼓、海の航海術などなど、どんどん習って、どんな技も身につけてしまう。サーカスで習った催眠術で、バグダットの大泥棒を捕まえるなんてお手のもの。

また、自分でも工夫して、なんでも作る。たとえば、縄つきのゴムのすいつき銃。ニューヨークのエンパイヤ・ステート・ビルのガラス拭き競争では、その銃で高いビルの上にふりこを作り、人を助ける。オセアニアのプアプア島では、拾ったクジラの骨にサメの皮を張って舟を作り、つり舟競争で優勝する。太陽熱を集めて、海の水を沸かして飲み水にする「太陽燈」なるエコロジックな機械なども作ってしまうくらいなのだ。伝統の技から最先端の技術まで、おはなしのなかのお父さんは、まさに文明の申し子のような主人公にも思える。

しかし、じつは、一冊読み終わった時に、沁み入るように心に残るのは、そのかっこいいお父さんが、ときおり、文明を圧倒する自然の驚異に魅せられているような場面である。そもそも、18歳で「世界めぐり」に出た時、お父さんが最初に友だちになったのは、海のいるかだった。そのいるかは、嵐で沈没した船からお父さんを救ってくれる。アフリカでは、金もうけのための狩りをする男と一緒に、動物たちの集まる水場を訪れる。「まっかな月」「黒くそびえた森」「黄や赤や青の大きな花々」「色とりどりさまざまなけものや鳥」の世界はそれだけで

ほら話で、ぐるっと世界をひとめぐり。

美しく、人間に銃を捨てさせる。オーストラリアの先住民との旅でも、お父さんは、信じられないくらい長い長い地球の時間を受け止める出来事に遭遇する。全編に魅力的な挿絵をつけている画家の堀内誠一が、この自然の驚異を感じる場面でカラーの絵をつけたくなる気持ちもうなづける。

「昔話」ではなく、近代合理精神を背景にした構築力と、最先端の技術をもつかっこいい主人公を描く、壮大なほら話ファンタジー。その底に、もうひとつ広く深い自然の驚異への想像力が働いていることの意味は、今日ますます大きくなっているように思う。14のラッパばなしを聞き終わり、自分たちもラッパを吹いてみようかという子どもたちに対して、「吹いてごらん、うんと高らかに吹くんだよ」とお父さんはいう。まさしく、人間の想像力への信頼である。

初版は1977年、福音館書店より。

（奥）

まいにち　おさるの時間はゆるくゆるく流れる

『おさるのまいにち』
いとうひろし 作・絵
講談社　1991年

「ぼくは、おさるです。みなみの　しまに、すんで　います」と始まる〈おさる〉シリーズ1作めは、そのゆるさがかえって衝撃的ですらある作品だ。

とても小さいけれど、森があり、山があり、川もある島でおさるたちは仲良く暮らしている。朝、日が昇ると目を覚まし、おしっこをしてごはんを食べる。それから毛繕いをして、木登りをしたり、かえるなげをしたり（おさるたちは、この「かえるなげ」という遊びが好きらしい）、水浴びをしたりして、夜になったら眠る。次の日も日が昇ると目を覚まし、おしっこをしてごはんを食べ……。次の次の日も……。微妙な変化も加えてあるとはいえ、三度くり返されるこのゆるさがまず、すごい。

しかし、さすがにそれだけで終わるお話ではない。1年に一度、みんなが大さわぎを始めるような出来事が起こるのだ。それは、世界中を旅しているウミガメのおじいさんの来島である。1年に一度か二度、おさるたちの島に立ちよって旅の話をしてくれるというウミガメのおじいさん。今度はどんなお話しをしてくれるのか、わくわくしながら砂浜でおじいさんの到着を待つのだが、これが、なかなかやってこない。沖のほうで、「およいで　いるのか、おぼれて　いるのか、よく　わかりません」という状態だ。それでも、ぼくらはおとなしく待っている。ページを繰っても待っている。もう一度めくると、砂浜に並ぶぼくたちの後ろ姿と近づいてくるおじいさん。もう一度ページをめくると、ようやくおじいさんが浜にあがってくる。ゆるい。

さあ、どんなお話しが始まるか、と読者もどきどきわくわくしていると、次のページも、次のページも、絵だけで、ことばがない。なんとおじいさんは寝てしまっているのだ。しかたなくのみ取りをして時間をつぶして、浜にもどってみると、おじいさんはまだ寝ている。かえるなげを飽きるほどやってもどってみると、まだ寝ている。ぼくたちも負けずにお昼寝をして、日が傾くころ目を覚ますと、おじいさんもやっと目を覚ます。とことん、ゆるい。

さあ、待望のお話だ。おじいさんは、大きな大きな船を見て、あまりの大きさ

まいにち

沖縄にて。(撮影：谷山百合香氏)

に見とれておでこをぶつけてしまったという。びっくりしたおさるたちは、どんなに大きな船か想像する。それがカラーで４回もページをめくるほど続く。「きっと、これくらいに ちがい ありません」と。この「とくべつ すごい おはなし」にぼーっとしてしまって、口もきけないおさるたちが、はっと我に返ると、おじいさんが再び波に向かって出発しようとしているではないか。あわてて追いかけて、ぼくはおじいさんが船にぶつけたという頭をなでてみるのだった。

＊　＊

大量の情報という刺激に体感時間をどんどん加速させられている現代の大人にはけっして味わえない、特別の時間がここにはある。

世に「時間が止まったような」という形容がある。おさるの毎日はそういいた

くなるようなゆるさだが、島の時間は止まっているわけではない。『おさるはおさる』（1991年）では、おじいさん、そのまたおじいさんと連綿と続く物語——カニが耳を挟んで離れなくなったぼくを安心させるためにおじいさんが語る体験が、タコがしっぽから離れなくなったと、これまたすてきにゆるい——があり、『おさるになるひ』（1994年）では、ぼくに妹が生まれ、忘れてしまう「ちいさい ときの こと」を妹のかわりに覚えておこうと思う。そもそも、日が昇り、日は沈むのだ。時間は止まってなどいない。

〈おさる〉シリーズはゆるい。読んでいると呼吸もゆっくりになる気がする。このゆるさは、人生を味わう丁寧さだ。幼い人にも、大人にも大事な時間がここにはゆったりと流れている。　　　　（西）

☞自分でいられる時間（152p）　☞４日たって（184p）

時とあそぶ

満月の夜　カッパドキアに時をつなぐ道が開く

『月夜のチャトラパトラ』
新藤悦子
講談社　2009年

　舞台はトルコのカッパドキア。きのこのような形の奇岩で有名なかの地の岩谷の村の、洞窟を利用したホテル「ペリバジャス」。ホテルの主人アタと、コーヒー占い名人の女主人アナ、そして赤ちゃんの時に洞窟の岩棚でアナに発見され、ふたりに育てられている12歳のカヤがこのホテルを経営している。

　夏は、たくさんの観光客が押しよせるのだが、冬にやってくるお客などふつうはいない。ただ、この冬はふたりの長期滞在者がいた。1人は、背の高いフィンランド人の青年ミッコ。彼は半年ほどまえに、大雪で岩谷への道が閉ざされるのがいつかメールで問い合わせていた。彼に、今日の日にちを返事したのが、アナである。大雪でしばらく岩谷から出られなくなる日をぴたりといい当てたことになるが、まさかそれが当たり、しかも、問い合わせたお客が泊まりに来ようとは思ってもいなかった。ただ、直前に、アナのコーヒー占いで、アタは背の高い人に出会うと予言されていた（ミッコの旅の目的はのちに明らかになる）。もう1人は日本人の画家ヨーコ。彼女は、以前夏に宿泊した際、冬の魅力をアタから聞いてひとりでやってきていた。

　5人は冬ごもりの動物のように、あたたかな洞窟で親密な時間をともにする。ある時はチャイを飲みながら、ある時は、お米のプリンを食べながら、カヤを見つけた時のことや、ぶどうの絞り汁を煮詰めた郷土食ペクメズの力や、いろんなことをおしゃべりする。

　この不思議な景観をもつ岩の谷は、実際不思議な存在をかかえていた。それはカヤが5歳の夏の終わりだった。岩の森で道に迷ってしまったカヤは、歌声といい匂いに誘われて、猫かウサギぐらいの大きさの3人と出会った。小さな人たちはしきりにしゃべっているが、何をいっているのかわからない。カヤにはそれが「チャトラパトラ」と聞こえたので、小さな人たちのことをひそかに「チャトラパトラ」と呼ぶようになる。カヤが持っていた干しぶどうをあげると、3人はかき混ぜていた鍋の中身を飲ませてくれる。それは、ペクメズだった。甘くておいしいペクメズに頬をゆるめた次の瞬間、カヤにはチャトラパトラの話すことがわ

かるようになっている。わかるだけではない、話せるようにもなっているのだ。そして、「満月の夜に、道はひらく」と歌いながら、満月の下3人と一緒にペクメズの鍋をかき混ぜつづけるのだった。

以来、カヤは何度もチャトラパトラと会っている。ただ、「大きな人たち」には、チャトラパトラは見えないらしい。

チャトラパトラはカヤだけの秘密のはずだった。ところが、ホテルの蔵書で世界に3冊しか存在しないという手書きの本に、明らかにチャトラパトラのことが記されていることがわかった。カヤ以外に、チャトラパトラとことばを交わした人物がいたのである。しかも、その本を書いた人は、チャトラパトラに導かれローマ時代の町ソベソスにも行っているのだ。チャトラパトラは空間を旅することはできないが、「この場所で、積み重なった時間を、旅することはできるんだ」と話したと書かれていた。カヤはチャトラパトラと同じ赤毛で緑の目で、そして洞窟の中で発見されたふつうより小さな赤ん坊で、いまでも小柄な自分は、もしかすると彼らの血筋なのではないかとぼんやり思っていたのに、そんなことはひと言も教えてもらっていない。

それに、自分だけが親しくなれたと思っていたのに、チャトラパトラはいとも簡単に「大きな人」にも気を許す。ヨーカンをくれたヨーコにも、チョコレートをくれたミッコにも、特性のペクメズをお返しにあげて、ふたりも話ができるようになる。甘いものが大好きで、甘くて

気球から望んだカッパドキアの大地。（撮影：鯉沼真帆氏）

おいしいと笑って飛び跳ねてしまうチャトラパトラは屈託がない。その無邪気さのままにチャトラパトラはいう。過去にも未来にも行ってた時もあったけれど、いまは、カヤがいるここを気に入っているからどこにも行きたくない。友だちがいる場所がいちばんだと。

＊　＊

長い長い歳月をかけて風雪が刻んだ不思議な岩の谷は、ローマ時代の歴史をも積もらせている。厚い時間の層の上に立ちながら、友だちがいるいまここを選ぶということが、朗らかであたたかい。2017年のいま、トルコの現実を思うとその親密なあたたかさが切なく胸に痛い。

（西）

幼少期　「たがも」と「しょっぴる」で遊ぶ時間

『もりのへなそうる』
わたなべしげお
やまわきゆりこ 絵
福音館書店　1971年

　てつたくんは5歳、幼稚園にいっている。みつやくんは3歳、幼稚園にいっていない。このふたりは兄弟で、てつたくんが地図を書きはじめたことから、地図を持って探検が始まる。出発を急ぐふたりは、お母さんのつくった「いちごを　とんとんとうすくきって、それに、はちみつを　とろとろとろっとかけたの」を、パンにはさんだサンドイッチを持って出かける。

　みつやくんはなんでもお兄ちゃんのてつたくんのまねをする。てつたくんと同じように川をとびこえようとして尻もちをつくも、泣いてしまってはおいていかれるので我慢する。

　そんなようすで探検を続けるふたりは、薄暗い森のなかへと入っていく。

　ふたりは、森のなかの木の影をゾウやライオンに見立てて隠れたり叫んだり、てっぽう（おもちゃの）で撃ったりして、どんどん森の奥へと探検していく。木々をゾウやライオンに見立て、てっぽうで撃つなどの描写からは、幼少期に周囲にあるものを自由に見立て理解するようすが描かれている。

　森の奥へ進んだふたりは、大きな樹の下に大きなたまごが転がっているのを見つける。ふたりは一度帰り、そのあと縄を持って森へ行こうとするものの「とこやさん」へとお母さんに連れられていってしまう。ここには、幼少期の保護者のもとでの、限りのある子どもの遊びの時間、また最後はお母さんの話で終わるという安心のできる時間の流れを読み解くことができるだろう。

　次の日、幼稚園から帰ったてつたくんは、森へ急ぐ。ふたりは顔がカバで首はキリンのように長い、てつたくんの倍くらいある変なものに出会う。そしてその変な生き物は自分のことを「へなそうる」と名乗る。

　へなそうるは、みつやくんと同じく、てつたくんのことをお兄ちゃんと呼び、てつたくんにはふたりの弟がいるようになる。へなそうるは生まれたばかりなので、ちょうどみつやくんに弟ができたようになる。すこし遊んで、また家に帰る。

　興味深いのは、食料がなくなったり、夕方になったりして遊びが終われば、家に帰宅して、お母さんに報告するという

順序が決まっていること。これもまた幼少期ならではの限りのある遊びの時間の感覚と、お母さんの存在の大きさを示すだろう。さらに、てつたくんは次の日のことを覚えているものの、みつたくんとへなそうるは1日たつと前の日のことを忘れてしまっている。ここにも同じ幼少期とはいえ、5歳と3歳と、生まれたばかりのへなそうるの時間の過ぎ方のちがいが笑いをもって丁寧に描かれている。

はやく遊びにいきたくてしかたのないふたりのために、お母さんは、いちごとはちみつのサンドイッチをつくる。

次にへなそうると再会したてつたくんとみつやくんは、へなそうるとかくれんぼを始めるのであった。

この作品では、みつやくんのことばの使い方も特徴的である。てつたくんがピストルというのをみつやくんは「しょっぴる」と呼び、「卵」を「たがも」といいまちがう。また、へなそうるも蚊に刺されたことを、「かににさされた」、という。幼少期のまねや反復によることばの獲得のさまが丁寧に描かれているのである。

へなそうると遊ぶてつたくんとみつやくんだが、探検をつうじて成長著しいようすも見てとれる。ふたりは森の奥へ奥へとしだいに探検の距離を伸ばしていき、お母さんの心配をよそに、森の奥へカニ捕りに行くことになる。

最初はカニをこわがっているへなそうるだが、実際のカニを見て、安心し、大好きになる。また、おたまじゃくしもその容姿を耳で聞いてたいへんこわがっていたへなそうるだが、これも大きさを聞き、実際に見ることで安心する。ここには幼児が現物を見て、触って、体験して、大好きになって、自分のものとして獲得していくようすが描かれているだろう。本書には細部にわたって、幼少期の周囲との出会いの豊かな時が描かれているのだ。幼少期の限りがあるが、しかし豊かなことばやものの獲得の時を描いた物語である。　　　　　　　　　　　（大）

幼年時代　わたしの中に生きつづける11歳のままの兄

『わたしが妹だったとき』
佐野洋子
偕成社　1982年

　本書は、5つの関連する物語から構成されている。どれも、死んでしまったお兄さんとわたしの話である。

　最初の「はしか」では、わたしは、はしかで病院のベッドに寝ている。そこにきれいなお母さんとお兄さんが遊びに来てくれる。しだいに、はしかになっているのはわたしなのか、お兄さんなのか、わからなくなってくる。お兄さんとわたしが未分化で入り交じっている、自己がまだ独立していない幼少期の感覚のエピソードからこの作品は始まる。また、「はしか」では窓ガラスに顔をぐりぐりと押しつける感覚を「口も鼻もぺったんこになって、とてもつめたくていい気持ち」、最後の「汽車」ではわたしはお母さんに足の裏を洗われると笑うが、自分で洗うと笑わない、など、本書では、幼少期だからこそ感じられる、大人が日常のなかで忘れてしまった身体感覚の原点に立ち返る表現がふんだんにある。

　2番めの「きつね」では、わたしはお母さんの留守のあいだえり巻きを身につけ、わたしは鏡に着飾った自分を映している。その時、お兄さんが顔中血だらけで現れる。きつねの毛皮でお兄さんの鼻血を止めたわたしとお兄さんは、血のついたきつねで、きつねうちごっこを始める。わたしとお兄さんは、ここはジャングルのなか、夜、悪いきつねがこっちへ来る、とさまざまな見立てを思いつく。するときつねは本物のきつねになる。きつねはお兄さんの血をなめたあと、にいっと笑ったのであった。我に返ったわたしとお兄さんは、急いで毛皮をしまう。子ども時代の見立ての想像力、そしてすこしいたずらをした時の心情がよく表れた話であろう。

「かんらん車」では、お兄さんは飼い犬のペスと遊んでいる。眠ったあと、わたしは窓のところにペスが帽子をかぶって洋服を着て、困ったように口を動かしているのを見る。お兄さんは、はだしでパジャマのままで石炭の山にふたりで登っていってしまう。ペスとお兄さんはふたりで石炭のうしろに現れた観覧車に乗って、ふたりの世界にいるようである。ここにも自分の好きなお兄さんをとられた子どもの嫉妬にちかい心情を読み解くことが可能だろう。

「しか」では、わたしとお兄さんは柿の種を飲みこんでしまう。「ゴリゴリ」胸の中をつっかえながら柿の種がお腹に落ちていくさまは読者にも共感をあたえるのではないか。わたしが眠れないでいると、耳から柿の枝が生えているお兄さんが現れる。わたしの耳にも柿の枝が生えているのであった。ふたりは四つ這いになって鹿のまねをする。柿の木にはいきなり青い実がなる、わたしがお兄さんに尋ねると「もうすぐ夏が終わるから」と答える。すぐに青い実は赤くなる。わたしが再び尋ねるとお兄さんは「もう秋だから」と答える。このやりとりにも、日常の時間は無視した、子どもどうしのごっこ遊びのなかで展開される無限定の時の流れを読みとることができるだろう。「しか」は子どもの遊びの世界の自由さ、時間の無限定さによる豊かな想像の世界を描いているだろう。

最後の「汽車」では、わたしははだかになって汽車を見にいく。お風呂に入ったわたしは古い木のお風呂に張った水のふちが光るのを見ていると、そこに夜、広い野原の真ん中を汽車が走っていくのを見る。わたしは汽車に乗り、そこには「ずっとまえ、遠くへいってしまった」お兄さんがいる。この「汽車」ではじめて、お兄さんが、遠くへ行ってしまったことが語られる。汽車は宮沢賢治の『銀河鉄道の夜』の銀河鉄道のように、遠くへ行ってしまった兄と会える時を生みだすのであった。

わたしとお兄さんは、耳から枝が生え、鹿になる。

わたしがお湯を動かすと、お兄さんの乗った汽車は水と明かりでくしゃくしゃになってしまう。はだかという非日常のなかで、お兄さんと会うことができる。非日常の身体感覚と、お兄さんに対する懐かしさがこめられている。

佐野洋子自身も「あとがき」で、幼少期に「わたしを知るよりまえに兄を知っていたとずっと思って」いたこと、「兄とだけ遊んで」いたことを述べている。

気の合う仲間であり遠くへ行ってしまった兄を大人となったわたしが思いだすとともに、わたしの想像の世界も11歳の兄と遊ぶ幼年時代にもどっている。

時という観点から考えるならば、大人のわたしが、11歳のまま年をとらない兄を思いだすことで、現実から非現実へとすぐに飛躍できる子どもの想像力の豊かさ、見立てのおもしろさ、無限定な時の流れをとりもどし、その不気味さや身体感覚、奔放さを綴った作品といえよう。

(大)

☞幼少期（124p）　☞天上と地上の時間（304p）

3
時をだきしめる

大切な人と過ごすのも、大切な人を思って過ごすのも、大切な人のために過ごすのも、どれもこのうえなくいとおしい「時」だ。しかも、それが限りあるものだとわかれば、思いはいっそう深くなる。忘れがたい一瞬から、悲しい記憶や守りつづけたい未来まで、人が心に秘める宝物の多様性にふれてほしい。

あと4日　庭の再生を語る多彩なことば

『幸子の庭』
本多明
小峰書店　2007年

　96歳の久子曾お婆ちゃんが、幸子の家にやってくる。260坪の敷地には、小さな家と広大な庭。曾お爺ちゃんが丹精こめて造り、75年まえに久子曾お婆ちゃんが嫁いできたその家の庭は、久子曾お婆ちゃんたちが九州の息子のところへ引っ越して、30年ほどまえに曾お爺ちゃんが亡くなってしまったあとは、幸子の母靖子へと受け継がれてきた。その家と庭を見に、久子曾お婆ちゃんはやってくる。あちこちの親戚の家をまわり、おそらく人生最後の旅の締めくくりの場所が、この幸子の家の庭になる。

　その久子曾お婆ちゃんがやってくる日まで、あと4日。ところが、その庭は、2年ちかく荒れ放題になっていた。仕事に忙しい父。父方の祖父の葬式。そしてなにより、6年生になって学校を休みがちな幸子のことなど、「何だかんだ」あって、手入れを怠っていたあいだ、もはや手もつけられない状態になっていたのである。その広大な庭の剪定を、あちこちの植木屋に断られたあげく、ようやく幸子の電話が探しあてたのが「小橋造園」だった。物語はその後、「小橋造園」の社長が下見に来た1日め、庭師の田坂健二が剪定をした2日間、そして久子曾お婆ちゃんを迎える日の、たった4日間の出来事が語られていくだけである。

　それなのに、その4日間は、読んでいくとじつに濃密な時間に感じられる。それは、その4日間が、多様な文体、多彩なことばによって書かれているからではないだろうか。

　物語の冒頭は、「眠いなあ〜」という6年生の幸子の心のことばから始まる。のちに親友との別れや受験をめぐる友だちとのいざこざも明らかになっていくが、最初から幸子の重い気分が伝わってくる。続いて、三人称による家族の会話。「お母さん」「何よ」「美容院は予約してあるの?」「ぎゃあっ、忘れてたっ」と、友だちのように語りあう家族ではあるが、同じ困難をかかえて余裕のない閉じた会話にも感じられる。

　それに対して、庭の剪定を請け負ってくれた「小橋造園」の最長老の庭師セイキチの電話の声は、「イチムラト、タサカトイウモノガイキマス」と片仮名で書かれる。閉じた家に外部の声がさしはさ

まれ、何かが始まる予感をあたえる。

「小橋造園」の社長清次の丹念な下見の場面は、冷静な描写で庭のようすが見えてくる。「木戸を開けて入った」「槇が出迎えた」「竹組みは素人の作りとすぐわかるが丁寧な出来だ」と、この庭にいかにさまざまな工夫がほどこされ、豊かな樹木が植えられているかが、植木屋の目をとおして伝わってくる。また、庭師たちのことばは、みな礼儀正しく、やわらかい。庭のことを聞いていいかと尋ねる幸子に「わかることは何でも答えます」といってくれる田坂さんに、幸子の心はだんだんと開いてくる。

剪定1日めと2日めのあいだ、1章をさいて回想される田坂健二の修行時代も印象的だ。鍛冶屋だった祖父銀二の作る見事なハサミ、周囲の職人とうまくいかなかったころ、先輩の庭師市村との出会いなど、回想ゆえの寂しさや懐かしさが心に沁みる。同時に、銀二の記憶につながる山崎方代の素朴な短歌の引用が、あたたかさを添える。

また、幸子と田坂さんとの会話には、たくさんの固有名詞も登場する。ヒイラギモクセイ、カラタチ、クチナシ、白雲木、雪柳……。樹木の名はもちろん、山の名、人の名、地名などの固有名詞には、名づけられたものを慈しむ気持ちがうかがわれる。

そして、圧巻は、冷静な描写のなかに突然出現する、次のような文章だ。「パチンと音がする。パチン！　この音だ。花屋さんの音だ。パチン！　パチン！

「江戸東京博物館に飾ってあるような」むかしの服を着ている庭師。

さっき目覚めた音だ」「心なしか田坂さんの体が楽しそうだ。あの人は今、何を考えているんだろう。パチン！　あの人は何でこの庭に来たんだろう」短文を重ね、オノマトペがリズムを生む。こうした詩のような文体が、ところどころに、不意打ちのように表れては、読者の心を昂ぶらせるのだ。

とはいえ、これら多様な文体、多彩なことばは、何か特別なものや特殊な事情をえぐりだすわけではない。季節のちょっとした趣や、生活のちょっとした工夫、気づこうとすれば誰にでも気づくことのできる身近でささやかなものをいい当て、幸子やその家族が、どこかで忘れてきたものをあらためて肯定してくれる。だから、心地よい。そして優しい。

たった4日の物語。荒れていた庭が再生していくにつれて、重かった幸子の心も確実に目覚めていく。そのドラマを、多彩なことばを味わいつつ「読む」時間。それは、読み手の心をも、少なからず再生させてくれるにちがいない。　　（奥）

1月6日　魔女がおもちゃを配る日

『青矢号　おもちゃの夜行列車』
ジャンニ・ロダーリ
関口英子 訳
岩波少年文庫　2010年
（Gianni Rodari, *La Freccia Azzurra*, 1964）

　カトリックでは、1月6日をエピファニー（公現祭）といって、東方の三博士が幼子イエスを訪問したことを祝う日だという。1月6日の前夜、イタリアの伝統では、ベファーナというおばあさんの姿をした魔女が、ほうきに乗って、子どもたちの枕元の靴下にプレゼントを入れてまわる。この物語は、そんな「ベファーナの日」に始まる。

　　　　　　　＊　＊

　一睡もせずにプレゼントを配りおえて帰ってきたばかりのベファーナとお手伝いさんのテレザの会話からすると、どうもこのベファーナという魔女は、単純なサンタクロース役というわけではなさそうだ。子どもたちの親がベファーナのおもちゃ店でおもちゃの代金を払い、それをエピファニーの日の前夜ほうきに乗って空を飛んで配ってまわる。すると、今度はおもちゃを受けとった子どもから手紙が届く。「木のサーベルじゃなくて、ピストルがほしかった」だの、「飛行機じゃないといやだ」と。それに対してベファーナは「ピストルの方が千リラも高い」とか「この子の父親はぜんぶで三百リラしか持ってなかったんだよ。まったく、三百リラでどんなプレゼントが買えると思ってるんだろうね」といった調子である。夢があるような、ないような話だ。つまり、親がおもちゃを買えない子どものもとには、ベファーナは行かないのである。

　1月6日、おもちゃを配りおわって空になったショーウィンドーに、新しく並べられることになったのが、電気機関車の「青矢号」をはじめ、インディアンの「銀バネ大将」、パイロットの乗った飛行機、黄色いクマ、「コイン」というぬいぐるみの犬、クレヨン、マリオネット、帆船などなど。そしておもちゃたちが見たのは、ショーウィンドーにひたいを押しつけ、しくしくと泣く男の子フランチェスコだった。電気機関車をくださいとベファーナに手紙を書いたけれど、何も届かず、心配になって店を訪れたフランチェスコは、厳しい現実を突きつけられる。電気機関車の代金にと古い時計を持ってきた彼の母親だったが、ベファーナは時計はきらいだ、去年の支払いも、2年まえの支払いもまだだと、突き放して

1月6日

いたのだ。しかも、ちかいうちにいままでの代金を取りにいくといわれてしまう。フランチェスコの涙にもらい泣きをしてしまったおもちゃたちは、それから毎日ショーウィンドーをのぞきにくる少年をすっかり好きになる。

月がめぐり、再びエピファニーの日がちかづくにつれ、今年もおもちゃをもらえそうにないフランチェスコの悲しみに胸を痛めるおもちゃたちにすばらしいアイデアをもたらしたのは、とても内気でこれまでひと言も発しなかった犬のぬいぐるみコインだった。ベファーナに配られてしまうまえに、みんなでフランチェスコのところへ行こうというのだ。

そこから、おもちゃたちの冒険が始まる。青矢号を中心に、犬のコインの鼻を頼りに、ベファーナの店を脱出したおもちゃたち。途中、地下室で眠る少年や、凍死してしまっているおばあさんのもとへとどまる仲間と別れ、さまざまな困難に見舞われながら、貧しい子どもたちのもとへ自ら赴く。ナンセンスないいあいなどくり返しながらも、子どもを喜ばせたい一心のおもちゃたちと、それぞれに貧しくつらい境遇の子どもたちの喜びようが苦しいほどにいとおしい。

おもちゃたちだけでなく、人間のほうも大事件が起こっていた雪の夜、最終的にベファーナがフランチェスコを苦境から救った。ベファーナは、ただのケチでいじわるなおばあさんでなかったのだ。

おもちゃは子どもの味方。

彼女は、フランチェスコに何かプレゼントしたいのだけど、あいにくフランチェスコがお気に入りだった電気機関車も逃げだしてしまったという。その時フランチェスコは気にしないでという。「どっちみち、ぼく遊ぶ時間がないんだ。しごとをしなくちゃいけないからね」と。

ああ、そんなことが許されていいわけがない！ ロダーリのそんな声が聞こえてきそうだ。子どもたちにとってのおもちゃは、遊ぶ時間のことで、それはとりもなおさず、子どもでいる時間そのものをさしているのだろう。1月6日のひそかなドラマは、子どもたちへの愛でわたしたちの胸をいっぱいにする。　　（西）

☞おもちゃが捨てられる時〈140p〉　☞教会暦（204p）

1年　2500頭の羊と少年の1年間

『荒野の羊飼い』心の児童文学館シリーズ8
アン・N・クラーク
山崎勉 訳
ぬぷん児童図書出版　1980年
（Ann Nolan Clark, *Year Walk*, 1975）

スペイン・バスク地方にバスク人の末っ子として生まれた少年ケパは、16歳の年、隣人の次男で、いまはアメリカに渡って牧羊業を営んでいる名づけ親のペドロにアメリカに来ることを勧められる。この事態に対して開かれた第1回の家族会議では、ケパの母親が強固に反対する。しかし第2回の会議で、アメリカに行かないならば兵隊になるしかない、との意見が親族から出たことで母親もケパのアメリカ行きを認める。

アメリカについたケパはさっそく仕事を始める。アメリカのアイダホ州の荒野にて、1年間2500頭の羊を放牧する仕事である。

仕事の当初は、ともに旅立ち、先生として羊の飼い方をさまざま指導してくれた、ティオ・マルコがいたが、ある事件によりスペインへ帰ることとなる。そのためケパはひとりで2500頭の羊の責任をもつこととなる。愛犬であり友人となったキーパー、荷物運搬用の落ち着きのないラバのパト・カクとともに、羊をまとめるだけではなく、天候や泥棒、羊の出産など、さまざまな困難をのりこえていく。そして季節は秋から羊飼いにとってより厳しい冬へと向かっていく。

ケパはこの1年間の放牧の経験をつうじて、ことばではなく、身をもって、経験によって、生きるための知識・知恵を学び、体験をつうじてそれを自らの血肉としていく。

ケパの1年間は、最初こそ無難に過ぎたものの、ティオ・マルコの愛犬が殺されるところから困難な時間の連続となっていく。そのようななかで、地中の金を探してさまようハンスという老人との出会いは、お互いを刺激し、ケパを大きく変えていくこととなる。ハンスがケパに伝えたのは人の親切をしっかり受けとること、そしてそれに応える機会を失ってはならないということであった、ケパはそのハンスのことばを心に留め、自らの人生を考えていくことになる。

名づけ親のペドロをはじめ、マルコやハンスなどケパをめぐる周囲の人びとの優しさは、手取り足取りケパに教えこむものではない。ときに厳しく、ケパが経験を血肉にできるように時間をかけて見守る。ケパは、いつ、どこへ行くべき

羊飼いは、1年を2500頭の羊と、相棒の犬と、ラバと過ごす。

か、そのためにいま何ができるのか、という時間・季節の感覚を身をもって学んでいく。そのような周囲の人びとに支えられ、自ら考え、判断する力をつけていく過程で、スペインの家族から遠く離れ、ひとりで1年を過ごすことによって、ケパは少年から大人へと急激に成長する。この1年間という時間がいかに激しく、そして貴重なものであったか、読者の胸にせまってくるだろう。

この物語は、ケパの成長、周囲の人びととの交流を縦糸としているが、横糸としてスペインとアメリカのちがいが明確に描かれている。とくにスペインのバスク人の習慣・バスクの人びとのもつ信条が各所において描かれている。そして、バスク人の文化を尊重しつつ、こじんまりとした土地柄、ヨーロッパの伝統的な牧羊に対して、アメリカ・アイダホ州の想像を超える牧羊の規模、土地の大きさも強調されている。

ケパはしばしば故郷を回想する。「ケパは地球の裏側にあるピレネー山脈の父のもとに帰っていた。目の前に、ふたたびブドウ畑や、トウモロコシ畑や、牧場があった」といったように、ケパの心は、いま、ここのアメリカの成長を育む厳しい荒野での孤独の時間と、地球の裏側にある故郷のゆったりとした親族に囲まれた時の流れのあいだで揺れ動いているのである。

この揺らぎのなかで、やがてケパはある選択をおこなっていく。

バスク人の習慣や信条をしっかりと受け止めながらも、アメリカの広大な牧羊にひかれていくケパの1年をつうじて、バスク地方のあたたかさと、アイダホ州の荒々しく広大な風土を楽しむことのできる物語である。　　　　　　　　（大）

1年しか？ 1年も？ いま、ここ、はいつも本番

『ユウキ』
伊藤遊
上出慎也 絵
福音館書店　2003年

物語の舞台は札幌。「転勤族が住む街」ゆえに、入学してから卒業するまでに転入転出者が半数を超える小学校。主人公のケイタは親の転勤がない少数派で、いつも去っていく友だちを見送る側だ。かといって、いきなりおとずれる友だちとの別れがショックでないはずはない。とくにサッカー仲間で親友の勇毅が春休みに転校してしまい、「勇毅が転校さえしなければ」という思いでケイタはふさいでいる。その心中を知ってか知らずか、デリカシーのかけらもなく勇毅の名前を出す、やはり地元組でサッカー仲間のカズヤが、転校生が来るような気がするといいだした。

じつはケイタも期待していた。しかも、また転校生の名が「ユウキ」ではないかと。須藤勇毅が5年生の新学期に転校してくるまえ、いつも一緒に遊んでいたのもユウキ、木下悠樹だった。2年生の2学期の途中にやってきて、4年生の2学期から名古屋へ行ってしまった悠樹とは、プラモデルのレースに没頭した友だちだった。さらにそのまえ、1年生の時、一緒にカードバトルに熱中していたのも

ユウキ、島崎祐基だったのだ。ここまで偶然が重なれば、現実的な考え方をするケイタであっても、もしかしてと思ってしまう。

はたして6年1組に、転校生がやってきた。しかも、2人も。最初に先生が紹介した小柄な山本くんは「山本ヒロノブ」と名乗った。ケイタが緊張を解いたその時、続いて背の高い女の子が名乗ったのは——「野田優希」。ユウキだった。

さて、この優希、おまじないや占いが好きと自己紹介したことから、あっという間に女子のあいだで「不思議少女」としてもてはやされていく。ケイタは特別な女の子としてこれからもやっていくのだろうかと、優希の状況を危なっかしく見ていた。ケイタの懸念どおり、たわいもないお願いから、受験の合否の占いまでエスカレートして、最初から「不思議少女」騒動に距離をおいていた学級代表のヨシカワがついに、「こんなばかばかしいこと、もうやめにしない？」と正面から批判を口にする。しかし、ヨシカワはいじわるからそんなことをいったのではない。「ヨシカワは本物のいいやつだ

1年しか？ 1年も？

「ユウキ」たちとの時間を呼びもどしたものたち。

ってこと」を知っているケイタは、いつになく感情的だったヨシカワの気持ちがわかる気がする。ケイタと同じで地元組のヨシカワは転校していく友だちをたくさん見送って悲しい思いを味わってきたはずだ。だから、優希がいつまでも謎めいた「よその人」のままで、本当の自分を見せず、ここをすこしのあいだいるだけのかりそめの場所と考えていることが許せないのだ。

優希には不思議な力などない。しかし、優希が関わった偶然で、ケイタは別れてしまった祐基、悠樹、そして、勇毅が残していったものと出会い、彼らが自分の前から消えてしまったわけではないということ、彼らに裏切られたわけではないということを理解する。

これまた偶然にも、優希がしおりとして使っていたカードによって、1年の時、祐基と探していたカードがそろう。そこに完成した一連のことばは象徴的で感動的だ。

転校して行ってしまう友だちから残される側であるケイタやヨシカワの率直な思いにふれて、優希は「一年しか通わない学校」と考え「一年も通う学校」と考えられなかった自分を後悔する。そんな優希にケイタは「まだ、二学期も三学期もあるじゃないか」という。そして、優希が考えたのは……。

＊　＊

子どもにとって、転校というのは、積み重ねてきた人生を振り出しにもどされるような一大事だ。去る側も、残る側も親の都合でいきなり断たれる時間。別れるつらさゆえに、最初から親しくなるまいと考えるのもよくわかる。しかし、たとえ別れが控えていたとしても、仮のつきあいではもったいない。小学6年生の心に寄り添いながら、1日1日に仮の日なんてないのだと、丁寧に伝えている物語だ。

（西）

一生涯　寄り添いつづける架空の友だち

「ルーシー」（『九つの銅貨』所収）
W・デ・ラ・メア
脇明子 訳
清水義博 絵
福音館文庫　2005年
（W. de la Mare, *Lucy*, 1925）

　友だちのいない子ども、ひとりで遊ぶのが好きな子どもが、ある時期、自らつくりだした架空の友だちを相手に時を過ごすことは、現実にもよく見られることであるし、児童文学のなかでもとりあつかわれている。E・L・カニグズバーグの『ぼくと＜ジョージ＞』や、絵本ではジョン・バーニンガムの『アルド・わたしだけのひみつのともだち』などがその例として挙げられよう。だが、これらの架空の友だちは、子どもが成長して、その世界が広がっていくにつれ、影が薄くなり、やがて消えていくものである。そして、その作品においても、架空の友だちは、「子ども」とのみ、関わりをもつ存在である。

　だが、ウォルター・デ・ラ・メアの描くジーン・エルスペットの、ルーシーと名づけられた架空の友だちの場合は、すこしちがっている。ルーシーは、孤独な子ども時代に関わるのみならず、死を目前とした老女の前にも、子どものころの容貌そのままで現れ、手をひいて幸せに導いてくれるからである。

　スコットランドの田舎にある石の館に住むマクナッカリー家の三人姉妹、ユーフェミア、タバサ、ジーン・エルスペット。姉妹は祖父が遺した立派な屋敷に住み、その屋敷の中では何もかもが凍りついたように秩序正しく、時計のように正確に時が流れていったのだけれど、ある時、父親の投資の失敗によって破産に追いこまれてしまう。

　ほとんどすべての使用人は館を去り、すでに中年を迎えていた三人姉妹は、財産を切り売りしながらカツカツの生活をおくることとなる。だが、3人のうちの末っ子、年齢不詳で整理整頓が苦手、姉たちに似ていない妖精のとり替えっ子のようなジーン・エルスペットだけは、かえって幸せに、かえって忙しく楽しく、日々を過ごすようになる。

　それまでは孤独で、はみ出し者だったエルスペットは、その多忙のなかで、7歳から心の支えだった架空の友だち、ルーシーを見失ってしまう。

　破産のため、つらい思いをしている姉たちに、申し訳ないという気持ちから、エルスペットは、マクナッカリー家が執

事や女中に暇を出したように、ルーシーに「暇をだし」てしまったのだ。

　管理され、刈りこまれ、手入れされることのなくなった館とその庭は、しだいに野生にもどり、植物や小動物が館に入りこみ、自然と人工の境界線が崩れていく。

　やがて死期を迎えたユーフェミアの前に、ハリエニシダの花束を持った少女の幻——ルーシーが訪れる。はじめのうちユーフェミアは、そのことを受け入れようとしない。だが、その少女が、エルスペットの架空の友だちルーシーであることを聞いて、ユーフェミアは、いつでもここに来ていいとルーシーの存在を許し、エルスペットとはじめて心を通いあわせる。そしてユーフェミアは亡くなった。

　残されたふたりは、石の館を出て、海辺の貸部屋に引っ越すが、ある秋の夕方、たまらないホームシックにかられたエルスペットは、こっそりと石の館にもどってみる。見捨てられた石の館は朽ちかけつつ、平穏で安らかにすら見えた。

　エルスペットは、ふと足元の水たまりを見た。そこに映っているのは、年老いた小さな老女の顔ではなく、永遠の若さと喜びに満ちたルーシーの顔であった。なんともいえない安らぎに包まれていくエルスペット。

　人生の終わりに、ユーフェミアと同じように、ルーシーの姿を受け入れ、自らの中に受け入れたエルスペットが、死ぬまえのユーフェミアがいったように、「みんな同じ道を帰っていく」ことにな

家は住む人の魂を表わす比喩として作用する。
(*The Girl's Own Paper* 挿絵より)

るのは想像に難くない。

　7歳の時に、孤独なエルスペットが、抑圧され、窮屈な生活に耐えかねてつくりだした架空の友だち、ルーシー。その姿は、いったんは消えて（意図的に消したともいえる）いなくなるが、すべての人に平等に訪れる死をまえに、再び、幸せへもどる道を示しに、永遠に変わらぬ風貌で、よみがえってくるのである。

　もしかすると、ルーシーとは、どんな人も心の中にもっている魂の友であり、一生涯見守ってくれる存在なのかもしれない。ただし、人がこの世の雑事にいそしんでいる時には隠れており、孤独な子どもと老人のみが、その存在を可視化して意識することができるのだろう。(川)

おもちゃが捨てられる時　大量消費時代の子どもと大人

『木馬のぼうけん旅行』
アーシュラ・ウィリアムズ
ペギー・フォートナム 絵
石井桃子 訳
福音館文庫　2003年
（Ursula Moray Williams, *Adventures of the Little Wooden Horse*, 1938）

　クリストファー・ロビンとプーの例をひくまでもなく、おもちゃはしばしば良き案内人として子どもを空想世界に導いてくれる。そこで最上の経験を分かちあえたなら、子どもにとってそのおもちゃはかけがえのない友になるだろう。たとえぼろぼろになったとしても、そんな大事な相棒への愛情は容易に消えるはずがない。だから、もし古びたおもちゃを大事に持ちつづけている大人がいるとすれば、その人はひょっとするととても豊かな子ども時代を過ごしたのかもしれない……『木馬のぼうけん旅行』は、ふとそんなことを思わせてくれる物語だ。

　　　　　＊　＊

　本作の主人公は、赤い鞍をつけた、お腹に青い縞模様のある小さな木馬。おもちゃ作り一筋で生きてきたピーダーおじさん渾身の一作だ。緑色の台車の上にふんばって立っている姿もりりしくて、とびきり高値をつけても売れそうだとおじさんは大喜び。けれども、当の木馬は涙をぽろぽろとこぼして、ずっとそばにおいてほしいと頼みこむ。広い世界に出てゆくことを考えるとどうしていいかわからなくなるというのだ。かくしておとなしい木馬は、ピーダーおじさんの行商のお供をして暮らすことになる。赤い鞍の上におもちゃの袋を乗せて歩き、お腹の中にお金をしまっておけば、ご主人の役にも立つ。それが小さな木馬にとってはなによりの喜びだった。

　ところが、近くの町に大きなお店ができて安いおもちゃがたくさん売られるようになると、ピーダーおじさんの商売はうまくいかなくなる。どこに行っても子どもたちが寄ってこず、大人たちも家の中から出てこない。道には、瀬戸物に絹の毛をつけた人形の頭やブリキ製の機関車の残骸など、壊れたおもちゃが投げ捨てられている。ピーダーおじさんが作る木製のおもちゃは頑丈で壊れない。けれども値が張るせいか、さっぱり売れなくなってしまったのである。

　やがて生活に困窮したおじさんが病に倒れた時、小さな木馬は愛するご主人のもとを離れることを決意する。お金を稼いで届けようと考えたのだ。物語は、思いがけず広い世界に出ていくことになったおとなしい木馬が、さまざまな苦労を

おもちゃが捨てられる時

木馬はもっとも歴史の古いおもちゃのひとつ。本作に登場するのは、引いて遊ぶ「引き木馬」。ほかに、またがって遊ぶ「棒木馬」や、乗って遊ぶ「揺り木馬」もある。

重ねたすえに、立派なお土産をもっておじさんのもとへ帰るまでを描く。

木馬の旅は波乱万丈だ。運河の引き船を引いたかと思えば、王さま一家を乗せた立派な馬車を引き、サラブレッドに交じって競馬場を走ったかと思えば、サーカスで綱渡りにも挑戦する。ある時は強欲な地主のもとでただ働きをさせられ、またある時は炭鉱の爆発事故にまきこまれて坑道に閉じこめられたりもする。だが、木馬はどんな時にも、どんな場所でも誠実に働くので、心ある雇い主であれば必ず、同じような木馬をピーダーおじさんに注文したいと考えるようになる。同じように、王女さまも、抗夫の息子も、病弱なお嬢さんも、乱暴なわがままきょうだいも、身分や境遇や性格にかかわらず、子どもたちは誰もが忠実な木馬を心から愛する。だから別れの時が訪れると、親たちはそっくりな木馬をピーダーおじさんに作ってもらおうと考えるようになる。

1938年にアメリカで出版された本作が日本にはじめて紹介されたのは、東京でオリンピックが開催された1964年のことだった。大量生産・大量消費が経済発展の最終段階だともてはやされ、大人たちが「物」に豊かさの指針をもとめるようになれば、子どもたちも次々と新しいおもちゃを手にとれるようになっていく。だが、子どもがおもちゃをたやすく捨てられるような社会が、本当の意味で豊かだといえるのだろうか──道に投げ捨てられた瀬戸物の人形やブリキの機関車からは、そんな声が聞こえてきそうだ。

かたや小さな木馬は、旅に出た時点ですでに色がはげて傷だらけになっていたにもかかわらず、あらゆる子どもから愛される。ちがいは、ピーダーおじさんが精魂かたむけて生みだしたということ、そして木馬自身もおじさんの気持ちに応える心をもっていたということではないだろうか。愛を注がれて育った者のみが、他者に分けあたえるべき愛をもち、他者からも愛される……父子を思わせるピーダーおじさんと小さな木馬の物語は、子どもとおもちゃの関係だけでなく、子どもと大人の関係をも考えさせてくれる。

（水）

☞1月6日（132p）

家族になる時　多様性をことほぐ新しい子どもの本

『アラスカの小さな家族　バラードクリークのボー』
カークパトリック・ヒル
レウィン・ファム 絵
田中奈津子 訳
講談社　2015年
(Kirkpatrick Hill, *Bo at Ballard Creek*, 2013)

　アメリカ合衆国最大の面積を誇るアラスカ州は、1867年に破格の安値でロシアから購入された土地だ。当初は不毛の大地だと考えられていたためお荷物扱いされていたが、20世紀を目前にして隣地のカナダ・ユーコン準州で金が発見されると、このアメリカの飛び地にも、一攫千金を夢見る人びとが世界中から押しよせることになった。『アラスカの小さな家族』は、それから30年ほどのち、ゴールドラッシュが華やかな思い出として語られるようになったころの小規模な鉱山町を舞台にした物語である。

　　　　　＊　＊
　主人公は5歳のボー。いつも金髪をおさげに編み、デニム生地のオーバーオールを着て走りまわっている元気な女の子だ。ボーには母さんがいない。生後まもない彼女を置き去りにして、どこかへ行ってしまったのだ。砂浜に卵を産んでどこかへ行ってしまうウミガメみたいに。赤ん坊だったボーをひきとって育ててくれたのがふたりの父さん、スウェーデン人のアービッドとルイジアナ育ちのアフリカ系アメリカ人ジャックだ。もとは、ふたりとも、ゴールドラッシュの時に鍛冶屋としてアラスカへやってきたのだが、アービッドは仕事の合間に母親から習った裁縫の腕を生かして鉱夫たちの仕立物を一手に引き受けてきたし、南部のお屋敷の大きな台所で育ったジャックは、いつの間にか、採掘現場の賄い番として料理の腕をふるうようになった。ともに身長190センチを超える大男。血のつながりはないけれど、ボーにとっていちばん大切な家族だ。

　じつをいえば、ボーは「楽しみ女」が生んだ父親の知れない子だ。あわや孤児院に送られるところだったのを、通りすがりの父さんたちにひきとられ、その肩に乗っていま住んでいる鉱山町バラードクリークにやってきたのだ。以来、住民たちみんなに可愛がられてすくすく育ち、いまでは鉱夫たちの食事の世話をしているジャックの片腕として、スコーン作りやまき運びもこなすしっかり者になった。互いに「若い衆」と呼びあう現役鉱夫たちに交じってごはんを食べて、お手伝いの合間には、人びとの社交場になっている商店兼宿屋で遊んだり、「ご隠居さん」

家族になる時

と呼ばれる老いた元鉱夫たちから昔話を聞かせてもらったり。まだ学校に行く年ではないので、ダンスホール勤めの女性たちの家を訪ねてきれいな物を見せてもらったり、エスキモーの家を訪ねてトナカイの腱から糸を作る方法を習ったりすることもある。

世界中の国や地域からやってきた鉱夫たちは、お国訛りのある英語を話

近年では、国や地域によっては、お父さんがふたりいる家庭も、お母さんがふたりいる家庭も、さして珍しいものではなくなっている。

し、ボーに、おりにふれて故郷での生活や食べものの話を聞かせてくれる。だからボーも、いろいろな訛りの英語を話せるし、じつは、エスキモー語まで話すことができる。バラードクリークに住みついていたエスキモーたちが、アービッドとジャックを手伝って、ボーを育ててくれたからだ。遊び仲間はみんなエスキモーの子どもたちで、なかでも同い年のオスカーは大親友だ。

バラードクリークでは、みながお互いのちがいを受け入れ、助けあって生活してきた。ボーにとって、それは大家族のなかで暮らしているかのようなものだった。だが今年の冬はそんなボーの生活に大きな変化が訪れる。金の産出量が減り、鉱山の閉鎖が決まったのだ。父さんたちは新たな現場を探しはじめる。しかも、ちょうど同じころ、ボーに弟ができることになった。町外れの小屋で凍死しかけ

ていたところを救助されたインディアンの幼い男の子を、父さんたちがひきとることになったのだ。当初は意志の疎通もままならなかったその少年に寄り添いつづけて、心を開かせたのはほかならぬボーだった。

肌の色や髪の色がちがっても、血がつながっていなくても、家族になれる——それこそが、ふたりの父さんがこれまでボーに教えてくれたことだ。新たに弟を加えて4人になったボーの一家は、家財道具を船に積み川を下っていく。櫂を操るのは父さんたち。小さな家族がめざす町には、また新たな大家族との暮らしが待っているはずなのだ。

1920年代のアラスカを舞台に、流動性のある開かれたコミュニティと新しい家族のあり方を描いた心あたたまる物語である。　　　　　　　　　（水）

☞神さまの声を聞いた日（396p）

近未来　ディストピアの少年

『ギヴァー　記憶を注ぐ者』
ロイス・ローリー
島津やよい 訳
新評論　2010年
（Lois Lowry, *The Giver*, 1993）

　ジョナスは〈12歳の儀式〉を目前に控えて緊張していた。長老委員会が規則をとりしきり、限られた数の指導者が支配する〈コミュニティ〉に暮らす人びとは、12歳までは子どもと見なされ、1歳ごとの12月に儀式を受け、その年齢に適した行動を許されるようになる。しかし、この12歳の12月を境に、子どもたちは将来の適性を判断され、〈任命〉を受けて、その道に向けて訓練を受けることになるからだ。

　〈技師〉、〈医師〉、〈介護係〉、〈養育センター〉など、尊敬を受ける仕事への適性をもつ子どもたちには長い訓練がいる。しかし〈出産母〉は、3年間の出産期間後は〈労働者〉に払いさげられ、単純労働に従事することになる。はじめから〈労働者〉に割りあてられる子もいる。子どもたちには異議申し立ての権利も認められているが、規則を破ることに関しては、幼いころから非常な恐怖感と良心の呵責を埋めこまれているため、コミュニティの決定に背くことはまずない。

　ジョナスが将来の仕事を決定される儀式を受けるまでに、しだいにこのコミュニティのしくみが明らかになる。優秀と認められた男女は家族ユニットをつくることを許され、時がくると、新生児の養育センターから〈ニューチャイルド〉を受けとり、自分たちの子どもとして育てる。子どもは必ず一男一女。子どもが思春期を迎えると、その性衝動は親によって徹底的に管理され、国家にあたえられた薬でコントロールされる。

　もうわかるだろう。このコミュニティとは、徹底的に精神をコントロールされた正常者が、不純物を排して完璧につくりあげたユートピア。生きている価値がないと思われたものはすべて闇に葬られ、犯罪は起こるまえに芽を摘まれ、徹底的に思想管理しつくされた集団なのである。

　さて、物語は、ジョナスがほかの子どもたちよりも優れて言語感覚にとんでいたため、〈12歳の儀式〉において、コミュニティにひとりだけ存在する〈記憶の器〉の後継者に選ばれたこと、そして〈養育者〉を仕事にもつ父が、発育不全の新生児ガブリエルを救いたくて、夜だけ連れて帰ってくるようになったことか

近未来

ら動きはじめる。

　放課後、現〈記憶の器〉である老人のもとに通い、コミュニティが喪失してしまっている記憶を、ひとつひとつ受け継いでゆくことになったジョナスは、世界を均質化し、〈同一化〉するためにそぎ落とされた楽しみや痛み、正負の感情を受け止め、その身体に刻む役割を引き受けることとなる。

〈同一化〉を選択するために、色彩をすら喪失したコミュニティ、読書も禁じられた人びと、歴史をも失った世界。痛みや苦痛、苦悩から解放されるため、たったひとりの〈記憶の器〉にあらゆる記憶——負の記憶もふくめて——を担わせることで、完璧な均整を極めたのがこの世界だ。その世界は、やがてジョナスの父が愛情を注ぐ発育不良のガブリエルを〈解放〉すべき逸脱物と認定する。はたしてこのコミュニティはユートピアといえるのだろうか。

　感情の複雑さ、色と思い出と情動の揺らぎを、人間や自然のあらゆる複雑性を排除して成り立つ世界が、希望の場所であるはずもない。まさしくここは選ばれた優良者のみが存在を許され、階層性のうえに成り立ち、たったひとりの〈記憶の器〉をゴミ箱のように不純物の入れ物として酷使する全体主義世界である。

　現〈記憶の器〉の老人から、この世界では失われた記憶をひとつひとつ受け継ぐジョナスの経験は鮮烈である。一年じゅうの気温を快適に保たれたコミュニテ

ジョナスが老人から見せてもらった雪は、想像したこともないくらい美しく、冷たかった。

ィに、雪は降らない。はじめて空から降ってくる白い雪に触れたジョナスは、その美しさに感動する。しかし、同時に彼は雪の冷たさ、厳しさも体験しなければならない。ジョナスは"美しさ"や"喜び"、"色"の記憶も受け継ぐと同時に、"痛み"や"喪失"、"絶望"、"孤独"といったネガティブな面をもふくめて、記憶の一切を引き継ぐのである。

　だが、ジョナスはいままでの〈記憶の器〉とはすこしちがっていた。彼はこの世界のしくみを、そのまま受け入れようとしなかったからだ。はたしてジョナスは世界を変えることができるのだろうか。

　ジョナスのコミュニティは近未来ＳＦが描くディストピアである。しかし本当にそれは近未来のことといいきれるだろうか。われわれの社会はもうすでに、その全体主義的な思想が芽吹いているのではないか。気がつかないあいだに忍びより、間近にせまっている未来に戦慄させられる物語である。　　　　　　　（川）

タイムマシン（300p）

50年　大人の真価をはかる年月

『シェパートン大佐の時計』
フィリップ・ターナー
神宮輝夫 訳
岩波書店　1968年
(Philip Turner, *Colonel Sheperton's Clock*, 1964)

　読むたびに新たな発見があり、大人が読んでも深い感動を味わえる——それが良質な児童文学の条件だとすれば、『シェパートン大佐の時計』はまちがいなくそのひとつに数えられるだろう。

　本書は、北イングランドの架空の田舎町を舞台に、個性の異なる3少年（大工の息子で足に障害をかかえるデイビド、農場の跡継ぎで活動的なアーサー、牧師の息子で発明狂のピーター）の日常と、彼らが経験するミステリーがらみの冒険を描いたシリーズの第1作。修理に出されたまま、ひきとり手が現れず、50年にわたって大工の仕事場の片隅で時を刻みつづけていた大きな柱時計に関する謎解きが物語の中心をなす。

　ことの起こりは、3人が禁を犯して教会のクリアストーリ（高窓部分にしつらえられた回廊）探検にくりだしたことにある。捕まりそうになって逃げこんだパイプオルガンの裏側で、デイビドが見つけた1914年8月14日という発行日のついた新聞の切れ端は、その2週間まえに発生した原因不明の農場火災による、時計の所有者シェパートン大佐の焼死事件に関する審判を報じたものだった。記事には、第一次世界大戦開戦直後に入隊し、まもなく戦死したデイビドの祖父も証人のひとりとして出廷していたことが記されていた。だが、紙が途中でちぎれていたため詳しい証言内容まではわからない。

　自分が毎朝ネジを巻いてきた柱時計が、修理不要の状態だったにもかかわらず火災発生当日に急遽祖父にあずけられたものだったということ、しかもその経緯に祖父自身が不審の念をいだいていたことを知ったデイビドは、親友ふたりとともに、住民の記憶からも消えさっていた事件について調べをすすめ、ついには、悲劇的な真相をつきとめる。

　50年まえといえば、子どもにとっては大むかしかもしれないが、じつは、ほんのすこしの努力で埋められる隔たりのはずだ。大時計の謎を解明しようと動いたことで、人びとの心にシェパートン大佐の思い出がよみがえり、デイビドも祖父の人生の一部にふれることができたように。亡き人びとだけではなく、日頃親しくしている老人たちの若き日の姿を思

い描けるようになったことも、収穫のひとつだった。少年たちにとって、謎解きは、かつて生きた、そしていま生きている人びとの生の軌跡をたどる作業でもあったのだ。

物語の最後で、思いがけない危難に遭遇した3少年は、まるでシェパートン大佐の知恵と勇気をなぞるかのように獅子奮迅の大活躍をみせ、一躍、町の英雄になる。だが、この華々しいエピソードよりも、つらい手術に立ち向かい障害を克服するデイビドの勇気や、そんな彼に黙って寄り添うアーサーとピーターの献身こそが、人知れず職務に殉じた英雄へのオマージュにはふさわしい。

少年たちの静かな英雄性は、大人たちが育んだものだ。デイビドの父親は、仕事の受け帳の記録だけを頼りに、顔も見たことがない依頼主のために、大時計を仕事場であずかりつづけ、アーサーの祖父と父は、所有者のいない金庫の中身をお金もふくめてそのまま保管しつづけていた。ダーンリィ・ミルズに流れた50年は、平凡な人びとが誠実な営みを積み重ねた年月でもある。

クリアストーリに潜入した少年たちを戒めつつも、その処罰が軽減されるよう口添えしてくれる老会堂番。そんな会堂番に贈りものをしようと乏しい小遣いを出しあった少年たちに、金額以上の量の煙草を黙って差しだす雑貨屋のおばあさん。口うるさく厳格な聖歌隊指揮者も、いたずら坊主たちの真剣さを感じとると、余暇を費やして謎解きを手伝う。子ども

据え置き型の柱時計は、大きさによって「おじいさんの時計」「おばあさんの時計」「孫娘の時計」などと呼びわけられるという。シェパートン大佐が預けたのは、もっとも大きなタイプの「おじいさんの時計」である。

たちをそっと見守り、必要な時には黙って手を差し伸べる、少年たちをとりまいているのは、そんな「大人らしい大人」たちだ。だからこそ、子どもたちも必要な時には手を借りることをためらわない。

大人と子どもをつなぐ揺るぎない信頼、それをつくるのは大人の責任である。かつて子どもとして楽しんだこの作品を大人になってから読み返すと、はたして自分はそんな大人になれたのかと問われることになるだろう。翻訳書の出版からまもなく50年を迎えるいま、大人にこそぜひ手にとってもらいたい作品である。

続編4作と関連作品4作があり、そのうち『ハイ・フォースの地主屋敷』（*The Grange at High Force*, 1965）と『シー・ペリル号の冒険』（*Sea Peril*, 1966）は日本語でも読むことができる。

（水）

☞冒険の始まりと終わり（72p）

午前6時　死刑執行の時間

『兵士ピースフル』
マイケル・モーパーゴ
佐藤見果夢 訳
評論社　2007年
（Michael Morpurgo, *Private Peaceful*, 2003）

　第一次世界大戦中のイギリス連邦軍での銃殺刑を、「shot at dawn（夜明けの射撃）」と呼ぶことがある。日の出とともに、あるいは日の出からまもない早朝に刑が執行されたことにちなむことばだ。目隠しをされ、柱に縛りつけられた受刑者に対して、執行官は複数名からなる銃殺隊——戦場では、受刑者と同じ隊に属する戦友たちがその役割を担った。

　当時、証拠調べや反対尋問に十分な時間を割いてもらえないままに有罪判決を下され、処刑された兵士は300人以上におよぶ。「武器放棄」「臆病行為」「命令不服従」等の罪状で裁かれたそれら兵士の多くは、今日であれば、ＰＴＳＤ（心的外傷後ストレス障害）という病名で治療の対象となる者たちであったという。

　『兵士ピースフル』は、ベルギーの激戦地跡に建てられた戦争博物館を訪ねた作家が、そのような事例にふれたことをきっかけに誕生した物語である。モーパーゴには、『戦火の馬』（*War Horse*, 1982）をはじめとして、戦争を題材にした作品が多いが、なかでも本作は、「夜明けの射撃」を待つ一兵士の回想というかたちで展開し、ほかに例を見ない斬新な切り口で戦争の非人道性を掘りおこしている。出版の翌年には、刺激的な解釈を盛りこんで舞台化され、ロンドンのウェストエンドにも進出、2012年には映画にもなった（日本未公開）。

＊　＊

　物語の主人公、トモことトーマス・ピースフルは2等兵。第一次世界大戦勃発直後に、年齢をごまかして、3歳ちがいの次兄チャーリーとともに入隊した。冒険を夢見たわけでも、愛国心にかられたわけでもない。健康な若者は祖国と国王に奉仕すべしというコミュニティ内の無言のプレッシャーにはとりあわなかったチャーリーが、入隊しなければ一家全員を地所から追いだすと地主に脅されてやむなく志願を決意したからだ。トモは、大好きな兄と一緒に行こうと考えたにすぎない。2年後に、ただひとり夜明けを待ちながら、18年にも満たない人生をふり返ることになるとは思いもせずに……。

午前6時

不安と悲しみで押しつぶされそうになりながらはじめて学校に向かった日、おんぶして最後の坂道を上りながら励ましてくれた優しい兄。障害者である長兄ジョーを嘲った学校一の乱暴者にとびかかって返り討ちにされた時に、駆けつけて一矢報いてくれた強い兄。トモにとってチャーリーは、いつもそばにいて見守り、いざという時には助けてくれる存在、いちばんの親友であり、父親代わりでもあった。

そんなふたりの関係を変化させたのは、幼なじみのモリーだった。初登校日に靴ひもの結び方を教えてくれた時から、トモが恋い慕ってきた少女は、長じるにつれてチャーリーに心を寄せ、ついには彼の子どもを宿してピースフル家にやってきた。チャーリーが入隊することになった時、幸福なふたりのそばで胸の痛みに耐えて暮らしていたトモが選んだのは、家に残って兄のかわりにモリーのそばにいることではなく、兄とともに戦場へ向かうことだったのである。

銃弾がとびかうなかで鉄条網をかいくぐってドイツ兵と戦い、どぶ川のような塹壕のなかで砲弾の音におびえながらネズミやシラミと戦う日々をともに過ごすなかで、兄弟の絆はますます強くなっていく。だが、その絆こそがふたりに思わぬ悲劇をもたらすことになったのだ。そして、運命の日の午前6時がやってくる。

ピースフル兄弟の物語にこめられているのは、不公正な裁判に対する怒りにとどまらない。家族への愛情といたわりが

第一次世界大戦中に刑死した軍人306名に捧げられた記念像。イギリスのスタッフォードシャーにある国立樹木園に設けられている。
(Photo by Noisette)

否定され、平凡な若者が平凡な生を営むことを許されない、そんな狂気を引きおこす戦争というものの愚かさを、モーパーゴは静かに訴えかけている。

第一次世界大戦中の軍事裁判をめぐっては、長らく批判の目が向けられており、イギリス政府は2006年の軍事法改正時に、第一次世界大戦中に処刑された軍人たち306名の名誉回復をおこなった。ただし、これはあくまでも「恩赦」としての措置であり、条文には、「軍事法廷でくだされた判決の効力にはいかなる影響も与えない」との一文が盛りこまれている。　　　　　　　　　（水）

☞冒険の始まりと終わり（72p）　☞第一次世界大戦（220p）

149

散歩びより　人の手を借りて堂々と生きる

『口で歩く』
丘修三
立花尚之介 絵
小峰書店　2000年

「日」に、「和らぐ」「和む」と書いて「日和」。晴天だったり穏やかだったりして、何かをするのにちょうどいい天候の日のことで、「小春日和」「行楽日和」などの熟語としてもよく耳にする。本書でも、障子に照り返す朝日で目覚めた主人公のタチバナさんは、その障子を開けてさわやかな青空に白い雲がひとつ、ふんわりと浮いているのを見て、「散歩びよりだ……よーし」と思う。

しかし、この最初の場面から、いろいろと気になることも書かれている。タチバナさんは「生まれてこのかた」歩いたことがなく、「二十数年ものあいだ」ずっと寝たきり。つまり、なかなか重い障害をもった青年ということになる。それなのに、そのタチバナさんが、「今日はあったかそう」なので、先輩の「上野さん」のところまで行くというと、お母さんも「いってらっしゃい」「散歩にゃもってこいのひよりだよ」などと気安く同意するものの、一緒に行ってくれる気配はない。寝たきりのタチバナさんが、ひとりで、いったいどうやって散歩をするというのか。この本では、その散歩のしかた自体が、かなりユニークなのである。

玄関の前で、お母さんはまず、ベッドの足に車輪がついた乗りものに、タチバナさんを乗っける。ベッドの下のカーテンのなかには、チリ紙、タオル、コップにスプーン、尿瓶まで、必要なものはそろっている。それに、手のかわりにもなる便利な棒と、手帳と財布をもてば、準備完了。そこで、お母さんはさっさと家にもどってしまうのだが、タチバナさんはあわてない。のんびりと人が通るのを待ち、ちょうどよく現れた人に「すみませーん！」と声をかけ、車を押していってほしいと頼む。そうやって、人に声をかけてはすこしずつ進んでいくというのが、タチバナさん流の散歩なのだ。タイトルのとおり、口をつかって歩いていくのである。

この日も、タチバナさんは、老若男女、いろいろな人に車を押してもらう。しかし、それらの人びとが、ただ親切でいい人ばかりではないから、おもしろい。たとえば、あるおばさんは、「あんたの体を治してくれる神様」を紹介すると怪し

げな勧誘をしてくるし、あるおじいさんは家族に「ボケ老人」と邪険にされている愚痴を一方的にしゃべりまくる。ある男の人は「人の世話になってまで」散歩などするなとののしり、のら犬には車におしっこをかけられる。しかし、タチバナさんは、こうした出会いをとおして、社会の現実や本音にふれ、誰もが多かれ少なかれ苦労をかかえていることをあらためて感じる。受験に悩む学生や、不登校の男の子に心を寄せ、一緒に話していると「とても心が安らぐ」といってもらえれば、素直にうれしくもなる。

さわやかな青空に白い雲。

*　*

作者の丘修三は、長年、養護学校教諭として、実際に障害のある子どもたちと関わり、デビュー作の『ぼくのお姉さん』（1986年）以来、『福の神になった少年』（1997年）や『ぼくのじんせい』（1997年）など、障害をもつ主人公やその周囲の人びとを、リアルに描きだしてきた。本書も、散歩用の特殊なベッドをはじめ、いろいろと工夫された生活ぶりは説得力があるし、きれいごとですまない人びとのことばには、鋭い視点がある。

しかし、それ以上に本書で心に残るのは、つきぬけた明るさだ。タチバナさんには、軽妙なユーモア感覚がある。手のかわりに使う棒を「なまけん棒」と名づけたり、しつこいおばさんに尿瓶でおしっこをとってと頼んだり、にやりと笑いたくなることをいったりする。それになんといっても、「散歩びより」だけあって、「青くすんだ秋の空」「ホッカリあたたかな日ざし」が、随所に心地よい。

20歳を過ぎても、小さな体のタチバナさん。しかし、人の手を借りなければ生きていけないと堂々と認め、人とのつながりに自分を開いていくタチバナさんが、なんだかとっても大きく見えてくるから不思議だ。「ぼくはますます散歩にでかけるぅー。あはははは」と大らかに笑うタチバナさんに、いつか街中で会ってみたい気持ちになる。　　　　（奥）

☞最後（96p）

自分でいられる時間　シロクマみたいに不器用に

『シロクマたちのダンス』
ウルフ・スタルク
菱木晃子 訳
堀川理万子 絵
偕成社　1996年
（Ulf Stark, Låt Isbjörnarna Dansa, 1986）

　ラッセの父さんは肉屋で、白衣を着て仕事をしているようすはまるでシロクマみたいだ。口下手でずんぐりしていて不器用で、そこのところもシロクマみたいだ。でも、ラッセは、ことばを使わなくても父さんと気持ちをつうじあわせることができた。父さんはハーモニカが得意で、エルビス・プレスリーの曲が大好きだ。物語のいたるところにはめこまれた「愛さずにはいられない」「きっといまにも」（歌の邦題はそれぞれ「好きにならずにいられない」「エニィ・デイ・ナウ」）などの曲は、歌詞こそ書かれていないが、知っていれば、それがストーリーに深いふくみをもたせていることがわかる。

　物語はラッセが一人称で語る。いたずらっ子で勉強が苦手の小学生だ。父さんと母さんとアパートに暮らしていて、なんのへんてつもない生活をおくっていたはずだったのに。

　クリスマス・イブの夜、親戚が集まったそのお祝いの席で、こともあろうに一家の目の前で、母さんが恋人をもっていて、しかもその男の子どもを身ごもっていることまでがばれてしまったのだ。

　大混乱のうちに、母さんは有無をいわさずラッセを連れて、歯医者の彼氏、トシュテンソンの家に引っ越ししてしまう。トシュテンソンには、ラッセよりすこし年上のロロという娘もいた。

　トシュテンソンは、ラッセをなんとか自分好みの少年にしようと、服を買ってくれ、メガネをつくってくれ、髪形を整えてくれる。勉強が超苦手なラッセに、毎晩算数を教えてくれる。

　トシュテンソンと父さんは正反対の存在である。なんでもことばで表現するのが正しいと思っているトシュテンソン、ことばより先に行動が出てしまう父さん。たしかにトシュテンソンのほうがかっこよく、世間的に成功しているといえるだろう。彼は人生を競争と見なし、人を蹴落として生きていくタイプだ。だが父さんはちがう。のそのそと不器用に、しかし自分に忠実に生きていくのが父さんだ。

　しばらくトシュテンソンの家で暮らした後、ひさしぶりに父さんとドライブに出かけたラッセは、沈黙のなかで心を理解しあえるのがとても心地いいと感じる。

自分でいられる時間

ドライブの最後にふたりが訪れたのは動物園。最後に楽しみにとっておいたのはシロクマのおりだった。小さいころから、ラッセはシロクマをやたらと見にいきたがったが、それはラッセがシロクマをかわいそうに思っていたからなのだ。自分でいられる時間から引き離されて、しょぼくれて、怒りと悲しみで病気になったようにうろうろと岩の上を行ったり来たりしているうす汚れたシロクマたちの、ことばにならないそぶり。

しかし、今日、シロクマたちはいなかった。父さんは残念がったが、なぜかラッセはほっとした。北極の空の下で、シロクマたちは、むかし父さんと母さんがそうだったように、ことばのいらない世界で楽しくダンスしているんだ、と信じたかったからだ。

アパートに帰ると、ラッセと父さんは暗くなるまで、唇が痛くなるまで一緒にハーモニカを吹きつづけた。父さんとラッセのことばにしない気持ちが、空気にはたっぷりふくまれていた。

トシュテンソンの特訓のおかげでめきめき学力をあげたラッセだった。しかし彼は、突然気がつく。「ぼくはぼく以外のだれにもなれない」「自分がだれなの

POLAR BEAR.
From a Photograph by H. Dixon.

とらわれのシロクマは、自分の故郷とはまったくちがう、氷もなく気温も高い世界で迷子になったように、遠い氷の世界に想いをはせているようだ。(The Girl's Own Paper 挿絵より)

かは、自分で見つけなければいけない」のだと。

ラッセは、父さんとドライブしたおかげで、つくづくと思い知ったのだ。トシュテンソンのもとでは、自分が「トシュテンソンの義理の息子」以外の何者にもなれず、自分が自分であることを見つける隙すらあたえられないことと、それがまことに不本意であること。そして、見かけはあんまりさえないけれど、父さんとのろのろ過ごす時間こそ、自分を自分として許容し、ゆっくりと認められる時間であることに。

ラッセと父さんは、シロクマの親子のようだ。不器用で無口で、しかしふたりは理解しあっていて、お互いに、型にはめあうことのない、ゆるい時間を共有できる仲なのだ。そしてそれこそが、ラッセにとって自分が自分でいられる平和な時なのだ。　　　　　　　　　　(川)

11月　もう一度、前向きになれるひと月

『十一月の扉』
高楼方子
リブリオ出版　1999年

　作品の舞台になっている「十一月荘」という下宿屋の、そのちょっと変わった名前の由来は2つある。この下宿屋の主である閑さんは、独身でずっと高校の英語の教師をし、両親を亡くしてから、思いきって大きな家を建てた。学生時代からの友人と自分たちの老人ホームをつくりたいという夢があったからだ。その時、「人生の黄昏に入った人たちが暮らす」という意味をこめて「十一月荘」とつけた。やがて、そこに馥子さんが赤ちゃんのるみちゃんを抱いて住みはじめ、次に馥子さんの友人で建築家の苑子さんが加わり、当初の予定とはだいぶちがう下宿屋になったという。しかし、こうした流動的な人生のあり方も、真夏でも真冬でもなく、秋から冬へと移ろいゆく11月という季節とどこか似つかわしい。

　もうひとつの由来は、閑さんが多感だった子どものころ、黒いマントを着た外国人の不思議な男の人からもらった、ひとつのガラス玉にある。そのガラス玉は光にかざすと精巧な「一枚のドア」の絵が現れる。そして、そのドアには「ナヤーブリ」、ロシア語で11月という意味の文字が書かれていた。謎に満ちたその記憶とガラス玉を、閑さんはずっと宝物のように大切にし、「十一月には扉を開け」という意味と受け止め、信じてきたという。「十一月荘」には、そうした未来に思いをはせる意味もこめられていたのである。新年や新学期に決意を新たにしたものの、日常に追われすこしずつ新鮮な気持ちを失っていく時期に、もう一度、前向きになれるひと月をもっていることは、悪くない。

　もちろん、主人公の爽子が双眼鏡をのぞいて「赤茶色の屋根の白い家」の十一月荘を見つけた時には、その名前の由来など知るよしもない。しかし、爽子が、ひと目でその家のたたずまいに魅かれ、父の転勤による転校を学期末まで伸ばすために、ひとり残って下宿したいと思いたったのは、ちょうど11月。中学2年生が家族と離れて下宿するという稀有な申し入れを閑さんがすんなり受け止めてくれたのも、「十一月に起こることは、とにかく前向きに受け入れよう」というポリシーを彼女が大切にしていたからでもある。両親も、2か月だけという

期限つきで、爽子の下宿暮らしを許してくれる。かくして、突然の転校話など偶然に彩られて実現したかに見える爽子の十一月荘の暮らしは、同時に深い必然をもって始まっていたことが、だんだんとわかってくるのである。

十一月荘での生活は、爽子の期待どおり、心地よくスタートする。天井まで届く本棚にライムポトスの鉢がおかれた居間、机とベッドと小さな箪笥が収まる出窓のすてきな自分の部屋。それぞれに個性的な女性が集まり、よく食べ、よく話す夕食。ときどき訪れるにぎやかな隣人。閑さに英語を習いにくる中学3年生の少年耿介(こうすけ)への淡い恋……。

やがて爽子は、この貴重な時間をつかって、十一月荘を見つけた日に買った「ドードーの細密画」が描かれた美しいノートに、一編の物語を書いてみようと決意する。そして、るみちゃんの大切にしているネズミのぬいぐるみロビンソンを主人公に「ドードー森の物語」を1話ずつ書いていく。その物語には、ドードー鳥のノドドーカばあさま、小間使いのルミー、コダヌキのプクリコに野ウサギのソーラ、ライオンのライスケと、十一月荘で爽子が出会った人びとを思わせるような登場人物たちが活躍する。1話、また1話と物語を紡いでいくうちに、「ドードー森の物語」に書かれたようなことが、現実にも起こりはじめる。日常と物語の不思議なシンクロのなかで、爽

18世紀には絶滅したというドードー鳥。

子は誰もが表面には見えない何かをかかえ、それでも他者を気遣いながら快適に生きていること、そうした重層的な「自由」の感覚を味わっていくのである。

大切な物語のノートを失くしたり、厭世家だった母との関係が変わりはじめたりと、爽子の心を波立たせる出来事ももちろん起こる。しかし、11月の自由な時間は、それらもやわらかく包みこんで、前向きな時間に変えていく。転校した先のことを考えまいとしていた爽子も、「わくわくするような楽しいことは、この先にも、必ず、たくさんたくさんあるのだ」と信じられるようになっていく。11月に爽子が開いた扉は、十一月荘の名前の由来が示していたとおり、きっちりと未来へとつながっていくのである。こんなふうに作品のすみずみまで幸福感が行きわたっているということ、これもまた稀有なことではないだろうか。

現在は、講談社 青い鳥文庫版、また福音館書店版などが出ている。　　(奥)

10年ごし　非日常の優しい時間

『**10年まえのゆきだるま**』くもんの幼年童話シリーズ3
立原えりか
阿部肇 絵
くもん出版　1986年

　小学2年生のるなは、お父さん、お母さんが結婚記念日に10年ぶりにパーティに出かけてしまい、寂しさと、自らもパーティに行きたかったという残念な気持ちでいっぱいである。そんなるなの日常に起こったふとした非日常を描いた作品である。

　立原えりかの作品は、非日常の世界を描くものが多い。ただその世界は日常がまずあり、そのうえに非日常の世界が出現し、現実から飛躍するものが大多数である。この作品も、そんな日常にふと入りこんだ非日常を描く。

　るながパーティに思いをはせながら、ひとりで自宅の鏡の前でパーティのダンスの練習をしていると、突然、飼い猫のスピンが声を出してしゃべりはじめる。最初はおどろくるなだが、スピンの話の内容は、るなの着ているパジャマはダンスには向かないこと、ダンスには音楽が必要であるということだった。

　スピンのアドバイスに納得したるなは、スピンとともにパーティの準備をする。準備を整えたふたりはパーティの気分で踊りだす。そのあと、ねずみも加わり、パーティには食べものが必要だということになり、今度はパーティのごちそうを準備することとなる。

　ごちそうを並べていくなかで、冷凍庫からアイスクリームを出そうとすると、そこから小さなゆきだるまがとびだしてくる。そして、そのゆきだるまが話しだす。

　ゆきだるまの話を聞くと、ゆきだるまはパーティについてとても詳しいことがわかる。なぜ、ゆきだるまがパーティに詳しいのかというと、ゆきだるまは、10年まえにパーティに行ったことがあり、そこで若い男の人によって作られていたからであった。

　誰がゆきだるまを作ったかは明言されないものの、お父さんとお母さんが、出会い、そのパーティの際にゆきだるまが作られたと考えられる。

　そして10年間るなの家の冷凍庫の中にいたゆきだるまは、パーティにあこがれながら、いつか好きな女の子と踊ってみたいという願いをあたためていたのであった。パーティの準備が整い、ゆきだるまは、るなと踊ることで、好きな女の

うれしそうな雪だるま。

子と踊ってみたいという夢を叶えることができ、とても満たされる。

ゆきだるまの話を聞いたるなやスピンやねずみは、ゆきだるまの満たされた気持ちが伝わり、優しい気持ちになる。

4月の花の匂いのなかで、ゆきだるまはしだいに解けていく。ゆきだるまは解けてしまうわけだが、幸せな「あい」の気持ちがあるということが強調される。人を好きになること、「あい」を得ることのできた幸福を感じて、ゆきだるまは解けていくのであった。

　　　　　　＊　＊

非日常の世界が描かれるものの、それは過剰な飛躍の世界ではなく、むしろその逆の世界観である。ゆきだるまが10年ごしの想いを叶えたことの幸福、満ち足りた心情と、それを思いやるるなたちの優しさがわかりやすいことばで描かれた作品である。

お父さんとお母さんのすてきなパーティのようす、そしてゆきだるまの夢を叶えるようすなど、「あい」のある世界が日常の世界、そして非日常の世界に存在しており、それが10年ごしのゆきだるまの願いという描かれ方によってより強調されていることがわかる。

10年間、想いもとめたゆきだるまに仮託して語る非日常の世界の意外性、そして「あい」という感情であるが、10年ごしの想いというとても情念の強い感情も、立原のこの作品では小学2年生、8歳から9歳くらいの少女を主人公にすることで、「あい」を肩肘を張らずに表現しえている。この点がこの作品の特徴だといえよう。　　　　　　　　（大）

18年　鳥獣を友として暮らした日々

『青いイルカの島』
スコット・オデル
藤原英司 訳
小泉澄夫 絵
理論社　2004年
(Scott O'Dell, *Island of the Blue Dolphins*, 1960)

　ロビンソン・クルーソーがオリノコ川河口の無人島で暮らした28年にはおよばないものの、18年といえば、孤島でただひとり生きるには気が遠くなるような歳月だ。しかも、ロビンソンのモデルとなった船乗りアレクサンダー・セルカークの孤島暮らしが、じつは4年あまりにすぎなかったのに対して、『青いイルカの島』の主人公のモデルは、実際に18年間にわたって孤独な時を過ごしたというからおどろきだ。

　その人物とは、「サンニコラス島にとりのこされた女」と呼ばれる先住民女性である。ロサンゼルス南西沖に位置する孤島に、1835年から1853年までひとりきりで暮らしていたとされる。しかし、本名は明らかではなく、島での生活についても記録は残っていない。スペイン人宣教師のもとへ連れてこられた際に、彼女のことばを理解できる者が誰もいなかったためである。

　物語の主人公には、カラーナという名前があたえられている。彼女の幸せな暮らしが一変したのは、12歳の春に起きた惨劇がきっかけだった。ラッコをもとめて南下してきた異民族の狩人と島民のあいだに諍いが起き、部族長である父をふくめて男たちの大半が命を落としたのだ。残された人びとは、やがて、生活を再建するために新天地への移住を決意し、白人がよこした迎えの船に乗りこむ。だが、嵐がせまる大混乱のなかで、幼い弟が乗船しそこなったことに気づいたカラーナは、荒れる海に身をおどらせて島にもどったのである。しかし、皮肉なことに、その弟がほどなく野犬に殺されてしまったために、彼女はひとりきりで生きていく羽目になる。部族を襲った惨劇から2年後のことであった。

　悲しみから立ちなおった彼女が最初にしたことは、人びとの思い出がしみついた小屋を燃やして部落を去り、武器を用意することだった。女は武器作りに関わってはならないとする部族の掟を破って槍と弓矢を手にしたことで、カラーナは、野犬の群れから身を守ることも、狩りで食料を得ることも、そして弟のかたきを討つことも可能になったのである。しかし、実際に野犬退治にとりかかった時、

もっとも憎い群れのかしらに重傷を負わせるものの、とどめを刺すことができない。それどころか、住まいに連れかえって介抱してやるのである。

やがて、回復した野犬にロンツーと名づけて友にしたのち、小鳥を育て、傷ついたラッコやカモメの世話をするうちに、カラーナの心には大きな変化が起きる。生き物の命を奪うことをいっさいやめようと決意したのである。きれいな羽、あたたかい毛皮、強い筋など、生活に役立つものをあきらめても、鵜やラッコやアザラシと友だちになって生きていく――孤島生活のなかで彼女がたどりついたのは、ひたすら豊かさをもとめて自然の征服をめざしたロビンソン・クルーソーやその後継者たちとは大きく異なる道だった。

この一点で、カラーナの物語は、長らく白人男性の視点で描かれてきたロビンソン変形譚の歴史に、まったく新たな一頁を刻んだといえる。その反面、本作によって権威ある児童文学賞を受賞し、それをきっかけに、アメリカ児童文学界を代表する歴史小説作家となったスコット・オデルが、真の意味で、自らの声と名前をもたない女性の代弁者となりえているのかどうかは、慎重に判断する必要があるだろう。

「ファナ・マリア」が眠るサンタ・バーバラ伝道所。(*The Spanish Missions of California, 2002* より)

史実に話をもどせば、18年ぶりに「救出」された女性は、本土ではわずか7週間しか生き延びることができなかった。死因は明らかではないものの、急激な食生活の変化によるとの説もある。彼女が連れてこられたのは、現在のカリフォルニア州にあたる地域に、18世紀末からスペインが次々と建設した21の伝道所のひとつ。それは、ロシアやイギリスとの勢力争いのなかで、キリスト教をつうじて先住民の恭順をうながし同地域での覇権を確立しようとねらった国策の産物であった。だが、白人がもちこんだ伝染病は多くの先住民の命を奪い、部族の消滅を招いた。スペイン人宣教師からファナ・マリア（Juana Maria）という洗礼名をあたえられて埋葬された女性の部族も、そのひとつだったと考えられている。

（水）

出産予定日と命日と　期待と不安の半年間

『満月のさじかげん』
樫崎茜
講談社　2010年

担任の古瀬先生が5年2組の生徒たちに妊娠していることを告げたのは、9月に入ったころ。出産予定は3月。先生が無事に赤ちゃんを産むまでの半年あまりの日々が、クラスの一員である「わたし」＝篠山鳴の視点で語られていく。

古瀬先生のお腹に赤ちゃんがいると聞いて、生徒たちの反応はさまざまだ。赤ちゃんがどうやってできるかをニタニタいいあいながらも、先生の前では力になろうとする男子たち。一方、二次性徴にさしかかってとまどう友だちの実咲は「いやだよ。はずかしいし、気持ちわるいし、とにかく、いや」と先生から離れがちになる。鈴名ちゃんは、誕生の不思議に興味をもち、そうしたクラスメートたちの反応を眺めながら、鳴もお腹の中で刻々と赤ちゃんが成長していることに「わくわくするような、しんとするような、ふしぎな心持ち」になる。無事に赤ちゃんが生まれてくるまでの日々、クラスのみんなは、期待と不安の入り交じった揺れる半年を過ごすのだ。

とはいえ、先生の妊娠が、この作品において何か大きな事件をまきおこすわけではない。出産予定日に向かう時間は、ゆったりと流れてはいるものの、そもそも鳴は、ほかにもさまざまな出来事に、日々心を揺らしている。

たとえば鳴は、前から3番めの右下の歯が、乳歯が抜けたままなかなか生えてこないことをずっと気にしている。自分は何か遅れているのか、このまま生えなかったらどうしよう……。そんな心配とはうらはらに、上あごの前歯のうしろからは、「過剰歯」がぷつんと顔を出す。ときおり、耳の奥で「ぽぉん　ぽぉん」と原因不明の音がするのも気になる。また、水泳大会のリレーの選手になってしまったことから逃げだしたくなったり、登校班が一緒のひとみちゃんがいじめられているのに心を痛めたり……。そうした心身のさまざまな過不足が、鳴を不安にさせる。

母を亡くし、医師をしている父とふたり暮らしの鳴は、父の病院で過ごすことも多いが、病院にもまた、心身のアンバランスをかかえた人びとがつどう。職場の事故で右腕を亡くしたおじさんは、ないはずの腕の痛みに苦しみ、担当医の娘

出産予定日と命日と

である鳴にも悪態をつく。鳴のこうしたとまどいや不安は、仲良しの鈴名ちゃんや実咲、元気で正義感の強い祭や、思慮深い文佳くん、看護師の森田さんなど、いろいろな人と語りあうことで、励まされ、元気づけられもするが、何もかもがすっきり片づくことはない。「はぁ」「ぐぎぎぎ、ぐぎ」「ふつふつ ふつふつ」「ずきん、ずっきん」といった鳴の心を象徴するさまざまなオノマトペは、最初から最後まで、作品のあちこちに散りばめられ、読む者の心をも揺らしつづける。

心身のアンバランスをかかえた人びとのつどう病院。

ところで、本書には、「出産予定日」という出会いに向かう時間の流れとともに、もうひとつ、「命日」から続く時間が流れているのを感じる。「命日」とはいうまでもなく、故人を失った日。月ごとの忌日であるとともに、年に一度めぐってくる正忌日を、祥月命日ともいい、大切に過ごす習慣は、日本のみならず、世界各地に古くからある。鳴にとって、その「大切な人がさよならしてしまった日」は、いうまでもなく、お母さんの命日であるが、ほかにも、なかなか生えてこない歯が抜けた日や、病院で会うおじさんが事故で右腕を失った日、ひとみちゃんが話さなくなった日や、ひとみちゃんがいつも見つめている剥製の鹿が死んでしまった日など、作品にはさまざまな別れや喪失が挟みこまれている。そうした「命日」から続く「何年たっても、ずっと心はさみしいまま」の時間もまた、鳴や子どもたちの日常を流れているのだ。

けれど、その「命日」から続く時間も、けっして空虚ではない。誰もがかかえるさまざまな過不足に対して、鳴は思う。満月からすこし欠けた月であっても、「欠けている部分だって、ちゃんとあるんだよね」と。満月だけでなく、その月が欠けたり満ちたりすることに、心を揺らすように、さよならした人、失ったものを悼むことと、新しい出会いに胸をふくらませることは、きっと矛盾することではないのだ。

奇しくも３月には、５年２組の生徒たちが心揺らして待つ古瀬先生の出産予定日があると同時に、鳴のお母さんの祥月命日もある。その３月へと流れる半年間には、期待と不安、寂しさと優しさが、溶けあっている。

(奥)

世界が変わる時　同じものを愛する人と出会うことの幸福

『クレージー・バニラ』
バーバラ・ワースバ
斉藤健一 訳
徳間書店　1994年
（Barbara Wersba, *Crazy Vanilla*, 1986）

　その人とめぐりあったことによって、世界が変わってしまったように思える……そんな出会いを、人は、一生のなかでどれだけ経験できるだろうか。

　野鳥の写真を撮ることだけに生きがいを感じていた内向的な少年タイラー・ウッドラフにそんな時が訪れたのは14歳の夏のことだった。ウォール街のディーラーとして成功している父親と、南部名家出身の母親のあいだに生まれ、経済的には何不自由なく育ってきたタイラーだが、その生活はけっして幸福ではなかった。保守的で完璧主義者の父親は、家族に対して自分の期待を押しつけるばかりだし、口うるさい夫に何もいうことができない気弱な母親は、息子に向きあう余裕もなくお酒に依存する毎日だ。だから、唯一の理解者だった7歳ちがいのキャメロン兄さんが出ていってしまってからというもの、家庭でのタイラーはずっと孤独だったのだ。

　ウッドラフ家は、2年まえからニューヨークの東に位置するロングアイランド島の最高級住宅地ハンプトンズで暮らしている。父親は週末に帰ってくるだけで、母親はもてあました時間を酒に費やし、タイラーは転校先の名門私立校になじめず、仲間外れにされていた。そのうえ、この春、大好きなキャメロン兄さんとの関係にも大きな変化が起きていた。父親から出入りを差し止められているため、兄さんがハンプトンズを訪ねてくることはなかったものの、タイラーは連絡をとりあっていたし、ニューヨークに出ていけば必ず会って、話を聞いてもらっていた。だが、その兄さんから、恋人ができたと打ち明けられ、なんだか完全に見捨てられたような気分になってしまったのだ。

　タイラーは、寂しさをまぎらわせるため、野鳥観察と写真撮影にますます没頭する。幸いなことに、ハンプトンズは、ニューヨークセレブ御用達の避暑地として名高いばかりでなく、渡り鳥の大西洋飛行経路に位置する「野鳥の宝庫」でもあった。池の中洲に営巣した白鳥の姿をとらえるための高性能ズームレンズを買いたくて、賞金目当てに地元のアイスクリーム店主催の新製品名コンクールに応

世界が変わる時

募したタイラー。それが運命の出会いをもたらすことになる。

渾身の自信作で応募したにもかかわらず落選し、結果を告げられて激昂する彼に、毅然と対応したアイスクリーム店の店員、それがミッツィ・ジェラードだった。12歳くらいにしか見えないほど小柄で、赤毛を短く刈りこんでクルーカットにしている以外は、目立つところのない、さえない容貌の女の子だ。その数日後、タイラーは、自分だけが知っていると思っていた白鳥の営巣地で彼女に再会する。ミッツィは、おんぼろの旧式カメラを手に、臆することなく湖に入り、狂暴な白鳥にわずか数十センチの距離まで近づいて、写真を撮っていた。野生生物を撮影するのに高額なズームレンズなど不要だと、いいきるひとつ年上の彼女に、タイラーはいらだちながらも惹かれていく。

ミッツィは、仕事と恋人と住むところを次々と変えるヒッピー崩れの母親にふりまわされながらも、動物写真家をめざして懸命に生きていた。獣や鳥の美しい姿ばかりを追ってきたタイラーは、生き物の恐ろしくて、狂暴で、残酷な本質を克明にとらえた彼女の写真に目を開かされる。激しい生存競争のなかでほとばしる生命の強さと輝きを、彼女の写真から、

姿は優雅でも白鳥は縄張り意識が強い。とりわけ子育て時期には攻撃的になるので要注意。

そして彼女自身から感じとった時、タイラーの目に映る世界は、それまでとはまったくちがったものになる──「ありとあらゆるものが目に見えない美しい絵筆で美しい色にぬりかえられたみたい」に。

ミッツィとの関わりはたったの4か月。夏から秋へと季節が移るあいだに、タイラーは、恋する兄を色眼鏡で見ることをやめ、高圧的な父親に堂々と自己主張し、母親のかかえる問題からも目をそらすことなく救いの手を差し伸べるまでになっていた。

同じものを愛し、同じ未来をめざす同志に出会った時、その人をとりまく世界は数倍豊かなものになる。タイラーが経験した出会いは、「初恋」という甘美な名前で呼ばれることもあるだろう。思春期特有の、純粋で美しい心の飛翔──それを追体験できる貴重な物語である。

（水）

☞ 夏の終わり（62p）

1910年8月の2週間　田舎の農場で過ごした忘れがたい夏休み

『ジェリコの夏』
ジョハナ・ハーウィッツ
メアリー・アゼアリアン 絵
千葉茂樹 訳
ＢＬ出版　2001年
（Johanna Hurwitz, *Faraway Summer*, 1998）

　12歳のドーシはニューヨークの陽もささないアパートの一室で、6つ年上のルーシ姉さんとふたりで暮らしている。ドーシの家族はもとはロシアにいた。その時写した写真には、両親と赤ちゃんのベルベル、そしてドーシとルーシの姉妹が写っているのだが、その写真を撮った直後、ひとりアメリカに渡った元学者の父は家族を呼びよせるために長時間働き、それがたたったのだろう、肺結核に冒され亡くなってしまった。赤ちゃんのベルベルもアメリカに渡るまえに亡くなった。そして、母親も去年死んでしまった。ルーシ姉さんはシャツ工場で針子として働き、まさに親代わりとしてたったひとりの家族となった妹ドーシを育てている。

　ドーシの健康を心配しているルーシ姉さんは、ドーシに相談もなく「フレッシュ・エア寄金」に申しこみ、ドーシはバーモント州北部のジェリコという町の農家で2週間を過ごすことになった。著者あとがきによると、都会の貧困層の子どもに空気のいい田舎での生活を体験させようというこの慈善事業は実在のプログラムだということだ。

　さて、ドーシがはじめて体験したのはニューヨークとまったくちがう自然環境、農場の生活ということはもちろんだが、彼女がおどろくひとつひとつによって、ニューヨークの貧しい姉妹の暮らしがいかに劣悪だったかが明らかになる。ドーシは世話になるミード家に着いて、やわらかく花の匂いがするベッドにおどろき、窓からさす日の光におどろき、やわらかいパン、バター、ジャム、チーズなどなどおいしいものがたっぷりと用意される食卓におどろく。それらを、日記に書き綴り、ときおり、ルーシ姉さんや親友あてに絵はがきを書く。この作品は、1か所だけルーシ姉さんが結婚を決めたという長い手紙を挟んでいるが、あとは年月日が記載されたドーシの日記とはがきで構成されている。

　あたたかく迎えてくれたミード家に溶けこんでいくドーシだったが、8歳のネルとちがい、14歳のエマはなかなか打ち解けてくれない。エマは、ドーシがユダヤ人だと知った時からとまどいで距離をつくってしまっていたのだった。そう、ドーシはユダヤ人なのだ。そのことが読

1910年8月の2週間

み手にもわかるのは、ミード家での最初の食事の席の場面だ。皿の上にどっかりとのっているのは、自家製の自慢のハムだった。最初はお腹がすいていないと偽ってハムに手をつけなかったドーシだったが、きちんと説明する義務があると考え直し、自分はユダヤ教徒で、豚肉は食べられないということを伝える。ネルが無邪気な好奇心でいろいろ聞いてくるおかげで、ドーシは自然と会話に加わっていく。読んでいて、「ユダヤ人」ということに過剰な意味を負わせていた自分の感覚に気づかされた。ミード家の人たちは、ユダヤ教徒の知り合いがほとんどいなかった。ただそれだけという反応なのだ。

ただ、ドーシがいちばん親しくなりたいと思っている年のちかいエマが打ち解けるのには、すこし時間がかかった。「わたし、あなたがキリスト教徒じゃないっていうことに、ようやく慣れてきた」と率直に口をきくようになったのは出会ってから4日めの事だ。ふたりは、本好きだということがわかって一気に親しくなる。ドーシが、図書館から借りて持ってきていた『赤毛のアン』は大事件の種にもなるが、ふたりをしっかり結びつけるきっかけとなる。ドーシのよせ書き帳に、エマは「あなたのこと、そして1910年の夏のことを、わたしはけっし

いよいよ明日ジェリコを去るという日、たくさんの〝はじめて〟の総仕上げのように、ドーシはとうとう牛の乳しぼりを体験した。

て忘れません」と書きおこしたメッセージの最後に「あなたの腹心の友　エマ・ミード」と記した。「腹心の友」を得て、ドーシにも、ジェリコの夏は忘れがたい特別の夏になったのだった。

＊　＊

著者あとがきによると、この物語は1910年でなくてはならなかったのだという。ルーシが働いていた実際に存在したシャツ工場が、1911年の3月に大火事に見舞われているので、そのまえに、結婚して工場を離れてほしかったのだと。架空の人物を実際の惨事の犠牲になった146人の女性工員のなかから救いたかったと書く作者は、この時代の劣悪な労働環境におかれた女性労働者たちへの深い思いでこの物語を綴ったのかもしれない。また、『若草物語』はもう何度も読んでいるドーシとエマがはじめて読んで心を奪われる Anne of Green Gables（『赤毛のアン』）は実際1908年に出版されている。これは、徹底して1910年の少女に寄り添う物語らしい。　　　（西）

1000年　王さまの黄金と麦畑の麦の寿命

「ムギと王さま」（『ムギと王さま　本の小べや1』所収）
ファージョン
石井桃子 訳
岩波少年文庫　2001年
（Eleanor Farjeon, *The Little Bookroom*, 1955）

　この作品集は、イギリスのアンデルセンと呼ばれた著者の自選短編集であり、そのなかには、さまざまなスタイルの短編が収録されている。妖精の出てくるファンタジーもあれば、子どもたちの日常を切りとったスケッチ風のリアルな物語もあり、またはお姫さまや王子さまが主人公である昔話風の創作もある。

　著者自身が語っているように、学校教育を受けずに、ただ「本の小べや」にこもって、古今東西の詩や散文を読みふけって育ったファージョンの、創作の原点にある物語がつまっている。

　　　　　　　　＊　　＊

　そのなかでも、「ムギと王さま」という話は風変わりである。聞き手の「わたし」が、村の少年ウィリーから、この物語を聞くという形式をとっているのだが、ウィリーの話はほらなのか、本気なのか、判別がつきがたい。

　なにしろ、ウィリーはもともとはとてつもない天才児だったのに、10歳になった時、突然口をきかなくなり、ただ畑に座ってニカニカ笑っているだけの、「お人よし」になってしまったという少年なのだ。しかし、彼は、何かのきっかけがあると、とめどもなく話を語りはじめる。

　ウィリーがエジプト王と麦の黄金について語りはじめたきっかけは、語り手の「わたし」が時計の鎖につけていたカブトムシ石（スカラベ）に気がついて、それに手を触れた時だった。

　スカラベと呼ばれる、石に彫ったカブトムシのお守りは、古代エジプトで尊重された再生と豊穣のしるしである。スカラベは、ウィリーに古代エジプトの信仰を思いださせ、それはまた、「去年」発掘されたというエジプト王の、崩れ果てた黄金の宝のことへの連想を引きおこしたのであろう。

　しかしウィリーはその1000年まえのエジプトに、なんと自分を「ぼく」として登場させて、物語るのである。

　ラー王は立派な衣装、王冠、宝石、金や銀の食器、真珠のふち飾りの紫の幕などに囲まれて暮らし、金のマントを誇らしげに着て、エジプト一の金持ちだと自負していた。

1000年

これは「ぼく」がまだ小さくて、エジプトにいたころの話。たまさか「ぼく」の父さんの麦畑を通りかかったラー王は、「ぼく」に腹を立てて、麦畑に火を放ち、父さんの麦をすべて焼き払ってしまう。父さんの麦畑がエジプト一の黄金で、父

イギリスの小麦は夏に収穫される。収穫まえの畑は黄金の海のようである。（*The Girl's Own Paper* 挿絵より）

さんはエジプト一の金持ちだといったからだ。

次の年、ラー王が亡くなって埋葬される時、「ぼく」はこっそりとっておいた麦の穂を王の副葬品にまぎれこませる。

そして「去年」発掘されたラー王の墓からは、おびただしい埋葬品が発見される。古代エジプト人は来世を信じており、生まれ変わった時のために、故人の使った道具や衣装はすべて、一緒に葬る習わしだったからだ。宝石や立派な衣装、あらゆる種類の黄金の道具。そしてそこからは、かつて「ぼく」がこっそりとしのばせた麦の穂も一緒に出てきたのだった。麦の穂は、発掘にたずさわったイギリス人の手で、イギリスにもたらされ、「ぼく」は手のひらにくっついたひと粒の種を畑にまいたので、古代の麦は再び見事な黄金の穂を実らせた。これとは対照的に、ラー王の黄金の宝物はすべて、発掘され、日の光を浴びるともろもろと崩れさり、失われてしまったにもかかわらず。

「わたし」がその話に耳をかたむけたのは、8月のある日、麦刈りが4分の3ほどすすんだ麦畑のかたわらにいた時だった。

毎年毎年、同じ黄金の輝きをもって豊かに実る麦は、ある意味、1000年以上の命をその中に内在させているともいえる。いくら栄華を誇ったエジプト王の埋蔵品であろうとも、再生をくり返す生きた植物の命に比べれば、日の光を浴びると崩れてしまう黄金の宝物などはかないものである。

語り手の「お人よしのウィリー」も、聞き手の「わたし」も、そして、不思議なこの短編を読む読者も、エジプトの王さまの黄金と、麦の黄金と、どちらがより金色で、どちらがより長命であるか、おのずから悟り、本当に美しいものはなんなのか、1000年もの時に耐えるものなのか、を感じとることとなる。　　（川）

☞古代エジプト（21Cp）

7歳の誕生日に　自分を受け止める4週間の旅

『火のくつと風のサンダル』
ウルズラ＝ウェルフェル
関楠生 訳
童話館出版　1997年
(Ursula Wölfel, *Feuerschuh und Windsandale*, 1961)

　主人公の靴屋の男の子チムは、もうすぐ7歳。学校へ通いはじめて、ほかの子とのちがいが気になりはじめる年ごろだ。なにしろ、チムは「組じゅうで一ばんのでぶ」で、「学校じゅうで一ばんのちび」。ほかの子どもたちに「ちんころ」とか「でぶ」と呼ばれるたびに、チムは怒り、また悲しくなる。靴の修繕をしている働き者のお父さんも、いつも笑ったり歌ったりしている優しいお母さんも、「世界じゅうで、おまえが一ばん好き」といってくれるが、みんなに笑われているチムは、「ほかの男の子になりたい」とさえいいだす。

　そんなチムの7歳の誕生日に、両親は、とびきりすてきなプレゼントをくれる。夏休みになったら、新しい靴を履き、新しいリュックサックを背負って、お父さんと、「広い世界へでかけることにしよう」というのだ。靴直しをして、泊めてもらったりお金をもらったりしながら、あちこちを渡り歩く「ほんものの旅がらす」。4週間は帰らないつもりで、父と子は旅に出る。

　出発にあたり、ふたりは新しい名前も決める。チムは「火のくつ」、お父さんは「風のサンダル」。勇ましく、軽やかに、出発したふたりは、町を離れ、自然がいっぱいの田舎町を進んでいく。チムにとっては、見たこともない山や川、動物や植物。旅はおどろきの連続だ。ときには、牛に引きずられたり、小川に落ちたり、森のなかで迷ったりと、心細くなることもある。

　そんな時、チムを勇気づけてくれるのは、おもしろい物語が得意なお父さんの「お話」だ。普段の生活においても、何かというと「むかしむかし……」と語りだし、日常のなかに別の時空をつくりだすお父さんの「お話」は、旅がらすの日々においても、現実を別の角度から見つめるのに、貴重な力を発揮する。たとえば、迷った森のなかで暗闇を恐れるチムに、お父さんがしてくれる「おくびょうな小ウサギ」の話。星の輝きに危機をのりこえた小ウサギの姿に勇気づけられて、チムも夜空の星の美しさに気づいたりするのだ。

　もちろん、旅先でもチムは「でぶ」と笑われたり、ホームシックにかかったり、

ドイツの森をさまようことも……。

貧乏暮らしに不満をいだいたりもする。しかし、どんな時も元気に働くお父さんの生活力と、機知にとんだ「お話」、そして遠くから父と子の旅を見守っているお母さんの愛情を受け止めながら、チムはしだいに自分らしさを認め、いまあるつつましい生活に満ち足りていく。旅がらすの4週間は、まさに、チムが7歳の自分を受け止めていく旅にもなるのである。

それにしても、この作品の大人たちの子どもに対する絶対的な愛情は、チムならずとも胸をうたれるものがある。作者ウェルフェルには、ほかに『灰色の畑と緑の畑』(1974年)のように、ドイツはもちろん、南米やアフリカなど世界各地の貧困や戦争、差別やいじめといった厳しい現実を描いた短編集もある。そのなかには、貧しい地域と豊かな地域、白人と黒人といった対立のなかで、差別的価値観を子どもの前であからさまにする大人、独裁政治や移民政策のなかでお互いに不信感を募らせる大人、アルコール依存症で子どもを放置する大人など、子どもたちにとっては好ましくない大人たちがたくさん登場する。チムもやがては、そうした現実に直面するであろうことを、おそらく作者は自覚していたにちがいない。

そう思うと、4週間の旅に、作者が盛りこんだあらゆることが、より大きな意味をもって輝いてくる。おどろきに満ちた自然、機知にとんだ物語、大人たちの愛情、そして自分を受け入れること……。やがて出会う厳しい現実に、勇ましく軽やかに向きあっていくためにも、7歳の誕生日までに子どもたちに必要なものが、父と子の旅がらすにはしっかりとそろっている。

初版は1966年、学研より。　　　(奥)

始まりの夏　丁寧に生きた日々が人生を支えつづける

『しずかな日々』
椰月美智子
講談社　2006年

　小学5年生の男子が主人公で、友だちと草野球をしたりするというのに、この作品はとても静かだ。

　物語は、ぼく光輝が小学1年生の夏休み、母に連れられて古くて大きな家を訪れ、無口なおじいさんに出会ったところから始まる。そして、4年後、そのおじいさんと再会し、「いっしょに過ごした日々は今のぼくにとっての唯一無二の帰る場所だ」と、この小説がぼくの回想でできていることが明らかにされている。

　しかし、物語は、おおむね5年生の現在進行形として読めてしまい、つい回想であることを忘れてしまう。そのため、鮮やかなカラーとセピアの中間ぐらいのもの静かな印象だ。

　ぼくは、新しいクラスが発表されても、仲のいい友だちもいないから、誰かと一緒になってうれしいと思うわけでも、誰かと離れて残念だと思うわけでもない。熱気であふれる新学期の教室内で「ぼくだけが静かすぎて浮いていただろう」と思っている。母との二人暮らしで自分には「もの悲しいようなイメージ」がつきまとっているし、そうしなければならな
いと感じている。

　そんなぼくに、思いもよらないことが起こった。うしろの席の押野という陽気な男子が、野球に誘ってくれたのだ。生まれてはじめての誘いに、夢じゃないかと思うほど喜ぶぼく。もしかして悪質ないじめかもしれないという思いがよぎるが、それはまったくの杞憂だった。駆けつけた3丁目の空き地に集まった少年たちは、あっさり自然にぼくを受け入れてくれた。はじめての野球、はじめて汗をかいて服を汚す経験……その日からぼくの人生は明るく広がりはじめる。お調子者で人気者の押野のおかげで、学校でも、そしてもちろん放課後も、ぼくはシンプルに楽しい毎日を重ねていく。

　梅雨明け間近のある日、母を「枝田先生」と呼ぶ不審な女性（みどりさん）がやってきた。以前から母親を訪ねてくる「仕事の関係の人」にぼくは違和感を覚えていた。それは、母が事務員として働く製麺所の人のようには見えなかったから。母は、仕事を辞めてみどりさんと店を開くという。それにともなって、引っ越すので転校することになるという。と

始まりの夏

んでもない。はじめていい友だちができて、こんなに生き生きとしているのに、この子を転校させるなんて！ と、考えたのは、わたしたち読者だけではなかった。4年生の時から担任で、気詰まりに思うほどぼくを気にかけてくれる椎野先生が母親に掛けあってくれたのだ。そして、ぼくは4年まえに一度だけ会ったことのある、おじいさんの家から学校へ通うことになる。

川崎市浮島にて。押野とふたりでめざした「ロボットのおもちゃ工場」はたとえばこんなふうだったろうか。こういった工場は少年の想像をかきたて、探検にかりたてる。

　母は新興宗教の教祖のようなものになったらしいということがうかがえる。しかし、広い庭と縁側のある築100年を超える大きなおじいさんの家で、ぼくは安心できる時間を重ねていく。親友押野が、おじいさんと知り合いで近所づきあいをしているという、うれしいおどろきもあり、切ないほど濃密な夏を過ごすことになる。空き地仲間が泊まりに来て、1日中一緒に過ごしたり、押野と自転車で探検に出かけたり……。縁側でおじいさん手製のぬか漬けをつまみながら、たわいないことから宇宙の神秘まで語りあう小学生の男の子たちの時間は穏やかに満ち足りているがゆえに静かだ。

　よくある物語のように、このかけがえのない時間はひと夏の思い出として終わりはしなかった。ぼくは中高、そして会社へおじいさんの家から通ってきた。ぼくは最初に「あたりまえに過ごした安心できる時間」が自分にもあったという自信が、「きっとこれから先のぼくを勇気づけてくれるはずだ」と語っていた。そして実際、ときおり、あのころを丁寧に思いだしながら生きてきたのだろう。あのころを思いだせば、「今の頼りない自分ですら誇りに思えてくる」のだから。

　この物語の最後の一行はこうだ。「人生は劇的ではない。ぼくはこれからも生きていく」。静かだけれど、靭（つよ）い。子ども時代の満ち足りた静かな日々は先の人生を支えるほどの靭さをもっている。そのことが、乾いた体の細胞ひとつひとつに届く水のようにしみわたる。　　　　（西）

春 すべてを忘れる幸福な時間

『おばあさんのひこうき』
佐藤さとる
村上勉 絵
小峰書店　1973年

　編み物の上手なおばあさんは、夏から冬にかけて町の人びとから編み物をたくさん頼まれる。おばあさんの編んだセーターを着ると風邪をひかないという噂があるほど人気で、信頼を得ている。おばあさんの編み物は、まるで頭に浮かんだ模様がそのまま編み物のなかにしみこんでいくようであった。

　ツバキの木に花が咲く春の初め、そんなおばあさんのもとに孫のタツオから手紙が届く。そこには、団地で一緒に暮らさないかというおばあさんの娘、タツオの母親の手紙も同封されていた。

　タツオに返事を書こうとしたおばあさんは、ふと、手にとまった黒い蝶の羽についていた模様を新しい編み物にしてみようと思う。タツオへの返事も忘れ、毎日毎日試みるもなかなか思ったように編むことができない。10日たっても編み物は完成しないものの、おばあさんは目を輝かせて、頬をすこし赤くしてせっせと編み棒を動かしている。やっと5センチばかりできたと思ったら、なんと編み物は空中に浮いてしまったのであった。おばあさんは胸をどきどきさせながら、この黒い蝶の模様の編み物で飛行機をつくろうと計画する。長い時間をかけ、無事に完成した編み物と椅子の飛行機に乗って、おばあさんはタツオのいる港町の団地へと向かう。

　本作品では、おばあさんの新しい編み物をつくる際の、集中力と、どきどきわくわくする感情が印象的である。文字どおり、おばあさんは時を忘れて蝶の羽の模様の編み物をする。ここには、好きなものに没入する者だけが知る幸福な時が流れているだろう。

　難しい黒い蝶の編み物をする時のおばあさんのようすは、ものごとに熱中して我を忘れた者だけが味わう至福の時である。おばあさんの「まだまだ　じぶんの　しらなかった　あみかたが　あると　おもっただけで、ぞくぞくしてきました」という心情や、「そのつぎの日も、また　そのつぎの日も、まいにち、ちょうちょの　はねに　ついていたもようと　おなじもようを、あみものに　したくて　がんばりました」という頑張りの表現からは、自然のものを自らのものにしたいという獲得の喜びと挑戦の心が感じ

春

おばあさんは、どきどきしながら時を忘れて蝶の羽の模様の編み物をする。

　られよう。

　物語の内容はまったく異なるが、ヘルマン・ヘッセの「少年の日の思い出」にもまた、蝶や蛾を捕まえる時の至福の喜びが描かれている。

　本作品の「時」は、おばあさんの仕事がすこし暇になる春先であり、おばあさんが自分の興味のあることに熱中できる時期であった。空飛ぶ編み物自体が春という季節が生みだしたマジックということもできよう。

　この一心に何かに没入し、豊かな時を過ごす人物は、「ポストのはなし」でポストに強い興味を持つたけしくんをはじめ、佐藤さとるの作品にしばしば登場する。無心に何かに熱中することの喜びが描かれているといえよう。

　これはゲームや模型作り、虫捕りに、もしかしたらすこし難しい雲梯にチャレンジし、熱中する子どもの心と重なる。もちろんそれは、同じく好きなものに集中する大人の心とも重なるのである。

　この熱中する時の喜びを感じるおばあさんを主人公として描くことは、児童文学を大人にも児童にも理解できる文学、「児童にも、理解と鑑賞ができる表現形式をもちいて作られた文学作品」(「児童文学と子ども」『佐藤さとる全集1』) と定義した佐藤さとるの思想の反映と考えることもできるだろう。10日も時を忘れて熱中する喜びは、大人・子どもの区別なく、ともにもっているものであり、その喜びを伝えることがこの作品の核といっていいだろう。

　おばあさんは、無事に飛行機をつくり、タツオの家へ飛んでいく。そのあと、飛行機がどうなったのか、おばあさんの編み物がどうなったのか、ぜひ読者に読んでもらいたい。

(大)

☞少年期（296p）

ひとりでいる時　古老の教え

『バンビ　森の、ある一生の物語』
フェーリクス・ザルテン
上田真而子 訳
岩波少年文庫　2010年
(Felix Salten, *Bambi: Eine Lebensgeschichte aus dem Walde*, 1923)

　壁はハシバミやミズキやニワトコの若木、屋根はカエデやブナやカシなどの高木、そして床にはシダやレンリンソウやサルビアの絨毯を敷きつめた隠れ家のような森の茂みで、スミレが終わりイチゴの花が開こうとしている季節に生まれた1頭の子鹿。木の間からさしこむ朝陽で金色に染まったその小部屋は、森が息をするさまざまな匂いに満ちあふれ、鳥たちの声がさわがしいほどにとびかっていたが、生まれたばかりの子鹿が感じるのは自分の背中を洗い、キスをしてくれる母鹿の舌の感触と音、そして寄り添ってあたためてくれる母鹿のからだの匂いだけ。まもなく乳を飲みはじめた子鹿に、母鹿は愛情をこめて呼びかける――「わたしのかわいいバンビ」と。

　『バンビ　森の、ある一生の物語』は、このように、新しい命が誕生したばかりの感動的な場面で幕を開ける。

＊　＊

　生まれたてのバンビの目に映る世界は、初夏ならではの命の輝きに満ちあふれていて、ただひたすら美しい。野原に行けば、キリギリスの跳躍に感心し、チョウの飛翔に見とれるばかり。森のなかでイタチがノネズミを捕らえるところを目にして本能的におびえることはあっても、自分たち鹿は捕食者にならないと聞けばそれだけで安心して、忘れてしまう。

　だが、無垢な子鹿も、徐々に自分をとりまく危険を知っていく。とりわけ「あいつ」と呼ばれる圧倒的な存在、ぞっとする匂いをふりまきながら2本足で森や野原を歩きまわり、体から生えている2本の手とは別の、轟音を発しながら火を噴く3本めの手によって森の仲間を次々に倒していくやつのことを。

　やがて厳しい冬がやってくると、森は暴力と流血と死で支配される。食べもののない苦しみから誰もが乱暴になり、優しさも思いやりも安心も控えめな気持ちも失ってしまったのだ。「あいつ」が集団で押しよせてきたのはそんな時のことだった。森じゅうの生き物が逃げまどうなかで、バンビも母とともに、草原へとびだし、無我夢中で駆けつづける。だが、ようやく轟音と臭気の幕を逃れた時、かたわらに母の姿はなかった。

　物語は、成長していくバンビの目をと

ひとりでいる時

バンビの種はノロジカ。ヨーロッパを中心にユーラシア大陸に分布する小型の鹿。

おして、美しくも過酷な自然とそこで生きるものたちの姿を詩情豊かに描写していく。同時に、バンビの思考をつうじて、圧倒的な力で生き物の最上位に君臨しているかに見える「あいつ」の実相を冷徹に解き明かしていく。

その過程で重要な役割を果たすのが、森いちばんの賢者、古老鹿である。幼い日に、はぐれた母をもとめて鳴いていた時に偶然出会い「ひとりでいることができぬのか」と諫められた日から、バンビにとって、古老のことばは道しるべとなる。ひとりでいられるようになると「自分で聞く、嗅ぐ、見る」ようにと教えられ、血気盛んな若鹿になれば「りっぱにふるまう」ようにと諭される。雌鹿の声をまねた「あいつ」に騙されて、森から出ようとしていたところを押しとどめてくれたのも古老だった。バンビが「三本目の手」によって傷つけられた時には、鼓舞しながら連れまわし臭跡を絶つことによって救いだしてもくれた。

やがてバンビは、古老が「あいつ」にひれ伏すことなく、対等に生きていることに気づく。「あいつ」に飼われたことのある鹿が経験を誇らしげに吹聴した時も、イヌが「あいつ」への信頼と敬意を正義として語った時も、古老は揺るがない。経験を積み、思考を重ねることによって知恵を身につけ、その知恵を支えに誇り高く生きる——古老が示した道をめざして、バンビも群れを離れる。ひとりで生き、自分自身で考えることができるようになるために。そしてバンビが自然界の理と絶対的な真理を理解した時、古老は去っていく。やがては誰もがひとりの時を迎えるのだという、最後の教えを残して。

世界一有名な鹿「バンビ」の物語は、動物の着ぐるみをかぶった人間の物語ではなく、悲しみや苦労をのりこえて成長する子どもについての寓話でもない。生まれ、育ち、老い、消え去るひとつの命を描き、人間をも自然の営みの一部としてとらえるこの作品にとって、知名度をもたらしたディズニーとの出会いは、むしろ最大の不幸だったかもしれない。

（水）

前とあと　ナチス侵攻前と戦後、オランダの一家の暮らし

『あらしの前』『あらしのあと』（書影は『あらしの前』）
ドラ・ド・ヨング
吉野源三郎 訳
岩波少年文庫　2008年
(Dola de Jong, *The Level Land*, 1943; *Return to the Level Land*, 1947)

　原題は、主人公家族の屋敷をさす「レヴェル・ランド」、そして続編は「レヴェル・ランドへ帰る」という、そっけないタイトルである。それを「あらしの前」「あらしのあと」と名づけたのが、『君たちはどう生きるか』の吉野源三郎である。「あらし」を経て、人はいかに生きるかという問いの、美しいひとつの答えとして、多くの読者はファン・オールト一家の人びとに心を寄り添わせることになるだろう。その実例として、『あらしのあと』の巻末に収録されている斎藤惇夫の「生きる指針となった物語」と題された解説が腑に落ちる。

　さて、この「あらし」とは、1940年5月のナチスのオランダ侵攻とそれに続く占領をさしている。作中人物たちがいう「戦争」のことだ。

　『あらしの前』の最終章「戦争」で、家族はいきなり嵐のただ中に放りこまれたようになる。それまで、アムステルダムで学生をしている長女ミープをとおして、戦争への危機感が語られているし、ヨーロッパでの戦争がちかづいてくる予兆が書かれていないわけではない。ドイツから亡命してきたユダヤ人の少年ヴェルナーを住まわせることにもなる。

　とはいえ、作品世界はおおむね、経済的にも恵まれ、穏やかな教養にあふれた医者の一家の、あたたかい日常の丁寧な暮らしぶりの優しい描写で満たされている。内でも外でも尊敬に値する、しかし、偉ぶったところのないお父さん、穏やかで気配りの行き届いたお母さん、頼りがいのある18歳の長女ミープ、ピアノに没頭する16歳の長男ヤープ。入ったばかりの学校を成績不振で退校されそうになっている次男のヤン。思慮深く、はにかみ屋ながらヤンのために大胆な行動もとるしっかり者の次女ルトは8歳。就学前の三男ピーター・ピムは家族のおしゃべりを一手に引き受け、独自の理屈で動きまわり家族をふりまわし、笑わせている。そして、生まれたばかりの三女・アンネ。この巻で詳しく描かれる「シンタクラース」（聖ニコラウスの故事にもとづいた12月5日のお祝いの行事。プレゼント交換をする）では、子どもたちを喜ばせるため、みんなで楽しむため、準備に労を惜しまない家族の姿が印象的

前とあと

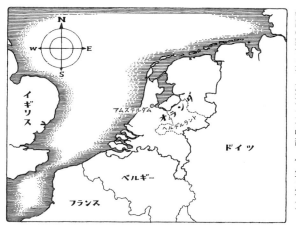

物語の舞台となったオランダ中部・ヘルデルランド。

　だ。家族のために使う時間、家族とともにする時間の手厚さがあたたかく丁寧に綴られているからこそ、読者は、この家族の幸せを祈り、同時に、彼らのうえだけをあらしが避けて通るわけがないという現実に胸を痛めることになる。

　アメリカの読者から、この家族のその後を心配する手紙が多く寄せられ書くことにしたという続編はまさに「あらしのあと」である1947年にアメリカで出版されている。物語は、戦争の5年間が終わって1年たったところ、あれから6年後の家族を語っている。ファン・オールト家はひとりが欠け、そして、新しい家族が加わっている。

　町並みも食卓も、暮らしぶりは大きく変わっているが、「戦争のせい」といういい訳を自分に許してしまうことなく、まえと同じように生活し、当たり前に振舞うことをお母さんは望んでいる。その考えを、子どもたちも理解している。しかし、戦争という興奮状態を経て、日常を退屈に感じてしまったり、やりたいことを見失ったりしていることも事実である。もちろん、6年分歳も重ねた子どもたち、とくに、14歳になったルトと、12歳になったピムはそれぞれのやり方で、「あらし」から心も解放されていく。

　　　＊　＊

　「戦後」70年を過ぎ、戦後理念の柱であった平和主義が荒々しく踏みにじられようとしている昨今、新たな「戦前」にあるという警鐘や、「戦前」とあまりにも似ているという懸念の声も多い。ひとりひとりが尊ばれ、丁寧に穏やかに共生していく暮らしがあらかじめ破壊されていたら、人は、あらしを迎え入れてしまうかもしれない。いまの日本をふくめ、世界の各地でその準備がすすめられている不気味さを感じる。あらし（戦争）の「あと」を、永遠に「あと」にするために、この作品に学ぶことは多い。　（西）

☞6年（186p）　☞第二次世界大戦（222p）

待つ　ゆっくりと、着実に成長する

『嵐にいななく』
L・S・マシューズ
三辺律子 訳
小学館　2013年
（L.S.Matthews, *After the Flood*, 2008）

　ぼく（ジャック）とお父さんとお母さん（ヴァル）は、イングウィックの村に住みはじめて約1年、お父さんは防波堤で働く専門技術者である。激しい嵐のあとの洪水で、自宅から5キロ先の村の堤防が壊され海水があがってくる。父は隣人のようすを見にいって帰ってこず、ジャックと母はふたりで2階へと避難する。2階まで水がきたところでボートに乗りうつる。風の吹きすさぶなか、人間の声も何もしない。このように嵐が町をひとのみにしてしまった不安に満ちた静けさからこの物語は始まる。

　18か月後。ぼくの一家は別の村に移住し、まずは庭で野菜をつくるところから新生活を始めていく。

　物語の語りの形式であるが、ジャック一家の隣人で、体が弱くて屋外へ出たがらないマイケルの日記とジャックの語りが交互になる形式ですすんでいく。この独特の語りの形式が毎日のふたりの時間、そのなかでのふたりの困難の克服や、すこしずつの成長を、相互に補いあいつつ、ある程度の客観性をもって表現することに成功している。

　移住後、ジャックは村の補習学校へ行くものの、字がうまく綴れないため、学校へ行くのがいやになり、家事を手伝うこととなる。

　この物語の舞台となっている世界の環境はじつに厳しい。「もう、すべての生き物が生きていけるだけのスペースはないんだ」という父のことばはとくに印象的である。舞台はイギリスを想定させる土地であり、どうやら温暖化がすすみ、海面の上昇等で人間の生きる環境が厳しくなった世界なのではないかと推測される。また、動物だけではなく、人間もまた子どもを減らさなければならない状況になっている。人間だけではなく、動物がすめる環境も少なくなり、ペットとして動物を飼うことも許されていない。さらには疫病も流行し、インフルエンザの流行で大勢の人間が死んだ過去があったことも書かれている。

　以上のようにこの物語は何気ない洪水のシーンから始まりながらも、人間もふくめた動物が生きていくこと自体が厳しい近未来の世界が舞台であるということが徐々に明らかになるのである。

マイケルとジャックは馬を丁寧に慣らす。

　作品中では、しばしば放恣なむかしという過去の時が登場する。過去の過剰に浪費する社会を批判するとともに、もうもどらない豊かさへのノスタルジーも感じられる。ただ、ジャックもマイケルも、環境に絶望しているわけではなく、むしろ目の前の課題をこなすことで日常は着実に過ぎていく。

　ある日、ジャックは馬具をつけようとしないために処分されそうになっている馬をひきとり、隣人のマイケルと飼育することにする。ただし一定期間以内に馬具をつけ荷馬車を引くという有用性が証明されなければ、やはり馬は処分されてしまう。その後のふたりの生活の中心は、譲り受けた、難のある馬を調教して、荷馬車を引かすことになる。

　マイケルとジャックは、馬具をつけることをきらう馬に、一歩ずつ、マニュアルを見ながら、先達に聞きながら、手順をふんで馬具をつけられるように慣らしていく。ここでは、正確な情報を書物や人から手に入れることの重要性を読み解くことができる。さらに目標に向かって、急ぎ焦り、答えにとびつくのではなく、丁寧にくり返し作業をおこなっていくことの大切さが描かれているといえよう。それは、ジャックの母親によって、大人が子どもに接すること、と同じなのだとも語られている。

　ゆっくりとした、しかし着実な時間の使い方こそが成果を生むのだということは本書の大きなテーマといえるだろう。

　単なる少年の成長物語ではなく、家族や周囲の人びとをまきこみながら、成長・変化していく、マイケルとジャックに流れるゆっくりとそして着実な時間の流れに注目してほしい。意表をつく結末に衝撃を受けたあと、再び読み返してみたくなる作品である。　　　　　（大）

満ち足りた時間　きいろいばけつとの1週間

『きいろいばけつ』
もりやまみやこ
つちだよしはる 絵
あかね書房　1985年

　月曜日。きつねのこが丸木橋のたもとで黄色いバケツを見つける。中にほんの少し水が入っているバケツを、真上からのぞきこんだり、立ちあがって片手でさげたり。それは、「きつねの　こが　もつのに、ちょうど　いい　おおきさ」だ。バケツを顔のそばに持ちあげて外側を見るけれど、持ち主の名前は見当たらない。誰のだかわからない、ぴかぴかの真っ黄色いバケツ。

　きつねのこは、まえからこんなバケツが欲しかったと書かれているけれど、「まえからほしかった」という気持ちも、この黄色いバケツに出会った時に生まれたのではないだろうか。友だちのくまのこ、うさぎのこと、誰のバケツだろうと考えあっている時に、「さるくんは、ばけつ　もって　ないよ。ぼくも　そうだけど」ときつねのこは「ちいさい　こえで」いう。この物語はきつねのこがバケツと出会ったところから始まるので、それまできつねのこがバケツを欲しがっていたのかどうか、バケツを持っていないことを恥じていたのかどうか、そういうことはわからない。しかし、これは、黄色いバケツを欲しがっていたきつねのこが、ちょうどいいバケツと出会う話ではない。月曜日の出会いでいきなり始まった、静かなどきどきに満ちた1週間の物語なのだ。

　くまのこも、うさぎのこも、黄色いバケツはきつねのこにとってもよく似合って、きつねくんのみたいだと口々にいう。きつねのこも、「ほんとに　ぼくのだったらねえ」と、未練をにじませながら、静かにバケツをおろすのだったが、くまのこがすごいことを思いつく。誰も取りにこなかったらきつねくんのにしたら、というのだ。うさぎのこも「ずっと　とりに　こないって　ことは、もう　いらないって　ことなんだから」とそれに賛成する。

「ずっとって　どれくらいかな」

　幼い子たちにとって、持ち主が現れないのを時効とする「ずっと」とはどのくらいなのか。

「あした、あさって、しあさって」は、すぐだという。「ずっと」は「もっと　さきでなくちゃ」とくまのこ。3人が落ち着いたのは、次の月曜日までという1

満ち足りた時間

幼子には、バケツがよく似合う。
（©北の魔女／PIXTA（ピクスタ））

週間だった。

それからきつねのこと黄色いバケツの時間が始まる。

火曜日、うっとりと眺め、横でうたた寝をし、からのバケツを手に丸木橋の上を行ったり来たりする。

水曜日、魚を釣るまね。木曜日、水をくみ近くの木に水やり。金曜日、土砂降りの雨に濡れるバケツになんだか泣きたくなるきつねのこ。土曜日、バケツの底に名前を書くまね。日曜日、吹き飛ばされないように水を縁まで入れたバケツは丸い月を映していた……。

そして、1週間めの月曜日。朝早くきつねのこがやってくると、黄色いバケツはなくなっていた。くまのことうさぎのこは口々に、持ち主が持っていったのか、誰かが通りすがりに拾っていったのかと残念がるが、きつねのこは（どっちでもいい）と思う。たった1週間だったのに、ずいぶん長い時間をバケツと一緒にいたような気がしたと、そのあいだは、誰のものでもなく自分のバケツだったときつねのこは思うのだ。

＊　＊

幼い子の、あまりにも濃密な、満ち足りた時間に静かに圧倒される。

シリーズ4巻めの『たからものとんだ』（1987年）のあとがきで作者森山京は「宝物と共有した充ちたりた時間は、幼い胸のうちを確かに通過していったのですから」宝物は失ってもいいのだと書いている。黄色いバケツと「共有した充ちたりた時間」は幼い読者の胸にも満ちることだろう。

ちなみに、きつねのこは続編の『つりばしゆらゆら』（1986年）では渡りきれなかった吊り橋を、最終巻『あのこにあえた』（1988年）でついに渡りきり、向こう側のあの子に会える。この展開は、読者の強い希望に背中を押されて書いたという。物語のなかの「いつか」を幼い読者も待ち望んでいたことがわかる。満ち足りた読書もまた宝物である。　（西）

☞幼少期（124p）　☞4日たって（184p）

命日、いや誕生日　つどいつづける仲間たち

『天使たちのたんじょう会』
宮川ひろ
ましませつこ 絵
童心社　2000年

「死んじ子顔よかりき」（亡くなった子はかわいかった）……我が子を亡くした親の情は『土佐日記』のむかしから変わることはない。「死んだ子の年を数える」と、過ぎたことをくよくよ思い煩うことを諫めることわざもあるが、この作品はまさにその「死んだ子の年を数える」物語である。

　　　　＊　＊

　亡くなった子というのは、1年生の2学期、12月10日に「お星さまになってしまった」あきこちゃんのことだ。あきこちゃんは小児がんの治療をしながら、サトパン先生こと佐藤正子先生の1年2組に在籍していた。佐藤先生はうれしいこと、楽しいことがたくさんの教室をつくれば、あきこちゃんの「病気をなおす力が、体にわいてくる」と考え、あきこちゃんを中心にクラス作りをした。子どもたちは、楽しい詩や、歌、絵本などでことばのシャワーを浴び、笑顔の満ちたクラスだった。あきこちゃんの頑張りも、みんなの願いもむなしく、あきこちゃんは亡くなってしまったが、みんなが生き生きと重ねた毎日が語られたのが『天使のいる教室』だ。あいだに『天使たちのカレンダー』を挟んで、直接の続編となるのが、この『天使たちのたんじょう会』である。

　これらは、実在の稲岡明子ちゃんと、佐藤静子先生（物語のなかでは「正子」先生）と、クラスの仲間たちの過ごした実際の出来事をもとにして書かれている。しかし、教育実践的ノンフィクションではなく、語り手を木の人形、水木哲平にすることで非常に巧妙なフィクションとなっている。哲平は、佐藤正子先生が生まれる時、元気な赤ちゃんが生まれてくるようにと願いをこめてお父さんが作った人形だ。こけし職人のお父さんは、香りのいいミズキという木で、赤ちゃんほどもある大きな人形を作ったのだった。以来40年あまり、哲平は正子ちゃんと一緒にいて、正子ちゃんが小学校の先生になってからは担任をする教室で暮らしている。この人形の哲平を語り手にしたことで、子どもたちの内面も知ることができる。なぜなら、子どもたちは、こっそり哲平くんに内緒話をしたり、交代で家に連れて帰ったりするからだ。

命日、いや誕生日

今回も哲平の目をとおして、旧1年2組のその後が語られる。2年生の2学期に入ってまもなく、ゆりちゃんが「あきこちゃんのご命日には、みんなで思い出をかたる会をしようよ」といいだした。それを受けて、「命日なんてやだよ。あきこちゃんはいまも、ぼくたちの中に、生きているじゃあないか。たんじょう会ならいいけどね」といったのは大介くん。子どもたちのやりたい気持ちはふくれあがり、担任のサトパン先生の助けで、2年生になった10月28日、第1回たんじょう会が開かれた。3年になってクラス替えもあり、担任も替わったけれど、みんなはサトパン先生の教室に集まり、第2回のおたんじょう会も開いた。

そして、あきこちゃんが10歳になる第3回のお誕生会。あきこちゃんに語りかける子どもたちの話は、みんながそれぞれに頑張りが必要な時にあきこちゃんのことを思いだして、のりきっているという内容だった。また、たっぷりと語られる、たけしくんのカブトムシの話、大介くんの田んぼ作りは、どちらも命を大事に守り育てた報告だ。3年生の2月にお母さんを胃がんで亡くしたかなちゃんのことは、かなちゃんを励ますためにしばらく一緒にいた哲平から詳しく語られる。

命は時間の積み重ね。亡くなった人の命もまた生者とともに時を重ねていく。

個個ばらばらのようなエピソードが、命は時間の積み重ねそのものであるということを心にしみわたらせてくれる。

10歳のお誕生会のなかでお父さんはみんなに話す。「あきこは、七さいになったばかりで、お星さまになってしまったけれど。(略) みんなとおなじように、ぼくの心の中で大きくなっています。四年生になっています」と。そして、2012年に出された新装版『天使たちのたんじょう会』には、実在の佐藤先生の文章が収録されていて、わたしたちは、現実に、たんじょう会がずっと続いていること、あきこちゃんがみんなの中で生きつづけているということを知る。

死は悲しい別れではあるけれど、死者は生者の中で生きつづけて、生者の人生を支えつづける。それをこんなにも優しく伝えてくれる物語だからこそ、「3.11」を経た2012年に新装版が出されたのだろう。　　　　　（西）

時をだきしめる

4日たって　時間にしばられないゆるさ

『ふたりはともだち』
アーノルド・ローベル
三木卓 訳
文化出版局　1972年
(Arnold Lobel, *Frog and Toad are Friends*, 1970)

　ちょっととぼけたがまがえるの「がまくん」と、しゅっとかっこいい緑のかえるの「かえるくん」を中心に小動物たちの日常を描くこのおはなし集は、『ふたりはいっしょ』『ふたりはいつも』『ふたりはきょうも』と続くシリーズもふくめて、邦訳から40年以上ものロングセラーとなっている。その魅力のひとつとして、「ふたり」の独特の時間感覚があるのは、まちがいない。
　「はるが　きた」といういちばん最初のお話を見てみよう。4月になって、冬眠から覚めたかえるくんは、「4月の　すきとおった　あたたかい　ひかり」がうれしくて、まだベッドで寝ているがまくんを起こしにいく。「ぼくたちの　あたらしい　一ねんが　また　はじまった」とうきうきするかえるくんに対して、がまくんは「あっち　いけよ」「ぼく　もっと　ねるよ」と寝ぼけたまま。見ると壁のカレンダーはまだ11月。そこで、かえるくんは、カレンダーをどんどん破り、とうとう4月も破りとってしまう。すると、そのカレンダーを見せられたがまくんは、とたんに「おやおや　5月だ」と起きだすのだ。まったく、彼らにとって、時間は均一にも、規則的にも流れていない。カレンダーの時間を気にしているようで、結局は自分たちの都合に合わせて生きている。
　それに、がまくんとかえるくんは、友だちだけれど、結構ずれている。病気で寝込んでいるかえるくんに「おはなしして」といわれて、考えすぎて病気になってしまうがまくん。ボタンをなくしたといってふたりで森のなかを探しまわったあげく、自分の家の中で見つけるがまくん。川で泳ぐ時、水着姿を見られたくないというがまくんをかばっていたのに、見るとやっぱり笑ってしまうかえるくん。時間というものにまったくしばられないゆるさ、そして、ずれまくっているつながりのゆるさが、多くの読者には心地よいのではないだろうか。
　そんな彼らなので、たとえば手紙が早く着くかどうかなんていうことも、気にしない。小学校の教科書にも掲載されて広く知られている「おてがみ」は、自分には手紙がこないと悲しむがまくんに、かえるくんが手紙を書いてあげるおはな

かたつむりに手紙を託す?!

し。というと、かえるくんのすばらしい気遣いの話のようだが、急いで家に帰ってがまくんに手紙を書いたかえるくんは、その手紙をよりによってかたつむりに託してしまう。それなのに、すぐがまくんの家にもどると、「おてがみが　くるの　を　もうちょっと　まって　みたら」なんてことをいい、「そんな　こと　ある　ものかい」とふてくされるがまくんに、自分が手紙を書いたこと、そして、その手紙の内容まで話してしまうのだ。しっかり者に見えるかえるくんも、そうとうぼけている。

ところで、宮川健郎は、「かえるくんの手紙は、「素晴らしい」か」(『日本文学』1995年1月)のなかで、かえるくんの手紙は「ただ手紙であることだけをあらわしている手紙」、つまり「形式」にしたがっただけの手紙だと指摘し、にもかかわらず、その手紙の内容に「友情」「思いやり」といった過剰な意味を読みとらせようとする国語の授業に疑問を投げかけている。どんな手紙であるかは読んでいただければいいが、宮川は、紙きれにすぎない紙幣が交換されることで意味をもつように、かえるくんの手紙も、その内容よりも届けられコミュニケーションを成立させることに意味があるのだという。がまくんにとっては、かえるくんが手紙を書いてくれたこと、そして、それが届くのを待つ時間こそが大切だというのだ。

たしかに、そのように読むと、かえるくんが、よりによってかたつむりに手紙を託してしまったぼけぶりも生きてくる。かえるくんとがまくんとは、「四日　たって」ようやくかたつむりが手紙を届けてくれるまで、一緒に待ちつづける幸福な時間を過ごすことができるのだから。

茶色のがまくんと、緑のかえるくんが自然のなかに溶けこむように描かれる、ローベルの挿絵も味わい深い。壁紙の模様、服の柄、植物のひとつひとつまで、やわらかい線で描かれるその世界には、たしかにゆるやかな時間が感じられる。　　　　　　　　　　　(奥)

☞まいにち (120p) 　☞満ち足りた時間 (180p)

6年　7歳の少女が母語を忘れるほどの時間

〈ステフィとネッリの物語〉全4巻（『海の島』『睡蓮の池』『海の深み』『大海の光』、書影は『海の島』）
アニカ・トール
菱木晃子 訳
新宿書房　2006〜2009年
（Annika Thor, *En ö i havet*, 1996; *Näckrosdammen*, 1997; *Havets djup*, 1998; *Öppet hav*, 1999）

　第二次世界大戦中、中立の立場をとっていたスウェーデンは、ユダヤ人の子ども500人に限って難民として受け入れた。作者は、その史実の記録や証言をもとにステフィとネッリという姉妹を生みだした。人物は架空であるけれど、実際に起きたこと、起きたであろうことが全4巻のシリーズで丁寧に描きだされる。

　1939年8月、12歳のステフィは7歳の妹ネッリとともにスウェーデンに渡ってくる。生まれ育ったウィーンから遠く離れ、長く不安な旅の果て、たどりついたのは、スウェーデン南部の海辺の小都市イェーテボリ沖の小さな島だった。そこで、ふたりは別々の家庭にひきとられる。ネッリは幼い子どもが2人いるリンドベルイ家に、ステフィは子どものいないメルタとエヴェルト夫妻にそれぞれひきとられた。メルタはネッリの養母アルマの従姉にあたるが、人当たりのいいアルマとは大ちがいで、口数も少なく几帳面。キリスト教の新興少数派であるペンテコステ派の厳格な信者で、ラジオでニュースと賛美歌以外を聞くことを許さないほどである。感情を露わにすること

を美徳としないため、ただ気難しく見えるメルタだったが、ステフィたちが難しい問題をかかえるたびにみせる判断力に、信頼は育まれ、ステフィはメルタの愛をはっきりと受け止めるようになる。メルタの夫エヴェルトは漁師で家を離れていることも多いが、ステフィをあたたかく気遣ってくれる。メルタとエヴェルトに、マリラとマシュウを思いだす読者も多いのではないだろうか。ステフィがメルタにワンピースを仕立ててもらう場面もアンを彷彿とさせる。3巻めでネッリが自分たちの立場を『赤毛のアン』を引き合いに出して話す場面もあるので、作者自身が『赤毛のアン』を意識していることは確かだろう。

　ステフィはアンと同じ普遍的な思春期の少女だ。ただ、たまたま第二次世界大戦中のヨーロッパにユダヤ人として生まれたことが彼女の人生を翻弄する。

　失敗して絶望したり、友だちと感情の行き違いがあったり、進学が許されるか悩んだり……そういった、10代にありがちな波風の多くは、彼女がウィーンから避難してきているユダヤ人であるとい

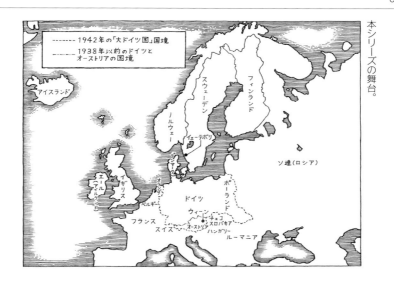

本シリーズの舞台。

うことに起因している。たとえば、アルマおばさんの陶器の小さな犬を結果的に盗みだし、壊してしまうのだが、そこにもナチスに関わる悲しい背景がある。

最初、ステフィは半年ほどの辛抱で、アメリカへ渡って再び家族4人で暮らせると思っていた。しかし、それは叶わず年を重ね、両親の便りも間遠になり、やがてテレジン収容所から届く30語に制限されたはがきになり、それもやがて途絶え……。

時間がたつほどステフィとネッリはスウェーデンでの生活になじみ、養父母の家を自分の家と思えるほどになるのだが、同時に両親への申し訳なさや不安も募らせる。一時的な避難のはずが、終わりも見えず延びていった時間は、10代の少女にとっては、一時的とはとうていいえない時間となる。ふたりが両親と別れた

1939年から、戦争が終わる1945年までの6年間で、ステフィは恋も知りすっかり大人になり、ネッリはドイツ語を忘れた。

大人でも人生ままならない戦争中、ただただ投げこまれた環境で生きぬくしかない少女の6年間をとおして、年表の記述の裏に広がる複雑な人生の厚みを体感させてくれる。また、階級差、女性の生き方、勇気なき善人の限界、信仰と寛容、血縁によらない親子の愛など、じつに多くの問題提起的視点をもつ作品でもある。各巻頭には物語に関連する地図と歴史的背景が掲載され、巻末には、訳者の丁寧で詳細なあとがきが収められ、最終巻には、加えて著者のあとがきまで載せられている。丁寧に魂をこめて作られたと実感できる本だ。より多くの10代に届けたいと切に思う。　　　　（西）

☞前とあと（176p）　☞女性が強くなる時（352p）

別れの時　父と息子の夢の終わり

『子鹿物語』上・中・下
ローリングズ
大久保康雄 訳
偕成社文庫　1983年
（Marjorie K.Rawlings, *The Yearling*, 1938）

　アメリカの児童文学には、子どもと動物の交流を描いた傑作が多い。なかでも、ジョン・スタインベックの古典的名作『赤い子馬』（*The Red Pony*,1945）や、アニメ化されて日本でも人気の高いスターリング・ノースの『はるかなるわがラスカル』（*Rascal: A Memoir of a Better Era*,1963）のように、愛すべき相棒との別れをつうじて成長する少年の姿がしばしば描かれることも特徴的だ。女性作家ローリングズの『子鹿物語』は、その原点ともいうべき作品である。

＊　＊

　フロリダの開拓地で暮らす 12 歳の少年ジョディ・バクスターは、ひとりっ子の寂しさゆえに動物を飼いたがっていた。唯一の隣人である、荒くれ者ぞろいのフォスター家の末っ子フォダウィングが、さまざまな小動物を飼っていたことも、余計にジョディの気持ちをかきたてていた。だが、男手にことかかないフォスター家とは異なり、父親ただひとりが暮らしを支えるバクスター家の生活は豊かではなく、愛玩用の動物など、とても養えるような状態ではなかった。

　ジョディの父親は、成長期の栄養不足と過酷な労働による発育不全により、体格が人並み外れて貧弱で、一銭硬貨を意味する「ペニイ」という蔑称が通り名となっていた。裏切りに満ちた人づきあいをきらい、野獣のうろつく灌木林での暮らしを選んだ彼は、真っ正直な働き者で、臭跡追いでは群を抜く狩人でもあった。そんなペニイは、ただひとり無事に育った末子ジョディに深い愛情を注ぎ、自らが享受できなかった子ども時代をすこしでも長く味わわせてやりたいとの願いをいだいていた。

　おかげでジョディは、豊かではなくとも、のびのびと育ってきた。生命力に満ちた春の気配に誘われて畑仕事を放りだし、1 日中小川で風車を作って過ごしても、父親がかばってくれるので、母親から小言を食らうこともない。冬眠あけの大熊を仕留めるために狩りに出かけると聞けば、大喜びで同行するほどには大人びてきたとはいえ、猟犬たちによる壮絶な死闘を目にした夜は恐怖心がよみがえり寝床で震えだす始末。そんな時に抱きしめて安心させてくれるのも父親だった。

別れの時

ジョディにとって父親ペニイとは、絶対的な安全と幸福を保証してくれる存在だったのである。

そんなある日、ペニイは猛毒をもつガラガラヘビに噛まれてしまい、解毒に用いる新鮮な肝臓を手に入れるために若い雌鹿を撃ち殺す。その応急措置が功を奏してペニイが一命をとりとめた時、ジョディは、残された子鹿をひきとりたいといいだす。最愛の父親を失うのではないかという耐え難い恐怖から解放された息子が、母鹿を失った子鹿の境遇に心から同情し、自分の食べるものを減らしても飼いたいといい張った時、両親も反対することはできなかった。

こうしてバクスター家にやってきた子鹿は、白い小さな旗のように見えるしっぽにちなんで、フラッグと呼ばれることになる。名づけてくれたのはフォダウィングだったが、体の弱かった彼が世を去ったことで、フラッグにジョディの唯一の友となり、その愛情を独占する。だが、子鹿は成長するにしたがって少年の手には負えなくなり、ついには、畑の作物に被害をあたえるようになってしまう。やがて、度重なる自然災害に、持病の悪化とけがが原因でペニイが以前のように働けなくなるという不運が重なった時、ジョディは、愛するフラッグとの別れの時がやってきたことを知る。

原題の「1歳子（*The Yearling*）」とは、フラッグのみをさすわけではない。病床に臥す父親のかわりに畑仕事をひと

1946年に公開された映画も評価が高いが、そこで父親ペニイを演じたグレゴリー・ペックは、身長190センチの偉丈夫だ。やはり、原作でしか味わえない父子関係の魅力にもぜひふれてほしい。

りでおこなうようになったジョディもまた、1歳子になったのだ。それは、子鹿から牡鹿への境目、少年から大人の男への境目だ。ペニイは、息子たちがともに1歳子になったことを嘆く。彼らの別れの時がせまることは、ペニイにとっても、なにより大事にしていたものとの別れの時がせまっていることを意味していたからだ。子鹿との哀しい別れをとおして成長する少年の物語は、息子の少年時代に仮託した自らの夢に、終わりがきたことを悟る父親の物語でもあったのだ。

物語は、カシの木の下を抜けて消え去る少年と子鹿のリリカルな描写で幕を閉じる。それは、父親ペニイの目に映った幻影なのかもしれない。　　　（水）

☞ 8歳の誕生日（68p）

4

時をつなぐ

人は、ひとりで突然この世に出現するわけではない。誰もが、その身に、長い長い命のつながりを背負っている。過去と未来のつなぎ手としての役割だけではない。同じ時間を共有する者どうしがつながりあってこそ、現在が成り立つ。人の営みによって織りあげられたタペストリー、そんな「時」の一面に目を向けてみよう。

あれから25年　落書きの怪獣が語る学童疎開

『ゲンのいた谷』
長崎源之助
実業之日本社　1968年

　この物語は入れ子になっている。

　物語の現在は、あれから25年たったいま。幹男の父が「いやな思い出」にふれたくなくて一度も訪れなかった学童疎開の地に、幹男を連れてやってきたのは、幹男があのころの自分と同じ5年生になったからだという。

　父が用事をすませるのを待っている時、幹男は「うめぼし」「うめぼし」と呼びかけられる。あたりには人影などない。声の主を探すと、それは古い土蔵の壁に大きく落書きされた怪獣だった。ゲンという名の、その落書きの怪獣は自分の生みの親である少年「うめぼし」の話を始めるのだった。ゲンが語った内容が、この物語の中心になる。

　さて、「うめぼし」とは、集団疎開で村へやってきた5年生の少年のあだ名である。父親が政府に反対する記事を雑誌に書いたという理由で投獄されており、そのことを「スパイ」だという子どもたちが、「スパイ」→「すっぱい」→「うめぼし」という残酷なことば遊びで、少年のことを「うめぼし」と呼び、つらくあたっていた。ある日、疎開児童をからかう村会議員の息子のガキ大将にうめぼしは向かっていってけがをさせてしまう。散々からかい挑発してくる土地の子に、みんな悔しい思いをしていたはずなのに、疎開児童たちは、おまえのせいで自分たちまで迷惑を被ったとうめぼしを責める。自分より下だと見なした者への暴力の連鎖である。うめぼしが悔しい思いをかかえていた時、湖の畔でひとりの少女と出会う。その子は、湖の主に「ゴン」と名づけて、自分の守り神だという。そして、いつもいじわるで大きらいなガキ大将をうめぼしがやっつけたと知り、一気に心を許し親しくなるのだった。

　うめぼしは、自分も友だちをつくろうと思いたち、土蔵の壁に怪獣を描いた。そして、少女が守り主に権現様から「ゴン」という名をつけたのに倣って、ゲンと名づけたのだった。

　うめぼしは理不尽に頭を下げさせた疎開本部長の西川教頭と、ガキ大将の親・川本村会議員を壁に描きゲンに食べさせる。ゲンはうめぼしだけでなく、疎開児童たちの怒り、悲しみ、苦しみ、シラミの血までも食べて苦しみながら大きくな

あれから25年

1944年6月「学童疎開促進要綱」が閣議決定される。その体験者は40万人を超えるという。（写真提供：全国疎開学童連絡協議会。同会編『うちに帰りたい！絵で見る学童疎開』絵：小島義一より）

っていった。

　空腹、建前でぬり固めた作文をめぐる諍い……、疎開児童のストレスはうめぼしに向かい、うめぼしはますます孤立していく。そんな日常のなか、米軍機が墜落し、まだあどけない顔をした兵士が殴り殺されるという事件や、唯一子どもたちに寄り添う若い滝先生の婚約者の戦死、家族の面会日の明暗などが語られていく。そして、3月10日である。東京が空襲され、家族の安否がわからず、ついにうめぼしは脱走する。それ以来、ゲンはずっとうめぼしを待ちつづけて……。

　　　　　＊　＊

　この物語が生まれたのは戦後23年たった1968年だ。作品の現在は、読者の現在でもあった。自身の従軍体験をもとにした『あほうの星』（1964年）はじめ、優れた戦争児童文学を多く書いている長崎源之助が、戦後世代の子どもになんとか戦争を伝えようと工夫を凝らして生みだしたのがゲンだといっていいだろう。しかし、ただ興味を誘うための小道具としてでなく、疎開児童の悔しさ悲しさを食べる悲しい怪獣は、戦争の理不尽をより強く印象づけることとなった。

　ゲンはうめぼしの話を語り伝えると、ただの落書きにもどり土壁とともに崩れてしまう。それから、半世紀以上がたとうとしている。作者は「あとがき」で次のように書いていた。「でも、"ゲン"なんか必要としない時代を、しっかりまもりとおしたいものですね。世界のどこにも、"ゲン"に、なみだをなめてもらう子なんかいないことを、心から祈ります」。

　いまの子どもは、このことばを、そしてこの作品をどのように受け止めるだろうか。　　　　　　　　　　（西）

1万年まえ　東京を飲みこむ原始の森

『東京石器人戦争』
さねとうあきら
長谷川集平 絵
理論社　1985年

　広志が暮らすのは東京郊外の旭ヶ丘団地。その団地と武西線の武蔵大町の駅を帯状に広がる原生林が隔てていた。「天神の森」と呼ばれるこの原生林の地主・松吉じいさんが「ご先祖さまが住んでなさる森だ」と、頑として買収に応じなかったからだ。さらに、森の周囲を鉄条網でぐるりと囲んでしまい、森の通りぬけもできなくなり駅へ遠回りを強いられる団地の人には、「住民の敵」だのなんだのと散々ないわれようである。

　さてしかし、3年まえに引っ越してきてからこの森を遊び場に育った5年生の広志にとって、鉄条網のすきまをくぐり森を抜けるのはたやすいこと。その日も、塾へ行くために天神の森を通りぬけようと潜りこんでいた。広志は森に入ると身も心も軽くなる気がする。森をゴミから守るために鉄条網を張りめぐらせた松吉じいさんの気持ちもわかる気がする広志である。広志の妹・美保はこの春から東京の有名小学校に入学し、母は美保につきっきりである。

　この物語の影の主役は日本の「現代」そのものかもしれない。東京郊外にどんどん団地が建設され、子どもは塾と宿題とテストに追われている。もとは飲めるほどきれいな水をたたえていた天神沼には、森の東側に建売住宅が建ち並ぶと汚水が流れこむようになり、フナやクチボソが死んだ。川が埋められ下水道が通ると沼は干上がり、汚水に混じった洗剤のせいか露わになった底は白塗りの壁のように鈍く光っていた。

　その沼底に降りようとした広志が、血にまみれた枯れ草に気づくとその近くに、石の穂先がついた棒を発見。つづいて、大鹿とそれを狩る石器人に遭遇してしまう。必死で逃げ帰った広志の手は石槍をしっかり握ったままだった。夢ではなかったのだ。

　翌日、松吉じいさんの孫の信彦と再び森を訪れると、2か月まえから行方不明の大久保博士を探しにきた考古学を学ぶ大学院生・熊井玄海に出会う。博士は石器人の不思議な能力について大発見をしていたという。そしてそれは、松吉じいさんの、つまり、信彦のご先祖と関わることで、大切にしている家宝の掛け軸の書きつけがその真相を伝えているらしい

とわかる。

しかし、いい伝えや痕跡でじわじわと1万年まえとのつながりが明らかになっていくのではなく、石器人が出現してしまうのだ。しかも5人も。鹿も、イノシシも。それらが森の外にも出てしまい、町は大さわぎになり、警察が出動し、玄海さんは恩師殺しの犯人にされる。主人公と、せいぜいその仲間の中心的人物だけが特権的に秘密をかかえるというストーリーに慣れた感覚で読むと、惜しげもない展開にまず度肝を抜かれることになる。

そこからの展開は、ある意味とても日本の現代史を映して憂鬱をまといながらさらに加速していく。異形の石器人を排除すべき犯人と決めつけ、ベトナム戦争でゲリラ掃討のために森を焼き払ったように、森の木を伐り払い、最後に自衛隊のファントムまでが出動し焼き払おうとする。

しかし、外からの攻撃が石器人のまじない師・フクロウの魔女の念力をかえって強めることになったのか、ついにはそこに1万年まえの原生林が出現する。増殖する原始の森は、文字どおり怒涛のように人類の歴史を飲みこみ広がっていく。

オスプレイ訓練基地がつくられた沖縄県国頭郡東村高江にて（2017年2月14日撮影）。本作は沖縄「復帰」を契機に着想したと、作者は生前語っていた。

＊　＊

作者は扉にこう書いていた。「この地球だって　ときには　あべこべに　まわることも　ある」と。作者は、1万年かかった回転を10万分の1もかからないほどの短時間で逆回転させた。この荒技の原動力は、現代日本のありようへの怒りと読める。いっそ清々しいほどのカタストロフィーになだれこむこの作品のまえで、読み手もしばし立ち尽くしてしまう作品である。　　　　　　　　　（西）

失われつつあるものとの時　父から子に受け継がれる写真機

『はまゆり写真機店』
茂市久美子
こみねゆら 絵
教育画劇　2000年

　海辺の町の小さな写真機店、「はまゆり写真機店」に住んでいる周一という若者のもとを、ある夜、小柄なおばあさんが訪ねてくる。見知らぬおばあさんは、周一を知っているようであった。おばあさんは、1週間後に、娘たちとともに写真を撮ってもらいたい、と要望する。その会話のなかで、おばあさんは、周一をいまは亡き彼の父、朝吉とまちがえており、周一はそのことに気づきつつも何かの事情があるのでは、と黙っている。おばあさんは彼のそんなようすに気がつかず、周一が自分のことを忘れてしまっているのを残念に思いながら、古い写真機で撮ってほしいとのリクエストをして去っていく。

　周一は、父の遺した写真機を探すなかで、父がはまゆりの写真を何度も撮っていたことを知る。彼は、はまゆりの写真を見ると同時に、はまゆりの花のようなそばかすのあった母親も思いだす。同時に、父のこだわり、修学旅行に行く周一にピントを合わせる必要のない扱いやすいカメラをプレゼントするのではなく、手間のかかる古い写真機を渡していたことを思いだす。

　この父の行為は、扱いやすさや便利さのみを重視したものよりも、手間がかかっても心のこもったものに価値をおくというものだった。父は周一に写真を撮る時、いちばん大切なことは、「うまくうつりますようにって、心をこめることだ」と伝えていたのである。父の息子へのこの台詞から、無口で頑固だが、写真機店の店主としての自負を感じることができる。押せばすぐ写るようなカメラは、便利かもしれないが、「心をこめるひまもなくて、おれは、きらいだな」と父は語る。

　父親にとって大切なことは、心をこめること、そしてその心をこめる時間なのである。

　はじめは違和感をもっていた周一だが、父から受けとった古い手間のかかる写真機で撮った写真は、新しいカメラでは写しだせない雰囲気とあたたかさがあるような気がしてくるのであった。目には見えないものの、心をこめたかどうか、心をこめることの大切さをこの作品は主張しているのである。

失われつつあるものとの時

はまゆりの導きで周一は父との記憶を思いだす。

　そのことを知った周一は、父からもらったものよりもさらに古い写真機を探しだし、珍しさから写真機店のショーウィンドウに飾る。その後、周一が「はまゆり写真機店」という名前を「はまゆりカメラ」にしようとするとお客さんが訪れて、写真機店という名前がいいということ、さらに、ショーウィンドウの写真機をほめるのであった。

　1週間後、周一は父親の古い写真機を使うために、むかし習った技術を思いだし、すりガラスに薬品を塗り湿板フィルムをつくる。ここにも、手づくりを大切にする発想が表現されている。

　その晩、不意の眠りに落ちた周一を、夜中に少女が迎えにくる。周一は、もうすぐ埋め立てられるといわれている海岸へ導かれていく。そこにはおばあさんと娘たちがおり、娘たちの写真を撮るためにフラッシュをたいた周一は眼を疑う。そこにはおばあさんと娘はおらず、はまゆりが咲いていたのであった。

　父が長きにわたってはまゆりの写真を撮っていたこと、そして、周一の母がはまゆりのようなそばかすをもっていたこと、はまゆりのおばあさんが周一を父の朝吉とまちがえていたことなど、周一の両親がはまゆりとどのような時間、関係を築いてきたのかを考えるのも興味深い。ただ、作品にはその詳細は語られていない。

　全編をつうじて、はまゆりの導く異世界を描きつつ、古い失われつつあるものの価値、そのもののもつあたたかさ、手づくりを重視し、心をこめる時間の大切さと、それが成り立っていた、「ひま」のある時代の雰囲気を懐かしむとともに未来に保存しようという主張のある作品である。
　　　　　　　　　　　　　　　（大）

家族の歴史　時の流れをさかのぼる

『ミシシッピがくれたもの』
リチャード・ペック
斎藤倫子 訳
東京創元社　2006年
（Richard Peck, *The River Between Us*, 2003）

　2009年1月、アメリカ合衆国は歴史の転換点を迎えた。ケニア人の父と白人の母のあいだに生まれたバラク・オバマが第44代大統領に就任したのだ。奴隷解放宣言（1862年）から人種間の平等を定める市民権法の制定（1964年）まで100年あまり、それからさらに50年ちかくの時を経て、ようやくアフリカ系アメリカ人の国家元首が誕生したのである。当時、ミシェル夫人の先祖が奴隷だったこともおおいに話題となった。だが、建国史上初の黒人大統領も、2期8年にわたる任期の最後は、激化する人種対立への対応に追われて過ごすことになった。かの国で人種をめぐる問題は、いまなお過去のものにはなっていない。

　『ミシシッピがくれたもの』は、そんなアメリカの負の歴史に新たな角度から光をあてた作品である。19世紀に青春時代を過ごした祖母が、20世紀生まれの孫に語り聞かせる思い出話という枠組みを用いて、21世紀に生きる若い読者を、時の流れをさかのぼる旅へと連れだしてくれる。

　1916年の夏、ミズーリ州最大の都市セントルイスで生まれ育った15歳のハワードは、父親ウィリアム（ビル）・ハッチングズに連れられて、5歳になる双子の弟たちとともに、イリノイ州南部の田舎町グランドタワーをはじめて訪ねた。そこに住む祖父母に会うためである。

　開業医として成功を収め、多忙を極めていた父親がわざわざ休暇をとってまで息子たちを連れていった生家は、川沿いに連なる丘のひとつにひっそりと建っていた。さびれた町のはずれにある、古めかしいその家で待っていたのは、しわだらけだがどこか溌剌とした若さを感じさせる祖母ティリーと、高齢の祖父ハッチングズ医師、それに祖母の双子のきょうだいノアとその連れ合いデルフィーンという4人の老人たちだった。彼らは、涙を浮かべながら、「ビル坊や」とその息子たちを大歓迎してくれた。

　1週間におよんだ滞在中、父親は毎日午後になると寝たきりになっているデルフィーンにつき添い、弟たちは片腕のないノアが雑用をこなすようすに魅せられて、あとをついてまわっていた。ハワー

家族の歴史

ドは、祖父が昼寝をしているあいだ、祖母から彼ら4人が若かったころの話を聞かせてもらう。それは、少年がはじめて知る家族の歴史だった。

　1861年の春、南北戦争勃発直後のグランドタワーに、ルイジアナ州ニューオーリンズを発った汽船が到着し、最新式のドレスに身を包んだ美しい令嬢と、その召使いだと思われる褐色の肌の娘が降りてきた。戦火を避けてきたというその娘たちは、ティリーの家に下宿することになる。湯水のごとくお金をつかって贅沢品を買いあさり、南部から船が着くたびに豪華な仕送り品が届く下宿人を得たことで、ティリー一家の暮らしは急に華やいだものになる。彼女たちがもたらしたのは、物質的な豊かさだけではない。放蕩者の父親が行方知れずになって以来、肩身の狭い思いをしてきたティリーたち母子は、北部にきても自分たちの生き方を変えることなく、踵をあげて通りを闊歩する誇り高い南部娘のようすに、おおいに勇気づけられたのである。

　だがその年の秋、16歳の誕生日を迎えたノアが北軍に加わったことで、運命の歯車はまたもや動きだす。野営地で病に倒れたノアを救うため、ティリーも生まれてはじめて家を離れることを余儀なくされ、その結果、南部娘たちのかかえていた大きな秘密を知ることになったのである。戦争は、わずか数週間でティリーとノアに世界の複雑さや人の残酷さを痛感させ、多くのものを奪った。だがふ

原題が意味する「わたしたちのあいだに横たわる川」とは、ミシシッピ川のこと。アメリカを象徴するこの川を渡って家族の歴史を知った少年の物語は、その川に隔てられて暮らしてきた母と息子の物語でもある。

たりとも、その過酷な経験をつうじて、生涯の伴侶を得ることにもなったのである。

　たとえ一滴でも黒人の血をひいていれば黒人、区別（差別）の対象となる——「ワンドロップ・ルール」と呼ばれるそんな考え方が、1960年代まで公然とまかりとおっていた国の物語である。この点を念頭において読めば、ハワードやその父、そして祖母ティリーのことばの重みが、いっそう胸にせまることだろう。

（水）

☞ 1850年（356p）

起工式の日　フクロウがつなぐ時間

『HOOT（ホー）』
カール・ハイアセン
千葉茂樹 訳
理論社　2003年
（Carl Hiaasen, *Hoot*, 2002）

　この作品、前半はすこし読みにくい。なぜなら、同時に流れる3つの時間が、とびとびに語られていくからだ。

　ひとつは、ある月曜日の朝、主人公の少年ロイがスクールバスから見かけた「走る少年」を追跡していく時間。「麦わら色」の髪、「針金のように」やせっぽちで、日焼けした肌は「ハシバミ色」、「カーキ色の汚い半ズボン」をはき、足の裏は「バーベキューの炭のように」真っ黒。裸足でバスを追いこし、生け垣にとびこんで消えてしまったこの野性的な少年が気になるロイは、再び彼を見かけた時には、思わずスクールバスを降りて追いかけ、ゴルフ場でボールをぶつけられもする。それでもあきらめきれず、少年の入っていった林のなかで、とうとう「マレット・フィンガーズ」と名乗るその少年と出会う。学校へも行かず、蛇を集め、たったひとりで林のなかで暮らす少年は、まさに現代のハックルベリー・フィンさながらの野性児だ。

　思えばロイも、作品の舞台であるフロリダに引っ越してきたばかり。真っ平らで蒸し暑いばかりの南国フロリダのココナッツコーブの街にきて、思いだすのはまえに暮らしていたモンタナの自然ばかり。ロイは、モンタナのけわしい山や緑の川や青い空、そしてそこにすむ動物たちが大好きだったのだ。

　しかし、カウボーイの故郷モンタナを懐かしむロイを、新しい中学校の生徒たちは「カウガール」とからかう。その学校生活がふたつめの時間である。

　巨漢のダナ・マザーソンは、首を絞めたり殴ったり、しつこくロイにいやがらせをする。カウンセラーの母をもつお調子者のギャレットはロイの不安をあおり、熊女の異名をもつ女子サッカー選手のベアトリス・リープなども、なぜかロイにちょっかいを出してくる。転校生として過ごす学校生活は心の休まる暇もない。

　こうしたロイをめぐる時間の一方で、もうひとつの時間は、〈マザー・ポーラのパンケーキハウス〉建設予定地の奇妙な事件の経過である。ロイが走る少年を最初に見かけたその朝、建設予定地では、測量用の杭がすべて抜きとられるという事件が起こる。重役やCM女優、市長や商工会長などが集まる、巨大企業〈マ

起工式の日

ザー・ポーラ〉の晴れやかな起工式の日は、すでに決まっている。現場監督のカーリーも、名をあげたい若いデリンコ巡査も、なんとか無事に起工式を迎えたいと捜査にのりだすが、彼らをおちょくるかのように、トラックがパンクさせられたり、簡易トイレにワニが入れられたりと、工事の妨害は続くのだ。

最初は、バラバラに見えたこれらの3つの時間は、やがてすこしずつ絡みはじめていく。断片的に見えた謎が、すこしずつおどろきと納得に変わっていくのが、なかなかに刺激的だ。学校の熊女ベアトリスと不思議な少年マレットの関係や、そのマレットとパンケーキハウスの建設妨害事件との関係など、ロイの日常と社会的な事件がしだいにつながっていき、そこに浮かびあがってくるのが、4つめの時間ともいうべき、アナホリフクロウの子育ての時間なのである。

もちろん、フクロウの存在は、物語の端々に最初から描かれていた。現場監督カーリーは、フクロウの巣穴に足をとられて転び、夜明けの張りこみでデリンコ巡査もつがいのフクロウが飛ぶのを目撃する。ロイもまた、マレットに案内されてフクロウに餌をあげにいく。体長20センチほどで白い斑点のある茶色のからだ、そして琥珀色の目をもつ魅力的なアナホリフクロウは、人間たちの時間をよそに、静かに建設予定地の穴の中でヒナを育てていた。

地中に巣をつくるアナホリフクロウ。

しかし、巨大企業は、その事実を隠して、〈パンケーキハウス〉建設をすすめようとする。ブルドーザーでヒナごと巣穴が埋められてしまう日。それが、まさに起工式の日でもあったのである。フクロウたちを守ろうとするマレットに共感したロイは、これは「根こそぎ絶滅に追いやられそうな、あらゆる鳥、動物をふくめた野生の土地全体の問題なんだ」と、自分なりのやり方で工事を阻止すべく作戦を立て、起工式に臨む。それは、環境保護の戦いである以上に、社会の周辺で生きにくさをかかえてきた少年たち自身の戦いに見える。

そして、気がつけば、起工式の日は、たくさんの味方の存在に気づき、フクロウがつないだ時間に気づく日となるのだ。その見事なハッピーエンドには、やはり喝采をおくりたくなる。　　　　　　（奥）

91歳　男の子だったらよかったのにと思っている女の子へ

「刈り込み庭園」（『はしけのアナグマ』所収）
ジャニ・ハウカー
三保みずえ 訳
宇野亜喜良 絵
評論社　1993年
（Janni Howker, "The Topiary Garden" from *Badger on the Barge and Other Stories*, 1984）

　リズことエリザベスは腹を立てていた。美術で優秀な成績を修めたご褒美にと、美術教師から贈呈された上等のスケッチブックに、4つちがいの兄アランがいたずら書きをしたからだ。よりにもよって女性のヌード像を。おまけに、父さんまでもがそれを見て笑ったのだからあんまりだ。ひっぱたいてくれても当然なのに。

　4歳で母親を失ったリズにとって、オートバイレースに参加する父親とともに、自宅を離れてキャンプ場の移動住宅で夏休みを過ごすのは、毎年恒例のことだ。だが、今年の彼女は妙にいらいらしていた。最近のアランの言動に、なんだかバカにされていると感じることが増えていたせいもある。父親やアランとはちがってバイクに興味のないリズは、いつも、見知らぬ土地をぶらぶらして時間をつぶし、レースが始まれば、ほかの参加者の妻や娘たちとともに男たちの食事や飲みものの世話をしてきた。そんな過ごし方に、今年はなんだか納得できないでいたところに、大事な品を汚されたのだ。

　怒りにまかせて移動住宅をとびだしたリズは、あてもなく田園地帯をうろつくうちに、男のような身なりをした91歳のおばあさんに出会う。サリー・ベックと名乗ったその女性は、レース会場を提供しているお屋敷カールトン・ホールの地所内で暮らしていた。家路をともにしながら、たわいもない会話を交わしているうちに、つい「男の子に生まれればよかった」と心情を吐露したリズに、サリーはおどろくべき過去を打ち明ける。なんと、彼女はかつて男の子として暮らしたことがあるというのだ。こうしてベスは、元「ジャック・ベック」から、その数奇な人生を語り聞かせてもらうことになる。

　サリーが12歳の誕生日に父親からもらったのは、奉公に出たくないなら紡績工場で働けという冷酷なことばだった。8歳で母親を亡くしていた彼女は、それまでも父親や弟妹の世話に明け暮れる日々をおくっていた。結婚して厄介払いできるまではせめて金を稼げといわんばかりのそのことばを聞いて、サリーはひとかたまりのパンと弟の衣類だけをかかえて、あてもなく家をとびだす。そし

91歳

て、三日三晩荒野をうろついたのちに、通りがかった荷馬車に乗せてもらって故郷を離れ、カールトン・ホールにたどりついたのだ。お屋敷には、木々が糸巻のような形に整えられた刈り込み庭園（トピアリー）があり、サリーは弟の名を借りてジャックと名乗ることで庭師見習いとなり、新たな生活を始めることになったのである。

古代ローマ時代に生まれ、ヨーロッパの王侯貴族の庭園で流行したトピアリーは、「緑の彫刻」とも呼ばれる。

　男の子のふりをすることでサリーが得たものは、誰とも共有しないベッドで手足を伸ばして眠り、ポケットに両手を突っこんで口笛を吹きながら庭園を歩く、そんなささやかな自由にすぎない。しかも、正体が露見することへの恐怖という代償をともなっていた。3年もたてば、声変わりせず髭が生えてこないことをからかわれ、体型を隠すために木綿の布で胸をしめつけなければならなくなる始末。そしてついには、とんでもないトラブルにまきこまれることになる。

　サリーが本当に望んでいたのは、ジャックになることではなく、サリーのままでジャックの自由を得ることだ。話を聞くうちに、リズはそれが自分の望みでもあると気づく。巨木に育つ可能性だってあったのに、館の主の目を楽しませるためにちんまりと整えられたイチイの木のように、わざわざ自分で自分を刈り込む必要はない。リズは、「わたしはわたしのままで行こう」と結論づける。それができる時代に生きているのだから。

　かつての自分と同じ悩みをかかえる少女に道を説くわけでもなく、自分が味わえなかった自由を謳歌する若者の姿に嫉妬するでもなく、純粋に新時代の到来をことほぐ91歳の大先輩のことばが爽快で力強い。サリーはいう。「女は長生きをするから世界が変わるのを見ることができるのだ」と。

　『はしけのアナグマ』に収録されているのは、表題作をふくめてほかに4編。いずれも一癖も二癖もある老人と、子どもの交流を描いた作品である。　　（水）

☞ 12歳（46p）

教会暦　聖ヨハネの日から聖マタイの日までのタイムトラベル

『ジーンズの少年十字軍』上・下
テア・ベックマン
西村由美 訳
岩波少年文庫　2007年
(Thea Beckman, *Kruistocht in Spijkerbroek*, 1972)

　待降節(アドベント)から始まるキリスト教の暦のことを、教会暦と呼ぶ。それは、イエスの事蹟を称える祭礼日と、信者の模範たる聖人たちに関連づけられた祝祭日からなるカレンダーである。前者には、クリスマスやイースターなど、非宗教的なイベントとして日本社会に定着している祭事もふくまれるが、後者を構成するのはおもに殉教者たちの命日(とされる日)であり、信者以外にはなじみが薄い。『ジーンズの少年十字軍』は、そんな教会暦によって人びとの時が刻まれていた時代を舞台とする物語である。

　　　　　＊　　＊

　20世紀に生きる15歳のオランダ人少年ドルフは、父親の友人たちが完成させたタイムマシンを見学させてもらううちに、好奇心と冒険心を刺激され、自ら実験台になりたいと志願する。めざすは13世紀のフランス中部。歴史の本に書かれている馬上槍試合を見学して帰ってくる、ほんの4時間の冒険旅行のはずだった。だが、なんの手違いか、実際に送りこまれたのは、ドイツ・ラインラント地方の都市シュピールス(現在のシュパイアー)近くの街道だった。時は1212年の「聖ヨハネの日」。

　ドルフに時と場所を教えてくれたのは、レオナルド・フィボナッチと名乗る若者だった。街道で2人組の追いはぎに襲われていた彼を、ドルフが持ち前の正義感を発揮して助けたことから、ふたりは互いに理解可能な中世オランダのことば「ディーツ語」で意思疎通を図ったのだ。ピサの裕福な商人の息子で学者の卵でもあるレオナルドは、豊かな知性と教養をもつ中世人で、ウィンドブレーカーにジーンズ姿のドルフを見ても、怪しんだりおびえたりすることなく、純粋な好奇心をもって接してくれた。おかげで片言ながらも会話が弾み、あっという間に許された滞在時間は過ぎさってしまう。

　こうしてドルフは、馬上槍試合こそ見逃したものの、追いはぎをうちたおし、魅力的な青年との会話をぞんぶんに楽しんだのち、おおいに満足してタイムマシンが作動する場所にもどろうとする。だがその時、街道は何千人もの子どもたちによって埋めつくされていた。おかげで彼は目的地にたどりつけず、20世紀に

教会暦

帰るすべを失ってしまう。行く手を阻んだ子どもたちの行列、それは、歴史に名高い「少年十字軍」だったのである。

行くあても頼る先もないままに、まったく知らない世界にとり残されたドルフは、当面生き延びるために一行に加わることにする。その決断をあと押ししたのはレオナルドだった。聖地エルサレムをめざす十字軍の最初の目的地が港町ジェノバだと知った彼は、その途中にある故郷ピサまで行動をともにするといいだしたのだ。目の前で倒れてこと切れた幼女をわざわざ埋葬し、よろめいている幼児を自分のロバに乗せて歩きだしたレオナルドに触発されて、ドルフも行列に加わり、幼い子どもたちの面倒をみるようになる。

十字軍は、神の啓示を受けたという少年羊飼いの呼びかけに応えて集まった無秩序な集団で、修道士2名以外に大人はおらず、大半を占めるのは、社会の底辺で生きる孤児や浮浪児だった。ドルフは、森羅万象から人の運命まで、この世の出来事すべてを神の意志に結びつける中世社会の非合理性と矛盾にとまどうが、やがて、そこで生きる人びとの強さやしたたかさに気づく。さらに、伝染病や野獣や自然や大人の悪意など、あらゆる脅威から子どもたちを守ろうと奔走するうちに、賛同し協力してくれる仲間を得て、彼らの中に素朴な善良さや愛情、勇気や誠実さなど、20世紀には失われてしまった崇高な人間性を見いだしていく。

河原温によれば、地域ごとにばらつきのあった中世社会における1年の流れは、カトリック教会がもちこんだ教会暦によって定式化されたという(『図説 中世ヨーロッパの暮らし』2015年)。キリスト教の祭礼にしたがい人びとに時の流れを認識させる暦は、教会が人びとの暮らしを制御するために生みだした装置にほかならない。古代ゲルマン社会で夏至の祭りを祝った6月24日を、イエスに洗礼を授けた聖人の誕生日として祝日化した「聖ヨハネの日」などはその好例だ。ここから始まったドルフのタイムトラベルは、「聖マタイの日」に劇的な終わりを迎えることになる。それがいつをさすのかがドルフ自身には、そして大多数の読者にも、わからない。このことがまさしく作品のテーマを象徴している。　(水)

ドルフが出会ったのは、ドイツの少年十字軍だったが、同じころ、フランスでも少年十字軍が組織された。

☞タイムマシン(300p)　☞暗黒時代(390p)

極楽と地獄の時間　エゴイズムにまみれた人間世界

「蜘蛛の糸」（『蜘蛛の糸・杜子春』所収）
芥川龍之介
新潮文庫　1984年

　芥川龍之介の代表作「蜘蛛の糸」は、児童向け文芸雑誌『赤い鳥』の編集長であり、夏目漱石門下の兄弟子にあたる鈴木三重吉より依頼されて執筆した童話である。1918年7月『赤い鳥』創刊号に掲載された。当時、結婚をしたばかりで、子どものいなかった芥川が「蜘蛛の糸」の創作に苦労したことは友人の小島政二郎あての書簡に「御伽噺には弱りました。あれで精ぎり一杯なんです但自信は更にありません」（1918年5月16日）という記述からうかがえる。

　そのように制作に苦労した作品ではあるが、本作は、人間のエゴイズムを表現した作品として、芥川龍之介の代表的な作品といわれている。

　　　　　　＊　＊

　物語は、まずお釈迦様のいる極楽をうつしたのちに、地獄の風景へと視点を変えていく。

　殺人や放火などの大罪を犯した犍陀多(かんだた)は、地獄の血の池で溺れかけている。しかし、犍陀多が生前に蜘蛛を助けたことを思いだしたお釈迦様は、善行の報いとしてできることならば犍陀多を救おうとそっと蜘蛛の糸を垂らす。

　血の池地獄で咽んでいた犍陀多は、蜘蛛の糸につかまって極楽をめざすも、ほかの罪人が彼のあとから蜘蛛の糸を伝って登ってくるのを見て、「こら、罪人ども。この蜘蛛の糸は己(おれ)のものだぞ」「下りろ。下りろ」と大声でわめく。すると糸は切れ、犍陀多は再び血の池地獄へ落ちていった。試みが失敗したのを見届けたお釈迦様は、「悲しそうな御顔」をしながら、またぶらぶら歩きはじめるのであった、という展開である。

　以上のように、「蜘蛛の糸」はエゴイズムから抜けだすことのできない人間を描いているといえよう。では、時という視点ではどのようなことが見えてくるだろうか。

　この物語は、前述したように極楽の描写で始まり、極楽の描写で終わる。

　前半部分では「極楽は丁度朝なのでございましょう」とあり、作品終結部では「極楽ももう午(ひる)に近くなったのでございましょう」という丁寧ともいえることばで締めくくられるのである。

　お釈迦様は、極楽の蓮池のふちを、独

極楽と地獄の時間

地獄の血の池とは対照的に、極楽の朝は蓮の花から出るよい匂いであふれている。

りでぶらぶら歩くというのんびりとしたようすである。極楽の池に咲いている蓮の花は、真っ白で、よい匂いがあふれており、そこには幻想的な極楽の午前の風景が広がっている。極楽では蓮の香りに包まれたゆったりとした時間が流れているのである。

一方、犍陀多は、血の池地獄で咽びながら死にかかったカエルのようにもがいていたなかで蜘蛛の糸が垂れさがってきたため、一生懸命、蜘蛛の糸をたぐり登っている。そこには午前／午後の区別はわからず、ただただ地獄から逃れたい気持ちでいっぱいの苦しく余裕のない時間の流れがある。その余裕のなさも災いし、彼の努力は結局無駄に終わってしまう。

それに対して、蜘蛛の糸が切れたのを見届けたあとも、お釈迦様は悲しそうな顔をしながら、またぶらぶら歩きはじめる。

「蜘蛛の糸」の極楽≠地獄、お釈迦様と犍陀多には、単に美しい風景／おぞましい風景というだけではなく、ぶらぶらに象徴されるゆったりとかつ整然とした時と、必死で余裕のない時という対照的なふたつの時間の流れが描かれているといえるだろう。つねに必死で這いあがることをもとめつづける、余裕とはかけ離れた時間こそ、エゴイズムにまみれた人間世界の救いのなさを象徴している、とも考えられよう。

時間という観点で読むならば、同じ芥川の「トロッコ」もまた興味深い作品である。トロッコに乗った帰り道に、線路をたどりながら暗くなる道を家へと急ぐ8歳の良平の不安。その良平から見える暗い道筋が、26歳になり妻子もある良平の目の前に思いだされる、という展開からは、少年期の不安な時間と、大人の不安な時間を重ねて読むことができる。ここにもまた人間世界の時間の様相が描かれているのである。　　　　　（大）

☞天上と地上の時間（304p）

古代　壮大な時の流れのなかでの人間ドラマ

〈ユルン・サーガ〉全5巻（『**太陽の牙**』『**火の王誕生**』『**遠い水の伝説**』『**風、草原をはしる**』『**月の巫女**』、書影は『**太陽の牙**』）
浜たかや
建石修志 絵
偕成社　1984〜1991年

　〈ユルン・サーガ〉シリーズは、紀元前1200年から700年、西アジアのウラル、アルタイ両山脈の中間あたりを舞台とする。文化水準は、青銅器時代から鉄器時代への移行の戦乱の時代である。ただし、後述するがデイーイン族は石器時代の設定である。古代の文化の長大な流れを描こうという意気込みが伝わってくる。

　このシリーズの中心となるのは、鉄器と騎馬を扱う戦闘民族のユルン族の、王朝の歴史である。

　この大長編シリーズは5作品刊行されており、刊行順はユルン族の興亡の時系列とは異なっている。ユルン族の興亡の年代順に並べると、『月の巫女』（5.1991年）、『風、草原をはしる』（4.1988年）、『太陽の牙』（1.1984年）、『火の王誕生』（2.1986年）、『遠い水の伝説』（3.1987年）の順となる。ユルン族が鉄を得、興隆し、王が次々とかわり、各国との戦が起こり版図も変化していく。騎馬民族ユルン族を中心とした一大叙事詩といえる。

　第1巻の『太陽の牙』は、ユルン族が40年ほどまえに農耕民族のケタイ族の土地を侵略し、ケタイ族の土地が舞台となる。ユルン族の圧政にケタイ族の民は苦しむものの、反抗の手段が見つからない状態にある。

　作者は、『太陽の牙』のあとがきで、ユルン族もケタイ族も架空のものではあるものの、習俗については、ユーラシアの中央から北にかけて、実際におこなわれていたものをとり入れているとする。

　このシリーズには実際におこなわれた事物をとり入れているのみならず、デイーイン族のような出産や人を殺すとオオカミになるというファンタジーの要素もふんだんにとりこまれている。ただし、現実の世界とは異なる力をもつ種族と、圧倒的な他種族とのあいだに力の差はなく、力の均衡が保たれている。

　『太陽の牙』は、戦闘民族ユルンの支配下にあるケタイ族のなかで育ちながらも、デイーイン族の母をもつケイナンと、ユルン族の大将軍の息子であり、被支配のケタイ族の母をもつヤグン・ライの成長と数奇な運命とをめぐり展開していく。

　ケイナンやヤグン・ライの出自からわかるように、この物語は、壮大な時間を

古代

デイーインのオオカミたちは、一族を守るために闘い、傷ついていく。

めぐる叙事詩であり、親子の葛藤の物語でもある。

　本来、父親の手によって王位につくはずのところを、父に疎まれ、母と将軍によって王位に就いたユルン族のタイバル王は、自信のなさとその裏返しに父を超えようとする対抗心、そして愛されなかったことのコンプレックスに悩み、暴政をおこない、作品終結部ではその代償を支払うこととなる。

　勇将ドルーグンの息子のヤグン・ライはケタイ族を母にもつことにコンプレックスをもち、結果としてケタイ族の民を害することになる。

　デイーイン族の血をひくケイナンはその出自に悩み、ヤグン・ライへの憎しみをいだきながら自らの父親の故郷であるデイーイン族の住む「赤い山」へ向かうこととなる。

　子を悩ます両親の血の問題、子に対する親の想いと子どもの受けとり方のすれ違いなど、たとえ血はつながっていたとしても、親という関係から逃れることのできない他者を理解することの困難さ、そして子どもが親をのりこえていくことの幸と不幸を紡いでいく物語だといえる。

　登場人物たちは、父と息子、母と息子と関係を変えながらも、古代の長大な時の流れのなかで親子の出自、愛憎から始まる不条理な運命に翻弄されていくこととなるのである。

　第1巻の『太陽の牙』をはじめ、ユルン族の興亡をめぐる大きな時代の流れを、ほかの民族の隆盛もふくめ壮大なスケールで描くことを縦軸に、そして王位や権力を得ることの代償、ライバルどうしの対立、現在でも変わらない親子の逃れがたい愛憎劇を横軸に描くのが〈ユルン・サーガ〉シリーズなのである。（大）

時をつなぐ

209

古代エジプト　3000年を経て生まれ変わる

『鏡のなかのねこ』
シュトルツ
中村妙子 訳
偕成社文庫　1996年
（Mary Stoltz, *Cat in the Mirror*, 1975）

　この作品は、3部構成となっており、第1部は現代のニューヨークを舞台とし、古代エジプトにあこがれる少女イリンを中心に展開する。

　第2部は3000年をさかのぼり、おそらくは第1部の最後でメトロポリタン美術館の、古代エジプトの展示の墳墓の前で気を失ってしまったイリンが、先祖の墳墓の前でイルンとして我に返り、物語をつないでいる。

　そして第3部は再び現代。つかの間と思われる時間のあいだ、古代エジプトのイルンになった思い出と経験を得て、イリンはニューヨークの病院で寝かされている自分に気がつく。

　現代のイリンと、古代エジプトのイルンは、時代こそちがえ、同様の悩みをかかえている。ふたりとも、裕福で仲のいい両親のもとで育てられながら、いつも居心地の悪さをかかえていること、とりわけ母親との折り合いが悪く、その母親がもちあわせている美しさ、女らしさをもたない自分に対し、自尊感情をもてないでいる点である。

　また、そのような娘を父がかばい、気遣っていてくれているのも同じだ。イリンを気にかけてくれる家政婦フローラは、墳墓の前で倒れたイルンを解放してくれる召使いのフロレトにあたる。

　そして学校。いままで行ったことのある学校は3つあるけれど、イリンはどうしてもクラスにも友だちにもなじめなかった。一方、エジプトのイルンは、女の子に教育を許さない古代エジプトの習わしに異議を申し立てて、周囲の子どもたちからいじめられる。時代がちがうため、表層へのあらわれ方はちがうけれども、イリンとイルンは、自分の、家族のなかでの、また社会におけるジェンダー的な立ち位置に、あいいれない思いをいだいているのである。

　時代を超えてこのふたりに救いの手を差し伸べるのが、セティというエジプト人の少年である。現代においては、セティは、古代エジプトにあこがれをもつイリンに、現代エジプト人である自分より、古代エジプト人に似ているといい、彼女を肯定する。そのことで、イリンは、す

こしは自尊感情をもつことができたのだった。

一方、第2部のほうでは、教育を受けたいというイルンの、「身の程知らず」といわれるあこがれを、願いをもつのはいいことだ、と唯一肯定してくれる少年がセティであった。

イリンとイルンを、時を超えて結んでいるのは猫でもある。猫が彼女の時間移動のきっかけとなっているからだ。

いじめっ子フレッドの嘲笑に耐えられなくなったイリンが、思わず金の耳輪をつけた青銅の猫の女神、バステットに助けをもとめた時、彼女は意識を失い、古代エジプトでイルンとして目覚めている。一方、古代エジプトのイルンは、父からプレゼントにもらったタシ〈湖の国〉という名前の子猫を大切にしている。でもイルンは母がペットのヒョウにしたように、爪を抜き、牙を抜き、手なずけてしまうつもりは毛頭なかった。

イルンはこの子猫を神にも等しいファラオにとりあげられそうになる。必死であらがい、絶体絶命というところで意識を失い、また現代のノリンとして目覚めるのだ。ちなみにファラオはいじめっ子フレッドと顔がだぶる。

　　　　＊　　＊

この猫の神像は大英博物館所蔵のレプリカであるが、じつは実際の猫も、これそっくりの姿で餌をねだるのである。

3000年のむかしであっても、母と娘の葛藤という関係は、娘の独立にとって、永遠のテーマなのだろう。そこに父親がどう関係するか、はじめて恋愛感情をいだいた相手がどうからむのか、その点も永遠の反復である。かくしてどの時代においても、大人になりかけの少女は、母親とはちがう価値観を貫き、権威をもつ者にもあらがう勇気を得るのだ。そうしてはじめて少女は、すこしだけ大人になって、母にも自分をとりまく環境に対しても、寛大な心をもって接することができるようになる。

3000年を経て生まれ変わるというファンタジーの手法をつかい、イリンとイルンの生まれ変わりというかたちで、少女の心の変化の普遍性が描きだされている。　　　　　　　　　　　（川）

300歳　ひとり立ちのお年頃

〈小さなスズナ姫〉全4巻（書影は『小さな山神スズナ姫』）
富安陽子
飯野和好 絵
偕成社　1996年

　喜仙山脈のなかに、ひときわ高くそびえる喜仙峰がある。そこには喜仙山脈を治める喜仙大巌尊の御殿があった。御殿の中では大巌尊と娘のスズナ姫が静かに暮らしていた。本書は、このスズナ姫をめぐる4巻シリーズの第1巻である。

　大巌尊が山脈を見回りに行くあいだ、スズナ姫は今日も留守番である。スズナ姫はあと3日で300歳になる。300歳といっても、物語の語り手は山神の50年が人間の1歳とすると述べているので、人間でいうと6歳といったところだろうか。小さなスズナ姫と呼ばれる所以である。

　小さなスズナ姫は、喜仙山脈の南のはずれにあるクスノキが山頂に生えている小さなまあるいスズナ山を、自分の手で治めたいと思っていた。

　スズナ姫は父親の大巌尊に、誕生日のプレゼントにはその小さなスズナ山が欲しいと訴える。

　大巌尊は、スズナ山の木の葉を秋色に染めかえることが1日でできたなら、一人前だと認め山をあたえようと約束する。スズナ姫は大喜びでこの挑戦を受け、父親の横でひそかに覚えた呪文で雲を呼びだし、颯爽とスズナ山に降り立つのであった。

　スズナ山に降りたった姫は、山頂の大きなクスノキを抱きしめてたたき、胸をいっぱいにして喜ぶ。

　約300年もの長い長い時間、留守番をして過ごし、いま、はじめて外に出られた時の、そして自分の手で木を抱きしめられた時の感動に満ち満ちている印象的なシーンである。

　木の葉を秋の色に染めるのは、きつねの大将率いる山のきつねの仕事であった。スズナ姫は、そのきつねをつかって1日で山の木の葉を秋の色に変えようとするのだった。しかし、スズナ姫が頼りにするモッコウギツネというきつねの大将は過去に大巌尊と喧嘩をしており、秋の色に染めるのに必要な、「虹の光絵の具」を集める天闇壺もとりあげられていた。

　本シリーズは、大巌尊という父親から離れたスズナ姫が、さまざまな困難に立ち向かい、周囲の協力を得ながらも、持ち前の負けん気とスズナ山を好く熱い心で、困難をのりこえていく物語である。

スズナ姫は木を紅葉させるために奮闘する。

　第1巻で難題に挑戦しているスズナ姫は、第2巻では200年のあいだ水をせき止めていた大ナマズと対峙するなど、スズナ山を守るために大忙しである。とくに第3巻『大雲払いの夜』では、師走にスズナ姫が忙しくしているなか、千年桜という大木が盗まれる。夜中に千年桜を奪い、吊りさげていった光る大きな眼玉と大きな腕をもつ怪物に震えあがる山の動物たちを落ち着かせるために、山神としての勇気、そして山のルールを破った者を罰する厳しさなどがスズナ姫に必要とされる。

　事件のあと、スズナ姫がきつねとともにおこなう「大雲払い」は雪を降らせ新年を迎える行事であった。

　木の葉を染めたり、雪を降らせたりと、季節ごとに困難が襲いかかるスズナ山を治めていく過程で、スズナ姫は山神のなんたるかを学び、本当の山神へと変化していくのである。

　大巌尊は800歳ぐらいまで、スズナ姫を手元におき、立派な山神に教育しようとしていた。しかし、スズナ姫には300歳でも十分だった。実際に問題に立ち向かい、そのことで仲間を得、成長していく。このスズナ姫の姿は爽快である。

　ここには、親の庇護のもとからとびだし、自ら問題にぶちあたり、それをひとつずつ解決していくことで成長していくという、爽快で理想的な自立のかたちが示されているだろう。

　もちろん、スズナ姫の300歳という年齢が彼女の山神としての成功を支えていることは疑うまでもない。スズナ姫は300年のあいだに、大巌尊のそばで基礎的な呪文をこっそり学んでいたのである。

　スズナ山の四季を背景として、6歳の少女の何ものにもとらわれない奔放さと、300歳の山神としての知恵の両方をかね備えた存在、スズナ姫の自立を描ききった点が本書の特徴であるといえよう。

（大）

☞ひとり立ちの時（420p）

時間のとり替えっこ　入れ替わったふたりのアンドルー

『時間だよ、アンドルー』
メアリー・ダウニング・ハーン
田中薫子 訳
徳間書店　2000年
（Mary Downing Hahn, *Time for Andrew*, 1994）

　夏休みのあいだ、ドルーはミズーリ州に住むブライズ大おばさんの家に滞在することになる。しかし、幽霊が出そうな古い屋敷にドルーは恐怖を感じ、来たことを後悔する。しかも、大おばさんが世話をしている認知症気味のひいおじいさんは、なぜかドルーのことを誰かとまちがえて、ひどく毛嫌いするのだった。

　ドルーは自分にあたえられた寝室に、屋根裏につうじる階段があることを発見し、そこにおかれていた古い写真に、自分そっくりの少年が、彼の姉と弟とともに写っているのに驚愕した。その子は、ひいおじいさんのいとこのひとり、アンドルーであるらしい。

　ドルーはまた、屋根裏の隠し場所から、きれいなビー玉の入った袋を見つける。ブライズ大おばさんは、それを売ったらいいお金になるから、と持ち去る。だがその夜、なんとドルーは、ビー玉を探しに上階から降りてきた少年アンドルーその人に出くわしたのである。

　アンドルーは、ドルーと同じ12歳の時、ジフテリアで亡くなっているはずだった。昔風の白いねまきを着たアンドルーは死にたくない、助けてくれとドルーに泣きつき、ドルーとねまきを交換して、立場を入れ替えることを強要した。

　こうしてアンドルーはロケット模様のパジャマを着て20世紀末の世界でドルーとなり、ドルーはねまきを着て病床につかざるを得なかった。翌朝、アンドルーになったドルーは奇跡の回復を見せたと家族にも医者にもおどろかれ、過去の世界で生きていくことになってしまった。

　ちょうど1910年ごろである。その世界は、ドルーの知っているアメリカとはずいぶんちがっていた。自動車はほとんど走っていないし、両親は厳しく、いたずらをしたら体罰をあたえることをためらわない。男は男らしく力強く、女は女らしくおしとやかであることをもとめられた時代だった。

　時代のちがいに面食らうドルーが、あまりにいろいろなことを知らないので、家族や知り合いは、熱病のせいで記憶が少々欠けたのだと思いこむ。姉のハンナも弟のテオも、いままでのわんぱくでいたずらな悪童ではなくなったドルーにおどろいた。とりわけテオは、兄が弱虫に

なったと感じてイライラと怒る。ドルーはすでに起こった未来を知っているわけなので、いろいろと口出ししたいこともあって、入れ替わりがばれそうになることもままあったし、飼い犬のバスターだけは、ドルーが本当はアンドルーではないことを見抜いていた。

ふたりはけっして性格的に似ていたわけではない。ドルーはアンドルーほど乱暴でも向こう見ずでもなく、また名誉や男らしさを愛でる文化に育ったわけでもなかった。なんとかもとの時代にもどりたい。屋根裏でアンドルーと再会を果たしたドルーは、ビー玉でリンガーゲームをして自分が勝てばそれぞれもとの世界にもどると取り決める。

それからというもの、ドルーは毎朝ハンナについてリンガーゲームの訓練を始めた。ビー玉遊びなんて女らしくないといわれながらも、そういうゲームが大好きなハンナ。彼女は、将来、婦人参政権をもとめて運動し、ルーズベルト大統領に肩入れすることとなる。

しかし、ドルーはなかなか上達せず、毎夜アンドルーに負けつづけ、自分の時代にもどることができない。アンドルーは過去にもどれば自分は死ぬと知っているから、これは文字どおり、生死を賭けたゲームであった。

　　　　＊　　＊

このそっくりなふたりの時間のとり替

ふたりの運命を決めたガラス玉。しかし、本文に出てくるマーブル模様の入ったこのタイプのビー玉は、背景となった1910年にはまだ製造されていなかったらしい。

えっこは、過去から現在への時の流れにいくつかの修正をほどこすことになる。死にたくない、と強く願ったアンドルーの心と、だからといって身代わりに死ぬのもごめんだと思ったドルーの気持ち、12歳という同じ年に、そっくりな容貌をもつふたりのアンドルーが同じ屋敷に滞在していたという偶然、ふたりが執着をもったビー玉のゲームなどが重なりあって、ふたりの時間のとり替えっこが実現してしまったのであろう。

時間のとり替えっこの結果、現代のドルーは、いまよりもずっと男らしさ・女らしさがもとめられた過去の空気と、そこから逃れでようとしたハンナの努力にも理解がおよぶ。また、ひいおじいさんがなぜ自分を毛嫌いするのか、そのわけも判明する。時を隔ててそっくりな自分と入れ替わることで、ドルーもすこし距離をもって自分の周囲を見ることができるようになったのだ。　　　　　（川）

☞誕生日（104p）　☞第一次世界大戦（220p）

石器時代から現代まで　小さな石がつなぐ庶民の歴史

『少年の石』
久保喬
桜井誠 絵
新日本出版社　1972年

　これは、9つの短編からなるオムニバス作品である。それぞれ、子どもの手のひらに収まるほどの小さな亀のような形をした黒い石を手にした子どもを主人公にしている。
　それぞれの時代とカメ石の持ち主は以下のとおりである。
　「火と土の子ら」は石器時代のヤオ。「わらうハニワ」は大和朝廷の時代、田作りの父をもつ田比古。「荒草の兄弟」は天平の時代、上野の国の郡司の家の奴（どれい）の子で、〈うかれびと〉と蔑まれる芸人の集団に助けられ兄を探している小手が、兄広手と再会し、武蔵の国高麗郡をめざして逃げだす時、世話になった仏師の息子真鳥にカメ石を譲る。「鬼とひいなと石」は、平安時代の京の下級貴族の姫。「空を切る石」は応仁の乱の後、山城の国の一揆で民衆が勝ちとった自治が侵され水門口がおさえられた時、戦のなか子どもを助けようとして斬り殺された五郎太が持っていたカメ石を手に、イノはただひとり、死を覚悟で水門を破りに行く決意を固める。「金づちといのち」は江戸時代、山城の国の村から、大工の弟子として江戸へ出てきた千次と、質屋で長屋の家主の子・吾助。「時計の目」は明治時代和時計作りの名人の息子・清。「街の石ころ」は、戦後まもない東京の茂。「少年の橋」はこの作品が書かれた時代とおぼしき、公害、交通戦争、受験戦争の顕著な時代、施設の子ケンと、ケンの境遇のような厳しい世界を知らないアキラ。
　石を手に入れたいきさつ、石の所有者が変わるいきさつ、手放すのかどうなのか、それぞれである。ただ、複数の作品に共通して、それぞれの子どもの内面の成長が描かれている。石器時代のヤオは、痛みにはうめくしかなく、獲物が捕れれば喜びの雄叫びをあげる。その姿はいかにも未分化で即物的な感じがあるが、獣の親のようになりふりかまわず自分を守ろうとする母を疎ましく思うヤオの感覚は、現代の子ども読者にもつうじるものだろう。「わらうハニワ」、「時計の目」、「少年の橋」にも、親に対する（とくに、少年が男親に感じる）反発が描かれている。唯一、女の子が主人公の「鬼とひいなと石」の姫は、大水の被害にあ

って、すっかりだめになった紙のひいな（人形）のようにはならない、大水の被害にあっても変わりなかったカメ石のように生きると、宮仕えの道ではなく東国へ行く決心をする。

　これらの心理は、現代の子どもに寄り添うものだろうが、ひとつの作品として読みすすめれば、それぞれの時代の人間の考え方、価値観の変化がやはり印象的に目にとまってくる。石器時代のヤオにとってのカメ石は、第一に実用的なものである。しかし、第2話では、田比古は兄の形見としてカメ石を大切に思っていて、そういうことを理解してくれない父親ではあるが、彼はまじない師の占いに疑問をもち、人柱を立てなくても工事をちゃんとやればいいと声をあげる。天平の仏師の父は、「特別な人だけが見るものでなく」「どんな人でも見るようなもの」を作りたいと夢を口にする。江戸時代、大火のあとに貧しい人たちの長屋の再建を望む大家と、その意気に応える大工がいる。明治時代、すすんだ女子学生のヤエさんは「時計がふえて安くなれば、みんながめいめい時計を持って時間をはっきり知ることができるようになる」という。長い長い歴史のなかで、人を大事にする価値観も育ち、それぞれに幸せをもとめて時代をつくってきたのだ。しかし、最終話では遊び場を失ったアキラの友人が橋の上でたこ揚げをして車にひかれて死んでしまう。河原をとりもどそうとする署名運動より、もっと勉強したら買ってあげてもいいと母にいわれた

石はつめたい。だが、石を持つ子の手はあたたかい──「はじめに」より。

カメラに心をひかれた自分を責めるアキラ。

　この最終話では「未来の子どもたちはみんなポケットにけいたい用の電話器をいれている。（略）はなれていても、親の思いのままに動かされているだけさ」という会話も出てくる。この作品が書かれてから40年以上の時間が流れたいま、まさに「未来の子どもたち」である現在の読者はどんな感慨を覚えるだろう。

＊　＊

　時代が変われば、人の価値観も変わる。しかし、時代が変わっても共感できる普遍性をもっているのもまた人間という生き物だ。手のひらに収まる小さなカメ石をバトンのようにリレーさせていくことで、作者は「いま」がつながって歴史ができるのだということを体感させた。この大きな時の流れに、ほーっと深い息を吐きながら、さらなる未来へと思いをはせさせる作品である。　　　　（西）

前近代から近代　埋められた時代性

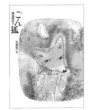

「ごん狐」（『ごん狐』新美南吉童話傑作選 **所収**）
新美南吉
石倉欣二 絵
小峰書店　2004年

「ごん狐」は新美南吉の代表作で、国語の教科書にも長期間採録されている。

舞台は南吉の出身地である愛知県知多郡半田町（現・半田市）である。中山というところに小さなお城があること、弥助の家内がお歯黒を塗る習慣のあること、兵十が火縄銃を持っていることから江戸末期から明治ごろの話ではないかと思われる。また、作中で母親を亡くした兵十は、「白いかみしも」をつけて位牌をささげて歩いている。これもまた、第二次世界大戦のまえの葬儀の際に見られた習俗であった。不確定ではあるもののおそらく江戸末期から明治初期という時代を背景とした物語である。

ある秋のことでした、という季節の描写からストーリーは展開していく。

ひとりぼっちのごん狐は兵十が「はりきり網」でうなぎなどを捕ったところをいたずらし、魚を逃がしてしまう。その10日後、葬列を見て兵十の母が死んだことを知ったごん狐は兵十の母はうなぎが食べたいといって死んだにちがいない、と感じ、兵十の家に栗やまつたけを届ける。しかし、ある日、栗やまつたけを持っていった際、そうとは知らない兵十に撃たれてしまうのであった。

「ごん狐」は、孤独なごん狐と兵十の心のすれ違いの悲劇として語られることの多い物語である。栗やまつたけを毎日毎日持っていくごんの行為は、兵十の知り合いの加助によって神さまのせいにされてしまう。ごんは「つまらないな」と思いつつも、やはりひそかに栗を持っていく。ごんの毎日の努力が、兵十との距離を逆に広げてしまうという、時間がごんの期待を裏切っていく物語である。

ただ、時という観点で読むのであれば別の読み方もできる。「ごん狐」には草稿「権狐」があった。草稿「権狐」には作品の舞台の時代性がより明確に描かれていた。このことを考慮し、広く知られている「ごん狐」とその草稿「権狐」を重ね、その両方から読んでいくという試みのできる興味深い作品である。

「権狐」に関しては『校定 新美南吉全集 第十巻』（大日本図書、1981年）に収録されている。この「権狐」が推敲され『赤い鳥』編集長の鈴木三重吉によって多くの補筆・修正がなされたものが

前近代から近代

小さなお城にお殿さまが住んでいた時代。

「ごん狐」である。

「権狐」では茂助（「ごん狐」では茂平）という人物から聞いた話、となっており、茂助は仕事ができないから子守ばかりしており、そこでわたしたちは狐の話を聞くのである。このように設定がより明確である。この茂助爺という人物は元猟師であり、年齢等によって猟師をやめ、いまは子守りばかりをしている人物という設定である。

また、時代設定も「権狐」では「むかし、徳川様が世をお治めになつてゐられた頃に、中山に、小さなお城があつて、中山様と云ふお殿さまが、少しの家来と住んでゐられました」という一文があることで、江戸が終わり、もしくは江戸の記憶も残しつつ明治が始まったころの物語であることが明確になっていた。ほかの修正点を見てみるのもおもしろい。このように草稿である「権狐」は、ある特定の地域と時をもつ物語であった。しかし、推敲・補筆・修正によって、特定の時代性を示すような要素は大幅に削除された。この削除により、「村の茂平というおじいさん」から聞いた話として、時代性をのぞき、より抽象度が増した話となったのが「ごん狐」なのである。両作品を読むことで、前近代から近代への変化や児童向け文芸雑誌『赤い鳥』に載る「童話」の成立を知る豊かな読みができるのである。

初出は『赤い鳥』1932年1月。『花のき村と盗人たち』帝国教育会出版部、1943年9月収録。　　　　　　（大）

第一次世界大戦　ベッドがつなぐふたつの時代

『ある朝、シャーロットは…』
P・ファーマー
川口紘明 訳
篠崎書林　1977年
（Penelope Farmer, *Charlotte Sometimes*, 1969）

　寄宿舎学校に入学したシャーロットは、4人部屋の寝室の、窓際の車輪のついたベッドを自分の寝る場所と決めた。ところが、翌朝目が覚めると、隣にはルームメイトのスザンナではなく、もっと年下の少女が寝ていて、シャーロットを「クレア」と呼び、自分は妹のエミリーだと名乗る。窓からの眺めも昨日とはちがっているうえ、いまは戦争中らしい。

　シャーロットは途方に暮れるが、その翌朝、また、シャーロットは隣にスザンナが寝ている現代にもどってきて、月曜日になっていた。

　こうして、シャーロットはクレアとなったり、シャーロットとなったり、交互にくり返しながらふたつの時代を行き来することになる。

　入れ替わりを続けるシャーロットとクレアは、連絡をとりあう手段を考えつき、お互いに知らせあって、この不思議な状況をのりこえようとする。ただしふたりとも、なぜこんな不思議なことが起こっているのか、その理由はまったくわからない。ただ、車輪のついたベッドが関わっていることだけは確かだった。

　よくあるタイムスリップの物語では、入れ替わるふたりはそっくりであるという設定になっており、そのためにふたりはアイデンティティの混乱にまきこまれつつも、しだいに自分の属している時代とはちがう時代への理解を深めていくという展開になりがちであるが、この物語でもっとも特徴的なのは、入れ替わるシャーロットとクレアが、まったく似ていないし、年齢もちがうということだ。そして、入れ替わっているにもかかわらず、戦時中のエミリーが当然のように隣に寝ているのは姉のクレアだと思いこみ、シャーロットの時代では、スザンナはクレアをシャーロットだと思いこむ。

　このことは、アイデンティティの問題をさらに深い混乱に陥れる。個人のアイデンティティというのは、じつはそれほど確固たるものではなく、場所、位置づけ、立場によりかかったものであり、真の自分らしさとか、自分たるものというのが本当にあるのか、思いこみや呼びかけがつくりあげている幻なのではないかという疑問を突きつけてくるからである。

　そして、タイムスリップという装置が、

第一次世界大戦

自分というアイデンティティを確認するのではなく、じつはそれが相対的なものでしかない、という認識を主人公にもたせる。つまり、クレアがいるはずの場所にいて、クレアと呼ばれれば、一度も会ったことがなくても、自分はクレアになってしまいかねない、ということなのだ。その点が、この物語がほかのタイムスリップ物語と大きく異なるところだといえるだろう。

しかし、第一次世界大戦時のクレアと、現代のシャーロットのあいだに、まったく関係がなかったわけではなく、ふたりを結ぶ絆がいくつかあったことは結末で明かされる。そのうえ、シャーロットが移動した先の時代が、1918年、つまり第一次世界大戦中だったということにも重要な意味がある。

クレアになりすます日をうまくやってのけ、ふたつの時代を行き来することは結構たいへんだった。やがて、クレアとエミリーはくだんの車輪つきベッドがある寄宿舎から、下宿に移り住むことになり、その日、うまくエミリーの世界にクレアがいる番であれば、このおかしな交代劇も終わりを告げることになるはずだった。しかし、運命のいたずらか、引っ越しの日の予定が狂ったことから、シャーロットは1918年に残ったまま、車輪つきベッドには寝ない生活――つまり、シャーロットの現在に帰れないままの日々が続くということになってしまう。

戦時中にとり残されたシャーロットは、

車輪がついているということが特徴だったベッドが、ふたりの入れ替わりに関わっていたというのも、なんとなく説得力がある。

当時の人びとの戦争についての態度をつくづくと観察することとなった。そして、その時代に真に属している人には見えなかったにちがいない、空気のように浸透しているイデオロギーに気がつくという得難い経験をしたのだった。

人びとが当然のようにいだく愛国主義はもちろん、女性たちがいかにこの戦争によって生き方を変えざるを得なかったか、なぜ人びとが交霊会などを開き、簡単に霊媒のいうことを信じたか、など。

シャーロットの現在に帰ろうという計画は頓挫するが、意外な偶然の展開が、シャーロットとクレアをまっていた。

＊　＊

このような不思議な経験を経て、シャーロットにもたらされたのは、アイデンティティの確認ではなく、むしろ、その不安定さであり、個人は時代につくられるという認識だったといえる。この物語が読者をどこか不安にさせるのは、そのせいかもしれない。　　　　　（川）

☞時間のとり替えっこ（214p）　☞女性が強くなる時（352p）

第二次世界大戦　フェンスの内と外

『縞模様のパジャマの少年』
ジョン・ボイン
千葉茂樹 訳
岩波書店　2008年
（John Boyne, *The Boy in the Striped Pyjamas*, 2006）

　ベルリンの街中の住宅街に住んでいた少年ブルーノは、突然、寂しくて何もない、寒々とした見知らぬ土地に建つ2階建ての家に引っ越さねばならなくなった。9歳のブルーノに、引っ越しの事情はよくわからない。司令官閣下と呼ばれる偉い軍人で、「そーとーさま」のお気に入りの父の仕事の都合だとはわかっていたが、ブルーノは友だちと引き裂かれ、退屈でしかたなかった。

　新しい家の前には手入れされた庭があったが、ブルーノの部屋からは、その隣に、恐ろしい風景が広がっているのが見えた。巨大な金網のフェンス、その上にはごちゃごちゃとからまりあった有刺鉄線が山のように積まれている。その向こうは草ひとつ生えない砂地で、無数の平屋と、四角い建物、煙突があるだけ。兵士たちにつき添われて、そこで動きまわっている何百人もの人びとは、みんな上下そろいの灰色の、縦縞模様のパジャマを着ていた。

　ここまで語れば明らかなように、ブルーノは幼すぎて自分のおかれた状況や、父親の仕事がなんであるかも、まったく理解していない。それでも、ブルーノはなんとなく、父のしていることはまちがっているような気がしていた。

　ブルーノはあまりに無邪気、というより無知でありすぎた。周囲で知らぬ間に進行している事態に気がつくこともなく、ただベルリンで暮らしていた時と同じように遊びたくて、友だちがほしかっただけだった。そんな子どもの視点から描かれている、このアウシュビッツの強制収容所の風景は、かえって恐ろしく、残酷で、非人間的だ。

　ブルーノには、フェンスとは自分たちを囲んでいるものなのか、フェンスの向こうの人たちを囲んでいるものなのかすら理解できない。彼にとって、フェンスの内と外とは、あまりにも簡単に反転する影と光であったのかもしれない。この第二次世界大戦中のドイツにおいては、フェンスの片側にいる「ゆーとーしゅ」と名乗る人びとがたまたま、強い権力をもって、もう片側の人びとを虐げていたということなのかもしれない。

　フェンス沿いに歩くうちに、ブルーノは向こう側に、縞模様のパジャマの少年

第二次世界大戦

を見つける。うつろな表情の少年は、シュムエルと名乗った。

シュムエルがつけさせられている腕章はダビデの星。ポーランドから送りこまれてきたユダヤ人の少年だった。しかし、事情をまったく知らないブルーノには、状況の異常さがわからない。だからうちのお父さんも腕章をつけているよ、というだけだ。お父さんの腕章がハーケンクロイツだということも知らずに。

ブルーノとシュムエルは、何も知らぬまま友情を育む。フェンス越しのゲーム。フェンス越しに差し入れる秘密の食糧。境界線の意味を知らない少年は、知らず知らずにタブーを犯していたのである。

やがて環境の悪さに耐えかねた母は、2人の子どもを連れてベルリンに帰る決意をする。ブルーノがシュムエルに会える最後の日、彼は自分も縞模様のパジャマを着てフェンスの下をくぐり、シュムエルのお父さんを探す手伝いをしようと考えるが……。

＊　＊

作品はフィクションとはいえ、あまりに衝撃的な結末に愕然とさせられる読者は多いだろう。ときに優しく、ときに厳しいといった「ごく普通」のブルーノの父親像の描写が、ことの深刻さ、残酷さをより際立たせている。

遠いむかしのこと、それからは同じことは起こっていない、とわざわざ書かれた締めくくりのことばは、皮肉にも逆説

灰色の空を背景に、両側にいる人たちを非情にも隔てるトゲトゲ。これもまた人がつくったものなのだ。

的にも読める。

なぜなら、第二次世界大戦が終わったことで、無数の境界線が消え失せたわけではないのだから。また新たなフェンスが今日も生まれている。閉じこめる側が、次には閉じこめられる側となるかもしれない。鉄条網のフェンスがあるかぎり、そこには無限の悲劇が生まれる。

われわれは、知らぬ間に人間のあいだに引かれているフェンスの存在に無知であってはならないということだ。たとえブルーノのような子どもであっても、変だな、と感じたこと、その感覚を大切にし、時代の空気に流されて無知なままの大人にならないよう、このような、過去──でありつついまも通用する──「物語」に学ぶ必要があるだろう。　　（川）

時をつなぐ

☞前とあと（176p）　☞6年（186p）

何もない故郷の7日間　七不思議を見つけられたら

『ササフラス・スプリングスの七不思議』
ベティ・G・バーニィ
マット・フェラン 絵
清水奈緒子 訳
評論社　2009年
（Betty G.Birney, *The Seven Wonders of Sassafras Springs*, 2005）

　ピラミッドや古代神殿、巨人像や古城など、世界中にはさまざまな遺跡が残っている。それらは、長い長い時を積もらせて、想像力をかきたてる。歴史の深さ、世界の広さ、人間の知恵や技術を感じさせるそうした驚異に人はしばしばひきつけられ、ひと目見たいと旅に出る。

　この作品の主人公エベンも、そんな「世界の七不思議」にあこがれ、「大きなもの」「すごいもの」を見てみたいと思う11歳の男の子だ。とはいえ、舞台は1923年のアメリカ。ニューヨークやシカゴ、西海岸などの都市に華やかな大量消費社会が成立していく一方で、地方の村ではまだまだのどかな手づくりの生活が営まれていたころである。欧米では各地で「万国博覧会」が開催され、人びとの外へのあこがれをかきたてながらも、自動車や電話も一般の家庭には贅沢品で、遠い旅には汽車、通信には手紙。観光旅行などは庶民にとっては夢のような時代である。

　エベンの住むササフラス・スプリングスも、都会ではない。「アメリカのど真ん中にある」、海も山もなく、地図にも載っていないような、小さな田舎町。農場を営む父さんと、4年まえに母を亡くしてから家事全般を引き受けているプリティおばさんとの3人の暮らしは、世界の七不思議からはほど遠く、「ササフラス・スプリングスには何にもないや」としか思えない。そんなエベンに、夏休みに入ったばかりの夜、父さんがいう。母さんも行きたがっていた「コロラド州」の「銀の峰の山」にある親戚の家を訪ねるための汽車の切符を買ってあげよう、と。

　ただし、「ここ、ササフラス・スプリングスで七不思議を見つけられたら」。それが、旅立ちに先だって、父さんが出した条件だった。日々の農作業を黙々とこなし、息子の人生をしばることなく、「大人になったら好きにしていいさ」と語る父さんだが、彼にはひとつの哲学がある。「目の前にある驚異が見えないのに、世界へ〈不思議〉をさがしに行ってもむだなこと」。エベンは、この父さんのことばに刺激され、コロラド州の山にあこがれつつ、自分の住む田舎町で七不思議探しをしてみようと思うのだ。

何もない故郷の7日間

「期間はどのくらい?」と尋ねる息子に、「七日間が妥当だろう」と父さんはいう。さっそくエベンは、農場の手伝いから解放される時間をつかって、犬のサリーと一緒に、田舎道を一本一本訪ね歩いていく。散在する商店や家屋、野生のササフラス(アメリカ産クスノキ科の木)が茂る小川の土手や泉(スプリング)、農場や家畜小屋。丘から見下ろす風景は、見慣れたものにはちがいないのだが、〈不思議〉を探しているというエベンに、人びとの記憶はすこしずつかきたてられていく。

日曜学校のプリチャード先生の、命を救ってくれた干しリンゴの人形の話、村外れの便利屋カリイ・ポウンの、子どものころに出会った奇妙な雨ごい稼業の男の話、農夫カルビン・スマイリーの、バッタの大群を追い払ったのこぎり楽器の話……。どの話にも、目の前には証拠の品が残っていて、懐かしい時代の雰囲気を感じさせてくれる。また、その不思議に登場する人物が、語っている本人と意外なつながりをもっていることもある。ササフラス・スプリングスという小さな土地でも、あちこちで、時は積み重なっていて、そうした足元に積もっている驚異をとおして、エベンは平凡に見えた土地の、人と人、人と自然のつながりを感じとっていくのだ。

もちろん、1日に〈不思議〉を1つという予定は、必ずしもそのとおりにはすすまない。怒鳴られたり、自慢につきあわされたり、友だちにかつがれたり、雨が降ったり、「失望」や「困難」に見舞われることもある。7日めになっても6つしか〈不思議〉は見つからず、そのうえ、コロラド行き自体が、流行り病のために危うくなるという最大の「がっかり」にもエベンは直面する。しかし、〈不思議〉探しが、単なる旅行の取引条件から、自分にとっての故郷の創りなおしの営みへと確実に変化していたエベンは、8日めにとうとう七不思議の発見を果たし、コロラド行きに劣らぬわくわくするような旅立ちを手にするのだ。

「目の前にある驚異」が見えるようになったエベンにとって、その旅立ちは、もはや「何にもない」故郷からの逃亡ではない。見送ってくれる人びとに、小さくなっていく故郷の景色に、エベンのさわやかな声が響く。

「またな!」　　　　　　　　　　(奥)

ササフラスの枝。

25年めの8月6日　あの日をかかえる「いま」

『光のうつしえ　廣島　ヒロシマ　広島』
朽木祥
講談社　2013年

　広島に原子爆弾が落とされた日から、ちょうど25年めの灯籠流しの夜、希未(のぞみ)は不思議な体験をする。

　祖母ほどの年齢の見ず知らずの婦人から、いきなり「あなたは、おいくつ？」と年を問われたのである。12になったばかりと答えると、今度は「お姉さんがおありですか？」と問われる。いないと知って立ち去りかけた婦人は、またもどってきてすがりつくような表情で、今度は母の年を問うのだった。「四十二」と聞いて、涙をあふれさせ逃げるように去っていった婦人。希未からこの話を聞いた母の表情も気になる。希未は、さっきの婦人が母の実の母なのではないかなどと空想をめぐらせてしまう。毎年母親が流す灯籠のひとつ、白いほうに名前がないことも気になりだした。いままで気にも留めなかったことが気になりはじめた12歳の夏である。

　翌年中学にすすみ美術部に入った希未は、美術の吉岡先生と親しくなる。その吉岡先生が6月の終わりから病気で休職してしまう。先生は許嫁(さとこ)の聡子さんを探して入市被曝（原爆投下あとの放射線で被曝すること）していた。結局見つかったのは、吉岡先生が聡子さんにあげた兎の象眼の櫛だけだったという。希未たちは、「よう知っとると思うとることでも」「よう知っとると思うとる人のことも」知らないことが多いということにしみじみと気づくのだった。そして、希未とやはり1年の俊(しゅん)が提案して、秋の文化祭の美術部のテーマが「あのころの廣島とヒロシマ：聞いてみよう、あなたの身近な人のあの日のこと」と決まる。被爆体験や、戦争中の廣島のこと、戦前のことを周囲の人に聞いて作品を作ろうということになるのである。

　希未と小学校が同じで、俊と同じ吉岡先生のクラスの耕造は、学校の先生だった伯母さんが、6人の生徒さんと一緒にお骨で見つかったという。彼は野球部だが、そのことを作品にして参加するように希未たちから勧められる。

　俊は近所の「ちょっと苦手なおばさん」須藤さんをテーマにする。戦後ずっと命の抜け殻のようになって生きてきていた須藤さんは、悔やみきれない悔いをかかえ、しかし、新聞で小山ひとみさん

という人の短歌に出会った時に、自分や小山さんのような母親が世の中に数えきれないほどいるのだと思いいたったという。

希未は、先生と聡子さんの絵を描く。聡子さんと喧嘩別れのようになってしまった吉岡先生の悔いの深さを、人が描かれていない何枚もの同じ構図の絵に見てとった希未は、同じ構図のなかに永遠に失われた先生と聡子さんを描きこむ。また、もう1枚の絵のために、希未はお母さんが毎年流してきた、名前のない白い灯籠のことを聞こうと決意する。そして、まえの年の灯籠流しの時、声をかけてきた婦人とお母さんの悲しい縁を知ることになる。

「光のうつしえ」とは、美術教官室に飾られていた戦前の広島県産業奨励館（現在の原爆ドーム）のきらびやかな写真パネルのタイトルである。この写真を前に語りあうなかから、文化祭のテーマが決まったのだった。そしてできあがった俊の作品も、希未の作品も「あの時」の廣島と、いま自分たちが見ている広島、そうだったかもしれないこと、そうあってほしかったことをひとつの絵のなかに描きこんだものだった。

物語の現在からさらに時は過ぎた。
1970年、吉岡先生は希未たちの作品

あの日からちょうど70年めの灯籠流し。

に触発されて、大切な人の死を受け入れて見送り、心に刻んでずっと忘れず伝えていくことを心に決め、そうできるように祈りながら灯籠を流すと語った。

＊　＊

それから45年め、あの日から70年めの8月6日、原爆ドームの周囲は近隣の小学生が作って手に手に持ちよった牛乳パック製のランタンの優しい光に包まれていた。同じ年、集団的自衛権を容認する安保法制を強行採決し、日本政府は不戦の誓いを反故にする一歩を踏みだした。

永遠に失われた時と人に深く心を寄せた希未たちは、まさに未来への希望そのものだ。この美しい魂の流れのような作品をさらに受け継ぎ、わたしたちは「真の意味で悼む」力をつけねばならないのだろう。　　　　　　　　（西）

200年　伝説の眠りを目覚めさせたろうそく

『地に消える少年鼓手』
ウィリアム・メイン
林克己 訳
岩波書店　1970年
（William Mayne, *Earthfasts*, 1966）

　夏の終わりのある日、デイヴィッドは森のはずれで妙な物音を聞いた。キースとともに音の正体を確かめにいった彼は、奇妙な盛り土の塚ができていることに気づく。まるで太鼓をたたくような音が、その中から響いてきた。音はどんどん近づいてきて、黄昏時、ついに塚からはふたりと同い年くらいの鼓手のなりをした少年が、現れたのである。意味がよく聞きとれないくらい訛りのあることばで、少年はふたりに話しかけてきた。

　仲間とはぐれたのだと少年はいい、ネリー・ジャック・ジョンと名乗る（ネリーとジャックは親の名前）。城に帰りたいから道を教えてくれというので、デイヴィッドとキースは町におり、城のほうへと案内しようとする。だが、少年鼓手は、町やそこを走るバスを見て呆然とし、そのうえ鉄の城門が閉ざされて入ることもできなくなっている城の遺跡を見てひどいショックを受けたようすであった。

　途方に暮れるネリー・ジャック・ジョン。デイヴィッドは、彼がアーサー王とその騎士たちが城の下に眠るという伝説を確かめるためにトンネルに潜りこんだ

あと、時空を迷い200年後の世界に出てきてしまったのだと推測する。もちろんキースもジョン自身もその話を簡単には信じることができなかった。しかし、ほかに考えつく理由がない。これがふたりの、これから続く超常現象との関わりの始まりであった。

　デイヴィッドが自分のうちに来るようにと誘ったが拒否したジョンは野宿し、翌朝、ふたりが持っていった朝食を珍しげに食べてから、故郷のエスケスにもどるといってひとりで出かけてしまう。

　突然たったひとりで遠い未来の時代に来てしまった彼のことを思いやり、デイヴィッドとキースは自転車であとを追う。そしてエスケスで、思ったとおりジョンがアーサー王の宝物を探しに出かけて行方不明になった200年まえの少年だったことをつきとめた。

　一方、ジョンはエスケスに知った人がいないのにがっかりし、出てきた穴に再びもどっていたが、不思議な体験を忘れられないふたりは、このことをすべて記録して筋のとおった物語に作りあげることに決めた。

ジョンが持ってきたもので、証拠として残っているのはろうそくだけ。それを拾いに出かけたふたりに、そのろうそくが炎を放って燃えており、けっして揺ぎも消えもしないことを知って仰天する。何からもエネルギーをもらわず、なんのエネルギーも出さず、ろうそくはただ光を放っていた。

しかしこのろうそくこそ、ジョンが城の下に眠るアーサー王とその騎士たちのテーブルから持ちだしてきたものであり、そのあるべき場所から動かされたがために、平和なゲアブリッジの町に、次々と超常現象を引きおこす、その原因をつくったのであった。ジョンがろうそくを持ちだしたがために、その時代の眠りが妨げられ、目覚めさせられてしまったのだ。

そのなかでも、もっとも大きな事件は、キースの目の前で、デイヴィッドが雷に打たれ、そのまま蒸発したように消え失せてしまったことだった。目撃者は、馬に乗った男がデイヴィッドをさらっていったと証言するが、そんなことを信用する人はいなかった。

とり残されたキースはデイヴィッドの部屋から、不思議なろうそくを持ち帰る。すべての時間の歪みは、このろうそくが地中から持ちだされてから起こっている。眠るアーサー王を起こし、200年の時を混乱に陥れたのは、このろうそくのせいなのにちがいなかった。なんのエネルギーの交換もおこなわず、凍った光を放つこのろうそくは、凝縮した時間の象徴といえるだろう。

☞別の時空間（314p）

キースは、この混乱を鎮めるためにはろうそくを城の地下の、王と騎士の円卓のろうそく立てにもどすことが必要だと考え、デイヴィッドを救うために、アーサー王の軍勢を追う。ろうそくを持っているキースにだけ、軍勢は見えるのだった。

＊　＊

イギリスの各地には、人知れずアーサー王とその騎士たちが永遠に眠りつづけ、イギリスに危機が訪れる時に、目覚めるという伝説がある。その伝説をもとにしたファンタジーでありつつ、きわめてリアリスティックで、いかにも本当に起こりそうな手触りを感じさせるのは、この物語がイギリスの地に根差した雰囲気をもち、200年まえの少年の描写にも、きわめてリアルな描写がされているためだろう。

（川）

消えることがない、尽きることがない、熱を放射しないろうそくは、時が止まっているしるしである。

半年間　おじいちゃんとの同居の試験期間

『ヨーンじいちゃん』
ペーター＝ヘルトリング
上田真而子 訳
偕成社　1985
（Peter Härtling, *Alter John*, 1981）

　クリスチャン・グルニエの『水曜日のうそ』（講談社、2006年）には、毎週水曜日の正午に訪ねてくる82歳のおじいちゃんの生活を変えないように、家族ぐるみで涙ぐましい「うそ」をつきとおそうとする一家が登場する。息子や孫は、遠くへ引っ越したあとも、水曜日の正午から30分だけ、もとのマンションの一室を借りて、祖父を迎えつづける。それほどに、年を重ねてから、環境や習慣を変えるのは勇気がいるものだ。
　本作において、75歳のヨーンじいちゃんが、シルマー家の人びとと同居することになる時にも、もちろん、それなりの思案があった。シルマー家の父さん、母さん、12歳のラウラ、10歳のヤーコプが、新しい家で一緒に暮らそうと手紙を出しても、返事はなかなかこない。1か月たってやっときた返事には、この招待には「わしののこりの人生をどうすごすか、その決定がかかっておる！」と書かれている。そして、シルマー家の厚意ある申し出を受けるが、まずは「試みとして」同居し、「試験期間は、半年間としよう」とある。当然読者は、半年後にどういう結果が出るのだろうと思いながら、ページをめくっていくことになる。
　母さんの父親であるヨーンじいちゃんは、いろいろと変わっている。チェコのブリュン生まれのヨーンじいちゃんは、「んのっ」といってから語りはじめ、ユ音はイに、イ音はエに聞こえるような訛りがある。身長190センチと、ものすごく背が高い。新しい部屋のきれいな壁紙も気に入らないとなれば、どんどん塗り変えてしまうし、プールでは人目もはばからず三角の小さな水泳パンツをはく。ソファの右はしの場所が気に入れば、お客がいようといまいと、3時半には必ずそこに座って新聞を読む。
　そんなふうに、自分の好みやこだわりを貫いて生きているヨーンじいちゃんに、気の短い父さんはしばしば怒りを爆発させ、ラウラは「どうかしてる」と憤る。それでも、ありのままの自分をさらして、自由に生きるヨーンじいちゃんに、家族はだんだんと慣れ、愉快であたたかな時間が流れていくのだ。
　やがてヨーンじいちゃんは、地域社会にも溶けこんでいく。見事な染色の技を

見込まれてお客がついたり、酔っ払いさわぎからコーラスやボウリング仲間の常連になったり、若者たちの相談相手にもなる。気がつくと、「試験期間」だったはずの半年間はいつの間にか過ぎ、ヨーンじいちゃんが越してきて「一年目の記念日」のお祝いで、シルマー家は大にぎわい。半年の「試み」のことなど話題にもならない。ここにきて、「試験期間」というのは、年を重ねてからの新しい生活を思いきって始めていくための、ヨーンじいちゃんの、方便だったのだと読者も気づくのだ。

おじいちゃんからの家族へのプレゼントは、ボクサー犬の子犬だった。

ところで、同居1年めのお祝いでヨーンじいちゃんが家族にプレゼントしたのはなんと子犬のチャッペル。ヨーンじいちゃんには、先の人生がどのくらいかとか、年寄りだからといった遠慮はない。50代のベーゼマーさんという恋人ができた時も、「まだ女の人が好きになれるの?」というヤーコプの疑問に対して、ヨーンじいちゃんはおおいに怒る。老人は「ほれること」もできないと思うのか、「頭はからっぽ、心もからっぽ、血管の中はほこりでざらざら」だと思っているのか、と。こうしたヨーンじいちゃんの率直なことばのひとつひとつが、「老い」の一般的なイメージをくつがえしてくれる。それが、なんとも痛快なのだ。

作者ヘルトリングには、67歳の祖母が両親を亡くした5歳の孫をひきとって育てる『おばあちゃん』(偕成社、1979年)という作品もある。変化を恐れず、全力で子どもと向きあう、こちらのエルナおばあちゃんの挑戦にも、じつに勇気づけられる。とはいえ、エルナおばあちゃんも、ただ向こう見ずで無計画なわけではない。エルナおばあちゃんは、10歳になった孫に、自分が「あと四年」しか生きられなかったらどうするか……を考えさせておくことも忘れない。ヨーンじいちゃんが、「半年間」という「試験期間」を設けることで、前に進んでいこうとしたように、この作者の描く人生の先達たちは、小さい区切りを見据えながら努力を惜しまない、リアリストでもあるのだ。

(奥)

100年まえ　「人形の家」を出たお人形

『アナベル・ドールの冒険』
アン・M・マーティン&ローラ・ゴドウィン
ブライアン・セルズニック 絵
三原泉 訳
偕成社　2003年
(Ann M.Martin and Laura Godwin, *The Doll People*, 2000)

　アナベル・ドールは、イギリスで作られたビスクドールの女の子。持ち主のケイトの設定では8歳だが、じつは作られてから100年がたっており、もともとケイトの祖母の持ちものだった。ビスクドールの一家、パパ、ママ、弟のボビー、ドールおじさん、赤ちゃんのベティと一緒に、扉が閉まるキャビネットタイプの古いドールハウスに住んでいる。

　作られた時、「人形の宣誓」をした人形たちは、人間が見ていない時だけ動くことができるが、見られる危険を冒すと「永久人形状態」になって24時間、動けなくなる。人間に、動けるということを知られると、人形界全体が、永久人形状態になってしまうため、それは厳しく禁じられていた。だから、普段、人形たちがドールハウスを離れることはめったにない。冒険好きで、読書好きのアナベルは、それが不満だった。アナベルは、何かが足りなくて、何かが欲しくてたまらなかった。それがなんなのかわからないけれど。

　ケイトの妹ノラが、誕生日に新しいドールハウスを買ってもらう。こちらはプラスチック製のピンクの「ドリームハウス」で、そこに住む人形のファンクラフト一家は、大量生産のプラスチック人形だった。壊れることがないプラスチックの人形は恐れを知らないし、大胆だ。

　お隣さんができたことを喜んだドール一家は、ファンクラフト一家を招待するが、100年まえの生活様式にファンクラフト一家は面食らい、ドール一家は最新のアメリカン風の生活を模したファンクラフト家の生活におどろきを隠せない。しかし最初の異文化衝突をのりこえたふたつの家族は、お互いを認めあい、仲のいいお隣さんとなる。

　ところで、ドール家には謎があった。45年まえ、ドール一家の一員であったサラおばさんが、どこかに行ってしまったまま、行方不明になっているのである。100年まえの時代の女性としては、進取の気性にとんだサラおばさんは、クモの研究をしたり、たびたびドールハウスを出たりする冒険好きの女性だったらしい。サラおばさんが書き遺した日記を見つけたアナベルは、サラおばさん同様、冒険好きの性格だったから、おばさんを捜索

して助けだそうと決心し、それにファンクラフト一家のティファニーも同調して、ふたりは一緒に探偵活動を始める。思索タイプのアナベルと、行動タイプのティファニーは、ときどき衝突もするけれど、いいコンビとなった。

このことをつうじて、ファンクラフト一家とドール一家は力を合わせ、わだかまりをかかえていたパパ・ドールとドールおじさんも和解、アナベルとティファニーは、人種ならぬ素材のちがいを超えて、お互いの友情を確認する。

ロンドンの子ども博物館に展示されている古い人形の家。人が寝静まったあと、人形たちはこの家の中で動きはじめるのだろうか。事細かに作られた人形の家を見ていると、それが信じられる気持ちになってくる。

* *

陶器製のビスクドールが壊れやすく、それゆえ冒険を好まず、保守的であるのは性格づけとして納得できるし、プラスチック製のファンクラフトさんたちが、軽く大胆でおおざっぱなのも腑に落ちる設定である。また、バービー人形は、最初から「人形の宣誓」をしないことを選択し、最初から最後まで永久人形状態であるというのも、皮肉な話である。

100年まえのヴィクトリア時代のイギリスで作られた人形のなかでも、サラおばさんのように、当時の女性の規範にとらわれず、人形の規範にもとらわれず、クモの観察に夢中になり、日記を綴り、イプセンのいわゆる「人形の家」を出て、冒険した女性がいたことは興味深い。

イプセンのヒロイン、ノラという名前も、この作品と戯曲「人形の家」（1879年）のあいだのテクスト的関係を示唆している。そして、サラおばさんにあこがれ、なんとしても探しだしたいと、両親の止めるのも聞かずにとびだしていくアナベルもまた、100年まえ、現実に「人形の家」を出たノラたちの仲間だったのだといえるだろう。

一方で、プラスチックのファンクラフトさん一家をも、大きすぎる赤ちゃん人形ベッツィーをも、自分たちの仲間として受け入れるドール一家には、この作品が書かれた多文化社会アメリカの理想が投影されているのかもしれない。アナベルの冒険は、このあともシリーズ化されて続いている。　　　　　　（川）

☞ヴィクトリア朝（332p）

182、3歳　世界一有名な獣医を育てたオウム

『ドリトル先生アフリカゆき』
ヒュー・ロフティング
井伏鱒二 訳
岩波少年文庫　2000年
（Hugh Lofting, *The Story of Doctor Dolittle*, 1920）

　むかし、むかし、そのむかし、沼のほとりのパドルビーという小さな町のはずれに、ジョン・ドリトルという名の医者が住んでいた。この先生、大の動物好きで、庭はもちろん家の中まで動物だらけ。部屋が汚れるし餌代がかさんで困ると、家政をとりしきる妹からいつも不平不満を浴びせられていた。実際、動物たちのせいで患者を失い、先生はすっかり貧乏になってしまう。

　見かねた知人が、動物の医者になってはどうかと勧めてくれる。誰よりも動物のことをよく知っているのだから適性は十分だし、なんといっても獣医はもうかるというのがその理由だ。この提案を聞いて、動物語の教師をかってでてくれたのがポリネシア、182、3歳になるという博識な雌オウムだった。

　お金もうけにはとんと興味のない先生も、動物のことばには興味津々。もともと研究熱心だったので、鳥のことばを手はじめに、犬、馬、牛から、野ネズミ、アナグマ、コウモリまで、ペットも家畜も野にすむものも、あらゆる動物のことばを貪欲に吸収した。おかげでわずか数年にして世界中の動物たちにその名を知られるほどの名医になった。あいかわらずお金もうけには興味がなかったので、妹からは愛想をつかされてしまったが、動物たちが協力して支えてくれるので、生活にも支障がない。ポリネシアが洗濯を引き受け、算術の得意なフクロウのトートーが帳面づけをして家計を管理、両手を動かせるサルのチーチーは料理と裁縫を担当、アヒルのダブダブがベッドメイキングをしてはたきをかければ、犬のジップが床をはき、ブタのガブガブが庭と野菜畑の世話する、といった具合だ。『ドリトル先生アフリカゆき』に始まるシリーズは全部で12巻。「金払いのよい人間よりも、動物のほうが、かわいい」と公言するドリトル先生と、彼が愛する動物家族が経験するさまざまな出来事を描いた愉快な物語である。第1巻で語られるのは、原因不明の疫病に苦しむサルたちを救うため、アフリカへ向かった一行の冒険だ。船が沈んで海を泳ぐ羽目になったり、白人ぎらいの王さまに捕まって牢屋に入れられたり、海賊船に追いかけられたり、ドリトル先生は、行

く先々で次々と困難に遭遇するが、そのつど現地の動物たちが助けてくれるので、窮地を脱することができる。もちろん動物家族も大活躍だ。

この作品が人気を博したことで出版された第2巻『ドリトル先生航海記』(*The Voyage of Doctor Dolittle*, 1922)には、博物学者をこころざして先生の助手になるトミー・スタビンズ少年が登場し、以後ドリトル・ファミリーの一員としてさまざまな冒険をともにする。この2作めには、年老いたトミーが、いまや250歳になったポリネシアの助けを借りて物語を執筆したという、シリーズ全体の背景を説明するプロローグも添えられている。つまり、浮世離れしたドリトル先生に動物のことばを教えて、獣医そして博物学者への道を開いた長命なオウムは、その知恵と経験を生かして、数々の冒険行で名参謀として活躍しただけでなく、じつは、先生の偉業を伝える弟子の仕事にも関わっていたのだ。

長い長い時を生きてきたポリネシアは、そもそも、人間に対して辛辣な意見をもっていた。動物のことばすらろくに知らないくせに、有史以来ほかの生き物を見下しつづけてきたと、その傲慢さに関して痛烈な批判を口にしていたほどだ。だが、そんな彼女も、ドリトル先生には心からの愛情と敬意を捧げる。それは、先生が、靴屋の息子から王さまで、どんな人の前でも態度を変えることがなく、海の底にすむ小さな貝から宇宙生物まで、あらゆる生き物に公平に接する人だった

180年、250年というのはいささか大げさだが、オウムは長寿で知られる生き物。70〜80年生きる例もあるという。

からだ。ドリトル先生の生き方を支えているのは、この世界を分かちあうすべての命あるものに対する深い尊敬の念——それがこの作品のいちばんの魅力である。

古い作品のため、今日的な価値観にそぐわない描写もあるが、全巻をつうじて追及されているのは、命ある者が等しく対等に生きる理想世界である。茂田井武の幻燈用スライドをもとに南條竹則が文章をつけた『ドリトル先生アフリカへいく』(集英社、2008年)は、原作がもつそのような魅力のエッセンスを抽出した絵本で、幼い子どもでも楽しめる。原著著作権の失効によって、このような作品を多くの人が手にとれるようになったのはありがたい。　　　　　　　　（水）

むかしも、いまも　ずっと楽しいチュウチュウ通り

『チャイブとしあわせのおかし』
〈チュウチュウ通りのゆかいななかまたち〉5
エミリー・ロッダ
さくまゆみこ 訳
たしろちさと 絵
あすなろ書房　2010年
（Emily Rodda, *Lucky Clive*, 2005）

世の中には、『才能をのばす……』『〇歳からの……』『人生を変える……』といった能力向上や成功の秘訣を伝授する「自己啓発本」というものがある。変わりばえのない毎日にうんざりしている時など、ついそういう本からちょっとした知恵やヒントをもらいたくなる。とはいえ、あんまり安易に信じすぎるのも、かえって自分の生き方を見失うことにもなりかねない。多くの人が、こうした本に熱狂するとしたら、それはそれで危険だろう。

本書の主人公ハツカネズミのチャイブは、まさに『生き方をかえ、おもしろいネズミになる方法』なる自己啓発本に出会い、それまでの自分の人生を捨ててしまいそうになる。この啓発本を書いたのは、チャイブの学生のころの同級生ローリー・ボーンズ。彼のこの本は、「三百万さつ」も売れ、公会堂では著者の講演会も開催されて、何百ぴきものネズミを興奮させていた。大金持ちになったローリーとばったり出会ったチャイブは、一緒に食事に行った先で、かつてのあこがれのネズミ、デイジーとも再会する。金髪に銀色のドレスを着て、見ちがえるように美しいデイジー。美容師だったはずの彼女は、映画スターになっているという。

それにひきかえ、チャイブは、ここネコイラン町チュウチュウ通りの5番地で、あいかわらずケーキ屋を続けている。新しいケーキを考えだしては、たくさんのお客にケーキを売る日々。それはそれで気に入っている人生だったはずなのに、「ちっともかわってないなあ」「たいくつだろうな」といわれると、なんだかローリーやデイジーにあわれに思われているようで、いたたまれなくなってくる。そして、ローリーの本を読んだチャイブは、自分だってその気になれば生き方を変えることぐらいできるとケーキ屋を投げだし、新聞の募集広告でほかの仕事を始めようとするのだ。

しかし、もちろん、この物語では、チャイブの安易な自己啓発は、散々な目にあって失敗する。それになにより、チュウチュウ通りの仲間たちが、チャイブのケーキを心待ちにしている。じつはデイジーも華やかな映画スターよりも、自分

の好きな美容師をもう一度やりたいと思っていたのだ。「あなたのケーキは、むかしも今もこの町いちばんよ」というデイジーのことばは、金持ちになることや、有名になることよりも、好きなことをずっと続けていくことの貴さと幸福をはっきりと伝えている。

＊　＊

　この『チャイブとしあわせのおかし』をふくむ〈チュウチュウ通りのゆかいななかまたち〉シリーズは、全10巻の幼年童話。1番地に住むお金持ちのゴインキョ、2番地の古道具屋クツカタッポ、3番地は子だくさんのフィーフィー、4番地は絵描きのレインボー、5番地はチャイブで、6番地はドラマーのクイック、7番地は車の修理工レトロ、8番地は魔術師マージ、9番地は船大工のセーラ、そして10番地は郵便屋のスタンプ。仕事をしたり、旅に出たり、事件にまきこまれたりと1冊ごとにいろいろなネズミたちが活躍するが、共通しているのは、いろいろな好きなこと、得意なことがあり、その得意分野を生かして助けあっていること。そして、チャイブのように、ちょっとした迷いはあっても、最後には、むかしもいまも、そしてこれからもずっと、この楽しいチュウチュウ通りの生活が続いたらいいと思えること。自己啓発ならぬこの自己肯定感が、全編とおしてあたたかいのだ。

ケーキ屋さんのキッチン。

　同時に、ネズミならではのちょっとしたユーモアが満載なのも楽しい。チーズがお金であるとか、チャイブの新作ケーキ「チュウチュウ・スペシャル」は食べるとチュウチュウ鳴るとか、世界一のバンド名が「ローリング・チュウチュウズ」であるとか、海賊ネズミが肩にみどりのハエをとまらせているとか……。日本語版のたしろちさとの挿絵も、ネズミたちの表情はもちろん、住まい、ファッション、生活小道具などの描きこみで、チュウチュウ通りの楽しさを倍増させている。物語はもちろん、本のすみずみまで楽しめること請け合いだ。　　　　（奥）

夜　「夜間外出禁止条例」のある町で

『夜の子どもたち』
芝田勝茂
小林敏也 絵
パロル舎　1996年

　夜はこわい。魔物が出るのも、事件が起きるのも、だいたい夜だ。暗くて、まわりもよく見えず、静かで、孤独。しかし、この作品を読むと、そんな夜があらためて、魅力的に思えてくる。

*　*

　最初に登場するのは、臨床心理学専攻の研修生、正夫。彼は、地方の小都市で同時期に発生した「登校拒否」の子どもたちのカウンセリングをおこなうために、舞台となる八塚市にやってくる。カウンセラー認定の予備審査もかねており、先輩カウンセラーのルミが、正夫の補佐と審査をすることになっていた。正夫が、八塚市に到着したのが7月29日。彼は翌日から、子どもたちの面接を開始する。

　5月ごろから学校に行けなくなっていた子どもは5人。中学2年生でコンピューターマニアの明、同じく中学2年で活発な千秋、中学3年のサッカー少年の道夫、高校1年で歴史好きの新聞部の光、そして中学1年でことばも出なくなってしまった真理子だ。正夫は、彼らを市の少年センターに集め、食事などをともにしながら、面接をすすめていく。最初は警戒していた子どもたちも、同じような境遇の子どもがほかにもいることに勇気づけられ、やがて、彼らが学校へ行けなくなったのは、突然まわりの人間が「石」のように表情のない顔に見えてしまう幻覚に襲われたからだということ、そして、そのきっかけが、夜の外出にあったことを語りはじめる。

　じつは、この八塚市には、「非行と犯罪のもと」として夜の外出を禁止する「夜間外出禁止条例」なる市独自の法律があった。守るべき古墳群もあり、夜には魔物が出るといういい伝えもあるこの市では、夜歩きしないということは古くからの習慣でもある。そのため、多くの市民が、この条例を自然なこととして受け入れていたのだ。しかし、子どもたちは、それぞれちょっとした理由で、条例を破ってしまった。そのことを知った正夫は、子どもたちの幻覚は、夜のタブーに対する恐怖だと考える。そして、その恐怖に立ち向かうべく、みんなで夜のハイキングに行こうと提案するのだ。

　かくして、8月4日。正夫とルミと子どもたちは、少年センターを出て、町外

れの川へと出かけていく……と、ここまでは、奇妙な条例にとまどいつつも、正夫なりの解釈で、カウンセリングは順調にすすんでいるかに見えた。

ところが、その夜のハイキングで、正夫たちは、伝説の「カレルピー」なる八塚の魔物を守る、埴輪の姿をした「夜の衛兵」の一団に本当に出くわしてしまう。さらには、小山の向こうに消えていった「閣下」と呼ばれる人物の一行……。正夫は、とうとう説明のつかない現実に直面し、混乱する。しかし、この夜がきっかけとなり、正夫ははじめて、カウンセラーという立場を捨てて、子どもたちの苦しみに、そして、自分自身の出会った謎に、まっすぐに関わろうとしはじめる。

ここから物語後半は、スピーディーに世界が見えてくる。8月5日、8月6日と、夜のハイキングや昼間の調査を続けるなかで、正夫や子どもたちは、八塚市ですすめられていた国家的な陰謀に気づく。さらには、心理学研究所による市民の管理や、「八百八十八夜」に一度の奇妙な祭りの準備……。そうしたひそかな動きはすべて、「夜間外出禁止条例」という制度の裏側で進行していたのである。

夜はこわい。暗闇や魔物はできることなら見ずにやり過ごしたい。「非行ゼロ」「モデル都市」といった明るいスローガンに安心していたい。それは、多数の人びとの素朴な心理ともいえる。しかし、この作品では、そうした闇や魔物を

夜の川辺。

避けたい多数派の心理につけこんで、ひそかにはびこる支配や統制が描かれている。本当にこわいのは、暗闇や魔物ではなく、そうした支配に身をゆだねてしまうことだったのだ。

8月7日、カウンセリング最後の夜。ススキが「誘うように包みこむように風になびき」き、風は「昼の暑さの名残をとどめて香ばしくただよってくる」。「夜って、いいよ」と、その魅力を共有しつつ、ハイキングを続けることで、正夫や子どもたちは、地域の伝統的な夜の不思議にふれ、暗闇や魔物もふくめて世界はあるのだと理解していく。そんな、こわいけれど魅力的な暗黒のなかで、彼らが手さぐりでどんな体験をしたのか、そして、その夜が、どんな8月8日の朝につながっていったのか、じっくり読み味わっていただきたい。

なお、本書は、1985年福音館書店版を加筆訂正したもの。じつは結末も大きく書き変えられているので、読み比べてみるのもおもしろい。　　　　　(奥)

5

時におどろく

はるかな過去や遠い異国、現実にはない異世界を舞台にした物語には、いつだって新たな発見がある。けれども、物語にどきどきわくわくできるのも、じつは柔軟な心があってこそ。だから、子どもにとっては平凡な日常もおどろきに満ちている。この世界を新鮮な目で見るための力を失っていないか。その試金石となる「時」の数々を紹介する。

大叔父さんが死んだ日　家族の秘密が明かされる時

『足音がやってくる』
マーガレット・マーヒー
青木由紀子 訳
岩波少年文庫　2013年
(Margaret Mahy, *The Haunting*, 1982)

　8歳の少年バーニーこと、バーナビー・パーマーはおびえていた。なんのへんてつもない金曜日の午後、いつものように学校から帰ろうとしていた時に、突然、幼い金髪の少年が空中に姿を現して、「バーナビーが死んだ!」と告げたからだ。襟や袖口にレースのついた青いビロードの服という、古めかしくて風変わりな身なりをしたその少年は、何度も「さびしくなるよ」とくり返したのちに、かき消えてしまったのだから、これはもう幽霊を見たのだと考えるしかない。

　自分の死を予告されたものと思いこんでおびえきったバーニーだったが、家に帰ると、母方の親族バーナビー大叔父さんが亡くなったという知らせが待ち受けていた。名前をもらったとはいえ、あまり会うこともなく、顔もろくにも覚えていないような親戚だった。

　パーマー家の子どもたち、バーニーとふたりの姉トロイとタビサにとって、母方の親族はまったく疎遠な人たちだった。母親のダヴがバーニー出産時に落命したうえに、いまではクレアというすばらしい継母がいることもあって、ダヴの両親スカラー夫妻は3組めの祖父母、いわば「スペア」のような存在にすぎなかったのだ。おまけに、スカラー家には、恐ろしい曾祖母もいた。小さくしなびた体に怒りを充満させ、いつも不機嫌で不愉快なことばかりを口にする88歳の老女がいるとあっては、いくら祖父母が優しくても、足が遠のくのも無理はない。

　祖父の兄弟たち3人がみな独身でひっそりと暮らしてきたのも、この曾祖母の支配力の強さゆえのことらしかった。今回亡くなったバーナビー大叔父さんはそのなかでいちばん自由な心をもつ人物だったらしい。バーニーたちは、弔問をきっかけに、そんなスカラー家の内情をはじめて知ることになったのである。だが、さらにおどろいたのは、4人めの大叔父さんの存在だった。祖父たちには、20歳ちかくも年の離れたコールという名の弟がいたのだ。だが、大叔父たちは、彼のことを不幸な子と呼び、少年のころに家出してまもなく川で溺れて亡くなったということ以外、語ろうとしない。

　家族ですらいいよどむほどの謎をかかえた少年コール。そんな彼が遺したスク

ラップブックを見ている時に、またもや不思議な現象に襲われたバーニーは、自分にとりついたのが、若くして死んだ大叔父コールの幽霊だと確信する。そしてその夜、幽霊の目的が明らかになる。幽霊はバーニーを家族から切り離して、自分と同じ道を歩ませようとしていたのだ——スカラー家の魔法使い——幽霊はバーニーのことをそう呼んだ。

イギリスの墓地。超常現象と家族の秘密は、マーヒーのYA作品の主要テーマ。本作は、短編の名手として知られたマーヒーがはじめて手がけた長編で、この成功によって優れたYA作品の書き手としての地位を確立した。（写真提供：芦田川祐子氏）

じつは、スカラー家には大きな秘密があった。代々、ふつうの人がもたない力と特殊な性質をもつ人間が現れて、本人だけでなく周囲の人間をも不幸に陥れてきたというのだ。この呪われた魔法使いの血を誰よりも色濃く受け継ぎ、強大な力をもっていたがゆえに実の母から疎まれ、家族の黒い羊として放逐されたのが、コール大叔父だったのだ。

そんな大叔父にとりつかれたバーニーの目には、見えるはずのない異世界の光景がちらつき、耳には、すこしずつ近づいてくる足音が聞こえるようになる。お腹に子どもを宿している継母クレアを心配させまいと、ひとりで恐怖に耐えるバーニーのもとへ、一歩また一歩と近づいてくる恐ろしいもの……幽霊だと考えられていたものの正体が明らかになった時、バーニーを守るために立ちあがったのは意外な人物だった。

日頃はまったくつきあいのない親戚の死によって、バーニーの運命が大きく変わったのは、亡くなった大叔父さんが、目に見えないところで家族の間をつなぐ糸のような役割を果たしていたからだった。だがそもそも、誰かの死によってそれ以前の人間関係の調和がくずれるのは珍しいことではない。この世は人と人とのつながりで成り立っている。誰かが死ぬということは、そんなつながりのどこかに切れ目が生じるということなのだ。その切れ目を結びなおすのか、切り離すのかは、残された者の気持ちしだい。なかでも「家族」という名のつながりは、なによりも厄介だけれども、かけがえのないものだけに、修復にも困難がともなうものなのかもしれない。そんなことも考えさせてくれる物語である。　　（水）

かえるをひいた日　原発事故の夜をこえて

『夜の神話』
たつみや章
かなり泰三 絵
講談社　1993年

　本作は、6年生の「ぼく」ことマサミチが、自転車でかえるをひき殺してしまった日から始まる。両親が急に田舎へ引っ越すと決めて、「ぼく」と母親がとりあえず祖母の家に住みはじめてから1週間。それまで住んでいたマンションのある町は、学校も近く、「ぼく」は附属中学めざして塾にも通っていた。それが、この田舎にはろくな店もなく、学校も遠く、「クラスのやつらはみんなダサくって幼稚」。もちろん、塾もない。急な引っ越しも不可解で、気が滅入りながら自転車を走らせていた時、「ぼく」はかえるを踏みつぶして転倒する。しかし、「腹がぐっちゃりつぶれた」かえるを見て、「ぼく」が思うのは「きしょくわるい」ということだけ。かえるの命などなんとも思わず、自分のけがだけには大さわぎという、なんとも自己中心的ないやらしい都会っ子として、主人公の「ぼく」は登場する。

　とはいえ、物語序盤で、「ぼく」は大きく変化する。かえるをひいて見捨てた罰として、ツクヨミの神に人間を糺す「サトリ草」のまんじゅうを食べさせられてしまうのだ。それ以来、「ぼく」は、鳥や虫たちのことばが聞こえるようになり、家神や月うさぎなど不思議な存在とも親しくなる。あげくは、月うさぎに変身し、宇宙空間でツクヨミの神の、薬作りの手伝いなどもすることになる。「ぼく」は、そうした不思議な世界にふれ、さまざまな視点をもつことで、あらゆる存在の命の尊さに気づき、欲にかられて自然を破壊している人間たちの身勝手さを知っていく。

　ところで、そうした自己中心的な人間たちは、神から「闇鬼」と呼ばれ、注意深く見守られていた。そして、その「闇鬼」たる人間がもっとも深刻に直面している問題として、「ぼく」のまえに浮上してくるのが、原子力なのである。

　ツクヨミの神にサトリ草のまんじゅうを食べさせられてまもなく、田舎の家に、父親の部下である青年「スイッチョさん」がやってくる。しかし、小さいころから一緒に遊んでくれた「おもしろくって大好きなお兄さん」は弱々しくやつれ、「ぼく」には、その体から「気味のわるい青い炎」が噴きだしているのが見えて

しまう。「ぼく」の父親もスイッチョさんも、じつは原子力発電所の技師。「ぼく」は、きれいでかっこいいその最先端の科学技術にあこがれていた。しかし、その原発で故障が発生し、補修のために危険区域に入ったスイッチョさんは、放射能をふくんだ蒸気を浴びてしまったと父は語る。「青い炎」は、危険な放射能にほかならず、急な引っ越しもその危険からの避難だったと「ぼく」は知る。ツクヨミの神ですら、放射能の毒を消す薬はつくれない。そして、ある夜、とうとう父親の原発は、大規模な放射能もれ事故を起こしてしまうのだ。

かえるの命から物語は始まる。

この作品が出版されたのは1993年。1986年の旧ソ連のチェルノブイリ原発事故から、数年はたっているものの、おそらく多くの読者にとって、原発に関する知識は遠いものであっただろう。しかし、当時から本名の廣瀬賜代として市民運動や環境保護運動にも関わっていた作者は、大学理学部や原発被曝労働者救済センターなどからの情報もふまえつつ、徹底したリアルさで事故の場面を描いている。「制御室」「避難勧告」「炉心冷却装置」「主蒸気隔離弁」「燃料棒」「冷却水」「水蒸気爆発」「メルトダウン」……。事故の現場でとび交うこうした専門用語も、作者が原発事故を、単なる物語上の危機としてもちこんだのではないということをよく表している（そして、東日本大震災の福島第一原発事故以来、これらのことばは、皮肉にも、広く読者の理解しうるところとなっている）。

原発事故は、スイッチョさんの技術と、ツクヨミの神をはじめ、国津風の神、ワダツミの小波彦、家霊といった神々たちの助けによって、辛くも収束するが、もちろんそれは、ファンタジーのなかの仮の結末にすぎない。スイッチョさんはじめ原発作業員の被曝や、日々起こっている小さな故障や放射能もれの実態。原子力に変わるエネルギーの可能性と困難。作品は、たくさんの疑問や課題を残して閉じられている。

しかし、この作品が、かえるをひいた日から始まっていたことの意味は、読みおえてあらためて胸にせまってくる。「ぐしゅ」とつぶしてしまったかえるの命。そうした人間以外の命もふくめて、小さななまなましい命の感触を想像することで、人はかろうじて「闇鬼」への道から逃れることができるのではないか。原子力の問題も、かえるの命から発想することができるかどうかが、要なのだろう。

（奥）

99年　時間感覚のちがうもの

『カッパのぬけがら』
なかがわちひろ
理論社　2000年

　絵と文が語る絵本から、文章が中心の児童文学へと読書の幅を広げていく時期の本は難しい。具体的にいえば、5歳くらいから小学校低学年くらいの読者は、動物や植物などの自然の謎や、昔話に登場する鬼や魔法使いといった幻想的な存在にも、親しみをもってふれることができる。しかし、その一方で、そうした不思議との関わりにも、それなりの意味や理由をもとめたい合理精神ももちはじめるころだ。

　本書の作者、なかがわちひろは、不思議をぞんぶんに楽しみつつ、物語の展開に納得もできるという、この時期の子ども読者の欲求を満たしてくれる書き手である。いろいろな動物たちが出てくる『ぼくにはしっぽがあったらしい』、おばけや妖怪が登場する『オバケのことならまかせなさい！』、小さな天使と暮らす『天使のかいかた』、500円玉がしゃべりだす『めいちゃんの500円玉』など、不思議な存在を自由に登場させながら、科学や社会生活の知識、友だち関係のあり方なども、さりげなく考えさせてくれる幼年児童文学をいくつも書いている。これらの本では、絵もすべて作者が手がけているので、ユーモラスな挿絵や、ページの色と物語との関わりなど、1冊の本としての構成力の高さも魅力だ。

　この『カッパのぬけがら』も、まずは、カッパという伝承的存在が、読者の興味をひきつける。主人公のゲンタは、夏の川で大ナマズを釣ろうとして川に落ち、カッパの網に捕まって、川底のさらに奥の世界に引っぱられる。気がつくと「目のまえに、カッパが一ぴき」立っている。そして、いきなり「とのさま」と「けらい」というひとり二役で、人間の子を捕まえたいきさつを語りはじめる。そのちょっとバカバカしいやりとりにまず笑ってしまう。また、人間世界の変化とともに、むかしはたくさんいたカッパもどこかへ行ってしまい、いまやひとりぼっちになってしまったというこのカッパの状況も、だんだんとわかってくる。町のあちこちに、人間のふりをして生活しているカッパもいると説明されると、いかにもありそうに思えてくる。

　そこで、孤独なカッパがかわいそうに

なったゲンタは、カッパになって、一緒に川のなかの生活を楽しみはじめる。月の晩は、お酒とザリガニをつまみにお月見。川岸でのすもうで汗をかいては、冷たいキュウリをまるかじり。暑い日には、川の水源から海まで、いっきに川下り。台風のあとには、流れてくる宝拾い……。カッパとの毎日は、さまざまなおどろきと、心地よさでいっぱいだ。

とはいえ、ゲンタがこのような思いがけない経験ができたのにも、それなりに理由がある。じつは、カッパは100年に一度、脱皮をするのだが、ちょうどこの時「ぬぎたてほやほや」のぬけがらがあったのだ。大きさもまさにゲンタくらい。「つるんとした、みどりいろのゼリーのような」ぬけがらは、ゲンタの体に「ぴったり」吸いついて、いかにもカッパになれそうなアイテムである。カッパになるという奇想天外な出来事も、こういうぬけがらを介在させることで、合点がいく。

逆にいえば、こうした工夫された設定や理由づけが丁寧にほどこされていることが、カッパという存在との決定的なちがいをますます際立たせてもくる。100年に一度、脱皮をするというカッパには、明らかに人間とはちがう時間が流れている。夏の終わり、ゲンタは人間の世界にもどるが、1年後、またカッパのぬけがらを着ようとして破いてしまう。1年で大きくなってしまったゲンタを見たカッパは、「ひえー。一年ぽっちで、あんなにでかくなっちまうのかよ……」と

川の立ち入り禁止看板の写真。

おどろく。挿絵に添えられている「あと99ねん またなくちゃ…」というつぶやきのとおり、次に人間と遊べるのはずっと先のことなのだ。けれど、この「99ねん」が、カッパにとって実際どれくらいの長さとして感じられているかは、わからない。この時間感覚のちがいは、自分が当たり前と信じている時間の流れ方を相対化してくれる。

思えば、カッパに限らず、ほかのさまざまな生き物も、あるいは人間どうしでさえ、胸にかかえている時間の流れ方は、ひとりひとりちがうのだろう。そんな不思議な他者への想像力を、本とともに手放さずにいられるのは、じつに貴重なことである。

(奥)

クリスマスを待つあいだ　すべての謎が解けるまで

『ウルフ谷の兄弟』
デーナ・ブルッキンズ
宮下嶺夫 訳
評論社　2010年
(Dana Brookins, *Alone in Wolf Hollow*, 1978)

　母を亡くして身寄りのないバートとアーニーの兄弟は、親戚をたらいまわしにされたのち、チャーリー伯父さんにひきとられることとなった。バスで目的地に着くが、誰も迎えには出てくれず、目印を教えられ、不安をかかえたまま、幼い兄弟は、歩いて夕闇のせまるウルフ谷に足を踏みいれた。何時間も何時間も歩いたような気がしてきたところ、着いたのは壊れかけたような廃屋。そしてふたりを迎えたのは、アルコール依存症にかかり、身なりもかまわずゴミ屋敷に住まうチャーリー伯父さんの姿だった。

　12歳ながら年上の責任感を担うバートと、無邪気な9歳の、おちびさんに見えてじつはちゃっかり者のアーニーは、奥さんが死んでから酒浸りとなった伯父さんの家にとりあえず滞在することになる。ウルフ谷には、クレイジー・ウーマン池という池があり、子どもを亡くした女が身を投げたとも、近くの精神病院の患者が落ちたともいわれていた。オールド・レナと呼ばれるおかしな女が住む小屋もあって、ほとんど人がよりつかないところだった。

　この、不気味な場所で、曲がりなりにも3人の生活が始まるのだが、ハロウィーンを迎えるある日、酒場のウェイトレスのマッジが死体となって見つかったことから、兄弟にとっての試練の時間が始まる。チャーリー伯父さんが姿を消してしまうのだ。子どもたちだけがウルフ谷で暮らしているとわかれば、すぐさま施設へ送られてしまうかもしれない。

　10月末のハロウィーンから11月の第4木曜日の感謝祭、そして12月25日のクリスマス、と秋から冬にかけて、キリスト教の行事は次々とやってくる。

　その間、幼い兄弟は、チャーリー伯父さんがいないことをひた隠しにして、町のクレニングさんの店で配達の賃仕事を始める。

　クリスマスは、子どもたちが待ち焦がれる楽しい家族のつどいとごちそうとプレゼントで祝う行事だ。欧米では、アドベント・カレンダーと呼ばれる教会暦があり、クリスマスまでの1日1日を消したり、1日ごとに紙の窓を開けたりして、1か月まえから心待ちにする。

　幼いアーニーは、伯父さんがクリスマ

スには帰ってくるものと無邪気に信じて楽しく待ち焦がれるが、バートはそんなにのんきではいられない。お金はどんどんなくなり、電気・水道・ガス代の督促が届く。ふたりだけで暮らしていることがばれるのでは、お金がいつ尽きるのか、と心配でならない。伯父さんが帰ってこないことを恐れ、自分たちの生活がおびやかされることを心配して、気が気でない時を過ごすことになる。

だが、弟思いのバートは、自分の心配はなんとか隠して、アーニーのいうままにクリスマスの準備を整える。

アーニーが切ってきた森の木をクリスマス・ツリーとすることにして、家中に常緑樹の枝を飾る。伯父さんの持ち物の古い剣を質にいれてなんとか電気代を払い、木切れを切ってペンキを塗り、アーニーへのプレゼントを作る。クリスマス・イブの朝は木々の枝が金色に輝くすばらしい天気になった。

クレニングさんの店で働いたあと、ふたりはキャンディやリンゴやナッツの詰まった袋をもらって帰って、いよいよイブの夜になる。アーニーは絶対に伯父さんが帰ってくると信じている。ありあわせのものや安物であっても、苦心してふたりが飾りつけたクリスマス・ツリーは、夢のように美しかった。

腕をふるってバートがミートローフとポテトの食事の用意をし、クッキーも焼きあがった時に、戸をたたいてやってきた人がいる。だがそれは、アーニーが帰ると信じていたチャーリー伯父さんでは

樹に飾りつけをする冬の祭りはキリスト教以前から、ゲルマン民族の冬至の祝いだった。クリスマスの期間のドイツのデパートの前で。

なかった……。

じつはこのクリスマスを待つ日々のあいだに、ふたりの兄弟は、それぞれ秘密をかかえていた。兄は弟の無邪気なクリスマスへの期待を裏切るまいと努力し、弟は天真爛漫にも、いつの間にか兄の知らない秘密と信頼関係を、よそに築いていたのであった。ふたりの期待と秘密と努力は、クリスマスの到来とともにクライマックスを迎える。村の人びとがこわがるウルフ谷の秘密は、マッジ殺しの真犯人は、そしてチャーリー伯父さんのゆくえは？

クリスマスを待つあいだに、クリスマスの祝いの準備だけではなく、すべての秘密を解き明かす準備が着々とすすんでいたのであった。

（川）

31日間　喪に服するための沈黙

『一年後のおくりもの』
サラ・リーン
宮坂宏美 訳
片山若子 絵
あかね書房　2014年
（Sarah Lean, *A Dog Called Homeless*, 2012）

　キャリーの家族は1年まえ、ママを交通事故で失った。パパも兄さんのルークも、その痛手からまだ立ちなおれないでいる。パパの誕生日は、ママの命日になってしまった。悲しすぎて、家族はママのことを話すこともできないでいる。

　しかし、ママが亡くなってちょうど1年後、キャリーには突然、ママの姿が見えるようになった。墓地の塀の上に立って、赤いレインコートを着て、にっこり笑いかけてきたのだ。でも、誰にいってもキャリーのことばは信用してもらえない。それどころか、そのことについてひと言だっていってはいけない、と禁じられてしまう。でも、それからもキャリーの前に、赤いレインコートのママは現れつづけた。銀色の大きな犬を連れて。

　物語はキャリーの一人称で語られる。その語りには、表向き、キャリーがママの死によって傷ついているという事実は現れない。しかし、学校の先生や家族の反応から、じつはキャリー自身も、ママの喪失という痛手を、ことばでは表現できないほど強く受けていたことが推しはかられる。

　そんな彼女が、ことばにできないほどの喪失のトラウマを行動で表すようになるきっかけは、小学校でおこなわれた、病気の子どもたちを支援するためのスポンサード・サイレンスという行事だった。

　キャリーはわざと、自分がやると申しでる。自分では意識していないけれども、ママを見たことを信じてくれない大人たち、そのことをしゃべることを禁じた家族に対する、また、不幸にあったかわいそうな子、としか見てくれない学校の先生たちに対する一種のプロテスト行動であったにちがいない。

　そしてそのまま、キャリーはしゃべることをやめてしまった。1日だけではない、ついにはその沈黙は31日間におよんだのだった。

　その間、キャリーの周囲には、大きな変化が訪れる。一家は引っ越しを余儀なくされ、引っ越し先のアパートで、キャリーは1階に住む母子と知り合いになる。クーパーのおばさんとその息子、サム。サムは目が見えず、耳もほとんど聞こえない。おばさんとサムは指をたたくことでコミュニケーションをとっている。

サムと知り合うことで、キャリーはしゃべるという方法以外で、人と心を通わせることができるということを学び、サムと心からの友だちになっていく。

一方、パパやルーク、学校の先生たちにとって、キャリーの緘黙は見過ごすわけにはいかない。いったいなぜなんだ、お願いだからしゃべってくれよ、といらだつ父親、焦る先生たち。

キャリー自身、自分がなぜ話さないのか（話せないのではなくて）わかっていないのだが、これはおそらく彼女自身の喪の儀式（グリーフ・ワーク）であったと推測できる。

キャリーはママの思い出を語りあいたかった。パパの誕生日を祝いたかった。ママの幻が見えることを信じてほしかった。ママが何かをいいたそうにしているということを、誰かにわかってほしかった。しかし、誰もがキャリーのことばをさえぎったのだ。

ママの幻が連れている銀の犬の正体は、ひょんなことから明かされる。キャリーの目がママの目にそっくりだから娘さんだとわかった、といって尋ねあてててくれた人がいたのだ。

犬の正体もさることながら、キャリーがママの目を受け継いでいるという事実も重要だ。ママは死んでも、娘や家族に、たしかに伝えるものがあったのだ。家族がようやくママの死をある意味で受容し、思い出を思い出として語れるようになったころ、大事な友人サムを助けようという利他的な努力のなかで、キャリーに大

ママとともに現れたのはアイリッシュ・ウルフ・ハウンドという犬だ。これはオオカミから家畜を守るためにアイルランドで古くから飼われていた由緒正しい犬である。（*The Girl's Own Paper* 挿絵より）

きな変化が訪れる。

*　*

31日間の沈黙は、ママの死という耐えがたい記憶にことばをあたえる準備期間だったといえるだろう。キャリーがパパの気持ちを受け入れ、ことば以外の集団でのコミュニケーションを学び、周囲の人びとのことばをひたすらに聞くことで、深い悲しみを言語化できるようになっていったのである。

喪失の痛みをのりこえるために必要な期間は短くはなかった。しかし、これからキャリーは、本当に実在していた銀の犬と一緒に、再び人生を歩きだしていくのだろう。

（川）

霜月二十日の丑三つ　おくびょうに勇気が生まれる時間

「モチモチの木」（『ベロ出しチョンマ』所収）
斎藤隆介
滝平二郎 絵
理論社　1967年

「シモツキハツカノウシミツニャ　モチモチノキニヒガトモル」——霜月二十日の夜中に「モチモチの木」に灯がともる。

人口に膾炙するほどの一節をもつ文学作品はそれほど多くはない。ましてや日本の児童文学作品ではすぐには思いつかない。しかし、この呪文のような予言のような文句を「聞いたことがある気がする」ぐらいの人は結構いるのではないだろうか。

モチモチの木とはトチの木のことだ。その実を粉にして餅にこねあげ、ふかして食べると「ホッペタがおっこちるほどうまいんだ」そうだ。それで、「モチモチの木」と名づけた豆太だが、5歳の豆太は夜のモチモチの木がこわくてひとりで小便にも行けない。「大きなモチモチの木が突っ立っていて、空いっぱいのかみの毛をバサバサとふるって、両手を「ワァッ！」とあげる」ように、豆太は感じている。

そのモチモチの木は、霜月二十日の真夜中に灯がともると爺さまがいう。山の神さまのお祭りで、勇気のある子どもがひとりで見ないとそれは見えないのだそうだ。熊と組み討ちして死んだ父も、64歳のいまでも岩から岩へとびうつり青ジシを追う爺さまも子どものころに見たという。しかし、豆太はおくびょうだ。話を聞いた、まさに霜月二十日のその夜、「はじめっからあきらめて」布団に入って爺さまにくっついて寝てしまう豆太だった。

その夜中、豆太は「クマのうなり声」が聞こえたかと思って目を覚ますと、爺さまが腹痛で体を丸めてうなっていた。尋常じゃない苦しみように、豆太は「イシャサマオ、ヨバナクッチャ！」と駆けだす。

「ねまきのまんま。ハダシで。半ミチもあるふもとの村まで……」

寒くてこわかったけれど、大好きな爺さまが死んでしまうほうがもっとこわくて、泣き泣き走って、医者様のもとへたどりついた豆太。これまた年寄りの医者様におぶわれて爺さまの小屋へもどる途中、月が出ているのに雪が降りだした。そして、小屋へ入る時、目にしたモチモチの木に、なんと灯がともっていた。

医者様はとくに不思議がるようすもな

霜月二十日の丑三つ

く豆太をおぶったまま小屋に入ってしまった。

翌朝、元気になった爺さまは、豆太が見たのは神さまの祭りだという。ひとりで夜道を医者様を呼びにいけるほど勇気のある子どもだったから、見えたのだという。

＊　＊

この作品が収められた短編集『ベロ出しチョンマ』は、〔プロローグ〕「花咲き山」に始まり、〔大きな大きな話〕は「八郎」など6作、〔小さな小さな話〕11作、〔空に書いた童話〕9作、そして〔エピローグ〕の「トキ」にいたる28作からなっている。

「モチモチの木」は〔小さな小さな話〕の最初におかれている。『八郎』『三コ』『花さき山』と並び、滝平二郎の切り絵による絵本版で出会っている人が多いと思われるが、1971年初版の絵本では、豆太が夜道を走る場面の月が三日月で、11月20日の丑三つ＝午前2時ぐらいの月が三日月なのはおかしいという小学校教諭からの指摘を受けて、77年に二十日の月に差しかえた改訂版を出している。国語教科書の教材ともなると、その辺見逃してはもらえないようだが、大男がいても山姥がいてもいいように、霜月二十日の

初出の紙面。

丑三つに煌々と照る月は特別であってもいいのではと思うのだが……。そもそも「モチモチの木」の初出（『日教組教育新聞』1963年12月3日）を見ると、「シモ月のミソカのウシミツ」である。それが、67年初版の『ベロ出しチョンマ』では「シモ月のハツカのウシミツ」となり、なぜか76年初版の角川文庫では「シモ月のハッカのまよなか」である。

特別なことを起こしそうなのは、やはりいちばん語呂のいい絵本版「シモ月二十日のウシミツ」の気がする。　（西）

17歳　命みじかし恋せよ乙女

「古い小屋」(『星のひとみ』所収)
トペリウス
万沢まき 訳
岩波少年文庫　1987年
(Topelius, "Gamla stugen" ur *Läsning för Barn*, 1865)

　誰もいない海で恋人の愛を確かめようと追いかけっこを始める少女もいれば、父親の再婚を妨げたいばかりにその恋人を死に追いやってしまう少女もいる。アイドル歌手が表現した明るく希望に満ちた青春も、少女作家が描いた繊細で残酷な若さも、17歳の一面であることにちがいないだろう。時代や場所が異なれば若者のありようも異なり、その生活は千差万別、ひとくくりにできるものではない。けれども、こと女性に関していえば、17歳という年齢は、むかしもいまも、大人と子どもの境界線、微妙なお年頃であることに変わりはないような気がする。

　19世紀なかばのフィンランドを舞台にした創作童話「古い小屋」に登場する17歳のマリイも、まさに大人と子どもの境界線にいる少女だ。良家の青年たちから関心を寄せられる身なのに、ひきわりにしたお米をポケットに入れてポリポリ食べながら歩くという子どもっぽい面もまだ残している。そんな彼女が、避暑地の島に滞在中、姉アントニアとともにイチゴ摘みに出かけて道に迷い、嵐を避けるために駆けこんだ粗末な小屋で経験した不思議な出来事が、この物語の中心を占めている。

　姉妹が一夜を過ごすことになった小屋は、島の北のはずれにある丘に建っていた。かつては、身分や境遇に関係なく誰もが自由に出入りして、夏の楽しいひと時を過ごすのに使われていたその建物は、島に美しい別荘が次々と建てられるうちに、見捨てられ、忘れさられ、誰からも顧みられなくなっていた。いまでは、丸太がなかば朽ちて、煙突は崩れ、窓ガラスも大半が壊れているという状態だ。

　だが、姉妹がそのぼろ小屋で、かろうじて残っていた炉に火をおこすと、ほこりだらけの壁に、ベアーテ・ソフィイという女性に捧げられた熱烈な愛の詩が浮かびあがり、壁の割れ目からはダイヤモンドの指輪がでてくる。アントニアは一笑にふしたが、その名は姉妹の祖母の名前でもあった。視力を失い、孫たちの名前をくり返し尋ねるほど記憶のおとろえた、しわだらけのひからびた老女が、詩を捧げられた女性と同一人物だとは、素直なマリイでさえとても信じられる話ではなかった。

17歳

だがマリイはその夜、不思議な夢を見る。彼女が目にしたのは、17歳の祖母が、まだ白く新しい小屋で、船乗り姿の金髪の美しい青年と別れを交わしているようすであった。しかもそのあと続けて、今度は、祖母と同じくらいの年齢になった自分の姿まで夢で見たのだ。すっかり年老いたマリイは、小屋の跡地に建つ立派な館で、ひい孫たちに囲まれて、140年まえに同じ場所で17歳の祖母が立派な青年と別れたことや、70年まえに17歳の自分が指輪を見つけたことを語り聞かせていた。耳は聞こえず、足が弱って歩くこともままならないために、椅子に座ったまま運んでもらっている老婆が自分の70年後の姿の自分だと知って、マリイはショックを受ける。そして、翌朝別荘にもどった彼女は、祖母から指輪にまつわる悲しい話を聞かせてもらい、夢で見たことが実際に70年まえに起きたことだったと知る。

フィンランドのアンデルセンとも呼ばれるトペリウスの像。

若さは永遠のものだという思いこみは、子どものもつ残酷さの一面だろう。老人もかつては若く、若者もいつかは老いる——そんな単純な真理に気づいたことで、17歳のマリイは、純粋で傲慢な子ども時代に別れを告げたのかもしれない。

作者トペリウス（1818-98）は、19世紀フィンランドを代表する詩人・歴史学者で、ヘルシンキ大学の学長まで務めた人物。600年以上にわたってスウェーデンの支配を受けたのちロシア大公国の自治領となっていた当時のフィンランドで、民族意識に訴えかける作品を数多く残し、国民的作家として今日も敬愛されている。キリスト教的な価値観に基礎をおきながら、土地の伝説や自然を題材にした子ども向けの創作童話によって、フィンランド児童文学の礎を築いた人物としても評価されている。

本作を収録した短編童話集『星のひとみ』には、不思議な力をもつラップ人少女をひきとった一家の運命を描く表題作や、純粋無垢な若人の悲恋を描いた「スイレン」「白いアネモネ」「ウンダ・マリーナの足あと」、絶大な力をもつ者が、幼い子どもの知恵と勇気に敗北するさまを描いた「霜の巨人」「雲の中のかじやさん」など、全12編が収められている。

（水）

☞ 盗まれた時間（374p）

小学6年生　少女探偵のふれた闇

『**少女探偵事件ファイル**』現代の創作児童文学46
砂田弘
樹村みのり 絵
岩崎書店　1989年

　図書館で借りて以来、ミステリー小説の大ファンとなり、怪盗ルパン、ホームズ、江戸川乱歩作品を集める大のミステリーファンの真理は小学6年生。学年末もちかい12月、高校2年生の兄の頼彦のブルーのミニバイクが、駅近くのガード下で盗まれる事件が起こる。その後、兄だけではなく、兄の友人のミニバイクも盗まれる。調査を始めた真理は金曜日にブルーのバイクがさまざまな場所で盗まれていくことに気がつく。

　この事件の捜査が、真理の探偵の始まりとなる。なぜ金曜日にブルーのバイクが盗まれるのか、真理は足をつかって調査し、真相をもとめていく。そして調査と推理の過程で、兄の友人のミニバイクが兄のミニバイクと同様にもどってくることを真理はあてる。そしてこの最初の事件は意外な結末を迎える。

　このように、真理が小学6年生の12月から中学1年生の12月までの約1年間に、さまざまな事件を解決していくのが本書の流れである。本書はその事件ごとに6章に分かれている。

　6年生の冬という時期、真理の周囲は中学受験でピリピリとしている。そんな時期を舞台とした第2話「合格速報のなぞ」では受験シーズンたけなわの時期、優等生の順子が落ちた明星学院を受かっているとする偽の電話が流れ、その謎を解くこととなる。

　このようにあくまで日常生活を舞台とし、そこに起こる出来事を解いてゆくのが真理の少女探偵である。

　受験をめぐる嫉妬や怒りの感情に始まり、その後も探偵していくなかで、真理は大人の男女の恋愛のもつれや、一方的な思慕とその結果、人間の生死について、そして家族についても、考え、同時にさまざまな大人の世界を体験していくこととなる。

　ただ、真理の少女探偵が特徴的なのは、事件を解決し、犯人を特定し、警察に突きだす、もしくは周囲の人びとに犯人の悪事を暴きたてる、といった結末を迎えてはいないことである。

　小学6年生から中学生になる真理は、犯人の心情や事件の真相を自らの心情と照らし合わせながら、できるだけ穏やかに解決しようとするのである。このでき

小学6年生

るだけ穏やかに解決していくという特異な探偵活動には、真理が小学6年生から中学1年生という、自分自身も揺れる多感な時期にいることが大きく影響していよう。

　探偵というものは、そもそも事件の謎や犯人に非常にちかくなる存在である。探偵がその対象にちかづきその心情や状況を理解しなければ成り立たない要素をもつ以上、事件を犯すものと同一の心情を理解する、さらにいえばそのような心情をもってしまう危険性を孕んでいる。

　真理はこの探偵をおこなうことで、事件の犯人がすべて悪ではないことを知る。真理は事件の謎を解いてもすっきりと気持ちが晴れることはないこと、大人のもつ欲望の世界を学ぶ。ただ、この話が日常から逸脱しないこと、人間の闇の部分を見つめ、絶望するという展開にならないのは、家族に愛されて育った主人公真理のキャラクターによるものなのである。

　さまざまな事件を探偵として解決していくなかで、真理は大人の闇の部分を見ていくこととなる。ただ、本書の最後に位置する「クリスマス・プレゼント作戦」の話などは、父母と兄の優しさ等に

青いミニバイクが盗まれるところから、少女探偵は動きだす。

ふれ、自身の中にある優しさにも気がつく。優しさという点でも真理は大人へと成長していくのである。

　犯人や犯罪に限りなく接近しつつも、小学6年生であるがゆえに、揺らぎつつ、時に距離をもって事件に接することができている。ここに「少女探偵」という探偵の設定を採用した本作品の特徴と、子どもの善へ向かう心に期待する向日性を見ることができるだろう。

　初出は雑誌『子どもと読書』1988年1月〜1989年1月。　　　　　　　（大）

時におどろく

数時間　非日常のおぼろな時間

「高瀬舟」（『山椒大夫・高瀬舟・阿部一族』所収）
森鷗外
株式会社KADOKAWA　2012年

　高瀬舟は、京都の高瀬川を上下する小舟である。徳川時代、京都の罪人が遠島（死罪の次に重い、島流しの刑）を申し渡されると罪人は高瀬舟に乗せられて大阪へまわされる。護送は同心が果たした。その際、親類のひとりが同行できる習わしであった。

　そんな高瀬舟にこれまで類のない罪人が乗る。喜助という30歳ばかりの男は親類もなくひとりで乗る。護送役の同心の羽田庄兵衛は喜助の神妙で、そして楽しそうなことに不信をいだき、ついにその理由を尋ねる。

　喜助はいままでの生涯がつらかったこと、仕事をしても貯蓄することはできずにいたのに、今回島に行くのに、いままで手にしたことのない200文を頂いたことがありがたく島に行くのが楽しみだという。庄兵衛は喜助の足るを知るという考え方におどろく。

　さらに、罪の内容を問うと、病床にあった弟に頼まれて自死を助けたところを近所の婆さんに見られたためだという。庄兵衛には、殺しにはちがいない、しかし苦から救うことが人殺しになるのか、と疑いが生じるのであった。この疑いについて庄兵衛は自分より上のもの、オオトリテエ（権威）の判断にしたがうほかないと思いつつも、腑に落ちず、お奉行様に聞いてみたいと思うのであった。

＊　＊

　高瀬舟は「入相の鐘」の鳴るころに漕ぎだされる。入相の鐘は、日暮れ時に寺でつく鐘である。現在の時間で午後6時ごろである。そして物語は「次第に更けて行く朧夜」で終わる。春のおぼろ月の夜が更けていくのである。時間は深夜であろう。時間としてはほんの数時間のあいだの物語である。時間にして数時間の出来事であるが、庄兵衛は、喜助と話すことで、一度めは足るを知る精神に心を動かされ、次には、ユウタナジイ（安楽死）の問題を考え、大きく揺れている。

　庄兵衛の家は7人暮らしで、客嗇といわれるような倹約な生活をしている。それでもいつも手一杯の生活をして、免職になったらどうしようと過度の不安をいだいて生きてきた。目の前の生活だけを見て生きてきた庄兵衛であったが、喜助と話すことで先へ先へと未来のことを

考え、不安と欲望ばかりある「人の一生」と、それに対する、いまに満足するという喜助の生き方のちがいを視野を広げて考えるようになる。ここには、未来をもとめつづけることはいい面ばかりではなく、不安を生み、欲望を生むという時間の性質の問題も語られているだろう。条理のとおった話をする落ち着いた喜助と、おどろきと感動で喜助に毫光がさすように感じるまでに大きく変化する庄兵衛の、ふたりの心の時間の流れの対比も興味深い。

庄兵衛は数時間の不意の喜助との出会いによって、より大きな視点で人生を見渡す時間を得たのである。それは庄兵衛のそれまで継続してきた日常にくさびを入れる可能性のある非日常的な数時間であった。

高瀬舟の船入（船を接岸させるための入り江）と再現された高瀬舟。

ただ目の前の生活のみを考えて生きてきた庄兵衛の心に権威を疑う揺らぎが生まれたのである。このように、わずか数時間であるが、庄兵衛、そして読者にとって喜助との出会いは人生を大きく変える可能性を孕むのである。

ただし、この庄兵衛の変化の時間は、喜助という存在によって、不意に、外発的にもたらされたものであり、ある夜の非日常的な時間であったともいえよう。「人の一生」や「安楽死」についての心の揺れや疑問は「朧夜」が示すように庄兵衛の中では朧のように消えてしまう可能性が高い。それでもなお、この非日常の時間で浮かびあがった問題は「高瀬舟」を読んだ読者に問いかけてくるのである。

初出は『中央公論』1916（大正5）年1月。　　　　　　　　　（大）

1986年　原発事故の暴力と絶望と

『みえない雲』
グードルン・パウゼヴァング
高田ゆみ子 訳
小学館文庫　2006年
（Gudrun Pausewang, *Die Wolke*, 1987）

　最初に断っておくが、本書のなかに「1986年」という年は明確には書かれていない。しかし、東西ドイツの統一（1990年）よりまえの1987年に西ドイツで緊急に出版され、その年のうちに日本にも翻訳されたこの作品にとって、1986年の旧ソ連におけるチェルノブイリ原子力発電所の事故は、はっきりと背景として示されている。

　主人公のヤンナ‐ベルタは、14歳。彼女が「まだ小学生」だったころに、チェルノブイリの原発事故は起こったことになっている。その事故の影響は、ヤンナ‐ベルタたちの暮らすドイツにも土壌や食品の汚染として影響し、両親と一緒に原子力利用反対のデモに参加したりもした。しかし、時がたつにつれて反対運動は下火になり、ヤンナ‐ベルタも西ドイツのシュリッツという街で、両親と弟たち、そして父方の祖父母と一緒に平穏な生活をおくっていた。つまり、この作品は、作者が書き下ろした1987年時点で、チェルノブイリ事故から数年先の「近未来」の物語だったことになる。

　その「近未来」の5月。授業中に、「突然サイレンが鳴り響」く。まもなくそれはグラーフェンハインフェルト（実在）の原発事故による警報だとわかり、生徒たちはすぐに帰宅するようにいわれる。この時、ヤンナ‐ベルタの父方の祖父母は、バカンスでマジョルカ島に行っている。そして両親は、仕事のために、2歳の弟を連れて、シュバインフルトの母方の祖母ヨーのところに泊まりにいっていた。シュバインフルトは、事故を起こした原発のすぐそばの街である。母からは「できるだけ早く逃げなさい」と電話が入ったきり、連絡は途絶える。ヤンナ‐ベルタは、2年生の弟ウリとふたりで、自転車に乗って北をめざして出発することになるのだ。ラジオから切れ切れに伝わる原発事故の状況。アウトバーンに殺到する車の列。南からは放射性物質をふくんだ雷雨をもたらす雲がせまってくる……と、ここまでは、「近未来」のSF冒険譚を読むような感覚で、ふたりが逃げのびることを期待しながら読むこともできるだろう。

　ところが、途中から、一転、この「近未来」は、原発事故のなまなましい暴力

と絶望に満たされていく。まず、立ち往生した車の群れと警官との衝突の場面でふたりは「銃声と叫び声」を耳にする。そして、その直後、転倒して自転車からふり落とされたウリは、暴走する車にひかれてしまうのだ。ここから、次々と信じられないことがヤンナ-ベルタの身に降りかかってくる。ある家族に助けられるが、たどりついた街では列車に乗ろうとして殺到する人びとの群れにまきこまれ、ようやく逃れたところに、放射能をふくんだ雷雨がやってくる。ずぶぬれになったヤンナ-ベルタを汚染されたもののように避ける人びと。吐いて倒れたヤンナ-ベルタは、ある小学校の緊急病院に収容されるが、そこもまた、次々と子どもたちが死んでいく異様な場所だった。ヤンナ-ベルタ自身も、熱や下痢に襲われ、髪もすべて抜けおちる。いったん原子力発電所が事故を起こしたら、どのような状況がもたらされるか、ヤンナ-ベルタの感覚に寄り添いながら、なまなましく描かれていくのだ。

同時に、原発事故のリアリティをさらに深く感じさせるものは、ヤンナ-ベルタの周囲にいる大人たちの生き方やことばである。原子力利用に反対だった両親と、看護師をしながらデモにも参加し、菜食主義とシンプルライフを信条としていた母方の祖母ヨー。皮肉にも彼らは、もっとも近い場所で原発事故にまきこまれる。

一方、髪を失ったものの一命をとりとめたヤンナ-ベルタは、はるか北の都市

チェルノブイリ原発４号機前の記念碑。

ハンブルクに住む父方の伯母ヘルガにひきとられるが、ヘルガは原発事故をすこしでも早く忘れて、正常な生活にもどることだけに心をくだく。病院へ連れていったり、学校に行かせたり、誕生会を開いたり……。そうした無視と無理解は、事故のために家が汚染地区となってもなお、「政治談議」をきらい、事故の情報を「プロパガンダ」として受け入れようとしない。父方の祖父母たちも同様だ。

一方、母方の叔母アルムートのように、放射能の影響のために妊娠していた子どもを失い、その絶望のなかから、被曝者のための救急センターの設立をめざす大人たちもいる。こうした多様な人びとによって、原子力産業は、支えられたり、揺さぶられたりしていることがよくわかる。

1986年のチェルノブイリ原発事故のすぐあとに描かれたこの「近未来」の物語。その「近未来」をはるかに超えてしまったいま、事あるごとに本書が再版されなければならない現実は、あらためて重い。　　　　　　　　　　（奥）

1990年8月2日　湾岸戦争、同じ時・同じ地球上で

『弟の戦争』
ロバート・ウェストール
原田勝 訳
徳間書店　1995年
（Robert Westall, *GULF*, 1992）

　何があったというのだろう。物語は冒頭から「ぼく」の深い後悔がにじんでいて「あんなこと」「あの頃」ということばがくり返される。

　「あの頃」まで、開発業者の父は体も心も大きい「ぼく専用の巨人」であり、土曜日はラグビー選手として豪快な力を見せつけていた。一方、母は州会議員を務めいつも困った人の相談にのって忙しくしていた。善良で安定したイギリスの中流階級の家庭で安心して育ってきていたぼくは、「弟の戦争」をとおしてその安定の影にある世界の深い溝を知ることになる。

　ぼくには3つちがいの弟がいた。弟の名前はアンディことアンドリュー。ぼくはアンディに夢中で、ふたりきりの時は「フィギス」という特別の名前で呼ぶようになっていた。「フィギス」とは、アンディが生まれるまえ、ぼくが想像で創りだしていた目に見えない友だちの名前だ。「たよれるやつ」という意味らしい。フィギスが大きくなってくると、彼の夢の話を聞くのを楽しみにするようになる。そして、「もっとすごいやつをた

のむぜ」と思うようになっていた。そのことが、「あんなこと」を引きおこしたのではないか、弟の心を自分がおもちゃのようにあつかったせいで弟に「あんなこと」が起こったのではないかと、ぼくは深く心を痛めている。その時点からそこにいたるまでのフィギスにまつわるエピソードが回想されていく。

　フィギスは異様なまでに何かにひきつけられる子どもだった。幼いころは道に落ちていたアイスの棒や石について知りたがる程度だった。しかし、「フィギスのあれ」ではすまない大事も起こるようになる。6歳のころ、ガーディアン紙の埋め草で載っていたアフリカのまじない師の写真にとりつかれ、フィギスは、その写真の主の名前を「チャーリー・ムバジュモ」だといい張った。両親が手を尽くしてつきとめた写真の主がたしかにその名であるとわかった時、ぼくは驚愕する。おまけに、まじない師の返信は、書いていなかったはずの「フィギス」という名で呼びかけていた……。7歳のころは、木から落ちた子リスを心配して、両親をふりまわし、10歳の時は、新聞に

1990年8月2日

イラク空爆は「テレビゲームのようだ」といわれた。

載っていたエチオピアの飢饉に苦しむ女性と子どもの写真にとりつかれ、スペインのマルベリャ近くメイドつきの別荘でバカンスを楽しむ家族をふりまわしたのだった。フィギスは桁外れに強い共感能力をもっていたということだろうか。

そして、フィギスが12歳、ぼくがもうすぐ15歳という夏、北ウェールズの石造りの農家を借りてバカンスを過ごしていたある早朝、突然フィギスが車の屋根の上に登り、どこかよそのことばで歓喜の雄叫びをあげた。それは、8月2日、イラク軍のクウェート侵攻が始まった日だった。その日から、いままでとは決定的に何かちがうことがフィギスの中で進行しはじめる。

テレビで流される「テレビゲームのような」空爆の映像に、その下で死んでいく人びとへの想像力を閉ざした世界中の多くの人間を告発するように、作者はフィギスの一身で戦場と中流階級の家庭をつないだ。フィギスは湾岸戦争の最前線にいる13歳の少年兵ラティーフの行動、感覚にとらわれてしまったのだ。フィギスを担当することになった精神科医ラシード先生はアラブ系だった。ラシード先生を「アラブのホモ野郎」とののしる同級生を目の当たりにして、ぼくは身近にある差別の溝を直視せざるをえない。

最終的にアンディの中のフィギスの部分は死に、あとには、父親そっくりのアンディが残った。家族は、小さく自閉した。そして、ぼくは気づくのだ。フィギスはぼくらの良心だった、人と人のあいだに深く切れこむ湾——原題でもあるGULF、に橋を架けようとした子どもだったと。

1991年1月17日に本格的に始まった湾岸戦争にテレビ画面越しではあっても胸を痛めた人は多いはずだ。しかし、わたしたちが、フィギスの何分の1かでも溝を超える共感力を働かせていたら、4半世紀後の世界はすこしはましだったのかもしれない。

(西)

チャールズ２世の時代　魔女の恋は時を超えて

『空とぶベッドと魔法のほうき』
メアリー・ノートン
猪熊葉子 訳
岩波少年文庫　2000年
（Mary Norton, *Bed-Knob and Broomstick*, 1957）

　魔法を描いた物語といえば、『指輪物語』や〈ハリー・ポッター〉シリーズのような、邪悪な敵との壮大な戦いを描いたファンタジー作品を思い浮かべる人も多いだろう。そういった物語での魔法の役割は、世界平和や人びとの幸福を守ることだと考えられがちだ。けれども、児童文学では伝統的に、そんな崇高な目的とは無縁の、もっと身近な魔法も描かれてきた。そこでの魔法は、たいてい、きわめて個人的でかなり身勝手な願望を実現する手段としてつかわれる。

　Ｅ・ネズビットの『砂の妖精』から、ダイアナ・ウィン・ジョーンズの『うちの一階には鬼がいる！』まで、連綿と続くこのジャンルの作品は、魔法によって望みどおりの結果がもたらされることがなく、当事者たちが困った事態に追いこまれて右往左往するさまをユーモラスに描くのがつねだ。『床下の小人たち』で知られるメアリー・ノートンの『空とぶベッドと魔法のほうき』も、この伝統に連なる作品で、生真面目なくせにどこか抜けたところのあるおばさん魔女が登場する物語である。

　夏休みを田舎に住む親戚の老婦人の家で過ごしていたケアリイ、チャールズ、ポールの姉弟は、村でピアノを教えているしとやかな女性エグランタイン・プライスが、じつは修行中の魔女だと知る。地味な服装をしてこざっぱりとした家に住むプライスさんのことを、村いちばんのしとやかなレディだと思っていた姉弟は仰天する。だが、したたかにも、口止め料代わりに魔法の「おすそ分け」をねだる。プライスさんが、ちょうど自分の力を試したがっていたこともあって、子どもたちは、ベッド・ノブ（ベッドの柱飾りの握り部分）に魔法をかけてもらうことに成功。その結果、ノブをひねればどこにでも好きなところに行ける「魔法のベッド」を手に入れることになったのである。

　ところが、ベッドでの旅は毎回、満足のいく結果にはならない。お母さんに会いたいという末っ子の意向を尊重してロンドンに向かえば警察署に連行される羽目になり、楽しい冒険を夢見て南の島に向かえば、野蛮人に捕まって食べられそうになる始末。はじめての魔法体験は、

チャールズ2世の時代

子どもたちにとって惨憺たる結果に終わったのである。

それから2年後の夏休み、魔女廃業を公言するプライスさんから、最後の冒険の許しをもらった子どもたちが旅の目的地として選んだのは「過去」だった。本来の目的時は、エリザベス女王の時代（1558-1603）だったのだが、例のごとく願いどおりの結果は得られず、ベッドが到着したのはチャールズ2世が王位にあった1666年。歴史に名高い「ロンドン大火」の起きる数日前のことだった。

姉弟はそこで、本当の魔法は何ひとつ使えない魔法使いエメリウス・ジョーンズと出会って意気投合し、ついつい現代へと連れ帰ってしまう。プライスさんは、現代風の衛生観念やマナーを知らない17世紀の魔法使いに当初はやきもきするが、芸術家肌で心優しい彼の人柄にふれるにつれて打ち解け、魔法談議に花を咲かせるようになる。そしていつしか、なんとなくいい雰囲気に……。

けれども、プライスさんはやっぱり石頭。エメリウスはしょせん住む世界（時代）のちがう人なのだから、もとの世界に送りとどけるべきだと、あくまで「常識」に固執する。そして子どもたちの悲嘆をよそに、そのとおり実行してしまうのだ。

ところで、チャールズ2世といえば、1649年に清教徒革命によって斬首されたチャールズ1世の息子。長らく大陸で亡命生活を余儀なくされていたこの世継ぎが、イギリスの王座にもどったのは

「陽気な君主」と呼ばれたチャールズ2世。

1660年のことで、直後におとずれたのが、イングランド史上最後の魔女狩りのピークだ。

怪しいものは「かたっぱしから絞首台にかけるのがならわし」とされる時代に、大火事のまえにとつじょ姿を消し、鎮火後に無事な姿でもどったエメリウスが無事でいられるはずもない。案の定、そのまま牢屋に放りこまれて、あっという間に有罪になり、火炙りの刑に処せられることになる。心優しい17世紀の魔法使いを救うため、現代の魔女プライスさんは、思いきった決断を下すことになる。

原作は、もとは1945年と1947年に出版された2巻本で、のちに合本された。ノートンのデビュー作でもあり、小人シリーズとは異なる魅力が楽しめる。（水）

☞ 1日（80p）　☞別の時空間（314p）　☞魔女狩りの時代（380p）

早くきすぎた冬 「冒険」とは何か

『オオカミに冬なし』
リュートゲン
中野重治 訳
岩波書店　1964年
（Kurt Lütgen, *Kein Winter für Wölfe*, 1955）

　タイトルの「オオカミに冬なし」は、エスキモーに伝わることばだ。自然の力に翻弄される人間に比べて、どんな環境でもたくましく生きるオオカミの姿をとらえたもの。一方、本書の舞台となっているのは、自然に対して人間がさまざまな挑戦を加速させていた1800年代の後半である。冒頭の断り書きによれば、作品に描かれている出来事は、「1867年」から「1894年」にかけて本当にあった、人びとの冒険をもとにしているらしい。

　主人公である老船乗りの名はジャーヴィス。彼が運転士を務める「牡グマ」号に、北極海の氷に閉じこめられてしまった捕鯨船7隻の乗組員275人を救出せよとの大統領からの命令が下る。その命令書を持ってきたのが、若き医師のマッカレンで、彼は人類学の研究のために、一緒にアラスカまで乗せていってもらうことになっていた。ところが、その年は、「冬のきかたが早すぎた」のだ。救助に向かった「牡グマ」号もアラスカの入り口で氷に閉じこめられ動けなくなる。来年の春まで待つしかないと誰もがあきらめかけた時、ジャーヴィスがひとり、アラスカの雪原を通って北の海の人びとを助けにいくといいだす。彼の計画は、途中でトナカイの群れを手に入れて、それを連れて北極海に閉じこめられた捕鯨船の飢えている人びとのもとへ行くというものだった。無愛想で酒飲みの男と思っていたジャーヴィスの、意外な情熱に動かされて、思わずマッカレンも同行を願いでる。

　もちろん、雪原の旅には、雪あらしや凍傷、そりの事故や食料の欠乏といったさまざまな困難がつきまとう。また、トナカイの群れをなかなか分けてもらえなかったり、手に入れたトナカイがまったく人間の意のままに動かなかったりと、思惑どおりにいかないことも多い。たったふたり——途中では経験豊富なエスキモーたちにも助けられるが——で、はたして275名の命を救うことができるのか、その冒険の成否にまず、ひきこまれる。同時に、ジャーヴィスという男が、なぜ危険を冒してまで人びとを助けようとするのか、その謎にも好奇心をかきたてられる。

　しかし、この作品を、さらに忘れがた

いものにしているのは、その冒険の過程だけではない。冒険を描きながら、そもそも「冒険」とはなんなのか、という根本的な問いが作品のさらに深い部分を支えていることなのである。

1800年代後半。まだ、人間にとって、未知の場所、未知の自然がたくさんあり、さまざまな探検家たちが挑戦をくり返していたころ。そして、未開の地と先進地域とのあいだに、新たな交易が生まれていたころ。人びとが、さらに外へ、さらに奥へ、さらに新しいものを……とかりたてられていた時代に、じつはジャーヴィスは、そうした「冒険」に酔ってしまうことのこわさを経験していたのである。

本書には、雪原での旅の合間に、ジャーヴィスが長く過去を語る部分がいくつかある。とりわけ、彼が若い時に出会ったエッカズレー卿という男の話。ジャーヴィスは、彼とカナダの「水の精のすみか」といわれる伝説の大滝を探す旅をするが、やがて仲たがいや飢えや凍傷などのために、殺しあいの地獄へと変わっていく。その旅こそ、「世界を知りたい」という渇きにとりつかれて、ひたすら危険を冒し、結果的に命も信頼も損なってしまうような殺伐とした「冒険」の記憶となって彼に残っていたものだった。

その一方で、アメリカ人の探検隊に雇われたエスキモー＝ジョーという男は、たったひとりで隊員たちを守り、冬を越させ、生還させた。ほかならぬジャーヴィスも彼に命を救われたひとりだったのだが、このジョーの存在は、生きる

アラスカの雪原をゆく犬ぞり。

ために必要なことに黙々ととり組み、自然を理解しつつ困難をのりこえていく真の「冒険」の記憶として心に留めていたものだった。

こうした記憶が、ジャーヴィスに、アラスカの雪原を渡って人びとを助けるという「苦労する値うちのある」行為に挑む決意をさせていたのである。やがて、一緒に旅をしていた若きマッカレンも、白人の毛皮商人たちのために、酒に溺れ、死んだような場所になっていたエスキモーの人びとの現実に直面し、自分が必要とされる「冒険」を見いだしていく。「冒険」という行為に酔うのではなく、なんのための行為なのか、それが自然や人間、その命の意味をより豊かにしているのか、つねに問うこと。人知を超えて早くきたこの冬の「冒険」を、「開発」「発展」「革新」といったことばにおきかえてみれば、本書のテーマはけっして古びてはいないのである。　　　　（奥）

ハロウィーン　仮装することで見つかる本当の「わたし」

『魔女ジェニファとわたし』
E・L・カニグズバーグ
松永ふみ子 訳
岩波少年文庫　2001年
（E.L.Konigsburg, *Jennifer, Hecate, Macbeth, William McKinley, and Me, Elizabeth*,1967）

　最近では日本でも、10月に入るとカボチャのランタン、魔女、おばけなどの小物で装飾をほどこす家庭や店舗が増えている。魔女やゾンビになりきった若者たちが公道を占拠してくり広げるお祭りさわぎも恒例化しつつあるようだ。

　アメリカ経由で日本にもたらされた行事としての「ハロウィーン」は、そもそもケルト社会でおこなわれた神事に起源をもつ。古代ケルトでは11月1日が新年初日にあたり、その前夜10月31日は、死者の世界との扉が開く日だと考えられていた。家族の霊がもどってくる一方で、悪霊たちもこの世に入ってくるため、大きなかがり火をたいてこれを追い払った。祭りの夜に若者や子どもたちがごちそうを食べたりゲームに興じたりした伝統が、アイルランドやスコットランド系の移民によってアメリカにもちこまれ、やがて、子どもたちが仮装して家々をまわり、お菓子をもらうというかたちへと変化していったという。

　『魔女ジェニファとわたし』は、そんなハロウィーンの日に仮装姿で出会ったふたりの少女が、真の友情を育んでいく過程をユーモラスに描いた作品である。

＊　＊

　主人公のエリザベスは、ニューヨーク郊外の集合住宅に住む小学5年生。きょうだいはいないし、引っ越してきたばかりで友だちもいない。だからいつも裏道を通ってひとりぼっちで学校に通っている。ところがハロウィーンの朝、その通学路には先客がいた。巡礼の衣裳を身にまとい、木の枝に腰かけてぶかぶかの巡礼靴を履いた足をぶらぶらさせながら、尊大な態度で自分は魔女なのだと話す少女、ジェニファだ。彼女は、エリザベスが大きらいな「ネコッカブリ」の級友に対して臆することなく悪戯を仕掛けるし、「お菓子をくれなきゃ悪戯するよ（trick or treat）」などという子どもっぽい合言葉をつかわずに、大人をうまくあやつってお菓子を山ほど集めてしまう。傲慢ではあるけれど頭がよくて大胆不敵なジェニファに、エリザベスはすっかり感服し、魔女の見習いにしてやろうという申し出に大喜びでとびつく。

　以後、エリザベスとジェニファは、学校では互いに知らんふりを続けながら、

ハロウィーン

アメリカでは10月になると、さまざまな色形のカボチャがスーパーの店頭に並び、ジャッコ・ランタン作りがあちこちでおこなわれる。

土曜日ごとに図書館の読書室でおちあって行動をともにする。ふたりの話題は、もっぱら魔女と魔術と修行に関わることだ。ちなみに見習い魔女にいい渡された修行第1週の課題は「毎日なま卵を食べること」。同時に、師匠であるジェニファには、固ゆで卵1個を届けなくてはならない。かくして、エリザベスは、免許皆伝の魔女になる日を夢見て、ジェニファから毎週いい渡される一方的な指示や理不尽とも思える要求に嬉々としてしたがいつづける。昇格試験として課された「とびぐすり」作りで、可愛がっていたヒキガエルを鍋にくべるようにと命じられるまでは……。

ハロウィーンの朝、エリザベスは、衣裳が小さすぎることと、ほかにも多くの子どもたちが同じ仮装をしていたことで居心地の悪い思いをしていた。「魔女」になることでエリザベスが手に入れたかったものは、外面に左右されない揺るぎない自己だ。他方、自信満々に見えたジェニファも、じつは学校では孤立している。魔女を気取ることは、頭がよくてプライドの高い彼女にとって、そんな弱味を糊塗する唯一の手段だったのだろう。ハロウィーンの仮装姿で出会ったふたりが手に入れようとした「魔女」というアイデンティティは、結局もうひとつの仮装にすぎなかったのだ。それを脱ぎ捨てて本当の「わたし」になった時、はじめて彼らは本物の友情という宝物を手にすることができる。

ふたりが扮していた「巡礼」とは、1620年にメイフラワー号でやってきた「ピルグリム・ファーザーズ（巡礼始祖）」のことだ。黒いワンピースに白エプロンとボンネットというその衣裳は、そもそも感謝祭（11月第4週の木曜日）にこそふさわしい。幽霊や悪霊とは無関係なその仮装は、いかにもアメリカのハロウィーンならではのものである。（水）

☞1620年（412p）

不死　流れも終わりもない「異形」の時間

『空色勾玉』
荻原規子
徳間書店　1996年

　もしも、死ぬということがなかったら、時間の感覚はずいぶんちがうものになるだろう。その不死性によって、すべてのものを支配しようと挑みつづけるか、あるいは絶え間ない夢のなかでたゆたいつづけるか……。いずれにしても、流れも終わりもない時間のなかにいるということは、果てしない孤独にも思える。本書のなかには、その不死性を身にまとう存在が登場する。

＊　＊

　イザナギとイザナミの国生み神話を背景としたファンタジーである本作は、大きくいえば、輝の大御神をあおぐ勢力と、黄泉の国へくだった闇の女神に連なる勢力との抗争を描いている。輝の大御神の子である照日王と月代王は、国全体に輝の御威光のみを行きわたらせ、人びとを支配しようとしていた。それに対して、闇の女神を慕い、八百万の神を守ろうとする岩姫、開都王、科戸王といった氏族は、長く輝の支配に抵抗して闘いつづけてきた。このうち、照日王と月代王は、神の子孫として「変若」という若返りの性をもち、死ぬことはない。そうした不死の神と人間とが、自然のうちに混在していた古代が、この物語の舞台となっているのだ。

　そうした抗争の世界にあって、主人公となるのは15歳の村娘狭也。すでに輝の支配下にある村で育った狭也は、あこがれの月代王に見いだされて、輝の宮の采女となる。しかし、宮にあがる直前に、狭也は旅芸人を装った闇の氏族の一行に、自分が闇の巫女「水の乙女」であり、伝説の勾玉を渡され、ともに闘うことをもとめられていた。それをふりきって、月代王の采女になったものの、神事のために人の命を軽々しくあつかう輝の世界にしだいに違和感を覚えていく。

　一方、その宮の中で、狭也が出会ったのが、もうひとりの主人公稚羽矢である。彼は、輝の勢力が守っている「大蛇の剣」と一緒に、宮深くとらわれの身となっていた輝の第三子で、じつはその剣をふるうことのできる「風の若子」でもあった。狭也は、その稚羽矢の縛めを解き、ふたりは輝の宮を出て、闇の勢力とともに闘う道を選ぶ。しかし、その稚羽矢もまた神の子であり、「変若」の性をもつ

者でもあったのだ。

物語はその後、輝の照日王・月代王の勢力と、闇の氏族に巫女の狭也と神の稚羽矢を加えた勢力との本格的な「乱」へと突入していく。と同時に、狭也と稚羽矢の愛の物語としても花開いていくことになる。いや、狭也と稚羽矢だけにとどまらない。殺伐とした権力争いの物語に見えながら、この作品の登場人物ひとりひとりの行動の基本にあるのは、じつは誰かを思ういちずな気持ちにほかならない。照日王と月代王の姉弟の愛。狭也の親友となる奈津女と柾の夫婦の愛。剣術を教えたの伊吹王と稚羽矢の子弟愛。そもそも、天と黄泉とに分かれてしまった輝の大御神と闇の女神の愛憎が、世界全体を包んでもいるのだ。

狭也は、自分と同じく「一族のわくをこえたものに憧れ」る稚羽矢と出会って、自らの帰るべき場所に気づき、稚羽矢は狭也に導かれて、自分の強大な力の意味を考える。それでいて、闘いのなかにあっても、ふたりは動物や草花を愛で、世界の美しさを共有する。そうして、すこしずつお互いにかけがえのない存在になっていくのである。

しかし、そんな狭也にとっても、どうしても理解できないことがひとつだけあった。それが、稚羽矢の不死性なのだ。どんなに戦で傷ついても、すぐに「変若」が始まり治ってしまう稚羽矢の姿を目の当たりにした狭也は、輝の御子は、こうして「時をさかのぼり、若々しく無傷の体を保っている」のだと知る。そし

三日月や胎児の形ともいわれる勾玉。

て、「すべてのものが流れゆく女神の道」を滞らせていると感じる。狭也でさえ受け入れかねるのだから、まして、ほかの人びとにとっては、その不死性は、「豊葦原に生きるわれわれを否定する」、呪われるべき姿でもある。闇の氏族のために闘っていても、稚羽矢はどこまでも「異形」の存在なのである。

不死という「異形」をふくめて、狭也は孤独な稚羽矢を愛しつづけることができるのか。また逆に、永遠の時間をもつ稚羽矢が、滅びゆく生をたどる狭也とどうやって生きていくことを願うのか。

神と人とが入り交じり、壮大なスケールで展開する輝と闇の抗争が、どのように決着するかはもちろん気になるが、それ以上にこの作品を味わい深いものにしているのは、不死という時間への想像と理解、そしてそれをのりこえていく他者への思いなのだ。

初版は1988年、福武書店より。（奥）

☞異なる時間の流れ（284p）　☞死と永遠（342p）

放課後　高度経済成長期が生んだすきまの時間

『ふしぎなかぎばあさん』あたらしい創作童話6
手島悠介
岡本颯子 絵
岩崎書店　1976年

　本書は、〈あたらしい創作童話〉6として、岩崎書店より刊行された。英語にも翻訳されている。この〈あたらしい創作童話〉シリーズには、〈ふしぎなかぎばあさん〉シリーズ（全20巻）のほかに、〈はれぶた〉シリーズ（既10巻、矢玉四郎 作・絵）、〈おばけ横町〉シリーズ（全7巻、木暮正夫 作・渡辺有一 絵）がある。現代の児童文学を考えるうえで外すことのできないシリーズということができるだろう。

＊　＊

　〈ふしぎなかぎばあさん〉シリーズの第1巻である『ふしぎなかぎばあさん』では、両親が共働きで、放課後は家の鍵を持って保護者のいない家に帰宅する、いわゆるかぎっ子の広一が登場する。

　普段は活発な広一だが、その日は家の鍵を失くしてしまう。そんな広一に「なきっ面にはち」で、雪まで降ってくる。トイレに行きたいが鍵がなく、遊び友だちにも忙しいとのことでふられた広一は、しかたなく公園でおしっこをしている時に、黒いオーバーを着て、白い長靴を履いた奇妙なおばあさんと出会う。

　この奇妙なおばあさんは、何百という鍵のなかからひとつをとりだし、広一の家の鍵を開け、そのまま家の中にあがりこんでしまう。泥棒ではないかと疑う広一をよそに、おばあさんは、次に台所を勝手にあさりだす。最初は泥棒だと思って警戒した広一だが、おばあさんは広一にかまわず料理をし、ポークソテーを焼いてくれるのであった。この奇妙なおばあさんこそ、困っているかぎっ子の味方、かぎばあさんだったのである。手づくりのポークソテーを食べたあと、おばあさんは紙芝居をしてくれる。紙芝居の内容は、テレビが好きな王さまの話である。「テレビのすきな王さま」の話は、放課後ひとりでテレビを見つづけることもできてしまうかぎっ子の子どもへの警告もこめられているようである。ただし、単なるテレビ批判ではなく、テレビで勉強ができるとも描かれている。テレビを見てはいけないの、と問う広一に対して、かぎばあさんは、それは自分で考えなさいと意見している。あくまで押しつけずに、子どもに考えさせることが、かぎばあさんの方針なのである。

手づくりのポークソテーに、広一は感激する。

この物語の背景には、まず高度経済成長時代初期、昭和30年代から各地に建設された団地がある。そして昭和30年代後半からの核家族という家族の形態が急増していく時代のなか、両親の共働きによって増加していった、子どもの孤独な放課後の時間を描いている。

両親が働きに出ている小学生の味方のかぎばあさんは、放課後の時間を、親が帰宅するまでのすきまの時間をひとりで過ごす小学生にとって、とても勇気づけられる存在だろう。また、勝手につくってしまうものの「手づくり」の料理というものも子どもにとって保護者の愛情のつまった料理と重なる部分があり、魅力的であろう。

ちなみに、シリーズ第3巻では『にせもののかぎばあさん』（1983年）が登場する。ほとんど見分けのつかない「にせもののかぎばあさん」だが、かぎばあさんとは微妙に異なる。たとえば「にせもののかぎばあさん」のつくる料理はインスタント料理なのである。「手づくり」か「インスタント」か、そこに「本物」と「にせもの」の境目があることは、この物語が手づくりやそこにこめられる時間をかけるということを重視しているといえるだろう。対象に時間をかけることのたいせつさ、時間をかけてもらえることの喜び、つまり愛情と時間の等しい関係を重視していることを表すだろう。

かぎばあさんの歌う「ジンジロゲの歌」は、インドの歌ということだが、楽譜も載っており楽しげである。「おわりに」で手島悠介によって、大正時代に子どもたちに喜んで歌われた歌のひとつと解説されている。　　　　　　　　　（大）

6000年まえ　　苛酷な自然と生活の手触り

『**オオカミ族の少年**』〈クロニクル千古の闇〉1
ミシェル・ペイヴァー
さくまゆみこ 訳
酒井駒子 絵
評論社　2005年
(Michelle Paver, *Chronicles of Ancient Darkness 1.Wolf Brother*, 2004)

　本書は、全6巻となる〈クロニクル千古の闇〉シリーズ（2005〜10年）の最初の一冊。「訳者あとがき」によれば、この1巻めが邦訳された時点では、原著は2巻めの原稿が発表になったばかりだったという。たくさんの謎が残り、シリーズの先の展開がどうなるかもまだわからない状態で、それでも、本書が訳されたのは、この作品が、単なるストーリー展開のおもしろさを超えた、稀有な魅力を、その始まりからたたえていたことを示しているだろう。

　主人公はオオカミ族の少年トラク。彼と父は、その氏族から離れて、ふたりだけで生きてきた。その父が、悪霊にとりつかれた巨大なクマに殺される衝撃的な場面から、物語は始まる。父は死の間際に、悪霊のクマを倒すために、北の〈天地万物の精霊〉が宿る山へ向かうことをトラクに誓わせる。突然ひとりぼっちになったトラクは、〈案内役〉となるオオカミの子ウルフと出会い、旅を始めるが、途中で捕らえられたワタリガラス族の人びとから、クマを倒すには〈万物の魂〉である3つの強い「ナヌアク」というものが必要であることも知る。「なによりも深いところで、おぼれる瞳」「なによりも年ふりた、食らいつく石」「なによりも冷たく、なによりも暗い光」といい伝えられている謎のナヌアクを探しながら、トラクは、ウルフ、そしてワタリガラス族の少女レンとともに、遠い山をめざすのだ。

　その旅のなかで、トラクは、自分の父と悪霊のクマとの関係や、世界を支配しようと企んだ〈魂食らい〉といわれた人びととの関わりも知る。また、旅の途中では、腐臭をただよわせ〈歩き屋〉と名乗る男や、氷の穴の中で死んでいる死体と遭遇したりもする。クマを倒すという父から託されたミッションのみならず、こうしたさまざまな謎が、物語の先へと読者を誘っていく。

　しかし、そうしたストーリー以上に強烈な印象を刻みつけるのは、じつは出来事と出来事のあいだを埋めている、旅の暮らしぶりである。なにしろ、作品の舞台は「千古」のむかし、巻末の「作者の言葉」に記されているとおり、「今から六〇〇〇年前の、ヨーロッパ北西部全体

が森林でおおわれていた時代」なのだ。6000年まえといえば、新石器時代。漁や狩りが中心だが、村落定住がすこしずつ始まっていたころといわれている。メソポタミアやエジプト文明が興り、人間が奴隷制度をもつすこしまえくらいではあるが、インダスやギリシャの文明よりはずっと古い。作者は、考古学や世界各地の先住民の暮らしを調べあげ、ときには森のなかで実際に生活を体験して、本作を書いたというが、現代のわたしたちにとっては、はるかなファンタジーの世界でありながら、描かれている暮らしぶりは、じつにリアルなのだ。

作者が実際に歩いたというフィンランドの森。

たとえば、ひとりぼっちになった最初の日、トラクがなんとか口にしたのは、「おそく実ったコケモモと、二匹のカタツムリと、わずかばかりの黄色いサワタケ」。熱にうなされながら「細いブナの若木二本と、ちっぽけなトウヒの木一本」で寝小屋を作り、「次は、たき火。それから眠ることだ」とトラクは思う。凶暴なクマと闘う以前に、こうした衣食住を整えなければ、生きていくことはできない。ほかにも、仕留めた動物を丁寧に捌いたり、煮炊き用の革袋に水と鳥肉とニンニクやキノコを加えてシチューをつくったり、トネリコの櫛で髪をとかしフクロウの羽を飾ったり……。自然の一部として暮らしているその手触りが、なまなましく伝わってくる。

また、野生の一部でもあり、精霊の一部でもあるような、オオカミの子ウルフとのつながり。ウルフは頼もしい導き手であると同時に、しばしば抱き、じゃれあう相手として、トラクを励まし勇気づける。洪水で家族を亡くしたウルフも、トラクを〈背高尻尾なし〉の兄貴と慕い、どこにいてもトラクの遠吠えを「最高の音だ!」と聞きつける。オオカミの生態を理解しつつ描かれた、そのウルフのあたたかさや匂いにも、たまらない魅力がある。

ほとばしる川、くさくてじめじめした洞窟、霧深い森、そびえたつ氷河、吠える吹雪……。トラクたちに立ちはだかる自然は、容赦なく苛酷だ。だからこそ、ときおり描きだされる、木々の彩りや晴れあがった空、動物との絆は、それだけで無上の喜びに思える。悪霊や人間の企み以前に、6000年まえの自然そのものが、本作では圧倒的な存在感をもっている。続巻では、さらに海や極北へと世界は広がっていくのである。　　　　（奥）

6
時をさまよう

　次に登場するのは、さまざまな旅の物語である。望んで出かける者もいれば、期せずして日常を離れる者もいる。異時空への旅もあれば、人生という旅の場合もある。必ずしも目的地があるとは限らず、あってもたどりつくのは容易ではない。寄り道、遠回り、後戻り、足踏み、堂々巡りなど、迷いの「時」を過ごす旅人たちの姿を見つめたい。

思い出　すでに喪(うしな)われている少女へ

『ジェニーの肖像』
ロバート＝ネイサン
山室静 訳
偕成社文庫　1977年
（Robert Nathan, *Portrait of Jennie*, 1939）

　舞台は冬のニューヨーク、語り手は若く、半人前の画家である。売れない風景画を描きつづけ、家賃をためて途方に暮れていたある晩、彼は夕暮れの遊歩道で石蹴り遊びをしていた少女に出会う。

　どこか古めかしいよそおいをした少女は、ジェニーと名乗り、しばらく彼と一緒に歩いたあと、「あたしがおとなになるまで待っててくれればいいな、でも、待っててくれないでしょうね」と不思議なことばを残していってしまう。

　はじめて会うのに、彼を知っているように振舞うおませな少女は、強い印象を画家にあたえ、彼女を描いた淡い水彩スケッチが画商の目をひいたことから、運がめぐってきた。

「あなたが会いたがってるんじゃないかと思って」と、2、3週間後にまたやってきたジェニーは、なぜかすこし大人びていたが、彼女を描いた肖像は、たしかに画家を大きく成長させた。彼の絵はしだいに売れるようになる。

　その冬、何度か彼のもとを訪れたジェニーは、しだいに娘へと成長した姿で現れ、彼が描いたその肖像画は、人びとの目を魅惑した。そして春が終わるころには、彼はすっかり一人前の画家として売りあげを得るようになっていた。

　不思議なことに、やってくるたびに大きくなってゆく少女ジェニー。その肖像画は、人びとに何かを思いださせた。それはいうなれば、既視感──あったことがないはずなのに、すでに思い出であり、時を超越したもの、もしくは、若いころに知っていたはずなのに、いまは忘れてしまったもののようだ。ジェニーはいわば、『鏡の国のアリス』の白の女王のように、時を逆に生きる存在なのである。

　一方、画家は、この不思議な少女の素性を知ろうと、いろいろ調べてまわる。最初に会った時、彼女が親友だといった子は、次にやってきた時には、2年まえに死んだことになっていた。彼女が両親だといったミュージック・ホールの芸人夫妻は、すでに遠いむかしに死亡していた。ジェニーの正体は謎に包まれている。ただ、画家がジェニーに恋をし、ジェニーもまた彼を愛した。ふたりの心が、時を超越したところで、強い共感の絆をと

り結んだことにまちがいない。

　画家は知るよしもなかった。彼がジェニーと「本当に出会う」日が、永久の別れの日であること、いくども彼を訪れた少女が、彼にとってはすでに喪われたものであることを。
「待っていてくれないでしょうね」といったジェニーのことばに、運命はすでに示されていたのだ。だからこそ、ジェニーは時をさかのぼって、幼い少女の姿で画家の前に現れ、その育っていく姿を見せたのだろう。画家の絵筆で、絵のなかに永遠に自分の姿が残るようにと。形をあたえられた思い出として、この世にとどまりつづけるために。

　そして、たとえ結ばれることはなくとも、画家にとっての永遠のミューズでありつづけるために。

絵のなかの少女は、絵の具の色があせても歳をとらないで、いつまでもそのままの姿で思い出をいまにとどめる。(*The Girl's Own Paper* 挿絵より)

＊　＊

　この中編小説は、肖像画というものの、ある種の本質を描こうとしたものなのかもしれない。肖像画とは、ただ人の外見を写実的に写したものではない。その絵を見たことがない人にとっても懐かしい気がする絵、普遍でありながら、個人であるものだ。それは、モデルの似姿でありながら、描く人の自画像でもある。モデルと画家の人生と時が、ひと時に合わさって凝縮された芸術が、肖像画なのであるとしたら、画家とジェニーは運命的な絆と、時を超えるまでの共感で結ばれていたのだとしか説明ができない。

　この先もずっと、生き残った画家はジェニーの絵を描きつづけるだろう。永遠に少女のままの姿を保った思い出という肖像画を。それゆえに、画家の描いた肖像画は、人びとに感動をあたえつづける。

（川）

隔週　わたしのおうちはどこ

『バイバイわたしのおうち』
ジャクリーン・ウィルソン
ニック・シャラット 絵
小竹由美子 訳
偕成社　2000年
(Jacqueline Wilson, *The Suitcase Kid*, 1992)

　アンディーのパパとママは離婚した。そしてそれぞれが再婚して、その再婚相手の連れ子とともに新しい家庭をもっている。というわけで、アンドレア・ウェスト10歳、通称アンディーは、いきなりふたりの父と、ふたりの母と、6人のきょうだい（ひとりはまだ胎児だが）と、ふたつの家ができてしまったのだ。

　とはいえ、アンディーはパパと暮らすか、ママと暮らすか、ひとつの家を決めねばならない。しかし、アンディーには「わたしのおうち」と呼べるところはひとつしかない。それは、マルベリーの木があって、パパとママと一緒に暮らしていた幼いころの家だ。そこで3人で暮らしたい。アンディーにはそれしか考えられない。

　家族カウンセラーにもこの問題は解決できなかった。だからアンディーはスーツケースを持って、往復することになったのだ。

　1週間はママの家で、義理の妹のケイティーと一緒の部屋で寝る。義理のお父さんのビルは毛むくじゃらで、好きになれないし、もうふたりのポーラとグレアムの義きょうだいにもなじめない。

　次の1週間は、パパの家で、パパの子どもを妊娠しているキャリーと暮らす。キャリーの双子の子ども、クリスタルとゼンの部屋で、アンディーは日本風の「ふとん」に寝なければならない。これから生まれる妹には、いちばんきらいな名前をつけてやる——機嫌の悪いアンディーは、生まれてくる妹を受け入れる気分になど、とうていなれないのだ。

　どうしてもどうしても幸せになれないアンディーは、むかしのことばかり思いだし、幼いころの本を読みふけり、マルベリーの木のあるおうちの夢ばかり見つづけていた。

　この隔週の移動生活は、アンディーに相当なストレスをもたらした。週末になると気分が悪くなる。移動日の金曜になると必ず、お腹が痛かったり、寒気がしたり。学校の成績も落ちてきたし、授業態度の悪さを叱られるようにもなる。

　当然のことだろう。アンディーは大事なウサギ人形ラディッシュとだけいられる、自分だけの場所が必要なのだ。自分だけのことを考えてくれる親がほしいの

だ。帰属する場所がないのに、落ち着いていられるだろうか？

そんな移動生活のなかで、アンディーは学校の帰り道に、すてきな庭のある家を見つけた。ラークスパー通りにあって、マルベリーの木の庭があり、金魚のいる池まであるのだ。ラディッシュと遊ぶには最高の場所。

その家の存在は、すこしずつアンディーの生活を変えていく。

ある放課後、こっそりこの庭で遊んでいたアンディーは、いないと思っていたこの家の人に見つかりそうになって逃げだし、ラディッシュを置き去りにしてきてしまった。

思いがけず、この事件がアンディーに救いをもたらすことになる。ラークスパー通りのおうちは、大切にされ、自分の場所をあたえてくれるという、本来なら親が保証すべき子どもの権利をアンディーにあたえてくれたのだ。そうなってはじめて、アンディーに新しい義理のきょうだいたちにも働きかけ、理解しあい、打ち解けあうようになっていく。

あまりにも都合よく現れたこの救いの手は、アンディーの両親が、保護者としての役割を果たさず、自分たちの都合で子どもをふりまわしているという事実を逆に拡大して見せているかのようだ。

しかも結局、いまもアンディーはあいかわらず、隔週で、ふたつの「わたしのおうち」を行き来している。でもいまは、

マルベリーはクワの種類で赤黒い実がなる。その実でつくったマルベリー・パイは、アンディーにとって丸くて完全な、理想の家族のイメージを投影するものだった。

もうひとつの行き場もある。ラークスパー通りのおうちは、アンディーにとって、自分になれる「幸せな場所」を提供してくれたからだ。

3つもおうちがあっては、面倒なことでしょうね、とカウンセラーにいわれても、アンディーはもう泣いたりふさいだりはしない。にこにこしてみせて、でもうまくやってます。簡単なことですよ、と答える。

にこにこ笑って「みせる」ところがアンディーの進歩といえるのかもしれない。こうして幸せそうに見せかけておけば、とりあえず、隔週の混乱に耐えるためのよすがも失わずにすむだろうから。

しかし、アンディーの親たちにはなんら進歩も理解も見られない。だから、親の都合で隔週にたらいまわしにされているアンディーの状況に変化はない。世の中、自分だけの希望だけが叶うものではないということを学ぶには、10歳という年齢は、あまりに早すぎるという気もする。　　　　　　　　　　　（川）

崖っぷちの日々　小学6年生男子の日常は危機的状況に陥りやすい

『銀色の日々』
次良丸忍
中釜浩一郎 絵
小峰書店　1995年

　この一冊には4人の小学生男子の日常がつまっている。それは、第三者の大人から見れば、いとしくも滑稽な右往左往なのだが、当の少年たちには嵐のような毎日であろう。

　「銀色の手錠」のぼく三上は、誕生日に買ってもらった新しい腕時計が得意でならない。30分計と12時間計の2つの小さな文字盤がついた本格的なクロノグラフを塾のみんなに自慢すると宣言して家を出たのだったが、偶然出会った同じクラスのネズミにまんまと持っていかれてしまう。ネズミとはもちろんあだ名だが、3年生の時、粘着性のゴキブリ取りにかかったネズミを学校へ持ってきて、みんなに気味悪がられてネズミと呼ばれるようになった男子だ。明日、必ず返せと電話までかけたのに、忘れた、もうちょっと貸しておいてといって逃げだすような子だ。そのネズミがランドセルをとりだした時に、ぼくの耳に「チャン」という金属音がとびこんできた。それは、ぼくの大事なクロノグラフのバンドの音だ。忘れてきたというのはうそだったの

だ。ぼくはどきどきしながら、ネズミのランドセルを開け、もともと自分のものだからと自分にいい訳をしつつ、勝手にとりもどしてしまう。

　そんなこととは知らないネズミが焦って探しまわりパニック状態なのに、追い打ちをかけるように明日こそ返さなかったら弁償だと脅すぼく。クロノグラフはめでたく腕にもどるが、良心の呵責はもどったそれを片方だけの手錠のように感じさせるのだった。

　「くろいとりとんだ」のぼく大山は、学芸会でやるクラスの劇「青い鳥」で大道具のリーダー「アートディレクター」をやることになる。いつも、その手の上げ方の美しさを芸術のように愛でていた姫川真弓さんが推薦したのだ。係のメンバーが協力的でなくて、つかみどころのない比良とふたりでやるしかなくても、姫川さんの推薦ということを心の支えに頑張っていたぼくだった。

　ところが、姫川さんの推薦の裏にとんでもない理由があったことを知ってしまい、ようやくできあがった背景画に大き

く真っ黒なバツを書きなぐってしまうのだった。

「日曜日のバス停で」のぼく黒崎は、じつに気の毒だ。友だちの青木、金子の3人でSF映画を見にいく約束の日曜日、遅くなってしまい走って走ってようやく見えたバス停のようすがなんとなくおかしい。よく見ると中学生ぐらいの5人の男子に青木がとり囲まれている。電柱の影からはらはらして見ていると、さらに遅れてやってきた金子は事情を聞くなり、争いのなかに駆けこんでいった。そして、7分遅れでやってきたバスに何事もなかったように中学生たちも青木と金子も乗っていってしまった。翌朝、ぼくは友だちを見捨てた、冷たいと金子に散々責めたてられる。

「リスのえさの花咲く日」のぼく春雄は、とくに親しくもない級友相田（あいだ）からの突然の電話でリスを押しつけられる。強引な相田に何もいい返せぬまま、水入れを新調したりして世話をしていると、今度は返せという。相田にリスをわたして転校していった小林みさとが、リスをひきとりにくるというのだ。そして、春雄に押しつけていたことなどおくびにも出さず、春雄の目の前でふたりはリスをひきとって行ってしまう。

* *

いい返せなかったり、いいだせなかったりで腹ふくるる思いの少年たちは、気の毒なほど日常の崖っぷちでうろたえている。ただ、この作者は少年たちを崖っぷちから谷底へ落としたりはしない。クロノグラフが三上の腕にもどっているのを見たネズミは、三上が拾ってくれたのか、よかったよかったと心底ほっとして喜ぶ。三上の悪意をみじんも疑っていない。ほかの3人の物語も同様だ。

現実は意外と拍子ぬけするほど、よくも悪くもいい加減で、そんなに深刻でもないのだ。それでも、自らのうかつさやふがいなさもあって、少年たちはしょっちゅう危機に直面する。そんな年頃なのだ。きっと。　　　　　　（西）

クロノグラフ。

☞1年しか？　1年も？（136p）　☞小学6年生（256p）

異なる時の流れ　妖精界と人間界

『妖精王の月』
O・R・メリング
井辻朱美 訳
講談社　1995年
（O.R.Melling, *The Hunter's Moon*, 1989）

　妖精にさらわれた人が7日間、妖精の国で踊り暮らして、帰ってくると7年がたっていたとか、70年が経過していた、というような話は非常によく見られる。妖精や、その他異類の住む国は、われわれの住む世界とは異なる時間が流れているのである。リップ・ヴァン・ウィンクルや浦島太郎といった昔話もそうだし、このモチーフを利用した児童文学も、ケイト・トンプソンの『時間のない国で』をはじめ、たくさんある。

　本書は、アイルランドに伝わる妖精の国の伝説をもとに、カナダの作家が書いたシリーズの1作めである。どれもが現代の人間がふとしたことで妖精国の存在と関わりをもってしまい、異世界と行き来をする物語である。

＊　＊

　物語は、カナダ人の少女グウェンが、夏休みにいとこのフィンダファーとともにアイルランドを旅しているあいだに起こった出来事が語られている。

　大胆にもタラの丘の、〈人質の墳墓〉でキャンプをした夜、フィンダファーは妖精王に、花嫁にすべくさらわれてしまった。彼女を助けだそうと、グウェンはさまざまな人や妖精の助けを借りつつ、アイルランドを周遊するくらいの長い冒険の旅に乗りだすことになる。

　グウェンにまずアドバイスをくれたのは妖精のレプラコーンじいさんだった。そのことばにしたがったグウェンは、試行錯誤ののち、異世界へと足を踏みいれる。グウェンはここでようやくフィンダファーに追いつくが、ふたりの娘のちがいがここで明らかになる。フィンダファーは、望んで妖精王フィンバラについて異界にやってきたのだが、心の中に現実への執着があるグウェンのほうは、完全には妖精界にはなじめなかった。目覚めると、グウェンは激しい嵐のなか、人間界にもどってしまっていた。

　グウェンは移動した妖精王の宮廷を追ってシーガラの森をめざす。それは古い地名で、シー・ゲイルすなわち〈笑う妖精たちの故郷〉と呼ばれる古い森であった。

　ここで再びフィンダファーに追いつくことはできたが、妖精王の花嫁になることを決意しているいとこに対し、グウェ

ンは、自分がどうするかの決断をせまられる。半分は妖精界にあこがれつつ、半分は自分の世界も捨てがたいと苦悩するグウェン。

1日の猶予をあたえられたグウェンは明日の夜、「島の島」へ来い、と謎の伝言を受けとるが、パブの亭主に、島の島とはドニゴールのインチ島だと教えらえる。

だが、インチ島でグウェンを待ち受けていたのは、妖精王と混沌の大蛇、クロム・クルアクの戦いだった。7年ごとにいけにえを要求する大蛇に対し、妖精王は、じつはグウェンをいけにえにしようともくろんでいたのであった。

インチ島の古代の石の砦で、倒れたグウェンを助けてくれたのは、ダーラという青年だった。そしてダーラの祖母、おばばと呼ばれる老女が、妖精のまじないをかけられたことを見抜き、グウェンの手当をしてくれる。じつはこの老女こそ、妖精王フィンバラのもと花嫁だったのである。彼女の存在は、不老不死の妖精と、歳をとり死にゆく人間との差を、残酷にも表すものだった。

妖精王は何度も何度も人間の娘を誘惑し、連れ去って花嫁にしてきた。しかし娘はやがて年老いて人間の国に帰り、妖精の魔力を解く術をもった老女としてしばしの時を過ごしたのち命を全うしてしまう。永遠の時をもった妖精の男と有

アイルランドの遺跡。妖精が住んでいる丘は、しばしばこのような太古の遺跡でもある。これを太陽と逆の向きに回ると、妖精に連れていかれるという。

限の生を生きる人間の女性との結びつきはいつも悲しい別れをもって終わる。それでも妖精の男は、非情にもまた人間の娘をもとめるのだ。

いちずに妖精王に心を捧げ、自らを犠牲にしても、妖精国を守るために戦おうとしているフィンダファーとはちがい、グウェンは、妖精国に対して、あこがれと忌避のダブルバインドに悩まされる。それは、まさにこの、異なる時の流れがもたらす悲劇ゆえであった。

アイルランド各地の地名を散りばめながら、現実と重なりあう幻の妖精界を描き、年老いる人間と不死の妖精の関わりを描いたこの物語は、とりあえず、2組の（人間の）恋人たちが誕生して幸せな結末を迎える。しかし、妖精王とかつての恋人おばばとの再会の場面は、とりわけ時をともにしない、ふたつの種族の行き違いを示して悲しい。　　　　（川）

☞不死（270p）

再生の時　あやまちをつぐなうために歩んだ長い道のり

『漂泊の王の伝説』
ラウラ・ガジェゴ・ガルシア
松下直弘 訳
偕成社　2008年
（Laura Gallego García, *La leyenda del Rey Errante*, 2002）

「アラビア詩の父」と呼ばれる、前イスラム期の大詩人イムルーウルカイスは、6世紀に滅亡したキンダ王国の王子だった。芸術家ならではの放縦さゆえに、若くして王宮を離れたとされるが、国が滅ぼされ父王が殺された時には、生存する唯一の息子としての責任を果たすために剣をとり、有力部族の支援を受けて父の仇を討ったとも伝わる。そんな伝説の大詩人の生涯にヒントを得て創作された『漂泊の王の伝説』は、人の世と人の生きざまに関する深遠な哲学的思索を、古代アラブを舞台にした幻想英雄譚として表現した作品である。

＊　　＊

キンダ王国の王子ワリードは、政治家としては寛大にして公平、戦士としては勇猛果敢、そのうえ飽くなき知識欲をもつ教養人でもあった。端正な容姿と知性をかね備えた世継ぎとして、父であるホジュル王からは信頼され、異国の君主たちからは一目おかれ、民からは敬意と愛情を捧げられていた。

砂漠の精霊（ジン）の申し子と噂される完全無欠の王子にとって、残されたただひとつの望みは、毎年メッカ郊外の都市ウカーズで開催されるカスィーダ（長詩）コンクールに優勝し、詩人として最高の栄誉を手にすることだった。だが父王は、出場を願いでた王子に対して、まずキンダ国内でコンクールを開催するようにと命ずる。魅力的な賞金を提示してアラビア全土から参加者を募り、高名な詩人たちを集めて公正に審査させる。そこで優勝して実力を証明できたなら、ウカーズに行くことを認めようというのが、父王が示した条件だった。

王子自身をふくめて、誰ひとりその優勝を疑う者はいなかった。だがコンクール当日、聴衆をもっとも感動させたのは、貧しい絨毯織ハンマードの作品だった。必勝を期して開催した2回め、3回めのコンクールでも立てつづけに苦杯を喫した時、王子は、我知らず人生の道をたがえてしまう。主催者の特権を利用し、優勝者ハンマードに対する褒賞として、王室の史料編纂係りという役職をあたえたのだ。ハンマードに命じた仕事は、古文書室に積みあげられた世界中の歴史を記した資料をひとりきりで整理するこ

再生の時

と。それはあまりの膨大さゆえに王子自身が途中で断念した作業であった。つまり、その役職は、絨毯織を王宮に幽閉する口実にほかならなかったのである。

　読み書きすらできなかった絨毯織が、並々ならぬ努力と勤勉さと意志の力で不可能と思われたその仕事をやりとげた時、王子はさらなる悪意で絨毯織をしばりつける。家族のもとへ帰れると目を輝かすハンマードに、整理しえたばかりの世界の歴史すべてを織りこんで絨毯を作れと命じたのだ。絨毯織が自らの命とひきかえに、見る者の心を狂わせるほどに強大な力を秘めた作品を仕上げるころには、キンダの王子はかつての清廉な面影を完全に失い、猜疑心にこりかたまって自分の殻に閉じこもる暗愚な王となっていた。「善行であろうと悪行であろうと、人がなしたことには必ず報いがある」そんな父王の最後のことばを裏づけるかのように。

　やがて絨毯が盗賊に奪われ、王国が亡びた時、思いがけず命永らえたワリードは、汚辱に満ちた過去と決別し、マリクと名を変えて生きなおそうと決意する。だが人生は彼につぐないを要求する。砂漠の盗賊一味に加わって心から信頼できる友を得た時も、ベドウィン（遊牧民）の村に住み伴侶となるべき女性と出会った時も、大商人に雇われてついには共同経営者にまでのぼりつめた時も、毎回、過去に犯した罪のしがらみが彼のまえに現れたのである。失われた絨毯を探しだすことこそが自分の選ぶべき道だと悟った時、マリクは、ようやく真の意味で再生の道を歩みはじめる。

　ハンマードが織りあげた絨毯は、人に過去、現在のみならず未来までをも見せてしまうものだった。自分の人生の軌跡、これまでの選択肢の数々と、ありえたかもしれない現在、そしてこれからの可能性を赤裸々に見せられた時、それを自分自身がつくりだした運命として引き受ける覚悟のある者だけが心を乱さずにすむ。長い漂泊のすえに、その境地にいたったマリクは、賢者と呼ばれることになる。そして、その時ようやく、人びとの心に残る詩を紡ぎだせるようにもなったのである。

　複雑な図案を織りこんだ絨毯のように重厚な物語が、アラビアの空気と風を感じさせてくれる。　　　　　　　　（水）

砂漠の民にとって絨毯は財産でもある。

サマータイム　時の環っかを壊せるか

『バイバイ、サマータイム』
エドワード・ホーガン
安達まみ 訳
岩波書店　2013年
（Edward Hogan, *Daylight Saving*, 2012）

　ヨーロッパに旅行に行くと、夏は夜の8時くらいでも明るく、逆に冬は朝9時でも真っ暗で、季節による昼夜の長さのちがいにおどろく。そうした日照時間の調整のため、サマータイム制度（別名Daylight Saving time）を導入している地域が、ヨーロッパ各国を中心に、カナダやアメリカ、オーストラリアの一部にある。

　たとえば、本書の舞台であるイギリスでは、3月の最終日曜日の午前1時にグリニッジ天文台の標準時間より時計を1時間すすめて、春夏は早くから活動し時間を有効利用するというわけだ。そして、10月の最終日曜日の午前2時に、再び時間を1時間もどして標準時間の1時にする。つまり、10月の最終日曜日には、午前1～2時という時間を2回過ごすことができる。真夜中なので、ふつうは寝ているあいだにその余分の1時間は過ぎてしまうが、ときにはその時間を盛大なパーティで楽しんだりもする。しかし、もし、その余分な1時間に、恐ろしい出来事を経験したとしたら……。サマータイムの切り替えでまきもどった1時間は、呪われた時間になってしまうだろう。

　本書は、ある不思議な女の子レキシーと出会い、恋に落ちる「ぼく」ことダニエルが語るかたちとなっている。ダニエルは、両親の離婚や、自らの太りぎみの体型、不登校など、さまざまな傷やコンプレックスをかかえて、滞在型スポーツリゾート「レジャーワールド」にやってくる。父親もアルコール依存という問題をかかえており、父と息子は気晴らしと再生のため、なけなしのお金をはたいて1週間の休暇を過ごしにきたのだ。それがちょうど、10月21日から28日、サマータイムから標準時間にもどるまえの1週間。その最初の日に「ぼく」は赤いパーカーを着た女の子レキシーと出会う。そもそも気乗りのしない父との旅である。「ぼく」は、優雅に泳ぎ、気安く話せるレキシーに急速にひかれていく。

　しかし、彼女の腕時計が逆向きに数字を刻んでいたり、日ごとに体のあざや傷が増えていったり、レキシーには不可解なことも多い。やがて、木に刻みつけられていた日付などから、じつはレキシー

は、レジャー施設となっているこの森で凶悪な男に殺された女の子だと気づいていく。しかも、その事件は2年まえのサマータイムが切り替わる余分の1時間に起きていた。それ以来、レキシーの時間は、毎年殺される直前から逆向きに流れはじめ、サマータイムで時間がまきもどるたびに、また男に殺されるという恐ろしい出来事を味わわなくてはならなくなっていたのだ。「ぼく」自身の心の傷と、レキシーの損なわれた人生が重なりながら、過去の事件がすこしずつ明らかになっていく過程は、まさにミステリーを読み解いていくような驚異に満ちている。

ネイティヴ・アメリカンのクロウ族の羽根飾り。

やがて「ぼく」は、自分の臆病さをのりこえて、レキシーの魂をなんとかその地獄から救いたいと思いはじめる。レキシーがとらわれてしまった「まるで煉獄」のような時の「環っか」を壊そうと挑みはじめるのだ。

レキシーは死んでしまった女の子。ありえない設定かもしれない。しかし、レキシーのように、なんらかの、こわい、苦しい、哀しい出来事を体験し、その記憶から逃れられなくなってしまうことは、現実にもたくさんある。逆向きに流れる時間、時の「環っか」にとらわれてしまったレキシーの魂は、そうしたトラウマの象徴にも思えてくる。

では、そうした、時の「環っか」を壊すには、「ぼく」のような他者の力を待つしかないのだろうか。

そうではないだろう。たとえば、レキシーは、自らの苦しい経験ゆえに、侵略や暴力や苦痛に満ちた出来事がくり返される世界の歴史への鋭い洞察をもつことができる。その一方で、闘いをきらい敵にそっと触れることを最大の「手柄」としたネイティヴ・アメリカンのクロウ族の生き方に感銘を受けることもできる。そのうえで、「ぼく」の心の傷を理解し、寄り添うことができる。そうしたレキシーの洞察や機知や愛が、「ぼく」を癒し、「ぼく」を変えるのだ。その意味でレキシーは、自分の力で時の「環っか」を壊し、記憶をぬりかえようとしたともいえる。

サマータイムで消えたり増えたりする時間は神秘的だが、人の記憶はおそらくもっと神秘的なのだろう。　　　　(奥)

3週間 夢と現(うつつ)のあわいで、むかしといまが重なる旅

『犬のバルボッシュ　パスカレ少年の物語』
アンリ・ボスコ
ジャン・パレイエ 絵
天沢退二郎 訳
福音館文庫　2013年
（Henri Bosco, *Le Chien Barboche*, 1966）

　舞台は南フランス。夏休みの残り、10歳のぼくは、マルチーヌ伯母さんとふたりで80キロも離れた山間部の伯母さんのふるさとピエルーレ村へ旅することになる。伯母さんの年齢は書かれていないが、「おばあさん」と呼ばれて不思議はない年齢のようだ。しかし、足取りは確かで、瞳は生き生きとし、たくさんのことわざを知っていて、生きる知恵のつまった、頼もしい伯母さんのことを、パスカレ少年は心から信頼し、愛している。

　伯母さんは『夢の鍵』という夢解きの案内書を大事にたずさえて旅に出た。この本は、夢のことなら全部書いてあるという。しかし、その夢自体の輪郭があいまいだ。この物語では、眠っているあいだに見た夢なのか、白昼夢なのか、あるいは、現実なのかはっきりしないことが多い。たとえば、ソーゼットの駅で汽車を待っていた時のことである（じつは、この駅は20年もまえに廃線になっていて、すでにここからして、ふたりの現実なのかどうか不安になってくる）。伯母さんが納屋のワラの上で、純粋な決然とした正しい、「魂にぴったり合った眠り、思考の上にちょうどよくかぶさっている眠り」を眠り、そんな眠っている伯母さんに心をうたれていたパスカレ自身にも、やがてその後一度も出会ったことのない「あの眠り」がやってくる。パスカレは眠っていなかったと思う。でも、目にしたことを信じられなくて、夢を見ていたのだと自分にいい聞かせもする。「だって、一日のうちでも正午から二時にかけてのすばらしい時間には、あるがままのものとあってほしいものとのあいだで、肉体と影とのあいだで、あらゆることが起るのだから……」。パスカレが目にしたのは、「カラク」（訳注：ヨーロッパを主に各地に散在し、移動生活を送る少数民族）の行列だった。そして、すこし遅れてやってきたロバに背中に乗らないかと誘われたのだが、犬のバルボッシュの吠え声でロバは去っていった。

　さて、カラクたちは、夢だったのか？
　消えてしまったかに見えたロバは？
とても現実のものと思えないのだが、その後、このロバをカラクのもとから逃してやり、カラクの犬たちと流血の闘い

になるので（マルチーヌ伯母さんはハサミで犬を「魔神のように」突き刺し闘う！）これらは、やはり現の存在なのだろう。

めざすピエルーレ村が近づいた時、伯母さんは「時間をもうけて、それが何になるのかね？」と、近道の新道ではなく旧道を選ぶ。そして、村の入り口を示す樹齢千年、聖レオニダス様と呼ばれるニレの木をめざす。少女時代を過ごした村の美しさ、すばらしさをいくどとなく語る伯母さんだったが、話はいつもその立派なニレの木にいきつき、パスカレは伯母さんの心にとって、その木は神さまのような価値があるのだろうと考えている。それほど大切な存在だったのに、たどりついてみると、樹齢千年のニレの木は切り倒され、根株も引きぬかれ、跡形もなかった。深く傷ついた伯母さんは、パスカレひとりで村へ行き、そのようすを詳しく教えてほしいという。あの不思議なロバに導かれ、村へ入ったパスカレは、伯母さんが少女時代を過ごした懐かしい大通りが廃墟となっていることを知る。伯母さんの胸中を思うととても見てきたままに報告することはできず、伯母さんの記憶の村が生き生きとそのままにあるように作り話をしてしまうパスカレだった。

ロバのなかには、とても気のいいやつがいる。

旅のはじめのほうで、伯母さんはいっていた。少女時代を過ごした土地と時間を訪ねていくつもりだと。そして、「この旅行を、わたしは夢で見るんだし、おまえは自分の目で見るんだからね」と。終わってしまった子ども時代は夢で見るしかないということだろうか。そして、パスカレは、子どもであるというその特権で、伯母さんの子ども時代を目で見ることができるというのだろうか。

＊　＊

この物語は、「ぼく」という語りと、老人となった「わたし」の語りと、ときおり「パスカレ」という三人称が交錯している。パスカレに流れた時間と、伯母さんの時間、時をとどめた場所の記憶と、夢のなかに再生される伯母さんの少女時代……重層し伸縮する時間に幻惑される物語である。

（西）

300年　約束された幸せの待機時間

「人魚姫」（『アンデルセン童話集2』所収）
ハンス・クリスチャン・アンデルセン
大畑末吉 訳
岩波少年文庫　2000年
（Hans Christian Anderson, *Den lille Havfrue*, 1836）

　難破した船から放りだされ、溺れかけている人間の王子さまを救い、彼に恋をした美しい人魚の末の姫。彼女は、いとしさのあまり海の魔女と取引し、その美しい声とひきかえに、人間の姿を得る。しかも、新しく得たその足で一歩歩くたびに、姫はナイフを踏むような苦しみに耐えねばならない。

　これほどの苦労と献身のかいもなく、王子は人魚姫をかわいそうな口のきけない少女としか見てくれず、別の女性を自分の命の恩人と思いこんで、結婚することになってしまう。人魚姫は王子のまちがいを正し、命を助けたのは自分だと、主張するすべももたない。

　王子と結ばれることなく、永遠に人間となる資格も失った人魚姫は、姉たちのいうことを聞いて、ナイフで王子を殺し、その血を浴びて、人魚にもどることもできた。だが、彼女はその選択を拒否し、婚姻の祝いの船から、自ら身を投げて、海の泡となって果てていった……。

　このアンデルセンの短編は、一見人魚姫の片思いの悲恋物語に見える。叶わぬ片思いをくり返していた作者自身の思いの投影であるとの解釈もある。

　しかし、敬虔なキリスト教徒であったアンデルセンと、その同時代の読者たちにとってはどうだったのだろうか。

　厳格な清教徒(ピューリタン)の思想では、人間以外のものに不死の魂があることを認めていない。だから、いくら可愛がっていたペットであっても、死んだら最後、土になってしまい、天国に行くことはできない。人魚もまたしかり。人魚姫も、そもそもは人間のもつ不死の魂を手に入れたくて、人間になることを望んだのである。王子と結婚することは、魂を手に入れるための手段でもあった。

　海の泡となった人魚姫は、空気の精である娘たちの仲間に迎えいれられる。彼女たちもまた、魂をもたない存在だが、300年のあいだ、よい行いをして修業すれば、神の国に召される永遠の魂を得られるのだという。しかも、親孝行のいい子どもを見つければその修業の年は1年減らされ、悪い子を見つけて涙を流せば、その年月は1日延期されてしまう。

ちなみに、ディズニー・アニメの「リトル・マーメイド」(1989年)は、人魚姫にアリエルという名前をあたえ、かなり筋を改変して、エリック王子と結ばれるという物語に書きかえているが、この「アリエル」という名前は、じつはギリシャ神話の空気の精を意味することばである。

こうして、人魚姫は300年という長い……19世紀の人びとにしてみれば永劫にちかい年月のあいだ、空気の精(アリエル)として奉仕すれば、当初の望みが叶って、不死の魂をもち、天国へ昇っていくことができるのである。

コペンハーゲンの港に座っている人魚姫のブロンズ像は意外に小さく、目立たないところにひっそりといる。

そう考えてみれば、「人魚姫」という物語はけっして悲劇に終わるわけではない。読者である子どもが「いい子」にして彼女に協力すればするほど、人魚姫の試練は短くなるのだ、それがやや教訓的な締めくくりに思われようとも、読者もまた人魚姫のハッピー・エンディングに寄与することができるのだ。

この物語が書かれてから、いままで180年以上が経過した。それほど極端に悪い子がいなかったとするならば、人魚姫が不死の魂を得るまでの道のりも、なかばを過ぎているはずだ。

＊　＊

コペンハーゲンの港にちんまりと座る人魚姫の像。1913年、彫刻家エドヴァルド・エリクセンが作ったそのブロンズ像を見た人は一様に、その姿が意外に小さいことにおどろきを表す。

この像は、喧噪の港のなか、あまりに無防備で、腕を切断されたり、色を塗られたり、頭部を持ち去られたり、いくどとなく破壊行為の犠牲になってきた。そんな心ない人びとの行為のせいで、彼女の献身の期間は少々長くなってしまったかもしれないが、人魚姫像は一方できっと心あたたまる人びとの姿も見ていたと信じたい。それが、彼女の試練の時をすこしでも減らしていますように。

今度、あの港を訪れる機会があれば、彼女に、あと100数年の辛抱だよ、と励ましのことばをかけたいものだ。(川)

思春期　世界が雑然とばらばらにしか見えなくて不安な時期

『麦ふみクーツェ』
いしいしんじ
理論社　2002年

　小学校にはいってすぐ。真夏の蒸し暑い晩、真夜中にひどい気分で目覚めた「ぼく」は、両隣のベッドに寝ているはずの祖父も父もいないことに気づいて身震いする。ぼくは、「ひょっとして、今夜だけのことじゃないのかもしれない」と思う。自分が見ていないところで、世界はまったくちがう顔を見せているかもしれないという不安を知ってしまった時、聞こえてきた「とん、たたん、とん」。窓の下には広がるはずの運河の光景はなく、黄金色に輝く地平線。そこで、へんてこな身なりの人が大きくて横幅のある黒い革靴を一歩ずつ隣にずらし横ばいに進んでいる。それがクーツェとの出会いだった。音は、クーツェのたてる麦ふみの音だったのだ。以来、なぜか屋根裏にはクーツェがいて麦ふみをしており、ぼくは家でひとりになるたびにクーツェと禅問答のような会話を交わすことになる。

　ぼくは祖父と父の三人家族。母親はぼくが赤ん坊のころ亡くなっているが、理由は聞かされていない。ぼくがまだもの心つくまえに、外国から島の港町に移り住み、祖父は町の吹奏楽団のティンパニ奏者にして指導者となり、本当は数学者として大学に籍をおくことを望んでいた父は、なぜか島の小中学生相手に数学を教えることになっている。並外れて体の大きな子どもであったぼくは、祖父から打楽器のひとつとして猫の鳴き声を仕込まれて育ち、猫以上に猫らしく鳴くことができるようになり、みんなから「ねこ」と呼ばれている。

　祖父の度外れた厳しい指導で港の吹奏楽団はコンクールで優勝するまでになる。その楽団の重要な打楽器奏者である用務員さんは、全身に毛がなく、動きはぎこちなく、ことばもはっきりしない。彼は、ぼくの祖父を「おんがくそのもの」だと心から敬愛している。彼の趣味はゴシップ記事のスクラップで、そのファイルにはありとあらゆる不思議な記事が収められており、また、港町にも不思議な出来事が次々と起こる。空から大量のネズミが降ってきたり、沈みそうなほど大量のカモメが留まった船が入港したり。町のみんなが音痴になって、祖父のティンパニまでもが腐った音をたて、町中の調子が狂ってしまったり……。めまいがする

ふめよ、ふめふめ、麦ふみクーツェ。©めがねトンボ／PIXTA（ピクスタ）

　ようなシュールな出来事やエピソードの渦のなかで、クーツェとときおり問答しながら、ねこは育つ。そして、港町を離れて、都会の音楽学校へ進学する。

　ねこはそこではじめて自分以外の「とん、たたん、とん」が聞こえる人と出会う。それは、盲目の元ボクサーで、彼の導きで、外国のチェリストのもとへ行くことになる。

　港町の家を離れた時、クーツェの話し声は聞こえなくなるが、「とん、たたん、とん」はずっと聞こえていた。そして、その音の正体、クーツェの正体は、ばらばらに見えた出来事が不思議なめぐりあわせでつながっていき、ついには明らかになる。

　ぼく（思春期に入った子ども）にとって、世の中は訳がわからない。無秩序で騒々しく、不安にさせられる。登場する人物も過剰にバランスを欠いている。秩序を生みだす音をもとめた祖父。素数を愛し、証明をもとめた父。幼いころの事故で成長が止まってしまい、そのうえ盲目のチェロの先生。先天性全色盲で「みどり色」という名前のお嬢さん。そして、並外れて体が大きいねこ自身……。

　サーカスのようなめくるめく猥雑さのなか、大きな体をもてあまし落ち着かず不安そうなねこの姿は、思春期そのものに思われる。そんな彼を安心させたのは、用務員さんが残したスクラップブックだった。それは、一見ばらばらな出来事がつながっているように見せる。また、用務員さんの作った吹奏楽曲のことをねこは「でたらめなこの世をあるくための、隠された方向図」といっている。

　ばらばらの楽器のばらばらの音が、絡まりあいひとつの曲となって鳴り響くように、作品に散りばめられた奇妙なあれこれがダイナミックに大団円を迎える。それは朗らかなファンファーレのようだ。母親の死の理由もふくめ、ねこもねこのままで世界と和解する。世界の多彩さを恐れなくてよい。この小説は全身で、思春期の若者を励ましているのかもしれない。
　　　　　　　　　　　　　　　（西）

少年期　少年の恍惚感と罪悪感

「少年の日の思い出」(『少年の日の思い出　ヘッセ青春小説集』所収)
ヘルマン・ヘッセ
岡田朝雄 訳
草思社　2010年
(Hermann Hesse, *Jugendgedenken*, 1931)

　本作品は、1947年に高橋健二訳で文部省(現・文部科学省)教科書『中等國語二』(二)に採択されて以来、長らく中学校国語の教科書に掲載され、現在は中学1年生の定番教材となっている。ヘルマン・ヘッセの作品のなかでも日本においてもっとも知られている作品といってもいいだろう。

　本作品は短編ではあるが、少年期に誰もが一度は味わうであろう、ある時期に限定された感情が描かれている。

　本作品に描かれる少年期の感情は、蝶や蛾の採集に熱中する時に訪れる。

＊　＊

　この物語は、「私」が友人に蝶や蛾の標本のコレクションを見せる場面から始まる。ところが、友人は突然「もう結構！」と厳しく口早に蝶を見ることをやめてしまう。そして友人が語りはじめたのが、友人(彼)の8〜9歳くらいからの「少年の日の思い出」なのである。

　まず友人が語るのは、少年のころに味わった、蝶や蛾を採集することの喜びである。その喜びは、単に喜びということばで説明できるような生易しいものではなく、どこか魔的な要素ももっている。

　蝶や蛾の採集に夢中になってしまった友人は、学校の時間だろうが昼食の時間だろうが気にならなくなってしまう。とくに、きれいな蝶や蛾を見つけると「子供だけが感じることのできるあのなんとも表現しようのない、むさぼるような恍惚状態におそわれる」。美しい蝶や蛾に出会い、それに忍びよっていく時の、五感すべてで感じる「繊細なよろこび」「荒々しい欲望の入り混じった気持ち」は、のちの人生のなかではめったに感じたことがなかったと友人は語る。

　この少年期の欲望に満ちた、それでいて混じりっけのない恍惚の時間は、同じように昆虫採集や、石集めなど、何かを採集することに熱中したことのある者ならば、記憶のなかからすぐによみがえらすことができるだろう。この作品は、そのような少年期特有の恍惚の時間をよみがえらせてくれるのである。それは多くの者にとっては失われてしまう時間だが、少数の者のみはその喜びをもちつづけるのだろう。

　本事典に収められている、佐藤さとる

少年期

蛾や蝶を見ると、むさぼるような恍惚状態におそわれる少年のひと時。

『おばあさんのひこうき』のおばあさんが、時間を忘れて10日間も編み物に集中するのも、このかけがえのない恍惚の時間のなかにいるからなのである。

もうひとつの少年期の感情は、友人が大きな少年になった時、この作品の後半部分、隣人のクジャクヤママユを盗んでしまったことによって発生する感情である。この隣人のエーミールは非の打ちどころのない人物で、そして、一度は友人のコムラサキを評価しつつも、その欠陥を冷徹にあら探しする人物である。

そしてそれに対し、友人はある小さな事件をとおして隣人のエーミールが友人に許しをくれなかったこと、そして世の中には「一度だめにしてしまったことは二度ともと通りにすることはできない」ことがあると学ぶのである。

これは、少年期の母親に庇護され、失敗も許されてきた状態から、いきなり、自己で責任をとらなければならない秩序のなかに放りこまれ、さらに大人へと成長させられたことを意味するだろう。

母親のもとでの、あたたかでゆるやかな時間からの離別の厳しさ、寂しさ、これもまた少年期に味わう大きな感情のうねりのひとつであろう。

この物語は、大人となった私の友人が語った少年期という、ふたつの時期の記憶を、再度、私がまとめる（物語化する）という形式をとっている。それにより、このような少年期特有の、大人になっても忘れえない恍惚の時期と、そして大人へと向かう厳しさの記憶とをよみがえらせつつ、「少年の日々」を一歩引いた立場からふり返ることに成功しているといえよう。

初稿は1911年、雑誌『青年』（*Jugend*）に、「クジャクヤママユ」（*Das Nachtpfauenauge*）で発表。1931年に改稿、タイトルを「少年の日の思い出」（*Jugendgedenken*）とした。　　（大）

☞春（172p）

戦国時代　もしも歴史が変えられたなら

『時空の旅人　とらえられたスクールバス』前編・中編・後編
眉村卓
ハルキ文庫　1999年

　本作品は眉村卓による長編ＳＦである。「とらえられたスクールバス」として『希望の友』1977年1月〜1978年7月に掲載され、『とらえられたスクールバス（前編）』として1981年6月単行本化。中編・後編は書き下ろしとして1981年10月、1983年7月に刊行。1986年12月にアニメ映画化されている。

　私立の洋心学園に在学している中学2年生の長谷川真一、山崎信夫は、1年生の早坂哲子とホクベンというあだ名の国語の教員・北勉とともに、帰宅のためにスクールバスの出発を待っていた。突然、そのスクールバスは謎の少年アギノ・ジロによってバスジャックされてしまう。アギノ・ジロは、スクールバスのエンジンに仕掛けをする。運転手がわめきながらせまってくるものの、あと2・3歩でドアにとどくというところで運転手が消えてしまい、そしてバスの外はミルク色に包まれてしまう。

　アギノ・ジロは未来からの逃亡者であり、スクールバスをタイムマシンとして過去へとばし、時間航行管理部の人間が行きたがらない戦国時代に逃げるのだと宣言する。

　アギノとともに一同は「時の点」「時点」をさかのぼる旅に出ることとなる。一同はまず、1947年の第二次世界大戦直後に到着する。

　この突然の時間旅行のなかで、出会いの際には明らかに敵対していたアギノと真一・信夫・哲子はアギノの経歴・未来の窮屈な生活、臆病さとまじめさを知り、しだいに仲間として認識し、コミュニケーションをとっていく。

　この物語は上記のように突然時空を旅行することになった4人とアギノの心情の変化を軸に展開していく。

　旅の途中、アギノは、その時代その時代で文化にはそうなるべく必然があることを説く。そして真一は過去へとさかのぼるなかで、時代によって日本人の考え方が大きく変化することを学んでいく。それは人びとが当然だと思っていることも時代が変われば大きく異なるという時間の必然性を学ぶ旅でもあったのである。

　途中、関ヶ原の合戦後の元武士・平野兵助も加え、一同は時間航行管理部の人間に追われながら、アギノのめざす戦

戦国時代

アギノは自由をもとめてスクールバスで戦国時代へタイムトラベルする。

国時代をめざし過去へ向かう。そして、一同はついに本能寺の変の前日、天正10（1582）年6月1日に到着する。

その後、一同は、織田信長の本能寺の変が起こらない、という歴史の主流が変化してしまう事態に直面する。変化していく歴史のなかで、一同はもう一度歴史をもとに修整しようと奮闘するのだった。

　　　＊　　＊

眉村卓が描く長編タイムトラベルものであり、タイムトラベラーが歴史を変えてしまったら、歴史はどうなるのか。同時に同じ人物が存在するパラドックスは起こるのか、そもそも時の流れとはどのように流れているか。といった時間旅行ものの王道ともいえる問題をめぐる議論がなされており、読者はぞんぶんにタイムトラベルとその問題点を思考実験として楽しむことができる作品である。

また、第二次世界大戦や戦国時代など、過去の日本に旅することで日本の歴史が戦争の歴史でもあったことも再認識させてくれる。

それのみではなく、この物語は、現代のわれわれが現代のテクノロジーから離れて過去でどれだけ生活していけるのか。現代のテクノロジーがまったく通用しない世界がいかにわれわれ現代人にとって生活するうえで困難な世界であるかを描くことによって、現代人のおごりと、生き方の多様性を考えさせてくれる。

また、時間旅行をすることによって登場人物はさまざまな選択をし、変化していく。たとえば視点人物になることの多い信夫もまた、時間の流れのなかで変化し、そして変化を恐れない人物になっていく。時間旅行を題材としながらも、中学生が、変化を恐れない人間へと成長していくさまを書いた点で、単なる王道の時間旅行もの、というだけではなく、思春期の青年層への鼓舞もある作品である。

（大）

☞過去への旅（86p）　☞タイムマシン（300p）　☞天正10（1582）年6月2日（302p）

タイムマシン　80万年後、人類の「進化」と「末路」

『タイムマシン』
ウェルズ
池央耿 訳
光文社 古典新訳文庫　2012年
(Herbert George Wells, *The Time Machine*, 1895)

　『タイムマシン』は、1895年に刊行された中編小説である。ウェルズは学生時代から時間旅行物を書いており、本書は『サイエンス・スクールズ・ジャーナル』に発表された「時の探検家たち」を改作し、1895年に完成させたものである。

　タイムマシンを作成した発明家は、リッチモンドの自宅での晩餐会にて、完成した小型のタイムマシン1号機を招いた客に披露する。その後、客の目の前でタイムトラベルをすることとなる。1週間後に再度集まった人びとの前に、タイムトラベルを終えて心身ともにボロボロになった発明家、つまりタイムトラベラーが帰還する。

　この帰還のようすは「見るも無惨なありさまだった。着ているものは泥まみれかと紛うほどに汚れ、袖のあたりに何やら緑色のねばねばがこびりついている」と、タイムトラベルがいかにおどろきに満ちたものであったかを推測させる。秀逸である。

　作品前半からは時間旅行がスマートなものではなく、危険をともなう冒険であり、恐怖がともなうことがわかる。では、時間旅行とはいかなるものなのか、読者に興味をわかせ引きずりこんでいく展開である。

　帰還したタイムトラベラーの話によれば、80万2701年先の未来に旅し、人類の未来、地上に住むイーロイ人と交流し、地下に住むモーロック人に襲われ、人類のその成れの果てを見てきたという。

　その後、タイムトラベラーのタイムマシンはさらなる未来をめざし、歴史の果てまでたどりつくのであった。

　そして、語り手の「私」は、現在より3年まえにタイムトラベラーが、タイムマシンでタイムトラベルをおこない、それから帰ってこなくなったと結ぶ。

　　　　　＊　　＊

　『タイムマシン』に描かれる未来は、一種のディストピアとなっており、社会問題、とくに過剰に拡大する「持つ者」と「持たざる者」の格差、過度の貧富の格差の問題とその末路を浮きあがらせる鏡のような存在である。

　イーロイ人は優しく、華奢で無垢な地上人種であるものの、快楽のみに浸り、生産力はなく、知的レベルは低い。一方

タイムマシン

タイムマシンに乗ると、ゆっくりと動くかたつむりも高速で脇をすりぬけていく。

で地下人種であるモーロック人は視力を失ってはいるものの、組織だって活動し、イーロイ人の服などを生産し、知的レベルはある程度高いとされる。そしてモーロック人は人肉を食べる。つまりモーロック人はイーロイ人を育て、大人になったら捕食するのであった。

タイムトラベラーは、イーロイ人は富裕階級の、モーロック人は労働者階級の末路ではないかと想定する。

ウェルズがダーウィンの進化論の影響を受けていたのは有名である。進化の過程で食人の習慣を得てしまう人類のようすを描く点で、『タイムマシン』は単なるタイムトラベルものには収まらず、人類の進化と同時に弱肉強食の世界のたどりつく末路を指摘しているといえよう。ここには貧富の格差という名のもとに弱者を虐げてきた発表当時の社会に対するウェルズの警告と、同時にそのような闇に落ちる可能性のある人間という存在を描くことへの強い興味をうかがい知ることができる。

以上のように、人間という種族の長大な歴史の一端を予言し、科学をつかいながら現代までつながる社会問題を描くという、長大な世界観の提示がこの小説の最大の特徴といえるだろう。

そして、このタイムマシンと人類の未来／過去を描くというSFは、その後のSF作品に多大な影響をあたえたことはいうまでもない。数々の本作の映画化、ロバート・A・ハインライン『夏への扉』（The Door into Summer, 1957）や眉村卓『時空の旅人』（1981～83年）などを生みだす土台となったといえる。

日本の代表的なSF作家である眉村卓は『時空の旅人』において、透明な素材を多用したタイムマシンを描いている。これは水晶などで作られたとされる本作のタイムマシンへのオマージュだといえよう。『タイムマシン』の時間旅行ものの原典としての影響力の強さを感じさせるのである。　　　　　　　　　　（大）

☞戦国時代（298p）　☞ふたつの未来（312p）

天正10(1582)年6月2日　地球を舞台に交錯する歴史

『けむり馬に乗って　少年シェイクスピアの冒険』
小川英子
叢文社　2010年

「少年シェイクスピアの冒険」と副題があるこの物語を開くと、最初に登場するのが織田信長であることにおどろくことになる。伴天連たちから献上された地球儀を回し、地球儀を西へ西へと回し、信長は小さな島国に興味をもつ。そこはカトリックの宣教師である伴天連たちにとって苦々しい敵国イングランド王国である。信長が世界は広いとつぶやいたその日は、天正10(1582)年6月1日。本能寺の変の前日であった——。

巧みなプロローグを経て、物語の舞台はイングランド王国へと移る。時は1575年7月5日。エリザベス女王がレスター伯爵のケニルワース城に3週間滞在して、そのあいだに婚約発表がおこなわれるのではないかと町は大さわぎである。集まりさわぐ人びとの華やぎ浮かれた空気に誘われて、いたずら妖精パックも顔を出す。

一方、沈みこんでいるのがウィル——11歳のウィリアム・シェイクスピアである。女王歓迎の挨拶をみんなと同じようにうまくいえなくて、ケニルワースに連れていってもらえなくなってしまった。町会議員でもある、革手袋屋の父親は、おどおどしたウィルが歯がゆく、厳しくあたるばかりだ。ウィルが唯一心を開くことができるのは、ウィルの朗読を心からほめてくれる祖母だけだ。その祖母が、本当に願うなら、森へ行って妖精を捕まえお願いしなさいと諭す。女王のいるケニルワースに行くかすかな希望も絶えた時、ウィルは夜の森に出かけ、祖母が教えてくれた儀式をおこない呪文を唱えた。その呪文はすこしまちがっていたのだが、からかいに出てきたパックはウィルに姿を見られてしまい、ケニルワースに連れていく約束をすることになる（パックのあずかり知らぬ成り行きでウィルがケニルワースに行けることになると、自分が連れていくはずだったのにと腹を立て、いたずらして邪魔をする。人間の常識や理屈とはまるで次元のちがう妖精の考え方や行動がこの作品の魅力のひとつだ）。

ウィルが訪れたケニルワース城では、女王暗殺の陰謀が進行していた。ローマカトリックに背くエリザベス女王暗殺を謀る司教、国を超えた権力抗争のなかで

天正10（1582）年6月2日

幽閉されているメアリー・スチュアートへの恋心から女王暗殺に燃えるエセルレッド、女王を愛するがゆえに、結婚が叶わぬならペストにかかった女王を看病することでそばにいたいと屈折した思いで暗殺計画に荷担してしまうケニルワース城主レスター伯爵。パックのいたずらで陰謀を知ってしまったウィルは、けむり草の汁と呪文で現れた空飛ぶけむり馬に乗り、女王を窮地から救う。女王暗殺者の一味だったハムネットまでついてきて、3人を乗せたけむり馬は、時空の闇に吸いこまれてしまう。

けむりに引きよせられるけむり馬が行きついた先は、なんと1575年から7年後の日本、しかも本能寺の変の渦中だった。信長とエリザベスは、「ｖａｌｅ（さらば）」というラテン語で一瞬の心を通わす。よくも悪しくもキリスト教は日本を世界につないでいたのだ。その後、ウィルたちは、四条河原の見世物小屋の一行のもとに身を寄せ、因縁の宣教師も交錯して、京都を舞台に物語は展開していく。

王を殺し自滅していく王「マクベス」のモデルが信長や光秀だったかどうか、四条河原で出会った不思議な予言をあたえる三つ子が3人の魔女の呪いのことばの場面になったのかどうか、ウィルが心を寄せたクニィが奇しくもエリザベス崩御の1603年、出雲阿国を名乗り歌舞伎踊りを始め、その舞台の上で躍動する踊りが、ウィルと踊ったモリスダンスがもとになっているのかどうか……。「歴

出雲阿国像（京都市東山区）。
（©いっちゃん/PIXTA（ピクスタ））

史そのままではないので、「世界史」「日本史」受験の参考にはならない」とわざわざ注に書きこむ作者の企みは、森の魔法のように、日本史と世界史を交錯させる。

光秀の首級を見上げて玉座の孤独を思うエリザベスは、この時空を超えた不思議な体験で女王としての人生を受け入れる覚悟を固める。それはフィクションだが、地球座（シェイクスピアが数多くの傑作を上演した劇場）の名のとおり、この地球という大きなひとつの舞台の上で多くのドラマがくり広げられてきたのだと、腑に落としてくれる作品である。

（西）

☞戦国時代（298p）　☞エリザベス朝（392p）

天上と地上の時間　カムパネルラとの「幻想第四次」の旅

「銀河鉄道の夜」(『新 校本 宮澤賢治全集』第十一巻 童話Ⅳ 所収)
宮沢賢治
筑摩書房　1996年

　「銀河鉄道の夜」は宮沢賢治が晩年まで改稿を続けた、作者の生前未発表作品である。最終形をベースに考察する。

　親どうしが知り合いで、幼少のころは一緒に遊んでいたカムパネルラとジョバンニは仲良しであった。しかし、小学校へあがったカムパネルラは優等生であり、一方のジョバンニは、父が北方の漁にて捕まったとの噂が流れ、クラスメートのザネリに悪口をいわれ、病気の母親と家にはいない姉という家庭環境のなか、夕刻より活版印刷所で働かなければならないという状況にある。日々の労働に疲れたジョバンニは学校でも集中できない。そのため、いまはふたりは話すこともない。

　そんなふたりが幻想の銀河鉄道に乗って旅をする。鉄道の車窓には銀色のすすきがさらさらさらさらと揺れ、ガラスよりも透きとおった水が流れ、青いりんどうの花が咲く幻想的な空間が広がっている。

　ふたりは、水難事故からこの汽車に来た青年やかおる子とタダシの姉弟、おそらく銀河鉄道の走る空間の住人である鳥捕りや燈台守といった人びとと車内で出会う。ジョバンニは、彼らに話しかけてくる鳥捕りへの軽蔑と後悔、仲良く話すカムパネルラとかおる子への嫉妬など、感情の浮き沈みを味わう。ふたりはやがて人びととの出会いのなかでともにみんなの「ほんたうのさいはひ」を探す旅に出る決心をしていく。

　　　　　＊　＊

　このように「銀河鉄道の夜」は、ジョバンニの心情の移り変わりを軸としてすすんでいく。では「銀河鉄道の夜」における「時」とはどのような特徴をもっているのだろうか。注目したいのは、鳥捕りによって明らかにされる「幻想第四次」という異世界の時間である。

　ジョバンニが銀河鉄道の旅から地上にもどってくると、銀河鉄道に乗車していた断定はできないが5時間程度はかかっていると考えられる旅は、地上の時間にすると約45分程度しかたっていないことを、カムパネルラの父親から知らされる。

　ここからわかるように、カムパネルラとジョバンニが旅をした、「幻想第四次」

天上と地上の時間

現在の新花巻駅前に走る銀河鉄道。

の時間は地上の時間とは大きく異なっているのである。

この異世界と地上の時間の差については、多様な読みが可能だろう。

異世界と地上の時の流れがちがうことは、浦島太郎などの昔話にも描かれている。また子どもの意識の世界の物語であり、夢の世界がそうであるように時間の流れが異なっているのだという解釈も可能である。

加えて、「銀河鉄道の夜」に関しては、仏教的な世界観における時間の流れの差として読み解く方法も考えられる。

賢治が読んだとされる仏教の『倶舎論』では、人間の地上の50年は、下天（もっとも寿命の短いとされる四天王の世界）一昼夜とされ、下天の時間は人間に比べ非常に長いとされている。四天王の世界では四天王の寿命は500歳、人間世界の時間から換算すると900万歳

となる。このように天に向かうほど時間が長くなるという仏教的な壮大な時間の感覚が背景にあるとすれば、異世界の銀河鉄道の旅の時が地上の約45分に換算されてしまうこともありうるのではないだろうか。

この異世界と地上の時間の流れの差は、ジョバンニとカムパネルラの向かう方向のちがいであり、いっとき、同じ汽車に乗った両者が、別の時間のなかで歩みはじめたことを示すだろう。ジョバンニはカムパネルラと時をともにし、「ほんたうのさいはひ」を探そうと決意した。その後、地上の世界へともどり、地上の世界でみんなの「ほんたうのさいはひ」をもとめることを胸に秘めたまま、父が帰ってくることを伝えるために、母親のもとへ牛乳をもって走りだす。異世界の時を経て変化したジョバンニの決意が読みとれるのである。　　　　　　　　　（大）

☞極楽と地獄の時間（206p）　☞異なる時の流れ（284p）

時の層　折り重なる時と場所

『トーキョー・クロスロード』
濱野京子
ポプラ社　2008年

　この物語は、まだ降りたことのない山手線の駅をダーツで選び、下車し、未知の町を放浪することで、別人の私となり、安らぎを得る16歳の高校2年生、森下栞(しおり)の話である。

　山手線の駅を下車することで、現実から異界へと移行し、そこに孤独と安らぎを感じ、あわい喪失感に浸る高校生を描くという点で、非日常のつくり方がおもしろい。

　栞は未知の駅に降り、結んでいる髪を解き、黒縁のメガネをかけて別人になることで、クラスメートから頼りがいがあると思われている日常の自分を解放し、降りた町の写真を携帯電話で撮り、パソコンに駅の名前ごとにホルダーに保存することで自分の立ち位置を確認していく。

　彼女はこの異界の旅のさなかで出会った、中学3年生時代のクラスメート月島耕也(こうや)への想いを強めていくことで、異界から現実の世界へと移行していく。この彼らの移行の経過も読みどころである。また、栞の母やクラスメートの坂上亜子(さかうえあこ)などのさまざまな恋愛事情が描かれる。

　この物語はまたふたつの特徴的な時を描く作品でもある。

　まず、栞の成長とともに思いだされていく過去が描かれる。未来は確定できないものの、さまざまな生き方が描かれることで、過去と自分は接続されているのだということを栞が実体験していく物語であるといえる。

　もうひとつの時は、戦争の記憶である。

　この物語では、埼玉県比企郡にある吉見百穴の軍需工場跡や移動演劇隊が被爆した五百羅漢寺の原爆の碑、栞と耕也が中学時代に丸木美術館で見た原爆の図やイラク派兵など、戦争のイメージ、そして8月6日という時がくり返し描かれている。また主人公の栞の誕生日も8月6日である。

　軍需工場跡については、「こんなのどかに思える場所にも戦争の跡がある」という描写がある。この作品ではわたしたちの生きている現代は戦争という時代の上に成り立っていることを表している。

　次は丸木美術館へ向かう中学時代の栞と耕也の台詞である。「「あ、原爆の図」／私がすぐにいった。社会の先生が画集を見せてくれたことがあった。昔は教科

時の層

山手線の駅から異世界が開く。

書にも載っていた、といって」とここにも戦争の記憶の描写はくり返されていく。

物語は、戦争という時が、われわれの記憶の片隅にあること、戦争という時の上に層が重なるようにわれわれの「いま」があるということ、そして戦争の記憶は忘れられかけていることをくり返しくり返し訴えていくのである。

そもそも、戦争のみではなく、東京の時の重層性自体がこの作品の土台となっている。その象徴的な存在は、「橋」である。栞は、川や道路の流れをしばしば橋の上から見下ろすことで逡巡し、その流れのなかから自分の行く末を占っているようである。

栞は橋の欄干から携帯電話で次の橋の写真を撮る。写真を撮ることで、自らの立ち位置を確認するのみではなく、今後の自分をも予想しようとしているのだろうか。

橋の上に立ち、下を眺めること、道や川の流れがどこへ行くのか考えることは、栞と耕也の共通点である。山手線の沿線という自らがつくりだした異世界でさまようふたりにとって、橋は現在と、過去と未来の時を結ぶ役割を果たすのだろう。

東京は歴史という時の重なりの上に存在している。この層の上にあるのがいまのわれわれの生きる時代である。

登場人物たちの現在・過去・未来の交差する層として、戦争の歴史をふくめた時の層としてこの作品の「トーキョー」は重層的な存在である。その意味で、タイトル「トーキョー・クロスロード」は理解されるのではないだろうか。

さらにいえば、栞や耕也、栞の母、友人たちの未来は希望を孕みつつも、その行く先は不明のまま物語は幕を閉じる。彼らの選択していく人生もまた、多くの時の層のひとつにすぎないのだ、といわんばかりに。　　　　　　　　　　（大）

☞ 25年めの8月6日（226p）　☞ 第二次世界大戦（360p）

2か月　母をたずねる13歳のひとり旅

「アペニン山脈からアンデス山脈まで（毎月のお話）」（『クオレ』所収）
デ＝アミーチス
矢崎源九郎 訳
ポプラ社　1980年
（Edmondo de Amicis, *Maggio-Dagli Appennini alle Ande*, 1886）

　「アペニン山脈からアンデス山脈まで（毎月のお話）」は日本では「母をたずねて三千里」としてアニメ化されており、こちらのタイトルのほうが知られているであろう。

　この物語は、デ＝アミーチスにより1886年に執筆された『クオレ』（題名『クオレ』は「心」の意味）の５月の回に、主人公の少年エンリーコが読書し、清書したお話である。

　『クオレ』は、小学４年生、エンリーコの１年間の日記を中心とした物語のなかから編成されたという形式の物語である。

　『クオレ』は作者によれば「九歳から十三歳までの小学校の生徒たちにささげたもの」である。そしてその内容は、「イタリアの町立小学校の四年生のひとり（エンリーコ：筆者注）が書いた、一学年間の物語」ということになる。

　新しい学年の始まりは10月である。日記には、エンリーコの身のまわり、厳しい先生、クラスの友人やその生活環境、とくに貧しい子や能力は低いが努力する子どもへの同情が描かれる。また家族と彼らを訪ねてくる者、イタリアへの愛国心などについて描かれている。子どもの社会とそこから見える風景を描きながら、そのなかで、主人公の子どもたちが正義や貧しい者の存在、弱い者への同情などを学んでいくというストーリーである。

　なぜこの物語で愛国心が強調されるのかということだが、作者のデ＝アミーチスが生まれたころ、イタリアはいくつもの都市国家に分裂しており、また、フランスやオーストリアからの植民地化の脅威があった。作者はイタリアの統一運動のなかで少年期をおくり、さらに軍隊にも入っており、そのようなイタリアの歴史的・政治的な動きを背景として、強い愛国心が各所に描かれているのである。

　各月にわかれた章ごとに「毎月のお話」として短い話が挿入されており、「アペニン山脈からアンデス山脈まで（毎月のお話）」は５月の章のそれにあたる。

＊　＊

　物語は、南アメリカに出稼ぎにいった母親からの連絡がとれなくなるところから始まり、４月末の晩に13歳の少年マ

ルコは母の消息をたずねてイタリア、ジェノバを発ち、およそ2か月の苛酷なひとり旅をすることになる。

働き者の母親は、ヘルニアの病で手術を受けることを出稼ぎ先の主人に勧められるも、気力はなく、自らは子どもたちに会わずに死んでしまうといって手術を断っている。

マルコは、なかなか母親の足跡をたどることができないなかで、さまざまな人びと、とくにジェノバの人びとに支えられながら、すこしずつ母親に近づいていく。そのなかでマルコの体験する労働は過酷なものである。とくに、作品の後半、ツクマンに到着する荷車の輸送隊に加えてもらった20日間の旅は、こき使われ、殴られ、死をも覚悟する苛酷さだった。マルコは3日間、病気になり寝こんでしまう。

やっと母のもとにボロボロになったマルコがたどりつく。そしてマルコに会えた母親は歓喜し手術を受けることになる。

この2か月でマルコは少年から大人になる。マルコが南米ツクマンの母親に会いに行く直前、ボロボロに傷つきながら、「おとなのような力」と「大胆さ」を手に入れる。さらに、いままでの経験を感じて「ひたいは、おのずと高くあがるのでした」とあるように成長するのである。

また、マルコの旅の途中、アメリカの人びとのようすがどのように描かれているか、先住民や開拓者、彼らの生活の浮き沈みを想像しながら読んでいくのも興味深い読みを引きだすだろう。

『クオレ』には強い愛国心が描かれる。それはイタリア統一運動の歴史を背景としたものである。ただ、一方で、努力や友情、弱いものへの同情など、現代のわれわれにも響く多くの物語を内包しており、「アペニン山脈からアンデス山脈まで（毎月のお話）」もまたそのひとつといえよう。

（大）

マルコはアルゼンチン、ツクマンをめざす。しかしその道はけわしい。

二重の時　桔梗の見せる、とりもどせない過去

「きつねの窓」（『南の島の魔法の話』所収）
安房直子
講談社文庫　1980年

　安房直子の「きつねの窓」には二重の時が流れている。

　ひとつは、主人公の「ぼく」が、山のなかで出会ったきつねに桔梗の花の汁で染めてもらった指をひし型にした時、そのなかに見えるぼくの遠い過去の時間である。そこには、二度と会うことのない、むかし大好きだった少女、焼けてしまった家、母の声、死んだ妹の声が映像とともに浮かびあがってくる。

　過去の時間がいつかは限定できない。家が焼け、大好きだった少女とも二度と会うことはなく、また妹も亡くなってしまったことを考えると戦火の可能性もある。ただ本作の初出が1971年8月、同人誌『海賊』であるとすると、第二次世界大戦からすこし遠い。むしろぼくのつくったひし型のなかの映像は火事などによるものかもしれず、原因は特定しないほうがよいのかもしれない。

　ぼくは、大好きだった少女と妹を、もしかすると母も失っており、山のなかを鉄砲をかついでさまようように、孤独のなかにいた。

　そんなぼくにとって、指でつくった窓のなかの映像は、彼らの姿をぼくに見せることで、過去のひとりぼっちではなかった自分を思いだす契機となり、孤独なぼくの心を慰めるものだったのではないだろうか。

　山元隆春は安房直子テクストのかもしだす〈懐かしさ〉について「すでにほろんでしまったものであるがゆえに、それを私たちは憧れる。〈懐かしさ〉とは、そのように私たちの心に浮かぶ情念なのである」（『表現学大系　各論篇　第22巻　童話の表現2』1989年）と指摘する。まさにこの過去の風景は二度と返らない時が前提とされている。しかし、その風景に慰められるほど、ぼくの心は、孤独だったのである。

　もうひとつは、物語の進行に沿って変化するぼくの時間である。冒頭で鉄砲をかついで山道を歩いていたひとりぼっちのぼくは、子ぎつねに出会うことで過去へさかのぼり、さらにきつねと別れたあと、いつもの習慣で手を洗うことによって、きつねに染めてもらった指の桔梗も落としてしまい、過去の見られるひし形

二重の時

桔梗で染めた指の窓からは、とりもどせない過去が見える。

の窓を失ってしまう。

　ぼくは、再びきつねに会おうと試みる。しかし、多くの民話や昔話がそうであるように、異世界に入れるのは一度だけである。仮にぼくが手を洗わなければ、もしくはきつねに再び会い指を染めてもらえたら、ぼくはずっと思い出に浸りつづけられたのかもしれない。そのかわりに、ぼくは窓から見えるイメージにとらわれ、そこから出られなくなってしまうのではないだろうか。

　ぼくは、孤独と暴力性の象徴であった鉄砲を、指を染めてもらったお礼にきつねに渡す。そして物語はときどき指で窓をつくってしまうぼくに対して「きみはへんなくせがあるんだなと、よく人にわらわれます」と結ばれている。

　この表現には、ぼくがよく人に笑われる存在になっていること、もう孤独ではなくなっていることが描かれているのではないだろうか。

　何か見えないかとときどき窓をつくることからわかるように、ぼくは過去と完全に決別しているわけではない。ただ、孤独であったぼくは、きつねと出会い、きつねの孤独を知り、さらに自分の過去の風景を思いだすことで孤独から抜けだせたのではないかと想像される。また、指を洗ってしまったことは残念なことではあるものの、作品の終結部にあるように、ぼくが過去にとらわれず、多くの人のなかに出ていけるきっかけともなっていよう。淡々と幻想と現実のあわいを描きつつ、しかし、最後には強く現実を映しだしている。窓は、ぼくにとって心の奥にしまってある大事な時間、失った時間を見つめなおす装置であった。

　「きつねの窓」は、ぼくが出会った異世界を介することで、「とりもどせない過去」と「ぼくの成長」という二重の時間を描いているのである。

　初出は『海賊』1971年8月。『風と木の歌』実業之日本社、1972年収録。

（大）

ふたつの未来　冷凍睡眠の後の世界へようこそ

『夏への扉』
ロバート・A・ハインライン
福島正実 訳
ハヤカワ文庫　2010年
（Robert A.Heinlein, *The Door into Summer*, 1957）

　経済成長著しい1957年にアメリカで出版された本書は、13年後の西暦1970年というごくちかい未来を作品の最初の舞台とし、さらに冷凍睡眠をおこない、30年後の未来の2000年に冷凍睡眠から目覚めるダニエル・ブーン・デイヴィス（ダン）と、独善的で好戦的な雄の飼い猫のピートの物語である。

　この設定からわかるように、出版年から見て、ふたつの未来が描かれている。

　また、本書は日本での知名度が高い。1958年よりさまざまなレーベルより翻訳が出され、多様な需要がなされている。

　本書の特徴はなんといっても冷凍睡眠である。この冷凍睡眠が30年後の未来へ向かうタイムマシンの役割を果たしているのである。「冷凍睡眠が可能とする時間的跳躍」である。主人公のダンはメイドロボット・自動掃除ロボットなどの家庭用品の発明者であるが、そのダンがベルという恋人に騙されたことをきっかけに30年後の未来にコールドスリープすることになるのである。

　本書は、いたるところに、近未来のテクノロジーが散りばめられているSF作品である。物語の始まりとなる1970年の世界では不完全ながら自動車の自動操縦装置が実用化されており、人工衛星が打ちあげられている。

　ダンが冷凍睡眠から目覚めた2000年から2001年の未来の世界では、濡れない服、振ると火のつく煙草、自動的にめくれる新聞や、プラスチック製の5ドル貨幣などのテクノロジーが発達している。これら「清潔で完全な21世紀の生活」は、1957年からみた21世紀初頭のあるべき姿として提示されている。

　これらのテクノロジーは、現実感のあるもの、というだけではなく、実用性のあるテクノロジーとして描かれているという点で興味深い。テクノロジーはあくまで生活に密着した実用性を主としているのが特徴であろう。いかに人の役に立つか、売れるかが緻密に考えられており、そこにハインラインの透徹したテクノロジーと人間のあり方に関する思想が表れている。

　さらに本書は、終結部に明示されるように「そして未来は、いずれにしろ過去にまさる。誰がなんといおうと、世界は

ふたつの未来

日に日に良くなりまさりつつあるのだ」、「科学と技術で、新しい、よりよい世界を築いてゆくのだ」という近代化・科学に対する無垢なまでの確信に貫かれている。そして、人間の精神も未来へ向かって前向きに進むべきという「成長への信頼」が描かれる。作品終結部でピートが夏につうじるというドアを探すことをやめないのも、科学と技術による発展を信じる本作品の主張が象徴的に表されているだろう。この背景には、冷戦下1950年代のアメリカの経済的繁栄、科学と技術に絶対的な信頼がある。この主張の無垢さには賛否両論があろう。ただ読者は1950年代後半の時代の思考にタイムスリップすることができるのである。そして、科学技術による人間の発展という、いまではいいつくされ、さらに批判にさらされてきた未来のあり方について、もう一度、慎重に考え直す機会をあたえてくれるのである。

一方で興味深いのは、官僚的ともいえる会社組織、とくに無能な上司の変わらなさであろう。人間の嫉妬・プライド・執着はふたつの未来において変わらない。人間の性格の普遍性と時を超えるテクノロジーの進化の対比が非常に明確に描かれた作品である。

本書は、ふたつの未来やテクノロジーの提示のみではなく、本書の描く2000年以降とはまた別の2000年代を生きている、生きざるを得ないわれわれの生活を相対化し、ありうべき世界を考えさせるのに十分な仮想の世界が存在する物語なのである。

初出は雑誌『F＆ＳＦ』(*The Magazine of Fantasy and Science Fiction*) 1956年10〜12月。単行本は1957年。　　　　　　　　　　(大)

飼い猫のピートは、いつも夏への扉を探している。

☞戦国時代（298p）　☞タイムマシン（300p）

別の時空間　歴史を見下ろす「時の町」が迎える終末期

『時の町の伝説』
ダイアナ・ウィン・ジョーンズ
田中薫子 訳
佐竹美保 絵
徳間書店　2011年
(Diana Win Jones, *A Tale of Time City*, 1987)

　1939年、ロンドンの空襲を避けて、田舎にいる親戚のマーティさんのところに行くべく疎開列車に乗っていた少女ヴィヴィアンは、不思議な少年ジョナサンとサムに誘拐され、「時の町」と呼ばれる不思議な時空間へやってきた。

　「時の町」とは、あらゆる歴史の流れから切り離され、その流れを統括し、監視するような立ち位置にある異世界である。人類の歴史の時間は円環をなしてぐるぐる回り、そのなかに、やはり小さく円状に回っているのが「時の町」の時間である。物語の現在、「時の町」の循環時間はやがて一周して円環を完成しようとしている時点であり、そこで滅びるか、再生するかの岐路にあった。
　「時の町」自体には歴史がなく、ただ「時の町」を作ったのは、「フェイバー・ジョン」とその妻「時の奥方」だという伝説だけが残っている。「フェイバー・ジョン」は、金・銀・鉛・鉄の4つの器を作り、それぞれに自らの力を注ぎ、特別な守り手にゆだねてそれぞれ金の時代、銀の時代、鉛の時代、鉄の時代に隠し、その器は「極」と呼ばれている。

　この「極」が錨の役割をして「時の町」を歴史につなぎとめているのだが、どうやらこの「極」が守り手から盗みだされ、そのことが「時の町」の存亡を揺るがしているらしい。伝説では、危機が訪れたら地下に眠る創建者「フェイバー・ジョン」を眠りから覚まし、町を作り直してもらわねばならないという。

　これを信じたのが、ジョナサンとサムだった。ふたりの少年は、「時の奥方」が「時の町」を危うくしていると勝手に推理し、ヴィヴィアンを「時の奥方」だと信じこんで、「第二十番世紀」で彼女を捕まえてしまったのだ。
　誤解が解けて、ヴィヴィアンは、しばらくいとこのヴィヴィアン・リー（もちろん、有名な映画女優ではない）だと偽って「時の町」に暮らすことになるが、この世界はかなり風変わりだった。
　町をしきるのは「とこしえの君」が率いる「時の議会」。歴史の時間を管理・補填・修復するのがここの住民の仕事である。人びとは性別のないパジャマのよ

うなゆったりした服を着て、その上に、ベルトを締めているが、それはいわば、いまでいうウェアラブル・コンピュータで、時計、クレジットカード、重力除去装置、などなど多機能を備えている。髪型は長い三つ編み。自動販売機からは、各時代の食べものを出すことができる。有能だが色彩センスゼロのアンドロイドが執事を務める。また、「時の門」から出るとさまざまな歴史の時に降りることができ、歴史からは「時の町」へ観光客や留学生がやってくる、というふうに、「時の町」と歴史のあいだには交流がある。

ただ、歴史には「不安定期」と「安定期」があり、「時の町」の監視官が気をつけておかないと「不安定期」の変動が、「安定期」をも揺るがしてしまう可能性がある。ヴィヴィアンのもといた「第二十番世紀」は、2つの世界大戦があったということでもっとも不安定度が高い時期であったが、目下、「時の町」を悩ませているのは、この大戦のあった時代で大きな変動が起こりすぎて、歴史がどんどん動いているという問題だった。

流れてゆくふつうの歴史の時と、その歴史を超越的なところから見下ろす「時の町」。しかし、その「時の町」自体が、あまりにも同じ時空間をくり返し使っていたため、「時の幽霊」が現れるわ、町自体が脆弱化してしまうわ、いろいろな歪みの生じる終末期にある。

この問題が「時の奥方」のせいではなく、そもそもヴィヴィアンが、「時の奥方」ですらなかったと知ったサムとジョナサン、そして本当はもとの家に帰りたいヴィヴィアンは、持つ者の意志を反映してタイム・トラベルを可能にする卵形のコントローラーを使って歴史の時間をとびまわり、「極」を脅かす正体不明の相手を追うことになる。

＊　＊

物語は時をあつかうＳＦ的だが、町の地下に眠り、危機になると目覚めるフェイバー・ジョンという創世者の存在は、どこかイギリスのアーサー王伝説を思わせるところがある。過去、現在、未来の王として、アーサー王はイギリスの物語の根底にひそんでいる原型的なものだ。主人公の３人がもとめるのが、器——聖盃にあたることも、その連想を強めている。そのような点が、一見とっぴな発想にもとづくこの物語を、既視感で支え、独特の世界観を説得力のあるものにしているのかもしれない。　　　　　（川）

ヴィヴィアンは列車に乗って……とんでもないところに着いてしまった。

3つの時から 「家族」を探しつづけて

『ガラスの家族』
キャサリン・パターソン
岡本浜江 訳
偕成社　1984年
(Katherine Paterson, *The Great Gilly Hopkins*, 1978)

　ギリーは、3つの時から11歳になった現在まで、ずっと里親の家を転々としてきた。日本では、さまざまな事情で親と暮らせない子どもたちは、児童養護施設などで養育される場合が多いのだが、海外では別の大人が里親として育てるシステムのほうが普及している。ギリーもケース・ワーカー（社会福祉事業の相談員）の世話で、里親家庭で暮らすことを試みてきたが、おねしょをして断られたり、引っ越しのためおいていかれたり、大人のほうが精神的にまいってしまったりして、どの家にも居場所を見つけることはできなかった。

　そうして、また新しい里親の待つ、アメリカ東部の町トンプソンパークに連れてこられる。しかし、ギリーには、ここトロッターさんの家も、長く居つづける場所には思えない。さまざまな手をつかって、大人たちをおろおろさせてやろうと策をめぐらすギリーは、原題の「偉大なるギリー」が示すように、野性的な知恵と行動力をもったたくましさを、11歳にして身につけている。

　ギリーにとって、究極の願いは、実母のコートニーと暮らすこと。里親里子でなく、「ほんとうの子」「ほんとうの親」をもちたいと思いつづけてきたギリーは、気まぐれに届く母親からのはがきの「愛してる」ということばを信じ、なんとかして実母のもとに向かおうと考える。

　とはいえ、今度のトロッターさんの家での暮らしは、ギリーの策略どおりにならないことばかりが続く。「カバみたいに大きな」トロッターさんは、その姿にたがわず大らかな人柄で手づくりの素朴な生活と、「まぶしい太陽」のような愛情で、ギリーを受け止める。もうひとりの里子の少年ウィリアムは、家出のための金策に利用しようとしたつもりが、疑いもなくギリーに心を許し、なついてくる。隣に住む盲目の老人ランドルフさんは、食事の時にやってきては、文学的な美しいことばをあたえてくれる。そして、黒人女性のハリス先生は、ギリーのもつ社会に対する怒りを共有し、肯定してくれる。「ふにゃふにゃになんか、なっちゃいられない」と必死に強がりながらも、こうした人びととの出会いをとおして、ギリーの強張っていた心は、確実にほぐ

そして、サンフランシスコにいるらしい母親のもとへの家出が失敗に終わったのをきっかけに、ギリーもようやく、トロッターさんの家で暮らしていこうと思いはじめる。一緒に食べ、笑い、必要とされ、「ずっといられる場所」。たとえ血のつながりはなくても、トロッターさんの家に集まる人びとこそが、そういう「家族」なのだと、ギリーも思えるようになる。

ところが、物語は、そのままハッピーエンドにはならない。ギリーがトロッターさんたちと「家族」になろうとした矢先に、実母コートニーの母親という女性が、ギリーをひきとりにやってくる。まえにギリーが母親に出した手紙に、トロッターさんの家への不満を書いてしまったために、ひきとるつもりのない母親のかわりに、「義務感」だけでやってきた実の祖母だ。しかし、この血縁者の前には、トロッターさんもギリーを手放さないわけにはいかなくなる。物語は、ギリーがこの祖母のもとで暮らしはじめたところで終わるのだ。ここには、血縁家族を強固なものと見て法整備されてきた、近代的家族観がリアルに示されている。

結局のところ、愛情のない実母との夢想の暮らしも、義務感でひきとる祖母との生活も、転々とした里親家族も、そして愛着を感じた里親のトロッターさんの家でさえ、ギリーにとって「家族」というのは、どこもあやうくもろい関係だった。作者パターソンは、実際に何人もの里子を育てたというが、その経験が、最後までギリーに、甘い夢ではなく、複雑な現実を背負わせずにはいられなかったのかもしれない。

しかし、どんな「家族」もガラスのように壊れやすいものだと気づくことは、必ずしも絶望ではない。ギリーが遠くからでもトロッターさんに電話をかけて、その愛情を確かめるように、血縁や里親、その周囲の人もふくめ、まずはいろいろな「家族」のあり方を見渡してみること。そして、子ども自身が、自分の居場所を選ぶ主体になれる可能性を探ってみること。「家族」というのが、時代によって変化してきたことを思えば、3つの時から「家族」を探しつづけてきたギリーのような子どもこそ、新しい「家族」のかたちを創造していくのかもしれないのだから。

（奥）

東部の町から西海岸のサンフランシスコまで、実母をもとめて、長距離バスで向かおうとするが……。

☞家族になる時（142p）　☞神さまの声を聞いた日（396p）

夕方　はじめてのホーム・ルーム

『昼と夜のあいだ　夜間高校生』
川村たかし 作
小林与志 絵
偕成社　1980年

　夜間定時制高校は、午後5時半すぎに始まる。5時までの製材所の仕事を終えて、急いで学校へ向かう高校1年生の守の気持ちは、しかし、まるで弾まない。昼間の生徒たちの部活のざわめき、下校の群れのなかを、あらがうように登校しなければならない夜間高校の生徒にとって、夕方は複雑な思いの交錯する時間である。

　その日、入学してはじめてのホーム・ルームの時間に、担任の山原先生は「自己紹介」をしようという。黙っていようと決意する守だが、最初に話しはじめた山原先生のことばに、「おやっ」と思う。「おやじは靴下工場をやっていたんだが、失敗していのちを絶った」と、父親の自殺から語りおこし、母の病気、夜間高校への入学、そして教師になるまでを、先生は隠さず、真剣に話したからだ。続いて、クラスの生徒たちも、親の蒸発、飲酒、障害、家出、そして貧乏と、これまでの苦労と、これからの夢を、飾らず話しはじめていく。誰もが関西弁で、ところどころツッコミさえ入る自己紹介。みんなの話を聞いているうちに、母に捨てられ、弟とふたりなんとか生きてきた守の心にも変化が生まれてくる。「なんで、貧乏っていうことばが温う聞こえるんやろか」。自分の番になった時、守の声は自然に教室に広がるのだ。

　じつは、夜間高校生たちのはじめてのホーム・ルームを描いたこの「はじまり」という短編は、この本のいちばん最後の「第十話」にあたる。では、そのまえの「第一話」から「第九話」までは何かというと、このホーム・ルームに集まってくる生徒たちひとりひとりのこれまでが、1話ずつ丁寧に描かれているのだ。

　病気がちな母と幼い弟たちの面倒をみながら生徒会長に推薦される公子（「第一話　終わりです」）。賭け事で暴力団から借金を背負った父と、絶望し無理心中を図ろうとする母をもつ智子（「第二話　宝塚へ」）。借金のために一家で夜逃げをする克巳（「第三話　手紙」）。体の不自由な父と暮らす市郎（「第四話　うそ」）。再婚した義父の虐待にさらされる春美（「第五話　あの男」）。アルコール依存の父との暮らしのために新聞配達をする紀彦（「第六話　あし」）。両親を病

気で失い異母姉妹の姉とつつましく暮らすめぐみ(「第七話　姉妹」)。妻を自殺で失い、子どもふたりをかかえながら高校に行こうと考える34歳の沢村(「第八話　おやじ」)。精神の病のために家に火をつける父をもつ麻子(「第九話　別れ」)。自己紹介でも語られるように、彼らの育った家庭は、それぞれの苦悩に満ちている。

しかも、子どもたちは、幼ければ幼いほどに、その家族のなかからしか、ものを見たり、感じたりすることができない。「青白い顔にくちびるがぬめぬめとひかって」見える自殺を決意した母の顔。「胸のおくがいつもじんわりと焼けていた」貧しい食事。「スコンスコンと母をなぐりつける」義父。死んだ母の「いたあとは黒い穴になって、そこからもうもうと寒い風がふきだしてくるような」気持ち。作品のあちこちに、ハッとするような色や音の表現が示されて、暗い家に閉じこめられている子どもたちの恐怖や悲しみが、感覚的に伝わってくる。

このような「第一話」から「第九話」までを読んだあとで、「第十話　はじまり」を読めば、夜間高校のはじめてのホーム・ルームは、ずっと家族の中に閉じこめられてきた子どもたちが、ようやく自分の力で、家族の外へ出ていくための大切なスタート地点であることがわかる。

このホーム・ルームの時間、丘の上の学校の窓から見える「小さな盆地の町」は、「昼と夜のあいだにさしかかっていた」と描かれる。昼でもなく、夜でもな

校舎からの夕方の空。

く、明るくもなく、暗くもなく、不確実なはざまの時間。それは、家族の外の社会が、まだ希望とも絶望ともはかりかねる生徒たちの現在を象徴しているような夕方でもある。しかし、そのなかでも「教室の螢光燈は明かりをまし」、その下で先生はいう。「四年間はながいが、ひとりもへこたれるな。ええか。これがはじめにあたってのおれのゴーサインや」と。この結びのことばには、長く夜間高校の教員を務めた作者の、子どもたちへの応援の思いがこめられている。

＊　＊

1970年代末ごろから、日本の児童文学には、それまでタブーとされてきた、子どもをとりまく社会の暗い側面を描く作品が続々と生まれていた。本書もまた、その時期を代表する一冊といえる。と同時に、どんなに悲惨な状況が描かれても、単なる報告(それだけでも貴重なことではあるが)にとどまらない、色や音の表現と短編連作集としての構成の工夫が、この作品の文学的魅力なのである。(奥)

4445、4446…… 心がだるい少年は生後日数を数える

『花をくわえてどこへゆく』
森忠明
小林与志 絵
文研出版　1981年

4445、4446、4447、4448……。

森壮平少年が、虫眼鏡で太陽光線を集め材木の切れ端に刻みつけている数字は、「〈森壮平〉という生きものが、12年前の5月11日に生まれてから」の日数である。

主人公の「ぼく」は〈生きがい〉をなくしてしまった。4月、その美しい足が気に入りだった岸先生が、担任の矢崎先生と結婚することを決めた。「これから先、良い成績をとり続けて、良い大学を出て、どれほどえらくなっても、岸先生の足をぼくのものにすることはできないのだ」とぼくは思う。

5月25日、ぼくは飼い犬のテツに捨てられた。賢い子犬だったテツがどうしたことか成長してからはよその人に対して激しく吠えるようになり、近所から苦情も出るほどで家族は辟易し、あげく、父親は「保健所にたのむか」とつぶやいた。怒ったぼくはそんなにテツが邪魔なら、どこかへ捨ててくると啖呵をきってしまう。昭和55年5月24日、30〜40分ほど歩いて多摩川の土手に置き去りにしたテツはその夜自分の小屋にもどってきていた。翌25日、今度は自転車で1時間あまりの狭山自然公園へテツを連れていった。置き去りにしようとした時、不意に後悔に襲われ、ぼくはテツを呼びもどそうとする。口笛を吹いても、叫んでも、走り去っていくテツ。ぼくが泣き声をあげながらオオマツヨイグサのくきをちぎって投げると、テツははじめてふり向いて足を止め、花のところまで引き返してきた。しかし、期待に反して、オオマツヨイグサをくわえたまま、テツは走り去ってしまった。ぼくは、テツに捨てられた。

〈好きな犬〉と〈美しい足〉と——「これから先、どれほどまじめに生きていっても、好きなものを手に入れることができないのだとしたら、この世の中は、努力のかいがない、ばかばかしい場所だ」。生きがいをなくした自分には2つの道しかないと思う。ひとつは死ぬことだが、その勇気はない。ぼくは「どこまで気落ちできるか、落ちるところまで落ちてゆく道」を選ぶ。そして、自分の心のだるさを理解できない両親のもとを離れて、府中の祖父の家に身を寄せる。

4445、4446……

70歳で現役の大工の祖父は、帆をたたんでしまった船にいくら風を送ってもだめで、いずれ自分で帆をあげるまで「寝流れ」させておけばいいと、ぼくを見習い部屋に居候させてくれる。そこでやりはじめた遊びが、冒頭の生後日数刻みだ。そして、甲府の山のなかの温泉に「気がすむまでいてみろい」と祖父が金を出してくれて、ぼくは夏のほとんどを湯治のじいさんばあさんに囲まれてひなびた温泉旅館で過ごす。

通っている学校で休んでも落第しないのが最長80日と調べて、上限めいっぱい、10月の終わりまで学校を休むと決めたぼくだけれど、そのころ心が躍りだすかというと、その望みは薄い。11月になっても、12月になっても、生きる喜びを見つけだせないまま、ただ年をとってゆくだけかもしれない。〈すどまり〉ということばを知って、自分は「この地球という星に、すどまりするために生まれてきた生きものなのかもしれない」と思う森壮平である。生まれてから何日。テツと別れて何日。ここへ来て何日。生まれてから31日めの自分を抱いていたおじいちゃんの写真。おじいちゃんと同じ年まで生きると、あとおよそ2万日……。おおむね平穏に生きている場合、

オオマツヨイグサ。(©i-flower/PIXTA（ピクスタ）)

生後日数など数えはしない。楽しみにしている日（あるいは逆に受験や締め切りなどを恐れている日）までの日数をカウントダウンすることはあっても、今日という日を○○から何日めと定義はしない。全編に散りばめられた日数から、生きている状態に無意識でいられなくて、息すら意識して吸ったり吐いたりしているかのようなしんどさを感じる。森壮平はへとへとだ。

＊　＊

1960年前後に生まれた創作児童文学の積極的で行動的な主人公たちとはまるでちがっている。「子どもらしくない」と反発もされるような子ども像だ。好むと好まざるとにかかわらず、現代児童文学は心のだるい子どもを発見した。おりしも、「子ども期」の消滅を解く言説が内外で出てきた80年代である。未来を待ち望みがたくなった時代の幕開けだったのだろうか。

(西)

時をさまよう

7
時にいどむ

疾風怒濤の時代でも、沈滞と閉塞の時代でも、人はみな生を受けたその時代で精一杯生きていくしかない。大きなうねりに呑みこまれないよう、泥沼に沈まないよう、懸命にあがく姿は、滑稽で愚かしく見えるかもしれない。けれども、そんな「時」の真価はのちに必ず明らかになるだろう。

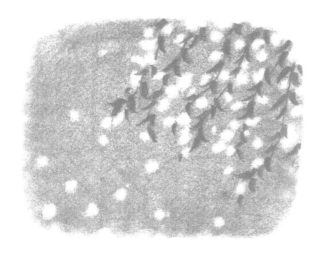

あやかしの時　現実世界と異世界が重なる瞬間

『光車よ、まわれ！』
天沢退二郎
筑摩書房　1973年

　本書の物語内の時間は、9月末からの10日間である。この短い期間に川岡一郎にさまざまな出来事が襲いかかり、彼のいままで見てきた世界は変わっていく。

　一郎は、嵐の日の朝、学校の教室で3人の異様な大男に出会う。それはクラスメートが異様な化け物に見えたのであったのだが、そこから一郎の周辺には怪異（あやかし）が起こりはじめるのである。

　そんな一郎を助けたのが、クラスメートの戸ノ本龍子だった。謎を秘めながらリーダーシップを発揮しだす龍子やルミと協力しながら一郎は3つの〈光車〉を見つけ、〈水の悪魔〉である水魔人と戦うこととなる。

　物語は、嵐から始まる。「まるで校舎をたてにゆさぶるばかりに雨がふっている」から始まる描写、そして主人公が6年生の一郎とくれば、読者は「風の又三郎」を連想するだろう。「風の又三郎」でも、嵐とともに転校生の高田三郎がやってくるのであり、三郎と交流するひとりが学校で唯一の6年生である一郎なのである。

　では、『光車よ、まわれ！』の異様な世界はどのように描かれるのだろうか。一郎は教室のうしろのドアが開いた時、怪異を体験する。そこにいたのは「まっ黒なぬるぬるしたものに身をくるみ、やはりまっ黒な頭巾をかぶった、異様に顔のながい、目の大きな、ばけものとしかいいようのない三人の大男だった」という具合である。ぬめる触覚と黒い色の異様さに出会ったのである。

　この後、一郎は、先生の声で現実にもどる。この冒頭からわかるように、『光車よ、まわれ！』の「ファンタジー」では、現実のすぐ裏に（もしくは表に）異界があり、それは現実を侵食しており、現実と異世界のあいだに明確な境はない。あるといえば嵐と雨、水である。これは、天沢が研究の対象としている宮沢賢治「風の又三郎」の高田三郎が民間伝承の風の又三郎と重なる存在であることと近似するだろう。そして「風の又三郎」以上に触覚や視覚の異様さが強調されているように感じられる。

　一郎は、学校の帰りに水たまりをのぞくが、空や雲を見ながら歩いているうちに、どっちが上でどっちが下なのか、ど

の空が本物の空なのかわからなくなってくる。ここにも、現実と異界との重なりが見受けられる。現実と異世界が浸食しあい、不安定で興味深い世界観を提示しているのである。

このような現実と異世界との関係だけではなく、善と悪との対立というわかりやすい二項対立も否定されていくのが本書の魅力である。「作者おぼえがき」には、この物語について「この物語は、一応、いわゆる本格ファンタジーをめざすものとして、善悪二元論を足場にしようとしている。しかし、じつは、この二元論はもうなりたたない」と解説している。

二元論に立脚したファンタジーについては、『光車よ、まわれ！』の有名なあとがき以外にも、「何が正で何が邪であり、何を基準にして一を善とし一を悪とするかはつねに相対的」と批判し、ただし「これら《本格的》ファンタジーにおけるこの二元論の必然性、有効性もまた否定できない」（「《悪意》のファンタジー」『水族譚　動物童話集』）と二元論の必然性も語られている。

固定された価値観の崩壊のみならず、登場する小物も楽しめる。登場人物のル

幻想的な野外音楽堂も登場する。ただし本作品では水上にある。

ミが乗るボートは前進・後進のレバーで動く、デパートの屋上にある乗り物のような描かれ方をする。さらにポポポポポという音に続いてチャグチャグチャグと変化するオノマトペで描かれている。また作品の要所で飲まれるドミノ茶なども混沌とした世界観を作りあげている。

一郎にとってはたった10日で世界が変わってしまったことになる。そして龍子の存在もしだいに変化していく。作品は全編をつうじ異様な緊張感に包まれている。

現実の世界のみが、現実の時間のみが唯一の存在ではないことを、独特なオノマトペにのせて語るのが『光車よ、まわれ！』のファンタジーなのである。（大）

1年と1日　これ以上はもうない、限界の日にち

「郵便屋さんの話」（『長い長いお医者さんの話』所収）
カレル・チャペック
中野好夫 訳
岩波少年文庫　2000年
（Karel Čapek, *Devatero pohádek karla čapka*, 1931）

　この物語集は、チェコの国民的作家、カレル・チャペックが書いた現代を舞台とした、昔話風の短編を集めている。

　たとえば、梅の実をのどに詰まらせた魔法使いのために呼び集められたお医者さんたちが、それぞれに語る不思議な経験談。警察という現代の施設で、警官たちがお互いに語る、不思議な物語。1年に一度、集会に集まってくるカッパたちの話など、物語の構成や、展開は昔話さながらなのだが、その舞台はまぎれもなくこの現代だという不思議な物語集である。ここでは郵便屋さんが夜中、小人に出会い、警官が9つの頭のあるヒドラを退治し、妖精が骨折して医者を受診する、といったような、奇妙な混交がなんとも味のあるユーモラスな雰囲気をかもしだしている。

　そのなかでも、この「郵便屋さんの話」をとりあげてみると、昔話のパターンと、現代的なガジェットが、効果的にくみ合わせられていることがよくわかる。

＊　＊

　ある晩、うっかり寝過ごして、郵便局に夜遅くまで残っていたコルババさんという配達人は、まだ配達していない手紙でトランプをしている郵便局の小人という不思議な存在に偶然出会う。

　小人たちによると、カードの強さは、手紙の中身の心のこもり方によって決まるという。信書の秘密を破ってはいけないではないか、というコルババさんに、小人たちは、手紙を触っただけで、どれが愛のこもったものか、おざなりな挨拶だけのものか、「暖かさ」で判別がつく、というのである。

　こうして小人たちに手紙の「熱」で中身にこめられた思いの強さがわかることを知ったコルババさんだったが、ある時、非常に強い愛のこもった手紙でありながら、宛先も差出人の名前もないという、真っ白な封筒を発見してしまう。

　これではもちろん配達できないのだが、その手紙の中身の愛の力があまりに強いので、コルババさんはどうしても配達してあげねばならないという思いにかられた。思いあまって局長さんに相談したコルババさんは、夜中に出てくる小人たちに中身を読んでもらうという許可を得て、フランティークという名の運転手をして

いる青年が、マジェンカという娘にプロポーズしている手紙だということを知った。

たとえ1年かかっても、この手紙を届けるという決意をして、コルババさんは郵便局をとびだして、国中を遍歴して歩いた。しかし、ただこれだけの情報で、差出人も宛名人も探すことは容易でない。コルババさんは足を棒にして国中をへめぐり、ついに1年と1日がたった時、もうこれは無理だとあきらめたのだが……。

電話やメール、ラインの普及によって、分厚く「暖かい」真心のこもった恋文というのも過去のものになってしまったきらいがある。

1年と1日、というのは、モーリス・センダックの『かいじゅうたちのいるところ』(富山房、1975年)においても、主人公のマックスが、かいじゅうたちの島に行きつくまでの日にちであり、家に帰るまでの日にちだった。ようするにこれは、昔話的表現で、とってもとっても長いあいだであり、1年を1日超えてしまった、これ以上はもうない、という限界の日にちなのだ。

だが、単に長いあいだ航海して異世界に行ってもどったマックスとはちがい、コルババさんの1年と1日は、コルババさんに多くのものをもたらしている。

郵便局の小人たちに出会うまえ、コルババさんは自分の仕事に嫌気がさし、うんざりしかけていた。しかし、小人たちに会って、手紙の重要性を知り、自分の仕事に生きがいを感じだしている。そして、かくたる手掛かりもないのに、とても暖かい、大事な愛の手紙を、自分から絶対に配達してみせると決意して始めた1年と1日なのである。そしてその間、町をめぐり、村を訪ね、いろいろなものを見聞きして、自分の国の美しさを発見したのであった。

それだけでもコルババさんの得たものは大きかった。しかし、1年と1日以上かかっていたとしたら、宛名を書かなかったフランティークも、受けとれないでいたマジェンカも、ちっともふたりを見つけられないコルババさんも、あきらめていたかもしれない、そのぎりぎりのライン。それが、くり返される「1年と1日」の期限なのである。

このリミットがどの人の口からも語られるところがまた、昔話的なくり返しであり、チャペックの現代の昔話を特徴づけるフレーズであるともいえよう。(川)

1回かぎりの「ひよっこじだい」　いのちを育む「時」

『ながいながいペンギンの話』
いぬいとみこ
大友康夫 絵
岩波少年文庫　2000年

　物語の終盤でペンギンの学校の先生が、次のように語る場面がある。この冬が過ぎれば、きみたちは「りっぱなおとなのペンギン」なのだ、もうすぐ「ひよっこじだい」は終わるのだから、〈水もぐり〉や〈きしあるき〉をいま、ちゃんと練習しておかないと「時」は待っていてくれないのだ、と。この先生のことばには、子ども時代がいかに1回かぎりの大切な時期であるかが示されている。このことばをしんとして聞いているペンギンの子どもたちはもちろん、読者にとっても、このことばはしみじみと心に響くだろう。本書には、このことばを具体的に納得させてくれる南極のペンギンたちの「ひよっこじだい」が、普遍的な子どもの姿として、生き生きと描きだされているからだ。

　主人公は双子のペンギン、ルルとキキ。

　雪あらしのなかで、じっと2つのたまごをあたためるお父さんペンギンの姿から「第一のおはなし」は始まる。海の氷が解けはじめたころ、最初にたまごから顔を出したルルは、「たまごのそとは、さむいなあ。それでもぼくは、出ていかなくちゃあ」とはねを広げる。対して、弟のキキは「いやだよ。そとは、さむすぎるよ」と、なかなか出てこない。

いつもお腹をすかせているふたりは両親がとってくるオキアミだけでは、だんだん満足できなくなってくる。そこで、最初から元気いっぱいのルルが、さっそく外に出て、冒険を始める。トウゾクカモメに襲われたり、氷の割れ目でおばあさんペンギンに出会ったり、さらにはクジラ捕りにやってきた人間に拾われたり……。

　続く「第二のおはなし」では、慎重派のキキもルルと一緒に遠くまで冒険に出かけることになる。夏になって解けだした氷の山で眠りこんでしまったふたりは、ペンギンたちの島を離れ、クジラや、シャチ、皇帝ペンギンといった南極にすむいろいろな生き物たちの世界を知っていく。

　こうした大冒険を経て、ひと足早く成長していたかに見えるルルだが、最後の「第三のおはなし」では、その育ちの早さゆえに災いを引きおこす。夏も終わり、学校で〈水もぐり〉や〈きしあるき〉の

1回かぎりの「ひよっこじだい」

けいこをする時期になるが、なんでも簡単にできるルルには、ばからしくてしかたがない。ルルは学校をさぼり、勝手に過ごすことが多くなる。ところが、冬をまえにお腹をすかせたトウゾクカモメの大群に島が襲われた時、孤立したルルを助けようとして、ペンギンの先生が大けがを負ってしまうのだ。ルルはようやく、自分の未熟さを知り、協力して生きていくことの意味を知る。

南極のペンギンの群れ。

春から夏へ、そして次の冬へと季節がめぐる「ひよっこじだい」において、キキとルルはまず、自然というものの大きさや変化をからだで感じていく。また、動物どうしや人間との、複雑な関係も知っていく。それらはすべて「いのち」を継いでいくという営みにつながり、知るべき時、学ぶべき時を逃したら、それは生の危険に直結する。

作者いぬいとみこは、ほかにも『北極のムーシカミーシカ』（1961年）や『くらやみの谷の小人たち』（1972年）などの作品をとおして、できるだけ動物の生態を生かしながら、自然の厳しさ、そのなかで「いのち」を継ぐことの大切さを物語る。小さなペンギンやホッキョクグマや小人たちに、この課題を託すのは、子ども時代こそ、もっとも「いのち」の学びの時にふさわしいという確信があったからではないだろうか。

ただし、それはけっして一様に足並みをそろえて通過しなくてはならないような学びではない。ルルとキキの育ち方がちがっていたように、またルルが学びそこねてとりもどしたように、遅れや勇み足や後戻りをも許容しているのが、この作品の豊かさでもある。

再び雪あらしが始まる冬を迎え、氷の島で海を移動しながら、「この冬がおわったら、ぼくたちは、ほんとうの、おとなのペンギンになれる！」と笑いあうルルとキキ。長い長い冬もまた、彼らの「いのち」を育んでくれる「時」となるにちがいない。

初版は1957年、宝文館より。　（奥）

1.4秒　過程を描くことで「一瞬」を伝える

〈DIVE!!（ダイブ）〉全4巻（書影は『DIVE!! 1　前宙返り3回半抱え型』）
森絵都
講談社　2000〜2002年

「高さ十メートルからの飛翔」
「時速六十キロの急降下」
「わずか一・四秒の空中演技」

　この高さと速さ、そして一瞬ともいえる時間で競われる「高飛込み」。本作は、その競技に挑む3人のダイバーとその周囲の人びとを描いている。それにしても、「1.4秒」。メインとなるこの競技のようすを、いったいどのようなことばで伝えたらいいのだろうか。たとえば野球なら、「投げた、打った、走った」そのようすを競技時間に沿って丁寧に描いていくことはできる。しかし高飛込みではそのような描写で一瞬を伝えることが臨場感につながるとは思えない。では、どうするか。

　作者は、この難題に、じつに意外な方法でとり組んでいる。それは、その「1.4秒」のようすを極力描かない、ということだ。そして、そのかわりに、「1.4秒」の前後の時間、前後のドラマを丹念に描いていく。たとえていえば、土台を組み、柱を建て、壁を塗り、小さな窓を残すことで、その窓の光りをありありと感じさせる……。そんな構築物を作るような営みで、この作品は作られている。4巻にわたるその構成は、見事というほかはない。

　1巻めのサブタイトルは「前宙返り3回半抱え型」。この巻の主人公は坂井知季、ミズキダイビングクラブ（MDC）で飛込みを始めてまだ数年という中学生の知季は、経営不振でつぶされそうになっていたMDCに新しくやってきた、女性コーチの麻木夏陽子にその才能を見いだされる。「二重関節」のやわらかい体。そして高速で動いているものを一瞬でとらえる卓越した「動体視力」。中学生には難しい「三回転半」に挑戦し、友人関係や恋に悩みつつも、自らの天賦の才を受け止め、オリンピックに向けた強化選手選考会に出場するまでの日々が描かれる。「三回半」の成功、そして「四回半」のスーパーダイブへの夢が提示されて物語は2巻へと続いていく。

　2巻めのサブタイトルは「スワンダイブ」。1巻めで知季のライバルとして夏陽子が津軽から連れてきた高校生の沖津飛沫が主人公になる。伝説のダイバーといわれた祖父に、断崖からの飛込みを教

わってきた飛沫のダイナミックな演技は、たちまち多くの人びとを魅了するが、その当初から飛沫は、腰の損傷をかかえていた。一度は飛込みを離れ郷里の青森にもどりながらも、最終的には「前飛込み伸び型」という体への負担のすくない演技を極める決意をする。もっとも単純な演技であるがゆえに、美しさと力強さが際立つその技は、競技史のなかで「スワンダイブ」と呼び習わされてきた。この技の名には、高飛込みに魅了される人びとのあこがれと矜持が感じられる。

3巻めのサブタイトルは「SSスペシャル'99」。主人公は、1・2巻で「血統書つきのチャンピオン」と呼ばれていた富士谷要一だ。もとオリンピック選手の両親をもち、高校生にして圧倒的な力をもつMDCのエース。しかし要一は、オリンピック日本代表に選ばれながらも、会社や連盟などの思惑にふりまわされることを拒み、内定を蹴って、あらためて選考会の場で知季や飛沫と競い、自分の力でオリンピック代表を勝ちとる決意をする。そのために彼が選んだ技が、事故のトラウマをもつ「前逆宙返り2回半蝦型」。要一はその技に「偉大なる蝦型」、すなわちスーパー・シュリンプの意味をこめて「SSスペシャル'99」と名づける。この命名にも、高飛込みへの若々しいプライドが感じられる。

こうして、知季、飛沫、要一、それぞれの夢をのせた技の名前が組みあげられたところで、4巻めは、オリンピック代表選考会での3人の激突となる。この巻の10章は、全10本の飛込みで競われる選考会の1本ごとに対応し、各章の最後にひとりひとりの得点と経過順位が示される。

しかも、この巻では各章の視点が次々と変わっていく。選手の3人だけでなく、夏陽子や兄弟や恋人や家族……。周囲のさまざまな人びとのさまざまな思いが交錯するなかで、3人は1回1回板から飛びだし、そして得点結果が示される。思いがけない要一の不調や飛沫の腰痛。誤解や不安と、それをのりこえていくダイブへの情熱。重なっていく点数と入れ替わる順位。「1.4秒」がそのつどどのように飛ばれたのかはほとんど描かれていないのに、そこには、失敗も成功もふくめ、思いをこめた飛込みの1本1本がはっきりと想像できる。

この4巻めのサブタイトルは「コンクリート・ドラゴン」。空にそびえる飛込み台を少年たちはそう呼ぶ。この巨大な構築物に、いちずに登っては飛ぶ少年たちの「1.4秒」は、組みあげたドラマのなかに、はっきりと光を放つのだ。

（奥）

――一瞬の演技。

ヴィクトリア朝　型破りなヒロインの活劇

『マハラジャのルビー　サリー・ロックハートの冒険1』
フィリップ・プルマン
山田順子 訳
東京創元社　2007年
(Philip Pullman, *The Ruby in the Smoke*, 1986)

　時は1872年、ロンドン。16歳のヒロイン、サリーは、南シナ海の船舶事故で父を亡くし、天涯孤独の身となった。時代は彼女のような中流階級の女性に家庭教師以外の仕事をあたえない。しかし、幼いころ母を亡くした彼女は父に教育を受け、自由奔放に育てられ、軍事作戦、簿記、経営学、乗馬と射撃が得意という、活動的で実際的なアウトドア派。フランス語や文学、音楽、裁縫など家庭教師に必要な知識はまるでなかった。

　そんな彼女のところに、死んだ父からの謎の伝言が届く。「七つの祝福」とは何か、そしてそのあとに続く地名と人名、謎のラテン語は？　その意味を探ろうとして、サリーは次々に不思議な事件にまきこまれていく。

　そもそもサリーの両親は、インド在住のイギリス人で、父は軍隊におり、母はインド大反乱（セポイの乱）で、勇敢に銃をもって戦ったあげく、サリーを抱いたままライフルで撃たれて死んだのであった。父は事故死ではなく、インド大反乱時に行方不明となった非常に高価な宝石、〈マハラジャのルビー〉をめぐっての陰謀にまきこまれて殺されたらしいということが、しだいに明らかになっていく。持つべき女性が手にするまでは、所有者に呪いをかけつづけるという伝説のルビーだ。

　手掛かりをもつアヘン中毒の航海士、ルビーの行く手を追う謎の女、ミセス・ホランドと彼女の手下たち。サリーはいわれもない理由で命をねらわれ、追われる身となるが、果敢に謎を追いつづける。

　一方、サリーを助け、住みかと協力を申しでてくれるのは、写真家のフレデリックと女優のローザのガーランド兄妹だ。その暮らしぶりや芸術意識は、当時のラファエル前派を意識しているようだ。得意の経営手段をつかって、ステレオスコープ（立体写真）を売りだし、ガーランド兄妹のマネージャーとして共同経営者になったサリーは、「ペニー・ドレッドフル」（犯罪をあつかう安雑誌）を愛読する労働者階級のジムにも助けられつつ、ルビーの謎に挑む。

　　　　＊　＊

　ヴィクトリア朝小説の道具立てが山のように使われたこの小説は、〈シャーロ

ック・ホームズ〉シリーズの少女版パロディなのだが、現代の作者ならではの詳しい解説つきで、たとえヴィクトリア朝文化を知らない中・高生が読んでもわかるように工夫されている。対象がイギリス人読者であっても、若い読者に文化・歴史の入門書的役割を果たしつつ、推理劇を展開してみせる書物であることがわかる。

イーストエンドのスラム街のようす、テムズ川沿いのアヘン窟を経営する中国系女主人、南シナ海を支配するチャイニーズ・マフィア、呪いの宝石をめぐって起こる連続殺人事件、新進気鋭の芸術だった写真術、血湧き肉躍る冒険小説が載った雑誌、コンパートメント形式の汽車。

そうした「いかにも」ヴィクトリア朝的な装置に加え、小学校制度の普及や参政権、19世紀的ジェンダー・ロールにもとづく慣習、厳格な階級制度などが、さりげなく解説される。本当に19世紀当時書かれた作品ではありえないほど典型的・説明的であるという点で、この作品は19世紀を舞台とした現代作家による一種のコスチューム劇であることが明らかだ。舞台設定が過剰なのである。

アーサー・コナン・ドイルの『四つの

インド大反乱はイギリス本国でもセンセーションをまきおこした大事件だった。イギリス人女性や子どもたちが大勢殺されたという噂が流れ、それがまたショッキングだったのである。

署名』、ウィルキー・コリンズの『月長石』をかなり意識したこの物語は、本当のヴィクトリア朝のミステリとはちがって、まきこまれる被害者としてヒロインが出てくるわけではない。自ら射撃の名手であり、活動的で、自律的なヒロインを中心にすえ、男性である写真家のフレデリックは完全にわき役だ。しかも作者はこの冒険小説の最後に、19世紀ではありえなかったような、現代的な結末を用意している。

サリーの冒険は、さらに『仮面の大富豪』、『井戸の中の虎』と3部作になって続き、『ブリキの王女』という外伝もあるが、いずれも高校生くらいの年齢の読者にヴィクトリア朝文化を教える格好の教材といえる。　　　　　　　（川）

数えで15　広い世界に漕ぎだす時

「ジョン万次郎漂流記」（『ジョン万次郎漂流記』所収）
井伏鱒二
宮田武彦 絵
偕成社文庫　1999年

「数え年」とは、誕生した時点を1歳とし、その後、新年を迎えるたびに加齢して算出する年齢のことである。これに対して、生まれた時点を0歳とし、その後誕生日を迎えるたびに加齢していくのが、わたしたちになじみの深い「満年齢」である。「満年齢」の場合、加齢時の年齢が誕生後の経過年数に一致するのに対して、「数え年」の場合は、最大2年ちかくのずれが生じることになる。たとえば、年末に生まれた者は生後数日で2歳になるといえば、わかりやすいだろう。

日本で「満年齢」が導入されたのは明治時代のことだったが、実際に広くつかわれるようになったのは、第二次世界大戦後である。つまり、それ以前の日本では、新年にみんなが一斉に年をとるものだと考えられていたことになる。そもそも誕生日への意識も薄かったろう。裏を返せば、「数え年」とは、人間ひとりひとりの存在やその個性をいまほど重視していなかった時代の産物だったのかもしれない。

土佐の国幡多郡中の浜（現在の高知県土佐清水市）生まれの万次郎が人生の転機を迎えたのは、天保12（1841）年、数えで15の正月のことだった。貧しい漁師の子に生まれ、幼い時から浜辺で働いてきた少年は、下働きとして乗り組んだ漁船が嵐で航行不能になり、帰郷できなくなったのだ。先輩漁師4人とともに数日間漂流したのち、たどりついた断崖絶壁の無人島に這いあがり、雨水と藤九郎（アホウドリ）の肉と海藻と貝で命をつなぐこと約5か月。誰もがやせおとろえて、なかには病やけがに苦しむ者も出はじめていたところへ、運よく通りかかった鉄貼りの異国船に救助される。

3本の帆柱に十数片の帆を張ったその巨船は、ホイットフィールド船長以下、白人黒人あわせて30余名の乗組員を擁するアメリカの捕鯨船だった。大海原でクジラを追いまわして捕獲し、解体作業や鯨油採取まで船上でおこなう大掛かりな近代捕鯨を目の当たりにして、1本柱の小さな漁船でほそぼそと鱸をとっていた日本人漂民たちは驚愕する。

なかでも万次郎は、見るものすべてに

興味をもち、船員たちと身振り手振りを交えて積極的にコミュニケーションをとり、ことばや新たな知識を貪欲に吸収しようとする。そして、はじめての寄港先となったハワイで仲間たちが下船しても、彼だけは船長に誘われるがまま船に残る。広い世界を見に出かけようと決意したのだ。故郷を出て11か月め、数えで15の少年は、こうして新たな人生への第一歩を踏みだしたのである。

マサチューセッツ州フェアヘヴンで、万次郎が通った学校。

その後、万次郎は、ホイットフィールド船長の援助によってアメリカで基礎教育を受けたばかりか、私塾で数学や測量、航海術などの専門知識まで身につけたのち、捕鯨船に乗り組んで航海を重ね、やがては副船長に選ばれるほどの船乗りになった。嘉永4（1851）年にまだ鎖国中の日本にもどると、知識と経験をかわれて土佐藩で士分にとりたてられ、のちには幕府に召しだされて通訳を務めたり、維新後は英語教育にたずさわり、明治新政府の高官外遊時の随行員に選ばれたりもした。

数えで15の年に未知の世界へ漕ぎだした少年は、こうして、母国の発展に尽くした偉人として後世に名を残すことになったのである。

「ジョン万次郎漂流記」は、記録文学叢書の一冊として昭和12年に河出書房から出版され、同年下期の直木賞に選ばれた。このことからもわかるとおり、そもそも子ども向けに執筆されたものではない。だが、そこに描かれているのは、好奇心旺盛で進取の精神にとんだ少年が、偶然得たチャンスを生かして奮励努力のすえに立身出世を遂げるさまである。井伏鱒二は、きびきびとした文章と簡潔な描写で漂流記録を忠実に再現する一方で、万次郎にはっきりとした個性をあたえて魅力的な読みものにしたてている。そのため、戦後は児童書として広く受け入れられてきた。

万次郎を主人公にした最近の作品としては、アメリカ人作家マーギー・プロイスの『ジョン万次郎　海を渡ったサムライ魂』（*Heart of a Samurai*, 2010）もある。現代の読者にとっては、こちらのほうが読みやすいかもしれないが、井伏作品でしか感じとれないものもある。「数え年」に象徴されるような、時代感覚もそのひとつである。　　　　（水）

☞明治維新（384p）

高学年への橋わたしの時期　4年生の「いま」を生きる

『ふりむいた友だち』
高田桂子
佐野洋子 絵
理論社　1985年

「いま、○○しておかないと、将来困る」とは、教育の場でよく聞くことばだ。本書で、「わたし」の担任になった上田先生がいうのも、「四年生というのは、高学年への重要な橋わたしの時期です」ということだ。これまでは「まだ小さくて、ひとりひとりが好きなことをやって」も許されたが、高学年になれば責任をもって、人に迷惑かけないように行動できなくては困る。だから今年は、「少しくらい個人がやりたいことをがまんしても、団体で行動できるようにならないといけない」というのだ。

しかし同時に、将来のためではなく、「いま」この時を楽しんで生きたいというのも、人の真理である。たとえば、本書でも、新聞記者の父親と一緒に各地を転々としている転校生の礼介にとっては、この学校で「おもしろいことにひとつは出合いたい」というのが唯一の望みである。もちろん、「わたし」も、親友の幸子も、幼なじみの哲也も、3年生の時までと同じように、仲良く、笑いあったり助けあったりしたいと思っていた。

4年生の1年間を、「高学年への橋わたし」と考える上田先生と、「いま」を楽しみたいという子どもたち。この作品では、それぞれの思いが、大きくぶつかりあう。

とはいえ、最初から、上田先生の論理に子どもたちが対抗できたわけではない。なにしろ、上田先生というのは、横暴さと善意が混ざりあったような、なんとも複雑な先生として、子どもたちの前に現れるからだ。1日の終わりの会で、いろいろな反省点をいわせては、「規則をやぶって、おもしろいですか」「けんかの原因はなんですか」と理屈で子どもたちを説得し、「ごめんなさい」「もうしません」といわせるまで帰さない。そのわりに、授業のなかで、自分のまちがいを生徒に指摘されても認めないでごまかす。生徒も親もうんざりさせるばかりで、魅力的な先生とはとうていいえないだろう。

しかし、「高学年への重要な橋わたしの時期」と信じる、その4年生の大切な時期に、子どもたちにもっともっと成長してほしいとまじめに願っているのも、けっしてうそではない。ときには、雨のなか、小犬に傘をさしかける優しい姿も

見せたりする。その意味では、悪い先生、ひどい先生だとして、はっきり反抗もしにくいのだ。

そのため4年生の子どもたちは、混乱する。班行動は重荷となり、告げ口が増え、不信感やあきらめムードが広がり、教室の雰囲気は、重く、暗くなっていく。スポーツ万能でいたずら好きだった幼なじみの哲也は、通知票に「走れるだけではこまります」と書かれ、運動会にも参加せずクラスのなかで孤立していく。親友の幸子は、先生に見切りをつけて塾に通いはじめ、「わたし」との距離も開いていく。やがて「わたし」も、放課後は大急ぎで家に帰り、本の世界に浸るようになっていくのだ。

しかし、そうして、出口も見えず重苦しいままに2学期も終わるかと思われたある日、転校生の礼介から「わたし」に電話が入る。2学期最後の大きな行事である「音楽会に燃えようよ」というのだ。このことばは、「いま」を楽しみたいという子どもたちの心にたしかに火をつける。「わたし」はさっそく、幸子や哲也にも呼びかけて、音楽会の準備委員となる。自由曲には自分たちらしい歌を選びたいという礼介に対して、「わたし」も思う。「なんとなくわかってきた。今、ほしい歌。必要な歌。わたしたち、今、ばらばらだから」と。そうして、みんな

音楽会に燃える。

は、「けんかして」という「いま」の本音がぶつけられる歌を、自分たちだけで練習しはじめるのだ……。

音楽会が終わった時の、「わたし」の次のような感慨がいい。「団体行動が大切だから、みんなでがんばったんじゃない。みんないっしょでないと、さみしいから、いっしょにやっただけだ。みんなでがんばるしか、もう、わたしたちにはできることがないから、がんばっただけだ」。ここには、先にのびていく時間にとらわれがちな学校という場にあって、むしろ1回かぎりの出会いを、そのつど大切に味わっていこうとする、子どもたちの素朴な願いが示されている。あいかわらず「もうすぐ、高学年になるのですから……」といいつづける上田先生に対して、「今しばらくは、好きなように、自由に、かけまわりたい」と決意する、4年生の「いま」がまぶしい。　　　　　　（奥）

高麗時代　青磁に魅せられた少年

『モギ　ちいさな焼きもの師』
リンダ・スー・パーク
片岡しのぶ 訳
あすなろ書房　2003年
（Linda Sue Park, *A Single Shard*, 2001）

　12世紀後半の韓国は高麗の時代である。西海岸の小さな村、チュルポに暮らす孤児の少年モギは、橋の下に住む片足が不自由なトゥルミじいさんにひきとられ、一緒に暮らしていた。血のつながらないふたりではあるが、本当の祖父と孫のように、落ち穂を集めたり、ごみをあさったりして仲良く暮らしを立てていた。

　チュルポは、この村でとれる粘土から非常に美しい青磁の焼きものができること、海路を利用して中国や韓国北部と貿易ができることで、広く知られていた。村にはたくさんの青磁の焼きもの師が住んでいたが、なかでも名人といわれるミンの腕はすばらしいものであった。

　ある時モギは、ミンのろくろ作業を見て、その磁器の美しさに魅せられてしまう。見とれるあまり、ミンの焼きものを傷つけてしまったモギは、その代償として、ミンのもとで窯のための薪を集める仕事を始める。

　ミンは無愛想で厳しく、とてつもなく怒りっぽい職人気質の男で、けっして人をほめることもなく、認めるそぶりもしない。いつかは粘土を触らせてもらえるかもしれない、ろくろを回してみたい、と夢見たモギは、一心に、報酬もない仕事に精を出した。ただ、優しいおかみさんがくれるたっぷりしたお弁当だけが、モギのもうけであり、それを半分持ち帰ってトゥルミじいさんと分けて食べるのが、モギの日課になった。

　ミンは完全主義者で、妥協を知らない。仕事は遅いが値段は高い、と噂されるだけあって、満足のできる品ができなければ、容赦なく自分で割ってしまう。このあまりにも凝り性であることが災いして、しだいに買い手が離れていくこともしばしばであった。

　やがてある時、宮廷からの使いがチュルポにやってきて、王室御用達の焼きもの師を指名することになった。

　この時には青磁に象眼をはめこんだ新しい意匠が使いの目をひいた。宮廷の使いは、ミンの腕とその完全主義に気づいており、この時ばかりは意匠を発明したカンのほうを指名したものの、ミンが象眼に成功すれば、王都ソンドへ持ってくるようひそかに耳打ちする。

しかし、ミンは名声をもとめるような人間ではなかった。彼はひたすらに完璧をめざし、頂点をめざし、自らの技を高めることのみを考えていたのである。

モギもまた、そんなミンにあこがれをいだいていたのだった。しかしいつになってもミンはろくろを触らせてはくれない。もうひとつ、ミンのこだわりは、技術を伝えるのは自分の血を引いた息子だけ、というところにあった。いつもモギに親切にしてくれる優しいおかみさんは、自分のことを「アジュマ（おばさん）」と呼べ、といい、モギのことを本当に息子のように可愛がってくれていたが、いくら努力したところで、モギは死んだ息子ヒョンのかわりにはなれない。それだけは、いくら努力しても叶わぬことであった。

しかし、時がたち、ミンのかわりに死ぬような努力をして青磁器をソンドへ届けたモギの献身的な努力と、青磁に対するあこがれ、誠実な献身が、ついに頑固なミンの心をとかす日がくる。その長い旅のあとでトゥルミじいさんは亡くなってしまっていたけれど、ミンの技術を身につけたモギは、トゥルミじいさんの死を弔って美しい青磁の瓶を作りあげた。その青磁の瓶は、いまでは国宝として認められている。

　　　　　　＊　＊

これは、高麗時代の国宝、作者不詳の「青磁象嵌雲鶴文梅瓶」と呼ばれる比類

物語にインスピレーションをあたえた美しい青磁の壺は誰が作ったのか、いまとなっては誰も知らない。

なく美しい青磁器にインスピレーションを得て綴られた物語である。その青磁瓶には、象眼で鶴（トゥルミ）の模様がはめこまれている。

青磁は、高麗には中国から伝えられて、10世紀くらいから作られるようになった。しかし、青磁に象眼をほどこす技術は高麗独特のものであり、12世紀の高麗で名品が生まれた。土の色のちがいによって模様をほどこし、一点一点が手探りで作りあげられたところは、彫塑を思わせる。王家や貴族に使われる高級品であった。

この国宝作品の技術の高さ、象眼模様の繊細さ、瓶の姿の美しさが、かたくなに職人気質の親方と、その技にほれこんだ少年の、焼きものにかけた情熱と夢の物語を生むことになったのであろう。

（川）

「子ども」という概念のない時代　名もない子どもがアリスになるまで

『アリスの見習い物語』
カレン・クシュマン
柳井薫 訳
中村悦子 絵
あすなろ書房　1997年
（Karen Cushman, *The Midwife's Apprentice*, 1995）

　この作品の原題をそのまま訳すと、「ミッドワイフの見習い」となる。ミッドワイフは作品のなかでは「産婆」。つまり、出産を助ける仕事をしている女性をさすが、このミッドワイフは「一一五〇年から一五〇〇年ごろ使われていた」古い英語に起源をもつことばらしい（「作者おぼえがき」）。この作品の舞台もまた、そういう英語が使われはじめた中世である。

　もちろん、そのようなことを知らなくても、王、教皇、荘園、パン、チーズ、エール（ビールに似た飲みもの）ということばや、教会や祝祭はあっても学校などはまだない村のようすから、現代とはちがう古い時代の雰囲気は伝わってくる。

　ところで、その中世ヨーロッパでは、「子ども」という概念はなかったといわれている。フィリップ・アリエスという研究者は、『〈子供〉の誕生』という本のなかで、中世から近代にかけてのさまざまな絵画や生活のようすを調べている。そして、保護や教育の対象として「子ども」という存在が意識されるようになったのは、近代的な学校や家族制度が整っ

てからだという。それ以前は、「子ども」として特別扱いされることはなく、「小さな大人」と見なされていた、というのだ。いわれてみれば、時代によって子ども観や子どものあつかいがちがっていたとしても不思議ではない。中世を舞台にした本書は、そうした、「子ども」が保護や教育の対象になる以前の状況を、じつにリアルに描きだしている。

　　　　　　＊　＊

　主人公は、「家もなければ母親も名前もない」、「たぶん十二、三歳」くらいの「うすよごれて栄養不良」の女の子。寒さをしのぐためには「くさくてだれも近づかない」堆肥の中にもぐりこむしかない。餓鬼を意味する「ブラット」、あるいは「クソムシ」と呼ばれ、盗みや物乞いや手伝いなどをしてなんとか生きてきた。そのブラットが、村の産婆ジェーンのもとで「産婆見習い」として住まわせてもらうところから物語は始まる。

　とはいえ、計算高くいじわるなとがり鼻のジェーンは、ブラットをあたたかく迎えるわけでも、見習いとして技術を教えるわけでもない。雑用をいいつけ、

「子ども」という概念のない時代

「バカ！」「うすのろ！」と罵り、こき使うばかり。村の子どもたちも、何かとブラットにいやがらせをする。唯一の慰めは、いじめっ子から助けた１匹の猫だけ。主人公のおかれている、不公平で孤独で殺伐とした世界に、まずは圧倒される。

しかし、自然の脅威も身近で、身分制度も厳しかったこの時代、多くの人は、子どもの人権どころか日々生きていくのに精いっぱいでもあっただろう。村の人びとは、出しぬいたり出しぬかれたりしながらも、つつましく暮らしている。また、そもそも、子どもを産むということ自体、的確な医療もなく、誰もが命がけであったころである。作品のなかにいくども描かれる出産の場面は、つねに凄惨で、恐ろしい。産婆のジェーンは、そんな命がけの場面に、ハーブなどの効臭やさまざまな手わざ、ことばがけといった精一杯の知恵と、体力と、判断力で挑む。そうした、素朴でたくましい人びとの日常に接しているうちに、ブラットもすこしずつ変わっていくのだ。

最初は食べものと寝床が欲しいがために雑用をこなしていたブラットだったが、しだいにお産に役立つ薬草集めや煮出しの知恵を身につけ、ジェーンの仕事を観察して産婆の技術を覚えていく。出産の場の恐ろしさだけでなく、生まれる命の喜びや尊さも知っていく。それはまるで、人間の根源的な探究心、自立心が、世界の底から立ち上ってくるような変化である。

ミッドワイフたちが活用したハーブ。

約１年間の移り変わりの変化に沿った、そのブラットの変化をなにより象徴しているのが、名前である。まわりから「クソムシ」「ブラット」としか呼ばれなかった彼女が、ある祭りの日に、はじめて櫛を手に入れ、髪をとかし、水に映る自分の姿を意識する。そして、まちがえて呼びかけられたのをきっかけに「あたし、アリスになろう」と自ら名前を決める。やがてアリスは、相棒の猫や助けた孤児の男の子にも、名前をつけていくが、そのように名づけていくことで、あらためて自愛とともに、他者への愛を知っていくのだ。それは、自分を役立たずと思っていた女の子が、殺伐とした世界をすこしでも「まともで公平」なものに変えていこうとする意志にも思える。

「産婆があきらめたって、赤んぼうは生まれるのをやめやしない」とジェーンはいう。そう、どんな時代であっても、あきらめなければ、「ブラット」が「見習いアリス」になり、「産婆のアリス」になれる日は、きっとくるのだ。　（奥）

☞魔女狩りの時代（380p）　☞暗黒時代（390p）

死と永遠　不死の呪縛

『銀のキス』
アネット・カーティス・クラウス
柳田利枝 訳
徳間書店　2001年
（Annette Curtis Klause, *The Silver Kiss*, 1990）

　とあるアメリカの住宅街で、女性の変死体が見つかった。首を切られ、まるで血を抜かれてしまったような死体。次々に襲われるのは、女性ばかりで、どの死体にも血がほとんど残っておらず、さらに、その犯行を6歳くらいの青白い少年と結びつける人は誰もいなかった。

　左手に古びたクマのぬいぐるみをかかえ、白っぽい髪をしたひ弱そうな少年は、クリストファーという名前で、孤児であったが、養父母に施設からひきとられて1か月。アルビノで、皮膚が弱く、太陽の光線にあたるとすぐにひどい日焼けになってしまうため、大事に育てられていた。その少年が、クマちゃんを抱いたいたいけな姿で女性を呼び止め、ママを探しにきたといっては女性を暗闇に引きずりこみ、犠牲にしている邪悪な吸血鬼であるとは、誰も気がつかなかった。

　子どもの姿でありながら、数百年を吸血鬼として暮らし、人間を犠牲に生き延びてきたクリストファーは、そのクマを抱いた姿と名前から、児童文学で有名なもうひとりのクリストファー（ロビン）を思いおこさせる。窓から母をおとない、さらって殺し、永遠に生きつづける少年は、また、児童文学の永遠の少年、ピーター・パンのゆがんだ戯画でもある。

　永遠に続く子ども時代というのは、児童文学において、ひとつのあこがれであり夢であり、バリもミルンもそのイメージを自らの創作のなかの少年に託したのであった。しかし、その反面、永遠の命が必ずしも祝福であるとは限らない。

　その苦しみを負っているのはクリストファーの凶行をやめさせ、息の根を止めようとあとをつけイギリスから海を渡り、この地にやってきたサイモンである。

　彼は、かつてクリストファーの毒牙にかかった犠牲者だった。その時、自ら死を選ばず、吸血鬼という呪われた永遠を選んだ後悔の念から、サイモンは自らが滅びてもクリストファーを滅ぼそうと覚悟を決めている。

　19世紀末、ブラム・ストーカー『吸血鬼ドラキュラ』（またはその映画化の数々）のもつ属性が受け継がれているこの作品の吸血鬼も、太陽の光を浴びないかぎり、寝床とする故郷の土を失わないかぎり、杭で心臓を貫かれないかぎり、

死と永遠

塵にかえって消え失せることはない。

クリストファーの常時抱きかかえているぬいぐるみのクマには、じつは彼の生まれ故郷の、イギリスはブリストルの土が入っているのである。このクマを抱いて、呪われた永遠の少年吸血鬼は、アメリカの街に現れたのだった。

歳をとらないというのは、万人の望みに見えるが、ひとりだけ永遠に生きるのは、拷問のような孤独でもある。吸血鬼ドラキュラがけっしてもつことのなかった内面を、サイモンはもっており、怪物として生きる不死の身を呪っている。

この物語は、サイモンの一人称語りと、彼が偶然出会った少女ゾーイの一人称語りが交互に配置されて進行していく。サイモンがゾーイに惹かれたのは、彼女に死のにおいがするからであった。青春まっさかりのはずの16歳の少女は、じつは深刻に死について悩みつづけていた。

ゾーイの母は末期がんで病床にあり、そのせまりくる「死」をめぐり、彼女は父とお互いを思いやるがゆえにそっぽを向きあい、身近にせまりくる愛する人の「死」について、語らねばならない、語ってほしい、と願いつつも、口に出して語れないというジレンマをかかえていた。

闘病生活と苦しい治療が続く病床で、ゾーイの母もまた、サイモンやクリストファーとはちがう意味で、死ねない呪縛にとらわれていたともいえる。

19世紀のドラキュラ物語は、ロンドンを襲うコレラの比喩であったとの説もあるが、21世紀の吸血鬼物語にまつわる病の比喩は、がんなのかもしれない。

生まれてはじめて死と向き合わねばならない時を迎えていたゾーイは、自分の身体を死に向けて投げだす「拒食」をすら経験していた。サイモンと同質の試練をかかえるゾーイは、彼とつかの間の時間を共有し、心を分かちあい、クリストファー退治に協力して動く。だからこれは、表向きは吸血鬼退治のホラー小説のように見えて、じつは青年期の深層心理を深くえぐる、病と生と死についての、普遍的な物語でもあるのだ。

作者はゾーイという名前がギリシャ語で「生」を意味することにあとで気づいたという。吸血鬼たちのあってはならない永遠の不死性にふれはじめて、ゾーイは生を知りえたということだろう。

同様の年をとらない吸血鬼の苦悩を描いた児童文学には、石川宏千花（ひろちか）の〈ユリエルとグレン〉などがある。　　　（川）

吸血鬼退治の最強のアイテムは十字架と銀の弾丸。しかし信仰が薄れてきた昨今、十字架はアクセサリ化し、吸血鬼も十字架への耐性をつけてしまっている。

☞不死（270p）

時にいどむ

11月31日　にせサンタから12月1日をとりもどせ！

『まちがいカレンダー』
古田足日
田畑精一 絵
国土社　1989年

　東京郊外の団地の砂場で小学2年生のアキラ、幼稚園みどり組のヒロコ、3年生のジローの3人は「世界一」大きなトンネルを作っていた。できあがったトンネルをのぞきこんだアキラは、自分の家がある4号館の階段をあがっていくサンタクロースを目にする。駆けだした3人は、サンタクロースは見つけられなかったが、アキラの家の郵便受けに変なカレンダーが入っていることに気づく。そのカレンダーは、11月がサンタクロースの絵というのもおかしいのに、なんと11月が31日まであり、12月1日がない。

　その夜のこと。夜中の12時に柱時計が鳴りだした時、まちがいカレンダーの11月の絵から赤いスポーツカーが抜けだして、そこから出てきた小さなサンタクロースが柱時計の中にとびこむと「30・月」となっていた日付にかわって出てきた「1・火」を押し返し「31・火」と変えてしまった。

　翌朝、アキラが目覚めると「ベータ119号出勤せよ」という声が頭の中に響く。しかも、アキラはロボットだといわれる。たしかに肩をたたくと「コン」という音がするし、つねっても痛みを感じない。しかし洗面所の鏡に映る姿に変化はないのでほっとして、ダイニングに行くと、その日は、楽しみにしていたアキラの誕生日の12月1日のはずなのに、お母さんもお父さんも11月31日だという。

　学校へ行くと、普段とちがって静まりかえっている。用務員のおじさんからは11月31日だから、学校に来る日ではない、仕事に行く日だといわれる。ジローとヒロコとも合流し、3人は、12月1日をとりもどすべく奔走する。12月1日はアキラにとって大事な自分の誕生日で、ヒロコにとっては、田舎のおじさんがたくさんのリンゴを持って訪ねてくる日で、ジローにとっては、お父さんとデパートに行ってミニカーを買ってもらう日。それぞれに楽しみにしていたすてきな日だったのだ。

　ほとんどの人間がロボットに変えられて工場に出勤するなか、やはり12月1日が誕生日のミノルと、12月1日の買いものの予定を楽しみにしていたミチコ

11月31日

とも合流し、「ほんもののサンタクロース」とも出会って、事態の全貌が見えてくる。

じつはサンタクロースたちは宇宙船でサンタ星からやってきていて、むかしは子どもの数だけいたのだという。ところが、いまや「ほんもののサンタクロース」はひとりだけになり、にせものだらけになっている（むかしのクリスマスには酔っ払いはいなかったが、近頃のクリスマスでは酔っ払う人のほうが多くなったというのが、その証拠！）。そのにせものたちが11月31日に日本をにせものの国にしてしまおうと企んで今回の事態が起きていたのだった。

サンタクロース姿のサンドイッチマンからチラシを受けとると、そこに載っている商品が欲しいという気持ちで頭がいっぱいになるというようすや、11月31日だろうと、12月1日だろうとどっちだってかまわないという人たちがいっぱいというようすや、むかしを懐かしむばかりで事態を打開しようとしない「ほんもののサンタクロース」の姿など、大人が読むと寓話的な現状批判がそこここに読みとれる。

かつて、ほんもののサンタクロースとにせもののサンタクロースが富士山麓で、戦い、アキラたちが出会ったサンタクロースはほんもののサンタクロースのたったひとりの生き残りだという。富士山麓のサンタクロースの死体の山というイメージは衝撃的だ。そして、12月1日をとりもどすために、子どもたちが日付変更線を移動させるクライマックスのスケールの大きさによって、子ども読者に丸い地球と時間へのロマンをかきたてるSFファンタジーとなっている。　（西）

時にいどむ

初出は1965〜66年。『まちがいカレンダー』は、高度経済成長に浮かれる日本のウソくささをあぶりだしている。

13年。さらに41年　突然の連行から、真実が明るみに出るまで

『灰色の地平線のかなたに』
ルータ・セペティス
野沢佳織 訳
岩波書店　2012年
（Ruta Sepetys, *Between Shades of Gray*, 2011）

　15歳のリナがネグリジェ姿でいとこのヨアーナに手紙を書こうとしていた時、長い（長いのひと言ですませようのないほど長い）苦難の日々が始まった。いや、その1年まえの1940年6月にソ連の軍隊がリトアニアに侵攻してきて、8月に併合されてしまった、その時から始まっていたというべきなのかもしれない。いまにして思えばということで、リナが回想する断片は、大学教授の父がソ連の支配に対する批判的な仲間とひそかにつどい、非常にナーバスになっているようすを示している。しかし、少なくとも、リナや10歳の弟ヨーナスの生活が一変するような事態にはまだいたってはいなかった。1941年6月14日の夜までは。

　ドアを破らんばかりの勢いでいきなり乗りこんできたのは、「NKVD」（ソ連の秘密警察）だった。20分でしたくしろとせかされて、ママとヨーナスとリナの3人は、理由もわからぬままトラックに詰めこまれる。トラックには、すでに、15人ほどが乗っていた。どんな名簿かは知らないが、とにかく「名簿に名前がのっていた」人が詰めこまれているらしい。名簿には、出産を控えた女性の名前まで載っており、病院へ乗りつけたトラックは出産を待ち、産まれたばかりの新生児とともに若い母親を連行していく。信じがたい暴力が始まる。

　リトアニアのカウナスの自宅から追いたてられ、トラック、そして貨車で、まともな食事もあたえられず荷物のように運ばれ、47日めに着いたのはソ連のアルタイ強制労働収容所。そこで9か月ほど働かされ、今度はさらにシベリアの奥地、北極近くのトロフィモフスクまで連れていかれ、アルタイが懐かしく思われるほどの極限状況におかれるのだった。

　リナたちが受けた仕打ちの、理不尽で残虐な暴力は衝撃的である。しかし、肉体的にも精神的にも極限状態におかれているのに、彼らは、軽口をたたいたり、リナの16歳の誕生日をみんなで祝ったり……。人としての尊厳を失わず、生きぬく姿は胸をうつ。同時に、いやな人もじつに生き生きと書かれている。連行初日からずっと一緒のスターラスさんは、ことあるごとにネガティブで皮肉で無神経な発言をくり返し、態度も横柄でリナ

をいらだたせるまれに見る偏屈者だ。しかし、リナの母エレーナはそんなスターラスさんを手助けし、食べものを分ける。アルタイでリナたち3人が身を寄せることになった小屋の家主ウリュシカも、冷酷な人物だ。しかし、別れの時リナがおどろいたことに、食料や毛皮を分けてくれる。できる範囲のぎりぎりでリナたちを気にかける監視兵のクレツキーも陰影にとむ人物だ。正邪を超えて、人間のさまざまなありようを、作者は紙の上に刻みたかったのかもしれない。リナがあらゆる場面、表情を描かずにはいられなかったように。

リナは根っから絵を描くことが好きな少女だ。それは、連行されてからも変わらないばかりか、ひどい目にあうたびに、それを忘れまいと絵を描いた。それらのリアルな絵は、ソ連側に不都合な事実を暴く力をもっているがゆえに、死の危険をともなうものだったにもかかわらず。リナは描くことで自分を保っていたのだろう。

　　　　　＊　　＊

400ページちかいこの作品で詳細に語られているのは、1年半ぐらいの出来事

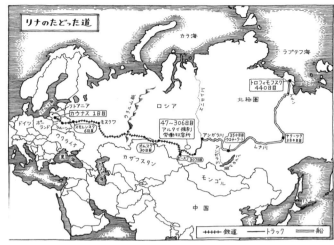

リナが連行された経路。

だ。ほんの2ページのあとがきで、わたしたちはその後の苦難の長さに呆然とすることになる。エピローグは時を隔てた1995年4月25日。リトアニア、カウナスの土木作業の現場から大きなガラス瓶が掘りだされる。そこにぎっしり詰められた紙——それは、1954年にシベリアからもどった時に、未来に真実を託してリナが埋めた絵と文章だった。13年ちかくもシベリアで強制労働させられ、リトアニアにもどれたといっても引きつづきソ連の占領下にあり、リナたちの経験は語ることが許されなかったのだ。バルト三国がソ連から独立したのはソ連が崩壊した1991年だ。あの夜から50年。リナは65歳になっている。突然の連行から、真実が明るみに出るまでの時間はあまりにも、あまりにも長い。託された真実は重い。

（西）

12か月　悪い癖を自覚し、克服する期間

『クレヨン王国の十二か月』
福永令三
三木由記子 絵
講談社 青い鳥文庫　1980年

　クレヨン王国を治めるゴールデン王さまが家出してしまった。シルバー王妃が12の悪い癖を直さないかぎり、帰らないとの書置きをおいて。王さまがいなくなるとクレヨン王国はしだいに色を失って滅びてしまう。総理大臣はシルバー王妃に、王を連れもどしにいくようお願いし、王国の12の町を治めているクレヨン大臣に、王妃のお供になる者を出すよう命じる。しかし、王妃の12の悪い癖にうんざりしている12色の大臣たちはなんくせをつけて応じようとしない……、大晦日の夜、クレヨンの箱を枕元において寝たユカは、そんな不思議な光景を目にするが、大臣たちの不平不満にくすくす笑ってしまったところを、クレヨンたちに見つかり、シルバー王妃その人にお供になってくれと頼まれ、王妃とともに王国をめぐり、王さまを探す1年間の旅につきあうことになった。

　クレヨン王国は12の町に分かれており、それぞれ1月は白の大臣、2月は黄色の大臣、というふうに色分けされている。1月の白の町から王さま探しに出発したユカと、ユカの姉という触れこみでマリねえさんと名乗ったシルバー王妃は白の町のために白のドレスと帽子と靴を身に着け、雪野原の氷の門をくぐり、白づくしの町で、白鳥ホテルに泊まろうとする。ところがこのホテル、ひどい散らかりようであるばかりか食事すら出してくれないので、ユカは王妃と自分たちでホットケーキを焼こうとするが、ホテルの台所も散らかり放題。小麦粉とセメントをまちがえたあげく、ようやく腹ごしらえをしたふたりは、町の人たちに交じって雪だるまコンクールに参加する。王妃は雪だるまに30キロもの塩を買いもとめ、ぬりつけて解けない雪だるまを作った。31日め、さあ優勝だ、と思ったら、王妃とユカの雪だるまはアリに食われてなくなってしまう。塩とまちがえて

砂糖を売りつけられていたのだ。しかも店に文句をいうと、塩より砂糖のほうが高価であったため、余計に代金を要求されてしまう。

一方、アリたちはいっぺんに砂糖を食べすぎて腹痛を起こし、王妃は持ってきた薬箱から腹痛の薬を出してあたえるが、あまりに散らかった薬箱だったため、まちがえて殺虫剤を渡してしまったからたいへん。怒ったアリたちに包囲され、命からがらユカと王妃は1月の白の町から逃げだした。王妃の第一の欠点、「ちらかしぐせ」が本当に悪い癖だったと、いたく反省しながら。

次にふたりが向かうのは、黄色の2月の町。バターでできた門をくぐり、黄色づくしのいでたちに着替えたユカと王妃は、この町に月ゆきのロケットがあることを知る。ロケットのムーンライト号で月に遊びにいき、月を光らせている黄色のネコメ石を拾うのに夢中になり、疲れて寝過ごしているうちに帰りのロケットは出てしまい、ユカと王妃は「ねぼう」の欠点のこわさを思い知る。幸いなづま坊やを解放してやったおかげでなづまパパに助けられ、ふたりは無事に地球に帰ってこられたが、そこはもう桃の花が咲くピンクの3月の町だった。そこでシルバー王妃が直さねばならない癖はうそつき。

……というように、4月は青色の町でいばりんぼの癖、5月は黒の町でじまん癖、6月は肌色の町で偏食癖、7月は緑の町でいじっ張り、8月は……、こうして12か月とクレヨンの色と王妃の悪癖が対応し、その町をぬけて経験を豊かにしていくうちに、ひとつひとつ王妃は自分の悪い癖を自覚し、克服していく。

じつは3月の町で王さまの爪が、5月の町では王さまの髪の毛が見つかり、6月の町で、ユカと王妃は王さまその人を発見し、そのあとの半年は3人一緒に旅をするのだが、まだまだその時は6つの癖が残っていたため、王さまは帰ることを拒み、3人は最後に12月の町まで完全にクリアしなければならない。

12か月後、王妃はすべての癖を直し、首尾よく王さまを連れもどすことができるのか？

シルバー王妃のお供をするユカはいわば読者代表で、王妃の悪癖を自分のことのようにどきどきしながら12か月の冒険旅行につきしたがう。

ゲームのような構成で、結構、教訓的な内容をもつ物語だが、奇抜な発想と独特の登場人物たちの活躍が楽しく、1964年に出版されてから版を重ね、続編もたくさんある。　　　　　（川）

なくて七癖というけれど、12の癖を直す12か月の旅。12色の大臣と12色の町と、クレヨンの箱から生まれた物語である。

女子中学生が死にたいと思う時　そして死ぬ気が失せる時

『スリースターズ』
梨屋アリエ
講談社　2007年

　これは、3人の女子中学生が自爆テロを計画する話だ。そこにいたるにはそれぞれの物語がある。
　浜田愛弓、中学3年生。17歳で愛弓を生んだ両親は、親の自覚がまったくない。愛弓に、体で稼げというような母親である。まともに食べさせてもらえていない愛弓にとって、学校の給食は生命線で、親友の鈴がいることと給食の楽しみで愛弓は学校へ通っていた。ところが、鈴の彼氏とふたりでプールへ行ったことから、鈴の陰湿で執拗なネットいじめが始まる。両親もそれぞれに失踪し、空腹と寂しさと金欲しさで愛弓は「千本屋のおっちゃん」についていき、ついには「汚れて」しまう。自分は壊れてしまった。壊れたまま生きるより死んだほうがまし。愛弓は携帯電話でつながった見ず知らずの「841」さんに、メールする。
　鈴木水晶、中学3年生。私立花梨学園に通い、「委員長」が呼び名であるほど、外見も成績、生活態度も優等生である。水晶の生活は分刻みで動いている。不妊症治療のすえ、高齢出産で得たひとり娘水晶を両親は徹底して管理している

のだ。それに疑問をもつこともなく両親に感謝して生きてきた水晶だったが、学校生活で友だちの悪意にさらされ歯車が狂いはじめる。ついには、ブログに「死にたい」と書きこむにいたる。そして、ブログに連絡してきた「marchi」さんにメールする。
　宮入弥生、中学2年生。両親は外食チェーン店の経営者で、弥生のことはホームヘルパーに任せてせっせと働いている。幼い時から、両親に抱きしめられることもなく、お金だけはふんだんにあたえられ、いまや4台の携帯電話で、それぞれの名前（人格）を騙り、意味もないメールを打ちつづけ、返信がないと存在不安に陥る「メール・ホリック」である。そして、他人の葬式にまぎれこんで遺体の写真を撮り、それをブログ「死体写真館」にアップしている。ある日、弥生が小学5年生だったころ一緒に家出した2つ年上の三咲季が、自宅の火事で焼け死んだ。その火事の写真をブログにアップした9月30日、「死にたい」と書きこんだ水晶のブログに弥生はコメントした。そう、「marchi」も、そして、

「841」も弥生なのだ。

　死にたいと思った水晶と愛弓に対し、一緒に死のうと練炭自殺をもちかける弥生だったが、自分は死ぬつもりはない。ふたりの遺体の写真を自分のブログにアップしたいと思っているのだ。こう書いてくると、弥生は救いようもなく歪みきっているように見える。しかし、弥生は自分の意思でそういう感覚に育ったわけではないと、作者は彼女を弁護するように弥生の過去を語る。一緒に家出して、駆けつけた両親と泣きながら抱きあってあやまっていた三咲季。弥生の両親は、駆けつけるどころか、電話をかわった警官にうちの娘は「大嘘つき」だと吐き捨てた。親に愛されている三咲季はあっけなく火事で死に、親に顧みられることもなく学校でもみんなにきらわれている自分は生きている。

　死んだ三咲季の名を騙る弥生は、あまりにも誰からも承認されていないために、自分が生きているのかどうかさえあやふやになって、「生」を確認したくて、裏返しの「死」に執着しているのかもしれない。弥生の闇は深い。練炭自殺が間抜けな理由で失敗に終わったあと、弥生はテロを思いつく。「なんかさぁ。人に迷惑かけないように、ひっそり死んでいくって、違うと思わない？　だってさ、あたしらが死ぬのって、あたしらだけが悪いの？」と。そして、3人は自爆テロを企むのだった。

　愛弓と水晶は、古本屋の片づけを手伝って体を動かし、感謝され、たわいないおしゃべりをし、夢から醒めるように「生」の日常へともどってきた。ふたりはもう大丈夫だ。そして、死という憑きものが落ちた水晶が明日の朝いちばんに弥生に会いに行く。きっと、弥生も大丈夫だ。

　作者は彼女らを見殺しにはしない。

(西)

スマートフォン普及以前なので、これらはあえて「ガラケー」と呼ばれることもない。

女性が強くなる時　戦時下の青春

『イングリッシュローズの庭で』
ミシェル・マゴリアン
小山尚子 訳
徳間書店　1998年
(Michelle Magorian, *A Little Love Song*, 1991)

　戦後強くなったのは女性とストッキング——生き生きと活躍する女性たちをやっかんで、日本の男たちはかつてそんなことも口にした。先の大戦での敗戦が、日本女性にいかに多くのものをもたらしたかがわかるというものだ。

　かたや、戦勝国イギリスでも、戦争によって女性の社会的地位は大きく変わった。ただし、かの国の場合、その変化は「戦後」ではなく二度の世界大戦のさなかに起きたと考えられている。男性の出征にともなう国内労働力の不足によって女性の社会進出がうながされ、それをきっかけに、コルセットや裾の長いドレスで家の中にしばりつけられていた女性たちは、動きやすい服装に化粧という自己主張のための装備一式を手に入れて、自由に街を闊歩するようになったというわけだ。

　家父長制を廃した新憲法の制定という大変革のあと押しを受けた日本の女性たちとは異なり、イギリスの女性たちは、ゆるやかに変化する時代のなかで、因習の重圧に苦しみながらも、新しい生き方をもとめて歩みつづけたのである。『イングリッシュローズの庭で』には、そんな時代を懸命に生きた女性たちの姿が描かれている。

＊　＊

　1943年の夏、17歳のローズは3つちがいの姉ダイアナとともに、海辺の寒村へやってくる。父親が前年に戦死し、舞台女優の母親が慰問団の一員として海外に派遣されることになったため、寄宿学校の夏休みを、ロンドンの自宅ではなく片田舎のコテージ「千鳥荘」で過ごすことになったのだ。ところが、到着早々、家政をとりしきってくれるはずだった地元の女性が戦時召集されたことがわかる。品行方正な姉ダイアナは、お目付け役も家政婦もなしに姉妹ふたりで暮らすことをためらうが、ローズは期待に胸をふくらませる。

　優等生の姉とはちがって、寄宿学校の淑女教育になじめず、父親の遺志を尊重して娘に大学進学をもとめる母親の期待すら息苦しく感じていたローズにとって、監督者なしに見知らぬ土地で暮らすことは、短期間とはいえ、自由を満喫できる絶好の機会だったのだ。ひそかにいだき

つづけてきた「作家になる」という夢の実現に向けて、この夏こそ習作を仕上げたいと考えていたせいもある。

だが、社会規範にあらがったローズは、すぐに手ひどい報いを受けることになる。体目当ての少年に騙されて一夜をともにしたあげく、捨てられてしまうのだ。並外れて美しい姉に対するコンプレックスや、戦地に出れば明日をも知れない男性に対する同情心など、世間知らずで純情な乙女心を利用された結果であった。伝統的な価値観に照らすなら、それは女性としてとり返しのつかない失敗であり、ローズ自身も心に深い傷を負った。だが、この経験をきっかけに、彼女は大きく成長することになる。その際、ふたりのシングルマザー、同い年のドットと、「千鳥荘」の前住人でいまは亡きヒルダとの出会いが、ローズの成長をあと押しする。

ドットは、恋人の出征後に妊娠が判明し、親から勘当されて町外れの妊婦用の施設に身を寄せていた。世間から冷たい視線を向けられても恋人との愛の結果としての妊娠を恥じることなく、胸を張って生きようとしている少女に、ローズは強さの源泉としての愛の力を感じとる。

他方ヒルダは、第一次世界大戦中に親の許しを得ないまま結婚したために、夫の戦死後、妊娠が判明するや親族の手で精神病院に閉じこめられ、生まれた子どもを奪われるという残酷なあつかいを受けた女性だった。だが、彼女はのちに親族の目をあざむき、偽名をつかって恋愛小説を執筆することによって自立した後

第二次世界大戦中、それまで門戸が閉ざされていた多くの職種が女性に解放された。

半生をおくったのである。

ローズは、ヒルダが遺した日記を偶然発見し、その人生をドットの身の上と重ねながらたどることで、女性をしばる社会の理不尽さを実感するとともに、自分の中にもひそむ因習的な価値観に気づかされる。そして、それを捨てることによって、自分自身も、他人の評価に影響されることなく生きられるようになる。

真実の愛は女性に自分らしさを失わせない、それどころか強さをもたらす——ヒルダの恋、ドットの恋に加えて、身分違いの恋へと突きすすむ姉ダイアナの姿を間近で目にし、ローズ自身も強くなる。そして、愛に目覚め、書きはじめるのである。　　　　　　　　　　（水）

☞第一次世界大戦（220p）　☞第二次世界大戦（222p）　☞17歳（254p）

成長　オオカミに育てられた子どもの「時」

『ジャングル・ブック』『ジャングル・ブック2』
（書影は『ジャングル・ブック』）
キップリング
山田蘭 訳
株式会社KADOKAWA　2016年
（Rudyard Kipling, *The Jungle Book*, 1894; *The Second Jungle Book*, 1895）

　『ジャングル・ブック』『ジャングル・ブック2』は、1894〜95年にイギリス人の詩人・作家のジョセフ・ラドヤード・キップリングが発表した2冊の短編集のタイトルである。作者が幼少期から青年期を過ごしたインドの風景を、のちにアメリカに移った作者が思いだしながら書いたのがこの作品である。ところどころにインドの自然の描写や村の放牧のようすが描かれるのも魅力である。

　とくに、オオカミに育てられた少年モーグリの話が有名である。本書の分量は、15編と長いもので、すべてがオオカミに育てられたモーグリが登場するわけではない。1巻めからは3編、2巻めからは5編、計8編がモーグリの登場する内容となる。「ジャングル・ブック」のなかでも、モーグリに注目していく。

*　　*

　ある時、人間の赤ん坊がシア・カーンという獰猛で狡猾な虎に襲われるが、オオカミがそれを助け、モーグリと名づけ群れに加えて育てることになる。

　最初は、シア・カーンにつけねらわれ、またジャングルのなかでも異端であったモーグリだが、宿敵のシア・カーンを倒し、自分を迫害した村人たちには知略を用いて復讐し、逆境をはねのけていく。モーグリは、その成長の過程で、黒ヒョウのバギーラや熊のバルー、さらにはニシキヘビのカーなどジャングルの仲間を増やし、一目おかれる存在となる。そうしてジャングルの危機の際には動物たちを率いる存在となっていく。

　とくに熊のバルーはモーグリを可愛がり、同時にほかの動物のことばを覚えるよう厳しく教育する。その教育はのちにニシキヘビのカーとの交流でも役立っていく。その意味で、本書はジャングルのなかでオオカミの家族・友人・教師とともに成長する子どもの「時」を描いた作品といえる。

　モーグリの成長はジャングルの掟を学ぶところから始まる。モーグリは学び、ジャングルの多くの動物と会話し、心を通わすことができるようになる。一方で、人間としての特権（ほかの動物を威圧する目の強さ）もあり、人間としての優位性をもっている。つまり、モーグリはジ

成長

虎のシア・カーンは執拗にモーグリをつけねらう。

ャングルの動物と人間の両者の優位性をかね備えた優れた存在として描かれるのである。しかし、モーグリ自身は、宝石に執着し、同族を殺し、同族を火に入れようとする人間を非常に「変」な存在として批判的に見なすようになっていく。ここからは、ジャングルの動物のなかで成長していくモーグリから見た欲深い人間への批判の物語を読みとることができるだろう。

やがてモーグリが17歳ぐらいになった春、動物たちの〈出会いと語らいの季節〉の時期、オオカミの兄弟たちが発情し、浮かれているのを見て、彼は寂しさを味わい、人間のもとへもどるようになる。モーグリの成長は仲間との別れも意味していたのだ。

この作品は当時の大英帝国によるインドの植民地化、イギリス領インド帝国（1858〜1947年）という19世紀末のインドをめぐる時代性が反映されており、その点で、政治性も強い作品である。たとえば村人のなかで排除され火あぶりにされそうになったメスア夫婦は、イギリス人のいる50キロ先のカンヒワラという場所に救いをもとめて移動しようと試みる。彼らは、支配者であるイギリス人が国全体をしきっているということ、白人でどのような人間かはわからないものの、村人のように仲間を火あぶりにはしない、と語る。イギリス人の住む土地にこそメスア夫婦にとっての居場所と彼らのかかえる問題の解決があるかのごとく描かれているのである。また、村人の慣習などには、火あぶりの例でみるように、暴力的な描写も見られる。19世紀末のイギリス人が植民地であるインドを舞台に描いた作品として、時代の様相を映しだした鏡として、旧植民地文学として興味深い読みも可能である。　　　（大）

☞ヴィクトリア朝（332p）

1850年　終着駅は自由！「地下鉄道」の物語

『秘密の道をぬけて』
ロニー・ショッター
千葉茂樹 訳
あすなろ書房　2004年
(Roni Schotter, *F is for Freedom*, 2000)

　アメリカ合衆国は、今日でこそ領土面積世界第4位を誇る大国だが、独立を宣言した1776年には、13の構成州が大西洋沿岸に張りつくように連なる小国にすぎなかった。その後、先住者たちを蹴散らしながら急速にその領土を西へ拡大し、1848年には太平洋岸に広がる広大なカリフォルニアをメキシコから獲得する。だが、直後に金鉱が発見され、爆発的な人口流入が始まったこの土地を、新州として領土に組みこむのは容易ではなかった。

　当時のアメリカには、「自由州」と呼ばれる奴隷制を禁じる州と、南部を中心とした「奴隷州」がちょうど15ずつ存在し、新州の誕生はそのバランスをくずすことにほかならなかったからである。最終的には、カリフォルニアは自由州として連邦に加えられたが、連邦議会はその代償として、厳格な「逃亡奴隷法」を制定することで、南部諸州の不満を抑えざるをえなかった。悪名高い「1850年協定（妥協）」と呼ばれるのがこれである。

　この年秋に施行された「逃亡奴隷法」には、連邦内の保安官に逃亡奴隷の捕縛を義務づける規定や、逃亡に手を貸した個人に対する罰則規定が盛りこまれていた。つまり、この法律ができたことで、逃亡奴隷は連邦内にいるかぎり、たとえそこが自由州であっても、つねに身の危険にさらされることになったわけである。

　だが、皮肉なことに、この法律の制定は、奴隷制反対運動をかえって活発化させることにもなった。「地下鉄道」と呼ばれる、逃亡奴隷を逃がすための組織的な活動もそのひとつである。実際に汽車や線路や駅舎が使われたわけではない。非合法に張りめぐらされた逃亡幇助網を線路に見立てて、逃亡者を「乗客」、彼らを安全な場所へと誘導する案内人を「車掌」、隠れ家とその提供者を「駅」「駅長」などと呼んだのである。『秘密の道をぬけて』は、そんな「地下鉄道」をめぐる物語である。

*　*

　1850年のクリスマスを間近に控えたある夜、ニューヨーク州とニュージャージー州のあいだを流れるハドソン川にほ

1850年

どちかい農場で暮らす10歳のアマンダは、耳慣れない物音で目を覚ます。深夜にもかかわらず、荷台に大きな樽や麻袋を積んだ荷馬車が家の裏手にとまり、父親と見知らぬ男が荷おろしをしていたのだ。しかもおどろいたことに、樽からは黒くて背の高い男の人が、大きな袋からは赤ちゃんを抱いた糖蜜色の肌の女性が、そして小さな袋からは、アマンダと同じくらいの年ごろの女の子が姿を現した。

両親は、この見知らぬ一家を、廊下の端にしつらえたクローゼットへと案内する。普段からアマンダが絶対に開けてはならないといいふくめられていたそのクローゼットは、じつは壁の割れ目を隠すためのカモフラージュで、その割れ目の奥には、逃亡奴隷たちが一時的に身を隠すことのできる秘密の小部屋が用意されていたのだ。アマンダの家は、地下鉄道の「駅」だったのである。

その直後、ノース・カロライナの荘園主から送られてきた「遺失物」に関するチラシを手に、顔なじみの巡査がやってくる。私有財産たる黒人男性アイザックとその妻エレンおよびふたりの娘ハンナとガールに対する懸賞金を告知したそのチラシには、逃亡幇助は不法行為だという警告も載せられていた。家探しを要求されて窮地に陥った両親を救うため、アマンダは大胆な芝居をうって、巡査とその助手を撃退することに成功する。

だがその翌日には、アマンダのこの大胆さが逆に危険を招くことになる。父親のいいつけに背いて、ハンナを戸外に連れだしたために、荘園領主が派遣した奴隷捕獲人に追い詰められることになったのだ。犬に追われて絶体絶命の状態になった少女たちを救ったのは、捕獲人を案内していた巡査だった。彼はわざと干し肉を落として、犬の嗅覚を混乱させたうえで、ことば巧みに捕獲人をアマンダたちから遠ざけてくれたのだ。

しかし、本格的な捜索が再開される夜中までに、ハンナ親子を次の「駅」へと送りださねばならない。急遽手配がおこなわれたものの、予定の時間になっても案内人が姿を現わさなかった時、アマンダは、危険を承知でハドソン川へとつうじる秘密のトンネルの案内役をかってでる。トンネルの先の川にはボートが待ち、次の「駅」へ、そして自由の国カナダへとハンナたちを連れていってくれることになっていた。トンネルを出ることが友との永遠の別れになることを知りながらも、アマンダは、出口をめざして闇のなかを進んでいくのだった。　（水）

高名な「車掌」ハリエット・タブマン。2020年に発行されるアメリカの20ドル紙幣に、黒人女性としてはじめて肖像画が使用されることが決まっている。

☞ 家族の歴史（198p）

1854年　コレラからロンドンを救うために

『ブロード街の12日間』
デボラ・ホプキンソン
千葉茂樹 訳
あすなろ書房　2014年
（Deborah Hopkinson, *The Great Trouble*, 2013）

　19世紀なかばのイギリス。ヴィクトリア女王の治世下、世界の工場、七つの海の覇者として栄光を極めた、最盛期のこの国の首都、ロンドンは、しかし1854年、とんでもない大災害に襲われていた。
「青い恐怖」と呼ばれる伝染病コレラが流行し、ブロード街周辺で人びとが次々、病気にり患し、あっという間に亡くなっていったからだ。当時、まだ細菌やウィルスの存在は知られておらず、誰もが病気がどうして広がるのかを知らなかった。一般的に、瘴気と呼ばれる悪い鬱屈した空気が、病気を生みだすのだと考えられており、医者もまたそれを信じていたのだ。
　この物語に登場するスノウ博士は実在の人物であり、コレラが汚染された水をつうじて伝染するのではないかと考えて、コレラ患者の出た家をたずねてまわり、どこの井戸を使っていたかを調べあげ、詳細な「感染地図」を作成した。そして、ブロード街40番地の井戸が、感染源であることを証明した。
　1854年、最初の感染者が出た8月28日から40番街の井戸のハンドルを取り外した9月8日までの12日間。これが運命を決めたのであった。コレラ菌が発見されるのにはまだしばらくの年月がかかり、54年以降も二度、ロンドンにはコレラが発生するが、おかげで感染をある程度、予防することはできたのである。
　この歴史的事実に、この物語はいく人もの虚構の人物をつけ加え、スノウ博士を助けて活躍するイールという13歳の少年を語り手に、下町の人びとの暮らしを臨場感たっぷりに描きだしている。
　テムズ川の泥をかき分けて金目のものを拾いだし、売り払って生計を立てる泥さらいから、ライオン醸造所のメッセンジャー・ボーイになってその日の暮らしを立てているイールには、たったひとりの肉親である弟のヘンリーを、乱暴な義理の父親から守り、ちゃんとした暮らしをさせるために週に4ポンド、必ず稼ぐ必要があった。
　頭の回転がよくて野心家のイールは、お金を貯めてひとり立ちするという夢ももっていた。しかし、泥棒扱いを受け、無実を証明してくれるたったひとりの人

1854年

イールのような手伝いなしに、アッパーミドルの博士が、貧しい人びとの家に入りこみ、どこの水を使っているのか、どこからそれは汲んできたのか、詳細な事実を探りだすことはできなかったであろう。イールはふたつの階級の境界線上で、橋わたしをする役割を果たしたのである。

そしてブロード街の40番地で最初の感染者が亡くなって12日め。感染源の井戸が発見され、伝染はくい止められた。

イギリスで見かけた井戸ポンプ。誰もがこんなところにコレラの原因がひそんでいるなんて考えもしなかった。ロンドンに上下水道が完備するのも、この時代のコレラの流行がきっかけだったのだ。

物がコレラで亡くなってしまってから、仕事を失い、苦境に立たされてしまう。

イールが淡い恋心を寄せるフローリーも、13歳になれば住みこみ女中をして働かねばならない。このように、労働者階級の子どもたちは、遊んで暮らせる子ども時代などないし、読み書きもおぼつかないのがふつうだった。だが、イールは頭がよかっただけでなく、貧民学校に通ったことがあり、字の読み書きができた。

当時のイギリスは厳しい階級社会である。中流階級と労働者階級が交わることはなかった。だから、イールのように、学校に行ったことがありながら、テムズ川の泥さらいをしたこともあるというような、幅広い経験をもつ少年はなかなかいなかったと思われる。

読み書きができること、体力があり、知恵がまわるところ、ロンドンの下町の細部に詳しいところをスノウ博士に認められたイールは幸運だった。ふつうなら、口をきくこともできない医者先生に見込まれて、手助けをすることになったからだ。かくして、イールは博士を助けて「感染地図」を作るため奔走し、教区委員会がおこなわれる水曜日までの4日間で、街を走りまわり、活躍する。

その後、イールは亡くなったお父さんのもとの上司に見いだされ、弟のヘンリーとともにライオン醸造所のエドワードさんにひきとられ、幸せを見いだす。

ロンドンの街の運命を、そしてイールとヘンリー兄弟の未来を決めたのが、ブロード街の12日間だったというわけだ。

ついでながら、コレラという病気はそもそもインドの風土病だった。それが全世界的に流行し、イギリスやアイルランドにまで犠牲者を出したのは、イギリスの世界制覇の副産物だったのである。

同じように伝染病をあつかった児童文学に、ジル・ペイトン・ウォルシュの『死の鐘はもうならない』（*A Parcel of Patterns*, 1983）があるが、こちらは中世、黒死病と呼ばれたペストの流行で孤立した村の物語である。　　　　　（川）

☞ヴィクトリア朝（332p）

第二次世界大戦　日本と中国を結ぶ物語

『二つの国の物語　第1部＝柳のわたとぶ国』
赤木由子
鈴木たくま 絵
理論社　1980年

　この作品は、第2部「嵐ふきすさぶ国」、第3部「青い眼と青い海と」をふくむ全3部作〈二つの国の物語〉の第1部である。本作品のタイトルにもある柳のわたは、ドロヤナギの胞子の柳絮(りゅうじょ)である。綿毛をもった種子がわたのようにとび散るのである。

　時は昭和10年、父母が亡くなったヨリ子は、兄夫婦にひきとられることになった。山形から満州安寧、ナンガンズについたヨリ子は、年が二〇も離れた兄、三郎の〈はやかわ・しゃしんかん〉(早川写真館)に着く。過剰なほどにわんぱくな強気のヨリ子は兄夫婦に愛され、学力はいまいちだが、健康に、わんぱくに、ぐいぐいと成長していく。

　作者の赤木も戦時中に写真館を営む満州の兄夫婦にひきとられ、敗戦、引き揚げを経験しており、この3部にわたる長編小説の背景には作者の体験も生かされている。

　ヨリ子がクラスや近所の子どもたちと遊びほうけているうちに、戦火はどんどん広がっていく。戦火の拡大は、友人の中国人との仲も変化させてしまう。友人のはずの女の子のホウランとミンホイがちょうちん行列に参加しないなど、ヨリ子の目線から戦争のもたらす子どもへの影響が違和感をもって描かれていく。また、国家総動員法が発令され、日本人、そのなかでも憲兵や軍人の凶暴さ、ノモンハンで日本が散々に負けていることなども描かれる。

　この作品は、満州を舞台として、戦火が拡大し、そして泥沼の太平洋戦争へと突入していく日本の情勢、その時代をまるごと、ヨリ子の目線から描く壮大な歴史小説なのである。

　作品の後半では、兄夫婦を襲う悲劇など、戦争のもたらす狂気と絶望をこれでもかというほど克明に描きだす。そしてこの描写は第2部、第3部に引き継がれていく。ただし、戦火のなかの悲劇のみではなく、その下で生きるさまざまな人間を描く点にもこの作品の特徴があるといえよう。

　西島先生という鞭を使わない、無精で読書家の魅力的な先生を丁寧に描いているのもその一例である。なによりも児童のことをいちばんに考えようとして、同

第二次世界大戦

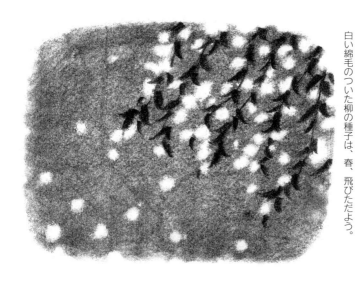

白い綿毛のついた柳の種子は、春、飛びただよう。

僚や上司とも闘うこの先生をヨリ子は気に入る。5年生の時、先生から劇をやってみないかといわれたヨリ子は孫悟空の劇を町の子どもたちとおこない、拍手喝采、大成功を収める。戦時下でも誇りを失わない人びとに囲まれてヨリ子は成長していくのである。

また、ヨリ子と中国人との交流も描かれる。孫悟空の劇は、街頭で孫悟空を演じていたものを、日本語に直したものであり、中国人の青年がヨリ子たちの先生であった。

そんなヨリ子の活気のある生活も、母親代わりであり、いつも話を聞いてくれた三郎の妻である義姉・愛子が結核になることから暗転していく。与謝野晶子の歌「君死にたまふことなかれ」も禁止され、義姉も政治犯の疑いをかけられ、自由がどんどん奪われていく。そんななか、ヨリ子は、仲良くしてくれている和尚さんから、「龍の目よりも、なおするどく」世の中を見なければならないと教わるのであった。

第2部、第3部では、さらに、敗戦、満州国の消滅のなかで、必死に生き延びようとする人びとの群像を描いていく。

柳絮の広がる国で、ヨリ子の目線から戦争とそこで生きぬくさまざまな階層、国の人びとが描かれる。みな、困難な時代を必死で生きぬこうとして、ある者は倒れていく。わんぱくなヨリ子も自らの力ではどうにもできない巨大な権力をまえに、怒り、絶望していく。戦時下の満州を、子どもの目線から描いた一大歴史小説である。

初版は1966年、理論社より。　　（大）

第二次世界大戦　あらがえぬものにあらがい、生きること

『石切り山の人びと』
竹崎有斐
偕成社　1976年

　場所は熊本、石垣の石を切りだす石切り山の人びとを描いた物語である。1943年、5年1組の権六は、学校をさぼり、とうきびを盗んで仲間と自由奔放に遊ぶ悪ガキである。三郎、福助という悪ガキ仲間とつるんで下級生を率いている。物語の冒頭、そんな彼らの横を出征の旗が過ぎてゆく。第二次世界大戦の後半、日本の敗戦が色濃くなる時代の様相が描かれている。

　権六たちは、いつもの遊び場であり、彼らが勝手に支配している屋敷山にいる田子健作というじいさんと出会う。健作は元陸軍大佐であったが、息子の思想問題に連座して、陸軍を辞した老人であり、自らの所持する屋敷山の家に帰郷してきたのであった。

　権六が、屋敷山の支配権をめぐって、中学生の赤龍（あかりゅう）や健作老人と戦っているのと同じころ、権六の父の作造は石切りのために借りている石切り山が、赤井土木のものになり、再開発されてしまうと聞き、山の持ち主である「本家」へ直談判に向かう。父親たち石工は、赤井土木の配下として働くことに抵抗していく。

　このように、第二次世界大戦下の熊本を舞台として、権六と父親をめぐる事件が描かれていく。

　権六は屋敷山の支配権をめぐって、健作老人と戦い、そのなかで、みよという5年生の気の強い女の子と知り合いになる。健作は、権六に見どころがあると看破。権六は健作に弟子入りし、勉強を教えてもらうと同時に、権六の家のヤギの面倒をみて、乳を病院へ販売する仕事をする。

　権六は、この作業のなかで他者と共同して働き自己実現をおこなうことの喜びを感じていく。同時にヤギの乳を安定して供給するためには何頭のヤギを飼えばよいのかを考えること、つまり学校や健作の家で勉強し、勉強した内容を即実践することを学んでいく。

　父親の石切り山であるが、赤井土木は軍需のため、という理由を盾に石切り山を強引に支配しようとする。父親を中心とした石切り山の大人たちは協同組合の形式の合資会社を設立することで石切り山を守ろうとする。しかし、本作では、彼らの会社の試みが、ひとつは赤井土木

によって、もうひとつは父親もふくめた大人たちの中にひそむ独占欲や強者におもねる心によって、失敗していくさま、変えることのできない時代の流れをも丁寧に描いていく。勧善懲悪を排除し、現実を冷静に見つめようとする本書の姿勢が明確になる。

石切り山が赤井土木のものになることが決定的になった時、権六の父の作造は渾身の石切りをおこない、権六にそのさまを見せる。

そのようすは非常に詳細に描かれており、ここには作者竹崎の石工についての勉強の成果が生かされている(巻末「解説」大石真)。

そしてこの場面は、石工の技術を描くとともに、父から子へと、石工の技術だけではなく、その技術の背後にあるもっとも大切な、思想の継承が描かれているのである。石に対する作造の想いは、作造が冷えこみのひどい冬になると、割りのこしの石に、必ずむしろをかけてやり、「「ええ子じゃ、ええ子じゃ、かぜひくなよ」と、子守歌のように石にいった」というシーンからうかがうことができる。作造が子どもに受け継がせたかったものはこの思想であることがわかる。

本作は第二次世界大戦中の熊本を舞台に、権六と作造の親子の周囲との戦いと挫折を軸としながら、生きづらい世の中で試行錯誤して生き死にしていく人びとの群像を描いている。そしてこの作品は、子どもの世界と大人の世界を交互に描くことによって、自由奔放な子どもの時間からつながる、責務と不自由を引き受けざるを得ない大人の時間のありようを、読者にいとおしさと諦念をふくめて示しているだろう。　　　　　　　　　　(大)

作造によって石は大切に切られていった。

☞第二次世界大戦 (360p)

タイムリミット　タイムリミットまでに謎は解けるのか?!

『あやうしマガーク探偵団』〈マガーク少年探偵団!〉4
E・W・ヒルディック
蕗沢忠枝 訳
山口太一 絵
あかね書房　1978年
（E.W.Hildick, *Deadline for McGurk*, 1974）

　マガーク探偵団は、団長のマガーク（10歳）の家の地下室に本部を構える私設探偵団である。メンバーは、木登りの大好きなワンダ（9歳）、警察犬なみに鼻の利くウイリー（9歳）、記録係で語り手のジョーイ（10歳）の4人である。

　本作品の事件は、まず、8月8日火曜日、ワンダが勝手に女秘書募集の張り紙をしたことから始まる。ワンダには女の子の団員がもうひとりほしいという欲望があった。ワンダの張り紙を見て午後2時、7人の女の子が押しかけてくるが、事前に相談を受けていなかったマガークは、演技の上手なサンドラ・エニスら女の子たちを手ひどく追い返した。

　その後、幼いアリーの人形が盗まれる事件が発生し、探偵団は捜査を開始する。しかし、すぐに次の人形が盗まれ、さらにはその直後、3体の人形が盗まれてしまう。合計4件の誘拐事件が起きてしまったのである。

　翌朝、ジョーイが本部に行くと、そこにはビッグ氏なる人物から、金曜日の正午までに「マガーク探偵団降伏!」という張り紙を掲げなければ、人形はみな殺しにする、という脅迫状が届いていたのであった。

　金曜日の正午までと犯人に時間を区切られたことで、団員たちは一気に緊張する。しかし、疑わしい者を尾行したりするものの、まったく成果はあがらない。

　記録係のジョーイはその緊迫する団の活動の経過を、時を詳細に記していく航海日記の形式でつけはじめる。それは、ビッグ氏の定めた期限まで時間がどんどん過ぎていくなかで「このほうが、一目で、ぼくらが、どのくらい破滅に近づいたかわかるから」であった。

　午前8時30分に全員集合、12時5分、また2体の人形がなくなる。このように時間の流れが克明に記されることで緊迫した雰囲気が伝わってくる。

　金曜日の午前9時、マガークはビッグ氏を罠にはめるためのはったりの張り紙をし、金曜日の午前11時に会見を開く、とする。

　このように刻々と時間が過ぎていくなかで、さすがのマガーク探偵団も追いつめられていく。そのようすがジョーイの記録によりひしひしと伝わってくるのが

興味深い。

* *

この作品では、謎解きのおもしろさもあるが、子どもや子どもをめぐる環境の描かれ方も魅力的である。最初に人形をなくしたアリーは、赤ちゃんが誘拐された、とマガークたちに説明し、何度聞いても誘拐があったのは「一分まえ」なのだという。ここには、人形を自分の赤ちゃんだと思い、過去は1分まえとして表現する子どもの時間の感覚がよく表れているだろう。

ビッグ氏から声明書が届いた際には、マガークのお母さんが本部に現れ、探偵団は単なるゲームであり、犯人の要求をのんで人形が無事に返却されるようにすべきと母親たちで話しあったことを伝える。もちろん団長のマガークは大声を出し、激高して反抗するのだが、団長のマガークであっても、やはり10歳であり、保護者がおり、周囲の環境のなかで生きている子どもなのだということを思い知らされるシーンである。

サンドラのお母さん、エニス夫人がとても厳しい人物であることや、尾行の途中にへそまがりのマルチンじいさんに大声で叱られるなど、周囲の社会とそれらとの関係がよく描かれている。だからこそ、マガークがどれほど威張っても最後はずっこけることになる。このようなマガーク探偵団の周辺の人びとは、このシリーズ全体で多数登場する。

犯人は、金曜日の正午までに降伏しなければ人形をみな殺しにするという。タイムリミットがせまる！

ただ、上記のような制約があるからこそ、探偵団の活動はスリルがあり、楽しいのだ。そのことをさりげなく描く点にもこの作品、シリーズの魅力があることはまちがいない。シリーズ4作めとなる本作は、人形の誘拐事件という大人の視点から見ればたわいもない事件でありながら、筋立ては本格探偵もののセオリーに則っており、事件にとり組むマガークたちの心意気は読んでいて快い。

タイムリミットがせまる。マガーク探偵団はビッグ氏に破れてしまうのか、ぜひ続きをお読みいただきたい。新装版もでている。　　　　　　　　　　（大）

登校時間 学年、性別、性格ばらばらでも、子どもたちは結束する

『かさねちゃんにきいてみな』
有沢佳映
講談社　2013年

　この物語は、ほぼ全編、月曜から金曜までの毎朝の集団登校のようすでできている。語り手は、間宮小学校の登校班、南雲町2班副班長ユッキー5年生。

　11月15日（月）はれ――ユッキーは絶望している。まえの週に同級生のミサが転校していってしまい、来年自分が班長にならねばならなくなった。しかし、ユッキーには南雲町2班をまとめて無事登校させる自信がまったく、ない。口うるさい4年生のマユカ、ギャーギャーうるさい太郎次郎の3年2年兄弟。ほとんどしゃべらず、汚いものがこわくてフリーズしてしまう2年ののんたん。1年のミツは、ほかの班をクビになってきた「狂犬」みたいなチビ。それだけでも十分個性的な面々なのだが、ユッキーを悩ませるのは4年生のリュウセイだ。

　リュウセイは特別我慢ができない。この日は、たまたま行き会ったベビーカーにぶらさがっているサルのおもちゃが太陽に反射した瞬間、それを蹴りあげてしまった。赤ちゃんは泣きだし、お母さんは硬直している。ユッキーが「一年生だってわかってていいはずの、人間界のい

ろんなことが」わかっていないと思うリュウセイを、しかし、6年生の班長かさねちゃんはちゃんとさせることができる。「ちゃんとして」のひと言で！「かさねちゃんの魔法の言葉」は「かさねちゃんだけが使える呪文」だ。南雲町2班は、ほかの班とちがって、校門近くのお地蔵さん「間宮さま」に毎朝お祈りするのだが、この朝、ユッキーはリュウセイが引っ越して、登校班からいなくなることを祈ってしまったのだった。

　ある朝は、かっこいいものしりとり（たとえば「刑事」「ジャスティス」と続き、「マジかっけー！」とさわぐ次郎、淡々と意味を説明するかさねちゃん、といった具合）。ある朝は、かさねちゃんが作ったシャム双生児の物語（かなりシュール。しかし、みんな大好き）。ある朝は、リュウセイをからかいしつこくからんでくる1班との攻防（口も手も出る）。ある朝は太郎次郎兄弟の忍者修行……、それはそれは騒々しい小学生たちのたわいもない言動がユッキーの視点で語られていく。

　ユッキーは、リュウセイがいま、よく

ならなかったら、よくない中学生になり、よくない高校生になり、よくない大人になる。それが、自分が班長の時に決まるのがいやだという。中学生になった元班長のタイくんを見れば、「かわいさが完全に消えた。もうぜんぜん子ども感がない」と思う。また別の日、自分たち子どもには吠えつかないポメラニアンがタイくんに吠えるのを見て、やっぱりタイくんはもう大人だと思う。ミツやリュウセイ、太郎次郎が公園を走るのを見ながら「オレは年とってるから、いっしょに走るわけない」と思う。

　そんなユッキーをとおして毎朝の登校時間が語られるだけだが、リュウセイがネグレクトされているという事情がだんだんはっきり見えてくる。そして、12月20日、ついにリュウセイが保護される。いつもはほとんど口をきかないのんたんの提案で、みんなはリュウセイにクリスマスプレゼントを贈ることにする。それを、リュウセイが身を寄せているおばあさんのもとへ届けることになり、23日、祝日で学校が休みの日、ユッキーはかさねちゃんとふたりでおばあさんの家を訪ねる。電車では、散々悩んでかさねちゃんの隣に30センチ空けて座るユッキー。内心のどぎまぎと闘ったその日の最後に、ユッキーははじめて、自分は班長になる自信がない、かさねちゃんはどうしてリュウセイとうまくやれるのかと聞く。かさねちゃんはいった。「傷つけられる準備ができてる」「バッチこいみたいな」と。そして、来年も「アン

近所の通学路にて。ここでお祈りする登校班はあるだろうか。

タイ」だと。ユッキーは「なーんだって感じ」にいたる。

＊　＊

「いま」だけでできているような子どもの時間から抜けはじめ、大人になっていくこれからの時間が意識されるようになると、子どもの心は不安でいっぱいになる。ユッキーはまさにそんな状態だ。でも、大丈夫。ままならない人生をバッチこいと受け止めるかさねちゃんというお手本がいる。小学生のおもしろさといとおしさでできたこの作品は、「人生大丈夫」が主成分のすてきな一冊なのだ。

（西）

7日間　父親おためし期間中

『ぼくとテスの秘密の七日間』
アンナ・ウォルツ
野坂悦子 訳
きたむらさとし 絵
フレーベル館　2014年
(Anna Woltz, *Mijn bijzonder rare week met Tess*, 2013)

　サミュエルは10歳、両親と、兄さんのヨーレと一緒に夏休みを過ごしに、テッセル島へ来ていた。そこで11歳の女の子、テスと知り合う。テスのお母さんは看護師で、骨折したヨーレが世話になったうえ、レントゲン設備のあるデン・ヘルダーへお父さんがヨーレを連れていくあいだ、テスはサミュエルといて、島を案内する、と申しでてくれた。
　サミュエルは、どこかとても大人びているため、兄に「教授」と呼ばれているちょっと変わった少年だ。この物語は彼の一人称で語られる。しかしテスという女の子も結構な変わり者であった。

　テスのママは、いままでシングル・マザーを貫いてきた。テスは18歳になるまで、パパの名前を教えてもらわない、という取り決めを交わしているのだが、ある時テスは自分のパパがどんな人だか知りたくなった。
　インターネットを駆使して、パパがヒューホ・ファーベルという人物だとつきとめたテスは、ヒューホとそのガールフレンドのエリーゼに、無料招待旅行の抽選に当たりました、とうそのメールを出し、「テッセル島でのバンガローで過ごす夢の1週間」をえさに、島に呼びよせることを計画したのだった。

　まんまとこの計画に引っかかったヒューホとエリーゼをバカンス客としてもてなすテスに、サミュエルはやむなくつきあう羽目になる。
　だがテスは、父親に会っても、自分がまったく感動を覚えなかったことにじつは愕然としていた。
　家族だとか、血のつながりだとか、なんの意味もない、あんなのただの男の人だ、二度と会いたくない、とテスは叫ぶ。
　サミュエルは混乱する。家族は家族だ。一緒にバカンスを過ごしにきた自分の家族は、家族だからここに一緒に来たんだ。だが、興奮したテスにおいていかれてしまい、迷子になって砂丘を歩きながら、サミュエルにも事情がのみこめてきた。パパだけど、パパじゃない。テスとヒューホさんのあいだには、生き別れの家族の涙の再会なんていう単純なことでは割り切れないものがあるらしい。

しかし、次の日、テスは結局ヒューホさんをもっとよく知りたいと決心したらしかった。夜になってからテスはこれがパパと知り合える唯一のチャンスだと思いいたり、パパがこの島にいる７日間だけ、できるだけ知っておこう、そしてパパといえる資格があるか、試してみようと決心したのであった。

ママとヒューホを出会わせないよう苦心しながら、いろんな手で、テスはヒューホを試してみる。テスは自分が娘であることを知らせるかどうかは、自分で決めるつもりであった。

こうしてテスが、パパに対する気持ちの揺れ動きを経験しているあいだ、サミュエルのほうも、それなりに、家族や人生や死について、考えてみるきっかけをあたえられていた。

そもそもサミュエルの一家がこの島に休暇にきたのは、ヨーレが試験に失敗して落ちこんでいるのを慰めるためだった。自分よりできのいい弟をいつも見ていて、劣等感をいだいている兄に、当の弟が気づいてしまうという、微妙な展開。

また、サミュエルに家族のなかでいちばん年下であるということは、この世にいつかはひとりでとり残されるのだ、と気がついてしまった。サミュエルは、おいていかれてしまうという未来の孤独への恐怖におののく。

頭のいい子であるからこそ、感じとりすぎ、考えすぎるサミュエルは、休暇の島での７日間という、いつもとはちが

オランダ人やドイツ人に人気の避暑地、テッセル島は平たい島で、自転車でまわるのに最適である。（撮影：アンナ・ウォルツ）

う時空間において、テスの家族問題をきっかけに、自分の家族関係や、将来のことについてまで、見通す視点を得たのである。

７日間の終わり、ちがった視点をもって家族や人生を考えぬいたサミュエルは、生まれてはじめて他人の人生に干渉する決心をした。しかも、いままで干渉されることを忌避してきたテスの家族問題に、である。

テッセル島での７日間は、サミュエルにとって、大きな影響を残すものだった。死ぬことを恐れて生きるのは馬鹿らしいということや、生きているあいだはそれを楽しむべきだということ、何かがあったら救いにいきたい大事な人びとは家族だ、そしてその次にくるのがテスだ、ということなど。

それはみんな、テスと過ごした秘密の７日間、人生や家族や死や生について考えた経験が、サミュエルにあたえた啓示であった。　　　　　　　　　（川）

☞半年間（230p）

2年 規律に支えられた長い課外授業

『二年間の休暇』上・下
ジュール・ヴェルヌ
私市保彦 訳
岩波少年文庫 2012年
(Jules Verne, *Deux ans de vacances*, 1888)

　日本の子どもたちにとって、もっとも長い休みといえば夏休みだ。1か月以上も学校という場所にしばられなくてすむのだから、自由であることこのうえない。解放感に浸って遊びまわり、ふと気がつくと宿題には手つかずのまま新学期が目前にせまり、もっと休みが長ければいいのにと泣きごとをいいながら、1日で30数日分の絵日記をまとめてかいた……そんな苦い記憶をもつ人も多いのではないだろうか。もちろん、宿題に困っていなくても、休みは長ければ長いほどありがたい。だが、思わぬ事件や事故にまきこまれて、無理やりとらざるをえないとしたら？　『二年間の休暇』は、そんなありがたくない休暇についての物語である。

＊　＊

　1860年2月14日の深夜、2本マストの帆船「スルギ号」が、停泊中のニュージーランド・ハウラキ湾から引き潮に流されて外海へと漂いでてしまった。この時船内にいたのは、国内指折りの名門校チェアマン寄宿学校の生徒14名と少年水夫1名。大人の乗組員が留守をしていたあいだの出来事だった。少年たちが事態に気づいた時には、もはや港にもどれる状態ではなく、船は、おりからの西風に流されて数日間太平洋をひたすら東に進んだのち、大暴風雨にまきこまれてしまう。大波にもまれること2週間、何度も沈没の危機に瀕したものの、ついには嵐も静まり、船は陸地に打ちあげられた。

　南半球のニュージーランドでは、2月といえばまだ夏まっさかり。少年たちは、休暇を利用して6週間の楽しい航海旅行に参加するはずだった。それが、故郷から遠く離れた無人島で、終わるあてのないサバイバル生活を始めることになったのである。だが、彼らは、ロビンソン・クルーソーをお手本に、島の探検、食料の確保、住居の建設など、ひとつずつ、すべきことをこなしていく。船とその積み荷が甚大な損傷をまぬがれたとはいえ、船を修復するすべも、またそもそも航海法を知らない彼らにとって、自力で島を脱出して助けをもとめることは不可能だった。そこでリーダーシップを発揮したのが、ゴードン、ブリアン、ドニ

ファンという最上級生3人である。彼らは年少者たちを統率し、島での生活が長期間におよぶことを覚悟して、規律ある生活を維持しようと奮闘する。

14歳から8歳までの少年たちは、それぞれが得手を生かしつつ、不得手を補いあい、みんなで力を合わせることで、船の解体から、いかだ作りや洞穴の改築まで、大掛かりな仕事もなしとげる。銃の扱いに長けた上級生たちが鳥を撃ちおとし、下級生たちが魚を釣って、貝を集めれば、少年水夫モコがそれを巧みに料理してくれるので、食卓も豊かである。その暮らしぶりは、元祖ロビンソンにもスイスの一家にも負けないほど立派なものだ。しかも、住まいが定まり生活が落ち着くと、リーダーを決めて、日課表を作り、自らすすんで勉強まで始めてしまうのだから、その自制心にはもう感心するしかない。じつのところ、夏休みの宿題を最終日にまとめてやっているような劣等生には、少々居心地が悪くなる話でもある。

とはいえ、もちろんヴェルヌの物語にお説教くささはない。自然の脅威や猛獣との遭遇、島外からやってきた敵との闘いなど、冒険の要素がたっぷりつまっているうえに、集団生活に特有のさまざまな軋轢や、子どもならでの深刻な葛藤も描かれているので、学校物語の楽しさも味わえる。なかでも、フランス人ブリアンへのライバル心を隠さないイギリス人ドニファンとその支持者たちによる離反劇や、ブリアンの弟ジャックがかかえる

雑誌『少年世界』で連載後に単行本化された森田思軒『十五少年』(1896年)。武安(ブリアン)、呉敦軒(ゴルドン)など、登場人物の漢字表記が興味深い。

大きな秘密などは、物語に強い緊迫感を生んでいて、読者をはらはらどきどきさせる。そしてその分、すべてが解決される結末のカタルシスも大きい。

少年たちの無人島暮らしは結局2年間におよんだ。その経験をとおして、「下級生はほとんど上級生のように」「上級生はほとんど大人のように」成長したとあっては、それは、もはや休暇ではなく課外授業(しかも自習!)と評すべきだろう。

そのむかし、池田潔は私立寄宿学校で培われる英国エリート層の行動規範の真髄を、規律に裏打ちされた自由だと表現したが(『自由と規律』1949年)、ヴェルヌが描いた島の生活は、まさにその実践編。英国式システムに敬意を表しつつも、そこかしこに皮肉がにじみでているところは、フランス人作家ならではのご愛嬌である。　　　　　　　　(水)

☞夏休み (106p)

2分間　人生の意味を悟る大冒険ができるほどの時間

『二分間の冒険』
岡田淳
偕成社文庫　1991年

　秋の終わりのある日の5時間め。翌日の映画会の準備で、6年3組のみんなは体育館の床にシートを敷いている。さすがに、小学校教員を務めつつ子どもの本を書きつづけてきた岡田淳のファンタジーである。じつにリアルな場面から始まる物語だが、テンポよく異世界に転換していく。

　一緒に作業していたかおりがとげ抜きを拾いあげる。早くも作業に飽きてきていた悟は、それを保健室に届けると申しでてちゃっかり作業を抜けだす。「なにかを思いつくことの天才だね、おまえは」と呆れ気味の先生は「二分間以内」にもどってこいと念を押す。にっこり元気に返事をした悟が、運動場を横切って保健室へ向かっていると、頭の中に直接声が響いてきた。あたりを見回しても誰もいない。1匹の黒猫がいるだけだ。まさかと思うが、そのまさかで、頭の中に響くのは、その黒猫の声なのだった。

　黒猫は、悟が持っているとげ抜きでとげを抜いてくれと右の前足をひっくり返して差しだす。とげは見当たらないのだが、黒猫は抜くふりをするだけで抜けるとげもある、抜いてくれたらお礼をするというので、悟は見えないとげを抜くふりをする。喜んだ黒猫はひとつだけ悟の望みを叶えてやるという。思わず「そんなことができるの？」といってしまった悟に、できるかどうか知ることが望みなのかとひねくれたことをいいだすので、あわてた悟は願い事をじっくり考えるために「時間をおくれ」という。すると、黒猫はこれまた本気か、故意にか、それを願いと受けとって、「おまえののぞみ、時間をやろう」といい、次の瞬間姿を消し、悟をひとり本物の森のなかに送りこんだ。

　「ダレカ」と名乗る黒猫は、「この世界で一番確かなもの」の姿になっているから自分を見つけて「つかまえた」と叫べば、もとの場所のもとの時間にもどしてやるという。見つけられなかったらと心配する悟に、「この世界でおまえが老人になるかならないかというころ」まで時間はたっぷり、しかも、それがもとの世界では2分間にしかならないという。

　悟が森をさまよっていると、たいまつを掲げた子どもたちに出会う。それは、

みな知っている同級生たちで、名前も変わりないのだが、みんな悟のことを知らない。悟は事情もわからぬまま、かおりとともに竜のいけにえになることを承諾してしまう。あとでわかったことは、男女ペアの子どもたちがひと月かけて30組集められ、次のひと月をかけて竜と戦い、負けると竜から若さを奪われいきなり老人になるということだった。

ここの世界は、年老いた王が謎かけの好きな竜と取引をして、竜の魔法で維持されていた。子どもがいきなり老人にされることから、ここには「大人」という概念がない。経験を積むことがないので「習う」という観念もない。生産という行為も存在していないことから、過程に無関心で結果にしか目を向けないのは、時間（歴史）感覚の欠如にもつうじるのだと考えさせられる。

竜の謎かけも時間に関わる問題が多い。たとえば「見えているのにけっしてとどかず、生まれてから死ぬまえの日まであるもの」とは？　など、この作品は人生の時間そのものをテーマにしているといってもいいかもしれない。

こちら側の2分間で、悟が体験した冒険は、若さという時間をとりもどし、時間を重ねて年とっていく人生を回復する大冒険だった。この世界の老人を「死んでるのとおんなじ」「ほんとうに自分の人生を生きた老人って、あんなものじゃないはず」といえるようになった悟は、生きるとはどういうことかを冒険のなかで学んでいったといえる。だからこそ、

☞「子ども」という概念のない時代（340p）

何か話しかけてきそうな面構え。（撮影：伊藤順子氏）

いちばん確かなものを見つけることもできたのだろう。さて、なぞなぞの答えも、いちばん確かなものも自分で読んで（自分で生きて）確かめていただきたい。

本作は1985年に出版されるや子どもたちが選ぶ「うつのみやこども賞」を受賞し、以来、版を重ねている。巧妙なまやかしでばらばらにされていた子どもたちが、そのからくりに気づき、知恵と力を合わせて竜と戦う――この物語を支持する子どもがいるかぎり、未来に希望はあると思える。　　　　　　　（西）

盗まれた時間　若さを盗られた少女たち

『13ヵ月と13週と13日と満月の夜』
アレックス・シアラー
金原瑞人 訳
求龍堂　2003年
(Alex Searer, *The Stolen*, 2003)

　物語はすべてが終わったあとからの回想として、12歳の主人公、カーリーの語りですすめられる。ひとりっ子のカーリーはいつも親友がほしいと思っていた。そんな時、メレディスという少女が転校してきた。メレディスと友だちになりたくて彼女に近づいたカーリーだったが、むしろメレディスにいつもつき添ってくる優しそうで悲しげなグレースおばあちゃんとのほうと、しばしば話をし、親しくなる。そのうち、メレディスの目を盗んで、グレースおばあちゃんは、カーリーに恐ろしい事実を打ち明けた。

　じつは自分が本当のメレディスで、いまメレディスのふりをしている魔女に騙されて、若い身体を盗まれ、老いた魔女の身体に閉じこめられているのだ、と。

　本当のグレースは、じつは邪悪な魔女で、メレディスのように美しく若い少女の身体を欲していて、幽体離脱を楽しませてその隙に、身体をのっとってしまったのであった。

　身体を交換して13ヶ月と13週と13日が経過すると、身体と魂が本当に一致して、もうもとにはもどせなくなるという。それまでは魔女は魔力を使えない。

　しかし、あの手この手で少女となった魔女は、メレディスをいじめるようになっていたというのだ。

　もちろんこの話をカーリーがすぐに信じたわけではない。しかし、確固たる証拠をつかんで、おばあちゃんのいったことが真実であったことを知ったカーリーは、なんとか助けてあげたいと考える。カーリーはおばあちゃんに魔女の呪文を盗み書きして郵送するように依頼し、身体をもとにもどす呪文を手に入れる。

　だがそんなに簡単に魔女を騙すことはできなかった。カーリーは睡眠薬を盛られ、目が覚めた時には、老女の身体に閉じこめられていた！　カーリーは、おばあちゃんに化けたグレースの姉ブライオニにまるごと騙されていたのであった。すべては魔女姉妹の陰謀で、まんまと自分の身体を盗られてしまった。おばあちゃんになっている本当のメレディスのほうは、とうに施設に入れられていたのだ。

　こうして老魔女ふたりは双方とも少女になり、老女になってしまったカーリーは施設に入れられてしまった。監禁され、

連絡の手段も断たれ、どうしようもなくなったカーリーだが、施設の中に年老いた姿のメレディスを見つけ、ふたりは、盗まれた時間と若い身体、人生をとりもどそうと努力し、必死になって工夫を重ねる。

うるう年の満月の晴れた夜。それだけがもとにもどれるチャンスだ。

＊　＊

少女が老女に変えられてしまう魔法の話というと、ダイアナ・ウィン・ジョーンズの『魔法使いハウルと火の悪魔』（*Howl's Moving Castle*, 1986）が思いだされるが、ジョーンズの作品で、老女に変えられてしまった主人公のソフィーは、若い娘の身では、種々の慣習にしばられてできないことを、あえてやってのける勇気を手に入れた。たしかにソフィーばあさんは腰が曲がり、動きも鈍くてしわだらけの顔をしていたけれど、しばりを解かれて自由になった解放感にあふれていた。

しかし、この作品のカーリーとメレディスに関するかぎり、老いとは醜悪で、不自由で、うしろ向きで、みっともないものでしかない。古くさい料理やお茶を好み、思い出に生き、みっともない大きなズロースをはいてとろとろしているだけ。歩行器や入れ歯に依存しなければならず、厄介でけがをしやすく、ひたすら無力に拘束された状態で、死に向かっていくしかない——そんな時期だと感じられているようだ。

黒猫をお供に、とんがり帽子をかぶり、ほうきに乗って空を飛ぶ魔女、髪は赤毛。悪魔とつうじる異教の存在だから13という数に結びつけて考えられる。（絵：ケイト・グリーナウェイ。）

一方、ふたりの少女が盗まれた「若い」「子ども時代」の時間では、彼女たちの身体はのびやかで、すんなりとして、未来への希望にあふれ、明晰でしなやかで、傷ひとつない。

この時期を不条理にも盗まれた少女たちが怒り、身体を、時間をとりもどそうと必死になるのはもちろん理解できる。だが、カーリーとメレディスの「老い」に対する視線は、若さゆえの残酷さにあふれているように思われる。

少なくとも、一度老人の身体に閉じこめられて、いかにその身体がつらいものかを知り、人びとの老人へのあつかいが不当なものかを知ったふたりが、時が人間にもたらす変化を、広い心で、またそれほどネガティブなものではないのだと、理解を深めてくれたのであればいいなと、思わざるを得ない。　　　　　（川）

☞17歳（254p）　☞別の時空間（314p）

帆船の時代　誇り高き船乗りの世界

『ニワトリ号一番のり』
J・メイスフィールド
木島平治郎 訳
寺島龍一 絵
福音館書店　1967年
(John Masefield, *The Bird of Dawning*, 1933)

　世界中に植民地をかかえ、太陽の沈まぬ国と呼ばれた19世紀のイギリスは、海運業の中心地でもあった。当時の代表的な輸送手段といえば帆船である。白い帆をはためかせて出港していく船の姿は、大航海時代以来、国是としてきた海外雄飛の夢とスペインやフランスを屈服させた軍事力、そして、それらを基盤にして海の覇権を確立し、世界経済をリードした大英帝国の繁栄と国家的威信の象徴であった。

　なかでも、細い船体にそびえたつ巨大な3本マストと、雲海を思わせるような夥しい数の帆をもつ「快速帆船（クリッパー）」は、その優美な姿ゆえに、長らく人びとをひきつけてきた。その最盛期が、蒸気船のあい次ぐ就航と、飛行機の時代を目前に控えた時期だったために、いわば帆船時代の最後を飾った徒花として余計に郷愁をかきたてるのかもしれない。だが、それ以前は2年ちかくもかかった極東からの物資輸送が、その出現によってわずか3～4か月にまで短縮されたことを思えば、クリッパーは、その美しい外観のみならず性能面においても、帆船の最終進化形だったといえるだろう。

　そんなクリッパーの往時の活躍と、船乗りの世界の魅力を堪能させてくれるのが、『ニワトリ号一番のり』である。19世紀なかば、スエズ運河竣工まえの中国航路を舞台にくり広げられる、いわゆる「ティーレース」のようすを描いた物語である。ティーレースとは、中国で新茶を積んだクリッパーによるロンドンへの帰着競走のこと。その年いちばんの新茶を届けたクリッパーには、大きな栄誉と多額の賞金が授与されたのである。

＊　＊

　主人公は22歳の2等航海士シリル・トルズベリー。頑強な体とよい歌声に恵まれ、船乗りとしても優れた腕前をもつ青年だが、ひそかに絵描きになることを夢見ているという変わり種だ。彼が乗り組んだブラックゴーントレット号は、その年のレースを優位にすすめていたが、ゴール目前にして無風状態のなかで足踏みを余儀なくされたのち、濃霧と嵐という悪条件のなかで蒸気船に当て逃げされてしまう。優勝にこだわるあまり精神の

均衡をくずしかけていた野心家の年若い船長が判断を誤ったために、搭載ボートの一艘が、沈没する本船と運命をともにするという悲劇が重なり、もう一艘の指揮を任されたトルズベリーは、15名の船員たちの命をあずかるという重責を担う羽目になる。

けっしてエリートではなく、生粋の帆船乗りでもないトルズベリーだったが、ただひとり航海術を知る者として船の進路を決め、配給物資を管理し、統律と志気を維持すべく死力を尽くす。何度も絶望を味わったのち、飢えと乾きに苦しめられながら漂流すること3日めにして、船員たちの前に救い主となる船影がようやく姿を見せる。それはなんと、ティーレースの途中で打ち捨てられ、海上に漂っていたニワトリ号だった。

乗員たちが船を見捨てた原因は不明だったが、ニワトリ号には、誰かが悪意をもって沈めようとしたらしい作為の跡がそこここに残っていた。トルズベリーは、部下を励まして船を航行可能な状態にしたばかりか、ティーレースへの復帰を提案する。極限状態の救命ボートのなかで、一筋縄ではいかない船乗りたちをまとめあげた若き2等航海士は、快速帆船ニワトリ号の船長となり、ロンドンへの一番のりをめざしてライバル船と熾烈なレースを展開する。

1866年のティーレースで先頭争いをくり広げたテッピング号とエアリエル号。1着と2着の差がわずか30分足らずというこの大激戦は、歴史の語り草になっている。

エンジンのおかげでつねに一定のスピードで前進できる汽船とは異なり、帆船は向かい風のなかでは直進できず、無風になれば動くこともままならない。船乗り人生を汽船でスタートさせ、万物の支配をめざす人間にとっては汽船こそが進歩の最高のかたちだと称えていたトルズベリーが、小さな救命ボートのなかで実感したのは、圧倒的な自然の力のまえにはただひれ伏すしかない人間の無力さだった。おのれの分をわきまえつつ、それでもなお限界に挑もうとする人間にとっては、動くも動かぬも風しだいの帆船こそが、「進歩の最高のかたち」となる。本作を読めば、帆船を愛する者の心に必ずや一歩ちかづけるだろう。

船員経験をもつ作家ならではの、沈没場面の劇的臨場感、漂流部分で展開される濃密な人間ドラマ、ティーレースのわくわく感などが、詳細かつリアルに描写されている点も大きな魅力となっている物語である。（水）

☞ 大航海時代（414p）

フィリップがやってきた時　詩に秘められた宝のありか

『ハヤ号セイ川をいく』
フィリパ=ピアス
E=アーディゾーニ 絵
足沢良子 訳
講談社 青い鳥文庫　1984年
（Philippa Pearce, *Minnow on the Say*, 1955）

　11歳のデビッドは、夏休みが始まったばかりのある朝、裏庭に面したセイ川に一艘のカヌーが浮かんでいるのを見つける。連日の大雨で川の水かさが増し、つながれていた杭が折れて、流されてきたものらしかった。ニスが剥げ、蜘蛛の巣がはり、水漏れしているボロ船だったが、デビッドは持ち主を探そうと上流に向かって漕ぎだし、旧家コドリング家の跡継ぎアダムと出会う。

　アダムは、荒れ果てた屋敷で、現当主である祖父と未婚の伯母ダイナとともに暮らしていた。祖父のコドリング老は、若いころは土地の名士として羽振りよく暮らしていたが、自慢の息子ジョンを失ってからというもの精神に変調をきたし、いまでは孫のアダムのこともそれと認識できない。かつては広大だった地所も代々にわたって切り売りされ、いまや、かろうじて屋敷は残っているものの手入れもままならない状態だ。一家の困窮ぶりは、村の誰もが知るところとなっていた。

　老父のわずかな年金をやりくりし、畑仕事までして一家の暮らしを支えてきたダイナ伯母さんの努力も限界に達していて、アダムは、夏が終われば遠い都会の親族のもとにあずけられることになっているという。だが彼は、祖父や伯母と暮らしつづけることを切望していた。そのために残された唯一の手段は、かつて先祖が隠し、そのまま行方不明になってしまった一族の財宝を探しだすことだった。アダムの切なる願いを知ったデビッドも、宝探しに協力することになる。

　財宝というのは、エリザベス朝時代の当主ジョナサン・コドリングが隠したものだった。屋敷には、二重アーチの橋と木立を背景に一輪のバラを手にして立つジョナサンの肖像画がいまも残されていた。死の3年まえに描かれたものだという。エリザベス女王の宮廷に出入りし、提督フランシス・ドレークの友人でもあった大富豪ジョナサンは、1588年7月、無敵艦隊と呼ばれたスペイン海軍と戦うために出征するにあたって、貴重な宝石類をどこかへ隠したのだ。その後、無事に帰還したものの、屋敷にたどりつく直前に地所内で不審な死を遂げたため、財宝のありかがわからなくなってしまった

のだ。彼は出征まえに、当時11歳だった娘のサラに隠し場所の手掛かりを詩のかたちで伝えていたが、以来300年以上、子孫たちは誰もその謎を解くことができないままに、空しく宝探しに時を費やしてきたのだ。

「フィリップがやってきたとき」の句で始まる謎めいた詩と、肖像画の背景に描かれた景色を手掛かりに、アダムとデビッドは、ニスを塗り直して「ハヤ号」と名づけたカヌーを操り、セイ川沿いに宝を探しはじめる。同じ宝をねらう正体不明のライバルの出現や、コドリング老の病状の悪化など、さまざまな障害をのりこえてついに隠し場所を見つけだしたふたり。だが彼らを待ち受けていたのは、思いがけない結末だった。

セイ川のモデルとなった、ピアスの故郷ケンブリッジシャーを流れるキャム川。(写真提供：島式子氏)

詩に読みこまれた「フィリップ」が、イギリスに無敵艦隊を送りこんだスペイン王フェリペ2世をさすことは、物語の冒頭で明かされる。だが、ジョナサン・コドリングによって「むすめしかしらないところ」に隠された宝は、400年ちかい時を経て発見され、再び隠されるという数奇な運命をたどり、詩にも新たな意味が加わる。その意外な意味が、二度めの宝探しの成否を左右する。

子どもの読者ならば、謎解きのおもしろさと、宝探し競争のスリルをぞんぶんに味わえばそれでよし。遠い過去から受け継がれた宝のロマンに興奮し、小さなコミュニティに生きる人びとのあたたかな思いに感動できればなお重畳。けれども、大人の読者であれば、宝に対するアダムの鬼気せまる執念に、胸の痛みくらいは感じてほしい。また、宝の喪失にいらだつ母親から虐待されたあげく遠い所へ嫁に出されたサラや、息子ばかりを溺愛する頑固でわがままな父親にふりまわされ苦労を一身に背負ってきたダイナなど、娘たちの身の上に同情する読者だって現れていいはずだ。男たちのエゴでふりまわされるのはいつも子ども。そして、女たちはやってくる「フィリップ」にも対処しなければならない……そんな呪詛めいた思いをいだきながら児童文学を読んだっていい。それは大人ならではの楽しみ方だ。　　　　　　　　（水）

☞夏休み（106p）　☞エリザベス朝（392p）

魔女狩りの時代　人の心の狭量さが生むもの

『魔女の血をひく娘』
セリア・リーズ
亀井よし子 訳
理論社　2002年
（Celia Rees, Witch Child, 2000）

　アメリカ東海岸の港町セイラムの税関で、作家が古い公文書の山から偶然発見した黄ばんだ羊皮紙の包み。中から出てきたのは金糸の刺繍が残る赤いぼろきれとその由来をまとめた郷土史家の手記だった……アメリカ文学の古典として名高い『緋文字』（The Scarlet Letter, 1850）は、このように始まる。17世紀のニューイングランドを舞台に、閉鎖的で狭量な清教徒社会から疎外される女性を描いた作品である。作者ナサニエル・ホーソーンの先祖は、「セイラムの魔女裁判」で判事を務めた人物だったという。

　セリア・リーズの『魔女の血をひく娘』は、この古典からの影響を強く感じさせる作品である。物語の舞台となる時代や場所に加えて、発見された手記をもとにしたという枠組みを設けている点も同じだ。ただしこちらは、その手記が当事者である少女によって書かれ、キルトに縫いこめられ、300年以上のちに女性研究者によって発見されたという設定になっていて、女性視点での歴史の語りなおしといった趣をももつ。

　物語は、イングランド中部の森のはずれでひっそりと暮らしていた老婆が魔女の告発を受け、裁きの場へ引きずりだされたという記述から始まる。1659年3月の出来事である。薬草の使い方や薬の調合法を知り、長らく隣人たちの病を癒し、出産を助けてきたその女性は、拷問をともなう厳しい審問にも頑として告発を否認しつづけたが、結局は絞首刑に処せられた。

　あとに残されたのは、14歳の少女。老婆とともに暮らし、その知恵と知識を受け継いでいた彼女にとって、その場にとどまることは死を意味していた。だがそこへ正体不明の貴婦人が現れて、魔女狩り人の手から救いだしてくれる。アメリカへ渡るための手はずいっさいを整えてくれたその貴婦人こそが、じつは生みの母なのだと気づくころには、少女の旅はすでに始まっていた。

　素性を隠すために、新たな名前と経歴をあたえられた少女メアリー・ニューベリーは、サウサンプトンでアメリカをめざす清教徒の集団に加わる。母が持たせてくれた紹介状のおかげで有力な信徒ジ

魔女狩りの時代

ョン・リヴァーズの庇護を受け、夫と子どもを失いひとりで新天地をめざすマーサという道連れを得たおかげで、メアリーは、閉鎖的で狭量な集団のなかになんとか居場所を確保する。

塩漬けニシンのようにぎゅうぎゅう詰めになって2か月以上の船旅のすえに到着したのはセイラム、清教徒が築いた港町だ。誰もが地味な衣服に身を包み、特別な金持ちはいないが物乞いもいない。だが、人びとのひたいに刻まれた労働と辛苦のしわは、新大陸が乳と蜜でできた土地ではないことを物語っていた。しかも、町の広場には、牢獄と晒し台と鞭うち刑のための柱が建っていた。古い迷信は、人びととともに海を渡ってきていたのだ。

やがて、リヴァーズ家の人びとやマーサが、先に移住していた親戚や知人のあとを追って森のなかの開拓地をめざすことを決意した時、メアリーも行動をともにする。しかし、ようやくたどりついた村では、狂信的な宗教指導者のもと、セイラム以上に因習的で狭量なコミュニティが形作られていた。身の内に目覚めた「力」に導かれるようにひとりで森を歩きまわり、インディアンの少年とも交流するようになったメアリーが、村の有力者たちから目をつけられるまでに、それほど時間はかからなかった。やがて、愛する老婆を処刑台に送りこんだ魔女狩り人がイングランドから海を越えてやってきた時、メアリーは清教徒たちとの別れ

ホーソーンの先祖が関与した魔女裁判は1692年の出来事。実際の舞台となった村の名前は変わったが、現在のセイラム市にとって魔女は貴重な観光資源だ（写真は魔女博物館）。

を決意する。親友の結婚祝いとして作りかけていたキルトに、書き綴っていた日記を縫いこめたのち、ただひとり森のなかへと旅立ったのだ。

* *

メアリーがアメリカの森へ消えた年、故郷イングランドでは、チャールズ2世が王位についた。彼はやがて、父王の死に関わった政敵たちの粛清を始める。「陽気な君主」と呼ばれた王の治世は、じつはイングランド史上最後の魔女狩りのピークに重なる。このことを知っていれば、夫はチャールズ1世の死刑執行書に署名した政府要人だと話していたメアリーの母親のことばが、じつは、作品のテーマとも響きあう、哀しくも恐ろしい未来を暗示していたのだとわかる。

遠い異国のはるかむかしの出来事ではすまされない。魔女狩りを生むのは狭量な人心と無知。それはいまの世にもあるはずだ。
（水）

☞チャールズ2世の時代（264p）　☞1620年（412p）

まる3年　母さんが家を出てからの静かな闘い

『風の音をきかせてよ』
泉啓子
鈴木義治 絵
岩崎書店　1992年

　2015年、ハロウィーンの仮装騒動は、渋谷の街の大さわぎとしてマスコミをにぎわせた。仮装して街頭にくりだした人の数や、ハロウィーンがらみで動いたお金はこれまでと一線を画すほどの盛況ぶりだったようだが、ハロウィーン自体はいつのころからか徐々に日本の年中行事のひとつとして浸透してきている。とはいえ、30年まえ、まだ「昭和」だった80年代なかばはどうだっただろう。

　1985年にアリス館から出版されたこの作品にはハロウィーンが出てくる。

＊　＊

「わたし」杏子の近所の友だち奈々美が、「すっごくおもしろい話があるの。のらない？」ともちかけてきたのは、ハロウィーンだった。学生時代にアメリカに留学していたパパがその時覚えたことだという。万聖節のまえの晩である10月31日の夜に、「子どもたちがみんな、お化けのカッコして、いろんな家に行って、『いたずらするか？　ごちそうするか？』っておどかすの。そいで、おかしなんかたくさんもらって、みんなで原っぱでキャンプ・ファイヤーして食べるんだって」となかなか本格的な説明だ。

　奈々美の強引さに内心うんざりしている杏子だったが、1週間まえに転校してきた田辺優子を誘ってはどうかと、珍しく積極性をみせる。その裏には「毒」があった。

　その日、田辺優子が「おかあさんが、おうちを出てしまったそうね？」と、さも、気遣わしそうに、そのじつ好奇心むきだしで話しかけてきた。「わたし、あなたのお友だちになりたいと思うの」という優子に対して、杏子は、親友になってくれるのなら、誰にも話したことのない秘密を打ち明けるという。地の文に明かされる杏子の心のことばは優子への嫌悪と軽蔑の「毒」に満ちている。杏子はじらしながらもったいつけて打ち明けた。じつは、母親は父親に殺されて庭に埋められていると。「みんな、かあさんが出ていったって信じてるんだから」誰にもいってはだめだと念押しをして優子とは別れたのだった。

　そして、ハロウィーンの夜。おかあさんがおいていったワンピースをでれんと着こみ、髪をわざとくしゃくしゃにし、

真っ赤な唇のどぎつい化粧で現れた杏子は、とどめを刺すように優子をおびえさせるのだった。

各タイトルに「〇月　杏子　〇年生」と添えられた短編オムニバス形式のこの作品は、母親が出ていってから1年になる小学3年生の8月から、5年生の8月までのまる3年、全11話からなる。第1話では、杏子が奈々美たちにお母さんが帰ってきたとうそをつく。子どもの杏子にも母の家出の原因が、祖母との確執だとわかっている。母が出ていってからいっさいの面倒をみてくれている祖母に、杏子の残酷なうそがばれる。杏子も、祖母もそれぞれに傷つき、しかし、それをことばにすることができない、肉親だからこその複雑な空気が鮮やかに描かれている。全編とおして「わたし」という一人称が、じつに効果的に屈折した胸中を語っている。

4つちがいの弟・純は、母の日のプレゼントにお母さんの絵を描くという。お母さんの顔を忘れちゃったけれど、プレゼントを渡す参観日に来るのはおばあちゃんだけれど、去年はそんなこといわなかったけれど、お母さんの顔を描くといい張って杏子を困らせる。

大人たちの事情がうっすらと見えはじめる杏子は、そこから目を背けることでなんとか日常を保とうとし

ているのに、杏子の心を波立たせるのは純だけではない。仕事を理由に家族の問題から逃げているとしか思えない父親は、杏子が11年間知っていたのとはまるでちがう「知らない色」を帯びた目を近所の喫茶店のママに向けるようになる。そして、祖母は3年めの夏、自分が出ていくからまた4人で暮らすようにといいだす……。

大人たちが家族の問題から目をそらし、棚上げして停滞させてきたこの「まる3年」という時間が、変化せざるを得ない子ども期に、静かな苦しみをどれほどあたえることとなるのか。

大人の勝手な事情にふりまわされる杏子の「まる3年」とは、「毒」やうそなどの〈鎧〉で身を守り仮装していく3年間だったのかもしれない。これは、現実に順応しようと静かに闘う子どもの側からの告発の書ともとれる。　　　　（西）

2016年10月31日、渋谷は仮装した人たちでごった返した。（撮影：船木萌氏）

☞ハロウィーン（268p）

明治維新　時代の変わり目に、子どもから大人へ変わる少年たち

『なまくら』
吉橋通夫
講談社　2005年

　時は幕末から明治初頭。激動の時代の13歳から15歳の少年を主人公とした7編からなる短編集。

　表題作「なまくら」の主人公14歳の矢吉は、丹波の砥石山で切りだした石の運び人をやっている。重くて危険な仕事だ。駕籠かき人足はひと月も続かず、次についた土手作りの手伝いはふた月で辞め、その次の左官屋は半年でいやになり、そしてこの岩山にたどりついた日、ここでふんばると自分にいい聞かせた矢吉だったが、「嫌気虫」がうごめきはじめていた。

　半月分の給金をまとめてもらえる15日、翌朝には出ていこうと思っていた。いやになったからだけではなく、同じ村の2つ年下のトメがやってきたからだ。じつは、矢吉が左官屋を辞めたことを母は知らない。ここにいることは知られたくなかったのだ。

　わずか12歳のトメは働きはじめて早々、作業中にけがをしてしまう。矢吉は、里に帰れといわれたトメにつき添うことを申しでる。しかし、そのまま山から逃げだそうと考えている魂胆など、か

しらはお見通しだった。ああだこうだといい逃れようとする矢吉は「なまくら」と一喝されるのだった。

　矢吉やトメが過酷な仕事に身を投じたのには、背景がある。もともとほそぼそと暮らしてきた故郷の村は、幕府軍と長州軍との開戦を見越した商人の買い占めで米の値段が3倍ちかくあがり、ますます困窮していたのだ。

　7編中もっとも時代の変化のあおりを受けているのは、「車引き」の長吉15歳だろう。ガス灯や洋装のお客が出てきて、時代が確実に変化していることがわかる。長吉の父は腕のいい刀剣師だったのだが、「御一新」後の「脱刀令」、そして「廃刀令」まで出たせいで刀を打つことができなくなり、「ふぬけ」のようになっていた。家も土地も借金のかたに奪われ、いまや長吉は車屋の車夫になっている父親ほどではないにしろ、長吉も以前の生活を失ったことを呪うばかりで、新しい状況を前向きに受け止めるにはほど遠い。しかし、親は身分の高い武士だったらしい車夫仲間の「のっぽ」が家を買いもどすために地道に努力してい

明治維新

とや、再会した幼なじみの深雪が変わらず自分を慕ってくれていると知り、顔をあげる長吉だった(「車引き」)。

生魚を京都の魚屋に運ぶ「走り」の夏吉は、ふた月まえに父が倒れ、13歳になったばかりで働くことになった。祇園祭の宵山に欠かせないハモを運ぶ途中、池田屋の斬り合いのさわぎのあおりを食う(「「つ」の字」)。やはり13歳にして家族の食い扶持を稼ぐ半吉は、誘われて手を染めた灰泥棒を悔い改める(「灰」)。14歳の風吉は、父と同じ、荷舟の綱を引く「舟ひき」になると決めたが、あやうい。馬鹿にしていた父親の体を張った行動で、いかさまサイコロばくち「チョボイチ」からようやく足を洗う(「チョボイチ」)。古着売りの小吉は、伏見連隊に徴兵されている兄の逃亡を助ける。10日ほどまえに西郷隆盛が決起し

たという明治初期の荒波のなか、庶民も翻弄されている(「赤い番がさ」)。スリから足を洗う正吉は、琵琶湖疎水工事のための煉瓦製造所で働く。これは、日本初の営業用水力発電所につながっていく工事だ。正吉も明治政府の近代化、富国政策の末端にいたわけだ(「どろん」)。

7人とも、近代が始まる前後、劇的に変化する時代のなかで、それぞれに体を張って働き、まわりの大人の支えもあって見失いがちな希望を再生させていく。彼らの名前にすべて「吉」をつけたのは、作者からの祝福だろうか。

時代の大波に翻弄されても、それでも続く人生に幸いあれと、ローティーンを励ましているこれらの物語は、近代化のつけや矛盾が噴出しているとしか思えない現代を生きる10代たちをも勇気づけることだろう。　　　　　　　　(西)

時にいどむ

琵琶湖疎水 水路閣。正吉のような少年も実際この煉瓦を焼いたかもしれない。
©HIRO／PIXTA(ピクスタ)

☞数えで15(334p)

ワルプルギスの夜　「よい魔女」たちが踊りあかす祭りの日

『小さい魔女』
オトフリート=プロイスラー
大塚勇三 訳
学研プラス　1965年
（Otfried Preussler, *Die Kleine Hexe*, 1957）

　ドイツでは、4月30日の夜は「魔女の夜」とも呼ばれる。五月祭前夜の日没後に、魔女たちがブロッケン山に集まって祭りを開くといういい伝えがあるからだ。一般に広く知られている呼び名は「ワルプルギスの夜」。ゲーテの『ファウスト』に登場しているので、日本でも有名だ。悪魔と契約して若返った老学者が、純真素朴な娘を誘惑して不幸に陥れたのちに、ブロッケン山に物見遊山に出かけたのがちょうどこの日。そこで目にした魔女たちの集会は、ほうきや動物（ブタや牡山羊）の背に乗った魔女たちが、押しあいへしあい山頂をめざし、魔王を囲んで魑魅魍魎たちと「踊を踊る、しゃべくる、物を煮る、酒を飲む、色をする」（森鷗外 訳『ファウスト』）、なんとも淫靡で猥雑な乱痴気さわぎだ。

　もちろん、プロイスラーが『小さい魔女』で描いたワルプルギスの夜の祭りは、そんな不健全なものではない。たき火のまわりをぐるぐる回って、思うぞんぶんわめいたり、怒鳴ったりしながら踊りあかすだけと聞けば、現代人にとっては格好のストレス解消になりそうな気がする。地元の参加者たちが自主的に雷を鳴らしたり、稲妻を光らせたりしてくれるそうなので、過激な演出を楽しみたい人には、渋谷あたりの有名ダンススポットよりもむしろお勧めかもしれない。

　そんな魅力的な魔女おどりへの参加を禁じられたというのだから、小さい魔女の憤懣やるかたない気持ちも察せられる。しかも、若すぎるというのが理由ときてはなおさらだ（ちなみに彼女は127歳！）。魔法のけいこに集中できず、立てつづけに呪文をまちがえるくらいはしかたない。けれども、相棒のカラス、アブラクサスから小言を食らって、反抗心を燃えたたせてしまったのは余計だった。ばれなきゃいいとたかをくくって、アブラクサスが止めるのも聞かずにブロッケン山へと飛んでいったはいいが、案の定、大きい魔女たちに見つかって、いじわるなルンプンペルおばさんの激しい申し立てのせいで、ほうきを没収されて家まで歩いて帰らされるという屈辱的な罰を受ける羽目になる。

　唯一の救いは、魔女のおかしらに直訴して、魔女おどりに参加するための試験

ワルプルギスの夜

を受けさせてもらう約束をとりつけたことだ。条件はただひとつ「来年までによい魔女になること」。いっときは、ルンプンペルおばさんへの復讐心をたぎらせるばかりだった小さい魔女も、アブラクサスの助言を聞きいれて、まずは一人前の魔女になることが先決だと思い直し、「よい魔女」めざして一心に努力しはじめる。それまで6時間だった魔法の勉強を7時間に増やし、たきぎ探しに苦労している年寄りを見かければ魔法で風をおこして木の枝を落としてやり、貧しい造花売りの少女に出会えば花に香りをつけて商売を助けてやり、迷子になった子どもたちが道を尋ねに立ちよれば家に入れてもてなしてやる。その一方で、狭量な森番、残酷な御者、いじめっ子などには、こっそり罰をあたえて懲らしめたりもする。こうして修行に精を出し、善行を積み重ねた小さい魔女は、約束の試験の日にすべての課題を難なくこなし、ついにおかしらから、魔女おどりに加わることを許可してもらう。

ところが、またもやルンプンペルおばさんがしゃしゃりでてくる。1年にわたって小さい魔女を監視していた執念深いこの魔女は、小さい魔女がとんでもなく

古い木版画に描かれた魔女と悪魔。

「悪い魔女」だと告発したのだ。じつは、「よい魔女」とは、魔法で悪いことだけをする魔女のことだったのだ。真逆のことばかりしてきた小さい魔女は、大きい魔女たちから袋だたきにされたうえ、罰として火あぶり・髪むしり・くすぐりの刑を受けることに……そして迎えたワルプルギスの夜、小さい魔女は、もてるかぎりの知恵と知識を総動員して、「よい魔女」を自認する大きい魔女たちにひと泡ふかせてやろうとする。

* *

眷属の小動物をしたがえて、ほうきにまたがり空を飛びまわるかわいらしい少女——『魔女の宅急便』の大ヒット以来、日本の子どもたちのあいだには、そんな魔女のイメージが浸透している。本作の主人公は、魔法で悪いことをしない「悪い魔女（？）」の先駆けで、キキにとっては先輩格にあたる。小言とぼやきの多い相棒の黒カラスも、黒猫ジジの先輩格だ。

それにしても、小さい魔女の大活躍でブロッケン山の「よい魔女」たちが一掃されたいま、魔女おどり参加希望者は、やはり渋谷のダンススポットに出向くしかなさそうだ。　　　　　　　　（水）

☞ひとり立ちの時（420p）

8

時を動かす

この世の歴史は、名もなき個人の生の積み重ねだ。傑出した偉人の特異な行動はその彩にすぎない。どんなにちっぽけでささいな営みでも、ひとりひとりの生こそが、社会をつくり、時代を変える原動力となる。最終章を構成する「時」に秘められたこの真理が、これからの歴史をつくっていく子どもや若者たちに届きますように。

暗黒時代　無知と迷信と残虐と悪意がはびこる時

『銀のうでのオットー』
ハワード＝パイル　作・絵
渡辺茂男　訳
童話館出版　2013年
（Howerd Pyle, *Otto of the Silver Hand*, 1888）

　西ローマ帝国の滅亡からルネサンスの開始まで、おおよそ5世紀から15世紀を「暗黒時代」ということばで形容することがある。ヨーロッパ文化の原点ともいうべきギリシャ・ローマ文化が衰退し、その復興を掲げた文化運動がイタリアを中心に本格化するまでの期間、すなわち、古代と近代に挟まれた「中世」の別称でもある。『銀のうでのオットー』は、「暗く悪意に満ちた」この時代を、「やさしさと愛」をもって生きぬいた少年の物語である。

　　　　　＊　　＊

　諸侯の争いが熾烈を極めた13世紀のドイツ。主人公のオットーは、街道を通る商人を襲撃して稼ぎを得ている「盗賊騎士」コンラッド男爵のひとり息子として生まれ、生後まもなく大おじが院長を務める僧院にあずけられた。襲撃に失敗して瀕死の重傷を負った夫の姿を目にした男爵夫人が、ショックを受け、赤ん坊を生み落としてすぐに亡くなったためである。以来、少年は、慈悲と平和の精神に満ちた僧院で育てられ、祈りと勉学と労働の日々をおくることになった。

　ところがそれから12年ちかくが過ぎたある日、きらめく鎖かたびらを身に付けた騎士が僧院にやってくる。いったんは手放したものの、ただひとりの跡継ぎを騎士にしたてなおそうと考えて、息子を連れもどしにきた男爵であった。こうして、オットーは神の館からドラッヘン・ハウゼン（龍の館）城へとその住まいを移すことになったのである。

　龍の館の跡継ぎとして暮らしはじめたオットーは、父がかつて犯した罪の数々を知り、心を痛める。男爵は妻を亡くしたのち、略奪行為からは足を洗っていたものの、暗い古城には過去の蛮行の残滓がしみつき、そこに住む人びとの表情も、オットーが親しんできた修道僧たちの穏やかな顔とはかけ離れていた。

　城にたちこめる殺伐とした雰囲気は、隣接する土地を支配する領主一族との根深い対立によるものでもあった。男爵は、自分に大けがを負わせたトルツ・ドラッヘン（龍殺しの館）城の城主を、愛する妻の死のきっかけをつくった張本人だとして恨み、虐殺していたのだ。その結果、いまは逆に、龍殺しの館の現当主ヘンリ

一男爵から恨まれる立場にあった。

虎視眈々と復讐の機会をねらっていたヘンリー男爵は、幼い跡継ぎが帰還したことを知るや、わなを仕掛けてコンラッド男爵を誘いだし、その隙に城を焼き討ちして、オットーを誘拐する。そして、少年の右腕を切り落とすことで、積年の恨みを果たしたのである。城を焼かれ、一族を殺されたコンラッド男爵は、わずかな手勢を率いて、オットーをとりもどそうと龍殺しの館をうかがう。かたやヘンリー男爵も、憎い仇敵を捕まえようと待ち受けていた。

大人たちの不毛な争いが続くなかで、半死半生のオットーに、慰めをあたえ救いの手を差し伸べる者もいた。ヘンリー男爵の娘ポーリーンである。妖精のように清らかなこの少女に、僧院で経験した暴力や流血とは無縁の生活について話しきかせるうちに、オットーの心にも再び生きることへの望みが生まれる。

隻腕の騎士を称えた物語といえば、ゲーテの戯曲「鉄腕ゲッツ・フォン・ベルリヒンゲン」が名高い。農民一揆に加勢して悲劇的な死を遂げる英雄の物語である。モデルとなった同名の人物は悪名高い盗賊騎士で、高潔さとは無縁の食わせ

スロヴァキアのスピシュスキー・ハラド城跡。12世紀に建設された山城。(写真提供:川端善明氏)

者だったようだが、失った右腕に鉄製の義手を装着して闘いつづけた剛の者であったことはまちがいない。

本作においても、戦乱を収めた新皇帝ルドルフ1世が「鉄のうで」をもつ人物だと紹介されている。「鉄のうで」とは圧倒的な武力のたとえにほかならない。だが、その新皇帝からオットーが賜った家訓は、「銀のうでは、鉄のうでにまさる」。長じたオットーは、銀製の義手を装着し、剣で人を斬ることではなく、愛と知恵によって皇帝に仕えたのである。

悪意に赦しをあたえ、憎しみに愛で応えた少年オットーの生きざまには、復讐の連鎖を断ち切る方法が示されている。現在そして未来が、のちに暗黒時代と呼ばれるかどうかは、いまを生きる者の選択しだい。そのことをわれわれ大人は深く考えてみる必要がある。　　　　(水)

☞「子ども」という概念のない時代(340p)

エリザベス朝　名も知られぬ人びとの小さな歴史たち

『エリザベス女王のお針子　裏切りの麗しきマント』
ケイト・ペニントン
柳井薫 訳
徳間書店　2011年
（Kate Pennington, *Tread Softly*, 2003）

　16世紀のイギリスは、エリザベス1世の時代である。女王の父、ヘンリー8世は自らの離婚問題に端を発する宗教改革により、イングランド国教会を設立し、ローマ法王庁とたもとを分かった。しかし、エリザベスが王位についてからも、カトリック勢力は隙をみては刺客を送り、エリザベスを倒してまき返しをしようと機会をねらっていた。

　そのような血なまぐさく、混乱した時代だが、イングランドは大きく海外に進出し、女王の寵臣ウォルター・ローリー卿は、アメリカを植民地とする足掛かりをつかみとり、いちはやく新大陸に勢力を広げようとしていた。

　これは、世界史に語られる支配者たちの大きな歴史である。しかし、いま、国家の支配史、統治者の交代劇ではなく、その陰に生きていた無数の名もなき人びとの小さな歴史たちを掘りおこそうという試みが、歴史の世界でも小説の世界でもおこなわれつつある。

　ウォルター・ローリー卿といえば、英語の読本でも知られた有名なエピソードがある。エリザベス女王につきしたがい、女王が水たまりのところにさしかかった時、すばやく着ていた豪華なマントを脱ぎすてて、女王の足元に広げ、足を汚さず歩けるように計らったという忠臣譚である。その豪華なマントは、絢爛たる装飾、贅沢な刺繍がほどこされた、手のこんだ細工ものであったであろう。女王の足に踏まれたそのマントも、腕の限りを尽くして作りあげた仕立て屋がおり、その仕立て屋の命が犠牲になったものであり、その娘が仕上げた、この世にはほかにひとつとない特別なものであったのかもしれないのに。

　ローリー卿の物語は残っていても、それを作った職人の物語は残っていない。マントに翻弄された父と娘の物語を、逆生成させた歴史物語が本書、副題は、「裏切りの麗しきマント」である。

*　*

　ローリー卿からマントの刺繍を依頼された腕のいい仕立て屋のジョンは、娘のメアリーとともに、ローリー卿の館に滞在し、世にも豪華なマントの制作に励む。しかし、女王の暗殺を企むカトリック教徒の陰謀を耳にしてしまった父は、暗殺

され、メアリーはたったひとり、天涯孤独の身となってしまう。

女性が、しかも未婚の若い少女が、一人前の仕立て屋として領主のマント作りを任されるはずもない時代に、運命のいたずらから、ほかに刺繍を仕上げられる者はいないから、とメアリーは父の遺した仕事を引き継ぎ、懸命にマントの仕上げに尽力する。自分の職人としての腕に自信をもち、その技術に誇りをもつメアリーは、その無欲さゆえに、その率直さゆえに例外的に女王に召抱えられ、そば仕えの身となる。

この物語は歴史小説でありながら、普遍的な児童文学のテーマをなぞり、無名の主人公が、父の後継者をめざし、アイデンティティをもとめて身を立てていく成長小説であるともいえる。

さらに女性が仕立て屋として自立するという、まれな立身出世譚としても読めるため、女性のキャリア小説のひとつとも考えられる。

そういった超時代的な要素もふくみながら、この物語が歴史性を強く感じさせるのは、やはり詳細に描かれる服飾の具体性、知識に裏打ちされた事実のおかげであろう。エリザベス女王時代の男性の服装は、豪華絢爛、奇抜ともいえるような趣向を凝らし、派手で贅沢なものだったし、かつらの着用や髪粉、化粧なども、ひょっとしたら女性よりもずっとおしゃれにおこなわれていたのである。

メアリーが作っていたような豪奢なマ

若き日のエリザベス女王の姿。肖像画を描いた画家は不詳。

ントは、世界中での貿易で得られた異国の素材がふんだんに使われ、その下のズボンはどんどん短くなって、おしゃれな貴族の男性は、脚線美を競うようになった（女性が足を見せるようになるのは20世紀になってからであり、脚線美が女性のものとなるのは比較的新しい）。

白のタイツを2枚重ねにしてすね毛を隠し、ふくらはぎの筋肉を引き締めるためのエクササイズ・マシンまであるとは、イギリスのマナーハウスを見学した際に知ったことであるが、まさにそんなファッションの世界のただ中にも、それを作る人がいることを思いだせてくれる。

エリザベス女王のつき添いになったメアリーは、献身的に女王の身の安全を確保しようと奔走するが、同じ時代を背景に、カトリックのメアリ女王側から名もなき人の歴史を、タイム・ファンタジーのかたちで描いたアリソン・アトリーの『時の旅人』と併せて読むとより興味深いことであろう。

（川）

☞大航海時代（414p）　☞数えで15（334p）

嘉永6年5月18日　幕末、東北の民百姓はついに立ちあがった

『白赤だすき小○の旗風　幕末・南部藩大一揆』
後藤竜二
新日本出版社　2008年

　時は幕末。舞台は南部藩。南部藩下636ケ村が一斉に蜂起し、百姓衆は「小○＝困る」と記したむしろ旗に白赤だすきで立ちあがった。そして、隣の仙台藩を動かし四十九ケ条（「始終苦」とかけて）の要求をすべて南部藩にのませる。本書はこの史実「三閉伊一揆」にもとづいた壮大な歴史活劇である。物語は嘉永2（1849）年秋、20歳の万吉の帰郷から動きだす。

　万吉は13年まえ、7つになったばかりの時、酒屋奉公がいやで早池峰山に逃げこんで以来、さまざまな仕事のどれも長続きせず、4年まえに武家奉公するが、奉公先が南部藩主父子のお家騒動にまきこまれて閉門となる。万吉まで、激しい拷問を受け、盛岡城下を追放され、惨めな生活をきらってとびだしたふるさとの七滝村へもどってきたのだった。

　万吉が目にした村はますます疲弊していた。南部藩家老石原汀にとり入り、金と暴力でのしあがってきた佐藤儀助がいくつもの鉄山と運送業を支配し、重い年貢にあえぐ村人の窮状につけこみますます私腹を肥やしている。万吉が身を寄せることになったつつじ屋敷の倉治は、小作人たちの暮らしをなんとかしようと漁業に工夫をこらす心ある地主だが、儀助の手下のいやがらせや、収穫をあげてもさらにそれを上回る取り立てでしだいに追いこまれている。

　弘化の大一揆（1847年）を率いた弥五兵衛は殺され、弥五兵衛の右腕鬼蔵は捕らえられ、万吉の兄市蔵は1年ほどまえから消息不明である。村の衆は「どろのようになにごとも語らず、無気力にただ毎日を仕事におわれてくらしている」。儀助の番頭や手下は、倉治のところで働く者の家をわがもの顔で荒らしていく。くり返される理不尽な暴力に、なぜ頭を垂れてやり過ごすばかりなのか、いらだつ万吉に、幼なじみの小枝はいった。「かっとおこることくらい、だれにだってできる」が「家族や村の人たちとともに生きていく十年先、二十年先のことを考えて、じっとがまんしている」と。

　はたして、「あほうのいばる世」を終わらせるべく、水面下でねばり強い準備はすすめられていたのだ。万吉が帰郷した翌年、嘉永3年の夏、蝦夷（北海

嘉永6年5月18日

道）のペケレオタに連行され激しい労働に就かされていた鬼蔵——弘化の大一揆の頭人の右腕といわれたその人が一揆のための秘密組織「風花組」の手で救いだされる。鬼蔵を救いだしたひとりは、万吉の兄市蔵だった。鬼蔵をリーダーに、風花組による根気強い準備が重ねられていく。そうとは知らず、万吉が村の若者たちと始めていた棒踊りも、一揆へと集結する土台となっていく。

万吉の目には、ただ無力に儀助に搾りとられて死んでいったと映っていた父が、「弥五兵衛さまのいいつけをまもって」毎月弥五兵衛の命日である17日になると、一文銭を竹筒に入れていたと知る。命を張っているのが自分たちばかりだと思いあがったら、一揆に立ちあがるまえにもう負けなのだと、万吉は母に諭されるのだった。

目の前の成り上がりや小役人ひとりが敵なのではない。その背後にある大きな敵を倒し、民百姓の世の中をつくる——一発勝負ではない、長い長い闘いを勝ちぬくために結束という力を蓄えた民衆の長い長い営みを、万吉というひとりの青年を軸にして語ったこの物語。百姓だけでなく、お家騒動で追われた侍たちが義賊として結集した「黒森組」、乞食を引き連れてただ「娘仇討白石口説」を歌いつづけた無一弁天、かくし念仏の信者、勢力を伸ばしてきている商人吉里吉里屋などなど、さまざまな人びとがうごめく。たとえば、倉治に対して、吉里吉里屋善兵衛は中国での太平天国を引き合いに、「なぜそれだけの見通しを持たぬ」と厳しいことばを浴びせた。マグマのように随所で高まる内圧をどちらの方向へ噴出させるのか、ひとつの大きな曼荼羅図が織りあがっていく。

嘉永6（1853）年5月18日、いよいよ「小〇」の旗を翻らせ蜂起。一揆衆が脱落者も死傷者も出さずにゲリラ戦を展開していたころ、幕府はアメリカやロシアに開国をせまられ右往左往していた。人間が動かす歴史のダイナミズムを体感させる迫力の一冊である。（西）

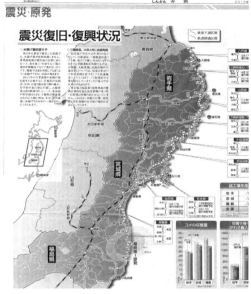

2012年3月10日「しんぶん赤旗」より。大一揆の舞台は、約160年後、2011年3月11日の東日本大震災被災地と重なる。

☞文政8年12月14日（422p）

時を動かす

395

神さまの声を聞いた日　血縁や力へのこだわりを超えて

『祈祷師の娘』
中脇初枝
卯月みゆき 絵
福音館書店　2004年

　「わたし」こと春永が暮らす家族はちょっと複雑だ。「おとうさん」と呼んでいるのは、実の母親である春子が再婚した父。実の父は春永が小さいころに亡くなったという。また、「おかあさん」と呼ぶのはその父の妹。実の母春子は再婚したがうまくゆかず、8年まえに春永をおいて出ていってしまった。そして、「おかあさん」の娘の和花ちゃんは高校生で、中学生の春永にとっては「お姉ちゃん」ということになっている。つまり、この家には、春永と血のつながりのある人は誰もいない。

　また、春永の暮らす家は、すこし変わってもいる。「おかあさん」は、祖母のあとを継いで、祈祷師をしている。家には鬼子母神を祭る祈祷所があり、さまざまなサワリをかかえた人のお祓いをするのが仕事だ。祈祷師になるには、人には見えないものを感じる特別な力が必要なのだが、祖母や母の血をひく和花ちゃんにはごく自然に備わっているそういう力が、「わたし」にはない。

　だから春永は、どんな寒い朝も「おとうさん」と一緒につらい水行をする。「なんみょうさん」「おがみやさん」と呼ばれる祈祷師の家の娘として、すこしでも役に立つ力を得たいと思うからだ。しかし、それでいて、記憶のなかの母と夏祭りの時にすくった金魚を見れば、心が揺れる。大きくなった金魚は、唯一血のつながった人をいやおうなく思いださせる。また、クラスの男の子が祈祷師という仕事をうさんくさくいうのをはねつけることもできない。特別な力もなく、血のつながりもなく、祈祷師の家の娘でいることは、なんと頼りないことか。

　そんな春永にとって、自分ではなく、和花ちゃんが、「神さまの声」を聞いた日は、決定的な意味をもつ。祈祷師を継ぐ娘には、ある時必ず「おしらし」がくる。和花ちゃんも、赤ちゃんの泣き声や神託が聞こえ、吐き、血を流し、気を失うほどのものすごい変調をのりこえて、人助けをせよとの「神さまの声」を受け入れる。祈祷師の血を継ぎ、和花ちゃんが正真正銘の祈祷師になった以上、春永はこの家の中に、自分の居場所はないと思い定める。そしてこの日、春永は、祈祷師の家を出て、実の母のもとへ向かお

神さまの声を聞いた日

うとするのだ。

しかし、じつはそんな春永だからこそ、誰よりも深く理解できるつながりがあった。近所に住む小学生のひかるちゃんは、春永とは逆に、生まれながらにしてさまざまな霊が見え、予知や透視の力をもつ。そのため、しばしば得体のしれないモノにとり憑かれ、正気を失って暴れ、祈祷所に担ぎこまれてくる。そのたびに「おかあさん」や和花ちゃんが祓ってあげるのだが、学校でも気味悪がられ、「ばけもの」扱いされていた。しかも、そんなひかるちゃんのことを、誰よりも受け止めかねていたのは、その両親だったのである。「気味がわるい」「なんであの子ふつうじゃないんですか」と訝しみ、祈祷に頼ることを恥じるママとパパ。力がありすぎて家族に容認されないひかるちゃんと、力がなくて祈祷師の娘になれない春永とは、方向性はちがっていても、その居場所の頼りなさでは相似形なのである。

そんな相似形としてのひかるちゃんに対する春永の理解と優しさ。それを、よく知っていたのは、じつは祈祷師の「おかあさん」だった。春永こそがひかるちゃんを「一番わかってあげてる」支えなのだと、「おかあさん」にいってもらった時、春永ははじめて、血のつながりや力の有無を超えて、自分の存在を認めることができる。「ばけものでいいよって、言ってあげてください」と、ひかるちゃ

駅前交番で母の住所を尋ねる。

んの両親にいうことができるのだ。このことばは、力がなくてもいいと自分を肯定し、血がつながらなくてもいいと「おとうさん」「おかあさん」、和花ちゃんとの暮らしを認めていく春永自身の自立宣言にほかならない。

作者中脇初枝は、デビュー作の『魚のように』から、『稲荷の家』『きみはいい子』など、さまざまな作品で、不和や虐待を秘めた複雑な家族を描くことが多い。それは、家族の再生を示すためではなく、むしろ血縁家族へのこだわりから解放され、より広いつながりへと関係を開いていくためであると思える。

春永もまた、「神さまの声」を聞かなかったかわりに、ひかるちゃんや「おかあさん」、その他たくさんの声とつながることができた。祈祷や神託といった独特の伝承世界をとりこみながらも、描かれているのは普遍的な居場所探しの物語、自立のための時間なのである。　（奥）

☞家族になる時（142p）　☞3つの時から（316p）

時を動かす

397

決断の時　「ゆっくりと、ときに速く、そして自由に」歩きだす

『ミアの選択』
ゲイル・フォアマン
三辺律子 訳
小学館　2009年
（Gayle Forman, *If I Stay*, 2009）

　人生は小さな決断の積み重ねである。どんな仕事に就くのか、どんな学校で学ぶのかといった将来を左右する大問題から、朝食はパンにしようかごはんにしようか、セーターを着ようかカーディガンを着ようか、といった日常のささいな事柄まで、意識していようといまいと、人は日々選択をせまられて暮らしている。けれども、ことが生死に関わるとなればどうだろう。たとえば、瀕死の重傷でＩＣＵ（集中治療室）に横たわっている時に、この世にとどまるか旅立つかを自分で決めるようせまられたとしたら？
　17歳のミアが直面したのはそんな事態である。

＊　＊

　ミアは、オレゴン州で暮らす高校3年生。ロックミュージックを愛する両親と、年の離れた弟との4人家族で、このうえなく幸せな日々を過ごしていた。悩みといえば、恋人のアダムと過ごす時間がどんどん短くなっていることぐらい。人気急上昇中のロックバンドでメインボーカル兼リードギターを務めるアダムはツアー活動で忙しいうえに、ミア自身もジュリアード音楽院への進学準備で、チェロの練習に明け暮れていたからだ。
　アダムとつきあいはじめたのは2年まえの春。音楽棟でいつもチェロの練習に熱中していたミアを、1学年うえのアダムがデートに誘ったのが始まりだ。人気者のロッカーがもの静かなクラシックおたくに差しだしたのは、ヨーヨー・マのコンサートチケットだった。
　以来、ジャンルはちがっても音楽に対する愛と情熱を介して、ゆっくりと愛を育んできたふたりだったが、アダムがシアトルのレコード会社と契約してメジャーデビューしたいま、ミアがニューヨークのジュリアードに進学すれば、西海岸と東海岸に離れ離れになる。試験は予想以上の出来栄えだったので、きっと合格するだろう。でも合格したら、ニューヨークに行くのか、オレゴンに残るのか、自分で決めなくてはならない。いっそ不合格だったらいいのにと思うミアだった。だが、合格通知が届かないうちに、彼女はそれとは比べものにならないほど過酷な決断をせまられることになる。
　その朝も、食卓ではいつもどおり幸福

な時間が流れていた。しかし、そのすぐのちに家族4人で乗っていた車に、時速100キロで走ってきた4トントラックが側面から突っこんだのだ。両親は即死。後部座席にいたミアと弟のテディは、救急病院へ運ばれ、ミアはさらにヘリコプターでより高度な治療ができる病院へと搬送される。肋骨は折れ、内臓も呼吸器もめちゃくちゃ、足はごっそり肉が削げているうえに、脳挫傷もあって、顔も整形が必要だ。かろうじて緊急手術はすんだものの、ICUでたくさんのチューブにつながれて、いつ生命活動が停止してもおかしくない、そんな状態だった。

ミアがめざしたジュリアード音楽院。ヨーヨー・マも、かつてここで学んだ。(写真提供：森菜穂美氏)

昏睡状態のなかで、ミアの魂は肉体を離れ、祖父母やおじおば、いとこたち、そして親友のキムなど、続々と駆けつけてくる関係者の悲しみと心配、医者や看護師の会話など、自分の周囲で起きていることすべてを見聞きする。幸福だった過去と、悲惨な現在を行き来しながら、愛する人びとのことばに耳をかたむけるうちに、ミアは気づく。この世に残るかどうかを決めるのはほかの誰でもない、自分自身なのだと。

原題は、ミアが何度も自問したはずのことば――「もし、とどまるなら」。家族を失い、心身に大きな傷を負った者にとって、その選択はいばらの道。だから、テディが逝ったという知らせが届いた時、ミアも、幼い弟の決断をしかたがないと受け入れる。そしてついには、彼女自身にも決断の時が訪れる。

全編に音楽が散りばめられた物語のなかで、決断の時を彩るのは、ガーシュウィンの「3つの前奏曲第2番　アンダンテ・コン・モート・エ・ポコ・ルバート」、ブルースを思わせるけだるいピアノ曲だ。だが、アダムがミアの耳につけたヘッドフォンから流れだしたのは、彼女自身の体の一部ともいうべきチェロの調べだった。演奏者はもちろんミアが敬愛するヨーヨー・マ。

曲名の一部にもなっている「アンダンテ・コン・モート・エ・ポコ・ルバート」とは、速さに関する演奏方法を指示することばだ。――散歩をするようにゆったりと、ときに速く、そしてテンポを自由に変えながら――そんな風に歩めばいい。チェロの重低音に託したアダムの深い思いは、ミアの心に届いたはずだ。

（水）

産業革命　「はぐるま」がもたらした町の盛衰

『ナシスの塔の物語』
みおちづる
ポプラ社　1999年

　架空の町ナシスの急激な発展と破滅のさまを読んで、わたしたちはいまの生活を省みざるを得ない。これはそんなファンタジー作品だ。

　主人公リュタは、砂漠の辺境の町ナシスのパティー屋の息子である。パティーとはこの地方の主食で、朝早くから職人たちの重労働で作られている。リュタは11歳になった時から厨房の手伝いをしている。尊敬する職人の仕事ぶりにあこがれもいだいているが、父親のことは厳しいばかりに感じている。リュタの母親はお産の時に亡くなっている。母親代わりに世話をしてくれるおばさんの、真綿でくるむような優しさにも、リュタは時としていらだちを感じてしまう。そんな不満もあるが、放課後には幼なじみと砂タカの巣を見にいったり、まだ遊ぶことも許される子ども時代をおくっていた。

　ナシスにはときどき砂漠の隊商がやってくる。さまざまな珍しい品をたずさえた彼らがやってくると、町はにわかに活気づく。リュタはそんな隊商と同行していた歯車屋ドロスと出会うのだが、この「はぐるま」がナシスを大きく変化させることになるのだった。

　ドロスはナシスに店を開き、さまざまな機械を作る。ペダルを踏むだけで動く「車」、重い石を簡単に運べる石運び機、片手で回せる臼回し機、皮たたき機、鉄打ち機などなど。火おこしで失敗しては厳しく叱られ、毎朝たいへんな苦労をしているリュタは、火おこし機を見て、それが店にあったらどんなに楽になるだろうと思う。だが、リュタがどう熱弁しようと、リュタの父は「はぐるま」には一向に興味を示さない。しかし、歯車屋の機械は高額であったにもかかわらず、だんだんと手に入れる店は増え、さまざまな職人の手仕事で成り立っていた町の構造が大きく変化しはじめる。小さな労力で大きな生産力をもつ歯車屋の機械のおかげで、石は切りだされ建物は増え、町は拡大していく。

　ナシスの発展に血が沸きたつような気がしていたリュタも、学校を卒業すると同時にパティー屋の見習いとなり、いままで以上に厳しい父のもとで修行する日々になる。自分も職人技を早く身につけたいと思うと同時に「はぐるま」への

産業革命

関心も熱いままだ。そして、若者らしい熱意で、パティーのタネをこねあわせる機械の開発に協力してしまう。技術革新という近代化の流れが、職人の父と子の確執を生むのは、現実世界と同じだ。

そんな発展と対局にあるのが、町外れの丘に住む少年「トンビ」の存在だ。トンビは石を拾って石大工に渡す仕事をしているのだが、彼が拾ってくる石は形も大きさもばらばらだ。石大工たちは、そんなトンビの仕事ぶりをいやがる。トンビは、石大工たちにひきとられなかった石をすべて丘に持ち帰り、こつこつと塔を組みあげていたのだった。そして、その塔の上から、育ての親タリムばあさん仕込みの「かざみ」で「あした、さばくの、かぜ。すな、ふる」などと大きな声で町の人に伝えていた。もともと、町の人から蔑まれ距離をおかれていたトンビではあったが、ドロスの「はぐるま」で町が忙しく拡大、成長を始めてからは、あからさまに敵意を向けられ、排除の攻撃が始まる。

機械化がすすみ、生産力があがり、町が大きくなる。その過程で、「はぐるま」の助けで仕事は楽になったはずなのに、人びとはいらだち、町中での諍いは増えていた。砂から町を守っていたナンバ草は刈りとられ、ひそかに砂漠化は進行していた……。そして、リュタが見習い明けしたまさにその日、トンビが予見した巨大な砂嵐が町を襲ったのだった。

＊　＊

「はぐるま」がもたらした産業革命ともいえる発展と、自然の逆襲による破滅はまさに、わたしたちが便利さとひきかえに失った、あるいは、失いつつあるものを一望させている。

わたしたちも、すでに何度も、「はぐるま」に踊らされて失ったものに気づくきっかけはもってきたはずだ。ナシスの町をドロスは去ったが、わたしたちの現実は？　未来は、わたしたちがトンビの風見を聞く力をもっているかどうかにかかっていそうだ。　　　　（西）

インカ帝国の都だったクスコ（ペルー）のサクサイワマンにて。ふぞろいな石は組みあげると強い。

7年　自分らしく生きるために

『超・ハーモニー』
魚住直子
講談社文庫　2006年

　響は13歳。激しい受験競争を勝ちぬいて有名私立中学に入学したものの、たった2か月で限界を感じはじめていた。授業についていくのが難しく、毎日勉強しても追いつかないのだ。帰宅後はすぐに机につくけれど、体がだるくてやる気が起きない。焦りと不安に苛まれ、ぶ厚い張りぼての人形の頭をかぶっているような息苦しい日々を過ごしていた。

　学校では、大人びた同級生たちに気後れするばかりだし、クラスのなかには陰湿な輩もいるので隙をみせるわけにはいかない。家でも、優秀な息子を見せびらかすのを生きがいにしている見栄っ張りの母親と、息子は優秀で当然と思いこんでいる偏狭な父親に対して、苦しい気持ちを打ち明けることができない。たまりにたまった鬱憤は、お人好しのクラスメートからお金をまきあげる行為へと、響をかりたてるほどになっていた。

　7年まえに家出したきり姿を見せることのなかった兄の祐一が、突然帰ってきたのはそんな時だった。年齢がひとまわりもちがう響にとって、6歳の時以来会っていない兄の印象はそもそも薄い。それでも、えらのはった顔に細い鼻筋、目じりのさがった二重まぶたなどには見覚えがあった。だが、おどろいたのはその姿だ。サッカー部員で黒く日焼けしていた「にいちゃん」は、ゆで卵のような白い肌に化粧をして、クリーム色のワンピースで身を包んだ「女の人」になっていたのだ。

　勤務先が改装工事のために休業するあいだ3週間だけ、家族のもとで過ごしたいというのが「にいちゃん」の願いだった。両親は、その願い自体は聞きいれたものの、歓迎とはほど遠い冷淡な態度をとりつづける。響は、そんな両親を横目で見ながら、できるだけ関わらないでおこうと考える。そもそも響は、佑一が東京で女性の格好をして働いていると聞いてからというもの、「にいちゃん」はテレビで見たニューハーフタレントのようになったのだと考えていた。派手な服装と下品な言動で視聴者の笑いを誘う厚化粧のタレントは、響にとって笑いの種でしかない。だから、兄弟として実感が薄い「にいちゃん」のことも笑い話でしかなかったのだ。

けれども、帰ってきた佑一の服装や化粧は派手ではなかった。言動も上品かつ穏やかで、からかえる雰囲気ではない。それでも男であることは一目瞭然だから、違和感を消すことができない。笑うことはできず、かといって受け入れることもできないために、響は困惑する。なにより不思議だったのは、家族をこんなにも落ち着かない気分にさせているのに、佑一自身が、恥じることも悪びれることもなく堂々としていることだった。

佑一は、家族の思惑など気にせず、規則正しい生活をして、仕事の再開に備えて踊りの練習をしたり、趣味のピアノに時間を割いたりして過ごしていた。「ふつうの人生」から脱落した「女装した化け物」だと見下していた兄が、自分よりずっと楽しげに人生を謳歌しているようすを目の当たりにして、響は自分の将来に思いをはせ愕然とする。青息吐息になって敷かれたレールの上を走りつづける日々を、これから死ぬまで続けることになりそうだと気づいたからだ。

親の期待に添おうとして、子どもはしばしば無意識のうちに仮面をかぶる。息苦しさを感じても、仮面の存在に気づかなければ脱ぐこともできない。兄が家出してからというもの、両親の期待を一身に背負ってきた響はまさにそんな状態だったのだ。7年かけて自らつくり、かぶりつづけてきた仮面……響は、兄のおかげで、つねづね感じていた息苦しさの原因に気づくことになったのである。

性的少数者も千差万別。大事なのは「にいちゃん」がトランスジェンダーなのか、トランスヴェスタイトなのかといったことではなく、いまの姿が「にいちゃん」の望むものなのだという一点に尽きる。
写真は、ドラァグ・クイーンと呼ばれる女装パフォーマー。

かたや、佑一にとって、この7年は自分らしく生きるために要した時間だった。歓迎されないことがわかっているのに家族のもとへ帰ってきたのは、仮面を脱ぐだけでは本当の意味で自由になれないと気づいたからだ。仮面を脱いだ自分を認めてもらえてはじめて、親の思いにしばられることなく、自分らしさを追求できるのだと。

愛情の発露としての期待と、期待という名の抑圧──すれ違う思いを正面からぶつけあった時、止まっていた親子の時は7年ぶりに再び動きだすことになるのである。　　　　　　　　　（水）

10歳になったら　きてほしくない誕生日

『ひねり屋』
ジェリー・スピネッリ
千葉茂樹 訳
理論社　1999年
（Jerry Spinelli, *Wringer*, 1997）

　奴隷制、徴兵制など、人間の歴史には、その時はまったく当たり前に思えた制度が、差別的、暴力的、強制的だとして、見直されたり、廃止されたりすることがある。その変更をせまる動きや闘いは、誰かの小さな違和感と小さなドラマが集まって湧きあがる。

　たとえば、マーク・トウェイン作『ハックルベリー・フィンの冒険』では、少年ハックは、逃亡奴隷のジムと旅をすることで、奴隷制度への違和感をいだく。しかし、奴隷制度が正しいと信じられていた時代や地域において、奴隷のジムを助けることは「地獄におちる」ことに等しい。制度と違和感とのあいだで、ハックは悩みに悩むが、そうした小さな苦悩が、制度を変えるひとつのきっかけだ。

＊　　＊

　本書において、制度と自分の違和感とのあいだで悩む少年は、パーマー・ラルー。パーマーの住む町では、8月のファミリー・フェスティバルで腕に覚えのあるシューター（射撃手）たちが5000羽の鳩を撃ちあう「鳩撃ち大会」がおこなわれる。そして、10歳になった男の子は、撃たれて瀕死の鳩の首をひねってとどめをさす「ひねり屋」になると決まっている。作者のあとがきによれば、大量の鳥が殺戮されるこうした伝統行事は、けっして架空のものではないらしい。この作品でも、より多く撃ち殺したシューターは表彰され、大会を支えるひねり屋になることは、強い男の子の名誉でもある。10歳の誕生日は当たり前に待ち遠しく、そのまえの誕生日ごとに、男の子たちは「伝説のひねり屋」といわれる上級生から、腕を殴ってもらって痣をつくる「儀式」さえおこなわれているような町なのだ。

　しかし、パーマーは、幼いころから「ひねり屋」にはなりたくないという思いを心の奥にかかえてきた。「情けをかける」といって、撃ったりひねったりして鳩を殺す制度への疑問は、はじめて鳩撃ち大会を見た4歳の時から消えない。「赤く染まった芝生。火を吹く銃、銃、銃。空から落ちてくる鳥」「まだ息のある鳥は、はばたきながら酔ったように芝生の上をかけまわる」といった鳩撃ち大会の光景を、ずっと受け止めかねてきた。

物語は、そんなパーマーの9歳の誕生日から始まる。7月。「ひねり屋」への違和感をいだきつつも、なにより男の子の友だちがほしいパーマーは、誕生日に町の悪ガキたちを家に招き、「スノッツ（鼻くそ野郎）」なるニックネームをもらい、「伝説のひねり屋」から年の数だけ腕を殴ってもらうという儀式にも耐えてみせる。

窓辺にやってきた1羽の鳩。

つるんでいたずらをし、強がり、必死に「なかま」に同調しようとするパーマー。ひとりになりたくない思いから、自分の違和感は必死に抑え、制度に順応しようとするパーマーを、笑える者はおそらくいないだろう。

しかし、そうして「なかま」を得た冬のさなか、もうひとつ奇跡的なドラマが展開しはじめる。よりによって、パーマーの部屋の窓に、1羽の鳩がやってくるのだ。鳩は、追い払おうとしても、コツコツと窓をつつき、あげた餌を食べ、ユーモラスなしぐさで部屋の中を歩きまわる。美しい8つの色を身にまとい、信頼しきったように棚の上で眠る鳩に、パーマーはどんどんひかれていき、「ニッパー」と名づけて、ひそかに飼いはじめるのである。

しかし、もちろん「汚らしい羽の生えたネズミ」と呼ばれ、標的となる鳩を飼っていることが知られたら、この町ではふつうには生きられない。10歳の誕生日が刻々とちかづいてくるなか、パーマーは、ニッパーの存在を、家族や「なかま」たちから必死に隠そうとする。また、非情にも始まってしまう鳩撃ち大会の場面では、パーマーは鳩の目になって世界を感じる。その息苦しいほどの緊張感と臨場感。やがて、どこまでも孤独に見えたパーマーの闘いが、意外にもさまざまな人びととの心を動かしていたことも、すこしずつわかってくるのだ。

きてほしくなかった10歳の誕生日。生きているかぎり、その時から逃れることはできないが、パーマーはとうとう「いやなんだ」ということばを「なかま」の前で口にする。「なにもかもがいやなんだ！ 儀式も、ひねり屋も、スノッツも！」。その小さいながらも力強い違和感の表明と、小さな鳩とのあたたかなドラマが、動かしがたく見えた制度を、確実に変えていく。制度のなかで生きていくのが人間なら、制度を壊していくのもまた、人間なのだ。 （奥）

終戦　過去の記憶との対話

『八月のサンタクロース』
鶴見正夫
岩淵慶造 絵
金の星社　1982年

　夏休みの真ん中、8月15日、田所俊夫の家に、突然見知らぬひとりの外国人が訪ねてくる。その挙動不審なようすに警戒する俊夫であった。しかし、よくよく尋ねてみると、ミスター・サイトと名乗った外国人は、俊夫の父の一郎を訪ねてきたのだった。

　おどろいた俊夫や父の一郎は、高校の英語の先生である春子先生に通訳をしてもらう。通訳の春子先生によればサイトはある人にある物を託されたのだった。

　一郎は、最初はサイトの申し出になんのことやらと困惑するものの、赤いサンタクロースの服を見せられ、ある人が誰であったか思いだす。サイトは終戦時に一郎にサンタクロースの格好をして会いにくると約束をしたアメリカ兵のマックが着る予定であったサンタクロースの服を持ってきたのだった。

　春子先生の通訳をつうじて、徐々に当時の出来事と、その後の出来事が明らかになっていく。

　第二次世界大戦後、俊夫の家のある新潟県の北の端にあるM市では進駐軍におびえる日々が続く。そんな時、一郎の父の重蔵の家の日の丸が、アメリカ兵によって奪われそうになる事件が発生する。この事件で日の丸を奪おうとした人物こそが23歳の若い兵隊マックであった。

　その後、マックと重蔵は和解し、家族ぐるみで友好的に交流し、マックは重蔵の家に頻繁に遊びにくるようになるのだった。まだ子どもだった一郎は友だちを呼んできて、マックと楽しく交流する。

　ただし、その交流のさなかにも、戦後の日本の諸相が描かれる。南の島で夫を亡くした隣人の太吉の母がマックに気持ちを訴え、またマックも戦場では殺すか殺されるしかなかったことを伝え、戦争の悲惨さが訴えられる。

　12月に入り、一郎の父の重蔵と一郎はクリスマスに赤い服を着て帽子をかぶりサンタの格好をして訪ねてくると約束したマックを待ちわびていた。しかし、マックは現れることはなかったのである。マックは命令により朝鮮戦争へ行ったのであった。

＊　＊

　この物語は、そのマックの想いを代理人として遂げにサイトがやってくるまで

終戦

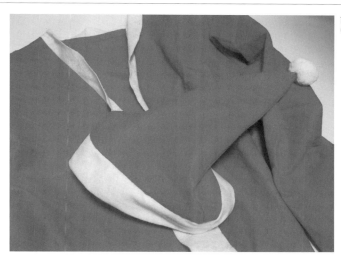

サンタクロースの赤い服と帽子は長い時間を経て、一郎の前に。

の戦後の約30余年を描いていく。

そして、新潟に実際にあった連合軍による進駐と進駐軍への対応に混乱するようすを新潟生まれの作者は克明に描いている。また、それのみではなく、戦時下の闇屋などについても詳しく描かれている。つまり、本作品は重蔵・一郎・俊夫という3代の日本人とアメリカ兵とのおどろくべき関わりを描くことを縦軸としながら、横軸には新潟県の戦後という大きなうねりの時代を、すべてではないにしろ克明に、人びとの感情を追いながら描こうとした意欲的な作品といえる。

とくにこの物語の興味深い点は、終戦を体験した父ではなく、その子ども、戦争をまったく知らない、興味もなかった俊夫を主人公としている点である。

第二次世界大戦の経験と、日本の戦後を、戦争体験のない子どもたちにどう伝えるのか。「戦争児童文学」はどうあるべきなのか。意見の分かれるところである。本作品も戦争の悲惨さは主張するものの、戦争については悲惨というのみでその実情に比してあいまいな印象をあたえる部分もある。また、アメリカ兵と日本人との交流も、太吉の母の例はあるものの、互いに好意に満ちており、違和感を感じる部分も存在する。

とはいえ本作品は、舞台設定を新潟県のM市に特定し、さらに親子3代に関連するエピソードを作りだすことで、第二次世界大戦と戦後の記憶を、可能なかぎり広い視点から現代の子どもたちに伝えようとする。この試みは「戦争の時」といまの「われわれの時」はつながっているという意識をもつことを読者に読みとらせるのである。 （大）

☞終戦（44p）

10年間　呪縛の10年と奇跡の半年

『秘密の花園』上・下
バーネット
山内玲子 訳
岩波少年文庫　2005年
(Frances Hodgson Burnett, *The Secret Garden*, 1911)

　10年間、両親に放っておかれたうえ、孤児となってインドからイギリスのヨークシャの田舎にある伯父の家にひきとられたメアリ。その伯父の息子で、病身であることから、人目を避けて屋敷の中に幽閉されているも同然の10歳のコリン。コリンが生まれた時、妻が亡くなり、その死を悼んで10年間、ヨーロッパ各地をさまよう屋敷の主人にしてメアリの伯父、コリンの父、クレイヴン氏。クレイヴン夫人の死の原因となったのは、座っていたバラの木の枝が折れたからで、夫は悲しみのあまりその木があるバラ園に鍵をかけて、閉ざしてしまった。だから、そのバラ園は秘密の花園となり、10年間、見捨てられていた。

　こうして、ヨークシャの荒野(ムーア)のはずれにあるミスルスウェイト屋敷は、10年の呪いにしばられていたのである。

　昔話の「いばら姫」なら100年の秘密は、おのずと100年めに訪れた王子さまによって解かれるのだが、秘密のバラ園の謎は、10年めに、ここにやってきたメアリによって明るみにだされる。王子さまがお姫さまを目覚めさせるのではない、少女が、しかも児童文学の主人公らしくもなく、無愛想で不器量で人好きのしない少女が、10年間寝たきりの少年を、怒鳴りつけて挑発し、寝床から引きずりだすのである。

　そんな意味で、『秘密の花園』は、「いばら姫」のパロディでもある。コマドリに導かれて、棘だらけの枯れたバラの枝の茂みに隠れた鍵穴を見つけ、鍵を見つけたメアリは、「いばら姫」のように眠っている暇などなかった、と語られているとおり、自らの手で10年間秘められていたバラ園を再生させようと、一生懸命庭作りに励む。

　最初にメアリがその庭を見つけたのは冬だった。何もかもが枯れて緑のない庭園へ、ひとりで出ていった彼女の心も、愛された経験がない子どもの孤独と無気力のため、凍りついていたのである。

　だが、冬の庭で庭師のベンに出会い、コマドリに導かれ、枯れて凍ったような土に、かすかな春の息吹を見つけたメアリは、ディコンという助っ人を得て、耕し、種をまき、それが芽を出すのを観察してゆくうちに、自然の再生の力が、自

らの心をとかしていくことを実感する。

やがて春は深まり、今度は屋敷の奥に見つけた同い年の従兄コリンを引っぱりだしたメアリは、彼をもまきこんで、秘密の花園再生計画を達成する。庭師のベンやディコンの母の力も借りつつ、子どもたちは自分自身で、「子ども時代」をとり返し、10年間放棄されていた花園を再生させるのである。

メアリが屋敷に来てから半年。冬は夏に変わり、屋敷をとりまく荒野も、ヒースの紫、エニシダの金色に彩られる季節となる。メアリとコリンが、かわいげのない、子どもらしくない存在から、元気に走りまわる明るい子どもたちへと再生するさまと、冬景色が奇跡のように夏へと輝きだすのは、同時並行して描かれる。

メアリが生まれてからの10年間、彼女は季節の変わることのない熱帯に暮らしていた。いつも暑くていつもだるくていつも病気だったインドでのメアリ。ハイビスカスの花を砂につきさしてもすぐに枯れてしまう不毛の土地。それは彼女の、ネグレクトされ、停滞した子ども時代を象徴している。この熱帯の国の描写がステレオタイプにも、イギリスの四季のある自然と対比されているということ

コマドリに教えられてメアリは塀の扉を探す。1911年新版のチャールズ・ロビンソンの挿絵。

は差し引いても、半年の奇跡が10年の呪縛を解いたということはいえるだろう。

一方、コリンは生まれた時から病弱であったうえ、その誕生が母の死を招いたというスティグマを負わされ、父から疎まれている。背骨に障害がある父は、息子にその病が遺伝しているのではないかと恐れ、息子を見ようとしなかった。10年間、コリンは屋敷の中に閉じこめられ、いないものとしてあつかわれていた。

大人のいいなりになど絶対にならないメアリであったからこそ、そして彼女がコリンと対等な10歳のわがまま娘であったからこそ、彼女はコリンの10年の呪縛を解き放つことができたのである。

もうひとり、10年の呪縛にとらわれた人物がいる。10年まえの妻の死から立ちなおれないでいるクレイヴン氏だ。旅の途中、ふと見た夢のなかで、「お庭にいます」と呼ぶ亡き妻の声を聞き、旅を中断して帰国したクレイヴン氏は、美しくよみがえったバラの庭の中から、元気にとびだしてくる息子を抱きとめる。

この半年は、こうして暗い10年の呪縛をすべて解き放った。『秘密の花園』とは、自然の力が、とらわれた人びとを救う物語である。　　　　　　　　（川）

1498年　錬金術への情熱がたぎる一夜

『アドリア海の奇跡』
ジョアン・マヌエル・ジズベルト 作
アルフォンソ・ルアーノ 絵
宇野和美 訳
徳間書店　1995年
(Joan Manuel Gisbert, *El Talismán del Adriático*, 1988)

「一四九八年の春も終わりに近い、ある夕方のことだった」。物語は、この一文で始まる。だが、1498年という年号を見て、それがどんな年であったかをすぐに思い浮かべられる人はあまりいないだろう。まして、舞台は、「クロアチアのウプラにあるベネディクト会修道院」。500年もまえのどこか遠い国の話である。はたして、読みすすめられるか、不安を覚える人もいるかもしれない。

しかし、実際には、謎とスピード感のある展開に一気にひきこまれていく。この夕方、この修道院に、「ずきんですっぽり顔をおおった」男がやってくる。いかにも怪しげなこの男は、その地を治める領主バルトール伯爵の主治医ケレメン。彼は、修道院長のマロスに、秘密の荷物をアドリア海まで運ぶ見習い僧をひとり貸してほしいと頼む。そこで選ばれたのが、孤児のマティアス。彼は、バルトール伯爵との深い関わりと野心から、この怪しげな仕事を引き受け、海に向かう森のなか、馬車を走らせていくことになる。

ケレメン医師は、仲間のミクロスとともに、マティアスをひそかに監視し、不穏なにおいをかぎつけた修道院長は、たまたま滞在していた学者マキシミリアーノに真相の確認を頼む。マティアスのほうは、友だちのベルナルドに協力を頼むが、森のなかにはほかにも、狂信的な宗教儀式をおこなっている一団や、敵対するガボール男爵の騎士や兵士、ハンガリー王の役人たちも、謎の荷物のゆくえを追っている。一方、アドリア海では、港についた荷物を受けとろうと船を探す男たちと欲深い船乗りたちの攻防があり、また、その荷物の中身に興味をもつ海辺の修道士なども待ちかまえている。

つまり、この夜、アドリア海へと続く森周辺は、さまざまな人びとの思惑が交錯する危険な修羅場となっていたのだ。次々と現れる人びと、あちこちで起こる衝突や騙しあい、変装やにせの荷物……。マティアスはいったいどうなってしまうのか、目が離せなくなる。

同時に、だんだんとわかってくるのは、マティアスが託された謎の荷物の中身は、医師ケレメンが長年の研究のすえに、ようやく作りだした錬金術の秘薬だということだ。今日では、錬金術といえば、鉛

から金を作りだす怪しげな技といったイメージが強い。しかし、この作品のなかでは、ケレメンが作りだしたものは、長年人びとが探しもとめてきた「奇跡の物質」、「賢者の石」と呼ばれ、人間をも完璧にする霊薬として、より深い意味合いもこめられている。「大いなるわざ、錬金術の本当の目的は、人間を完全な形で生かすことだ」、「いくらあやしく、とほうもないことでも、夢や可能性を信じるよ」といった人びとのことばからは、単なる物質的な欲望をこえて、錬金術が生みだすものへの崇高な期待や情熱が、この作品のあちこちでたぎっているのを感じる。

実際、15世紀から16世紀は、紀元前に起源をもつ錬金術が、もっとも開花した時代といわれている。物質を金に変えることは、人間においては不純なものをとりのぞき完全なものにすることと重ねられ、東洋錬金術の不老不死の思想ともつながって、哲学的な意味を帯びていった。1498年のこの一夜は、まさに新しい世紀を目前にして、男爵や僧侶や学者や兵士といったさまざまな立場から自由になれなかった人びとが、錬金術という夢の技術によって、自分を、そして世界を変えようとしていた時代の、象徴的な一夜なのだといえる。

だが、そうした歴史的な背景などわからなくてもかまわない。そもそも、秘密の荷物を託されたマティアス自身が、そんな背景はまったく知らず、この修羅場

錬金術師。

にまきこまれ、荷物も奪われ、暴力にさらされ、誇りも野心も失い、一度は、絶望から湖に身を投げてしまおうとさえするのだから。しかし、守りぬこうとした秘薬をめぐる不思議な体験にも彩られつつ、家柄や肩書きに裏切られていく彼こそが、やがては、人びとの夢を引き継いで、錬金術を医術に結びつけ、近代医学の礎を築いていくことにもなるだろう。

時代の流れに翻弄されながらも、結果的に時代の先頭を開いていく。1498年のマティアスの一夜は、奇跡であるようで、どこか普遍的な、「若さ」という時間の物語であるように思える。　　(奥)

☞不死（270p）

1620年　少女の日記に綴られたアメリカ史のひとこま

『メイフラワー号の少女　リメンバー・ペイシェンス・フイップルの日記』
キャスリン・ラスキー
宮木陽子 訳
高田勲 絵
岩崎書店　2000年
(Kathryn Lasky, *A Journey to the New World: The Diary of Remember Patience Whipple, Mayflower, 1620*, 1996)

1620年9月16日(当時の暦では9月6日)、新天地をめざして一艘の帆船が南イングランドのプリマス港をあとにした。2か月あまりにおよぶ厳しい航海ののち、船は現在のアメリカ合衆国マサチューセッツ州にあるケープコッドを経由して、12月下旬に対岸に錨をおろす。アメリカ史上最重要事件のひとつ、「ピルグリム・ファーザーズによるプリマス植民地の建設」はこうして始まったのである。

『メイフラワー号の少女』は、ピルグリムのひとりとして新天地に渡った少女の日記というかたちで展開する物語だ。主人公のメムは12歳、ジェームズ1世による宗教迫害を逃れて、オランダのライデンへ移り住んでいた「分離派(セパラティスト)」に属する両親とともにメイフラワー号に乗船した明るく活動的な少女である。

全長27メートル、最大幅7.6メートルという小さな貨物船に未来を託した乗客は、102名の老若男女。そのほぼ半数は、メムが「よそ者(ストレンジャー)」と呼ぶ、宗教的動機とは無縁の、一攫千金をめざす移住者たちだった。暗くて狭い居住空間で起きる大人たちの軋轢や、恐ろしい嵐とつらい船酔い。ようやくたどりついた新世界でも、厳しい寒さに食糧不足が重なって、病に倒れる者が続出し、最初の春を迎えるころには、入植地の住民は半数以下にまで減っていた。犠牲者にはメムの母親もふくまれていた。

しかし、これほどに過酷な体験も、好奇心と冒険心に満ちあふれる少女が綴ると、けっして陰鬱なものにはならない。長い航海ののちに口にした新鮮な水や食べものの味に感激し、はじめて目にするクジラの群れに興奮し、大人たちが恐れる原住民との出会いをひそかに夢見る……どんなにつらいことが起きようとも、メムの目から見れば、世界はおどろきと発見に満ちて輝いている。彼女の日記から伝わってくるのは、未来への希望と、生きることの喜びにほかならない。

本書は、教育関係図書で有名なスコラスティック社が企画した歴史物語シリーズ〈ディア・アメリカ(Dear America)〉の第1作として出版された。歴史上の出来事を、その場にいあわせた少女の目をとおして語るこのシリーズは、

1620年

歴史に名を残す実在の人物を登場させ、彼らが関与した有名なエピソードを並べて歴史の一場面を描きだす。ただし主人公は架空の人物だ。無名の少女が感じたことや考えたことを子細に記した日記という体裁なので、子どもの読者はたやすく感情移入でき、歴史のひとこまを直接目撃しているかのような気分を味わえる。

たとえば本書の場合、プリマスへの最初の上陸者として広く知られている少女メアリー・チルトンを、主人公のライバルとして登場させている。「プリマス・ロック」への先陣争いに敗れて、海に落ちてしまったメムは、メアリーへの恨みを日記に書きつらねる。敬虔な「聖徒(セント)」であるメアリーを「高慢ちき」と評し、小さな文字で呪詛のことばを綴るメムの行為は、それこそ「聖徒」らしからぬものだが、現代の読者にとっては率直なその言動が共感の対象となるだろう。ここからもわかるとおり、本書に始まるシリーズはあくまで過去を舞台にした物語であって、歴史教育を目的にしたノンフィクションではない。だが、歴史に親しむきっかけづくりになるとしてアメリカの教育現場では重宝されており、幼児や少年を主人公にした同趣旨の別シリーズも刊行されている。

ピルグリム・ファーザーズは日本の歴史の教科書にも登場するが、子どもが多数ふくまれていたことを知る人は多くないだろう。「聖徒」と「よそ者」がほぼ同数だったことを思えば、授業で習った「信仰の自由を求めて渡米した〈清教徒(ピューリタン)〉

1620の年号を刻んだ「プリマス・ロック」。アメリカ建国神話の遺物は、いまでは神殿のような屋根におおわれて「観光客」という巡礼者(ピルグリム)を集めている。

たち」という定義も、鵜呑みにしないほうがよさそうだ。メムの物語は、そんなわれわれ日本人読者にも、あらためて歴史に親しむきっかけをあたえてくれるかもしれない。帆船や人びとの服装から植民地の家並みまで、なじみの薄い風物をリアルに再現した高田勲の挿絵がよき助けとなるだろう。

もうすこし読みごたえのある物語を期待する年長の読者には、プリマス植民地建設期のようすを、「よそ者」の少女の日記をとおして描いたパトリシア・クラップ『コンスタンスの日記』(ひくまの出版、1995年)がお勧め。ちなみに、こちらの主人公は、メイフラワー号の乗船リストに名前が残る実在の人物である。

(水)

☞魔女狩りの時代 (380p)

大航海時代　少女の視点で描いた時代の息吹

『イルカの家』
ローズマリー・サトクリフ
乾侑美子 訳
評論社　2004年
(Rosemary Sutcliff, *The Armourer's House*, 1951)

　ヨーロッパでは、15世紀の末から、金銀の眠る新大陸や香辛料へとつうじる新航路をもとめて、多くの男たちが大西洋の果てをめざした。リスクの高いそのような探検事業の支援者は、当初はもっぱらスペインとポルトガルの王家だったが、成功時にもたらされる莫大な富にひきつけられて、ほかの君主たちもこぞって両国に追随した。こうして17世紀前半までには、ヨーロッパ人の船が世界中の海を行き交うことになったのである。

　そんな大航海時代の主役といえば、コロンブス、バルトロミュウ・ディアス、ヴァスコ・ダ・ガマ、マゼランといった探検家や、ジョアン2世やイサベル女王などの君主たちだろう。だが、名もなき幼い少女を主人公にすえた『イルカの家』を読めば、まったく異なる角度からこの時代の息吹を感じることができる。

  ＊　＊

　物語の舞台は、1530年代なかば、ヘンリー8世がアン・ブーリンを王妃としていたころのイギリスである。8歳のタムシンは、祖母の死をきっかけに大好きなマーティンおじさんと別れて、港町ビィデフォド（現在のデヴォン州）から、ロンドンに住むギディオンおじさんのもとにひきとられることになる。孫娘の養育は、ふたり残った息子のうち独身の冒険商人ではなく、妻のいる職人に任せよというのが祖母の遺志だったからだ。

　ギディオンおじさんは刀鍛冶と鎧作りの親方で、ロンドン市中に工房を構えていた。梁受けにイルカの彫刻をほどこした立派な建物の、2階から4階にある住居部分で、タムシンは心優しいおじさん一家にあたたかく迎えいれられる。だが、みんながどれほど親切に接してくれても、タムシンの心は晴れない。海と船をなにより愛していた彼女は、マーティンおじさんや故郷を思って枕を濡らし、幸福な一家のなかで逆に孤独感を募らせていく。

　しかし、そんなある日、一家の次男ピアズの秘密にふれたことで、タムシンの生活は一変する。父親の跡を継ぐために徒弟として工房で働いていたピアズの本当の夢は、船乗りになることだったのだ。跡継ぎだった長男が海で行方不明になったために、自分の本心を押しころして生きていたこの無口で誠実な少年と夢を分

大航海時代

かちあうことで、タムシンはようやくイルカの家に自分の居場所を見つけだしたのである。新世界の絵図のなかに自分たちの船の名前を書きこんだり、床に白墨で描いた甲板にリンゴ樽と杖と古布で帆を立てて、空想の海へ漕ぎだしたり……叶わぬ未来だと知りつつも、ふたりは屋根裏部屋で新世界へのあこがれを語りあい、幸福な時を過ごす。

タムシンが夢見た、当時の世界（セバスチャン・カボットの世界地図）。

　物語は、冷たい風の吹きすさぶなかをロンドンにやってきたタムシンの凍てついた心が、しだいにときほぐされていくようすを、季節の移ろいとともに丁寧に描いていく。復活祭、五月祭、夏至、ハロウィーンと、行事を重ねるごとに新しい家族との絆を深めたタムシンが、クリスマス・イブに、つつましやかながらも最上の「家族団らん」を経験する終章では、一家にこのうえない幸福がおとずれ、タムシンとピアズの輝かしい未来も暗示される。

　『第九軍団のワシ』に代表されるいわゆる「ローマンブリトンもの」で知られる作家が、このようにしみじみとした味わいをもつ作品を書いていたことにおどろく読者もいるかもしれない。だが、五感に訴えかける描写力で過去の人びとの生活をよみがえらせる卓越した技は、やはりサトクリフならではのものだ。

　市壁でぐるりと囲まれた「シジュウカラの巣」のように小さなロンドンの「いちばんすてきな通り」に建つイルカの家の窓ごしに、タムシンは、豪奢な身なりの貴族から赤い毛糸の丸帽子をかぶった水夫まで、通りを行き交うさまざまな人びとを眺め、寺院の鐘の音や呼び売りの声に耳をかたむける。ときには、ヴェネチアン・グラスの杯や東洋の絹の薄物が並ぶ店先を通って、クローブやシナモンやナツメグの香りがたちこめる香料屋へ買いものに出かけて甘い干しイチジクを頬張り、タールと潮の匂いに満ちた波止場から西方へと向かう大帆船を見送る——感性豊かな少女の経験をとおして、鮮やかに再現された大航海時代の通商都市の活力を、たっぷりと堪能できる作品である。　　　　　　　　　　　（水）

☞クリスマス・イブ（30p）　☞ハロウィーン（268p）

時を超える　扉の向こうの明日へ

『扉を開けて』
新井素子
集英社 コバルト文庫　2004年

　本作品は、1982年3月にＣＢＳソニー出版より単行本として刊行され、その後1985年6月に集英社文庫コバルトシリーズにて刊行された、新井素子の長編小説である。1985年には長尾治、2004年10月に再刊行された際には羽海野チカの表紙・挿絵となっている。1986年にはアニメ映画化されている。

＊　＊

　根岸美弥子、通称ネコは、20歳の大学3年生。4日連続、扉を開ける者（伝説の女王ネリューラ）として呼ばれる夢を見る。ネコは、未来の予測、他人の精神をあやつる、ものを弾くなどができる、一種の超能力の持ち主である。

　そんなネコのもとに桂一郎と杏という超能力をもった2人の男が偶然いあわせてしまったことで、超能力をもった3人に異変が起きて、彼らは、別の世界、「中の国」にとばされてしまう。そして中の国の復興を手伝うこととなる。

　中の国は剣と弓で戦をおこなう時代にあり、時間と場所をこえている舞台設定である。それだけではなく、中の国、それに敵対する西の国と、国どうしの関係等、世界観がよく作りこまれている作品といえる。

　中の国へ向かう、つまり現実世界から扉を越えて異界へ向かうという設定は、〈ナルニア国ものがたり〉シリーズの影響が強いことを新井は『扉を開けて』集英社文庫、1985年6月のコバルトシリーズ版の「あとがき」で述べている。

　新井素子は、〈ナルニア国ものがたり〉を子どものころ大好きだったとし、「特にオープニングの処のモティーフ。主人公が、洋服だんすの扉を開けると、中は雪が降っていて白一面のナルニア国っていう処」と述べている。

　さらに、子どものころ、ナルニア国シリーズにあこがれて洋服だんすの扉を開けたことを述べ、「扉を開けて」というタイトルとの関連を述べている。本作品のタイトルとナルニア国の始まりの部分に関連があることがうかがえると同時に、新井素子という作家の源泉を見ることができる発言であろう。

　また、舞台となった異世界の地名が、現実の地名の見立てによって生まれたことも新井本人が語っており、たとえ

ば、ネリューラ（練馬）、ホーヤ（保谷）、キョセ（清瀬）という具合である（『アニメ版　扉を開けて』1986年）。この点も新井作品のファンタジーの立ちあがる場所を考えるうえで興味深い。

主人公ネコの「本気」ということばは、この作品のなかでは重いことばとして使用されている。ネコは、自らの超能力を隠すあまり、現実の世界で人と距離をとって生活してきた。そして、友人はつくらず、能力がバレることを恐れて八方美人をとおしてきた。

しかし、ネコは中の国という異世界で本気を出し、現実世界で異分子だった自らを見つめなおすことができたのだ。異世界での自分探しは、まさに異世界ファンタジーの王道といえよう。隣国の姫ディミダと戦ったのち、ネコは満身の力をこめてディミダを抱きしめる。「はじめての、人間の、親友。よもやま話や八方美人のつきあいでは、決して手にはいらないもの」として。

20世紀のネコと、時と場所を超えた異世界のディミダの論争もおもしろい。ネコは、「二十世紀の日本人として。あたしの命が特別製だとは思えないし──思いたくない」と述べるのである。つまりネコは最後まで東京に育ち、東京に住む人間であることを捨てないのである。

主人公の美弥子は、ライオンになった桂一郎にまたがって疾走する。

日常のなかにあって、活気のない時に対して、流れを生みだす本気を訴えることがこの作品の軸であり、それは、時間のなかを歩み、自ら流れをつくること、「今日と違った明日へいたる扉を開け続け」るという決意にまでつながっていく。それは当時の、そして現代のわれわれへの強烈なメッセージとなっている。

なお、1985年版のコバルトシリーズにあった二人称の「お宅」ということばは2004年版では「あなた」に修整されている。これも時間の変化を如実に示しているだろう。

当時20歳だった著者が作りあげた『扉を開けて』の世界観は、その後の2作品に継承されている。『ラビリンス迷宮』（1982年）は「東の国」の話、『ディアナ・ディア・ディアス』（1986年）は「南の国」の話であり、このシリーズは広大な世界観を物語る。　　　（大）

始まりの朝　迷いを包みこむ時間

『五月のはじめ、日曜日の朝』日本の名作童話29
石井睦美
渡辺則子 絵
岩崎書店　1997年

「五月のはじめ、日曜日の朝」というなんともさわやかなタイトルの表題作は、まさにこの朝、「ぼく」が新しいランニングシューズで走りはじめる姿を描いた短編だ。まえの土曜日にお父さんが「プロの選手がはく」ような、新しい青いランニングシューズを買ってきてくれた。5月という季節も、日曜日の朝という時間も、走るのにぴったりの条件はそろっている。

しかし、じつはひとつだけ、どうしても欠けているものがあった。それが、犬のバウだ。柴犬の子犬で、走るのが大好きなバウ。いつも「ぼく」と散歩ならぬ「散走」をしていたバウがいれば、最高なのだが、「でも、バウはいない。永久に」。バウは、たった2歳で、ぼくの目の前で、車にひかれて死んでしまったのだから。

以来、「ぼく」はずっと走っていなかった。お父さんがさりげなく買ってきてくれたランニングシューズには、「これをはいて、また前みたいに元気に走りまわれ」という思いがこめられているのもわかる。でも、そのシューズを履くかどうか、バウなしでランニングなんてするだろうかと、「ぼく」にもわからない。心の中は迷うばかりだ。

それでも、この日曜日の朝、「ぼく」は、そのランニングシューズを履く。きっかけは、まえの夜に、ひさしぶりにバウと走る夢を見たこと。夢だから、もちろん変なことも起こる。夢のなかのバウは速くて、走っても走っても追いつけない。そのうえ、ぼくの青いランニングシューズなんかも履いている。その、まるで「走ってごらんよ」といっているような夢が、迷う「ぼく」の気持ちをすこしだけ押しだしてくれる。

そして、そこまでくれば、暑すぎず、寒すぎず、気持ちよく青空が広がり、学校も休みのこのひらかれた時間が、「ぼく」の迷いをうまく包みこんでくれる。5月の朝の気持ちのいい風を受けて、「バウがすきだった道」を「ひとりで」走りながら、バウが一緒にいることを感じるすてきな「発見」、重層的なある「発見」を「ぼく」はするのだ。

この短編集に収められた作品は、どれ

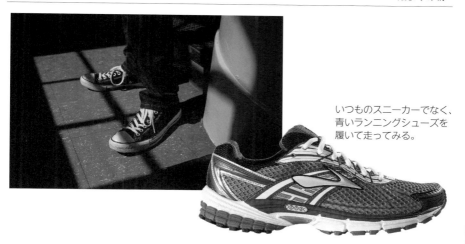

いつものスニーカーでなく、青いランニングシューズを履いて走ってみる。

もあまり苛酷な季節や特殊な時間は設定されていない。「朝はやく」や「ごはん」のまえ、「夕やけ」の下など、朝夕のぽっかりと空いたような時間、明確な決定をしばらく保留してくれるような時間を背景にしている。そうした時間設定が、主人公たちのちょっと複雑な気持ち、自分の考えさえ決めかねるような気分を、さりげなく受け止めているのではないか。

たとえば、「いじめっこに、ごようじん」という短編では、主人公のともこは同じクラスの同じ名字の「いとうくん」に何かといじわるをされ、「せかいじゅうでいちばんきらい」と思っている。しかし、朝いちばんに来て、飼育小屋や花の世話をしたり、黒板をきれいに掃除したりする姿を知ると、「やさしいとこ、あるんだな」と心は揺れる。「ぼくのピエロ」では、転校生のかわいい野中りえにひかれながらも、「なまいきな女の子はきらいだ」という態度をとっている「ぼく」のアンビバレントな思いが描かれる。そして、昼から夜へと移りゆく時間のなかで、「ぼく」は「ぼく」なりに自分の迷いに決着をつけていく。

ほかにも、「パチン」という作品では、悪いということはよくわかっているのに、なかなかお父さんにあやまれない「わからずや」の自分。また、「みんなターザン」では、楽しいのか楽しくないのかよくわからない、家の庭でのバーベキューキャンプ。好きでもきらいでも、後悔でも喜びでも、はっきり気持ちが決められて、はっきり表明できればすっきりするのだろうけれど、実際の日常には、決めかねること、ストレートに表せない気持ちが、じつはたくさん積み重なっている。そういう矛盾しつつ迷う心を、ある朝、ある夕べ、ゆるやかに流れる時間のなかで、すこしずつ整えながら、人は前に進んでいるのかもしれないと思うのだ。

(奥)

ひとり立ちの時　13歳の職業選択

『魔女の宅急便』
角野栄子
株式会社KADOKAWA　2005年

　13歳になったら生まれ育った場所を離れて、知らない町でひとり暮らしを始める——それが魔女のきまり。

　古い血筋の魔女の家に生まれたキキも、このきまりにしたがって、満月の夜に両親のもとを旅立つことになる。だがそのまえに、すったもんだのひと騒動。新しい時代の魔女なんだから「なにもかも新しくしていきたい」と願うキキに対して、母さんは「むかしからのことはたいせつに」といって譲らない。魔女の服の色は「黒の中の黒」と決まっているからと、かわいいコスモス模様の服は禁止されてしまうし、柳の枝を使って丹精こめてつくったすらりとしたおしゃれな白いほうきもとりあげられて、かわりに持たされたのは、母さんが使いこんだ「おふる」。

　結局キキは、もうすこし丈が短ければいいのになあと思いながら、黒い服を着て、赤ん坊の時から一緒に育ってきた黒猫ジジとともに、やぼったいすすけた古ぼうきに乗って出発する。それでも、父さんが買ってくれたラジオは赤く、母さん心づくしのお弁当には、腐らないようにと、薬草がたっぷり入っている——思いどおりのおしゃれはできなくても、愛情に包まれての旅立ちだ。

　南をめざしたキキが選んだのは、海辺の大きな町コリコ。見た目で決めないようにと母さんから忠告されていたのに、大きな橋があって汽車が走り、時計台を中心に四角や三角の高い建物がそびえるにぎやかなようすに一目惚れしてしまったのだ。けれども町の人たちは忙しくて、笑顔で挨拶する新米魔女にもてんで無関心。キキは、不安と心細さで押しつぶされそうになってしまう。

　気持ちを立てなおせたのは、幸運な出会いがあったから。いまにも赤ちゃんが生まれそうな大きなお腹をかかえているのに、お客の忘れ物を届けようとしている気のいいパン屋のおかみさんに代役を申しでたことから、キキとジジは粉置場の2階に泊めてもらい、そのままそこに下宿することになったのだ。生まれてはじめて出会った魔女を恐れることなく、むしろ興味津々で世話を焼いてくれるパン屋のおソノさんに励まされて、キキは自活の道を探る。自分にできる魔法で生活の糧を得るのが魔女のきまりなのだ。

ひとり立ちの時

けれどもじつは、これが最大の難問。なぜなら、キキにできるのは空を飛ぶことだけだったからだ。

古い魔法がどんどん消えていくなかで、母さんすらたった２つの魔法しか使えないのに、キキはそのうちの１つしか引き継がなかったのだ。ただひとつ自分にできることを生かして、キキが始めたのは、空を飛んで物を届ける「宅急便屋」さん。小さな魔女が運べる物は限られるけれど、料金も「ほんのおすそわけ」で結構。できることをして人の役に立ち、かわりに心ばかりのものをいただいて生きていく——もちつもたれつ——これこそが魔女の生き方なのだ。

忙しいお針子さんからわんぱく坊主の甥っ子への誕生日プレゼント、働き者のおばあさんが頑固者のねえさんのために焼いたビスケット、気取り屋の女の子が気になる男の子のために用意した贈りもの、息子のぽんぽん船のために老母が編んだ特大はらまきなど、キキが運ぶのは、ささやかだけれどこだわりの品ばかり。おかげでキキは、毎回ちょっとした騒動にまきこまれて、仕事はただ物を届けるだけでは終わらない。でも、得るものも「おすそわけ」だけではない。物と一緒に送り主の心を運びながら、自分も人との関係を築いていく……こうしてキキは

就職活動は「ひとり立ち」への最初の関門。最近の就活スーツの色は「黒」が定番だ。

新しい町に根を下ろしていくのだった。

待ちに待った１年後の里帰り。父母に思いきり甘えながらも、コリコの町が気になってしかたがないキキは、10日の滞在予定を早めに切りあげてもどろうと決める。キキとジジにとっては、コリコの町こそが「あたしたちの町」なのだ。新たに「かえるところ」があると気づいたこの時こそが、キキにとっては、本当の意味でのひとり立ちの時だったのかもしれない。

1985年に初版が出版されて以来、物語は書き継がれて、全６巻のシリーズになっている。第１巻から24年後に出版された最終巻の主役はキキの子どもたちで、キキはひとり立ちする我が子を見送る側になる。読者に愛され、読者とともに歩んできたロングセラーならではの、贅沢なシリーズ展開である。特別編も刊行されている。　　　　　　　　　　（水）

☞ １月６日（132p）　☞ ワルプルギスの夜（386p）

文政8年12月14日　「赤蓑騒動」決起す

『荷抜け』
岡崎ひでたか
新日本出版社　2007年

「荷抜け」とは、牛方などが運んでいる品物を勝手に売り払ってしまうことで、これまでの仕事はもちろん家族も親戚も村での暮らしも失うことになる大罪である。そんな大それたことを、牛方26人が集団でやったという「集団荷抜け事件」に関わる古文書の存在を知った作者は、なんのために集団で荷抜けをしたのか、その荷はどうしたのか、その荷抜けで手に入った74両もの金を何に使ったのか強く関心をもつ。そして、文政8（1825）年信濃の国、松本藩で3万にのぼる百姓衆が決起した「赤蓑騒動」を庶民の側から物語る。

騒動からさかのぼること6年、10歳の大吉が父の仙造を亡くしたところから物語は始まる。

雪が降り風も強い2月の夜、信州沢度の里の大吉の小屋にたいへんな知らせがとびこむ。農閑期、山越え谷越え荷を自ら背負って運ぶ「ぼっか」仕事をしていた父仙造が雪崩にまきこまれて川に落ちてしまったというのだ。村人も助けに集まってきたが、危険を冒して谷川に降りることは叶わず、半狂乱のおっかあをあきらめさせるしかなかった。

その前夜、普段、人が選ぶことのすくない西の山道を通った人物があった。一方、仙造の事故を伝えた陽平は山道で犬を殺し、短刀に血糊をつけてさやに収めた。また、その夏、大吉の小屋の戸の外に、誰がおいたか米と麦が入ったカマスが2つあった。これらの不思議な出来事で、仙造が生きていることがほのめかされるが、仙造に何があったのか不明のまま、大吉たちの苦労が続く。

父亡きあと、大吉はぼっか宿に住みこみ奉公に出ている。そこへ4つ下の妹キヌが漬け菜の塩汁や鍋釜の洗い水をもらいにくる。家には味噌も塩もないのだ。ただ、不思議なカマスがまたおかれていたという。その秋、雨台風で鉄砲水から田を守ろうと畦を壊したおっかあが、低い田の百姓にけがを負わされ、それがもとで破傷風にかかり、あっけなく亡くなってしまう。二親を亡くし、キヌは子守り奉公へ出る。大吉は作男になることを頑として拒み、「ここにいてうちを守れ」という母の死に際のことばにしたがって、わずかな田畑を耕していた。

文政8年12月14日

しかし、14歳になった大吉は頑張りの緒も切れてものぐさになっていた。そんな時、少年が旅の男を騙して荷を奪うのを偶然目撃する。追うと、少年と見えた悪党は女で、しかも、3年まえの秋、母に飲ませようと掘った葛の根を奪った少女サヨだった。大吉は仲間になって荒仕事をしないかともちかけ、ふたりは牛泥棒に手を染める。牛小屋に忍びこんだ大吉は、牛飼いたちに捕まってしまう。よりによってとても世話になった、父親の仲間である清七に見つかってしまい、「働いても働いても、貧乏しとる者どうし痛めあったら、なしておれたち希望がもてるだがや」と厳しく叱責され、恥ずかしく情けなく涙が止まらない。そんな大吉があらたまった清七から告げられたのは、思いもよらぬ真実だった。仙造は殺されたというのだ。その理由も、糸魚川の塩問屋と松本藩の役人が結託して私腹を肥やし、そのために山国の人びとが高い塩を買わされることになっている、そのからくりを暴こうとしていたから口封じに殺されたというのだ。

清七の下で牛方修行を始めた大吉は、牛方やぼっか仲間から父の姿を知る。そして、みなの暮らしの苦しさがどこからきているか、どうすればそこから抜けだせるか、日々の労働のなかからしだいに考えを深めていくのだった。

＊　＊

糸魚川と松本をつなぐ塩の道を重い荷を運んだ牛方やぼっかたちの身支度から寒さ重さのつらさまで詳細に描かれている。江戸時代の終わりが始まる時期を、塩の道の物流とそれを支えた人びとというひとつの具体的な像をとおして感じることができる。

ちなみに、赤蓑とは、わらの蓑より長持ちするシナの木の樹皮で編んだ蓑が赤っぽく見えたことからそう呼ばれたという。大事の際の正装である蓑笠に身を包んだ百姓衆のこの蜂起は、藩と民衆の力関係が逆転しはじめる、世直し一揆のはしりだったという。　　　　（西）

「糸魚川町道路元標」。大吉たちが歩いた塩の道は、ここから始まる。（撮影：糸魚川の町屋文化を守り伝える会・西澤隆氏）

「糸魚川道路元標」背面。

☞嘉永6年5月18日（394p）

真夜中　魔法に気づかず過ごした200年

『真夜中のまほう』
フィリス・アークル
エクルズ・ウィリアムズ 絵
飯田佳奈絵 訳
ＢＬ出版　2006年
（Phyllis Arkle, *Magic at Midnight*, 1967）

　宿屋の看板に描かれていたマガモは200年ものあいだ、看板の絵としてじっとそこに留まっていた。ところが、ある真夜中、ウサギが看板の下に立ち、夜中の12時の鐘が鳴れば、夜が明けるまで動きまわれることを教えてくれた。マガモはなんと200年もじっとしていたのに、いきなりウサギに話しかけられ、しかも魔法を教えられたことにひどくおどろく。

　マガモがウサギにいわれたように10回めの鐘が鳴った時、体を動かすと、はたして真夜中の魔法によって看板から出ることができたのであった。マガモは慣れないながらも銀の池にたどりつき、泳ぎはじめる。最初はお互いに警戒していたものの、池にいるモリフクロウやガマガエルたちと友だちになる。

　この新しい友だちに向かって、マガモは「マガモのおやど」の看板の仕事に誇りをもっていること、そして、「マガモのおやど」にはすばらしい宝物が残っていることなどを話す。そしてその宝とは「絵」であるという。

　次の夜、真夜中の魔法を知ったモリフクロウは「ライオンとヴァイオリンのおやど」のライオンを連れてくる。

　ライオンの話によれば、「ライオンとヴァイオリンのおやど」の経営はあまりうまくいっていない。宿主の心の優しいハーストさんが借金もあり非常に困っているのである。その夜も話は尽きず、急いで帰ったライオンはうまく看板に登れず、しっぽがはみだしてしまう。

　早朝この看板の異変に気がついたのは、みんなから愚か者と思われているダンだけであった。ダンは宿主に伝えるも相手にされない。

　次の夜、モリフクロウは人魚を連れてくる。人魚はヴァイオリンのすてきな音色をみんなにとどける。その際人魚は髪が邪魔だといって髪の毛をリボンで結ぶ。次の朝、ダンは看板の人魚が髪をリボンで結んでいることを告げるが、やはり誰からも相手にされないのであった。

　愚か者のダンは看板の小さな変化に気づいているが、人びとに相手にされないというエピソードからは、人びとが日常どれだけ不注意な存在であるか、日常を気づきなく過ごしているのかがわかるだろう、という皮肉がこめられている。ま

真夜中

マガモはある夜、看板から抜けだし……。

たマガモが200年のもの長きにわたり、魔法に気づかず看板の絵としてじっとそこに留まっていたことも同様である。

さらにユニコーンを仲間に加えたマガモたちは、ひょんなことから祭りの晩にマガモの宿にやってくる泥棒を退治することとなる。

モリフクロウの計略にしたがい、マガモとライオンが入れ替わることで「マガモのおやど」にくるはずであった泥棒は「ライオンとヴァイオリンのおやど」に導かれる。

最後には、ダンがある箱を見つけ、その箱を証拠にハーストさんに話しにいく。証拠をもってきたことで、はじめてダンの発言は信頼され、ハーストさんを苦境から救うことになる。看板から出てきたメンバーたちは、ハーストさんの幸せな話を聞き、幸せな気分になる。

＊　＊

この物語の発端となった真夜中という時間がかけた魔法という設定自体は、それほど珍しいものとはいえないだろう。

ただ、マガモが真夜中の魔法に200年間も気づかなかったように、わたしたちは「日常」というものに対して、あまりに無頓着ではあるまいか。ダンのように初々しい心でものごとを見ることの貴重さ、習慣ゆえに見逃している日々の大切な事柄にあらためて目を向けることの大切さ、そのことをこの物語は教えてくれる。わたしたちが忙しさゆえではなく、習慣でなんとなく見逃してしまっていることは、意外と多いものかもしれない。

さらには、この物語は単に困っている人がふとした偶然から助かる、ということ以外にも、すこしのことでいいのでお互いに協力することの大切さ、時間をかけて知恵を絞ることの大切さを訴えていよう。

「真夜中」は、そのことに気づかせてくれる優しい時間帯なのだ。　　　　（大）

6日め＝238日め　人類の終わりが始まる時

『エヴァが目ざめるとき』
ピーター・ディッキンソン
唐沢則幸 訳
徳間書店　1994年
（Peter Dickinson, *EVA*, 1988）

　第1日め。エヴァは違和感のなかで目ざめた。彼女は事故にあって長いあいだ眠っていたらしい。まだ口をきくことはできない。重たいまぶたのまばたきで、どうにか意思表示をする。手が動くようになれば、これで話せばいいとキーボードが渡される。よほど悪いらしい。エヴァと同じように、読者も事情がつかめないなか、不審と不安に包まれながら読みすすめると「この都市の五億の住人たち」という一節に出会い、これはどうもとんでもない未来の話らしいと見当をつける。

　そして、次の章は「六日目」。ここではじめてエヴァとわたしたちはエヴァの身に何が起こったかを知ることになる。その日は事故から238日めにあたるという。その間、エヴァを救うためにほどこされたのは、思いもよらない方法だった。エヴァは、チンパンジーの肉体の中で目ざめたのである。その人がその人らしく形成されていった過程は記憶されていて、適切な処置と「空」の脳をあたえられれば、もう一度同じ過程を再現できるという「ニューロン記憶理論」にもと

づいて、13歳の少女エヴァをエヴァたらしめていた記憶が、ケリーというチンパンジーの脳に移植されていたのだ。エヴァの父親はチンパンジーの研究者で、エヴァはチンパンジーに囲まれて育っていた。そのせいか、人間のエヴァはチンパンジーの肉体を激しく拒絶することはなかった。しかし、顔の筋肉、指のつき方、腕の長さなど、構造のちがう身体は人間の記憶の脳ではうまくあやつることはできず、機械とつないでいたコードがすべて外され、目ざめた部屋から出られたのは、目ざめから1か月と25日めだった。その日、エヴァを待っていたのは、研究所への資金提供とひきかえにエヴァと独占契約を結んだシェーパー（テレビのようなもの）会社SMIのスポンサー企業のCM撮影なのだった。

　こうしてエヴァは企業や研究所の利害と思惑の渦中に生きるしかなくなる。しかし、顔見知り（？）でもあったチンパンジーのケリーの肉体に刻まれた森の記憶は、エヴァに不思議な夢を見せ、自然のなかで、群れの一員として生きることへの渇望はしだいにはっきりと強くなる。

エヴァは、映像ディレクターの息子グロッグと出会う。グロッグは、人類はもう終わりだという。だから、人間のいないところでチンパンジーだけで生きていけるようにならなくてはいけないと。人間の知性と理性と、チンパンジーの体が内から発してくる声の両方で感じ考えるエヴァはグロッグの計画にのる決意をするのだった。

第3部は、一気に21年後にとび、人類は「たくさんの子どもたちが自ら命を絶っている」「今は、一度に何百人の規模になってる」という状況だ。グロッグはかつていっていた。「人類全体がどんどん短絡的にものを考えるようになってきている。（略）とにかく、なにもしようとしないんだ。人類はあきらめかけてるんだよ。なにもかも放り出そうとしてるのさ」と。その具体例として、研究などしない頭のいい若者、すぐに見返りが得られないものには一銭たりと出そうとしない投資家、基礎研究に金を出さない政府や研究機関を挙げていた。こわいほど心当たりのある風景だ。ノーベル賞を受賞した日本人科学者が何人も同じ事に警鐘を鳴らしていなかったか？　わたしたちは、この桁外れの空想物語と同じ未来へ向かっているのか？

いや、この世界にはエヴァがいる。エヴァの目ざめは、昏睡からの身体的な目ざめに収まらない。それは、新しい種の目ざめだったのだ。エヴァがもらったケリーの身体は森を切望する、種の記憶を宿している。その身体と現代人エヴァの意識からなる、新しい種。終章ではエヴァの群れのなかに知識の継承と文化の芽生えが明かされている。エヴァは一個体を超えて、新しい種のイヴになるのだろうか。それは人類とはちがう道を歩んでいくのだろうか。スケールの大きいＳＦである。

（西）

道具を使ってアリをとる。

☞近未来（144p）

『ことばをおぼえたチンパンジー』（福音館書店、1989年）。京都大学霊長類研究所のチンパンジー・アイの研究を知ると、エヴァの目ざめがフィクションに思えなくなる。

ラッキーデイ　アンラッキーからの反転

『天のシーソー』
安東みきえ
理論社　2000年

「ラッキーデイ」というタイトルをあっさりと裏切る「最低の日だった」という書き出し。この一行ですっと話が始まると、続けて、好きなキックベースは雨で中止になり、授業中ユカちゃんに話しかけられたのに自分が注意され、集金袋にはお金が入れ忘れられ、体育では膝をすりむき、つけた薬はとびきりしみる……と、畳みかけるようにその最低ぶりが列挙される。本書は、小学５年生のミオと妹のヒナコを中心とした６つの短編連作集。どの作品も、この「ラッキーデイ」のように、書き出しがまず絶妙である。

もうひとつ例をあげると、たとえば１つめの「ひとしずくの海」の書き出しはこうだ。「ミオがともだちの家からもどると、ママがいきなりいった」「ミオは妹からお金をとるの？」。この書き出しで、やや高圧的なママの姿と、面倒くさい妹の存在がパッとイメージできてしまう。お小遣いを出しあって買うはずだったマンガを「やっぱりやめた」といってミオに買わせたくせに、結局は読んでしまう妹のヒナコ。そのくらいでお金をとるなんてと非難するママ。どの短編にも、こうした家族や友だちとのちょっとした齟齬が通奏低音のように流れている。そんな作品世界に読者をすっとひきこんでしまう簡潔性と意外性をもった魅力的な冒頭である。

さて、「ラッキーデイ」はこの短編連作集の５つめの作品なのだが、この日のミオの最低ぶりは、まだまだ続く。ふざけあいからユカちゃんと喧嘩になり、クラスの女子全部を敵にまわし、止めに入ってくれたみなみちゃんにまで「いい子ぶらないでよ」と怒鳴る始末。朝に見た星占いでは「きょうは最強のラッキーデイ。天使があなたの味方です」とあったのに、とうんざりしながらミオは家に帰る。すると、おやつは妹に食べられ、ママの留守中には怪しげな電話がかかってきて……と、受難はさらに続くのだ。

そもそも、星占いの「ラッキーデイ」を本気で信じる人はいないだろうが、それでもどこかで期待してしまうのは、実際、その日に何が起こるかは誰にもわからないからだ。そして、起こったことにも、明確な根拠や理由が見いだせないこ

ちょっとしたことで、アンラッキーはラッキーに変わる。

とが多い。この日のミオにしても、なぜ雨が降り、なぜけがをし、なぜ喧嘩をし、なぜ変な電話がかかってきたのか、納得できる事情などない。そんな不条理な日々の断片を、さっさっとすくいとって見せてくれるのも、短編の妙なのである。

不条理という視点で他の作品を見ると、「ひとしずくの海」ではほかの町へ行ってしまうサチねえちゃん、「マチンバ」では病に倒れる孤独な老女、「針せんぼん」では雪のなかを遊びにくる幼い兄弟、「天のシーソー」では鉄クズ集めの家業を隠す少年、「毛ガニ」では高熱に見舞われる妹のヒナコと、自分ではどうすることもできない状況に揺れる人びとが登場し、それぞれに寂しさや不安がにじんでいる。約束もなしにこの世に生まれたことが「たよりなくてしかたがない」とときおりミオは思うが、本当に生きて出会うさまざまな出来事は、なんと不確かで無根拠なことが多いのか。

しかし、「ラッキーデイ」のアンラッキーの重なりに、なんの根拠も理由もないのなら、それをラッキーに変えるにも、理由などいらないのではないか。最低のことがとことん続いたその果てに、ミオはややヤケクソぎみに、心を決める。たとえ世界が悪意をもっていたとしても、「その手にはのらない。クールでいく」と。もちろん、この決意にも、なんの根拠もないのだが、実際、そのあとに起こる「ちいさなこと」で、「奇跡のように」1日の雰囲気が変わるのである。

＊　＊

本書の短編はどれも、すっとある時間のなかに読者をひきこみ、他者との面倒な関係にうんざりさせ、どうしようもない世界の頼りなさに浸らせながら、けっして暗くはない。それは、ミオやヒナコが、時としてとっぴょうしもない決意で動きだし、時としてかけがえのない人とのつながりに心をあたためあうからだ。無根拠な強さで、アンラッキーをラッキーに、うんざりをぬくもりに反転させる。そんな瞬間の描写が、ほのかに明るい余韻を残すのである。　　　　　（奥）

670年　「英雄」をつくる歳月

『ちびっこカムのぼうけん』 新・名作の愛蔵版
神沢利子
山田三郎 絵
理論社　1999年

　北の、北のほうの国の、けむりと火を吹きつづける山のふもとに、とびきり元気なカムという名の少年が、病弱な母親とふたりで暮らしていた。ある時カムは、どんな病にも効く「イノチノクサ」が火の山に生えていることを知る。しかし、そこへいたる道はけわしく、やってくる者をかたっぱしから投げとばしてしまう力自慢の大グマや狂暴な大ワシが棲み、鋭いトゲのあるイバラやマモノのいる黒い湖もある。おまけに、火の山では大男ガムリイが待ち受けていて、人間をむしゃむしゃ食べるか、北の海へはじきとばしてしまうという。

　それでもカムは、雪が解け、木々が芽吹く季節に、火の山をめざして旅立つ。道連れはトナカイのプルガ。怒りん坊であわてん坊だが、赤ん坊のころから一緒に育ってきた信頼できる乳兄弟だ。勇ましく正直で心優しい少年は、困難をひとつのりこえるたびに、味方を増やしていく。小さなジネズミから強い羽をもつ母ワシまで、出会った動物たちは、カムに貴重な情報をもたらしたり、力を貸してくれたりする。なかでも、金色の毛をもつ大グマの大将が教えてくれた情報はおどろくべきものだった。数年まえに、カムの父親も火の山をめざしたというのだ。巨大な大将グマをやすやすと谷底へ投げとばして、山へ登っていったという。だが、その「めっぽうつよい男」も、ガムリイにやられたのか、もどってくることはなかったのだ。

　大男を倒す方法はただひとつ、火の山の炎を消すことだ。670年に一度、天に輝く七つ星「北斗の大ヒシャク」に銀河の水が満ちるので、それを傾けて水を火口に注げばよい。それができるのは、シロトナカイの乳を飲んで育った男の子だけだという伝説も、動物たちのあいだに受け継がれていた。カムは、ワシに育てられた少女チャピナと動物たちの協力を得て、670年ぶりにおとずれた好機を生かすべく、ガムリイに立ち向かう。

　神沢利子の単行本デビュー作『ちびっこカムのぼうけん』は、イノチノクサをもとめる旅を描いた「火の山のまき」と、父親探しの旅を描いた「北の海のまき」からなる。前半でガムリイとの対決に勝

利して母親を癒す薬草を手に入れたカムは、休むまもなく、大男によってシロクジラに変えられていた父親を救出するため、北の海をめざして新たな冒険に旅立つ。

トナカイ皮の服を着て、トナカイ皮の靴を履き、魔除けの赤い皮ひもで黒い髪をゆわえて、ロープと塩や干しザケを入れた皮袋を腰にぶらさげたカムの姿は、北方先住民族を思わせる。動物たちと心を通わせることのできる自然児が、敵を倒して共同体に利益をもたらすことによって英雄になる、しかも、そんな英雄の出現が、稀有な自然現象の発生と時を同じくするというのは、まさに神話世界の英雄譚そのものだ。670年に一度しか起きない自然の驚異、その瞬間にいあわせるということが、ちびっこカムの英雄性を保証している。

北の大地を舞台にした神話的な英雄物語の素地は、作者が6歳から13歳まで過ごした樺太で育まれたものだ。小学4年生の夏に訪れた敷香町（現在のポロナイスク）の先住民集落オタスで、トナカイとともに暮らす人びとを知った少女は、ツンドラの野に生きる子どもたちの姿に

神沢作品ではおなじみのクマ。カムを助ける「金ピカの大グマ」をはじめ、そのモデルは樺太に生息するヒグマだという。「くまの子ウーフ」も、じつはヒグマなのかもしれない。

夢と冒険を感じ、強いあこがれをいだいたという（『同じうたをうたい続けて』2006年）。神沢自身は、のちに、当時のオタスの先住民がおかれていた状況に関するおのれの無知に気づきこれを恥じているが、カムの物語に満ちている翳りのない幸福感は、子ども時代の純粋なあこがれから生まれたからこそのものであり、この作品の重要な魅力になっている。

重厚なファンタジー『銀のほのおの国』（1972年）から、絵本『鹿よ おれの兄弟よ』（G・D・パヴリーシン絵、2004年）まで、その後もさまざまなかたちで北方先住民族の自然観や世界観を物語化することになる作家の、いわば原点ともいうべき作品が、この少年カムの物語である。初版は1961年。　　（水）

タイトル索引

〈凡例〉
・本文中のすべてのタイトルを、架空の作品等をふくめて収録した。
・単行本書名・雑誌名・新聞名は『　』、詩、単行本や雑誌に収録（載）された短編、そのほかの作品名（映画・演劇・音楽・ドラマ等）は「　」、シリーズ名は〈　〉で示した。
・配列はタイトルの五十音順とした。

●数字・アルファベット

〈DIVE!!（ダイブ）〉　330
『HOOT（ホー）』　200
「SSスペシャル'99」☞〈DIVE!!（ダイブ）〉

●あ

『青いイルカの島』　158
『青い鳥』　30
「青い鳥」　282
「青い眼と青い海と」☞『二つの国の物語　第3部＝青い眼と青い海と』
『青矢号　おもちゃの夜行列車』　132
『赤い子馬』　188
『赤い鳥』　206, 219
「赤い番がさ」　385
「赤い蝋燭と人魚」　52
『赤毛のアン』　165, 186
『赤とんぼ』　44
「《悪意》のファンタジー」　325
『朝日新聞』　55
『足音がやってくる』　242
『温かなお皿』　82
〈あたらしい創作童話〉　272
『アドリア海の奇跡』　410
『アナベル・ドールの冒険』　232
『アニメ版　扉を開けて』　417
『あのこにあえた』　181
『あの世からの火』　65
「アペニン山脈からアンデス山脈まで（毎月のお話）」（『クオレ』）　308
『あほうの星』　193
「甘口のすすめ」　93
『あやうしマガーク探偵団』　364
『嵐にいななく』　178
『あらしのあと』　176
『あらしの前』　176

「嵐ふきすさぶ国」☞『二つの国の物語　第2部＝嵐ふきすさぶ国』
『アラスカの小さな家族　バラードクリークのボー』　142
『アラビアン・ナイト』　63
『アリスの見習い物語』　340
「ある朝、シャーロットは…」　220
『アルド・わたしだけのひみつのともだち』　138
『アンデルセン童話集2』　292
「生きる指針となった物語」　176
『石切り山の人びと』　362
「いじめっこに、ごようじん」　419
『1時間の物語』　95
『1日の物語』　95
「一年後のおくりもの」　250
『1週間後にオレをふってください』　95
『1週間の物語』　95
『井戸の中の虎』　333
『稲荷の家』　397
『犬のバルボッシュ　パスカレ少年の物語』　290
『イルカの家』　414
「イングリッシュローズの庭で」　352
「上と外」　109
『ウォー・ボーイ』　73
「「うそじゃないよ」と谷川くんはいった」　20
「ウソとホントの宝石ばこ」　78
「うちの一階には鬼がいる！」　264
『宇宙塵』　36
『海の島』　186
「海の深み」　186
『ウルフ谷の兄弟』　248
「ウンダ・マリーナの足あと」　255
『エヴァが目ざめるとき』　426
「エニ・デイ・ナウ」　152
『エリザベス女王のお針子　裏切りの麗しきマント』　392
『おいしい1時間』　95

タイトル索引

「おーい でてこーい」 36
『王さまばんざい』 78
『王さまめいたんてい』 78
『王さまレストラン』 78
『王さまロボット』 78
『オオカミ族の少年』 274
『オオカミに冬なし』 266
『大雲払いの夜』 213
〈おさる〉 121
『おさるになるひ』 121
『おさるのまいにち』 120
『おさるはおさる』 121
『お父さんのラッパばなし』 118
『弟の戦争』 262
『同じうたをうたい続けて』 431
『おばあさんのひこうき』 172, 296
『おばあちゃん』 231
『オバケのことならまかせなさい!』 246
〈おばけ横町〉 272
『音楽室の日曜日』 114

● か

『かいじゅうたちのいるところ』 327
『海賊』 310
「かえるくんの手紙は、「素晴らしい」か」 185
『かえるのエルタ』 112
『鏡の国のアリス』 278
『鏡のなかのねこ』 210
『かさねちゃんにきいてみな』 366
『風、草原をはしる』 208
『風と木の歌』 311
『風の音をきかせてよ』 382
『風の又三郎』 324
『カッパのぬけがら』 246
『家庭科室の日曜日』 115
『仮面の大富豪』 333
『ガラスの家族』 316
『ガラスの大エレベーター』 109
「刈り込み庭園」(『はしけのアナグマ』) 202
「きいろいばけつ」 180
『ギヴァー 記憶を注ぐ者』 144
「消えた1日をさがして」 95
「きかんぼのちいちゃい いもうと」 26
「きつねの窓」(『南の島の魔法の話』) 310
『祈祷師の娘』 396
『希望の友』 298
『君たちはどう生きるか』 176

『きみはいい子』 397
『吸血鬼ドラキュラ』 342
『給食室の日曜日』 115
『驚異のズッコケ大時震』 42
『教室の日曜日』 115
『ぎょろ目のジェラルド』 48
『霧のむこうのふしぎな町』 60
『銀色の日々』 282
『銀色ラッコのなみだ 北の海の物語』 68
『銀河鉄道の夜』 127
「銀河鉄道の夜」(『新 校本 宮澤賢治全集』第十一巻 童話Ⅳ) 304
『銀のうでのオットー』 390
『銀のキス』 342
『銀のほのおの国』 431
『クオレ』 308
『9月0日大冒険』 90
『倶舎論』 305
「口で歩く」 150
「蜘蛛の糸」 206
「蜘蛛の糸・杜子春」 206
「雲の中のかじやさん」 255
「くらやみの谷の小人たち」 329
「車引き」 384
『クレージー・バニラ』 162
『クレヨン王国の十二か月』 348
〈クロニクル千古の闇〉 274
「毛ガニ」 429
『月長石』 333
『けむり馬に乗って 少年シェイクスピアの冒険』 302
『ゲンのいた谷』 192
『校定 新美南吉全集 第十巻』 218
「幸福のバランス」 94
『荒野の羊飼い』 134
「五月のはじめ、日曜日の朝」 418
『五月のはじめ、日曜日の朝』 418
『九つの銅貨』 138
『子鹿物語』 上・中・下 188
「ことばをおぼえたチンパンジー」 427
『子供たちの晩餐』(『温かなお皿』) 82
『子どもと読書』 257
『〈子供〉の誕生』 340
「5分間だけの彼氏」 94
「五分間だけの彼氏」 94
「五分間の永遠」 94
『5分間の物語』 95

433

「駒の話」 84
「ごん狐」(『ごん狐』) 218
『権狐』 218
「コンクリート・ドラゴン」 ☞〈DIVE!!(ダイブ)〉
『コンスタンスの日記』 413

●さ

『サイエンス・スクールズ・ジャーナル』 300
『最後の七月』 96
「最後の地球人」 37
「サーカスにはいった王さま」 78
「魚のように」 397
『ササフラス・スプリングスの七不思議』 224
『幸子の庭』 130
『佐藤さとる全集1』 173
『三コ』 253
『三銃士』上・下 100
『山椒大夫・高瀬舟・阿部一族』 258
「三人の旅人たち」(『しずくの首飾り』) 98
『シー・ペリル号の冒険』 147
『ジェインのもうふ』 18
『ジェニーの肖像』 278
『シェパートン大佐の時計』 146
『ジェリコの夏』 164
『鹿よ おれの兄弟よ』 431
「時間だよ、アンドルー」 214
『時間のない国で』 284
『しずかな日々』 170
『しずくの首飾り』 98
「児童文学と子ども」(『佐藤さとる全集1』) 173
『死の鐘はもうならない』 359
『死の国からのバトン』 65
「詩はどこへ行ったのか」 55
『縞模様のパジャマの少年』 222
「霜の巨人」 255
「しゃぼんだまのくびかざり」 78
〈シャーロック・ホームズ〉 332
『ジャングル・ブック』 354
『ジャングル・ブック2』 354
『自由と規律』 371
『十一月の扉』 154
『十五少年』 371
『13ヵ月と13週と13日と満月の夜』 374
『10年まえのゆきだるま』 156
『少女探偵事件ファイル』 256
『少年世界』 371

『少年の石』 216
「少年の日の思い出」 173, 296
『少年の日の思い出 ヘッセ青春小説集』 296
『職員室の日曜日』 115
『ジョン万次郎 海を渡ったサムライ魂』 335
「ジョン万次郎漂流記」(『ジョン万次郎漂流記』) 334
『ジョン万次郎漂流記』 334
『白赤だすき小○の旗風 幕末・南部藩大一揆』 394
「白いアネモネ」 255
「白い貯金箱」 95
『シロクマたちのダンス』 152
『新 校本 宮澤賢治全集』第十一巻 童話Ⅳ 304
『ジーンズの少年十字軍』上・下 204
「人造美人」 36
『人造美人』 36
『水族譚 動物童話集』 325
「水曜日のうそ」 230
「スイレン」 255
『睡蓮の池』 186
「好きにならずにいられない」 152
『図工室の日曜日』 115
『図説 中世ヨーロッパの暮らし』 205
『ズッコケ三人組のバック・トゥ・ザ・フューチャー』 42
『ズッコケ三人組の未来報告』 42
『ズッコケ時間漂流記』 42
『ズッコケ熟年三人組』 42
〈ズッコケ中年三人組〉 42
『ズッコケ発明狂時代』 42
『ズッコケ魔の異郷伝説』 42
〈ステフィとネッリの物語〉 186
『砂の妖精』 80, 264
『スリースターズ』 350
「スワンダイブ」 ☞〈DIVE!!(ダイブ)〉
『精霊の守り人』 32
「セールスマンの死」 19
『戦火の馬』 148
「戦争」 52
『戦争ゲーム』 72
「ぞうのたまごのたまごやき」 78
『空色勾玉』 270
『空とぶベッドと魔法のほうき』 264

●た

『体育館の日曜日』 115

タイトル索引

『大海の光』 186
『第九軍団のワシ』 415
『大正日日新聞』 52
〈タイムストーリー〉 94
『タイムチケット』 50
『タイムマシン』 300
『太陽の牙』 208
「高瀬舟」(『山椒大夫・高瀬舟・阿部一族』) 258
『宝さがしの子どもたち』 106
『たからものとんだ』 181
〈ダルタニャン物語〉 100
『たんぽぽのお酒』 46
『小さい魔女』 386
〈ちいさな王さま〉 78
『小さな草と太陽』 52
〈小さなスズナ姫〉 212
『小さなバイキング ビッケ』 66
『小さな山神スズナ姫』 212
『地に消える少年鼓手』 228
『ちびっこカムのぼうけん』 430
『チャイブとしあわせのおかし』 236
「チャーリーとチョコレート工場」 109
『中央公論』 259
〈チュウチュウ通りのゆかいななかまたち〉 236
『中等國語二』(二) 296
『超・ハーモニー』 402
『チョコレート工場の秘密』 108
『チョボイチ』 385
『通過儀礼』 68
『月の巫女』 208
『月夜のチャトラパトラ』 122
『つづきの図書館』 60
「「つ」の字」 385
『ツバメ号とアマゾン号』 106
『つりばしゆらゆら』 181
『ディアナ・ディア・ディアス』 417
『ディアノーバディ あなたへの手紙』 40
『てつがくのライオン 工藤直子少年詩集』 38
「鉄腕ゲッツ・フォン・ベルリヒンゲン」 391
『寺村輝夫のぼくは王さまつづきの全1冊』 79
『寺村輝夫のぼくは王さまはじめの全1冊』 78
『天国からはじまる物語』 28
『天使たちのカレンダー』 182
『天使たちのたんじょう会』 182
『天使のいる教室』 182
『天使のかいかた』 246

『天のシーソー』 428
『天のシーソー』 429
『東京新聞』 45
『東京石器人戦争』 194
『遠い水の伝説』 208
「トキ」 253
『時の旅人』 393
『時空の旅人 とらえられたスクールバス』前編・中編・後編 298, 301
「時の探検家たち」 300
『時の町の伝説』 314
『トーキョー・クロスロード』 306
『どきん 谷川俊太郎少年詩集』 54
『土佐日記』 182
『図書室の日曜日』 115
『扉を開けて』 416
『とぶ船』上・下 86, 106
『トーマス・ケンプの幽霊』 34
『とらえられたスクールバス』 298
『とらえられたスクールバス(前編)』 298
『ドリトル先生アフリカへいく』 235
『ドリトル先生アフリカゆき』 234
『ドリトル先生航海記』 235
「トロッコ」 207
「どろん」 385

●な

〈直樹とゆう子の物語〉 65
『長い長いお医者さんの話』 326
『ながいながいペンギンの話』 328
『長くつ下のピッピ』 88
『ナシスの塔の物語』 400
『夏の魔法 ペンダーウィックの四姉妹』 106
『夏への扉』 301, 312
『なまくら』 384
『なまくら』 384
〈ナルニア国ものがたり〉 118, 416
〈二十四節気 虫のお話〉 110
『にせもののかぎばあさん』 273
〈日曜日〉 114
『日教組教育新聞』 253
『荷抜け』 422
『二年間の休暇』上・下 370
『二分間の冒険』 372
『日本児童文学』 93
『日本文学』 185
『ニワトリ号一番のり』 376

435

『人形の家』 233
「人魚姫」(『アンデルセン童話集2』) 292
「野ばら」 52
『野ばら　小川未明童話集』 52

●は

「灰」 385
『灰色の地平線のかなたに』 346
『灰色の畑と緑の畑』 169
『バイバイ、サマータイム』 288
『バイバイわたしのおうち』 280
『ハイ・フォースの地主屋敷』 147
『はしけのアナグマ』 202
『はだかの王様』 60
「はだかの王さま」 78
『八月のサンタクロース』 406
「八郎」 253
『八郎』 253
「パチン」 419
『ハックルベリー・フィンの冒険』 404
「ハッピーバースデー」 94
『花咲か　江戸の植木職人』 70
「花咲き山」 253
『花さき山』 253
『花のき村と盗人たち』 219
「花をくわえてどこへゆく」 320
「母をたずねて三千里」 308
『はまゆり写真機店』 196
『ハヤ号セイ川をいく』 378
「針せんぼん」 429
〈ハリー・ポッター〉 264
『はるかなるわがラスカル』 188
『はれときどきぶた』 116
〈はれぶた〉 116, 272
『ハンサム・ガール』 92
『バンビ　森の、ある一生の物語』 174
『光車よ、まわれ！』 324
『光のうつしま　廣島　ヒロシマ　広島』 226
「ピーター・パン」 30
「ひとしずくの海」 428
『ひねり屋』 404
『火の王誕生』 208
『火のくつと風のサンダル』 168
『秘密の花園』上・下 408
『秘密の道をぬけて』 356
『緋文字』 380
『表現学大系　各論篇　第22巻　童話の表現2』 310
『漂泊の王の伝説』 286
『昼と夜のあいだ　夜間高校生』 318
『ビルマの竪琴』 44
「ビルマの竪琴ができるまで」 45
『ファウスト』 386
「福の神になった少年」 151
『ふしぎなかぎばあさん』 272
〈ふしぎなかぎばあさん〉 272
「二つのアジア史観」 45
〈二つの国の物語〉 360
『二つの国の物語　第1部＝柳のわたとぶ国』 360
『二つの国の物語　第2部＝嵐ふきすさぶ国』 360
『二つの国の物語　第3部＝青い眼と青い海と』 360
『ふたりのイーダ』 64
『ふたりのロッテ』 104
『ふたりはいっしょ』 184
『ふたりはいつも』 184
『ふたりはきょうも』 184
『ふたりはともだち』 184
『冬の龍』 51
『ブリキの王女』 333
『ふりむいた友だち』 336
「古い小屋」(『星のひとみ』) 254
『ブロード街の12日間』 358
『兵士ピースフル』 148
『ペーターという名のオオカミ』 58
『ベロ出しチョンマ』 252
「方丈記」 56
『宝石』 36
『ぼくと〈ジョージ〉』 138
『ぼくとテスの秘密の七日間』 368
『ぼくにはしっぽがあったらしい』 246
『ぼくのお姉さん』 151
『ぼくのじんせい』 151
『ぼくのピエロ』 419
『ぼくは王さま』 78
〈ぼくは王さま〉Ⅱ 78
〈ぼくは王さま〉Ⅲ 78
『保健室の日曜日』 115
『星のひとみ』 254
「ポストのはなし」 173
『北極のムーシカミーシカ』 329
『ボッコちゃん』 36

タイトル索引

『ホビットの冒険』 118

●ま

「前宙返り3回半抱え型」 ☞〈DIVE!!（ダイブ）〉
〈マガーク少年探偵団〉 364
『魔女ジェニファとわたし』 268
『魔女の宅急便』 387,420
『魔女の血をひく娘』 380
『まちがいカレンダー』 344
「マチンバ」 429
『マハラジャのルビー　サリー・ロックハートの冒険1』 332
『魔法使いハウルと火の悪魔』 375
『マヤの一生　椋鳩十の本』 22
「マヤの一生」（アニメ映画） 22
『真夜中のまほう』 424
『満月のさじかげん』 160
『ミアの選択』 398
『みえない雲』 260
『ミシシッピがくれたもの』 198
『3日間の物語』 95
『3日で咲く花』 95
「3つの前奏曲第2番　アンダンテ・コン・モート・エ・ポコ・ルバート」 399
『水底の棺』 56
『南の島の魔法の話』 310
「みんなターザン」 419
『昔気質の一少女』 24
『ムギと王さま　本の小べや1』 166
『麦ふみクーツェ』 294
『虫のいどころ　人のいどころ』 110
『虫のお知らせ』 110
『虫愛づる姫もどき』 110
〈メアリ・ポピンズ〉 106
『めいちゃんの500円玉』 246
『メイフラワー号の少女　リメンバー・ペイシェンス・フイップルの日記』 412
『モギ　ちいさな焼きもの師』 338
『木馬のほうけん旅行』 140
「モチモチの木」（『ベロ出しチョンマ』） 252
『もりのへなそうる』 124
〈守り人〉 33

●や

『屋根裏部屋の秘密』 65
「山のトムさん」 84
『山のトムさん ほか一篇』 84

「ユウキ」 136
「郵便屋さんの話」（『長い長いお医者さんの話』） 326
『幽霊の恋人たち　サマーズ・エンド』 62
『床下の小人たち』 264
『指輪物語』 118, 264
〈ユリエルとグレン〉 343
〈ユルン・サーガ〉 208
『ようこそ地球さん』 36
『幼児のための童話集 第二集』 78
『妖精王の月』 284
『四つの署名』 333
『夜の子どもたち』 238
『夜の神話』 244
『夜のパパ』 74
『ヨーンじいちゃん』 230

●ら

『ライオンと魔女』 106
『らいおんみどりの日ようび』 112
「羅生門」 56
「ラッキーデイ」 428
「理科室の日曜日」 115
「リトル・マーメイド」 293
『リンゴの木の上のおばあさん』 102
「ルーシー」（『九つの銅貨』） 138
「るつぼ」 19
「ラビリンス　迷宮」 417

●わ

『若草物語』 24, 106, 165
「枠組みを問い直す　佐藤多佳子『ハンサム・ガール』を中心に」 93
『わたしが妹だったとき』 126
『私のアンネ＝フランク』 65
『ワンス・アホな・タイム』 95

437

人名索引

〈凡例〉
・本文中のすべての人名を収録した。ただし、物語の登場人物名は除いた。
・配列は、姓の五十音順、次に名の五十音順とした。

●あ

青木由紀子　242
赤木由子　360
秋山あゆ子　110
芥川龍之介　56, 206
アークル、フィリス　424
明智光秀（＝光秀）　303
味戸ケイコ　20
アゼアリアン、メアリー　164
安達まみ　288
アーディゾーニ、E　378
アトリー、アリソン　393
阿部肇　156
天沢退二郎　290, 324
新井素子　416
アリエス、フィリップ　340
有沢佳映　366
安房直子　310
アンデルセン、ハンス・クリスチャン（＝アンデルセン）　78, 166, 255, 292
安東みきえ　94, 428
飯田佳奈絵　424
飯野和好　212
イエス　132, 204
生島遼一　100
池央耿　300
池田香代子　104
池田潔　371
イサベル女王　414
いしいしんじ　294
石井睦美　418
石井桃子　80, 84, 86, 140, 166
石川宏千花　343
石倉欣二　218
石渡利康　66
泉鏡花　84

泉啓子　382
出雲阿国　303
市川崑　44
井辻朱美　284
いとうひろし　120
伊藤重夫　92
伊藤遊　136
稲岡明子　182
いぬいとみこ　328
乾侑美子　414
猪熊葉子　98, 264
井伏鱒二　234, 334
イプセン　233
イムルーウルカイス　286
岩崎京子　70
岩瀬成子　20
岩淵慶造　406
ヴィクトリア女王　358
ウィリアムズ、アーシュラ　140
ウィリアムズ、エクルズ　424
ウィリアム征服王　86
ウィルソン、ジャクリーン　280
ウェストール、ロバート　262
上田真而子　174, 230
上橋菜穂子　32
ウェルズ　300
ウェルフェル、ウルズラ　168
ヴェルヌ、ジュール　370
魚住直子　402
ウォルシュ、ジル・ペイトン　359
ウォルツ、アンナ　368
卯月みゆき　396
宇野亜喜良　202
宇野和美　410
羽海野チカ　416
エイキン、ジョーン　98
江國香織　82

江戸川乱歩　36, 256
エドワーズ、ドロシー　26
エリクセン、エドヴァルド　293
エリザベス女王（＝エリザベス１世）　265, 302, 378, 392
大石真　363
大久保貞子　74
大久保康雄　188
大塚勇三　88, 386
大友康夫　328
大畑末吉　292
丘修三　150
岡崎ひでたか　422
岡田朝雄　296
岡田淳　372
岡野薫子　68
岡本颯子　272
岡本浜江　48, 316
小川英子　302
小川未明　52
荻原規子　270
織田信長（＝信長）　115, 299, 302
乙一　94
オデル、スコット　158
おのりえん　110
オバマ、バラク　198
オバマ、ミシェル　198
オルコット（＝オールコット）　24
恩田陸　109

● か

ガジェゴ・ガルシア、ラウラ　286
樫崎茜　160
ガーシュウィン　399
柏葉幸子　60
片岡しのぶ　338
片山若子　250
角野栄子　420
かなり泰三　244
カニグズバーグ、E・L　138, 268
金原瑞人　62, 374
カボット、セバスチャン　415
上出慎也　50, 136
亀井よし子　380
鴨長明　56
唐沢則幸　426

カールソン、エーヴェット　66
川口紘明　220
河原温　205
川村たかし　318
神沢利子　430
私市保彦　370
木島平治郎　376
きたむらさとし　368
北山克彦　46
キップリング（＝キプリング、ジョゼフ・ラドヤード）　354
樹村みのり　256
行基　56
クシュマン、カレン　340
朽木祥　226
工藤直子　38
久保喬　216
クラウス、アネット・カーティス　342
クラーク、アン・N　134
クラップ、パトリシア　413
グリーナウェイ、ケイト　375
グリーペ、マリア　74
厨川圭子　18
グルニエ、クリスチャン　230
ケストナー、エーリヒ　104
ゲーテ　386, 391
小泉澄夫　158
河野万里子　230
神山征二郎　22
木暮正夫　272
小島政二郎　206
小竹由美子　280
後藤竜二　394
ゴドウィン、ローラ　232
小林敏也　238
小林与志　318, 320
こみねゆら　196
小山尚子　352
コリンズ、ウィルキー　333
コロンブス　414

● さ

西郷隆盛　385
斎藤惇夫　176
斉藤健一　162
斎藤博之　71

斎藤倫子　198
斎藤隆介　252
酒井駒子　27, 274
さくまゆみこ　236, 274
桜井誠　216
佐竹美保　62, 314
佐藤さとる　172, 296
佐藤静子　182
佐藤多佳子　92
さとうまきこ　90
佐藤見果夢　148
佐藤義美　78
サトクリフ、ローズマリー　414
さねとうあきら　194
佐野洋子　38, 126, 336
ザルテン、フェーリクス　174
サン＝テクジュペリ　21
三辺律子　178, 398
シアラー、アレックス　374
シェイクスピア、ウィリアム　302
ジェームズ1世　412
塩谷太郎　102
ジズベルト、ジョアン・マヌエル　410
芝田勝茂　238
島津やよい　144
清水奈緒子　224
清水義博　138
シャラット、ニック　280
シュトルツ　210
ジョアン2世　414
ショッター、ロニー　356
ジョン万次郎　☞万次郎
ジョーンズ、ダイアナ・ウィン　264, 314, 375
次良丸忍　282
神宮輝夫　146
新藤悦子　122
末松氷海子　30
鈴木たくま　360
鈴木三重吉　206, 218
鈴木義治　382
スタインベック、ジョン　188
スタルク、ウルフ　152
スチュアート、メアリー　303, 393
ストーカー、ブラム　342
砂田弘　256
スノウ博士　358

スピネッリ、ジェリー　404
ゼヴィン、ガブリエル　28
関楠生　168
関口英子　132
瀬田貞二　118
セペティス、ルータ　346
セルカーク、アレクサンダー　158
セルズニック、ブライアン　232
センダック、モーリス　327

●た

代田亜香子　106
ダーウィン　301
高田勲　412
高田桂子　336
高田ゆみ子　260
高楼方子　154
高橋健二　296
高橋信也　42
ダ・ガマ、ヴァスコ　414
滝平二郎　252
瀧羽麻子　94
竹内好　45
竹崎有斐　362
竹山道雄　44
たしろちさと　236
立花尚之介　150
立原えりか　156
たつみや章　244
建石修志　208
ターナー、フィリップ　146
田中明子　34
田中薫子　214, 314
田中奈津子　142
田中槙子　90
田中六大　114
谷川俊太郎　54
田畑精一　344
タブマン、ハリエット　357
タムラフキコ　94
田村隆一　109
ダール、ロアルド　108
足沢良子　378
千葉茂樹　164, 200, 222, 356, 358, 404
チャペック、カレル　326
チャールズ1世　265, 381

チャールズ2世　264, 381
重源上人　57
チルトン、メアリー　413
司修　64
つちだよしはる　180
鶴見正夫　406
デ・アミーチス　308
ディアス、バルトロミュウ　414
ディズニー　175
ディッキンソン、ピーター　426
手島悠介　272
デップ、ジョニー　109
デュマ、アレクサンドル　100
寺島龍一　376
寺村輝夫　78
デ・ラ・メア、W　138
ド・ヨング、ドラ　176
ドイル、アーサー・コナン　333
トウェイン、マーク　404
ドートリッシュ、アンヌ　100
ドハティ、バーリー　40
トベリウス　254
富安陽子　212
鳥越信　71
トリアー、ヴァルター　105
トール、アニカ　186
トールキン　118
ドレ、ギュスターヴ　101
ドレーク、フランシス　378
トンプソン、ケイト　284

●な

長尾治　416
中釜浩一郎　282
中川千尋（＝なかがわちひろ）　40, 246
中川なをみ　56
中川李枝子　112
長崎源之助　192
長沢節　101
長薗安浩　96
中野重治　266
中野好夫　326
中村悦子　340
中村妙子　210
中脇初枝　396
梨屋アリエ　350

那須正幹　42
那須田淳　58
夏目漱石　206
南條竹則　235
新美南吉　218
西村由美　204
ネイサン、ロバート　278
ネズビット、E（＝ネズビット）　80, 86, 106, 264
野坂悦子　368
野沢佳織　346
ノース、スターリング　188
ノートン、メアリー　264
信長　☞織田信長

●は

ハイアセン、カール　200
パイル、ハワード　390
ハインライン、ロバート・A　301, 312
パヴリーシン、G・D　431
ハーウィッツ、ジョハナ　164
ハウカー、ジャニ　202
パウゼヴァング、グードルン　260
パーカー、アル　18
パーク、リンダ・スー　338
バーズオール、ジーン　106
長谷川集平　194
パターソン、キャサリン　316
バッキンガム侯爵　100
バートン、ティム　109
バーニィ、ベティ・G　224
バーニンガム、ジョン　138
バーネット　408
浜たかや　208
浜田洋子　48
濱野京子　306
林克己　228
原田勝　262
バリ、J・M（＝バリ）　30, 342
パレイエ、ジャン　290
ハーン、メアリー・ダウニング　214
ピアス、フィリパ　378
ピアンコフスキー、ヤン　99
東草水　30
菱木晃子　152, 186
ヒル、カークパトリック　142

ヒルディック、E・W　364
廣瀬賜代（＝たつみや章）　245
ファイン、アン　48
ファージョン　166
ファナ・マリア　159
ファーマー、P　220
ファム、レウィン　142
フェラン、マット　224
フェリペ2世　379
フォアマン、ゲイル　398
フォアマン、マイケル　72
フォートナム、ペギー　140
深沢紅子　84
蕗沢忠枝　364
福井智　94
福島正実　312
福永令三　348
藤江じゅん　50
藤原英司　158
二木真希子　32
ブラッドベリ、レイ　46
ブーリン、アン　414
古田足日　344
ブルッキンズ、デーナ　248
プルマン、フィリップ　332
ブレイク、クェンティン　108
プレスリー、エルビス　152
ブロイス、マーギー　335
プロイスラー、オトフリート　386
ペイヴァー、ミシェル　274
ペイトン・ウォルシュ、ジル　☞ウォルシュ、ジル・ペイトン
ベック、グレゴリー　189
ベック、リチャード　198
ベックマン、テア　204
ヘッセ、ヘルマン　296
ベートーベン　115
ベニントン、ケイト　392
ヘネップ、ファン　68
ヘルトリング、ペーター　230
ヘンリー8世　392, 414
ホイットフィールド船長　334
ボイン、ジョン　222
ホーガン、エドワード　288
星新一　36
ボスコ、アンリ　290

ホーソーン、ナサニエル　380
ホプキンソン、デボラ　358
堀内誠一　26, 118
堀川志野舞　28
堀川理万子　152
本多明　130

●ま

マ、ヨーヨー　398
前川かずお　42
マゴリアン、ミシェル　352
ましませつこ　182
マシューズ、L・S　178
マゼラン　414
松下直弘　286
松田青子　95
松谷みよ子　64
松永ふみ子　268
マーティン、アン・M　232
マーヒー、マーガレット　242
眉村卓　298, 301
万沢まき　254
万次郎　334
みおちづる　400
三木卓　184
三木由記子　348
ミシェル夫人　☞オバマ、ミシェル
光秀　☞明智光秀
三原泉　232
三保みずえ　202
宮川健郎　185
宮川ひろ　182
宮木陽子　412
宮坂宏美　250
宮沢賢治　304, 324
宮下嶺夫　248
宮田武彦　334
ミラー、H・R　80
ミラー、アーサー　18
ミルン、A・A（＝ミルン）　342
椋鳩十　22
村上しいこ　114
村上勉　172
村上豊　56
メアリー女王　☞スチュアート、メアリー
メイスフィールド、J　376

メイン、ウィリアム　228
メーテルリンク　30
メリング、O・R　284
茂市久美子　196
茂田井武　52, 235
モーパーゴ、マイケル　148
森絵都　330
森鷗外　258, 386
森忠明　320
森田思軒　371
もりやまみやこ　180
モンロー、マリリン　28

●や

矢崎源九郎　308
椰月美智子　170
矢玉四郎　116, 272
柳井薫　340, 392
柳田利枝　342
柳瀬尚紀　108
山内玲子　408
山口太一　364
山崎勉　134
山崎方代　131
山田三郎　430
山田順子　332
山田蘭　354
山室静　278
山元隆春　310
山本容子　60
山脇百合子（＝やまわきゆりこ）　112, 124
ゆあさふみえ　72
与謝野晶子　361
吉田勝江　24
吉野源三郎　176
吉橋通夫　384
ヨンソン、ルーネル　66

●ら

ライヴリィ、ペネロピ　34
ラスキー、キャスリン　412
ランサム、アーサー　106
リシュリー枢機卿　100
リーズ、セリア　380
リュートゲン　266
リーン、サラ　250

リンドグレーン、アストリッド　88
ルアーノ、アルフォンソ　410
ルイ13世　100
ルイス、C・S　106, 118
ルイス、ヒルダ　86
ルーズベルト大統領　215
ルドルフ1世　391
レスター伯爵　302
レノン、ジョン　28
ロダーリ、ジャンニ　132
ロッダ、エミリー　236
ロフティング、ヒュー　234
ローベ、ミラ　102
ローベル、アーノルド　184
ローリー、ウォルター　392
ローリー、ロイス　144
ローリングズ　188
ローレンス、アン　62

●わ

和歌山静子　78
脇明子　138
ワースバ、バーバラ　162
和田誠　54, 78
渡辺茂男（＝わたなべしげお）　26, 124, 390
渡辺則子　418
渡邊美香　93
渡辺有一　272

時索引

〈凡例〉
見出し項目等でとりあげた「時」を本文中から収録した。ゴシックは見出し項目。

●あ

愛着対象との別れの時　**18**
朝も、ひるも、夜も　**78**
明日　416
あと4日　**130**
あやかしの時　**324**
あれから25年　**192**
暗黒時代　390
1月6日　**132**
1日　80, 90, 94, 113, 125, 212, 225, 250, **285**, 290, 292, 336, 370, 429
1年　109, 110, 116, 120, **134**, 205, 247, 250, 256, 292, 308, 326, 336, 341, 348, 383, 387, 394, 421
1年しか？　1年も？　**136**
1年生　43, 170, 182
1年と1日　**326**
1万年まえ　**194**
いつか　**20**
1回かぎりの「ひよっこじだい」　**328**
1週間　58, 98, 112, 180, 196, 198, 244, 280, 288, 300, 368, 382
一生　**22**
一生涯　**138**
1.4秒　**330**
異文化体験の1か月　**24**
ヴィクトリア時代　233
ヴィクトリア朝　34, **332**
失われつつあるものとの時　**196**
江戸時代　42, 70, 216, 423
エリザベス朝　378, **392**
大叔父さんが死んだ日　**242**

幼いころ　**26**
思い出　25, 26, 43, 46, 145, 146, 158, 171, 183, 192, 210, 251, **278**, 296, 311
おもちゃが捨てられる時　**140**
親の居ぬ間　82
終わりと始まり　**28**

●か

開拓の3年間　**84**
嘉永6年5月18日　**394**
かえるをひいた日　**244**
隔週　**280**
崖っぷちの日々　**282**
過去　33, 35, 41, 42, 43, 51, 54, 59, 65, 79, 96, 101, 123, 178, 202, 212, 214, 265, 267, 287, 289, 298, 301, 306, 310, 312, 315, 365, 379, 390, 399, 406, 413, 415
過去への旅　**86**
数えで15　**334**
家族になる時　**142**
家族の歴史　**198**
学校時間　**88**
神さまの声を聞いた日　**396**
起工式の日　**200**
休暇　88, 98, 370
9歳　94, 176, 222, 248, 364, 404
91歳　**202**
99年　**246**
教会暦　**204**
近未来　36, **144**, 178, 260, 312
9月0日　**90**
クリスマス・イブ　30, 73, 152, 249, 415
クリスマスを待つあいだ　**248**

決断の時　398
建国200年と100年周期が重なる時間　32
高学年への橋わたしの時期　336
高校1年生　318
高校3年生　40, 398
高校2年生　256, 306
高麗時代　338
極楽と地獄の時間　206
50年　146, 198, 212, 305, 347
午前6時　148
古代　208, 285
古代エジプト　87, 166, 210
異なる時の流れ　284
「子ども」という概念のない"時代　340
5年生　20, 92, 118, 136, 170, 192, 194, 268, 350, 361, 362, 366, 383, 428
5分　94

●さ

最後　47, 79, 96, 118, 152
再生の時　286
サマータイム　288
産業革命　400
31日間　250
3週間　290, 402
3年生　116, 183, 282, 344, 383
300歳　212
300年　292, 379, 380
散歩びより　150
時間意識　34
時間差　36
時間のとり替えっこ　214
四季　38
思春期　144, 163, 186, 294, 299
7年　284, 402
10か月　40
10歳　50, 368, 404
10歳になったら　404
死と永遠　342
自分史　42
自分でいられる時間　152
霜月二十日の丑三つ　252
11月　41, 89, 154, 184, 248, 268, 321, 344, 366

11月31日　344
11歳　32, 126, 224, 302, 316, 378
15歳　28, 198, 204, 263, 270, 346, 384
15年めの休暇　98
13歳　70, 263, 308, 358, 384, 402, 420, 426
13年。さらに41年　346
終戦　44, 406
17歳　29, 254, 350, 352, 355, 398
12か月　348
12歳　42, 46, 106, 122, 144, 158, 163, 164, 186, 188, 202, 214, 226, 230, 248, 263, 374, 384, 412
12日　100, 358
10年間　156, 408
10年ごし　156
18歳　41, 119, 176, 368
18年　158
14歳　58, 162, 164, 177, 260, 380, 384, 423
16歳　24, 134, 176, 199, 306, 332, 343, 346
授業中　48
出産予定日と命日と　160
小学6年生　☞6年生
少年期　296
昭和44年4月4日　50
女子中学生が死にたいと思う時　350
女性が強くなる時　352
数時間　258
すてきな非日常　102
成長　18, 22, 68, 78, 84, 87, 116, 135, 138, 160, 174, 178, 188, 208, 213, 216, 257, 278, 295, 297, 306, 309, 311, 328, 336, 353, 354, 360, 371
青年と老人の時　52
世界が変わる時　162
世代　54
石器時代　208, 216, 275
石器時代から現代まで　216
1990年8月2日　262
1910年8月の2週間　164
1986年　245, 260
前近代から近代　218
戦国時代　298
1202年　56

1000年　166
1850年　356
1854年　358
1498年　410
1620年　269, 412

●た

第一次世界大戦　73, 146, 148, **220**, 353
大学３年生　416
大航海時代　376, **414**
第二次世界大戦　22, 44, 73, 84, 186, 218, **222**,
　298, 310, 334, **360**, **362**, 406
タイムアウト　58
タイムマシン　204, 298, **300**, 312
タイムリミット　364
誕生日　42, 50, 68, 96, **104**, 108, 168, 182, 202,
　212, 232, 250, 282, 306, 334, 344, 346, 404
チャールズ２世の時代　264
中学１年生　256, 296, 298
中学３年生　306, 350
中学２年生　154, 238, 298, 350
続きの時間　60
天正10（1582）年６月１日　**302**
天正10（1582）年６月２日　**302**
天上と地上の時間　304
登校時間　366
時の層　306
時を超える　416
突然　46, 166, 222, 242, 250, 274, 298, 346, 406

●な

夏の終わり　**62**, 228
夏休み　50, 64, 88, 90, **106**, 116, 164, 168, 170,
　202, 214,224, 264, 284, 290, 352, 368, 370,
　378, 406
７歳　139, 168, 186, 262
７歳の誕生日に　**168**
何もない故郷の７日間　224
７日間　224, 284, **368**
２か月　110, 154, **308**, 381, 402, 412
２月１日　**108**
25年めの８月６日　**226**
二十四節気　110

二重の時　310
2605年　64
日曜日　98, 103, **114**, 283, 288, 418
日ようび　112
日記　34, **116**, 164, 178, 232, 308, 353, 381, 412
２年　100, 130, **370**, 376
２年生　116, 156, 183, 260, 344
200年　32, 213, **228**, 424
２分間　372
盗まれた時間　374

●は

バイキングの時代　66
始まりの朝　418
始まりの夏　170
８歳　56, 68, 164, 202, 207, 232, 242, 414
８歳の誕生日　68
早くきすぎた冬　266
春　100, **172**, 188, 258, 278, 329, 355
ハロウィーン　63, 248, **268**, 382, 415
晩ごはんのあとで　118
帆船の時代　376
半年間　160, 230
ひとり立ちの時　420
ひとりでいる時　174
100年に一度　32, 247
100年まえ　232
182、３歳　234
フィリップがやってきた時　378
不死　270
ふたつの未来　312
文化３年　70
文政８年12月14日　**422**
別の時空間　314
放課後　145, 170, **272**, 281, 337, 400
冒険の始まりと終わり　72

●ま

まいにち（＝まい日）　79, **120**
前とあと　176
魔女狩りの時代　380
待つ　178
真夜中　252, 288, 294, **424**

まる3年　**382**
満月の夜　**122**, 374, 420
満ち足りた時間　**180**
3つの時から　**316**
6日め＝238日め　**426**
むかしも、いまも　**236**
明治維新　**384**
命日、いや誕生日　**182**

●や

夕方　99, 124, 139, **318**, 410
幼少期　**124**, 126, 354
幼年時代　**126**
4日たって　**184**
4年生　50, 64, 90, 308, 336, 366, 431
夜　**238**
夜のあいだ　**74**
4週間　168
4445、4446……　**320**

●ら

ラッキーデイ　**428**
6000年まえ　**274**
6年　58, 177, **186**, 422
6年生（＝小学6年生）　42, 94, 130, 137, 244, **256**, 282, 324, 366
670年　**430**

●わ

別れの時　**188**
ワルプルギスの夜　**386**

参考文献

DVD *The Yearling*, Warner Archive Collection
Underground Railroad: Official National Park Handbook, National Park Service, U.S.Department of the Interior
Sailing Ships: their History and Development, G. S. Laird Clowes, His Majesty's Stationery Office, 1932
The Girl's Own Paper Ⅰ, Ⅱ, Ⅲ, Ⅳ 川端有子監修・解説、ユーリカ・プレス、2006
The Girl's Own Paper Vol. Ⅶ
The Girl's Own Paper Vol. XXII
The Lancashire Witches: A Chronicle of Sorcery and Death on Pendle Hill, Philip C. Almond, I. B. Tauris, 2012
The Spanish Missions of California, Rob Staeger, Mason Crest, 2002
『青い鳥』メーテルリンク、島田元麿・東草水訳、実業之日本社、1911
『青い眼と青い海と』赤木由子、理論社、1981
『赤い仔馬』スタインベック、西川正身訳、新潮文庫、1988
『赤毛のアン』ルーシー・モード・モンゴメリ、村岡花子訳、新潮文庫、2008
『アニメ版 扉を開けて』新井素子、ＣＢＳソニー出版、1986
『あのこにあえた』もりやまみやこ、つちだよしはる絵、あかね書房、1988
『あの世からの火』松谷みよ子、偕成社、1993
『あほうの星』長崎源之助、理論社、1964
『廿口のすすめ』（所載『日本児童文学』第44巻第6号）佐藤多佳子、日本児童文学者協会、1998
『嵐ふきすさぶ国』赤木由子、理論社、1980
『アルド・わたしだけのひみつのともだち』ジョン・バーニンガム、谷川俊太郎訳、ほるぷ出版、1991
「安房直子論 懐かしさの遠近法」（所収『表現学大系 各論篇 第22巻 童話の表現2』森本正一ほか編）山元隆春、冬至書房、1989
『1時間の物語』日本児童文学者協会編、黒須高嶺絵、偕成社、2015
『1日の物語』日本児童文学者協会編、石清水さやか絵、偕成社、2015
『1週間後にオレをふってください』日本児童文学者協会編、泉雅史絵、偕成社、2016
『1週間の物語』日本児童文学者協会編、磯良一絵、偕成社、2015
『井戸の中の虎』上・下 フィリップ・プルマン、山田順子訳、東京創元社、2010
『稲荷の家』中脇初枝、河出書房新社、1997
『上と外』恩田陸、幻冬舎、2003
『ウォー・ボーイ 少年は最前線の村で大きくなった。』マイケル・フォアマン、奥田継夫訳、ほるぷ出版、1992
『うちの一階には鬼がいる！』ダイアナ・ウィン・ジョーンズ、原島文世訳、創元推理文庫、2012
『演芸画報』第9巻第10号（大正11年10月1日）、演芸画報社
『おいしい1時間』日本児童文学者協会編、中島梨絵絵、偕成社、2016
『王さまばんざい』寺村輝夫、理論社（フォア文庫）、1982
『王さまめいたんてい』寺村輝夫、理論社（フォア文庫）、1992
『王さまレストラン』寺村輝夫、理論社（フォア文庫）、1993
『王さまロボット』寺村輝夫、理論社（フォア文庫）、1994
『おさるはおさる』いとうひろし、講談社、1991
『おさるになるひ』いとうひろし、講談社、1991・1994
『同じうたをうたい続けて』神沢利子、晶文社、2006年
『おばあちゃん』ペーター・ヘルトリング、上田真而子訳、偕成社、1979
『オバケのことならまかせなさい！』なかがわちひろ、理論社、2001
『かいじゅうたちのいるところ』モーリス・センダック、じんぐうてるお訳、冨山房、1975

参考文献

「かえるくんの手紙は、「素晴らしい」か」(所載『日本文学』1995年1月号) 宮川健郎、日本文学協会、1995
『かえるのエルタ』中川李枝子、福音館書店、1963
『鏡の国のアリス』ルイス・キャロル、脇明子訳、岩波少年文庫、2000
『風、草原をはしる』浜たかや、偕成社、1988
『風にのってきたメアリー・ポピンズ』(新版) P・L・トラヴァース、林容吉訳、岩波少年文庫、2000
『仮面の大富豪』上・下 フィリップ・プルマン、山田順子訳、東京創元社、2008
『ガラスの大エレベーター』ロアルド・ダール、クェンティン・ブレイク絵、柳瀬尚紀訳、評論社、2005
『感染地図 歴史を変えた未知の病原体』スティーヴン・ジョンソン、矢野真千子訳、河出書房新社、2007
『完訳 緋文字』ホーソーン、八木敏雄訳、岩波文庫、1992
『消えた1日をさがして』日本児童文学者協会編、浅賀行雄絵、偕成社、2016
『君たちはどう生きるか』吉野源三郎、岩波文庫、1982
『きみはいい子』中脇初枝、ポプラ社、2012
『吸血鬼ドラキュラ』ブラム・ストーカー、平井呈一訳、創元推理文庫、1971
『驚異のズッコケ大時震』那須正幹、ポプラ社、1988
『霧のむこうのふしぎな町』柏葉幸子、杉田比呂美絵、講談社青い鳥文庫、2004
『銀のほのおの国』(新版) 神沢利子、堀内誠一絵、福音館書店、2004
『くまの子ウーフ』(改訂新版) 神沢利子、いのうえようすけ絵、ポプラ社、2001
『くまのプーさん』A・A・ミルン、石井桃子訳、岩波少年文庫、2000
『くらやみの谷の小人たち』いぬいとみこ、福音館文庫、2002
『月長石』ウィルキー・コリンズ、中村能三訳、創元推理文庫、1970
「ゲッツ・フォン・ベルリヒンゲン」(所収『ゲーテ全集 第4巻 戯曲』) ゲーテ、中田美喜訳、潮出版社、2003
『元気なモファットきょうだい』(新版) エレナー・エスティス、渡辺茂男訳、岩波少年文庫、2004
『校定 新美南吉全集 第十巻』大日本図書、1981
「皇帝の新しい着物」(所収『アンデルセン童話集1』) アンデルセン、大畑末吉訳、岩波少年文庫、2000
『ことばをおぼえたチンパンジー』松沢哲郎、藪内正幸絵、福音館書店、1989
『〈子供〉の誕生』フィリップ・アリエス、杉山光信ほか訳、みすず書房、1980
『5分間の物語』日本児童文学者協会編、小林系絵、偕成社、2015
『コンスタンスの日記』パトリシア・クラップ、篠田蕗子訳、佐藤真紀子絵、ひくまの出版、1995
『魚のように』中脇初枝、河出文庫、1997
『三コ』斎藤隆介、滝平二郎絵、福音館書店、1969
『シー・ペリル号の冒険』フィリップ・ターナー、神宮輝夫訳、岩波書店、1976
『鹿よ おれの兄弟よ』神沢利子、G・D・パヴリーシン絵、福音館書店、2004
『時間のない国で』上・下 ケイト・トンプソン、渡辺庸子訳、創元ブックランド、2006
「児童文学と子ども」(所収『佐藤さとる全集1』) 佐藤さとる、講談社、1972
『死の国からのバトン』松谷みよ子、偕成社、1976
「詩はどこへ行ったのか」(『朝日新聞』2009年11月25日朝刊) 谷川俊太郎、朝日新聞社
『自由と規律 イギリスの学校生活』池田潔、岩波新書、1949年・1963年第25刷改版
「少年少女探偵・推理小説の系譜 「萬朝報」「新青年」「少年倶楽部」」(『日本児童文学者協会』36巻911号) 高橋康雄、日本児童文学者協会、1990
「『少年の日の思い出』(ヘルマン・ヘッセ)の授業 構造を生かす指導をめざして」(所載『都留文科大学研究紀要』第81集) 望月理子、都留文科大学、2015
『ジョン万次郎 海を渡ったサムライ魂』マーギー・プロイス、金原瑞人訳、集英社、2012
『新装版 天使たちのたんじょう会』宮川ひろ、ましませつこ絵、童心社、2012
『新版 指輪物語』全10巻、J・R・R・トールキン、瀬田貞二・田中明子訳、評論社、1992-2003
『水族譚 動物童話集』天沢退二郎、大和書房、1978
『水曜日のうそ』クリスチャン・グルニエ、河野万里子訳、講談社、2006

『図説 中世ヨーロッパの暮らし』河原温・堀越宏一、河出書房新社、2015
『ズッコケ時間漂流記』那須正幹、ポプラ社、1982
〈ズッコケ中年三人組〉シリーズ、那須正幹、ポプラ社
『ズッコケ発明狂時代』那須正幹、ポプラ社、1995
『ズッコケ魔の異郷伝説』那須正幹、ポプラ社、2003
『ズッコケ三人組の未来報告』那須正幹、ポプラ社、1992
『砂の妖精』E・ネズビット、石井桃子訳、H・R・ミラー絵、福音館文庫、2002
『セールスマンの死　アーサー・ミラーⅠ』アーサー・ミラー、倉橋健訳、ハヤカワ演劇文庫、2006
『世界で一番の贈りもの』マイケル・モーパーゴ、佐藤見果夢訳、評論社、2005
『戦火の馬』マイケル・モーパーゴ、佐藤見果夢訳、評論社、2011
『宝さがしの子どもたち』E・ネズビット、吉田新一訳、スーザン・アインツィヒ絵、福音館書店、1974
『たからものとんだ』もりやまみやこ、つちだよしはる絵、あかね書房、1987
〈ちいさな王さま〉シリーズ、寺村輝夫、理論社
『小さなスズナ姫　大雲払いの夜』富安陽子、偕成社、1996
『通過儀礼』ファン・ヘネップ、綾部恒雄ほか訳、岩波文庫、2012
『月の巫女』浜たかや、偕成社、1991
『ツバメ号とアマゾン号』上・下　アーサー・ランサム、神宮輝夫訳、岩波少年文庫、2010
『つりばしゆらゆら』もりやまみやこ、つちだよしはる絵、あかね書房、1986
『ディアナ・ディア・ディアス』新井素子、徳間書店、1986
『寺村輝夫のぼくは王さまはじめの全一冊』寺村輝夫、理論社、1996
『寺村輝夫のぼくは王さまつづきの全一冊』寺村輝夫、理論社、1996
『天使たちのカレンダー』宮川ひろ、ましませつこ絵、童心社、1998
『天使のいる教室』宮川ひろ、ましませつこ絵、童心社、1996
『天使のかいかた』なかがわちひろ、理論社、2002
『遠い水の伝説』浜たかや、偕成社、1987
『時の旅人』アリソン・アトリー、松野正子訳、岩波少年文庫、2000
「土佐日記」（所収『日本古典文学大系』20巻）鈴木知太郎校注、岩波書店、1957
『ドリトル先生アフリカへいく』ヒュー・ロフティング原作、南條竹則 文、茂田井武 絵、集英社、2008
『ドリトル先生航海記』（新版）ヒュー・ロフティング、井伏鱒二訳、岩波少年文庫、2005
「トロッコ」（所収『蜘蛛の糸・杜子春』）芥川龍之介、新潮文庫、1968
〈ナルニア国ものがたり〉シリーズ、C・S・ルイス、瀬田貞二訳、岩波少年文庫
「新美南吉「権狐」論　「権狐」から「ごん狐」へ」（所載『岡山大学教育学部研究集録』111号）木村功、岡山大学、1999
「21世紀のハインライン」（所収『夏への扉』）高橋良平、早川書房、2010
『にせもののかぎばあさん』手島悠介、岩崎書店、1983
『人形の家』ヘンリック・イプセン、原千代海訳、岩波文庫、1996
『灰色の畑と緑の畑』ウルズラ・ヴェルフェル、野村泫訳、岩波少年文庫、1977
『ハイ・フォースの地主屋敷』フィリップ・ターナー、神宮輝夫訳、岩波書店、1969
『ハウルの動く城（1）　魔法使いハウルと火の悪魔』ダイアナ・ウィン・ジョーンズ、西村醇子訳、徳間文庫、2013
『八郎』斎藤隆介、滝平二郎絵、福音館書店、1967
『ハックルベリー・フィンの冒険』マーク・トウェイン、吉田甲子太郎訳、偕成社文庫、1976
『花さき山』斎藤隆介、滝平二郎絵、岩崎書店、1969
『ハリー・ポッターと賢者の石』上・下　J・K・ローリング、松岡佑子訳、静山社、1999
『はるかなるわがラスカル』スターリング・ノース、亀山龍樹訳、角川文庫、1976
『ピーター・パン』J・M・バリ、厨川圭子訳、岩波少年文庫、2000
『火の王誕生』浜たかや、偕成社、1986

参考文献

『表現学大系　各論編　第22巻　童話の表現2』表現学会監修、教育出版センター、1989
「ビルマの竪琴ができるまで」(所収『ビルマの竪琴』)竹山道雄、新潮文庫、1959
『ファウスト　森鷗外全集11』)ゲーテ、森鷗外訳、ちくま文庫、1996
『福の神になった少年　仙台四郎の物語』丘修三、村上豊絵、佼成出版社、1997
「二つのアジア史観」(『東京新聞』1958年8月15〜17日夕刊)竹内好、東京新聞社
『ふたりはいっしょ』アーノルド・ローベル、三木卓訳、文化出版局、1972
『ふたりはいつも』アーノルド・ローベル、三木卓訳、文化出版局、1977
『ふたりはきょうも』アーノルド・ローベル、三木卓訳、文化出版局、1980
『ブリキの王女』フィリップ・プルマン、山田順子訳、創元ブックランド、2011
「方丈記」(所収『日本古典文学大系』30巻)西尾實校注、岩波書店、1957
『ぼくと＜ジョージ＞』E・L・カニグズバーグ、松永ふみ子訳、岩波少年文庫、2008
『ぼくにはしっぽがあったらしい』なかがわちひろ、理論社、2003
『ぼくのお姉さん』丘修三、かみやしん絵、偕成社、1986
『ぼくのじんせい　シゲルの場合』丘修三、立花尚之介絵、ポプラ社、1997
〈ぼくは王さまⅡ〉シリーズ、寺村輝夫、理論社
〈ぼくは王さまⅢ〉シリーズ、寺村輝夫、理論社
『星の王子さま』サン＝テグジュペリ、内藤濯訳、岩波少年文庫、2000
『北極のムーシカミーシカ』いぬいとみこ、理論社、1961
『ボックス・カーのいえ　ボックスカーのきょうだい1』ガートルード・ウォーナー、中村妙子訳、朔北社、1997
『ホビットの冒険』J・R・R・トールキン、瀬田貞二訳、岩波少年文庫、1979
『窓の下で』ケイト・グリーナウェイ、白石かずこ訳、ほるぷ出版、1987
『3日間の物語』日本児童文学者協会編、スカイエマ絵、偕成社、2015
『3日で咲く花』日本児童文学者協会編、田中寛崇絵、偕成社、2016
『宮沢賢治「銀河鉄道」への旅』萩原昌好、河出書房新社、2000
『めいちゃんの500円玉』なかがわちひろ、アリス館、2015
『屋根裏部屋の秘密』松谷みよ子、偕成社、1988
『床下の小人たち』(新版)メアリー・ノートン、林容吉訳、岩波少年文庫、2000
『指輪物語』全6巻、J・R・R・トールキン、瀬田貞二訳、評論社、1972-75
〈ユリエルとグレン〉1・2・3　石川宏千花、講談社、2008
『幼児のための童話集　第二集』佐藤義美編、音羽館書店、1956
『四つの署名　シャーロック・ホームズ』コナン・ドイル、各務三郎訳、偕成社文庫、1998
『ライオンと魔女』(新版)C・S・ルイス、瀬田貞二訳、岩波少年文庫、2000
『ラビリンス　迷宮』新井素子、徳間書店、1982
『るつぼ　アーサー・ミラーⅡ』アーサー・ミラー、倉橋健訳、ハヤカワ演劇文庫、2008
『若草物語』L・M・オールコット、T・チューダー絵、矢川澄子訳、福音館文庫、2004
『若草物語』オールコット、松本恵子訳、新潮文庫、1986
『若草物語』(新版)上・下　ルイザ・メイ・オルコット、海都洋子訳、岩波少年文庫、2013
「枠組みを問い直す　佐藤多佳子『ハンサム・ガール』を中心に」(所載『日本児童文学』第41巻第11号)渡邊美香、日本児童文学者協会、1995
『私のアンネ＝フランク』松谷みよ子、偕成社、1979

あとがき

　読書という行為は、読者の能動的な活動である。それは物語にこめられたことばのひとつひとつを、時間をかけて読み解いていく行為である。この読み解いていく対象の物語の時間は、未来や過去の時代を描くだけではない。ときに物語の構成上、時間の流れが前後したり、過去の時代をふり返って時間が過去へもどったり、重要ではない時間は急いで省略したり、逆に大事な部分では時間が止まったかのごとくゆっくりと流れたり、そこには多種多様な時間の様相が表れる。物語を読み解くことの喜びのひとつは、この多様な時間の流れに惑う体験だといっても過言ではないだろう。

　本書においても、さまざまな時をめぐる作品を選定するために、われわれ編者は、各々これはと思う物語を挙げ、文字どおり季節を越えて検討を重ねた。そして「時」というキーワードが重要な意味をもつ作品を厳選していった。もちろん多様な時の様相すべてを網羅することは不可能だが、できるだけ多くの時を集めることができたのではないかと思う。それは、本書の巻末にある「時索引」をご覧いただければ、ご理解いただけるのではないだろうか。

　本書は、『「もの」から読み解く世界児童文学事典』『「場所」から読み解く世界児童文学事典』に続くシリーズの3冊めにあたる。物語を読みすすめると「もの」と「場所」が描かれ同時にそこには必ず「時」が存在している。「もの」「場所」のあとに「時」がくるのは必然であったといえるだろう。

　選定にあたっては、「もの」「場所」から読み解く児童文学事典で使用されていた作品は非常に残念ではあったが重複を避け、できるだけ多くの作品を紹介するため外すことにした。筒井康隆の『時をかける少女』などがその例である（『「もの」から読み解く世界児童文学事典』p282-283）。

　また、「もの」「場所」に比べて具体的な映像で表しにくい時をあつかうため、挿絵の選定にも各々工夫を凝らしている。本文のみではなく挿絵も楽しんでもらえるとありがたい。

選書にあたっては、現在入手しやすい書籍を選ぶように心がけた。ただ、どうしても欠かせない、古い物語もある。図書館等を訪ね、探してもらえるととてもありがたい。

　本書は「時」というテーマを掲げ、古代から未来まで多様な時を網羅することをめざした。しかしその選定作業の過程で、これは予想されていたことであったが、海外・日本の児童文学に限らず、「戦争」というキーワードが何度も出された。たとえばナチスの侵攻と第二次世界大戦後をある家族の変化を通して描く『あらしの前』『あらしのあと』、第一次世界大戦中のイギリス連邦軍を舞台に、戦争の狂気を描く『兵士ピースフル』、現代の日本の高校生の目線から第二次世界大戦の記憶を考える『トーキョー・クロスロード』など、戦争の「時」が多くの物語に描かれていた。編者自身、物語の選定作業のなかで、戦争という時の記憶がいかに長期間にわたって個人に影響をあたえるものであるか、時代のターニングポイントになるか、物語にあたえつづける影響の大きさ、そして描かれ方の多様さについて再度考えさせられた。これも本書を編集していて得ることのできた貴重な体験であった。

　本書を読む読者のみなさまもまた、どのページからでもかまわない、日常とは異なる多様な時に浸っていただければ幸いである。

　最後に、本書の刊行にあたり、資料提供・写真の提供をしてくださった方々に感謝したい。そしてなにより丁寧にねばり強く、本の選定から刊行までひとつひとつの作業を進めてくださった本作り空Sola 檀上啓治さん、檀上聖子さん、スタッフのみなさん、適切な挿画を入れてくださった髙桑幸次さんに感謝申しあげたい。

2017年9月

　　　　　　　　　　　　　　　　　　　　　　　　　大島丈志

■──著者紹介

水間千恵 みずまちえ
神戸市生まれ。名古屋大学大学院国際言語文化研究科博士課程修了（名誉修了生）。博士（文学）。（財）大阪国際児童文学館勤務を経て、現在、川口短期大学准教授。著書に『女になった海賊と大人にならない子どもたち　ロビンソン変形譚のゆくえ』（玉川大学出版部、日本児童文学学会奨励賞受賞）、共編著に『「場所」から読み解く世界児童文学事典』（原書房）、『映画になった児童文学』（玉川大学出版部）など。

奥山恵 おくやまめぐみ
千葉県生まれ。千葉大学大学院教育学研究科修士課程修了。修士（教育学）。都立高校教員を経て、現在、千葉県柏市の児童書専門店「Huckleberry Books」店主、および白百合女子大学、二松学舎大学ほか非常勤講師。評論・研究に「連載　多層性のレッスン」（『こどもの本』2012.11〜2013.10）、著書に『〈物語〉のゆらぎ』（くろしお出版、日本児童文学者協会新人賞受賞）など。

西山利佳 にしやまりか
宮崎県生まれ。都留文科大学卒業。東京学芸大学大学院修士課程修了。私立中高一貫校での国語科非常勤講師を長年務めた後、現在、青山学院女子短期大学子ども学科准教授。評論集『〈共感〉の現場検証　児童文学の読みを読む』（くろしお出版）。共編著に『わたしたちのアジア・太平洋戦争』（全3巻　童心社）、『明日の平和をさがす本　戦争と平和を考える絵本からYAまで300』（岩崎書店）など。

大島丈志 おおしまたけし
東京都生まれ。千葉大学大学院博士課程修了。博士（文学）。現在、文教大学准教授。専攻は日本近現代文学。著書に『宮沢賢治の農業と文学』（蒼丘書林・2014年宮沢賢治賞奨励賞）、共編著に『絵本で読みとく宮沢賢治』（水声社）、『絵本ものがたりFIND』（朝倉書店）、共著に『東北学』（はる書房）など。

川端有子 かわばたありこ
京都市生まれ。関西学院大学大学院博士課程後期満期退学。英国ローハンプトン大学にてPhD取得。現在、日本女子大学家政学部児童学科教授。専門は英語圏の児童文学、イギリス文化。主要著書に『「もの」から読み解く世界児童文学事典』（共著、原書房）、『少女小説から世界が見える』（単著、河出書房新社）、『児童文学の教科書』（単著、玉川大学出版部）、『子どもの本と〈食〉』（共著、玉川大学出版部）など。

装画・挿画
髙桑幸次

装　丁
オーノリュウスケ（Factory 701）

協　力
三嶽 一（Felix）

企画・編集・制作
株式会社本作り空Sola
http://sola.mon.macserver.jp

「時」から読み解く世界児童文学事典
2017年10月20日　第1刷

編著者
水間千恵・奥山恵・西山利佳・大島丈志・川端有子

発行者
成瀬雅人

発行所
株式会社 原書房
〒160-0022　東京都新宿区新宿1-25-13
電話・代表03-3354-0685
http://www.harashobo.co.jp
振替・00150-6-151594

印刷所
株式会社 明光社印刷所

製本所
小高製本工業 株式会社

ISBN978-4-562-05437-4
©2017 Chie Mizuma, Megumi Okuyama, Rika Nishiyama, Takeshi Ooshima, Ariko Kawabata
Printed in Japan

読者と物語を「もの」でつなぐ、ユニークで新しいスタイルの事典、第1弾!

「もの」から読み解く世界児童文学事典

川端有子・こだまともこ・水間千恵・本間裕子・遠藤純 編著

「もの」をキーワードに、児童文学作品を読み解く初めての事典。食べ物・生きもの・乗り物・植物・道具など8つに分類した200項目200冊をイラスト・写真・書影と共に紹介した読む事典。巻末索引掲載。

A5判上製・456頁・5800円（税別）

前作『「もの」から読み解く世界児童文学事典』から5年、大望の第2弾!

「場所」から読み解く世界児童文学事典

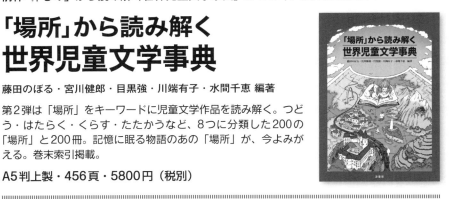

藤田のぼる・宮川健郎・目黒強・川端有子・水間千恵 編著

第2弾は「場所」をキーワードに児童文学作品を読み解く。つどう・はたらく・くらす・たたかうなど、8つに分類した200の「場所」と200冊。記憶に眠る物語のあの「場所」が、今よみがえる。巻末索引掲載。

A5判上製・456頁・5800円（税別）

子どもたちに良書を届けたい！
児童文学の作り手たちの情熱と葛藤の記録

アメリカ児童文学の歴史　300年の出版文化史

レナード・S・マーカス
前沢明枝 監訳　おおつかのりこ・児玉敦子 訳

A5判上製・600頁・6000円（税別）